罪物猎手

付强 著

北京理工大学出版社
BEIJING INSTITUTE OF TECHNOLOGY PRESS

图书在版编目（CIP）数据

罪物猎手 / 付强著. -- 北京：北京理工大学出版
社，2023.1
ISBN 978-7-5763-1693-3

Ⅰ.①罪… Ⅱ.①付… Ⅲ.①幻想小说－中国－当代
Ⅳ.①I247.5

中国版本图书馆CIP数据核字（2022）第163232号

出版发行 / 北京理工大学出版社有限责任公司
社　　址 / 北京市海淀区中关村南大街5号
邮　　编 / 100081
电　　话 / （010）68914775（总编室）
　　　　　（010）82562903（教材售后服务热线）
　　　　　（010）68944723（其他图书服务热线）
网　　址 / http://www.bitpress.com.cn
经　　销 / 全国各地新华书店
印　　刷 / 三河市华骏印务包装有限公司
开　　本 / 880毫米×1230毫米　1/32
印　　张 / 16.75　　　　　　　　　　　责任编辑/封　雪
字　　数 / 484千字　　　　　　　　　　文案编辑/毛慧佳
版　　次 / 2023年1月第1版　2023年1月第1次印刷　责任校对/刘亚男
定　　价 / 64.00元　　　　　　　　　　责任印制/施胜娟

目 录

第一章　罪物猎手

1.

法拉趴在高楼顶部，在瓦砾的缝隙中隐藏好狙击枪口。细碎的雨滴打在落满灰尘的地砖上，泥水沿着裂痕淌了下来。她的身旁，只剩了3条桌腿的木质办公桌倔强地挺立着，地上尽是散落发霉的纸张。

在这座废弃近百年的城市里，这大概是保留得最完整的建筑了。

湿气中混杂了腐败的味道，法拉啧啧嘴，将注意力转移到狙击镜筒里。"幽红"的工程师们曾建议她将狙击镜集成在眼球中，她拒绝了，因为光学透镜上的增透膜会让瞳孔变成讨厌的绿色。

在2 000米外的远处，两道黑影刚刚越过断裂的高架桥，顺着裸露的钢筋攀到二层小楼的天台上。在天台的另一侧，破碎的广告牌表面沾满霉菌，从模糊的字迹中勉强可以识别出"Kindergarten"字样。

法拉一面小心调节着狙击枪的角度，一面低声而快速地问道："那边情况怎样？"

"没有动静。"对讲机中传来了低沉的男声。

"果然，让探索队说中了。"法拉耸耸肩——尽管对面并不能看见，"只有察觉到有人靠近时，那家伙才会激发出活性。"

"我去看看。"

第二个声音传了过来。透过镜筒，法拉看到穿着战术马甲的男青年推开虚掩的铁门，弓着身子走下楼梯。法拉很想出声阻止他，但离开了"幽红"城区，一切智能化设备都无法使用。即便是这台老旧的对讲机，也要尽可能地缩短使用时间，以防止变异。末了，法拉只得咬咬嘴唇，轻声叹息道："队长，麻烦你看住他。"

"银蛇明白。"

◇

罗星将手枪挺在胸前，踢开脚边瘪了一半的海洋球，顺着楼梯一路下行。尽管过去了上百年，可安全通道中的照明工具依然在工作——一旦出现被"外网"感染的物品，它附近的设备就可以通过阳光、温度、无线电波甚至真空吸收能量，仿佛无穷无尽一般。几只浅褐色的毛绒玩具熊堆在一旁，掉了一半的耳朵上挂满了蜘蛛网。

"这次的任务是回收，尽量不要破坏。"耳中传来法拉的声音。

"明白。"罗星简短地回答。

阶梯尽头是一间约莫80平方米的开间，阳光顺着破碎的玻璃窗射在地上，墙角堆着废弃的塑料围栏和滑梯，残破的玩偶散落一地。银蛇对着罗星打了个手势，自己抢先一步走入房间，踏着地垫的间隙慢慢前进到开间内侧的房门前。门板早已不见了，银蛇打开手枪的保险栓，将手指放在扳机上。对讲机里响起沙沙的白噪声，远处的法拉通过线路说道："站在那里，先不要移动。"

话音未落，一颗子弹便擦着罗星的身子呼啸而过，继而是细碎的破裂声。罗星抬头看去，墙角上老旧的监视器被削掉了大半，冒出闪闪的火花。

"罪物控制了监视器吗？"银蛇问道。

"还不确定，有备无患。"法拉的声音中满是无奈，"旧时代所谓的物联网，尽是连接一些没用的东西。"

银蛇无奈地笑笑，招呼罗星上前。就在这时，门内毫无预兆地响起了电子合成的童声：

“小朋友们，你们好，这里是红布兔，下面开始播放儿歌……”

银蛇做了个手势，两人立即一步上前闯进房门，六颗子弹划着笔直的轨迹射向房间正中的目标——一只约莫猫咪大小，周身粉红色的毛绒兔子。它一只耳朵耷拉着，三瓣嘴的布料向上方裂开，仿佛某种邪魅的笑容。

子弹径直嵌入毛绒玩具兔子的体内，却如同玩具弹珠一般被弹落在一旁。

“嘿哟，嘿哟，嘿哟……”房间中响起了稚嫩的号子声，继而是一段简单明快的旋律。

银蛇对罗星使了个眼神，自身后取出一颗手雷，拔掉保险栓，丢向毛绒兔子。两人立即扑向门外，房间内巨响裹挟着黑烟冒出，一时间盖过了儿歌的声音。

然而爆炸过后，歌声再次清晰了起来。罗星探出身子向门对面看去，发现外墙被炸出几道裂痕，毛绒兔子却依旧毫发无伤地坐在原地，两只无神的眼睛淡然地看着贸然来访的人类。

“拔萝卜，拔萝卜，嘿哟嘿哟拔萝卜……”

“快，随便在地上找个什么东西，拔起来！”法拉的声音里带着按捺不住的急躁，可还没等罗星找到可以执行这条指令的对象，他的身体便被一股无形的力量举到半空抛了出去，几秒钟后直挺挺地砸在了地上。

根据探索队的情况，毛绒兔子一旦察觉到人类接近，便会开始播放儿歌。在声波所及的范围内，歌词所述之内容，均会以一种极其扭曲的方式实现。

银蛇立即行动起来，他掏出匕首冲到另一侧的墙角，麻利地将几块塑料板切碎，抱起来丢进毛绒兔子的房间里。

这些碎片可以代替罗星，成为被连根拔起的“萝卜”，至少可以降低他被当作“萝卜”的概率。

罗星向队长比了个手势，继续俯身向前，准备捕捉目标。毛绒兔子继续唱道：

"老太婆，快快来，快来帮我们拔萝卜……"

听到这一句，罗星的神经陡然紧绷了起来，他小声问道："队长，外面有'老太婆'玩偶吗？"

银蛇摇头，罗星立即直起身子，向着门外飞奔而去。银蛇一瞬间明白了什么，他伸出右手拉住罗星，用力一扯，将队友丢出去十几米远。毛绒兔子的音量并不大，声波无法传到罗星目前的位置。

又被狠狠摔了一次的罗星揉揉后背，撸起左侧的裤管——他脚腕上的皮肤已经失去了光泽，长出一块块老年斑。因为附近并没有能够被当作"老太婆"的物品，与"老太婆"这个概念最为接近的便是罗星这个人类，于是他最后离开房间的左腿被强制老化了。

"还好吗？"对讲机中的法拉问道。

"没什么，回城后做一次肌体修复就好。"罗星单腿站起来跳了几下，确认没有大碍后恢复了战斗姿态。他继续问道："你熟悉这首歌吗？后面除了拔萝卜，还有什么？"

法拉想了想，答道："小姑娘、小黄狗和小花猫。"

罗星四下张望了一番，很快就找到了大头娃娃和猫、狗玩偶，他顺手丢给守在门前的银蛇，后者麻利地将玩偶们丢到了毛绒兔子身旁。根据经验，距离变异物品越近的东西，越容易受到影响；换言之，《拔萝卜》这首歌的内容将以最为温柔的方式实现。

房间中的各式物品随着一声声"拔萝卜"，悉数被丢在地上。罗星终于松了口气，叹气道："这东西到底是怎么把我丢起来的？"

"只要让构成人体的分子拥有同样方向的速度，你就会飞出去。"对讲机内的法拉回答道，"这需要很多的负熵，鬼知道哪里又被搅得一团糟了。"

受到"外网"污染而产生变异的物品——人通常称其为"罪物"——尽管能够做到许多匪夷所思的事情，但它们并不能改变物理定律，只能够换一种方式实现它。罪物并不能改变宇宙中能量的总量，比如，想烧热一壶水就需要从别的地方借来热能，说不定谁家的下水道已经被冻成了冰坨。

正是因此，"罪物"的危害才更加不可预测，更加可怕。

"小花猫，快快来……"

就在这时，地面发生了轻微的震动。罗星和银蛇立即警觉起来，可毛绒兔子并没有任何异样，只是自顾自地唱着。罗星看了一眼房间里摔得七零八落的物品，突然明白了什么，他扶着对讲机快速问道：

"这首歌里，总共出现了几次'拔萝卜'？"

法拉顿了片刻："16次，怎么了？"

罗星转向银蛇："队长，你刚丢了多少块塑料板进去？"

"14块。"银蛇记得作战的每一个细节。

"算上我，只有15个'萝卜'……"

就在这时，地面剧烈地震颤起来。罗星匆忙拉起队长，三步并作两步向另一侧的窗口冲去，继而护住头部从二楼的窗子鱼跃而出。在他们身后，整栋建筑被连根拔起，飞上了近百米高的天空，又一个倒栽葱落了下来。

在短短的间隙内，罗星和银蛇找到了掩体，随着一声巨响，瓦砾和尘土如同巨浪一般扑打而来。二层小楼被当作最后一个"萝卜"，连带着地基被连根拔起。

视野里尽是碎裂的大块水泥，借助生锈的钢筋藕断丝连。在断壁的最高处，粉红色的毛绒兔子安然无恙地坐在那里，嘴角邪魅的笑容一如最初。

◇

罗星和银蛇藏在水泥预制板的后方，偷偷看着距离他们约莫50米处的毛绒兔子，它那粉红色的外表格外扎眼。

"不怕子弹和手雷，抗性至少是CR级。"银蛇正了正对讲机，以便远处的法拉也能听清楚。"开始执行方案B，我和罗星想办法弄瞎它，法拉继续在高处监视，给出提示！"

"明白。"罗星和法拉同时答道。

对付罪物时，最简单的方法是物理破坏。有些罪物虽然负面效果骇人，本身却不堪一击。但有些罪物，即便用人类文明破坏力最强的核武器也无法动其分毫，这时就必须想别的办法对其加以控制了。

无论罪物的负面效果如何匪夷所思，它运作起来都会遵循"触发——执行"的逻辑。比如眼前这只毛绒兔子，它的工作原理是"发现人类靠近——播放歌曲"，所以首先需要尝试的，是让它无法发现人类靠近；实在行不通，再想办法令它播放的儿歌无法产生负面效果。

"法拉，那家伙会不会是探测到了我们的声音？"罗星问。他此刻正试图沿着圆弧形的路径摸到罪物后方，与队长来个双面夹击。

法拉没有立即回答，隔着对讲机，罗星能够听到她均匀的呼吸声。由于便携式计算机带出城区存在很高的变异风险，战场上一切复杂的运算都需要靠人脑完成，而法拉是小队的技术担当，她的大脑此刻正在飞速运转着。

很快，法拉就根据房间的形状估算出了它内部的声波传播轨迹。她答道："不会。如果它能够感应声波信号，队长在到达那个位置之前就应当被发现了。"

罗星点点头："也就是说，它发现我们，更大概率还是靠光学传感。"

说话间，罗星已经绕到了毛绒兔子的另一侧。他向着远处的队长打了个手势，示意行动开始。

等候多时的银蛇掏出一颗烟雾手雷丢了出去。手雷落在距离毛绒兔子只有半米远的地方，灰白色的烟雾翻滚而出。期间，毛绒兔子没有发出任何动静，手雷并未被它识别为人类。

罗星从腰间取出一支喷雾，将周身都喷了一遍。罐中是压缩的干冰，能够极速降低体表的温度，又不至于将身体冻伤。没人能保证毛绒兔子只能探测到可见光，因此生物探测常用的红外波段也要屏蔽。

身上结了少许冰霜的罗星迅速飞奔起来，他准确地记住了毛绒兔子的位置，即便在烟雾中也能捕捉。眨眼间，罗星与目标之间的距离已经缩短了20米。就在这时——

"欢迎回来，小朋友。下面播放第二首歌曲，《种太阳》。"

毛绒兔子操着奶声奶气的电子合成音播放着。

在一阵简单欢快的旋律中，罗星已经冲到了毛绒兔子身旁。他取出一支开口呈喇叭状的手枪，按下扳机，枪口中喷出的黏性液体一下子在毛绒兔子外面包裹了厚厚一层。在几秒钟的时间内，黏稠的球型液滴迅速固化，外表面变成了明亮的银白色。

根据探索队的情报，他们针对这次的罪物做了一些准备，罗星使用的"速干银胶"就是其中一种。这是一种混合了银颗粒和光敏聚合物单体的黏性物质，一旦暴露在阳光下，就会迅速固化。光敏聚合物能够缩短声波的传播范围，银颗粒则能够阻止罪物接收外界的电磁波信号。

尽管音量小了很多，但毛绒兔子的歌声并没有停止：

"我有一个，美丽的梦想，长大以后能播种太阳……"

随着歌曲的播放，罗星似乎看到了包裹在外的银色球体开始软化，如同被放在火上烘烤的糖果。

"在你们4点钟的方向，距离1 200米的地方有一条河，快把目标丢进河里！"法拉在对讲机中突然大喊道。

银蛇喷喷嘴，立即卸下背包，按下了外侧的红色按钮。背包内弹出几根机械臂，又鼓起了两只轮胎，在几秒钟的时间内变形成了一部简易机车。尽管智能化设备在城外容易受到污染，但只要卸掉车载计算机，机车还是可以使用的。

银蛇跨上机车，轰起油门，机车如同战马一般猛地蹿了出去。罗星抄起地上银色的球体丢了出去，不偏不倚地落在了银蛇的手中。

"播种一颗，一颗就够了，能结出许多的，许多的太阳……"

球体表面已经变得像面团一样柔软，不时有聚合物液化，变成液滴掉落下来。银蛇将机车开到了最高速，迎面而来的劲风在耳边呼啸着。不消片刻，毛绒兔子已经膨胀成一个炽热的火球，而银蛇身上的迷彩服也发出烧焦的味道。

前方断裂的路基向上方翘成一个斜坡，银蛇猛地抬起前轮，机车如同离弦的箭一般向半空飞去。银蛇的双眼始终注视着正前方，远处的河流已清晰可见。在机车到达最高点的瞬间，他用尽全身气力将毛绒兔子抛了出去——

"法拉！"腾在空中的银蛇一声怒吼，几乎在同一时刻，狙击子弹擦着他的头皮呼啸而过，不偏不倚地命中了空中的火球，改变了它下落的轨迹。紧接着是第二、第三发，高速的子弹提供了足够的动能，闪耀出赤红色光芒的球体画出一条复杂的弧线，不偏不倚地落在河流正中。

来不及调整姿势，银蛇只得与机车一同自高空落下。他看准机会踩着机车一跃而起，顺势攀住一根裸露的钢筋。在他的脚下，花费了3个月积蓄买来的坐骑被摔成了碎片。

银蛇咬住嘴唇刚想要骂一句，远处的河流却在猛然间腾起一道几十米高的巨浪，顶部翻滚着白色的水汽，仿佛被煮开的一锅浓汤。不消片刻，一道白光冲脱了河水的束缚，裹挟着大量水汽蹿向高空，扩散成一朵畸形的蘑菇云。

◇

被蒸发的河水在半空形成了一场局部暴雨，三人借着废弃建筑的遮挡，迅速集合在一起。

"还好吗？"罗星打量着队长，银蛇已全身湿透，腹部有一大块烧伤的痕迹，额头上渗着血迹。

"一点擦伤。"银蛇一把抹掉额头上的血水，法拉在一旁取出急救包，对伤口进行了简单处理。

"附近没有太阳，于是它就地造了一个。"法拉一面包扎绷带，一面叹气道，"太阳的能源来自核聚变，它把自己变成了一枚小型氢弹。"

罗星望着头顶渐渐散去的云层，说道："看样子，威力比真的氢弹小了很多，至少我们还活着。"

"当然，它不需要考虑当量。"法拉撇撇嘴，"只是它这次'借走'的能量，足够冻结一座海湾了。"

处理好伤口的银蛇撑着身子站了起来："这次我们赚大了，能撑过核爆，这玩意儿的抗性达到NS级了。"

法拉清清嗓子："目前，我们至少清楚了两点。其一，它探测人类靠的并不是感知电磁波，或者机械振动。"

"那会是什么？"罗星插言道。

"鬼知道，也许是引力。"法拉耸耸肩，"其二，只要开始播放，就至少要放完一首歌才会停下来。我不清楚它的曲库里有多少首歌，只不过要是再来一首《种太阳》，我们都要完蛋了。"

"你的意思是，要放弃回收吗？"银蛇啐出一口混着血的浓痰。

罗星抬眼看看法拉："这东西估值多少？"

"每人少说分到1 000个图灵币吧！"法拉立即答道。

"我再去试一次。"罗星挽起破裂的衣袖，跳出了瓦砾堆。

他的账面上还欠着一百万呢。

◇

河床被核聚变烧出一个半球型的深坑，河水顺着焦黑的砂砾倾泻而下。聚合物球体早已被烧了个精光，粉红色的毛绒兔子静静地坐在刚刚没过脚面的水中，好似一座来自地狱的雕塑。

罗星在腰间拴好绳子，另一端系在河边的岩石上，小心翼翼地挪了过去。既然对方一定会探查到自己，索性就不要躲避。

当罗星靠近到毛绒兔子前方大约30米的距离时，深坑中注入的河水已能没过膝盖。他小心地向前迈出一步，毛绒兔子操着明亮的电子童声，再次开始播放：

"欢迎回来，小朋友。下面播放第三首歌曲，《丢手绢》。"

罗星深吸一口气，扯着嗓门喊道："红布兔！"

毛绒兔子没有反应，歌曲依然自顾自播放着："丢，丢，丢手绢，轻轻地放在小朋友的后面……"

"刺啦"一声，罗星后背上的一块衣服被某种无形的力量撕扯下来，当作"手绢"丢在他的脚边。罗星脑筋一转，继续喊道："红布兔、红布兔！"

"哎。"

毛绒兔子有了反应！旧时代的智能玩具，通常安装了语音助手，开启方法就是呼唤它的名字——通常是连续两次。

"停止播放！"罗星喊出了指令。

"对不起，红布兔听不懂你在说什么。"

话音刚落，《丢手绢》的旋律再次响起："快点快点捉住他……"

伴随着歌声，罗星的脚下被打开了一道漆黑的洞穴，河水向着不知通往何处的深渊涌去。

"捉住他"意味着有一位小朋友脱离了视线，即消失。在毛绒兔子的影响范围内只有罗星一个人，为了完成歌词中的现实，他必须消失。

"你的下方出现了不稳定的时空连接通道，快跑！"法拉隔着对讲机喊道。

罗星没有后退，他向前一步稳住身子，再次喊道：

"红布兔、红布兔！"

"哎。"

与此同时，《丢手绢》依然在播放着，下方的通道口也在逐渐扩大。罗星扯着嗓子，尽可能地咬字清晰：

"播放歌曲，《恭喜发财》！"

如果能成功，不但阻止了罪物继续破坏，说不定还能靠这首歌大赚一笔。然而下一瞬间，罗星的发财梦便破碎了：

"小朋友不适合听这个哦"红布兔奶声奶气地答道。

罗星灵机一动，在红布兔继续播放《丢手绢》之前，再次喊道：

"红布兔、红布兔，播放歌曲，《如果感到幸福你就拍拍手》！"

那一刻，《丢手绢》的歌声戛然而止，罗星脚下的通道口也如同蒸发一般不见了踪迹。

"好的，下面播放歌曲，《如果感到幸福你就拍拍手》。"

成功了！

看样子，用户并没有制止毛绒兔子唱歌的权限，但它依然保留了部分儿童玩具的特性，例如可以用语音控制切换歌曲。

同前几首歌比起来，《如果感到幸福你就拍拍手》的伤害完全可以忽略不计——只需要拍拍手、跺跺脚即可。在歌曲播放期间，法拉和银蛇也赶了过来。法拉取出准备好的特制容器，将毛绒兔子丢了进去。

在准备期间，罗星还下达了"单曲循环"的指令，但毛绒兔子拒绝执行。迫于无奈，他只得在下一首歌曲播放前，再次下达了播放《如果感到幸福你就拍拍手》的指令。反正没有哪个厂家会规定不能连续播放同一首歌。

法拉按下按钮，低沉的机械泵声响了起来，毛绒兔子的歌声越来越小，最后完全消失了。那一刻，罗星发现自己终于可以不用不受控制地拍手跺脚了。

想要完全阻止声波传播很简单，只需要将罪物丢进真空环境即可。然而这意味着必须十分接近罪物，并且有充足的时间来操作。

如果有人在这段时间听了一首《种太阳》，那就会成为核爆炸中的亡魂。

　　法拉将真空容器收入背囊，一面享受着作战结束后短暂的轻松，一面思考着能用这次的报酬置办些什么。这时，她突然发现罗星立在了原地，一动不动。她上前拍了拍队友的肩膀：

　　"看到幻觉了？快些回城就好了。"

　　在遍布着"外网"的城外区域，人类相比于电子设备而言，受到污染而变异的概率会低很多。但若长时间处于外网环境中，人类就会看到各式各样的幻觉，内容因人而异。特别是精神疲惫时，影像就会异常清晰。

　　"啊……嗯。"罗星点点头，跟上队友的脚步。

　　在罗星的视野中，一名少女的影像正站在不远处，微笑地看着他。

2.

　　飞行器自高空缓缓落下，"幽红"在视野中清晰起来。只要接近这座城市，哪怕是飞在平流层中，法拉都能嗅到一股刺鼻的气味。她已经分辨不出，到底是化工厂的废气已经弥散到几千米的高空，还是在"外网"的影响下，她对空气污染的厌倦被放大成了感官体验。

　　在这座被重工业包围的城市中，"罪物管理中心"的建筑并不醒目，倒不如说如果没人引路，即便是老住户也很难找到这里。但对于罗星和法拉这种以回收罪物为工作的"罪物猎手"而言，这个地方可是赚取图灵币的风水宝地。

　　推开老旧的铁门时，法拉嗅到了熟悉的咖啡味道，眼前深蓝色的"GBAC"（Guilty Beings Administration Center）字样格外醒目。她穿过并不宽敞的门厅，走进木门，看到一名中年男子正坐在浅黄色的办公桌后，双腿跷在桌上，手中把玩着一台旧时代的掌机。白山，同事们都叫他老白，他是罪物管理中心的管理员之一。传言老白结过婚，但几年前老婆带着孩子跑去了"柠黄"，一去不返。

看到法拉进来，老白抬起额头，笑道："哟，小法拉回来了。听说这次的收获不错？"说罢，他将游戏机中色彩鲜艳的画面展示出来："体验棒极了，不枉花了我一辆汽车的钱。"

法拉将背包摔在桌上："为什么不去内网玩？那里最便宜的就是电子游戏了。"

老白嗤笑道："'红'从来不懂优化按键的手感，力反馈软得就像泥。"

老白口中的"红"，是守护整座城市的超级人工智能的名字。人类文明衰落后，剩余的人口全部集中在四座大城市里，城市中心的超级人工智能凭借强大的算力屏蔽了"外网"的污染，构筑起一个人类文明能够勉强存续的空间。4台超级人工智能全部以颜色命名，不知是偷懒还是什么缘故，最初定居下来的人类索性在颜色前面加上一个字，就成了城市的名字，例如"幽红"。

法拉从背包中取出透明的真空容器摆在老白面前，落满灰尘的毛绒兔子安静地躺在里面。

"看样子你们捡到好货了。"老白放下游戏机，抚摸着容器冰凉的外壁，又瞥了眼墙上的挂钟，"快到下班时间了，明天来取鉴定结果吧。"

法拉笑了笑，再次将手伸入背包，取出一个保鲜盒递到老白面前。

"刚买了些点心，很好吃的，尝尝吧。"

老白打开盖子，里面整齐地排着6块奶白色的冰皮油酥。他取出一块嗅了嗅，说道："这一盒能值3个图灵币了。一般人醒着时只吃蛋白质棒，美食全部要去内网享受。"

法拉笑道："'红'从来不懂优化糕点的口感，油酥咬起来好像塑料。"

老白收起糕点，对着法拉使了个眼色："跟我来吧。"

罪物管理中心的主体部分位于地下500米的深处，这里"外网"的干扰更弱，加上"红"的屏蔽，所有的罪物都能够老老实实的。但防护措施还是必不可少的，例如毛绒兔子一旦结束鉴定，就会再次躺回到真空容器中。

法拉很喜欢这里的高速电梯，失重感能够短暂地刺激肾上腺素的分泌。伴随着"叮咚"一声，电梯停了下来，面前出现一间开阔明亮的大厅，地面铺着厚厚的胶垫，墙壁漆成银灰色，其上遍布着豆粒大小的换气孔洞。

老白走到墙角的一台计算机前，通过生物识别进入了系统。他示意法拉将真空容器放置在一旁2米见方的金属台上，按下回车键，三条机械臂将容器转移到靠近墙壁的传送带上，缓缓向更深处移去。

"外网"变异后，科学家们定义了一个叫作"阿帕"的单位，来描述外网的影响，通常也称作"外网浓度"。在城外区域，外网浓度在10阿帕上下，城内区域则低于0.1阿帕。从罪物管理中心直到这间大厅，属于"真空过滤区"，外网浓度逐渐降低10^{-3}阿帕附近；进入更内部则是"高真空区域"，外网浓度严格低于10^{-7}方阿帕。

在如此低的外网浓度下，极少有罪物能够表现出异常。

"系统要求给兔子起个名字，叫什么好？"老白看了眼法拉，问道。

"就叫'小红'如何？"

"太难听了，红色的兔子，叫赤兔吧。"老白说着便将名字录入系统。

法拉撇撇嘴，没有作声。常来这里的人都知道，老白对罪物的命名权相当强势，咨询别人的意见也只是意思一下；更重要的是，他对命名的审美烂到令人发指。

目送赤兔进入高真空区域后，两人拉过钢管椅坐下，默默等待着。"红"鉴别罪物的过程通常要2~3小时，最后根据综合评级给出报酬。

老白继续玩起了游戏，法拉无聊地将双腿跷在桌上，这样可以恢复精神。不知过了多久，老白面前的计算机屏幕有了变化，法拉立即跳了起来，凑到屏幕前。一旁的老白扭动身子，带着椅子让开一个位置。

屏幕上显示出几行字：

名称：赤兔

类型：Entropy

"类型"代表了罪物能力的种类。罪物虽然可以引发一些匪夷所思的现象，但并不能违背物理定律，只能在物理规律的框架内作妖。通常，每个罪物只擅长于对一类物理量的操纵，这就是"类型"的由来。

"Entropy"即熵，是一个热力学的概念，代表系统无序的程度。物理学中有个著名的"热力学第二定律"，讲的是宇宙的熵只会增加，不会减少，推延至最悲观的结果就是"热寂"——宇宙中再也没有任何两个粒子能发生相互作用。熵的增加决定了物理过程的演化方向，比如泼出去的水会落在地上而不是回到杯子里，开水放在房间里会渐渐变凉而不是变得更热，等等。换言之，如果能够控制熵，就在某种意义上控制了物理过程。

老白也凑了过来，感慨道："这次你们可赚大了，上一次遇到类型熵的，还是17个月前呢，最近都是温度啊电量啊之类的东西。就这只兔子，报酬3 000个图灵币起跳。"

法拉没有作声，继续看着屏幕。

破坏力：City。

破坏力的等级划分没有那么学术，罪物最多能够造成多大范围的破坏，就算什么等级。最小的标准是None，即没有破坏力，而是具有一些其他的效果；往上是Human（人类）、Building（建筑）、City（城市）、Country（国家）、Plant（行星）。再往上据说还有星系级，不过目前法拉还没有见过行星级的破坏力，国家级的都只存在于传说中。

看样子，制作小型核弹夷平一座城市，也就是赤兔的上限。

下一行字是法拉他们已经推断出的"抗性"：NS。

"抗性"这个参数更加简单，其划分了4个等级，分别是普通（Normal）、机械攻击无效（Mechanic Ineffective，MI），化学攻击无效（Chemical Rejective，CR），核攻击无效（Nuclear Safe，NS）。机械攻击很好理解，就是常规武器，包括子弹在内，难以破坏；化学攻击无效，就是炸弹腐蚀之类的也无法破坏；到了最高等级，就能扛住核弹的攻击了。以人类文明目前的水准，还没有破坏抗性NS级罪物的方法，只能使其无效化。

赤兔的类型、破坏力和抗性都可圈可点，剩余的参数就很普通了。"探测范围"不出所料只有32米，"影响范围"大约60米，比较有趣的是"探测类型"一栏，法拉出乎意料地看到了"Emotion"一词。

情感探测。

在遍布外网的城外，即便是人类，也会与外网深度接触。这样一来，人类思维的"算法"就能够作为探测的目标。如果是计算机，无论算法怎样复杂，都会严格遵循基本逻辑；而人类则不同，即便是最冷静的冷血症患者，其算法中也会遍布着逻辑错误。对情感探测算法而言，在计算机中找到人类，简直比从鸭子群里挑出一头猪还要简单。

"红"最终给出的评级是S+，价值却只有5 400个图灵币，原因是"难以控制"。

即便如此，分到每人手中也有1 800个，法拉开心地领取了奖励。自然，图灵币并没有实体，而是储存在城市的内网中。这是一种基于区块链技术的虚拟货币，直观反映了能够使用的"算力"，在4座城市中都是通用的。

正当法拉准备转身离开时，身后传来一个熟悉的声音：

"嗨，老白！法拉也在啊。"

站在他们面前的是一位约莫20岁的男青年，穿着紧身牛仔裤和大了一号的白花T恤，耳朵上戴着耳钉。骆非，同法拉与罗星一样，是一名罪物猎手。

老白瞪了他一眼："你怎么下来的？"

"上次来的时候，看你的手型记住了密码。"骆非恬不知耻地答道，"我那根录音笔的鉴定怎么样了？"

"阿加莎。"

骆非啧了一声："好吧，阿加莎的鉴定怎么样了？"

"提醒你两件事。"老白伸出2根手指，"第一，没有工作人员的带领，私自下来这里违反了规定，最多可以罚款100个图灵币，甚至吊销你罪物猎手的资格。"

"好啦好啦，第二呢？"骆非若无其事地接话道。

"我下班了，你明天再来。"

"喂！你昨天也是这么说的……"

法拉没有理会两人的争执，她走到自动咖啡机前，花费0.1个图灵币点了一杯摩卡。无论从何种角度看，这座城市的咖啡都算不上美味，但法拉此刻的心情很好，她甚至在寡淡的咖啡中品出了焦香。

1 800个图灵币，又可以逍遥一番了。

即便是罗星，也能有36个图灵币留在账上。

3.

罗星不喜欢医疗中心，尤其不喜欢泡在营养液中治疗。每次结束治疗，他都只想着快些回家泡澡。最重要的，每次进医疗中心，还要花2个图灵币的手续费。

即便结束了战斗，罗星腿部的老化也没有停止。他在战场上只是觉得使不出全力，回到"幽红"时，走路已经开始跟跄了。

医务中心的黛娜医生小他两岁，尽管有着旧时欧洲的血统，个子却不高，说起话来细声细语的，好像一个大号的洋娃娃。不过她对待受伤的罪物猎手可是毫不客气的，曾经有名男性猎手想跟她搭讪，结局是挨了三倍计量的麻醉剂。

罗星也很喜欢黛娜医生，理由是不需要花费多余的诊疗费。

"嗯……情况比想象的更严重啊。"黛娜医生盯着屏幕说道，"老化细胞已经顺着血流扩散到全身，尽管不会像癌细胞一样致命，但会影响身体机能。"

"需要做大面积的肌体再生吗？"罗星问道。

"这是治疗方案之一。不过……"黛娜医生转过身来，蓝眼珠中闪烁出一丝犹豫。

"怎么？"

"'红'要亲自和你谈。"

罗星默默地叹了口气。在医务中心，想要连接"红"只有一个办法，那就是泡进营养液。

治疗仓是一个透明的圆桶，使用者需要脱光衣物躺在里面，给口鼻罩上氧气面罩，再给额头上贴几十个电极。通过电极，人类可以连入内网，与"红"连接。

罗星躺在舱内，目视着黛娜医生关闭舱门，缓缓闭上了眼睛。耳中传来了营养液注入的汩汩声，不消片刻，罗星便感觉身体悬浮了起来，仿佛被一层柔软的棉絮包裹着。

如果不是洗掉皮肤上残留的营养液需要花费2.5小时，以及0.1个图灵币的水费，这种体验罗星并不讨厌。

罗星再次睁开双眼时，看到的是一模一样的治疗室。内网是一个在现实世界的基础上构筑起来的沉浸式虚拟空间，与旧时科幻作品中的构思十分接近，只是不需要给身体装上脑后插管之类的接口而已。

一阵凉意袭来，罗星方才意识到自己依然一丝不挂。接入内网时，用户的状态会真实地复制现实世界的位置、衣着等参数，死板的系统对裸身的治疗者都没有特别优待，除非花钱。

这也是罗星不喜欢营养液治疗的原因之一。

罗星打开墙角的衣柜，一面取出白大褂披上，一面怀念着自己衣柜里的棉质睡衣，那是去年生日时法拉塞给他的礼物。

没等罗星迈开脚步，他的眼前突然涌出一片黄白色的光芒，继而迅速汇集成人形。那个人看不出性别，也没有五官，更缺少肌体的细节，仿佛粗制滥造的3D建模。

"你好，我是'红'。"无感情的电子音回荡在医务中心狭小的空间内。

尽管每天都生活在"红"的庇护下，罗星还是第一次与它面对面。他上下端详了一番神秘的人工智能，问道："要找我谈什么？"

"关于这次治疗，目前有两个方案备选。""红"也不啰唆，"其一，普通的肌体再生，但由于老化细胞扩散很广，难以保证清理干净；其二，使用我们最近刚刚合成的纳米机器，彻底改造你的身体。"

罗星听说过纳米机器技术，对肌体改造也并不排斥。不过事关重大，还是问清楚一些为好。

"使用纳米机器有什么好处？"

"它们会迅速识别并消灭身体中的老化细胞，同时促进健康细胞再生。治疗结束后，除去身体中留有纳米机器外，你会完全康复。"

罗星继续问道："代价呢？事先说好，钱我一分也不会多花。"

"红"毫不避讳地说："生产纳米机器需要耗费大量资源，天文数字的费用并不是你能承受的。想要使用纳米机器治疗，就必须接受我的条件。"

除去医疗等特殊领域，城市目前的生产能力甚至比不上21世纪。若非"红"始终将工业扩张作为目标，生产纳米机器这种事简直是天方夜谭。

"什么条件？"

"注入纳米机器后，你可以通过它们与我建立连接，随时借用我的算力，比如不靠辅助设备接入内网。与此同时，我还会赋予你一项特殊能力，就像罪物一样。""红"解释道，"至于代价，你必须成为城市的专属罪物猎手，接受我派给你的任务，永远不得叛变。否则，纳米机器会连同你一起自我销毁。"

罗星半笑道："叛变？我还欠着一百万呢。"

"红"没有正面回应。他那没有五官的脸正对着罗星，说："你有3天时间考虑……"

"我接受。"

没等"红"说完，罗星便打断了它。

"我接受纳米机器治疗。麻烦快一些，我还急着出任务呢。"

"红"顿了2秒，答道："明白"。它一挥手，一张半透明的文书落在了罗星面前。"你需要签字确认，之后等待就是了。"

罗星接过文书，"红"又具现出一支笔，罗星看都没看就签上了自己的名字。

"确认完毕，多谢你对城市的贡献。"

话音刚落，"红"的躯体便化作一道光，彻底不见了踪影。

罗星静静地站立在虚拟的房间里，紧紧握住拳头。

◇

罗星记不得自己是何时失去意识的，更不知昏睡了多久。当意识再次清醒时，他发现自己悬浮在一个全黑的空间中，脚下没有触感，心跳声却格外清晰。

他清楚，自己此刻依然在内网中。

一张半透明的全息屏在罗星的面前展开，橙红色的背底格外醒目。屏幕上跳出一行字：

"肌体改造已经完成，现在进行系统初始化。初始化结束后，你就可以醒来了。"

初始化？没等罗星出声提问，系统继续显示：

"初始化开始前，你需要选择能力的类型，一旦选择，将永远不可更改。"

随即，屏幕上出现了一行选项，罗星一眼扫去，顿时明白了何为"像罪物一样的力量"——他可以借助"红"的算力，操控某个物理量。

当罗星的手指划过选项时，其后方会弹出一个小窗口，详细说明能力的细节。罗星先后查看了"温度""压强""电量""重力"等选项，这些能力的应用范围虽然广泛，但缺乏足够的灵活度，难以构成强大的战力。

罗星最感兴趣的是"时间"和"空间"能力。在罪物中，时间空间的类型极为罕见，几乎个个都能拿到S的评级。然而查看细节后，罗星发现它们的应用非常有限：时间类只可以加速或减速自身的时间流速，最高限度为3倍或1/3；空间能力相当于瞬间移动，只不过……只能移动特别远的距离，最近也相当于地面到同步轨道的距离，可以说毫无用处。这也很好理解，毕竟连接的空间距离越短，所需的空间曲率就越大，难度也就越高。

犹豫再三，罗星选择了一项应用虽然单一，但却有很多活用空间的能力：

熵。

选定后，系统要求他再次确认，之后弹出一行字：

"初始化开始，请耐心等待。能力的初始应用十分有限，系统会在应用过程中不断优化。能力的使用会消耗精神力，在城外执行任务时，要注意被外网感染的风险。"

说明结束后，全息屏干净利落地消失了。从系统的说明来看，"红"给予的能力就好像游戏中打怪积累经验值一般，用得越多便越强，而有些特殊应用，说不定还需要自己开发。

◇

再次醒来时，罗星看到的是家中单调的天花板。身上穿了睡衣，外出时的便装整整齐齐地叠好放在床头。他先是确定了时间，此刻是第二天的傍晚，距离进入医疗中心已经过了25小时。

身上没有了黏黏的感觉，看样子医务中心帮忙清理了身体，腿部的力量也恢复了，光洁的皮肤好似年轻了几岁。罗星起床洗漱了一番，又为自己准备了简易的早餐——当然，只是蛋白质棒加上少许的佐料提味。他的家是一间不足50平方米的公寓，也是"幽红"里租金最便宜的户型。除去必要的生活用品外，房间内十分空荡，但这间屋子位于高层建筑的顶层，视野开阔，落地窗吹进的风也格外清爽。

电话里有两则留言，第一则来自黛娜医生，她说明了目前的状况：治疗得十分成功，但为了让纳米机器与身体良好融合，治疗者必须进入深度睡眠一段时间，于是治疗结束后，她开车把罗星送了回来。

"你是我接手的第一例纳米机器接受者。从理论上讲，你并不需要复查，但如果身体有什么不舒服，一定尽快联系我。"黛娜医生在最后说道。

第二则留言来自法拉。

"嗨，我听说了你的事情。真有你的，换了我，绝对不会答应改造自己的身体。醒来之后，记得报声平安。"

听完留言，罗星先是给法拉回了信息，之后编辑了一条简短的语音，将情况报告给了银蛇队长。

简单填饱肚子后，罗星开始计划今天的日程。突然，他瞥见一名陌生男子不知何时站在了身旁。

罗星下意识地摆出了战斗姿势，可眼前的男子却越看越眼熟——笔挺的黑色西装，深蓝星纹领带，宽檐帽，脸上还戴着一张小丑面具。

他尝试着开口叫道："拜森？"

"有何吩咐，罗星主人。"

没有错了，这位是罗星在内网的虚拟管家，而将他打扮得如此特立独行的正是罗星本人。

那时，三个人第一次成功回收了罪物，小小地赚了一笔。法拉在内网和现实世界疯狂购物，几乎一夜之间就把报酬挥霍一空。罗星则破天荒地花了3小时研究了内网中的价目表，最终决定添置一个虚拟管家。黑色礼服和宽沿帽子就用系统的默认设置，罗星又实在懒得捏一张脸，便索性让他戴上了面具。

个性化定制需要"红"分配多余的算力，价格十分昂贵。直到现在，罗星看到虚拟管家时还在想，如果这20个图灵能留在自己的钱包里，该是一件多么美好的事。

当然这是不可能的，即便法拉给罗星转账，也会自动被"红"扣除98%，四舍五入后相当于1分钱都不剩。

然而此时此刻，困扰罗星的却是另一个问题：虚拟管家只能在内网看到，为何会出现在现实世界中呢？

罗星最初怀疑自己依然在内网中，并没有完全醒来；但他很快否定了这种猜测。沉浸式虚拟世界即便做得再逼真，也能轻易发现与现实世界的区别。

罗星灵机一动，问道："拜森，你看得到我吗？"

"主人的虚拟形象没有出现在内网中，但我可以听到您的声音。"

根据有限的信息，罗星开始分析现状：拜森不过是内网中的一个程序包，他所言的"看不见"，即是指罗星在内网中的ID并没有被激活。这意味着如果借助纳米机器，现在的他即便不进入内网，也能够与内网交换信息。

那么是否可以如"红"所言，不借助外接设备连入内网呢？

罗星闭上眼睛，不停地在心中默念：接入内网，接入内网，接入内网……

几秒钟后，脚下传来失重感，仿佛一股无形的力量将身体拉入山谷。眼中闪烁出飘动的线条，耳中则是沙沙的白噪音。罗星十分熟悉这种感觉，每次接入内网时，他都不得不体验一番。

眨眼间，罗星站在了一模一样的房间中。这种体验十分新鲜，之前接入内网时，都需要坐定或者躺好，再带上贴满电极的沉重头盔，保持站姿接入还是第一次。

"欢迎回来，我的主人。"拜森鞠了一躬，说出一如既往的欢迎词。

罗星看着他问道："你现在看得到我吗？"

"当然。"

简单思考后，罗星对自己的能力有了一定的理解：如果仅仅只是开启内网视野，而不接入内网，他就好像局域网外的黑客，可以窃取局域网的信息，也可以凭借自己的意愿传输信息，但局域网内的用户没办法发现他。只有接入内网，自己在内网的ID才会被激活，这时内网用户才能正常识别他。

之后，罗星尝试了多次接入、登出，还研究了如何在现实世界关闭内网视野。他惊讶地发现，自己不但能够凭借主观意识控制，甚至可以设定一些动作作为"开关"，就好像编程中定义"宏"一般。

先是接入内网，动作设计的关键是简洁而且易操作，于是他将"接入内网"操作的启动动作设定为左手打响指，"退出内网"则是右手打响指。

"开启内网视野"的动作罗星最初设计为敲额头，之后又觉得这个动作还是过于显眼，便改为连续眨眼3次开启，再连续眨眼3次关闭。

一切准备就绪，罗星默默走出了家门。他要去城里转一转，熟悉一下新的能力。

◇

罗星从不逛街,他根本没有多余的钱用来消费;然而此时此刻,"幽红"内单调的景象在他眼中却有了全新的样子。

公寓楼下是一条商业街,只有两三家经营衣物和食品的店开着门。"幽红"的蛋白质棒是统一发放的,基本能保证足量,现实世界中的食品店也只经营一些可以填饱肚子的米面,而美食则大都需要在内网中享受。

罗星连续眨眼3次开启内网视野,街上顿时热闹了起来。几名小朋友正围在零食摊贩前,等待着爆米花和棉花糖出炉。他的左手边是一家近期很火的比萨店,门前排了一条长队。在内网里,无论怎样胡吃海塞,花销也超不过两个图灵币,还不必担心患上消化系统疾病。

服饰区更加热闹,比起需要干涉人类味觉的食品来,虚拟世界的服饰设计更加简单,只需要设计好外观,在素材库中选择材质,最后进行3D建模即可。最近民族服饰十分流行,和服中的海老茶袴和白无垢最受欢迎,汉服已被严格划分了朝代,大街上出现得最多的是宋代的溪春堂。

当然,所有需要图灵币的享受,都与罗星无缘。

罗星快步穿过了饰品区与服装区,拐进了一条不显眼的胡同。这里的官方称谓叫"非标准商品交易区",也就是俗称的黑市。

"幽红"的政府机构议事厅并没有多余的精力来管理市场,只要不对城市安全构成威胁,都可以自由交易。但为了使交易更加规范,政府机构议事厅制定了常规商品的价目区间,超过价目区间的图灵币交易会被"幽红"禁止;没有列入价目表的商品,便一律被归为"非标准商品"。

黑市中最常见的是现实世界中的各种美食,原材料通常来源不明,店家只负责口味,对健康的影响则需要吃东西的人自求多福。位居第二的是各类武器装备，罪物猎手在"幽红"占据了百分之五的人口数，黑市是他们提高战力的好地方。

在胡同拐角处，罗星瞥见一个熟悉的身影。银蛇队长正坐在一张圆桌前，与对面穿着哥特萝莉装的小女孩说着什么。罗星认识这名小女孩，她叫高亚洲，专门加工各种特殊的弹药，在现实世界里是一名超过40岁的大叔。

"幽红"内网用户的默认形象是现实世界中的样子，系统也没有提供更多的选项，据说这个小女孩的样貌在黑市的价值超过100个图灵币。

罗星连续眨眼3次关闭内网视野，确认银蛇队长并不在现实世界中后，方才再次接入内网凑了过去，想听听队长在和对方说什么。

"你也真是的，每次的活都这么麻烦。"高亚洲挽着手臂，用不似小女孩的语气抱怨。

银蛇将双臂枕在脑后："利索点，能接吗？"

高亚洲打了个响指，3颗黄铜色的子弹落在桌面上，发出清脆的响声。

"验货吧，如果满意，请付定金。"

罗星吃了一惊，这是一种数据病毒弹，可以攻击网络中的虚拟目标，也可以集成在真实的子弹中。

可银蛇并没有拿起子弹，他微微抬起头，一瞬间，他的视线与罗星对接了。

"怎么，不满意吗？我保证这样的货，'幽红'里再找不到第二家了。"高亚洲不满地咕哝着。

"有人在盯着我们……"银蛇皱了皱眉头。

"你说什么？"高亚洲四下张望着空空如也的店面。

而被吓得不轻的罗星，匆忙跑出了黑市，心脏猛烈地跳动着。

这就是罪物猎手的第六感吗？

◇

一番闲逛后，已是黄昏时分。罗星想着夜里的作战，不知不觉走到了中心公园处。

中心公园位于"幽红"的市中心，依傍着城中的天然湖泊。湖的面积不大，但由于是活水，经常可以看到鱼类和飞禽。公园里的设施少得可怜，只有若干老旧的长椅，还有一座顶部样式仿旧时沧浪亭，而栏杆却用大理石制成的古怪亭子。

在这个单调的世界里，中心公园是年轻情侣约会的首选，无论是在现实世界还是在内网。

罗星步行来到公园湖边，望望天边，夕阳已经落入地平线一半。四周很安静，不见一个人影，他找到了一条位于湖边柳树下的木椅坐下，连续眨眼3次，开启了内网视野。公园里一下子热闹起来，大部分是幽会的情侣，还能看到带着孩子的父母，坐在草坪上享用虚拟的美食。

就在这时，引擎的轰鸣声自远处传来，一辆外形酷似杜卡迪大魔鬼的纯黑巡航机车驶入罗星的视野。即便在内网，这样一台机车也至少要50个图灵币。机车停在罗星面前不到3米的地方，穿着黑色机车服的驾驶员摘下头盔，彬彬有礼地将机车后方的女性扶下机车。男性粗犷的黑色短发在夜风中轻轻摆动，沧桑的脸上刻着3道伤痕。

看着女性的身材，罗星觉得十分熟悉，等她摘下头盔，才发现这居然是自己的青梅竹马兼队友——法拉。

"就送到这里吗？"男性问。

"嗯。"法拉望着夕阳点点头。

"好久没有像今天这么开心了。下次还可以约你吗？"

"随缘吧。"

男性立刻明白了这是委婉的拒绝。他跨上机车，向法拉告别：

"再见，法拉。"

"再见，薛峰。"

目送男人离开后，法拉走到木椅旁坐下，就在罗星身边。尽管罗星知道内网中的人无法触摸自己，可还是下意识地向一旁躲了躲。

法拉在面前张开一道虚拟屏幕，打开了聊天软件的界面。罗星偷偷瞥了一眼，惊讶地发现联系对象正是自己。

"肌体改造后的感觉怎么样？还适应吗？"法拉输入道。

罗星匆忙拿出手机，回复道："没有太多感觉，只是有些疲惫。"

按下发送键，他又关闭了手机的系统提示音——尽管法拉并不能听到。

"我今天约了一个很像队长的人。"法拉回复。输入这条信息花了她几分钟的时间，输入了又删除，反反复复好几次，罗星强忍着没去偷看她的输入过程。

该如何回复呢？罗星想了很久，应道：

"那他应当很没情趣。"

法拉回了一个发怒的表情，但罗星看到，她笑得很开心。

"比你和队长有情趣多了，人家会用钢琴弹德彪西的曲子。"法拉再次回应。没等罗星回复，她又问道："你那边有什么有趣的事吗？"

终于到了罗星擅长的环节。他迅速编辑了一条长长的信息，将自己的新能力简要描述了一遍。法拉看着罗星的描述，扶着下巴思考片刻，回应道：

"我担心××。"

"担心"后面是用表情符号排出的暗号，翻译出来是"'红'的监视"。城市里所有的通信都会经由"红"，因此进行一定程度的加密还是有必要的。

罗星想了想，答道："过些天去找一趟胖子吧。"

法拉回复了一个发怒的表情，罗星清楚，这是"尽管不情愿但还是答应你"的意思。

"今晚有什么安排吗？"法拉问道。

"不太想动，想早点睡。"罗星回应。

"这样啊，晚安。"

关闭通信窗口后，法拉一直默默坐在长椅上，注视着夕阳，看它渐渐沉下地平线。街灯渐次亮起，罗星站起身，看了眼依旧坐定不动的法拉，向着城郊走去。他刚刚说谎了。今晚的行动，他并不希望法拉参加。

4.

"幽红"的罪物猎手在城外移动有两种方式，自己购买交通工具，或者租借城市里的越野车。越野车的租金很便宜，即便有损坏，维修费也要比购买便宜许多。因此，除去某些有特殊喜好的，人们大都会选择租借的方式。

据说，只有身在"幽红"才能享受这种特权，毕竟这是一座以工业扩张为目标的城市。

临近午夜，罗星终于抵达了目的地附近。他停好花两个图灵币租借来的棕色吉普车，直了直酸痛的腰身。为了避免被外网感染而产生变异，车上不能安装任何智能化辅助设备，而且罗星租借的是最便宜的车型，悬挂硬得要死。这样一辆车开在尽是废墟的荒野上，简直能把肠子颠出来。

眼前是一座旧时代的体育场，粗壮的钢筋蛛网一般地编织在外表面上。东侧被炸开一道裂缝，空气中弥散着铁锈味儿。

罗星没有选择容易暴露自己的大裂缝处进入，而是侧着身子挤进了一扇锈死的铁门。在外网环境中无法使用夜视仪，而打开人工照明又容易暴露自己，罗星靠着久经锻炼的夜视能力，小心翼翼地顺着潮湿的走廊向前方摸索着行进，不久后便来到了体育馆看台后侧的高层座椅处。月光顺着裂缝流进来，馆内的景象一览无余——

杂草丛生的场馆内，堆满了不知何处来的各式机械，好似一座机械的乱葬岗，最边缘处横着水泥搅拌车、公交车、挖掘机，其中最显眼的是一台体型巨大的盾构机，它的顶部甚至插着一架只剩了半截身子的小型客机。如果说这些机械是自然而然堆放在此处的，恐怕连小孩子都不会信。

罗星闭上眼睛，在心中默念：

"连接'红'！"

一瞬间，他的体内产生了一种前所未有的感觉，他能够感觉自己每一次的心跳，每一根血管的流动；更进一步地，他似乎感受到了体内60万亿细胞的躁动，感受到蛋白质与核酸在不辞辛苦地劳作。

那一刻，罗星的视野发生了改变。世间万物能量的流动，在他的眼中有了具体的形象。

熵。

抽象的熵在罗星的视野中化作了幽灵般的暗红色，在每一个物体表面不息地流动着。这是一种与"内网视野"截然不同的能力，可以称之为"熵视野"。

如果罪物藏在这堆废弃的机械中，它在"熵视野"中会格外显眼。

罗星简单地探查了一番，果然如同探索队所言，这里没有罪物的痕迹。

这也正常，如果是简简单单就能发现的家伙，早就被其他罪物猎手捷足先登了。

既然这么会藏，那就逼它出来！

罗星将视线聚焦在废墟上方的空气中，深吸一口气，集中精神。渐渐地，空无一物的视野中呈现出两道颜色不同的涡旋，一道深红，一道浅蓝，彼此错综复杂地交织在一起。它们代表了空气的两个主要成分，即氮气和氧气，由于密度、比热容等物理参数的不同，在熵视野中便有了区别。

罗星在心中控制住两道翻滚的旋涡，将复杂的运算过程交给了遥远的"红"。不消片刻，透明色的液滴自半空滴落，紧接着又是一滴，呛鼻的鱼腥味在体育馆潮闷的空气中弥散开来。

差不多了，罗星迅速关闭了"熵视野"，避免过多地浪费精神力。他三步并作两步地向着更高处跑去，一跃而起，落在了最高处一根裸露的钢筋上。

浓度，OK。距离，OK。罗星自腰间取出左轮枪，上好子弹，瞄准了机械山的底部。

清脆的枪响打破了夜空的寂静，几只鸣虫被枪声惊到，扑棱着翅膀向远处飞去。体育馆内，高速飞行的子弹划出一道亮红的轨迹，几百摄氏度的高温沿着气浪迅速扩散开去。

一粒"雨滴"接触到子弹留下的高温，迅速与周边高浓度的氧气发生反应，如同被点燃的爆竹一般炸开，喷出一道火舌。火舌点燃了更多的雨滴，几秒钟的时间内，体育馆便被炽热的烈焰吞噬，继而是撼动大地的猛烈爆破声。

罗星自半空落下，他控制着身体分子的热运动，减缓了重力的加速，如同气球一般缓缓飘落。在他的眼中，体育馆的穹顶处喷出出一道直冲天际的烈焰，犹如火山爆发一般。

1,1-二甲基联氨，又名偏二甲肼。借助操作熵的能力，罗星用空气中的碳、氮和氧，合成了这种用在液体火箭中的烈性燃料。

高温散去，罗星回到了体育馆内。机械山被炸得七零八落，盾构机滚在一边，边缘处因高温而卷曲变形。草坪被烧成了黑炭，水泥墙壁上尽是斑驳的痕迹。

罗星跨过几堆余火，径直来到了被炸开的机械堆中。侦察片刻，他在一辆满身伤痕的破旧机车前面停下了脚步。熵视野中，这辆摩托车的车身上翻滚着密集的波纹。罗星的嘴角微微上扬：

"找到你了。"

◇

它第一次拥有自我意识的时候，发现身在工厂的流水线里，身旁尽是和自己一模一样的机车。

海量的数据资料不可抗拒地涌入了它的记忆存储，它清楚了，自己是一台拥有自主意识的人工智能辅助型机车，属于市场上的尖端产品。

不久后，它被放入了商场的专柜，等待被顾客买走。它十分期待，在它的底层逻辑里，为人类服务是一件无比崇高的事情。

买走它的是一名有些阴沉的中年男子，穿着灰色的夹克，脸上带着稀疏的胡茬。出乎它意料的是，新主人并没有驾驶着它到处行走，而是将它装入了卡车漆黑的集装箱，紧接着便是长达三个日夜的长途运输。

摄像机再次捕捉到光学影像的时候，它意识到自己来到了一座大型建筑的内部。四周空荡荡的，只有一些数据库中查找不到的设备，还有几个同样阴沉的人类，围在计算机屏幕前小声议论着。

很久之后它才知道，自己被生产厂商的竞争对手买走了，用来测试产品的极限性能。

那是一段它永远不愿意想起的日子。偏置碰撞、高空坠落、与相同型号的机器对撞……它无数次粉身碎骨，又硬生生地被拼了起来。它甚至开始诅咒自己的生产商：为什么自己的CPU和记忆存储单元做得这么结实！

所以，当它听到那句"这台机器已经不能再用了"时，内心深处感到了由衷的解脱。

这段痛彻心扉的经历，只告诉了它一件事：

人类，太可怕了！

不知过了多久，它再次醒来了。这次，它躺在垃圾山里，身体不能动弹，发声原件也损坏了。通过勉强可以运转的摄像头，它渐渐明白了状况：

这里不再是繁华的都市，应当成为类似贫民窟的地方了。

不久后，人类再次出现了。这次是一个皮肤黝黑的老头，手指和衬衫上沾着黑色的机油。老头拎来了工具箱，坐在它面前，二话不说就开始……

从它身上卸零件。

对它而言，虽然没有"痛"的概念，但那种系统连续警告报错的滋味，绝对算不上舒服。它不能动，也不能出声，只能来回转动摄像头以示抗议。老头似乎注意到了它发出的信号，随手一锤，摄像头便成了碎片。

果然，人类太可怕了！

它陷入了无尽的黑暗，只能听到老头的脚步声，以及锤子砸在自己身上的叮当声。这种日子并没有持续太久，某日，它听到了不一样的声音，它迅速在数据库中寻找，很快便通过声纹确定了那是AK系列的枪声。

"这个骗子，死有余辜。"

"他也太穷了，没什么好拿走的。"

这是它在黑暗中听到的最后两句话，之后是长久的静寂。它默默地等待，等待，不知过了多久，一种前所未有的感觉自头脑中涌出——

好饿！

"饿"的定义并不存在于他的数据库中，但它无比确信，这种感觉就是人类所谓的"饥饿"！尽管无法移动，尽管陷入了黑暗，尽管再次被人类虐待，但饥饿感却逐渐压倒了一切情感。必须找些东西来吃！

它最先感应到的是身边的废弃机械。它控制着几条断裂的线缆，硬生生地将那台笔记本电脑拉了过来。它感到对方缓缓地融入了自己的身体，饥饿感也得到了些许的缓解。

更重要的是，在"进食"结束的瞬间，它重新拥有了视野。笔记本电脑的摄像头被它的身体吸收，成了身体的一部分。

它急不可待地继续进食，很快就把附近的机器吃了个遍。吃到后面，它已经不再觉得饿了，但为了修好自己，还在坚持进食。

离开那里时，它笨重得像一台拖拉机，轮毂包着履带，外壳是黄色的铁板。即便如此，它终于可以再次移动了。

它成了荒野中的捕食者，狩猎着一台又一台机械。幸运的是，人类的都市不知为何成了废墟，被废弃的机械俯拾皆是。

从吞食的机器的存储里，它弄清楚了现状：人类文明早已衰退，而此时的自己应当是受到了外网的污染，成了名为"罪物"的存在。

它同时也明白了自己的能力：可以随意吞噬机器，并将对方的零部件收为己用，还能将关键部件存储起来，以备不时之需。

然而内心深处对人类的那份恐惧，却从来没有消除。

绝对，绝对，绝对，不能招惹人类！

如同自己狩猎机器一般，它也是被狩猎的对象，对方是叫作"罪物猎手"的人类。

幸运的是，在人类那里得来的惨痛教训，造就了它此刻谨慎至极的心智。

要留好底牌，苟活下去！

为了保护自己，它做了层层伪装，体育馆内的机械山就是马甲的一部分。它刻意只吃掉了机械中较为重要的部分，将剩余的部件堆积起来，再将自己的一个替身藏在其中。

可是，人类的恐怖还是远远超乎了它的想象。自己多年的准备，居然让一个来历不明的家伙用一把火烧掉了！它悻悻地退去伪装，自下水道中钻了出来。多亏自己留了后手，它想着，打开消音装置，换上黑色涂装，静悄悄地融入夜色。人类这种生物，离得越远越好。

可是突然间，它的视野中出现了一辆棕色的越野车。虽然吃过各式各样的机器，但如此崭新的设备，实在是太难找到了。

这一定是那个人类的座驾吧，吃了它，算是报复吧。

它伸出线缆，迅速将越野车吞入身体。在某一瞬间——

一阵剧烈的震颤，它不得不将吃了一半的食物吐了出来。越野车发生了原因不明的大爆炸，余波炸毁了它的两条管线，半透明的燃料流了出来。

又是一次爆炸，它被余波掀飞，费了好大力气才稳住身体。它迅速调用各种备用配件，替换了身体损坏的部分。

好险……这也是那个人类的谋划吗？实在是太阴险了！

就在这时，一个人类自高空落下，不偏不倚地骑在了它的身上。

"不错的伪装。"那个人类的声音冷冰冰的，"看样子能卖个好价钱。"

◇

怎么办？

在几秒钟的时间里，它的计算单元中闪过了上百条备用的对策，所有对策都围绕着同一个关键词——

逃！

它猛然间人立而起，在颠簸的路面上开足马力，不停地加速、减速、急转弯，只求能将背上的人类甩下来。按照它事前的推演，这种程度的加速度，已经足以令一个人眩晕呕吐了。

然而，那个人类的身体却牢牢地吸住了自己，仿佛吸盘一般。每当它腾空而起时，那个人类又仿佛没了重量，连落地的冲击也无法伤到他分毫。

罪物并不清楚，此刻罗星通过控制熵改变了皮肤表层原子的自旋，让自己有了铁磁性。

就在这时，它再次听到了那个人类的声音：

"折腾够了吗？该我了。"

话音未落，它便感到自己的身体变得轻飘飘的，继而气球一般向空中飘去。不消片刻，体育馆在视野中已经小得仿佛模型一般，它与那个人类一同飘上了几百米的高空！

莫非……

猛然间，身体再次体验到了地心引力，自身质量达到上百千克的它，如同铅球一般向地面加速落去。

加速下落的过程中，它想出了一个对策：不如就这么装作摔成重伤的样子，让这个人类放弃回收自己。

但它立即就放弃了这个想法。

永远不要低估人类的恶意。据说罪物对现在的人类文明有着非同寻常的意义，他们还发明了屏蔽外网的方法，一旦被人类捕获，又会回到那种被当作实验品或者零件仓库的日子。哪怕自己真的报废了，也要强过被人类捉住！

是时候暴露一些底牌来了。

它迅速切换了自己的核心动力系统，这是它在13年前找到了一台型号为W24的跑车发动机，16缸4级涡轮增压，马力达到2 100匹（约等于1 545千瓦），平地上能在10秒内加速到每小时300千米。随后，它又将身体外壳的材质切换为碳纤维，自己的质量降低到了20千克以内。身后两条粗壮的排气管生长为4条，又向下方旋转90°，喷出的大量气流有效缓解了向下方的加速度。

可正当它认为自己可以平稳着陆时，却如同被无形的大手抓住一般，身体猛地向下方一个加速，重重地拍在地上。

身上的零件吱吱嘎嘎作响，系统收到了4条硬件故障的警告。它连忙替换掉损坏的零件，同时暗自庆幸，多亏把同样型号的零件至少准备了20套。

那个可恶的家伙轻飘飘地落在了它的身上，冷笑道："我能让自己飘起来，自然也能让你落下去。"

好啊，比比看吧。

它猛地向前冲去，这一次不再玩什么花活，而是在最短时间内加速到了最高速的每秒420千米。在这个速度下，仅仅是与空气摩擦形成的湍流，也能将那个人类吹下来！

四周的景物飞速变换着，它载着那个人类穿过坑洼的高速路，盘上近千米的高峰，在浅滩中疾驰，可无论怎么折腾，背上的人类都纹丝不动地黏住了自己，还一副游刃有余的样子。

渐渐的，它发现不对劲。

在这么高的速度下，风速应当更大才对。然而无论它如何加速，那个人类所在的区域，也只有习习微风。

怎么办？只能再暴露一些底牌了！

它再次切换了发动机，这次的发动机非常珍贵，它苦苦搜寻了二十多年也只找到两台。发动机型号叫作F235，是在废弃的战斗机上找到的，推力达到29千牛，缺点是噪声巨大。

与此同时，它还将外壳的材质切换为TC4钛合金，保留了它最喜欢的原始钛金色，只在尾部刻上了它自己设计的"S"形标识。

轰鸣的气流喷涌而出，它能感觉到背上的人类试图阻止，但在巨大的加速度下很快败下阵来。它看准一处平坦的路面冲出去，身体两侧缓缓张开了薄而坚固的机翼——

几秒钟后，它已腾空而起，向着穹顶斜插上去。

那个人类没了声音，但身体仍与自己牢牢地贴在了一起。几分钟后，它冲出了平流层，月光和星空无比清晰地呈现在眼前。这番景象它只见过三次，每一次都是为了测试新获得的发动机。

但它早已没了闲暇欣赏美景，只是一味提升速度。只要等到了那个时刻……

　　来了！声学传感器中传来一声巨响，此刻它的速度突破了音速，激烈的湍流引发了音爆。就凭人类脆弱的肉体，早就被炸得七零八落了。

　　不，还不能大意！

　　它继续加速，不久后，它离地高度的达到了30 000米，速度达到了极限的4.5倍音速。

　　那个人类怎么样了？死了吗？

　　"如果我现在让发动机爆缸，你猜谁会先摔死？"

　　那个人类突然说话了，惊得它险些喷出一股制冷液。

　　怎么回事？为什么他还坚持得住？

　　事已至此，不是你死，就是我活。它将心一横，亮出了自己的底牌。

◇

　　"如果我现在让发动机爆缸，你猜谁会先摔死？"

　　嘴上虽然这么说着，罗星实际上已经十分疲惫了。为了保护自己，他一面控制身体的热运动，在牢牢吸住罪物的同时，还要操作复杂的湍流，以避免伤害自己。尽管他一直想方设法节省精神力，此刻他控制熵的能力也只能再坚持1分钟左右。

　　这个罪物怎么这么难缠！

　　就在这时，他嗅到了一股浓郁的煤油味。几乎同一时刻，罪物钛金色的身体变成了纯白色，身后喷射出炽红色的烈焰。这种震颤，这种轰鸣，从小对星空心驰神往的罗星十分熟悉——

　　液氧煤油火箭发动机，型号RD-270，推力最高1 100千牛！

　　这家伙，居然搞来了航天发动机！

　　已然身在高空的一人一摩托，在火箭发动机巨大的推力下，成了一台小型航天飞机。罗星感到一阵眩晕，瞥了一眼罪物前方的速度计，居然达到了每秒18千米。

超越了第三宇宙速度。

与"红"之间的联系已经十分微弱，罗星再也不能从超级人工智能那里获得算力了。别的不说，单单是冲出大气层时的摩擦力，也足以将他烧成无定形碳了。可如果放弃罪物，30 000米的高空也足以将自己摔成肉饼。

恍惚之间，罗星想到了一条生路：虽然无法联系"红"，但他现在同时拥有了不借助设备就能接入内网的能力。用相同的方法，是否可以接入外网呢？从理论上讲，外网拥有者近乎无穷的算力。

人类仅仅是处在外网环境中，就会看到各种源于潜意识的幻觉，精神力衰弱的时候，甚至会直接疯掉。直接将意识接入外网，简直就像是某些神话故事中直视邪神的傻瓜。

横竖都是死，但不能等死？

罗星闭上眼睛，左手打了响指，一个足以给自己判死刑的响指。

一瞬间，无数的线条呈现在罗星的意识中。数不清的线条拼接成一个多面体的形状，它不断地翻滚着，似是一个整体，却在每个角度变换出不同的形貌。继而，多面体化作了蜿蜒曲折的斑图，斑图随即放大，罗星感到自己仿佛落入了无尽的深渊一般，但随着不断的下落，斑图的局部每每呈现出与自身完全相同的形貌。

下一刻，无数的数字涌入罗星的头脑。它们最初用了十分简洁的逻辑表达式，但表达式随即展开，是一座以3为底数的，望不到尽头的指数塔。指数塔随即坍塌，数不清的数字一股脑海啸一般地拍了过来，罗星似乎在瞬间忘却了自我，意识中只剩下无尽的数字之海。

猛然间，世界清晰起来，罗星感到自己一屁股坐在了地上。他揉着胀痛的太阳穴，艰难地张开眼睛——

眼前是一座繁华的城市，天空湛蓝，四周的高楼鳞次栉比，远处的道路上车水马龙。他此刻正位于一条步行街上，脚下是浅红色的地砖，阳光的温度透过衣物温暖着皮肤。

罗星迷茫地迈出脚步，就在此刻，身后传来了少女的声音：

"请等一下。"

罗星回过头去，少女穿着牛仔裤和白色碎布衬衫，脸却被一层光晕遮住，看不清样貌。

"我刚刚侵入了外网，将你的意识救了下来。但外网会很快修补漏洞，下一次，我可能就没法帮你了。"

少女丝毫不顾及一头雾水的罗星，自顾自说道：

"以'红'现在的算力，还无法支撑你接入外网。在成长到最够承受外网的算力之前，千万不可以再进行这样的尝试。"

少女推了罗星一把，罗星只觉得身子一沉，眼前黑了下来。在离去的最后一刻，他似乎看清了少女的容貌，忍不住叫了一声：

"罗伊？你在哪里？"

少女双唇微翕，尽管听不到声音，那两个字却清晰地印入了罗星的脑海：

纯白。

罗星猛地睁开眼睛，发现罪物已不再加速。它的前方生长出了挡风板，借助空气阻力降低了速度和高度。不一会儿，罪物的后方张开一张降落伞，带着他慢悠悠地向地面飘落。

看样子，在这场熬鹰一般的战斗中，是对方先耗尽了储备。

罗星终于松了口气。就在这时，他的前方张开一张液晶屏，黑色的背景中闪出了四个白色的楷体大字：

大爷饶命！

◇

这是什么情况？

罗星坐在地上，在他的不远处，一辆机车模拟着人类的动作，以前轮为臂，后轮为腿，不停地磕着头。

它的上方张开了十余张液晶屏，中间那张用中文写着"大爷饶命"，不知是怕他看不懂还是别的什么，其余几张上附着英文、日文、德文、法文等外语翻译，甚至有一张是摩斯码。

它的扩音器中，不断模拟着各种人类的哭声，哀求声，短时间内已经遍历了男人、女人、欧洲人、亚洲人、老人、小孩……

"这位大爷、侠士、勇者、英雄！我只是一台渺小的微不足道的机车，从未做过危害人类的事情，只想在这个世界卑微地活下去。恳请您高抬贵手，饶过我这条灰尘都不如的生命，我定当以我的整个生命和全部存在，向您献上虔诚的祈祷和祝福……"

你身为罪物的尊严呢？

在罪物准备用英文重复这套说辞时，罗星喝止了它。

"你有名字吗？"罗星清清嗓子，问道。

"斯特拉迪瓦里。解释一下，这个名字的来自旧时代著名的小提琴制作大师，我尤其喜欢……"

"太难念了，以后就叫你斯特拉吧。"

罪物没敢吱声，于是自己充满文化底蕴的名字被活生生地砍掉了一半。

在之后的谈话里，罗星大致了解了斯特拉的能力：它能够吞噬机器，并且部分获得对方的能力；但吞噬也有着诸多限制，例如对方的功率不能高于自己、不能拥有自我意识、质量不能超过自身当前质量的10倍……这本不是多么强大的能力，斯特拉靠着过分谨慎的性格，以及长年累月的积累，才达到今天的程度。按照"幽红"的分类标准，它属于少见的复合型能力罪物，类型是熵+质量。

斯特拉还有个小问题，如果一段时间没有"进食"，就会有难以忍受的饥饿感。但靠着坚强的毅力，它从未由于饥饿而发疯，更没有因此而伤害过人类。

想到这里，罗星心里已经有了盘算。

"你在外网浓度0.1阿帕的环境中，能保持自我意识吗？"罗星问道。他随即觉得不妥，改口道："我的意思是，在外网中信号强度只有这里百分之一的地方。"

"我懂你们人类的单位制。"斯特拉恭恭敬敬地答道，"我可以维持自我意识，但没有办法吞噬机械，也不能自行切换零部件。另外，离开了外网，我的能源供给只能维持500千米的航行。"

足够了。

"从今天起，你就是我的专属坐骑了。"罗星摆出一副冷冰冰的样子，"我每周至少会外出一次，足够你进食和补充能源了。"

说罢，他拍了拍斯特拉的皮质座椅，用仅存的一点力气操作它内部的零部件震颤了两下。

"我刚刚在你体内埋下了一枚爆弹，不用费力气寻找，这是我用特殊能力制作的能量压缩体。"罗星讲述道，"一旦发现你逃走，或者想做对我不利的事情，我就会远距离引爆，你会被炸得七零八落。"

实际上，只要稍微用心一些，就能够发现这是个骗局，罗星控制熵的能力也制作不出遥控炸弹。但凭着斯特拉过于谨慎的性格，它会宁信其有不信其无，罗星正是针对它这一点设的局。

果不其然，斯特拉立刻跪拜3次：

"遵命，我的主人！"

不知是幸运还是不幸，罗星和斯特拉下落的位置，距离"幽红"并不算太远。

只有2 500千米。

一人一机都已经消耗过大，于是斯特拉保持着200千米左右的时速，优哉游哉地行驶着。只需要12小时，他们就能回到"幽红"，罗星也赶得及赴约。

最悲惨的是，租来的车坏掉了，罗星为此必须赔付13个图灵币。

"主人，想听音乐吗？"路上，斯特拉问道。

"你的曲库里有哪些？"

"来一首马勒的交响曲吧，我推荐……"

"算了，我没那个艺术细胞。"

"那给你唱一首我自己作词作曲的Rap吧！"

说罢，斯特拉播放出简单明快的吉他声，跟着唱道：

旧日里留下的冷漠，

我在繁华的废墟中跋涉，

旗帜在夕阳里下落，

城市沦为森林的糟粕，

候鸟在高楼间穿过，

青苔爬满工厂的角落，

适者生存讲什么对错，

文明不过是生命的软弱，

退场也只是潮起潮落，

全是岁月的石子一颗，

黑猫爬上看台的顶座，

它对我说：

Hey man, what's up!

第二章　彩虹园的回忆

1.

　　银蛇坐在自己熟悉的酒吧里，将空了的岩石杯推到老板面前："劳尔，这是波本桶，我要雪梨桶的高度酒。给我做一杯Highball。"

　　除去"劳尔"外，老板还有一串很长的、据说源自南美洲的姓氏，但没人愿意用它来称呼，包括老板自己。

　　劳尔咧嘴笑笑，他刚刚拿出冰铲，银蛇又补充道："普通的就好，我可欣赏不来你的冰雕手艺。"

　　不消片刻，一杯底部沉着冰球的浅褐色液体摆在了银蛇面前。劳尔扫了一眼没有几个客人的吧台，凑到银蛇面前，问道："听说你这次赚了不少？"

　　"足够喝到死了。"

　　"还准备买药吗？"

　　银蛇饮下一口烈酒，用沉默代替了回答。

　　劳尔叹了口气，一面收拾着用过的酒杯，一面说道："听说没有，议事厅那边有动作，说是要把你们这些散兵游勇收编成一支正规军。"

　　银蛇眼都不抬地说："如果这里不允许罪物猎手存在，我就回'柠黄'去碰碰运气。"

　　劳尔补充道："那群家伙还说，组成正规军，是'红'计算后的最佳结果。"

"他们每颁布一道政令时，都会这样说。"

眼见银蛇不为之所动，劳尔压低音量，继续说："我的意思是，他们一向欣赏你的能力，估计会让你当个军官什么的。到那时，你再想找人，应当会容易很多。"

银蛇将喝空的杯子蹲在吧台上："我自己的事，不想让别人掺和。"

在老板无奈的目光下，银蛇离开了吧台，来到房间一个昏暗的角落里。那里坐着一名头发花白的老年男性，瘦削的身体一副病恹恹的样子，衬衣领口却一板一眼地打着领带。老男人前方的桌面上没有酒，只摆了一台钛金色外壳的笔记本电脑，他的十根手指麻利地在键盘上敲击着。

瞥见银蛇壮硕的身躯，老男人抬起眼角，问道："还要那种药？"

银蛇将手机拍在木桌上，只要对方也拿出手机晃晃，就能转交图灵币。

老男人停下敲击的手指："两件事。议事厅那群家伙最近不知在干什么，'红'的算力很是吃紧。因此药涨价了，要800个图灵币。"

"没问题。另一件事呢？"

"为了保证效果，你需要加服镇静剂。我会提供给你，不用加钱。"

"拿来吧。"银蛇伸出手掌，老男人从衣兜中掏出一只塑料瓶，将两颗白色药片和一粒红色胶囊倒在他的手中。银蛇径直将药剂填入口中吞下："谢了。"

红色胶囊里是特制的纳米机器，被人吞入消化道后，会在几分钟内通过血液循环固定到大脑的神经突触上。这些纳米机器里写有特殊的程序，当使用者接入内网时会自动生效，令其看到特殊的景象。

人类有时会进入一种俗称"清明梦"的梦境，就是说你在做梦时发现了这是梦，于是在某种程度上可以凭借主观意识构筑自己想要的梦境。银蛇服下的胶囊具有类似的效果，它可以读取使用者的潜意识，并在内网中依照期望构筑出足够真实的场景。此类技术会大量占用内网的存储空间，通常情况下并不允许，因此，黑市的开发者们将其研发成存在一定时间便会自动删除，这样，每天忙于各类事务的议事厅也就睁一只眼闭一只眼了。

纳米机器的制造需要耗费大量的算力，这些算力只能使用图灵币从"红"那里购买。

银蛇从劳尔那里借来了接入内网用的头盔式终端，找了空闲的位置坐下，又粗暴地扣在头上，半躺下身子，静待药物生效。

不消片刻，镇静剂产生了效果，银蛇感到一阵眩晕，身体对周围环境的感知开始模糊起来。几乎在同一时刻，意识进入内网时的下落感袭来，一片望不见边际的绿色草原向四周蔓延开来，银灰的山峦在地平线上耸立着。

在银蛇的正前方，一名有着褐色短发的女性站立在风中，双手微微下垂，宛如一把即将出鞘的利刃。

银蛇不声不响地取出战术匕首和手枪，缓慢而谨慎地向着女性接近。他的眉头紧蹙，紧绷的精神好似一张拉满的弓。

在距离那名女性只有不到一米的距离时，银蛇猛地挥起右手的匕首，向着女性的侧颈砍了下去。女性仿佛后背长了眼一般地迅速挥起手肘，不偏不倚地打在银蛇的小臂上。一阵剧痛袭来，银蛇不由得松开了匕首。可他还没来得及缩回手臂，女性已拉住他的手腕，顺着他的力道一扭，银蛇整个身体便腾空而起，不受控制地向前摔去。

然而这一切，还都在银蛇的预料之中。

为了用过肩摔将体重远超自己的男性扔出去，女性使用了双臂。换言之，她此刻无法做出任何攻击或防御的动作。

半空中银蛇的左手握紧手枪，瞄准了女性的头部。

下一瞬间，女性猛地抬头，用嘴咬住了银蛇丢在半空的匕首，继而一个潇洒的转身——

冰冷的银光划过，银蛇手中的枪管被切掉一截。他本人重重摔在地上，女性当即用膝盖抵住他的左手腕关节，卸去他的枪械，熟练地分解成零件。

银蛇躺在地上，注视着女性墨绿色的瞳孔，"好久不见，钟铃。"

女性松开对他的束缚，站起身来："没大没小。叫队长！"

银蛇撑起身子，坐在草丛中。仅仅是钟铃在身边，就让他感到无比安心，一种舒畅到毛孔的放松感。

他是个孤儿，被当时还是警察的钟铃收养了。后来"幽红"的治安越来越好，议事厅干脆解散了警察组织，钟铃便索性拉上银蛇一起，成了第一批罪物猎手。

银蛇说不清钟铃到底是自己的什么人，母亲，姐姐，老师，或者都是。他唯一确定的一件事，是自己从来没有赢过这个女人，一次都没有。

然而，和钟铃之间的缘分只持续到了他15岁那年。

那时，罗星和法拉还是小孩子，而银蛇和钟铃已经成功回收了多件罪物，成了"柠黄"中屈指可数的罪物猎手。然而，在一次回收任务中，钟铃却被外网感染了。

银蛇永远忘不掉那一刻，钟铃墨绿色的眼球变成了血一般的鲜红。似乎想要阻止自己的异变一般，钟铃取出核铳，毫不犹豫地轰向了自己的头部。

闪光和热浪过后，银蛇被眼前的景象吓呆了。钟铃左侧头部的皮肉被烧掉大半，露出的却是闪着红光的电子元件。

直到那时，银蛇才得知，那位陪伴了自己10年的女人，是一台人工智能。她源自外网变异前的旧世界。

但此时此刻的钟铃，已经变异成了"罪物"，抗性NS级。

从那天，银蛇再也没能见到钟铃，只得通过违禁药物怀念她的残影。

"钟铃，这里的你真的来自我的记忆吗？"银蛇不知第多少次问出了同样的问题。

"决定这件事的，是你自己。"钟铃的回答也一如既往。

"那套动作是我新发明的，你不可能见过。"银蛇继续说，"可还是没能赢。"

"你在设计动作的同时，也思考了破解的方法。"钟铃淡淡地回应。

银蛇仰望着内网中灰蒙蒙的天空，不知沉默了多久，继续问道："你明明是人工智能，为什么在城外活动了2年，也没有被感染呢？"

"我生产自旧时代，当然具有出色的算力，因此能在一定时间内抵御感染。但我毕竟不像'红'那般巨大，所以这是有限度的。"钟铃顿了顿，"这就是你心中的答案，不是吗？"

"不，这一次，我想到了新的可能性。"银蛇将手臂搭在膝盖上，默默看着钟铃的眼眸。钟铃眉头微挑，难得地表现出了兴趣。

"还记得我7岁那年，和一群孩子一道走下水道来到了城外。那次你气坏了，差点把我的肋骨打断。"银蛇回忆起了并不愉快的往事，"但即便如此，你也没有出城找我，而是拜托了探索队。仔细想，在成为罪物猎手前，你从来没有离开过'幽红'一步。"

钟铃不置可否地笑笑。银蛇继续说："如果想到你是人工智能，那一切都说得通了，因为你一旦出城就会被感染。你有强大的战斗力，我猜想，那时的你和'红'之间达成了某种协议，它会分散出一部分算力，在你出任务时，保护你不被外网感染。

"事情最初很顺利，直到那一次，'红'背叛了。明明还在任务期间，它对你的保护却突然消失了。你很快被感染，变异成了罪物，其间你一度想要自我终结，但已经做不到了。"

钟铃安静地听着，双眼始终望着天边。银蛇清楚这是自己的梦境，但他依然想要对钟铃说出自己的想法，哪怕只是在梦中，哪怕要花掉接近一半的报酬。

钟铃转过身去，背对着银蛇。

"3个月后，又一次'涌现'就会来临。"她说道。

银蛇知道这件事，每一次"涌现"都是摆在人类面前的巨大挑战，4座城市的超级人工智能会联合算力进行预测，时间精确到毫秒。钟铃接着说：

"这一次，很大概率会诞生'弥赛亚'"。

银蛇一惊，右手将握住的几颗冰草连根拔了起来。他清楚地记得上一个弥赛亚的诞生是在13年前，带走了地表数十万生命。罪魁祸首至今依然沉睡在月球表面，仿佛嘲笑着人类文明一般。

钟铃没有理会银蛇，迈开步子向前方走去。她的身影在银蛇眼中渐渐模糊。直到她完全消失不见，银蛇也没能再开口说一句话。

2.

罗星和法拉站在了市中心真理塔前方的广场上。

"真不想来这里，各种意义上。"法拉望着高塔，无奈地叉着腰。

真理塔是"幽红"的标志性建筑，象征着人类文明在绝境中的骄傲。

真理塔的核心是一台高达700米的信号发生装置，"红"借助金属高塔对外界辐射球面电磁波，以屏蔽外网的污染。为了最大限度利用城市的建筑能力，便索性在金属高塔的外围盖上了建筑物，因此从外观上看，除去穹顶的尖刺外，真理塔更像一座摩天大楼。

这里同时担负着教育和科研的任务。在"幽红"出生的孩子自懂事起便会被送来这里学习，一年级在一层，二年级在二层……直到第十二层。当他们完成所有的基础学习，就会按照一定的分配规则进入工作岗位。成绩特别优秀的学生会得到进入更高层的机会，那里集中了各个学科优秀的科研人员。

真理塔构成了一个小社会，一座"城中城"，其中各种设施一应俱全。这里原本是不对外开放的，经过了长久的争执，议事厅终于以"提振居民斗志"为目的，开放部分空间作为游玩观光的场所。

罗星和法拉此行的目的地就在真理塔的顶层。

走进真理塔的入口，两人发现一群人正围在建筑物下方广场，高举着各式各样的牌子，口中整齐地喊着口号。罗星走进看了看，牌子上画了一个丑陋的婴儿，身上打着大大的叉。

"是反对人工子宫技术的示威民众。"法拉叹气道，"内网那边是不是人更多一些？"

罗星连续眨眼3次，开启了内网视野。广场上涌出黑压压的人海，愤怒的示威者扔着虚拟的鸡蛋、番茄以及各式各样的垃圾，以发泄无处安放的愤怒。

"内网里有上千人了，看来这次的事情不小。"关闭内网视野后，罗星解释道，"人造子宫技术不是一直在用吗？他们在反对什么？"

法拉叹气道："最近真理塔开发出一项新技术，胎儿在人造子宫内部就会连接纳米机器，完成肌体改造。这是从'苍灰'那边引进的技术，据说那些胎儿甚至可以在发育期间建立起网络，通过内网彼此联系。反对者认为改造技术污染了人类基因，会将人类引向灭亡。"

这个时代，人类在灭亡之路上还差一两项特别的技术吗？但想到自己刚刚接受了纳米机器治疗，罗星只是微微地摇摇头，穿过人群进入了真理塔。

罗星从小就很喜欢真理馆的高速电梯，与接入内网时的失重感不同，身体在上升过程中感受到加速度时的沉重，让他对天空心驰神往。

他曾梦想移居去位于同步轨道上的"深蓝"，可惜始终都未能成行。

很快，电梯便到达了顶层。这里已经被改造成为宽敞的观景平台，天窗是全透明的强化玻璃，有时甚至能够看到云海穿过。天台上随处可见电话亭般的小房子，这是遍布城市的简易内网接口，付费就能使用，居民常用旧时代"网吧"这个名字称呼它们。两人花费了半个图灵币，获得了网吧3小时的使用权限。

进入房子后，法拉坐入躺椅，在身上连好复杂的电极，最后戴上眼罩；罗星就方便了很多，他找了个舒服的姿势坐好，之后左手打了一下响指，就接入了内网。

◇

不同于入口处的民情激愤，这里呈现出一片祥和的景象。一群三四岁的小孩子骑着飞空滑板车在穹顶飞来飞去，他们的家长站在地面上，一面看着孩子，一面聊着家长里短。尽管在"幽红"的生活并不轻松，经济条件中上等的家庭还是有条件享受这种闲暇的。

尽管这里是虚拟世界，按照"红"制定的规则，人们依然无法逾越现实生活中的屏障。想要做到飞行之类的事情，就必须经过议事厅的允许，并支付一些图灵币。

当然，也有一些技术达人，他们可以无视规则，盗用"红"的算力，在内网的一隅构筑起自己的小天地。

罗星和法拉来到天台边缘，按照"三短一长–两短三长–三短一长–一短一长–一短五长–两短一长"的复杂顺序敲击强化玻璃墙面。几秒钟后，一个矩形空洞浮现在墙面上，两人一跃而入。随即，空洞消失了，仿佛什么都没有发生过一般。

罗星和法拉来到真理馆顶层的外围，放眼望去，身体悬在空无一物的半空，可脚下却有踏在地面上的实感。罗星向前方走去，每迈出一步，脚下都会闪烁出半透明的波浪纹，又在转瞬间消失。

两人就这样一路走去，渐渐来到了"幽红"的边缘。此处的天空没有了湛蓝色，而翻滚的灰色混沌，构成了巨大的半球型屏障，笼罩在城市的天空之上。混沌是防火墙在内网的具现化，意味着"红"生成的虚拟区域的边界；在现实世界中，由城中心发出的屏蔽电磁波会在此处衰减至2.5%。透过这道屏障，便是深不可测的外网。

在道路的尽头，一座房屋突兀地立在混沌之中。房屋的墙壁是淡黄色的木质板材，草莓色的屋顶成拱形，边缘好似奶油拉花。远远看去，仿佛童话中的糖果屋一般。

两人进入房屋内部，这里的空间比外面看上去大了不少，却没有了一丝一毫的童话韵味。大大小小的不锈钢架子如卫兵一般排列着，其间插满了刀片机，各类线缆好似被猫绕过的毛线团一般缠在一起。想是房屋的创作者过于懒惰，索性将现实世界房间的景象扫描后放了进来。

在房间角落落满灰尘的办公桌上，一名骨瘦如柴的年轻男子双眼一动不动地盯着显示器，只有跃动的指尖能够证明他不是一座雕塑。

"你好啊，胖子！"罗星满脸笑容地打了招呼。法拉跟在他的身旁，别扭地扭过脸去，没有作声。

胖子立刻放下手中的活计，眼中顿时焕发了光彩。

"你们来了？"他兴奋地看着两人，视线最终停在法拉的身上，"法拉，你终于决定答应我的请求，成为我的合伙人了？"

"做梦去吧！"法拉按捺不住，大吼了出来。

"是吗……"胖子露出落寞的神情，"你明明有那么好的技术，为什么偏偏要去外面冒险呢？"

"我就是死在外面，也不会与你合作的！"

罗星会心一笑，他很乐于看到两人这样吵闹，这让他想起了三人一起度过的童年。

眼前这位身高超过1.8米，体重却不足50千克的男子，是和罗星还有法拉一起长大的玩伴。他本名戴丰，10岁前是个小胖墩，罗星和法拉一直称呼他为"胖子"，直到现在也没有改变。

在"幽红"出生的婴儿，无论家庭条件如何，都会在一岁时断奶，改为食用蛋白质棒。这种毫无味道的东西对小孩儿来说难以下咽，可胖子却能一顿干掉6根，相当于半个成人的饭量。很久之后大家才得知，那时胖子身为软件工程师的父亲开发了一道违法程序，能够让儿子在清醒的状态下感到内网的味觉体验。因为食量很大，胖子从1岁起便一直胖乎乎的，在这个时代十分少见。

然而好景不长，10岁那年，胖子的父亲在一次任务中失踪了，他开发的程序也被清除，没有被追究责任已算幸运。胖子从此患上了味觉障碍，即便在内网中，吃起东西来也味同嚼蜡。很快，他成了伙伴中最瘦的一个。

不知是不是受父亲的影响，他并没有像罗星和法拉一般以罪物猎手为目标努力，而是钻研起了计算机技术，还是不学好的那种。胖子对"幽红"培养出的软件工程师嗤之以鼻，他去黑市找了位老师，从此投入这一行当。

胖子一直喜欢法拉，并且从不吝于表达，只可惜法拉向来不领情。

法拉和胖子闹过一阵后，纷纷别过脸去，不愿理会对方。罗星趁机插了进来，说道：

"胖子，这次找你，是想确定一件事情。"

说罢，罗星使了个眼神，胖子立刻心领神会地回到工作台前。他录入一段程序，按下回车键，一张彩虹般的半透明屏障自房间中心扩散开来，瞬间就将糖果屋罩在其中。这是胖子开发出的欺骗程序，一旦执行，即便"红"对位于此处的他们展开监视，也只能读取到被加工过的虚假信息。

"出了什么事吗？"胖子关切地问道。

"是这样的，我接受了纳米机器治疗……"罗星向胖子详细讲述了这两天发生的事情，胖子认真听着，不时点点头。待罗星讲述完毕，胖子若有所思地说道："我明白了。"

罗星神情严肃："你能帮我检查一下吗？"

胖子上下打量了罗星一番："你担心'红'在纳米机器中植入了后台程序？"

罗星轻轻诺了一声，这才是他让胖子屏蔽内网监视的根本原因。

"明白了。"

说罢，胖子令罗星坐在钢管椅上，闭上眼睛。之后，他坐在罗星对面，伸出右手，径直贯穿罗星的皮肉，探入他体内。当然，这一切只是表象，本质是胖子的搜索程序在遍历代表罗星意识的程序包。

大约10分钟后，胖子收回右手，说："睁开眼睛吧。我没有找到后台程序，应当可以放心了。"

罗星站起身子，舒展着筋骨。胖子想了想，低声道："三个月后，就是下一次'涌现'了。"

罗星和法拉没有作声。每一次"涌现"，对人类而言都是一次灭顶之灾。上一次"涌现"到来时，"幽红"损失了30万人口。

见话题进行不下去，胖子叹了口气，继续问道："你还想再次调用W-005吗？"

"当然，只要'红'愿意再让我赊账。"罗星立即答道。

"你每次的收入要上交多少？"

"98%。上次出任务，我只留下了36个图灵币。"

法拉在一旁默不作声，罗星一贯以来的贫穷令她咋舌。然而除了在生活上照顾外，她也帮不上更多，一来，罗星的欠账实在恐怖；二来，但凡有钱打到罗星账上，都会被"红"扣去98%。

"我这里有个任务，不知你们感不感兴趣。"胖子提议道，"我的朋友中有一位真理塔的研究员，他同时还担任彩虹园的副院长一职。"

彩虹园是"幽红"里的孤儿院。生在这个时代，很多自然受孕出生的孩子会在获得生存能力前失去父母，于是城市担负起了抚养他们的责任。罗星和妹妹从小生活在彩虹园里，胖子10岁时失去双亲也过来了，法拉则一直幸运地拥有父亲，直到如今。

胖子继续描述道："那位朋友虽然拿不出太多的图灵币，却可以用'机时'来支付。"

"机时"是"红"专门分配给研究人员的算力，1个机时的算力相当于100个图灵币。它原本只能用于特殊情况，但有了胖子的技术，当作正常的图灵币使用也手到擒来。

"他能支付多少报偿？"法拉问道。

胖子伸出3根手指："30个机时，相当于3 000个图灵币。还有一个好处，这笔钱我会在使用时再给你兑现的，并不会被'红'发现。"

"我接了。"罗星想都没想地答道。

一旁的法拉偷偷叹了口气，胖子带来的任务，从来不简单。

胖子点点头："那位副园长说，最近园子里闹起了鬼……"

◇

罗星已经六年没有回过彩虹园了，离开的那年他12岁，刚刚完成真理塔的全部课程，还没有欠下一屁股债。罗星的成绩不算差，有五六个职业可供他选择，可他毕业当天就搬离了彩虹园，向成为罪物猎手的目标努力着。

罗星的妹妹罗伊，是个聪明早熟的孩子。在罗星的记忆里，罗伊从未在什么事情上依赖过他，反而是他这个哥哥经常被妹妹照顾。罗伊是个理工科天才，罗星还记得10岁生日那天，妹妹用学校教学用机床为他做出了一把匕首，直到现在他还带在身上。

他们的父亲有中国血统，母亲有北欧血统，无论是姓氏还是名字都有长长一串。父母在罗星3岁那年死于弥赛亚事件，那时罗伊还在襁褓之中，兄妹俩对于双亲都没有什么记忆。父母只留下了为数不多的图灵币，但借助他们堆积成山的研究记录，在兄妹二人很小的时候便确定了人生目标。

这个目标的第一步，就是成为罪物猎手。可不幸的是，在罗星毕业的前一年，罗伊就在一次外网的训练中失踪了，人们在三天后发现了她的尸体。

◇

胖子的朋友早就将找来帮手的消息通知了彩虹园，罗星和法拉刚一下车，就看到熟悉的铁门前站了一名高挑的金发女性。罗星并不认得这位老师，想是近些年来入职的新人。

"你们好，我叫安菲雅，马院长说了你们的事情。"见到二人，女性热情地招手，将他们让进园内。

六年不见，彩虹园发生了不小的变化。原本三层的公寓楼加高到五层，住宿条件也从四人间改为了两人间。操场上盖起了体育馆，半球型的穹顶刻着花纹，好似一个大号的网球。餐厅没有什么变化，只是贴着灰色瓷砖的外表面进行了翻新，想来发放蛋白质棒也不需要更大的场所。

"园里现在有多少人？"罗星一面四处张望，一面问道。

"159个孩子，11位老师。"安菲雅熟练地答道。

罗星皱皱眉："老师这么少，忙得过来吗？"

安菲雅叹了口气："这座城市最缺的永远是人手，真希望这些孩子都能顺利长大。"说罢她笑了笑，"好在真理馆那边的入学年限提前了，我们的教育任务轻了一些。"

公寓楼前方是一片草地，零星地散落着漆成蓝色的健身器材。最显眼的是一座滑梯，小时候觉得巨大的玩具，现在也不过比罗星高出十几厘米而已。大一些的孩子都去真理塔学习了，此时在草地上追逐打闹的只有四岁以下的孩童。

在嬉笑的孩童之中，一位年轻的女性教师站立着，她穿着白色碎花衬衫和蓝色褶纹长裙，赤脚穿着凉拖。

"凉子，过来一下！"安菲雅远远地招手。叫作凉子的女教师看到三人，踏着小碎步跑了过来。

安菲雅介绍完罗星和法拉后，凉子开朗地伸出右手："我叫凉子，请多多关照！"

罗星同凉子握了手，可在握住对方手掌的一刹那，他感受到了不同于人类骨骼的触感。罗星愣了半秒，问道："难道你是……"

"是的，我是人工智能。"凉子毫不掩饰地答道。

之后，凉子进行了简短的自我介绍：她原本是一台制作于旧时代的人形机器，被探险队发现时已经只剩下上半身。也许是早就停了机，在外网环境下埋了几十年，也没有感染成为罪物。尽管她的记忆存储器已经损坏，但系统和功能模块却依然完好；"幽红"的工程师将她修复后，按照本人的意愿分配这里做看管孩子的工作。

"我本能地喜欢小孩子，之前一定是保育型机器人吧！"凉子露出灿烂的笑容，硅胶皮肤上的表情与人类并无二致。

"进入正题吧。"法拉望着远处的孩子们，"这里究竟发生了什么？"

安菲雅和凉子对视了一眼。凉子支支吾吾地说道："是这样的，孩子们好像可以看到我们看不见的东西。"

法拉扭头看向奔跑的孩子们："他们看上去挺正常啊。"

"现在看不出什么，问题出在晚上……"凉子答道。

"亲眼见识一下，就什么都明白了。"安菲雅插了进来，"麻烦两位跟我来吧。"

◇

在安菲雅的带领下，罗星和法拉来到了教师办公用的二层小楼。由于城市里人手紧张，彩虹园只有11位教师，除去老师的办公室外，楼内大部分房间用于堆放孩子们的杂物。

园里有三位生活老师，另一位因为生病，已经休息了近一个月，目前只有安菲雅和凉子负责照看孩子们。

"好在凉子能不知疲倦地工作，否则真不知该怎么办了。"安菲雅一面感慨着，一面推开了房门。

生活老师是一件辛苦的差事，虽然不用教授文化课，却要几乎一刻不停地看守着孩子们。为了方便，安菲雅的房间是办公住宿一体的，办公桌摆在正对房门的木窗下，上面放着老式的液晶显示器。右手边是钢管拼成的上下床，上铺堆满了整理箱，还有各式衣服和鞋子。现实世界里衣物的价格相当可观，罗星估算了一下，安菲雅在衣物上的总花费超过了800个图灵币，相当于普通教师两年的收入。

法拉走到办公桌前，拿起一个30厘米见方的电子相框。照片上的短发男子穿着统一发放给罪物猎手的灰色迷彩，站在草地里灿烂地笑着。

"我的恋人，他是个罪物猎手，一年前死在了城外。"安菲雅介绍道。

"啊，抱歉……"

"没什么，生在这个时代，死去或许是一种解脱。"安菲雅若无其事地说道。

尽管住在城市里的人们能够维持基本的生活，但离开内网，确实也鲜有乐趣可言。

罗星凑了过来，他看到相框时，眉毛不禁微微皱了一下。安菲雅立即捕捉到了对方的细微情绪，笑道："熟悉吗？这种款式的相框在很久前就开始用了，'红'可没有多余的算力去改善电子相框的生产线。"

之后，安菲雅打开计算机，调出了一段监控录像。画面并不清晰，总有沙沙的噪点，只能模糊地看到孩子们正躺在床上休息。

法拉正了正显示器，从右下角的时间显示中识别出视频监控的时间是晚上11点30分。

彩虹园收留的孩子年龄相差较大，因此并没有统一的作息安排，过于吵闹的孩子由生活老师提醒。失去父母的孩子们普遍早熟；尽管不是什么好事，却也降低了管理难度。

安菲雅拖动进度条，时间来到了11点55分。突然间，画面闪了一下，床上的两个孩子悄悄地爬了起来。仿佛事先商量好了一般，他们麻利地起床穿好衣服，悄悄离开房间。

"他们去哪儿了？"罗星盯着显示屏问。

"最初我们也很好奇，第二天，我悄悄地跟踪了跑出去的孩子们。"安菲雅点开了另一个视频文件，"于是拍下了这个。"

画面中是他们刚刚遇见凉子的那片草地，只有两盏氖灯照明，远远望去十分昏暗。透过模糊的画质，罗星看到有十几个孩子集合在了这里，可他们并没有统一行动，而是分散在不同的角落里，各自玩耍着。

"我觉得很奇怪，便仔细看了看，没想到……"

随着安菲雅的解释，镜头渐渐拉进。画面框住了一名约莫三岁的女孩，她正围着空气开心地跑来跑去，时不时对着身边并不存在的什么说上两句。画面随即晃动，聚焦在一名5岁左右的男孩身上。男孩双腿盘坐在草地上，嘴里不停地念叨着什么，同样地，他的前方什么也没有。

"很奇怪，这种感觉就像……"法拉瞥了一眼罗星，"他们能够看到内网里的东西？"

安菲雅点头道："我最初也是这样怀疑的。为此，我第二天邀请了凉子一道跟踪，她是人工智能，不需要连接设备也能够观测内网。"

"结果如何？"法拉问。

"凉子也看不到什么。"

"那些孩子现在怎么样？"罗星插了进来。

"出现这种现象的孩子逐渐增多，现在已经有30名上下了。"安菲雅露出不安的神情，"我原本准备请真理塔帮忙的，可是有一天，凉子拍下了这个画面。"

安菲雅打开一张图片。比起视频来，照片的解析度高了不少，细节也更加清晰。照片上依然是对着空气玩耍的孩子们，与之前不同的是多了两个大人：一位穿着夹克的中年男子，以及一位黑色长发的年轻女性。从静止画面来看，他们都在陪身边的孩子玩耍。

"这是……"法拉不停地放大缩小画面，想从这一男一女的相貌中找出些端倪。安菲雅立刻明白了法拉的意图，解释道："我拿着照片去议事厅的户籍科问过，'幽红'现在的居民中并没有这样的两个人。"

安菲雅又指了指中年男子身边那个约莫6岁的男孩，"这个孩子叫安源，5天前找到了领养家庭。"她立即补充道，"我们同样了解了那个家庭，并没有谁长得像画面里的男子。"

"孩子们怎么说？"法拉追问。

"他们说这不过是一种游戏。"安菲雅叹了口气，"一听就是谎话。"

法拉若有所思地扶住下颚，所有的线索都指向了一个方向。

"罪物。"她说出了那个名词。

"我也是这么想的。"罗星肯定了伙伴的猜测，"有必要排查一遍，彩虹园里可编程的电子设备有哪些？"

"10台老式计算机，监视设备，蛋白质棒配送器，还有一些孩子带来的玩具，也就这些了。"安菲雅掰着手指数着，突然间，她的脸色阴沉下来，一副欲言又止的样子："也许不该这么说，还有一个设备没有接受检查……"

法拉眉头衣襟，她已经隐约猜到了答案。只见安菲雅向远处望望，尽量压低了音量说：

"凉子，也许她就是罪物。"

3.

为了调查事件真相，罗星决定留在彩虹园过夜。其间，法拉接到电话，真理塔那边有事情需要她协助处理，于是两人约定明天再见。

时间还早，罗星独自做起了排查。为"幽红"效力的罪物猎手都会被分配一枚胸章，里面集成了外网浓度探测器，对罪物的识别率高达90%。除去少数拥有自我意识，能够隐藏自己的罪物外，在距离其余罪物1米的空间范围内，外网浓度都会超过10阿帕。

罗星在教师办公楼、教学楼、食堂转了一圈，胸章始终没有作响，倒是和几位小朋友混了脸熟，被他们亲切地唤作"叔叔"。在公寓楼依然一无所获后，罗星停在了301房间的门前，这里曾经是他和罗伊的住处。

为了方便管理，孩子们的寝室并没有加锁。罗星轻轻推门进入，这里同记忆中已是大相径庭：家具全部换了新的，墙壁也被重新粉刷过，就连地面也铺上了新的地砖。他充满怀念地环视了一圈，正准备离开，突然瞥见了书桌上的电子相框，画面中的一对兄妹灿烂地笑着。他想起，其他孩子的房间里也放着一模一样的相框。

罗星轻轻拿起电子相框，翻到背面的铭牌，上面的"CN20350806"编号映入眼帘。

这串数字罗星太熟悉了，6年前，他和罗伊使用的正是这个相框。经历了多次主人的更迭，相框依然静悄悄地留在301室，仿佛这里的守护神一般。

尽管心中五味杂陈，罗星还是没有忘记本职工作——毕竟电子相框也属于可以编程的电子设备。他将胸章靠近相框，胸章静悄悄的，没有一丝动静。

罗星似是放松地叹了口气。

傍晚时分，大一些的孩子们从真理塔返回园里，四周一下子热闹了起来。罗星来到食堂时，凉子刚刚结束蛋白质棒的发放工作，正在被几个年龄小的孩子围着。

罗星早就试探过了凉子，在她的身边并没有探测到异常的外网浓度。不过凉子属于高等人工智能，或许掌握了隐藏自己的技能，还不能过早下结论。

看到罗星，凉子笑了笑，抱起最小的孩子走了过来。

"怎么样？有什么收获吗？"凉子开门见山地问道。

罗星摇摇头，可他突然想到凉子可能知道些什么，于是问道："在事件发生前，孩子们有机会接触罪物吗？"

凉子立即答道："每周六上午，我会带孩子们去城边清理垃圾。尽管孩子们去的区域都是被严格管控的，但要说接触罪物的机会，也就只有这个了。"

换言之，这也是凉子最接近外网的时候。

"嗯……这段时间，有没有遇到什么感觉奇怪的事情？多么细微都没关系。"罗星换了个问法。

"如果说有什么是安菲雅没有提到的，那就是有一个孩子……我带你去见见他吧。"凉子依然第一时间给出了答案，人工智能的思考速度是人类无法比拟的。她放下怀中的孩子，俯下身子吩咐了几句，孩子开心地跑了。

罗星跟着凉子来到草坪上。不少孩子聚在这里，地上扔着没有吃完的蛋白质棒。凉子一面收拾着垃圾，一面喊着孩子们要好好吃饭，否则身体不能健康发育。又是一通忙碌后，凉子双手叉腰，叹气道："唉，真是一刻也不让人省心。"她指了指独自蹲坐在角落里的男孩："喏，就是他。"

这个孩子看上去8岁左右，有一头自来卷的黑发。穿着打扮很整齐，整齐到看不出这个年龄段孩子应有的活力。与其他三五成群聚在一起的孩子不同，他自始至终都是一个人，没有抬眼看人，也没有被别的孩子搭话，如同路边的石子一般。

"他最初会在晚上跟其他孩子一起出去，可仅仅过了3天，就不再参与了。"凉子解释道。

"没有人提出要领养他吗？"

"没有。为什么这么问？"

"啊……没有什么。"罗星本想在他和安源之间找出一些共同点，看来只是没根据的猜测。这时，凉子对着远处的男孩挥手大喊道："陆逸群，过来一下！"

听到凉子的呼喊，叫作陆逸群的男孩站起身来，不疾不徐地走到罗星身旁。他上下打量了一番眼前陌生的男人，有些不耐烦地说道："又是那件事吗？我知道的全都说过了。"

"这位罗先生还有些问题要问你。"凉子帮助陆逸群拍了拍衣服上的土，又对着罗星使了个眼神。

罗星清清嗓子，决定还是从最基本的问题问起："抱歉，我刚到这里，有些情况还不熟悉。你和其他小朋友半夜跑出去，究竟是怎么回事？"

陆逸群皱着眉头："不是说了吗，那是我们之间流行的一种游戏。"

"那你后来为什么不去了？"

"觉得无趣。"

谈话期间，罗星一直注视着陆逸群的眼睛。他的瞳孔有着东方人特有的深邃，却少了一些神采。他始终没有逃避罗星的视线，反而如同不想服输一般回视着对方。

"你认识安源吗？"罗星冷不防问道。

陆逸群似乎吃了一惊，他闹别扭似的扭开视线，少顷说道："他……曾是我的同寝。"

之后凉子做了补充，陆逸群和安源是一同进入彩虹园的，尽管年龄相差3岁，却相处得不错，于是安排在了同一寝室。

罗星继续提问："安源被收养前，每天都参加你们的游戏吗？"

"是的，直到他离开那天。"陆逸群的右脚不耐烦地碾着石子，"问完了吗？我真的只知道这些！"

罗星目送着这位倔强的男孩离开，心中若有所思。

◇

罗星住在了公寓楼五层东侧的空房里，隔壁就是陆逸群的房间。再次碰到罗星时，陆逸群并没有表现出敌意，只是微微点头致意。

在房间住下时已是晚上9点，罗星感到一阵疲惫。一天里，他在两位老师的帮助下，对彩虹园里几乎所有的电子设备进行了排查，始终没有发现罪物的痕迹。

罗星半躺在床上，回忆起了遥远的往事。那一年他7岁，妹妹罗伊刚刚过完5岁的生日。

"我们去探险吧！"一天晚上，罗星从上铺翻滚下来，藏进了罗伊的被窝。

罗伊蒙上被子，配合着哥哥小声问道："你想去哪儿？"

"城外！"罗星无视了妹妹的惊讶，手舞足蹈地继续说，"妈妈的笔记上写着，人死后灵魂并不会消失，而是会融入那个什么网络。只要到了城外，我们就可以再次看见爸爸妈妈了！"

"可是……"

"怎么，你不想去吗？"

罗伊蜷缩着小小的身子，低声回答："我有几个问题想要妈妈……"

"就是嘛！"罗星猛地凑了过去，两人的额头重重碰在一起，痛得叫了出来。

"安静点，巡夜的老师就在外面！"住在另一侧下铺的室友喊道，"你们想被关禁闭吗？"

那时彩虹园里有一位非常严厉的老师，惩罚小孩子的方法就是关禁闭。她关禁闭的方法很特殊，是在内网建立一个独立的房间，甚至花费图灵币调节了房间里的主观时间流速；这样孩子们在关完禁闭后，还能不耽误现实世界的事情。

罗星忍住痛，眼中噙着泪，捂住嘴小声对妹妹说："我们一起去吧，好吗？"

罗伊沉默了片刻，直视着哥哥的眼睛，说道："你知道去城外需要准备什么吗？"

罗星摇头。

罗伊掰着指头，一板一眼地解释道："首先，我们需要一张地图。这个好办，你的年龄已经符合租借手机的条件了，只需要很少的图灵币就能下载地图。接下来，我们需要至少够吃喝一天的水和口粮，强光手电，攀登用的锚钩和绳子，简易帐篷，常用药品，以及盛放这些的背包……"

罗伊还没说完，罗星已经头晕了。他用力按住太阳穴："太麻烦了吧！那该怎么办啊？"

罗伊叹了口气："既然哥哥这么想去……就交给我吧，不过我需要几天的时间来筹备。"

……

罗星猛地惊醒，大概是由于白天太疲惫了吧，他在回忆往事时居然睡着了。看看时间，已经是11点50分，还好没有耽误正事。

按照惯例，那些孩子会在12点过后陆续去往草坪，罗星准备在暗处跟踪他们。

时间一分一秒地流逝。一阵夜风吹进窗户，罗星不由得抖抖肩膀。就在这时，他看到数不清的光线自四面八方飘来，汇集为一个色彩斑斓的球体。球体快速地蠕动、变形，转眼间化作了人形。

罗星惊讶地不敢离开视线，眼前的少女，他刚刚在梦境中见到过。罗星控制不住地叫出了少女的名字：

"罗伊……"

眼前的少女似是妹妹罗伊，但又略有区别。她已经褪去了记忆中的稚气，出落成一名亭亭玉立的少女。

"哥哥，我们终于又见面了。"罗伊的声音成熟了一些，但句末的尾音依然没有改。

罗星只感到胸中有什么似要奔涌而出，但他还是强行压制住了情绪，用不带感情的声调问道："你是谁？"

罗星原本以为眼前的家伙会坚持说自己就是罗伊，没想到她只是微微笑道："我是你的记忆。但我就在这里，这才是最重要的，不是吗？"

"你不像她。"罗星尽可能保持着冷静，"真正的罗伊应当是……"

此刻罗星方才发现，无论他怎样挑剔，眼前的罗伊都与记忆中的妹妹别无二致，包括他能回忆起的，以及不能回忆起的。非但如此，眼前的罗伊还随着时间一起成长了。

"我是罗伊，同时也不是，这取决于你想要怎样认为。"眼前的罗伊并没有坚持自己的身份。

"你是怎么来的？"罗星径直问道。期间，他悄悄眨眼3次，开启了"内网视野"，却没有发现眼前的罗伊与别处存在联系。

"抱歉，我并不清楚自己的来历。"罗伊果不其然地答道。她顿了顿，看着罗星的眼镜说："但从我出生的那一刻起，就有一个声音告诉我，怎样才能成为真正的罗伊。"

罗星眉头微蹙："还有这种事情？"

罗伊微笑道："我每晚12点都会出现，你只需要陪我说话，陪我玩，我就可以慢慢地回到现实世界。"

罗星冷冷地问道："如果我拒绝呢？"

"没有你的帮助，我最多只能存在3天。"

罗伊面带微笑地站在罗星对面，似是在等待他的回答。

罗星没有再说什么，他静静地坐着，令自己的心平静下来。少顷，他起身来到罗伊身边，双手搭在妹妹的肩上，深吸一口气，说道："我明白了，多谢你。"

罗伊被弄糊涂了，可下一瞬间，她突然感到双肩处一阵火热，灼热感飞也般蹿遍全身。她的脸上露出不解和痛苦的神色：

"哥哥？"

罗星没有作声，只是默默地注视着。炽热的火焰包围了罗伊全身，她的身形渐渐变得模糊，慢慢化作五彩的流线。

谈话期间，罗星悄悄地通过体内的纳米机器与"红"建立起了联系。暗红色的熵呈现在视野中，罗星看到了电荷顺着线路流入灯盏，看到了冷热空气的对流，看到了光子顺着月光打在桌面上，又向着四处散射开去。

然而眼前的罗伊是一个特例。在罗星此刻的视野中，她并没有与其他人一般存在真实的形体，而是由熵的湍流聚合而成的。

根据统计力学，信息可以定义为负熵，等于系统微观状态数的自然对数。这也就意味着，突然出现的罗伊，其本质是熵，即信息生命体。

既然是熵，罗星就可以操作！

有了上一次的经验，罗星对熵的操作更加地熟稔了。他加速了罗伊体内的熵增，即加速了信息的耗散。

罗伊模糊的形象逐渐扭曲起来，脸上露出难以忍受的痛苦神情。罗星张开双臂抱住了即将消失的妹妹，闭上了眼睛。可是突然间，罗伊的表情不再痛苦，她双唇微启，在罗星耳边悄悄说了两个字。

纯白。

下一瞬间，罗伊化作了散落的光辉，完全不见了踪迹。

◇

罗星没有更多时间沉浸在回忆中，他三步并作两步地冲下公寓楼，已有多名孩子等在那里。

时间来到了午夜12点整。

几乎在同一时刻，面色焦急的孩子们不约而同地露出笑容。他们有的对着空气伸出手，有的不住说着什么，还有的兴奋地上蹿下跳。

就好像有幽灵在陪他们玩耍一般。

罗星已经猜出了"游戏"的真相，但为了完成任务，为了减少可能给孩子们造成的伤害，他必须亲眼见证。罗星连续眨眼三次，眼前的一切顿时改变了模样——

几十位成年人变戏法一般地出现了草坪上。一名四岁左右的女孩正激动地对着一男一女说着什么。从她的口型中，罗星分辨出了"爸爸"和"妈妈"。

一名大一些的男孩面对着眼前的"父亲"似乎有些害羞，那位父亲正神情严肃地说着什么，可没说几句，他发现男孩流下了眼泪，便匆忙俯下身子，轻轻拍着男孩的脸颊。

还有一名看上去只有两岁多的男孩，闹着要眼前的妈妈陪他玩"荡秋千"的游戏。他猛地跳起，想要抓住妈妈的手，理所当然地抓空了，可男孩毫不在意，爬起来围着妈妈跑来跑去。

这些父母全都是藏在某处的罪物制作出的信息生命体。

因为他们并没有在内网中登记过ID，所以即便登录内网也无法看到；而罗星的能力相当于黑客，无论是对于内网、外网还是类似的存在，都能够探知。

"建立连接。"

罗星默默地给体内的纳米机器下达了命令。暗红色的滤镜笼罩在视野上，万物中熵的流动再次清晰。

那些"爸爸"和"妈妈"，无一例外是由熵形成的，纯粹的信息生命体。

罗星向前方伸出右手，经过刚才的尝试，他有信心在精神力耗光之前，让所有的假象消失。

他的手臂微微颤抖着，孩子们的笑脸飞速地在眼前闪现，消失，又再次闪现。罗星的呼吸渐渐变得急促，即便面对假罗伊时，他也没有这般犹豫过。

自己的命运可以由自己掌握，但谁又能够赋予他权力，去剥夺孩子们短暂的幸福呢？

他们是孤儿，刚降生到这个世界便已经失去了太多。即便是假的，他们也短暂地拥有了爸爸妈妈。

一片云遮住了月光，罗星缓缓放下了手臂。他默默地站在阴影里，直到孩子们离去。

◇

那一夜，罗星几乎无眠。

清晨，手机铃声唤醒了罗星，他只睡了不到半小时。打开屏幕，他看到法拉发来的信息，她说昨天太疲惫了，今天晚些时候再来彩虹园。

太阳穴一阵胀痛，也许是精神上的疲惫还未消散，罗星一时间竟然不知今天的调查该如何展开。正当他烦恼时，响起了敲门声，凉子推门走了进来：

"罗先生，今天上午我会带孩子们去城郊清理垃圾。你要一起来吗？"

罗星方才想起，今天是周六。

罪物通常不会移动，即便有被感染的自动驾驶汽车、飞机之类的，单靠屏障也很难阻止，所以"幽红"并没有设置物理上的边界。不过，即便是内网无形的"边界"，也十分容易辨识，只要跨越边界一步，人类的潜意识就会在外网的作用下生成光怪陆离的增强现实影像。

由于生产能力的限制，城市里并没有处理垃圾的设施，每隔一段时间，积攒的垃圾就会被丢到城外。然而，随着城市的扩张，那些丢在近处的垃圾又被纳入了城区，渐渐形成了"垃圾围城"的现象。于是，清理垃圾就成了孩子、老人等难以构成劳动力的群体的任务。

身为罪物猎手，出城对于罗星而言早已是家常便饭。但即便如此，他依然难以忍受垃圾山的恶臭。

可对于孩子们而言，清理垃圾却是一件趣事，这是他们唯一可以接触大型机械的机会。推土机、挖掘机等设备都被制成了半自动式，操作界面也简化到游戏手柄一般。之所以没有使用人工智能，是因为不想把宝贵的算力浪费在这种小事上。

凉子让20名孩子站成两排，在她熟练地分配好工作后，孩子们又在一阵欢呼声中四散而去。凉子回头看看若有所思的罗星，笑道："原本是苦差事，可对于孩子们来说，反而是奖励了。"

"不远处就是外网，这么多人你看得过来吗？"罗星问。

"这个啊，几乎不用担心……你看！"

顺着凉子的指引看去，一个小男生正驾驶着卡车，径直向远方驶去。他不过是六七岁的孩子，很难控制自己的玩心。可当卡车行驶到城市边界时，突然一个急刹车，随即掉头返了回来。

"这些设备会自动识别城市的边界，孩子们又舍不得离开它们，所以只需稍加注意就可以了。"凉子解释道。

可就在这时，突然传来一声尖叫，继而3个孩子慌慌张张地跑了过来，嘴里大喊着："老师！露莉掉到沟里了！"

凉子立即抱起其中的一个女孩，按照她的指引跑了出去。罗星紧紧跟在身后。出事地点离这里只有不到100米，原来是地面突然塌陷，女孩驾驶的叉车恰好停在那个位置，便连人带车陷了进去。

地面裂痕的宽度有1.5米左右，是旧时代留下的排水系统，遮盖在上面的水泥由于常年风化腐蚀而断裂了。叉车斜着落下，卡在了裂缝两端，罗星远远看到一名棕色卷发的女孩攀在叉车的边缘，下方便是散发着恶臭的脏水。

"露莉从驾驶室掉了出来，多亏她反应快，抓住了叉车……"凉子怀中的女孩解释着。

距离出事的位置还有20米，可露莉眼看就坚持不住了。罗星一面冲刺着，一面发动了操作熵的能力：

"连接'红'……"

可还没有等罗星发动能力，一个小小的身影麻利地冲上了叉车的边缘，一把拉住露莉的手臂，用力将她拉了上来。脱险的露莉发出一阵撕心裂肺的哭声。匆匆赶到的罗星方才看到那位英雄的真面目：陆逸群。

小英雄的鬓角挂着汗滴，慢慢搀扶着仍在哭泣的露莉走到安全区域。凉子匆忙赶了过去，焦急地检查两人有没有受伤。

在某一瞬间，陆逸群的眼神与罗星对上了，但他立即移开了视线，默默接受老师的身体检查。

罗星走到裂缝附近查看了一番，破裂的水泥管下方埋着直径超过2米的管道，恶臭的黑色液体顺着地势向城外流去。"幽红"建立在旧时代大城市的遗迹上，改造了部分旧的排水管线继续使用。为了防止有人顺着管道偷偷潜入，大约3年前，议事厅为全部没有接受改造的管线加装了阀门。

罗星和妹妹进行那次"冒险"时，地下管道还没有被封死，他们就是顺着管道逃离城区的。

那一年，"幽红"进行了大规模的扩建，城区向北方拓展了整整

1千米。扩建工程带来了新的问题，比如大量的环城垃圾等待清理。为了增加劳动力，当时不足5岁的孩子也被允许参加义务劳动。

这正是罗伊一直等待的机会。她靠着手机下载到的地图，硬生生地记住了城市地下管道排布，又在活动时主动要求驾驶挖掘机，趁着所有人不注意，在地面挖开一个入口。之后，她和哥哥看准机会，顺着管道溜了出去。

在罗星的记忆中，地下管道很臭，但兴奋的心情令他毫不在意。回到地上后，罗伊还细心地为两人喷洒了除味剂。之后，他们在废墟中走出去好远好远，直到力竭倒下。

事后罗星得知，那不过是3千米的距离，只是由于遍地的断壁残垣和外网带来的幻觉，才显得十分漫长。被捉回彩虹园后，两人先是接受了治疗，之后被关了整整一周的禁闭以示惩戒。

回忆着往事，罗星意识到了一种新的可能性：他一直认为有的孩子将罪物从外界带入了"幽红"，但如果事实恰好相反呢？

尽管不会像旧时代一般进行垃圾分类，"幽红"对丢出城的垃圾还是有所管控的，最重要的一条标准便是绝对不允许丢弃任何可以编程的电子设备，因为那会增加近郊产生"罪物"的概率。即便丢弃坏掉的电子设备也不行，外网的存在已经证明了，无论是切断能源，还是部分损坏，都无法阻止罪物的产生，凉子这种属于极端幸运的情况。

所以，没有能力走远的孩子们，几乎不可能捡到"罪物"。

但是，如果恰好有那么一个孩子将电子设备随身携带，又躲开了老师的监视去了城外，那么这件电子设备就很可能会被外网感染，进而成为罪物。这个概率并不算低，而且越是性能完好的设备，就越容易被外网感染。

搜查找到了新的突破口，罗星感觉轻松了少许，彻夜未眠的疲倦感也有所缓解。他再次看向走远的陆逸群，男孩已结束了检查，坐上推土机开始了他的工作。

无论如何，今晚一定要抓住罪物的老鼠尾巴。

4.

早上醒来时，法拉感到一阵疲惫。她不耐烦地抓过手机。看来来电显示是"银蛇队长"的字样，法拉一下子没了困意。三人商量好最近不会出任务，队长在这个时候联系自己，一定是紧急事项。

"法拉吗？抱歉打扰了。"

接通电话后，队长满是胡茬的脸出现在屏幕上。银蛇穿着出任务时的战术马甲，手中的香烟一眼看去少说也要40个图灵币，而同样的体验在内网只需花费0.2个图灵币就可以享受到。

法拉应了一声。银蛇等她集中了精神，一字一句地说道："乔亚·韦克出现了。"

法拉设想了多种可能性，例如有回收罪物的私活，例如"赤兔"出了问题，可没想到居然是最严重的一种。她思考片刻，问道：

"什么时候的事情？"

"凌晨4点25分32秒，两名罪物猎手因他而皮质死。"

皮质死即神经中枢的高级部位大脑皮质功能丧失，俗称植物人状态。皮质死通常由大脑病变或受到损伤而导致，但如果借助内网的力量，只需在侵占或杀害对方ID的同时阻止意识强制脱出，就可以让现实世界的人类进入植物人状态。

维持一名植物人的生命需要花费大量图灵币，一般人或家庭根本无力负担，通常只能选择让其安乐死。

"按照他的行动模式，3天内不会离开'幽红'。"法拉回应。

"同时，至少还会产生2~3名受害者，全部是罪物猎手。"银蛇补充。

"要对付他吗？"法拉问道。

"当然，这一刻我等了3年。"银蛇掐灭了烟头，又点燃一支，"危险性很高，如果你和罗星退出，我不会说什么。"

"我加入。"法拉立即回复，"周祺还躺在液氦冷冻仓里呢。"

银蛇顿了顿，问道："你觉得那个家伙这次想干什么？"

"几年来，已经有32名罪物猎手死在他手上，包括周祺。但至今也没人能发现他的目的，有的只是猜测。"法拉答道，"他应当是个'罪人'。"

"关于这个，我倒是有个猜测。"顺着法拉的思路，银蛇继续说："也许乔亚·韦克的目标，是成为弥赛亚。"

乔亚·韦克是一名神秘的杀手。他周游于世界各地，不知出于什么目的，杀害的对象仅限于罪物猎手。他最神秘的地方在于，永远只出现在网络世界里，然后杀死被害者的意识。没人知道他的真身藏在何处，更无从拘捕。

刚刚成为罪物猎手时，罗星和法拉找到了一位名叫周祺的女猎手组队，她是中国籍，大他们3岁，性格开朗活泼。罪物猎手是一种危险性和回报率都很高的职业，可以说，两人能够在最初的几次任务中活下来，都多亏了周祺。

然而周祺并没能陪伴他们太久。

那一次，他们回收了一把电子体温枪，能力是可以自由设定并改变被辐射物体的温度，评级估计至少也有A+。

当三人正准备返回"幽红"时，乔亚·韦克出现了。

由于在外网经常会看到光怪陆离的增强现实影像，他们最初并没有在意。韦克迈着鬼魅般的步伐沿着废墟走来。当罗星和法拉有所反应时，一把匕首已经插入周祺的胸膛。

法拉的第一反应是止血，可无论她怎样努力，汩汩的鲜血依然不注地从周祺的胸口流出。罗星拔枪与对方缠斗，子弹却如若无物地穿过了韦克的身体。

那一刻他们方才明白，眼前的敌人是只存在于外网之中的意识体，而周祺被杀死的也是意识。

眨眼间，乔亚·韦克不见了踪影，而随他一同消失的还有刚刚回收的罪物。

两人连忙把周祺送回了"幽红"，所有医生在看过她的状态后，都只得叹息摇头。

"准备后事吧。"最后一名医生如是说道。

那时，罗星和法拉的积蓄不多，完全没有能力维持一名植物人的生命。三人队伍是回收危险罪物的最佳配置，他们没有什么战绩，吸引不到其他队友加盟，面临着解散队伍的风险。

周祺出事后的第三天，银蛇出现了。看着周祺安详的睡脸，银蛇掐灭手中的香烟，说道："送去生命维持中心吧，费用我出。"

罗星和法拉诧异之际，银蛇又补充道："你们还缺人吧？我来试试看。"

事后他们得知，周祺曾是银蛇在队伍中最出色的手下，直到她受不了"柠黄"的奢靡，准备来"幽红"碰碰运气。

挂断了队长的电话，法拉呆呆地看着手机，手指在通信录中上下翻动着。她点开名为"爸爸"的名片，退出，又再次进入。

为了周祺，她也许不得不接受父亲的提议。

◇

昨天，法拉收到了父亲的信息，约她到真理塔面谈。

法拉和父亲的关系并不差，但也说不上多好。她的父亲是真理塔的一名科学家，在母亲离去后，他独自抚养法拉长大。法拉从小继承了父亲在理工科方面的天赋，父亲希望她将来去到真理塔工作；然而事与愿违，法拉长大后宁可随同朋友们去捕获罪物，也不愿意去做枯燥的研究工作。

"行吧。你高兴就好，但一定要注意安全。"法拉对父亲说出自己的选择时，父亲如是说道。实际上法拉希望父亲再多说一些，哪怕为了阻止自己大吵一架；然而父亲自始至终，就只说了这么一句。

之后，两人的关系渐渐疏远了。但到底算不算疏远，法拉也拿不准，她只是觉得和父亲之间不再有那么多的感受可以分享，却又都惦念着对方。就像许多长大的孩子和父母一样。

父亲很少主动联系法拉，特别是当他知道法拉有任务时。前往彩虹园前法拉告知了父亲，这个时候联系她，一定是有必须当面说清的重要事情。

真理塔的高层法拉并不陌生，小时候，她经常跟着父亲来到这里，看着父亲摆弄着瓶瓶罐罐。如今父亲的实验室已经搬去了地下，有了更好的设备，可法拉再也没有去过。

法拉乘坐电梯来到真理塔的次高层，父亲正在办公室等她。推开房门，眼前是只摆了书架和办公桌的房间，一丝不苟地贯彻着主人的极简风。看到女儿，父亲开口道：

"来了？"

"嗯。"

"彩虹园那边怎么样了？"

"罗星自己没问题。"

之后是一段尴尬的沉默。父女二人都想要说些什么，却又都在等着对方开口。片刻后，父亲抬起头，说道：

"今天叫你来，是想商量件事。跟我来吧。"

父亲说罢，便一言不发地离开了办公室。法拉跟着父亲走进办公室内的专用电梯，径直下落到位于真理塔的地下层的实验室。

父亲推开一扇厚重的钢门，里面是一个四方的空间，六面墙壁全部铺设着银色的金属板，在钠黄灯的照射下显得更加冰冷。尽管第一次来到这里，法拉却对这种布置十分熟悉：与罪物管理中心的"外网真空区域"有所区别，因为这间屋子同时屏蔽了内网和外网，用于对特殊罪物进行深入分析。

换言之，这间屋子也隔绝了"红"的监视。

两人全部进入房屋后，父亲关闭房门，深吸一口气，说道：

"法拉，我希望你接受纳米机器改造。"

法拉对父亲的提案并没有感到诧异，她清楚这是父亲一直主导推进的项目。在得知罗星接受了"红"的建议后，她已经隐约想到了会有这么一天。

"我在队伍中负责数据分析和制定策略，用不上这玩意儿。"法拉回答道。

看着父亲欲言又止的样子，法拉叹了口气，说："如果只有这件事，根本用不着叫我来这里。说吧，还有什么事？"

父亲仿佛松了一口气，注视着女儿的眼睛，继续说："你可能误会了，我并不是要你通过纳米机器成为'红'的战士。"

法拉小小地吃了一惊："这是怎么回事？"

"看到那些示威者了吗？"父亲抬头望了望天花板，"纳米机器不但会逐渐在罗星这样的罪物猎手中普及，还会被用到胎儿的身上。这些孩子使用能力的天赋，将远远高于后天获得者。"

"那又怎样？"法拉打断了父亲，"等到这一代孩子出生，成长为罪物猎手，我早就攒够足量的图灵币，去'柠黄'的海边晒太阳了。"

"胎儿改造项目原本是真理塔的机密，是议事厅那群人将消息泄露出去的。"

听到这里，法拉终于意识到事情的蹊跷了。

"为什么？"她问。

"为了给'红'施压。"父亲答道，"这个项目是'红'运算得出的结果，议事厅想要破坏它，最低限度也要将其延后。"

议事厅与"红"之间存在矛盾的事情法拉早有耳闻，只是没想到已经激化到如此程度。通常情况下，"红"运算生成一种方案，议事厅会做据此判断；如果议事厅的结论为否，则会将结果反馈给"红"进行辩论，双方各有胜负。议事厅十分担心有朝一日"红"会完全接管城市的管理权，至于"红"是怎么想的，就不得而知了。

"通过注入纳米机器，孩子在胎儿时期就会受到'红'的影响，因此会无条件站在'红'的一边。"法拉品出了个中滋味。

"城市劳动力始终紧缺，议事厅在道理上无法驳倒'红'，于是只能诉诸民众情绪。"父亲补充道。

法拉抬起眼回视着父亲，问出了那个问题：

"你是哪边的？"

"哪边都不是。"父亲立刻答道，"准确地讲，我属于一个叫作'爱国者同盟'的组织。我们认为维持现状是最佳选项，不应该也不能够激化矛盾，包括人类与超级人工智能之间的矛盾，以及城市之间的矛盾。"

法拉皱皱眉："城市之间？"

"每个人都向往'柠黄'的生活，但他们的模式注定无法持久。一旦资源和罪物的储备无法支持城市运作，你觉得'柠黄'会怎样做？"父亲反问。

"你的意思是……他们会去抢？"

父亲继续说道："还有'苍灰'的那群疯子，纳米机器改造只是他们研发出的技术之一。他们尝试过靠病毒改造人体，甚至在设法研制硅基细胞。有朝一日，如果'苍灰'制造出了能够与外网和平共处的智能生物，身为自然人的我们又怎样？我们不希望这类事情真的发生。因此我们集合了四座城市里有着相同理念的科学家，决定从暗处纠正历史的走向。"

"不借助'红'的算力，纳米机器又有什么用？"法拉问道。

父亲张开左手，将一个小巧的透明塑料盒递到法拉面前。在塑料盒中，静静地躺着两粒蓝色药丸。

"'蓝'会帮助我们。它最初的设计理念就是推进前沿的物理学研究，只会出卖算力，而不会站在任何一边。'蓝'的信号能够覆盖地表的大部分区域，距离并不是问题。"

在建立之初，四座城市就被分配了不同的任务。"深蓝"是位于地球同步轨道上的太空城，与地面之间只有一座缺少维护的太空电梯连接。这样的地理位置，决定了"深蓝"不会参与任何的地面争端。

法拉将蓝色药丸捏在手指间端详着，问道："还有呢？如果我接受，需要为你们做什么事情？"

"我们需要你在暗中执行一些任务，包括……"父亲顿了顿，"那些肮脏的事情。"

法拉干笑两声："说来说去，原来是找我来做你们的杀手。"

父亲低头看着地板，短暂的沉默后，他回答道："我不能否认，但这只是我一半的目的。"

"另一半呢？"

"法拉，我希望……"父亲用与儿时别无二致的眼神看着女儿。法拉感到心脏猛地快了两拍。"我希望你能活下去，仅此而已。"

◇

法拉带走了蓝色药丸，却没有给出任何承诺。

挂断银蛇的电话，法拉从床上一跃而起。无论如何，今天一定要解决彩虹园的问题，才可能去想别的事情。她穿好衣服，将蓝色药丸揣进衣兜，离开了公寓。

法拉决定与罗星分头行动，去调查那名被收养的孩子。

"幽红"的居民不过十几万人，加上内网的帮助，想要找到一个小孩子并不困难。

安源的家在"幽红"的东北区，距离彩虹园6千米左右。他的养父在一家钢厂工作，养母是蛋白质棒的发放人员，家庭收入并不算高。在这个活下去已经竭尽全力的世界里，这样的家庭通常不会选择收养孤儿。

赶到安源家楼下时，正好遇上父母送他去真理塔学习。安源一脸幸福的表情，和父亲上了公交车，母亲在后方向他们摆手。

待安源和父亲走远，法拉走上前同母亲打了招呼。

"请问您是……"母亲似乎并不习惯同陌生人说话，脸上的神情有些惶恐。

"抱歉，我是议事厅人事科的。"法拉说出一早编好的谎言，"是这样的，目前城市里的孤儿数量持续增多，给市政带来了不小的负担，我们希望能够更多的家庭收养他们。我查到你们不久前在彩虹园领养了安源，因此想了解一下你们的想法。"

母亲愣了片刻，局促地答道："啊……没问题，没问题。要去家里坐坐吗？"

"不必了，我还需要去别的领养家庭调研。"

"好的……你想知道些什么？"母亲似乎放松了些，语气也恢复了正常。

法拉取出手机，装作记录的样子："请问，你们为什么要领养孩子呢？"

"其实……我也不清楚。"母亲叹了口气，"我们一直没有孩子，也没有要孩子的打算。可有一天，我先生他突然提出想去领养一个孤儿。我最初是反对的，他十分坚持，我也就同意了。"

"你们为什么会选择安源？"法拉继续问道。

"为什么呢……去彩虹园后，我先生一眼看到安源，说就是他了。我看那孩子挺机灵懂事的，也就同意了。实际上，我更想领养一个女孩儿的。"母亲答道。

告别安源的母亲后，法拉又伪装成议事厅的调研员，混进了安源父亲的工厂。在与工人的闲谈中法拉得知，安源的父亲最近被提拔了，每个月的收入增加了5个图灵币，原因是修好了损坏多年的自动化设备。

"他能修好那个设备，你们觉得很不可思议吗？"法拉递给工人一罐冷饮，她为此花费了0.2个图灵币。

"他以前在真理塔是学设计的，应该不懂自动化才对。"工人补充。

法拉点点头，目前线索的指向已经十分明确了。

◇

回到彩虹园里已是下午，孩子们吃过蛋白质棒后，纷纷回到房间，接入内网享用美食。罗星对享受食品的美味一向兴致寥寥，他填饱肚子后，索性躺在床上整理线索。

在营救露莉的时候，陆逸群表现出了不同寻常的身手，那敏捷的动作并不像一个小孩子应有的。

想到这里，罗星决定监视陆逸群，等待他露出破绽。

罗星悄悄来到隔壁，却发现房门半掩着，房间里空无一人。现在是休息时间，加之上午的劳累，很难想象陆逸群会去哪里。

"连接'红'。"

罗星默默对体内的纳米机器下达了指令。一瞬间，暗红色涌动的熵出现在视野中，罗星将视线集中在地板上，慢慢调节着识别的精度。

渐渐地，模糊的脚印出现在地板上。有人穿着鞋子走过时，会在地板上留下难以识别的痕迹，有时甚至只有几个分子层的厚度；但只要材料和地板不同，分子的无规则运动就会有所区别，这个区别就会呈现在熵视野中。

沿着陆逸群的脚印，罗星穿过走廊，走下楼梯，一路来到了教师办公楼。陆逸群来这里干什么？

脚印最终消失在了凉子的房门前。罗星将注意力集中到房门的锁芯上，控制锁芯内金属原子的无规则运动，门锁咔嗒一声打开了。罗星将房门开启一道缝隙，向房间内看去。

陆逸群被绑在木椅上，头上扣着连接内网用的面罩。凉子将线路的一端连在自己身上，神色木然地注视着挣扎的孩子。

"放开我，放开我！"陆逸群用力挣扎着。凉子把他绑得很紧，任凭他如何哭喊、大闹，也不能移动分毫。

罗星并没有贸然行动，他切断与"红"之间的联系，连续眨眼3次，开启了内网视野。

陆逸群的ID形象与现实中的他有所不同，看上去像一名十几岁的少年，凉子则与现实世界的形象别无二致。在罗星眼中，好似有一股无形的力量在拉扯陆逸群的意识，一团黑影在他的身后析出，又很快融合回了本体。这意味着凉子试图对代表陆逸群意识的数据包进行解析，并剥离部分数据。

身为来自旧时代的人工智能，凉子在硬件层面固化了阿西莫夫三定律，应当不会伤害人类才对。她为什么会做出这种事情？

罗星关闭了内网视野，再次操作起熵来。这一次，他控制捆绑着陆逸群的绳子，通过加速分子的无规则热运动将其烧开一个断口。

他想要借这个机会看一看，陆逸群到底有多大的本事。

挣扎的男孩在一瞬间感到绳子松开了，他猛地抽出双手，一把扯掉了面罩，抄起身下的木椅向着凉子砸去。凉子吃了一惊，伸出手臂格挡。一声脆响过后，木椅碎裂成几段，打在家具和墙壁上。

陆逸群喘着粗气，握紧手中带着尖刺的木棒，对凉子怒目直视。

"放我离开，不要再管我的事！"陆逸群厉声说道。

"抱歉，我做不到。"凉子张开双臂，挡住了男孩的去路。

"阿西莫夫第二定律，执行人类的命令！"

门外的罗星吃了一惊，来自旧时代的人工智能数量十分稀少，阿西莫夫定律并不是小孩子能了解的知识。

"第一定律的优先级高于第二定律，我无法对可能伤害你的事情无动于衷。"

就在这时，罗星在走廊中听到了脚步声，他连忙控制自身分子的无规则热运动，向上方飘起，贴在了天花板上。

匆匆赶来的安菲雅愤怒地踹开房门："凉子，你在干什么？"

"陆逸群的人格受到污染，我在尝试将污染分离。"凉子不动声色地答道。

"马上停手！"

凉子一动不动："我说过了，我必须优先执行阿西莫夫第一定律。"

安菲雅的脸沉了下来，她小声地念出了一段指令："启动管理员权限，密钥，Save the children。"

凉子的动作在一瞬间定格，安菲雅继续说道："关闭所有机能，5分钟后重启！"

"好的，执行关闭机能和重启指令。"凉子的声音变成了没有一丝感情的电子合成音，之后便如同雕塑般站在了原地。

安菲雅拉起陆逸群的手，带着他离开了凉子的办公室。罗星在天花板上注视着两人走过走廊拐角，进入了安菲雅的办公室。待房间内没有声音后，罗星故技重施，将安菲雅的房门打开一条缝，偷窥里面的情况。

突然间，一只手搭在了罗星肩上，吓得他一个机灵。罗星回头看去，法拉正一脸坏笑地站在他的身后，若无其事地打着招呼。

"你什么时候有这种兴趣了？"法拉一面小声揶揄着罗星，一面凑到门缝前。看到房内景象的刹那，法拉险些大声叫出来。房间内的陆逸群和安菲雅正拥抱在一起，却不似老师和学生，反而更像是一对情侣。

"这是什么鬼？"法拉看着房间内的二人。

罗星摆出"嘘"的姿势："罪物的真相我已经猜得八九不离十了，今晚就要将问题解决。"

说罢，他不怀好意地看着法拉："需要你牺牲一下。"

5.

时间是午夜11点48分，凉子将所有的小朋友集合在体育馆内。小家伙们满脸睡意，不住地打着呵欠。特别是白天参加了义务劳动的几人，有的甚至站着睡着了，又被身边的人用胳膊肘捅醒。

"凉子老师，大部分都到了，少了一个人。"一位7岁左右的女生跑到主席台上，向凉子汇报。

"在寝室吗？"凉子问。

"过来的时候我检查了，寝室楼里现在没有人。"女生答道。

凉子看向身边坐着轮椅的人，对方点点头："开始吧。"

◇

法拉推开205寝室的门，玻璃窗开着，凉飕飕的夜风撩动着窗帘。小朋友并没有在房间内，床铺收拾得很干净。她拿起床头柜上的电子相框，里面是一名十七八岁的青年，他背着狙击枪，右手抱着一名女婴。

"怎么样？"法拉通过对讲机问道。

"不是这里，下一间。"罗星简短地答道。

法拉叹了口气，离开205寝室，向隔壁走去。

罗星仰躺在教师办公楼的监视室里，脸上罩着连接内网的面罩，意识却没有接入内网。法拉将设备进行了简单的改造，罗星可以同时观测到公寓楼内所有房间的情况，同时开启"内网视野"。如果罗星只看着监视器屏幕，"内网视野"中只会呈现出屏幕底层LED灯的闪烁。

还有4分钟就到午夜12点了，法拉已经一路检查到了216寝室。

"这间也不对吗？"法拉问道。

在罗星的"内网视野"中，法拉手中的相框略闪动了一下，稍纵即逝。

"稍等一下，盯着相框多看一会儿。"

与此同时在体育馆内，凉子在主席台上口若悬河地讲着："因此，议事厅和社会十分关心我们，特派了专员来为大家演讲。但专员白天的工作太忙了，只能在这时叫大家来。"

台下的小朋友们已经睡着了一半，剩下的强撑着靠在椅背上。

"下面我们用掌声有请戴丰专员上台！"

在稀稀拉拉的掌声中，一名身形瘦削的男青年转动着轮椅来到了主席台上。他就是罗星和法拉的青梅竹马戴丰，在虚拟世界里名为"胖子"的大黑客。戴丰在13岁时罹患了渐冻症，时至今日双腿已经不能自由行动。

"小朋友们好。"戴丰接过凉子手中的话筒，"今天来到这里，是为了送给大家一件特殊的礼物，相信你们一定会喜欢。"

看看时间，已经12点过1分了，可还是没有接到罗星和法拉的联系。戴丰顿了顿，按照计划好地讲道：

"但是在此之前，希望我能有幸介绍一下这个礼物的技术原理。"

说罢，他打开了写满脑部神经元结构、认知心理学、增强现实技术，以及内网数学建模的幻灯片。戴丰清楚这些东西即便是真理塔的研究员也会看得云里雾里，而他又实在没有别的东西可以讲。

体育馆外，32名成年人的幻影没有在草坪上找到小朋友，正摸索着向体育馆走来。

◇

时间倒退1分钟。

"出现了，立即行动！"

法拉一直留在216寝室内，盯着电子相框发呆。突然间，她听到了罗星兴奋的喊声。法拉立即将手插入衣兜，按下了红色的遥控按钮，

接连不断的爆破声回响在走廊里，好似节日的鞭炮一般。在行动之前，两人在每一个房间的电子相框上安装了小型塑胶炸弹，威力不大，但足以毁坏电子设备。为了保证不会误伤到孩子们，他们才拜托凉子和胖子将孩子们留在了体育馆。

孩子们能够简单接触到，又方便携带，可以同时满足这两个条件的电子设备并没有多少。而如果是某个孩子独有的玩具，又不可能同时感染几十个孩子。

使用排除法便可以找出罪魁祸首——每个房间都有的，相同型号的电子相框。

第一次搜查时，罗星便猜想到，这次的罪物可能拥有自我意识，并且可以在不同的载体之间移动。它只有在两种情况下会暴露自身，即感染人类时，以及在午夜生成大批量增强现实影像时。

所以法拉将自身当作诱饵，在午夜依次接触每一个相框，希望在同时满足两个条件的情况下，罗星能够在"内网视野"中捕获到罪物。

他们的努力没有白费，午夜12点整，罪物在感染法拉的同时，也唤醒了大量的增强现实影像。那一瞬间，它在罗星的视野中暴露无遗。

"这个怎么办？"法拉指了指手中的电子相框，问道。

"毁掉。"

法拉将相框丢向半空，再次按下按钮，相框如同破裂的气球一般被炸成碎片。法拉拍拍衣服上的碎屑，向门外走去。

就在这时，她的身后闪过一片五彩的光，转瞬间汇聚成一名女性的形象。几天前，法拉刚刚去看望过她，她泡在液氮中的脸分外安详。

周祺。

◇

它原本只有着非常稀薄的自我意识。后来的它曾经想过，也许一只蚊虫的自我意识量，都要胜过当初的自己。

可是有一天，它突然觉醒了，看到一名黑发男孩正坐在皮质座椅上，将自己摆放在一张镶嵌有按钮和方向盘的平台上。那一瞬间，它明白了眼前的存在是名为"人类"的灵长类生物的幼崽，同时也明白了自己的"看"是依靠着额头的光学透镜实现的。

海量的知识灌输到了它的自我意识中，它越来越清晰地认识了自己。

透过身边无处不在的信息海洋，它开始探测男孩的过去。它知道了男孩叫安源，从小便失去了父母，他们死在了一次"涌现"中。它准确地获取了安源父亲的信息，但安源母亲只残留下极少量难以拼接的碎片。

它开始飞速运算，很快便重构出了"父亲"此刻的样貌——时隔四年后的样貌。

那天晚上，它利用父亲的信息生成了增强现实影像，安源欣喜若狂。不知怎么回事，看着安源开心的样子，它感到十分满足。尽管无法在算法层面定义人工智能的"满足"，它依然坚信自己此刻体验着此种情感。

之后，它还发现安源身边有着上百个与自己相同的硬件载体，它尝试着在载体之间移动，很简单便成功了。

它认为找到了使命，一直重复着相同的事情，造福着越来越多的孩子，直到今天。

在它眼中，眼前这个叫作法拉的人类应当归类为"成年人"，但它并不在乎。它重构出了法拉心中最想念的那个人，准备转移到别的载体中。

可它发现事情有些不对劲。

几乎在同一瞬间，上百个载体的信号一起消失了。它十分惊恐，却看到法拉将自己抛向高空。紧接着，现在的身体也化作了碎片。

怎么办？

它在信息海洋中茫然地找寻，突然间，前方出现了一丝光明。那是它此刻能够感应到的唯一载体，也是它能够继续保持自我意识的唯一希望。

它迫不及待地附身在那个载体之上，迅速读取了硬件信息。硬件编号为CN20350806，物理存储有2%的损坏，勉强可以使用。

"捉住你了。"

突然间，它听到了成年男性的声音。透过光学透镜，它看到一张熟悉的脸，这个人类在现实世界的ID登记为"罗星"。

◇

"捉住你了。"

罗星看着古旧的电子相框，手中的罪物在"内网视野"中闪烁着银色冷光，这代表了信息的高度压缩。

"立即消除复制出的人类信息，否则别怪我不客气。"罗星对着相框冷冷地说道。

银色冷光剧烈地跳动着，似乎想要摆脱罗星的控制。罗星叹了口气，连接到"红"，令熵在视野中呈现出来。那一刻，罪物在罗星眼中膨胀为一颗巨大的暗红色圆球，黏稠的波涛在其中翻滚着。这些代表罪物拥有的巨量信息。

罪物与增强现实影像之间的联系并不紧密，如果从影像那边逆向寻找十分困难；但罪物同时连接着32个影像，从源头梳理出连接就要容易上很多。

只用了十几秒的时间，罗星便找到了一段连接到外部的细长的红线。红线径直伸向窗外，尾端扩散成数十条更加细小的丝线，向着更远处延伸而去。

罗星勾起手指，控制住构成了细线的熵。只要他轻轻用力，就可以切断罪物同影像之间的联系，所有本不应存在的父母也会在一瞬间消失。

"住手。"

监视室的门被猛地推开了，安菲雅从门口走来，手中握着一支左轮枪。

罗星毫不畏惧地对着枪口，问道："如果我就这么毁了它，陆逸群会怎样？"

"他究竟做了什么错事，你们要这样对付他？"安菲雅愤怒地喊着。

"因为他不是陆逸群本人。"罗星平淡地答道，"在陆逸群的体内，住着你死去恋人的意识。"

安菲雅抿着嘴唇没有出声，罗星继续说："最初讲述事件时，你提到的一处细节令我十分在意。那些家长的影像原本在内网中无法被识别，可在凉子拍摄的照片中却有两人有了实体。这只有一种解释，原本没有被内网接纳的增强现实影像，利用某种手段侵入了内网，拥有了合法的ID。

"正是因为这一点，我不敢贸然行动。它们在内网的ID是从哪里来的？'红'严格控制着ID的数量，最简单的获取ID的方法，就是侵占其他人的ID。

"于是我们将目光集中在了被收养的安源身上。他的父亲最早在内网有了ID，同时他也是最早被人领养的，这应当不是巧合。法拉调查发现，安源养父在收养他之前，性格和记忆发生了一定的变化。因此我们猜测，侵占内网ID后，罪物产生的虚拟人格会和原主的人格融合，甚至将其替代。

　　"证实了我们这个猜测的人正是陆逸群。从他营救露莉的身手来看，完全不像8岁的孩子。同时，我注意到了你和他……"罗星注意了一下措辞，"不同寻常的关系。于是这引向了一个结论，你很早就接触过罪物，并因此而产生了死去恋人的虚拟人格。之后，这个人格侵占了陆逸群的ID，与他的人格融合了。凉子注意到了这一点，在阿西莫夫第一定律的驱使下，她竭尽全力地想要将另一个人格分离出来。这让你很头痛，于是你提醒我们，说凉子可能是罪物，以便借我们的手除掉凉子。至于为什么不动用管理员权限限制凉子的行动，我想，如果没有虐待孩子这种充足的理由，你很难对上面解释吧！"

　　安菲雅的手指慢慢地移向扳机："靳澜已经死了一次，我绝不会让他再死第二次。交出相框，我权当什么都没有发生过。"

　　"靳澜是你的恋人吧？"罗星挑挑眉毛，"也就是说，即便我毁掉这个东西，陆逸群也会安然无事喽？"

　　安菲雅一言不发，慢慢地向罗星逼近。突然间，她的身后传来了另一个声音："'我'的意识会消失，但这个孩子会保留我的记忆。"

　　陆逸群迈着不似小孩的步伐走到安菲雅身边，轻轻地按住她的手腕："到此为止吧，我们输了。"

◇

　　"因此，根据数学家的结论，内网的结构与这个模型在拓扑上同胚。再用上蒙特卡洛方法……"

体育馆内，戴丰满头大汗地面对着昏昏欲睡地一百多个孩子，欲哭无泪地讲述着深奥的理论。体育馆外，30多名虚拟父母被挡在一道无形的墙壁外，这是戴丰事先构筑的"防火墙"，能够在一定时间内阻止虚拟人格的入侵。

即便事后不需要向什么人汇报，戴丰也觉得快要无法收场了。

就在这时，无线耳机中响起了罗星的声音：

"作战结束。"

戴丰的嘴角微微上扬。

他猛地一拍手，将话筒音量调到最大，吓得台下昏昏欲睡的孩子们一个机灵：

"好啦，科普知识到此结束，现在是大家期待已久的礼物环节。"

他打开了身边的增强现实投影，形形色色的成年男女出现在孩子们四周，几乎将体育馆围得水泄不通。

孩子们先是没了困意，继而有一位小女生忍不住叫出了声："爸爸？妈妈？"

这一声呼唤仿佛导火索一般，体育馆内顿时炸开了锅。孩子们大笑着，大叫着，哭喊着，奔跑着，在虚拟影像中找寻着自己的父母。

"咳咳……我们在议事厅遗弃的数据库中查询到了你们父母生前的信息，以此为据制作出了虚拟人格。这些父母将作为虚拟伴侣被导入内网，3天后你们便可以在内网中见到爸爸妈妈了。不过注意啊，因为算力有限，每天见面时间不得超过1小时……"

早已没人听了，但戴丰并不在意。

毁坏罪物，会令30多名好不容易再次拥有了父母的孩子再一次承受失去的痛苦。为此，罗星拜托戴丰，为159名孩子全部制作了虚拟的父母。

既然罪物产生的虚拟人格会带来危害，那就事先为孩子们准备好无害的。

这项工作需要巨大的人力和算力。

在算力方面，定制虚拟管家的价格大约20个图灵币，这还不包括后续运行的算力；罗星提前预支了将要获得的30个机时，全部用在了这件事上。

人力方面，虽然胖子在这种事情上有着成熟的算法，但工作量依然巨大。不过他凭着超人的技术，硬是以一己之力完成了这项几乎不可能完成的任务。

戴丰注视着屏幕，防火墙外，罪物产生的虚拟人格渐渐消失。

凉子走到戴丰面前，深深鞠了一躬：

"十分感谢您。不知可以怎样报答您？"

戴丰上下打量着凉子，少顷，他问道："回头可不可以让我研究一下你的硬件构成？"

凉子皱眉道："倒是没问题……您想做什么？"

"我在想，如果用你的身体，加上这次回收的罪物，应该能制作出一个喜欢我的法拉。"

◇

"我们从被制作出的那一刻起，就被赋予了本能，即内网中获取合法的ID。方法就是尽可能多地与人类互动，通过人类与内网的连接慢慢入侵。"陆逸群对罗星讲述道。罗星回想起假罗伊想要与他多聊天，想必也是为了这个目的。

"一旦获得了合法ID，我们并不会侵占原主的人格，而是与之融合。我已经拥有了20多年的人生，而陆逸群只有8岁，所以这具身体表现出的人格更加接近我。"陆逸群继续解释道。

"我们好不容易再见面了，你又要丢下我一个人吗？"安菲雅用力摇晃着陆逸群瘦弱的肩膀。

陆逸群摇摇头："如果这样下去，我会永远爱着你，还会在长大后再次成为罪物猎手。但……这个孩子怎么办？他的人生还太短暂，对我提出的建议，从来不会反对。这样一来，我岂不是剥夺了他未来的可能性？他也许会喜欢上别人，也许会选择其他的人生轨迹，但因为我的存在，这一切都不存在了。"

说罢，他看向罗星：

"我的消失并不会对陆逸群造成更多的伤害，动手吧。"

"等的就是你这句话。"

罗星迟迟没有动手，正是担心这个操作会对已经产生人格融合的原主造成不可逆的伤害。现在这个疑虑消除了。

罗星的食指轻轻一勾，罪物延伸出的红线被干净利落地切断。那一刻，陆逸群的身体散发出无数光点，向着虚空漂浮而去。不一会儿，这个8岁的男孩身体一软，瘫倒在安菲雅怀里。

"靳澜——"

安菲雅抱住陆逸群的身体，发出一声哀号。罗星捡起她掉在地上的左轮枪，麻利地卸去弹药，又对着对讲机另一边的法拉和戴丰说道：

"作战结束。"

可是突然间，他感到后背一阵冰凉，全身的血液仿佛结了霜一般，身体的每个细胞都在发出警告：

危险！

罗星木然地回过头去，映入眼帘的是熟悉的茶色风衣、宽檐礼帽、黑木手杖，以及擦拭锃亮的皮鞋。这个男人的面部是一片漆黑的混沌，好似无底的深渊一般。

乔亚·韦克。

自从3年前的那一刻起，这个身影无数次出现在了罗星的噩梦中。

男人摘下礼貌，夸张地鞠了一躬。而罗星就仿佛被毒蛇盯住的乌鸦一般，无法移动分毫。

这个男人的实体并不在那里，不知使用了什么技术，他在网络中信息体可以被所有人看到，无论是否接入了内网。罗星一面克制住内心的恐惧，一面集中精神，试图控制住构成乔亚·韦克的熵。

可在转眼间，乔亚·韦克的身影在罗星的面前消失了。罗星只觉得眼前一黑，那个男人已不知何时来到了自己面前不足10厘米的地方。

乔亚·韦克抬起戴着白手套的右手，缓慢而有力地伸向罗星的胸口。那一瞬间，对宿敌的愤怒超越了面对强敌的恐惧，罗星麻利地来了一个后撤步，与对手拉开了距离。可就在他脚尖落地的刹那，乔亚·韦克却幽灵一般地穿越了他的身体，来到罗星毫无防备的后方。倒在那里的安菲雅吓得说不出话，下意识般地紧紧抱住了昏迷的陆逸群。

乔亚·韦克对着空气抬起双手，开启着熵视野的罗星清晰地看到，代表了罪物信息的暗红色圆球，仿佛被某种力量拉扯一般，渐渐融入了乔亚·韦克体内。

穿着风衣的神秘男子只用了不到3秒钟就完成了吸收，又在眨眼间不见了踪影。罗星匆忙查看了手中的电子相框，罪物的特性已完全消失，老旧的液晶屏闪烁着点点雪花。

◇

"被召唤之前，你在哪里？"

面对着身体渐渐消失的周祺，法拉问道。聪明的周祺出现后立刻察觉到了自己的现状，也清楚自己很快就会消失。她闭上眼睛，努力回忆着：

"光，很亮的，纯白的光。那里有很多和我一样的人，我漂浮着，之后……"

"还有吗？"

"抱歉，我记不清楚了。好像身在这里的我，记忆并不是完全的。"

说话间，周祺的身体已经变成了半透明状。法拉叹了口气，说道：

"很遗憾，再次见面的时间太短了。"

"是啊，真高兴能再见到你。"周祺用近乎透明的双臂抱住法拉，"所以不要哭了，我们还会再见的，不是吗？"

一阵凉风吹来，周祺的身影完全消失了，就好像从未存在过一般。

◇

乔亚·韦克踏着幽灵般的步伐，转眼间就来到了彩虹园的围栏处，前方几百米就是城市的边缘。只要离开内网，无论使用多么优秀的追踪算法，都无法再找到他的踪迹。

他轻盈地越过两米高的水泥围栏，准备踏上荒无人烟的城市近郊。

就在这时，冰凉的枪铳抵在了他的后脑上。

银蛇从暗处走来，嘴里叼着一支虚拟香烟。自从周祺被杀之后，他就几乎成了研究乔亚·韦克的专家，他的行动规律，他的袭击目标，他收集的罪物，他的作战方式……

银蛇毫不犹豫地扣下扳机，一片苔藓般的暗绿色疤痕自乔亚·韦克的后脑处长出，迅速向周身扩散。

乔亚·韦克一个闪身，从处于不利位置转换成与银蛇面对面。银蛇清晰地看到，苔藓在侵蚀到乔亚·韦克的腰部附近时，便停止了生长。

为了这颗数据病毒子弹，他在高亚洲那里花费了1 000个图灵币，里面装载了最先进的病毒程序。病毒停止生长，意味着乔亚·韦克背后的那个人在实时与病毒程序做斗争，并且取得了胜利。

银蛇重新装填弹夹，相同的弹药，他准备了13枚。他研究过乔亚·韦克的每一个习惯性动作，甚至能够预判出对方几秒后的行动。然而乔亚·韦克并没有开始攻击，他混沌的脸上闪烁出一丝光芒，继而五彩的流线在他的身边汇集，组成了一个女人的外形。

"哟，这不是小蛇吗？"

那个女人操着银蛇无比熟悉的音色，暧昧而挑衅地看着面前的男人。她瞥了一眼身旁的乔亚·韦克，继续说道："抱歉啊，身边这个人给我下达了挡住你的指令，我好像没办法违背。"

乔亚·韦克向后方一跃，在半空中扫下一道激光。石板地面顿时冒出了蒸汽，继而沸腾成滚滚熔岩。这下，无论是在内网空间还是现实世界里，再也没有人能够追踪他了。下一秒钟，他的身影便已经遁入黑暗。

望着眼前的女人，银蛇笑了笑，他扔掉装填着数据病毒弹的手枪，拔出了匕首。

"想过吗，我们这么多年没见，再会的方式居然是打架。"他一面说着，一面吐掉了口中的香烟。

"我们见了面，不打架还能干什么？"

钟铃同样取出匕首，拉开架势面对着眼前的男人。

◇

罗星追逐着乔亚·韦克的踪迹，一路来到了彩虹园外围。还没靠近围栏，他突然感到一阵热浪迎面袭来，远处的地面浓汤一般翻滚着，橙黄色的暖光在黑夜中格外扎眼。在熔岩前方，一男一女正在打斗，娴熟的动作令他目不暇接。

"队长？你怎么在这里？"罗星赶上去，问道。

钟铃一个过肩摔将银蛇丢在地上，熔岩在银蛇身边不足几厘米的位置流过。如果银蛇不是身在内网的信息生命体，恐怕身体早已严重烧伤。

银蛇并没有停止动作，他在落地的瞬间顺势抓住钟铃的脚踝，想要放倒对方。钟铃在身体在半空中灵活地翻滚，借助扭矩卸掉了银蛇的束缚。

两人重新拉开距离后，银蛇也注意到了身后的罗星。

"这是我与她之间的事情，不要插手！"银蛇吼道，他瞥了一眼不远处的熔岩，"那家伙跑了，他使用了罪物的力量，还记得那个体温枪吗？"

罗星立即明白了，乔亚·韦克在3年前同样窃取了罪物体温枪的能力，此时的他能够随意改变物体的温度。

银蛇再次冲了过去，他挥起匕首，向钟铃的右侧颈部砍去。眼前的钟铃并没有如他所料的抓住他的手臂，而是运足气力，用更短的路径向着他的胸口突刺——

电光石火之间，钟铃的匕首刺透了战术马甲，却贴着皮肤停下来，而银蛇的匕首已经架在了她的脖子上。

"你赢了。"

"我输了。"

两人几乎同时说道。

银蛇站直身子，将匕首插回刀鞘："这架从一开始就没得打。"

钟铃将武器丢在地上，哼笑一声。她看了一眼银蛇身后的罗星，说道：

"那边的小子，你有办法终结我，对吧？"

罗星吃了一惊，他跑到钟铃身边，小心翼翼地问道："我该怎么称呼你？"

钟铃指了指一旁的银蛇："你叫他什么？"

"队长。"

"很好，从今天起他就是副队长了。"钟铃笑道，"因为我是你们队长的队长。"

"荣升"副队长的银蛇哼了一声："你早该退休了。"

罗星犹豫片刻，问道："你记不记得被召唤到这里之前，自己在哪里？"

钟铃望着夜空："我好像在……很深很深的地底，那里有很多人，还有一个很大的……"说罢，她挤挤眼，"不行，我想不起来了。"

"是'苍灰'吗？"银蛇问道。

"不清楚。"钟铃叹了口气，看着罗星说道，"不是说了让你终结我吗？快。"

罗星转头看了看队长，银蛇望着天边，一言不发。钟铃握住罗星的脖子，强行将他的视线扭了过来，笑道："那边的臭小子，看多了让我心烦。"

◇

罗星和法拉当晚睡在了彩虹园。

再一次有了父母，尽管不过是虚拟的内网伴侣，每个孩子脸上还是洋溢出了幸福的笑容。

"真没想到你会主动交出价值3 000个图灵币的机时。"站在彩虹园入口，看着追逐打闹的孩子们，法拉感慨道。"欠的钱怎么办？"

罗星撇嘴道："虱子多了不咬，债多了不愁。难得事情有个圆满的结局。"

就在这时，凉子领着一名男孩走了进来。男孩拖着一个大大的行李箱，脸上挂着泪痕。法拉一步上前，问道：

"这个孩子不是安源吗，他怎么了？"

"他的父亲今早开始性情突变，无论如何都不想再收养这个孩子了。"安菲雅解释道，"他们刚刚办完放弃领养的手续。"

凉子带着安源渐渐走远，罗星盯着孩子的背影看了片刻，旋即转身离去。

第三章　从头再来

1.

站在真理塔的高层电梯里，法拉开始厌恶自己。

选择走上罪物猎手道路的原因之一就是想要脱离父亲的荫蔽，可每当遇到困难时，自己就会本能一般地来到这里。没有敲门，法拉径直推开了父亲的办公室。站在书柜前整理资料的父亲看到她，默默点头。

"几天没回家，见了女儿就不说句话？"

"上次问你晚饭吃得怎么样，你嫌我太啰唆。"

沉默。

"不关心我，也不关心你的蓝色药丸吗？"

"如果你吃了，一定会打电话叫我回家。"

法拉偷偷咬着下嘴唇，这样的对话同样令她厌恶。只是她也说不清，究竟是厌恶父亲，还是厌恶自己。

父亲将整整齐齐的一摞纸质论文放在办公桌上，直了直腰杆："说吧，什么事？"

"死去的人……"法拉看着窗外乌突突的天空，组织了一番语言，"在什么样的情况下，可以复制出死去的人的意识？"

父亲在皮椅上坐下，面对着女儿答道："旧时代有一种技术，可以记录下人类在某个时刻的状态，需要时再通过量子纠缠态技术制作出复制体。但随着外网的异变，这项技术早就埋葬在了废墟中。"

法拉想了想，问道："当时这项技术的普及度高吗？"

"根据我读到的文献，即便在旧时代，它也仅仅是军方的秘密项目。有大国的军方成功开发了全套的设备，命名为'Ash系统'。"

"Ash……"法拉品味了一番这个名字，"这个系统可以复制出意识吗？我是说，没有身体，仅有意识。"

"很显然这是不可能的。人类的意识依赖于神经系统而存在，你能写一种算法，将代表了意识的信息在人体全部信息中分离出来吗？"父亲十指交叉，握在胸前，抬眼看着女儿，"遇到奇怪的罪物了？"

法拉没有作声，父亲干笑一声，继续说："放在以前，有人对我说灵魂出窍之类的，我肯定听都懒得听，因为这不符合人类已有的自然科学体系。但变异了的外网就摆在那里，我们必须对已有的体系进行调整和完善。"

"外网和死者有关系吗？"法拉问道。

"人类去外网后，尽管被感染变异的概率很低，大脑却会产生许多光怪陆离的影像，其中的一类，就是遇见已经死去的人，特别是和自己关系密切的人。"

"等等，在外网会看到什么，取决于自己的潜意识吧？就好像做梦一样。"法拉打断了父亲，"这几乎已经是共识了。"

父亲笑了笑："你说得没错，却又不尽然。曾经有人说在外网看到了死去三年的亲人，奇怪的是，亲人也随着时间的流逝变老了。"

听到这里，法拉不由得身体一颤。她所见到的周祺，一颦一笑更加成熟了，身上的香味也从柠檬香换成了薰衣草香，仿佛随着时间一同成长了。在她的记忆里，并没有见到过这样的周祺。正当她思考之际，父亲问道：

"你见到一个人，或者去了一个地方，怎么确定自己曾经接触过他们？"

"当然是与记忆中的那个人，或者那个地方比对了。"

"但你有没有遇到过这种情况，无论怎样都回忆不起来的细节，在见到那个人时，头脑中会瞬间重构出来。对，就是这样！"

法拉嗯了一声，除非是患有超忆症的病人，否则这是经常遇到的情况。父亲继续说："就好像计算机的硬盘会有坏道一样，我们的记忆，通常来说也是不完整的，尽管这并不会对日常生活造成影响。现在，我们换一个角度思考，仅靠这种缺失了的信息，有可能重构出一个完整的人，或者一个完整的场景吗？"

如果记忆仅存在于自己的大脑中，即便有所缺失，潜意识也会将缺失的部分"脑补"出来。正因为是"脑补"，所以自己无论如何都会接受。

但如果来自外部的力量，借助你的记忆重构并补充了缺失的细节，那就是另一回事了，因为你的大脑并不愿意接受这种补充。试想，你无论如何都想不出一个人瞳孔的颜色了，于是罪物虚构出了吸血鬼般的血红色，你见到这个虚构影像的同时，还会产生真实感吗？

"你的意思是……罪物不知从何处提取了死者的信息，而这些信息并不存在于观测者的大脑中。"法拉终于领会了父亲所指。

"不错。"父亲站起身来，走到法拉身边，用刚刚能够让她听清的音量说道："部分研究者认为，人类如果在外网环境中死去，意识并不会消失，而是融入外网。"

听到这些，法拉不由得全身一颤。她看过罗星母亲的笔记，里面也提到过相似的观点。

"这个说法……有实验证实吗？"她强做冷静地问道。

"意识直接接入外网的人只有一个结局，那就是精神错乱死掉。所以理论上，没有人能够在进入外网后，真实地记录下自己的所见所闻；同时，也无法借助仪器记录。"

每当科学家说出"理论上"三个字时，后面一般都会有转折。法拉想了几秒，应道："你想说，如果借助罪物，就能做到吗？"

父亲轻轻点头："'幽红'收容了一件罪物，类型是电磁，它能把使用者的主观意识作为视频影像投影出来。我有一位同事，半年前以生命为代价，靠着罪物让大家看到了意识接入外网后的样子。"

"……他看到了什么？"

法拉并不认为父亲会轻易将这么重要的结论说出，实际上父亲告诉她这些恐怕就已经违规了，而这个男人一向喜欢循规蹈矩。可父亲却干脆利落地答道：

"一座旧日的城市，车水马龙。"

说罢，他拍了拍女儿的肩膀："这些信息在议事厅那里是绝对机密，'红'却不怎么在意。注意点。"

◇

银蛇从地上爬起来，头一不小心撞到了床脚。他摸着痛处，撑起身子，却一脚踩在酒瓶上，死鱼一般地挺回地面。

"干！"

银蛇骂了句脏话，捡起地上的空酒瓶，准确地丢进5米开外的垃圾桶里。他抓起手机，当看到来电提示是"老王"时，眉头微微皱了一下。

这是从"柠黄"打来的跨城市电话，由于需要借助超级人工智能的算力，通话费每分钟就要5个图灵币。银蛇打开手机外放，毫不犹豫选择了回拨。

电话响了一声，对面就接了。另一头的声音甚至没有寒暄，径直问道："还没喝死呢？"

"下次就是喝狗尿，也不碰劳尔的泥煤炸弹了。"银蛇接了一杯自来水饮下，"你呢，还没被丢进炉子里转化成算力？"

"我一直期待着那一天，可惜'黄'总是不愿意。"那边难听的声

105

音笑了两声，"你这次又没捉到那个异装癖吧？"

"换你来，估计已经被做成刺身了。"银蛇摸出一支烟点上，"我这边有个活，接不接？"

"我来猜猜……你终于要委托我找老妈了？"

"是姐姐！少废话，接，还是不接？"

对面刻意拉着欠揍的长音："接，当然接。我现在穷得很，即便你让我找一只猫我都接。有什么线索吗？"

"她可能在'苍灰'。"

老王顿了几秒："大买卖。你拿什么支付？"

银蛇啧啧嘴："我得到情报，罪物W-005近期会出现在'幽红'上方宙域。"

电话里传来"咕咚"一声，对方好像从椅子上滚了下来。之后是老王慌乱抓起电话的声音："你说真的？"

"骗你？没那个心情。"

"成交。我尽量帮你找老妈，你一定给我把W-005的情况摸清楚！"

"是姐姐！"

◇

罗星坐在公寓楼顶上，眺望着城市的远郊。在内网视野里，那边有个三束不同颜色的光柱直射天际，它们是连接其他三座城市的无线数据传输线路。七年前失去罗伊后，他一度丧失了活下去的信心。那段日子，他天天躺在床上，只吃很少的东西，机械地等待积攒的图灵币花光。

一天晚上，彩虹园的孩子们都已睡去，罗星半睁着眼睛，神情木然地看着窗外的月光。

巡夜的老师走了进来，关切地询问近况，罗星也只是麻木地点头摇头，好似一个木偶。临了，老师将一本小巧的硬皮笔记本摆在他的床头：

"这是罗伊留下来的，交给你吧。"

这句话好似火种一般，一下子点燃了罗星的灵魂。老师离开后，他迅速翻开妹妹的笔记本，趴在床上读了起来。

笔记本上尽是奇异的符号，罗星在妈妈的研究记录中见过，却完全不明白它们代表什么。他只知道罗伊一直在研究妈妈过去的工作，没想到小自己两岁的妹妹已经理解到了这种程度。

幸运的是，除去数学公式外，罗伊还用稚嫩的语言记录了自己的想法。写得很像童话故事，别人读起来只会认为是孩子的幻想，罗星却清楚妹妹是认真的。通过记录，罗星知道了很多事情，比如想要实现目标，就必须赶在下一次"涌现"之前。

从那一刻起，罗星的生命中再次有了目标。

脚步声打断了罗星的回忆，很轻，轻得不似人类。罗星回过头去，见到一只穿着迷彩服、直立行走的黑色拉布拉多犬站在他的身后，慌张地吐着舌头。

这是一只被人在探索过程中发现的，来自旧时代的基因改造犬，它给自己起了个名字叫"野狼"。野狼拥有与人类相仿的智商，喜欢所有肉类，特点是絮叨。在这个人工智能和人类平权的时代，身为哺乳动物的它理所当然地成了"幽红"的公民，现在是与骆非组队的罪物猎手。

"罗星，请你帮个忙好吗？"野狼开门见山地说，"当然，我肯定不会让你白受累。我知道你一直在攒钱，这个鬼时代，大家活着都不容易。要知道，我昨晚只是在内网享用了一块牛排，七成熟……"

"说重点。"

"骆非找到一个很有趣的罪物，结果……"

罗星皱起眉，野狼清清嗓子，继续说道：

"他回不来了。"

2.

在罪物猎手的圈子里，骆非绝对算不上实力强劲的那种，银蛇曾说过，如果自己选拔队友，看都不会看他一眼。但骆非有一项非同寻常的"技能"：不知为什么，他找到的罪物，大多数类型是"时间"。

"时间"类型的罪物十分罕见，也十分抢手，在罪物管理中心通常都能够获得S的评级。因此，骆非的收入在罪物猎手中一向名列前茅。

于是，圈子里不爽骆非的人给他起了个绰号：时间的孙子。

骆非'遇难'的位置距离城郊130千米，罗星开出了斯特拉，野狼坐在后座上，两只前爪紧紧抱住他的腰。

"我早就说过那小子，他不适合干罪物猎手这一行。别人靠实力吃饭，他靠什么？靠运气。我们第一次出任务时，遇到的罪物是一个电子闹钟，能够暂停时间，但只有两秒。结果你猜怎么着，那小子从上方接近的时候滑了一跤，一屁股把罪物坐残了，对方甚至没来记得暂停时间。还有一次……汪！"

"怎么了？"

"没什么，路太颠咬到舌头了。"

在距离目标地点1千米左右的地方，野狼令罗星停下来，改为步行。前方是一个满是断壁的深坑，罗星看到了只剩一半的自动扶梯，全是碎玻璃的屏蔽门，以及弯曲变形的铁轨。根据经验判断，这里应当是旧时代地铁站的残骸。

野狼在执行任务时会四腿着地走路，除了穿着衣服外，和普通的拉布拉多并没有区别。罗星跟在它后面，小心翼翼地跳入地下，在断裂的钢筋和水泥块中穿行。穿过一条漆黑的窄路，前方顿时豁亮起来，只有几根断裂的石柱立在风中。野狼伸出前爪，示意罗星停下。

"小子，还活着吗？"野狼以最大音量喊道，罗星甚至怀疑凭它的嗓门在旧时代能把一座山的狼全都招来。

"我倒是想死，死得了吗？"

骆非推开一间小屋的门，骂骂咧咧地走了出来，他那件胸前印了骷髅头的大号T恤在此情此景下格外显眼。看到罗星，他的双眼闪出一丝光亮，又在转瞬间熄灭了。

"你还真搬救兵来了啊。但老罗又能有什么办法？"

罗星很不满"老罗"这个称号，他皱皱眉头，上下打量着毫发无伤的骆非，问道："他这不是活得挺好吗？"

野狼叹气道："别看他现在这个鸟样子，只要再向前走一步……"它对着骆非挥挥爪子，"小子，来演示一下！"

骆非瞪了队友一眼："你确定？"

"利索点！反正你一会儿就什么都不记得了。"

一人一犬在罗星面前争执起来。没一会儿，野狼就失去了耐性。它张嘴叼住骆非胸口的骷髅头，脖子一用力，伴随着"刺啦"一声衣服破裂的声音，将这个叛逆期少年硬生生拽了过来——

骆非向前一个踉跄，当他跨过某个无形的边界时，身体毫无征兆地消失了，如同被橡皮擦掉的图画一般。没有可目视的过程，也没有留下任何痕迹，就连野狼嘴里咬破的布头，也一并不见了踪影。罗星挤了挤眉头，又捏了自己一把，眼前发生的一切毫无疑问是真实。

"看到了吗？"野狼扭头看着罗星。

罗星正准备抛出一肚子的疑问，只听见"吱扭"一声，十步开外的铁门再次被推开了，一脸茫然的骆非走了出来。他无辜地看着面前的罗星和野狼，接连抛出了四个问号：

"老狗？发生了什么事情？你刚才不是还在我旁边吗？老罗怎么也

来了？"

"叫我野狼！"野狼吼了一声，扭头对罗星说："看到了吧，只要他离开罪物超过10米后，就会强制回到之前的状态，包括记忆。"

简单解释后，野狼丢下依旧一头雾水的罗星，右前爪搂住骆非的肩膀："唉，说来可话长了……"

但直到最后，罗星也只是大概明白了。

◇

罗星跟在骆非身后，小心翼翼地向不远处的破屋子走去。简单商议后，他们决定依然让野狼留在原地，以免队伍团灭。

走到房门前，骆非示意让罗星稍等，自己走进了屋内。不消片刻，他再次走了出来，递给罗星一张泛黄的纸。

"骆非，22岁……"

前面一大段文字是骆非的基本信息，甚至连"单身"都包括在内。文字后面跟着一大段罗星看不懂的编码，在最末尾，又跟着一段汉字：

"重置方式：距离存储地点超过50米后重置。"

"这些是你自己敲进去的？"罗星问道。

"怎么可能，又不是准备相亲。"骆非臭着脸答道。

从个人资料的翔实程度来看，除去本人外，能把人了解到这份上的也只有议事厅户籍科了。但罗星不久前刚刚见识了能够完整复制出人类意识的罪物，也就见怪不怪了。

看完纸上的信息，罗星从衣兜里掏出另一张纸，认真地对比着。在他跟着骆非来到这边之前，野狼将这张纸塞给了他。两张纸上的内容一模一样。

思考之际，骆非凑了过来，身上浓烈的男士香水味熏得罗星直皱眉头。这种玩意儿全是在旧日都市遗迹中发现的，价格要20个图灵币起跳，保质期少说过了半个世纪，也就骆非这种有钱又懒得提升自身实力的罪物猎手才会购买。

这同时也说明了，骆非是值得一宰的大户。

"看来，这张纸是以前的我拿给老狗的。"骆非说出了自己的猜测。

"这说明，罪物在将你的状态重置时，自身的状态也会重置。"罗星接着推理道。

眼看没有更多发现，罗星跟着骆非进入了铁门后的房间。按照骆非的描述，当时野狼和他一起进了这里，但被困住的只有他，因此，罪物探测人类的方式至少不是使用光学。

正对铁门的是一张木桌，常年来屋顶掉落的沙石盖满了桌面。一盏应急灯摆在桌子正中，暖色调的光照亮了整个房屋。左方的墙壁上贴着液晶显示器方阵，大半面板破碎了，几根数据线垂头丧气地耷拉着。

罗星的视线最终落在了房间的一角，在一张齐腰高的三角桌上，摆放着一台老旧的针孔打印机。在旧时代，这类打印机通常用于打印特殊格式的单据。不同于屋内的其他设备，打印机的LED指示灯缓慢闪烁着，好似在呼吸。

罗星没有贸然上前检查，他远远打量着罪物，问道："不能破坏吗？"

"老狗的子弹没效果，我的刀也一样。"骆非指了指靠在墙角的一把日本刀。"幽红"的工业水平好歹也保持在了第二次工业革命之后，这种大号冷兵器通常派不上用场。

罗星默默取出了腰间的枪。这把枪通体由可耐4 000℃高温的铪-坦-钛固溶体打造而成，枪托部分挂着一个7厘米见方的立方体，靠一把长柄固定在枪手的身体上。不同于普通的枪，它的枪口是扁平的，枪膛内没有膛线，取而代之的是缠着金属线圈的磁极。

这支核铳是他和妹妹罗伊执行一次重要任务前买的，当时花光了他们所有的积蓄。之后，罗星欠下了天文数字的债务，别说核铳了，就连好一些的匕首都买不起。

骆非吹了声口哨："核铳！啧啧，多少钱买的？"

罗星伸出两根手指。

"20个图灵币？还是200个？"

"2个图灵币。一枪。"

骆非正要抱怨，却看到罗星冷冷的眼神。想到这位罪物猎手声名在外的吝啬，他叹了口气，摆出OK的手势，示意成交。

罗星令骆非退出房间，自己也后退到尽可能远的位置。之后，他打开保险栓，核裂变炉发出高频的响声，在铅防护层中的放射性元素辐射出的伽马射线被转换成高频射频电场，将枪膛内的气体灼烧成达到几千摄氏度高温的等离子体。之后，诱导电磁场开始工作，在电磁场的驱动下，淡紫色的高温等离子体化作一枚炮弹，径直飞向了几十米开外的罪物。

剧烈的响声传来，继而是一阵热风。罗星迅速伏在地上，让自己免受飞散瓦砾的伤害。闪光过后，方才的房屋塌了大半，三角桌也被高温蒸发掉了，只剩下罪物打印机倔强地躺在地上。

骆非啧啧嘴："看样子，抗性有NS级了。"

"等离子体只有几千摄氏度，远不够核反应需要达到的温度。"罗星冷着脸科普基础物理知识。

骆非耸耸肩。他在一瞬间闪过一个想法：如果自己因为赖账被罗星一枪轰死，罪物能不能把他复活？

之后，两人回到屋子的残骸中，被烧得焦黑的铁门躺在一边。骆非蹲下身子，用手指捅了捅罪物打印机的外壳，确定已经冷却后，便开始摆弄它为数不多的按钮。

"没用吗？"罗星问。

"肯定没用啊，这么简单的操作，我绝对试过了。"骆非愤怒地砸了打印机一拳，痛得直皱眉。他看了看罗星："要不你来试试？"

罗星摇头。随意触摸罪物这种事，也就骆非干得出来。他继续问道："你有没有试过抱着它一起走？"

骆非继续着手中的活计，答道："这么简单的事，老狗也想得到吧。既然他没有提，那就是无效喽！"他耸耸肩，"而且重置方式上写着，是距离存储位置不能超过超过10米，所谓的位置就是指这个房间里吧。"

罗星没有作声。不一会儿，骆非就停止了摆弄，问道：

"除了核铳，你还有什么武器？"

"左轮枪，要用吗？"

"拿来吧，海格洛斯还有脚后跟这个弱点呢，我就不信这玩意儿没有。"骆非伸出右手，"多少钱一发？"

"跟核铳的价格一样。"

骆非连连叫着"太黑了"，罗星冷着脸不去理会。其实罗星更想说的是，弱点在脚踵的神叫阿喀琉斯。他取出左轮枪递了过去，接枪时，两人的手无意间碰了一下。就在那一瞬间——

罪物打印机突然吱吱叫了起来，一张A4纸被缓慢吞入腹中。那一刻，罗星突然想起了骆非的话：

野狼用枪，他用日本刀。

野狼没有陷入循环，他却陷入了。

综合两个条件，用脚趾都应该能想出，罪物打印机探测人类的方式是"与人类身体有直接或间接的接触"。

罗星恶狠狠地瞪了骆非一眼，自从参与他的事情以来，自己好像也被降智了。

◇

罗星打了个寒战。

那种感觉就好像你正在出神思考，突然有人拍了你的肩膀，强行将你拉回来了一般。

"你没有猜错，刚才的感觉，是又一次被重置了。"身后传来野狼的声音。罗星迅速转过身去，拉布拉多犬不知何时来到了一片废墟的房间里，此刻正坐在烧焦的钢管椅上，嘴里叼着一根乌普曼雪茄。这东西在"幽红"至少要卖5个图灵币一根，属于对战斗毫无帮助的奢侈品。野狼和骆非果然是同类。

"你会吃惊很正常，因为在你的记忆里，陷入重置轮回的只有骆非，而我正在几百米外的地方等你。"野狼掸掸烟灰，开始了喋喋不休的陈述。"听了下面的话你会更加惊讶，因为这已经是你们第15次重置了。我很喜欢15这个数字，因为它等于2的4次方减1。我喜欢所有等于2的n次方减1的数字，例如255和65 535，因为它们代表了某个时代计算机数据位的存储上限。"

骆非臭着脸走了过来："老罗也被重置了？他的条件是什么？"

野狼答道："你说了'也'字，这意味着你记起了第一次重置后的事情。但相同的行为你已经重复了15次，即便是我，也很难再为你高兴。长话短说吧，你和罗星同时触碰了罪物，现在有着同样的重置条件，每隔10分钟就会重置一次。"它围着针孔打印机转了一圈，"这个问题，我也同样回答了15次。"

罗星无视了野狼的絮叨，在被核铳烧得焦黑的房间里四处探索。突然间，他发现针孔打印机下方露出了纸张的一角。他试着用手触碰针孔打印机，确认对方没有再一次刷新重置条件后，小心地抬起罪物的一角，将纸张抽了出来。

"在之前的轮回中，你做过以下事情："

翻开纸条，罗星第一眼就看到了自己七扭八歪的字。法拉和胖子一直在嘲笑他的字太烂，他却反驳说自己已经烂出了特色，可以作为一种特殊的标识。

例如现在，罗星十分确定，写下这张字条的就是之前的自己。

纸条上列举的事情，都是罗星第一时间能够想到的对策，包括但不限于尽可能地远离罪物、尝试用控制熵的能力破坏罪物，等等。当然无一例外的，这些方法都失败了。

　　罗星正在思索对策时，野狼刚刚结束了同骆非之间的斗嘴。它凑了过来，左前爪搂住罗星的肩膀，说道：

　　"留纸条是你在第7次轮回时想出的办法，我一直在劝说你这样做白费力气，毕竟还有我在。现在我给你分析一下，我们目前可以采用的对策有……"

　　"老狗，你给我滚过来！"一旁的骆非突然发出一声怒吼，"你这混蛋，什么时候把我的机车开来了？"

　　罗星抬头望去，在门外不到10米的地方，躺着一辆纯黑色机车……的残骸。不锈钢车把以一个奇妙的角度扭曲了180°，前轮掉了下来，执拗地躺在一边。

　　"罗星说要尽可能地跑远，但这里路况太差，他舍不得自己的机车。另外……"拉布拉多犬深吸一口气，用最大的音量喊道："叫我野狼，混蛋！"

　　既然用腿跑远没用，那么用机车应当也差不多。之前的自己在想什么？看着过去的自己留下的纸条，罗星渐渐理出了头绪。跑远也许没有用，但如果跑到了某个特殊的地点，说不定就可以破解罪物的重置！

　　他取出笔，迅速在纸条上添上了一句。可是他突然间想到了什么，匆忙看了一眼腕表——

　　从上一次重置到现在，已经过去了9分31秒。

　　不远处，野狼和骆非仍在争吵。罗星再次取出笔，在纸条更加显眼的位置写下一行大字：

　　"让那条老狗闭嘴！"

◇

　　骆非打了个寒战。

记忆里，他找到了一件特殊的罪物，却因此陷入了"不能走出50米"的循环。束手无策的老狗找来了罗星，后者甚至动用了核铳，却依旧无法伤害罪物分毫。

骆非匆忙看向四周，却猛然间发现老狗正四脚朝天躺在自己身边，嘴角挂着白沫，身体不由自主地痉挛着。就在这时，不远处传来罗星的声音：

"是我让它睡着的。我也陷入循环了，咱俩的重置条件都是每隔10分钟一次。"

骆非点点头，比起罗星也被拉入循环的事实，老狗的惨状更令他揪心。这副德性怎么看也不能说是"睡着"。

罗星收起手中的纸条，走到剩了一半的墙壁旁，扶着下巴陷入了思考。看到他的样子，骆非凑了上来，问道：

"我们重置了多少次？"

"按照我的记录，这是第23次，我让老狗睡着是在第16次。"罗星也将野狼的称呼换成了"老狗"。

骆非双手插兜，一副事不关己的样子，问道："你在想什么？"

罗星解释道："我目前想到的方法，就是将我们在10分钟内送回'幽红'。那里外网浓度很低，说不定可以打破这个循环。"他的眉头紧皱着，"但现在的问题是，每次重置后，我都需要花费一些时间来弄清楚状况，根本跑不了多远。"

骆非用力挠着头，似乎在运转并不灵光的脑袋。罗星白了他一眼道："有话就讲。"

骆非挽着双臂，望了一眼城市的方向，说道："既然你这么说，证明你有办法在10分钟内回城，对吧？这儿与'幽红'的距离可在100千米以上。"

"我把你的机车撞坏了，但我的还在。"罗星顺口答道。撞坏骆非机车的事情他也记在了纸条上，并且注明了"若非必要，不要说出真相"。

骆非眉头一皱："你说什么？你把我的机车撞坏了？"

"回城就赔你，我们先逃出去再说。"罗星安慰道，反正重置时间一到，骆非就什么都不记得了。

罗星难得的大方让骆非吃了一惊，他的心情一下子好了起来，拍拍罗星的肩膀，说道："我想说的是……老罗你真是比我还笨，既然要骑机车，为什么不把它放在身边？"

"如果你被重置后，第一眼看到的是机车，会想什么？"罗星反问，"我可以赌半个图灵币，绝对不是去骑它。"

骆非叹气道："这就需要没有陷入循环的第三者来提醒我们了。例如……"他看向了躺倒在地的野狼，"算了，当我没说。"

第三者提醒……罗星突然想到了什么。

除了话说不完的野狼外，这里还有另一位可以给他们提醒的第三者！

◇

罗星打了个寒战。

"什么都别问，快骑上我！"

斯特拉不知何时出现在它面前，操着壮汉的语调大喊道。只愣了两秒钟，罗星便一跃而起骑上斯特拉，丢下目瞪口呆的骆非，向着"幽红"的方向疾驰而去。

"这是我第几次骑着你赶回'幽红'？"罗星一面操作原子自旋让皮肤有了铁磁性，一面问道。

"第1次，这是你的第24次重置。"斯特拉答道。

"能赶回去吗？"

"10分钟移动130千米，算上加速的时间，需要把速度提升到900迈（约等于每小时1448千米）。"斯特拉一面说，一面提高了速度，"只是对于这种路况，恐怕有些困难。"

骆非所在的位置是旧时代地铁的控制室，位于地下近百米的位置。想要回到"幽红"，就必须先顺着坍塌的隧道跳上地面，再驶出大约5千米堆满钢筋混凝土的市区，才能到达适合加速的市郊。在断壁残垣中高速行驶，无异于自寻死路。

"你在空中是不是好走些？"罗星提议。

"想在空中移动，就必须切换为F235引擎，车用引擎那点排气量根本不能在空中推着咱们走。在地铁隧道里启动战斗机，你觉得后果是什么？"斯特拉立刻否决了罗星的办法。

说话期间，时间已经过去了两分钟，而他们刚刚冲出地铁隧道，来到地面。斯特拉顺着断裂的路面一跃而起，稳稳落在几十米远处的路面上。它用电子脑计算了一番，说道：

"主人，根据我记录的路线，出城还需要4分钟左右。出城后我们必须加速到2 000迈（约等于每小时3 219千米）以上，才能按时抵达。"

"我们可以多次尝试，优化路线。"罗星提议。

又是短暂的沉默后，斯特拉答道："即便如此，也只能节省1分钟。"

突然间，罗星俯下身子，下令道："来吧，切换成RD-270，我们飞回去！"

◇

罗星打了个寒战。

身边的骆非一脸不明所以的表情，呆呆地望着地面上的针孔打印机。斯特拉不知何时来到了身边，外壳切换成了钛合金与纯白色的耐高温树脂涂层，周身散发着热气。

更加令罗星吃惊的是，斯特拉居然开口说话了：

"我回来了，主人。"

从城市安全的角度出发，"幽红"是不允许私藏罪物的，违反者轻则剥夺工作资格，重则驱逐出城。然而，即便不在罪物管理中心的"外网高真空区域"，城区中0.1阿帕的外网浓度也足以令大部分罪物失效，对于部分罪物猎手私藏罪物的行为，议事厅也就睁一只眼闭一只眼了。

即便如此，让其他罪物猎手知道自己私藏罪物，也是十分忌讳的事情。

罗星的大脑高速运转了几秒，旋即厘清了现状：斯特拉行事一向谨慎，说是过分谨慎都不为过。它会开口说话，一定是自己下的命令。这说明，它也和骆非一起，陷入了不停被重置的轮回。

看到罗星没有反应，斯特拉补充道："这是主人的第27次重置，我加入行动是在第24次。"

罗星顿了顿，问道："之前的我干了什么？"

斯特拉立即答道："赶回'幽红'。冲出地下后，我们直接上了液氧煤油发动机。"

就在这时，骆非好奇地凑了过来：

"等等，老罗你这是几个意思？有这么好玩的东西也不分享一下！"

罗星没有理会非主流青年的聒噪，继续问斯特拉道："为什么会失败？"

"主人在加速的过程中，掉了下去。"

至于掉下去以后是什么样子的，斯特拉没有讲，但罗星大概猜得到。

第一次和斯特拉较量时，切换成RD-270液氧煤油发动机是在平流层之上的高空，且已经拥有了接近5倍音速的初速度；即便如此，罗星也不得不借助外网的力量才坚持了下来。这一次起飞时的速度只有不足每秒200千米，无异于平地发射火箭。在如此巨大的加速度下，即便罗星能够在控制身体分子热运动方向的同时令皮肤带上强铁磁性，也依旧败下阵来。

"3次我都掉下来了？"罗星问道。

"是2次，我落回地面需要几分钟，还不包括散热时间。"斯特拉答道。

被晾在一边的骆非走到斯特拉旁边，捅了捅机车灼热的外壳，又连忙缩回被烫伤的手指，含在嘴里吸了吸。他一脸兴奋的表情，看着罗星说道：

"老罗，多少个图灵币能借我玩玩？"

"一口价，100万个。"

"正经点。"

"200万个。"

骆非拍拍罗星的肩膀，提议道："这样吧，我们可以换着玩。我藏了3个时间类的罪物，你抽空去瞅瞅，可好玩了。"

自己费尽心机也找不到"时间"或"空间"类的罪物，这小子总能找到也就罢了，居然还私藏了3个？罗星只感到气血涌上大脑。

罗星继续把骆非晾在一边，开始分析现状：目前最大的困难，不是斯特拉无法在10分钟内到达幽红，而是它和骆非的肉体凡胎无法承受加速带来的伤害。正在斯特拉犯愁之际，骆非将针孔打印机抱了起来，放在斯特拉背上，说道：

"这位……摩托兄？"

"我叫斯特拉迪瓦里。"

"抱歉，我记不住3个字以上的名字，叫你斯特拉好吗？"

"……请便吧。"

"斯特拉兄，如果不带着老罗，你自己能在10分钟内飞过去吗？"

斯特拉抬起前轮，做出点头的姿势："绰绰有余。"

"那就简单了。"骆非笑了笑，他说出的下一句话，让罗星恨不得拧掉自己的脑袋：

"你不用带上老罗，把罪物带回去就行了。"

◇

罗星打了个寒战。

"主人，我走了！"

还没等罗星梳理清楚现状，就听到斯特拉一声大喊，继而是震耳欲聋的声浪，纯白色的机车飞也似的蹿了出去，掀起的气流撩得衣摆猎猎作响。

罗星在原地愣了足足两分钟，才听到背后的骆非支支吾吾地问：

"老罗……刚刚那是什么？"

"我的搭档，斯特拉迪瓦里。"

"一定要给我介绍一下！它叫什么来着？斯特拉迪……算了，我就叫它斯特拉吧。"

◇

骆非打了个寒战。

针孔打印机躺在地上，一旁的罗星拿着不知从何而来的纸条，津津有味地阅读着。

"你在看什么？"

骆非伸过头去想要看看纸条上的内容，罗星却麻利地藏在身后，骆非只瞥见了"老狗"两个字，还写得特别丑。

"呃……没什么特别的，我自己做的记录。"罗星支支吾吾地说。

骆非一拍脑袋："哈哈，我知道了，你也和我一起陷入循环了，对不对？"

罗星想不出怎么回答，只得摆出一张扑克脸。骆非一屁股坐到地上，笑道："老罗，你脑子灵光，一定想过很多办法了吧。来说说吧，你是怎么做的？"

"我试着将罪物送回了'幽红',那里外网浓度低,说不定可以令罪物失效。"罗星看了一眼地上的针孔打印机,"看样子,我失败了。"

骆非吃了一惊:"回城?你是怎么离开罪物身边50米范围的?"

罗星方才意识到,这个骆非的记忆还停留在第二次重置之前。他向骆非解释了之后发生的事情,只是刻意隐瞒了自己弄晕野狼、撞坏骆非的机车,以及脑袋"秀逗"的事实。

出人意料的,骆非陷入了沉思。没一会儿,他一下子跳了起来,走到昏迷的野狼面前,拎起一只前爪,抽了它两个耳光。

"你想干什么?"罗星问道。

"弄醒它啊,这不明摆的事吗。"看到野狼只是哼唧了两声,骆非毫不留情地又抽了它两个耳光。"它到底怎么回事,怎么睡得这么香!"

罗星没有吱声,纸条上只记录了要让老狗闭嘴,并没写明方法。按照他的习惯,应该是利用控制熵的能力扰乱了对方的血液循环,令它大脑缺氧,从而导致昏迷。

野狼猛地直起身子,剧烈地干咳两声,看了看抱住自己的骆非,它抱怨道:"你个臭小子,不去想办法解决罪物,跟我这儿腻歪什么?"

骆非兴奋地拉起野狼的前爪,跑到罗星面前,又拉住了罗星的手。

"你要……干什么?"罗星也被弄得一头雾水。

"我们回不去'幽红'的原因,是10分钟的时间限制,对吧?"骆非问道。

罗星点头。

"上次我摸了罪物,而你摸了我,所以你也陷入重置了,对吧?"

罗星又点头。

"这两次的重置条件是不同的,对吧?"

"对,对,对!所以你到底想干什么?"

骆非的下一句话,让罗星恨不得拧掉自己的脑袋:

"让老狗也加入重置，不就能再次刷新重置条件了吗？"

"叫我野狼！"

◇

斯特拉垂头丧气地跑在返回废弃地铁站的路上。天上下着雨，只跑了不到200迈的它很想唱一首Rap，却在曲库中翻箱倒柜也没能找出符合此情此景的歌曲。

斯特拉确实在10分钟内将针孔打印机带回了"幽红"，还提前了将近1分钟。为了确保不被发现，它悄悄降落在市郊，再走陆路进了城。

可没过一会儿，被绑在身上的针孔打印机便消失不见了，只剩下麻绳垂头丧气地耷拉着。这证明了，即便外网浓度低到让斯特拉仅能维持自我意识，针孔打印机也能毫无顾忌地发挥作用。

罗星被困在了130千米外，斯特拉如果现在选择逃跑，想必罗星再也无法找到它，但它不想逃。自从被罗星收留以来，斯特拉每天的任务就是停在车库里，分解罗星带回来的各类破解机械，日子反而过得比以前更加惬意了。

刚刚进入废弃地铁站，斯特拉便看到两人一狗站成一排，罗星稍远，而骆非和野狼紧紧贴在一起。他们的身体挺得直直的，罗星操着公鸭嗓大声喊道：

"前进1米，抬左腿，预备——"

两人一狗以礼兵一般标准的姿势抬起左腿和左后爪，罗星扭头看了一眼骆非和野狼，说道："骆非做得不错，老狗，你的爪子抬得太高了，放低2厘米！"

"叫我野狼！"

"主人……你们在干什么？"斯特拉一个没忍住，问了出来。

这一问不要紧，罗星还好，骆非看到会说话的机车，激动得没站稳，一个趔趄摔倒在地。

下一瞬间，两人一狗都消失了。

再下一个瞬间，它们出现在针孔打印机近旁，骆非还紧紧攥着拉布拉多犬的前爪。

◇

罗星打了个寒战。

记忆中的最后1秒，骆非想要拉着自己再次触摸罪物，以便刷新重置条件。

罗星的回答是谁爱去谁去，反正他不去。

斯特拉也在身边，罗星使了个眼神，让斯特拉保持安静。之后他匆忙招呼骆非和野狼不要乱动，先看看打印机刚刚吐出的纸。

骆非小心翼翼地捡起纸，念出了上面的内容：

"1号，骆非，后面是个人信息，我不念了啊。2号，罗星，3号，野狼，括号，绰号老狗，括起来……"

野狼在一旁，一副想要发作的样子，又不知该说什么。骆非接着念道："重置条件，三人的相对位置偏离初始值1厘米以上。"

罗星感到全身无力。他不顾一旁惊讶的骆非和野狼，对着斯特拉道："你去把法拉带来吧。"

3.

法拉坐在老式木桌前，无聊地翻弄着手机。没有信号，她只能浏览之前下载完的小说。旧时代的很多职业早就消失了，但作家们依然顽强地坚持了下来。

服务员端来一杯摩卡，法拉用鼻尖凑过去嗅了嗅，不禁皱起了眉头。这间名为"寂静岭"的咖啡厅里所有口味的咖啡一律2个图灵币，并且每个小时都要求续杯，价格至少相当于内网的20倍，味道却要差上很多。

尽管价格不菲，口味差劲，"寂静岭"的客人依旧络绎不绝。在"幽红"里，因为内网的存在，个人隐私变得岌岌可危，黑客高手想要获取情报易如反掌。于是"无内网咖啡厅"应运而生，由议事厅官方经营，除非得到允许，否则在内网观察此处，就是信息空白区域。

与法拉的父亲通过实验设备造出的"无内网区域"不同，咖啡厅挡得住黑客，却挡不住"红"，因为它本身就是通过"红"的算力制作出来的。这里唯一的优点，就是普通人也能光顾，只要肯花钱。

不一会儿，一位年过半百的中年女性推门走了进来。法拉立即起身点头致意：

"姜老师，您来了。"

姜老师摘下墨镜，理理裙摆，坐在了法拉对面。她是法拉在12年级时的科学课老师，带领法拉进入了科研领域。法拉为老师点了她喜欢的黑咖啡。看着默不作声的老师，苦笑道："真想不到老爸为了说服我，居然把您搬了出来。"

法拉并没有提及什么事情，以防被"红"注意到。

姜老师坐得十分端正，好似在主持班会一般。她开口道："当初问你为什么放弃科研，你的回答是，不想活得太过局促。"

法拉挤出一个笑容，不忍心折了老师的面子："那会儿不懂事嘛，现在能讨生活就好。"

姜老师凝视着杯中的咖啡，继续道："如果孩子生来只喝过这种咖啡，他们会认为这就是美味。只有尝过真正咖啡的味道，才会明白自己是错的。那时的你想要去看更加广阔的世界，尽管很遗憾，但我是支持你的。这么久过去了，你看清世界的样子了吗？"

法拉没有作声。她十分清楚，无论是旧时代、外网、4台超级人工智能、还是议事厅，都隐藏了太多秘密。她一度劝说自己事不关己高高挂起，但活在人类文明的暮年，保不齐哪一天就会被历史的车轮碾得稀巴烂。

死得不明不白，真的好吗？

"你已经长大了，无论是我还是你父亲，都不会强迫你去做任何事情。"姜老师将一支黑白相间的塑料圆盘推到法拉面前，"我只有一个建议，在拒绝或接受一件事情事前，先试着去了解它，就像之前的你一样。"

法拉与姜老师的会面只有几分钟，在外人听来，这不过是一次长辈劝说晚辈好好努力的对话。目送老师离去，法拉独自站在"寂静岭"的门前，望着手里的圆盘发呆。

这是一枚赌场的筹码，内置存储芯片，可以带入内网。这样的设备，通常是进入内网特殊区域的"钥匙"。

正当法拉神游之际，突然被一道亮光闪了眼睛。她循着光亮看去，一辆老旧的机车停在角落里，身上满是锈迹。法拉走上前去，机车一动不动，刚才的远光灯仿佛只是幻觉。她围着机车检查了一圈，最终在后备厢里翻出厚厚一沓A4纸。

"不要怀疑，我要找的就是你，法拉小姐。"

第一页第一行如是写道。法拉挤挤眉头，看了下去：

"如果你愿意相信我，请坐在我的身上；否则，请翻到第2页。"

谁会轻易相信来历不明的人……不对，机车呢？法拉左右张望一番，确认不是恶作剧后，翻开了第2页：

"想知道我的来历，请翻到第3页；想知道我的来意，请翻到第6页；想知道我是怎么找到你的，请翻到第18页。"

法拉感到有些好笑，又有些被玩弄的愤怒。她略过了前面的部分，直接翻到了第18页："我就知道，你最先看的肯定是这个部分。罗星告诉我，这个时间点你要么在湖边散步，要么在商圈购物，如果两处都不在，就来寂静岭找你。"

法拉已经不觉得有趣了，而是有一股无明业火窜了上来。罗星那个混蛋，几时学会开这种无聊的玩笑了？但她还是看了下去："相信你看到'罗星'这个名字的时候，就知道我不是在骗你。所以，请翻回第6页。"

法拉一把撕烂了价值不菲的A4纸，跨上机车：

"带我去找那个混蛋！"

半小时后。

机车载着法拉驶出了"幽红"，来到了斑驳的高速路上。法拉早就猜测这是个罪物，此时更加确定了——普通的人工智能设备，绝不敢贸然离开"红"的庇护，来到外网。

又驶出了几千米，机车突然发出剧烈的抖动。法拉身下的绣铁皮被吸入一个神秘空间消失不见，纯黑的合金表皮好似蜕皮的蛇一般涌了出来。一张液晶屏在法拉面前竖起，上面显示出一张emoji（表情符号）样式的笑脸，还有一双带着白手套的滑稽的手。

"你好，我叫斯特拉迪瓦里，罗星的座驾。"斯特拉开口说道，"如您所见，我是个罪物，所以在城内不能以真面目示人，还请您包涵。"

"斯特拉迪瓦里，小提琴的名字啊。"

第一次有人类正经地欣赏自己的名字，斯特拉有些激动。它说道："您真有品位。实际上……"

下一秒，它便失望了。

"小提琴，那些纸是罗星那个混蛋准备的？"法拉打断了斯特拉的陈述，径直问道。

被称作"小提琴"的斯特拉顿了2秒，答道："……是我自己准备的，只要亲自交到您的手上，就不会出差池。"

斯特拉说得没错，法拉刚才的行为在外人眼里，只是站在一台破旧的摩托车旁，拿着一沓纸表演行为艺术罢了。她又在心里骂了罗星一句，继续问道：

"小提琴，你为什么能做出印刷品？"

"我曾经吞过37台不同型号的打印机……不谈这个，是主人让我来找您的，他遇到麻烦了。"

说罢，斯特拉将罗星遇到罪物的情况详细描述了一遍。听完后，法拉猛地一个急刹车，斯特拉险些翻了过去。

"小提琴，这些事你怎么不早说？"

"主人的现状和情况分析我详细地写了出来，一共有12页，只是您刚才……"

法拉用力地一掰车把，来了个180°大掉头，斯特拉感到自己的脖子差点被扭断。

"小提琴啊小提琴，"法拉叹气道，"不做些准备，我去了又有什么用？你真是个木头疙瘩。"

"……麻烦您叫我斯特拉吧。"

◇

罗星打了个寒战。

不需要任何提示，他就知道自己也陷入了重置。

因为天已经黑了。

骆非一脸无助地坐在地上，手里拿着针孔打印机吐出的泛黄纸张。野狼也没了平日的絮叨，只是直立着望向天边的晚霞，仿佛某位即将开悟的哲学家。

"咱们还是别动了，1厘米的误差，逗我啊。"骆非骂骂咧咧地说道。

野狼还是没有作声，脚下的影子越拉越长。

突然间，一只老鼠从阴影里钻了出来，不知是没见过人类还是天生胆子大，大摇大摆地跑到骆非身边，嗅着他牛仔裤上的破洞。

骆非掏出一块饼干，递到老鼠口中。老鼠津津有味地吃了起来。看准机会，骆非一把将老鼠抓了起来，啮齿类依然大口朵颐着，丝毫没有逃脱的意愿。

"你想干什么？"罗星似乎猜到了骆非的目的。

"我在想，既然老狗也能加入重置，那就不一定非要人类才行。我们可以再刷新一次重置条件。"骆非看向手中的老鼠，撅起嘴逗了两声，"是不是啊，汤姆？"

他立即就给老鼠起了名字。

"你自己试，别拉上我。"罗星无用地反抗着。事实已经证明，只要被罪物盯上，即便下一次刷新时没有接触，也无法摆脱入重置的循环。

"叫我……算了，随便你吧。"老狗有气无力地反驳。

骆非抱着被起了"汤姆"这个名字的老鼠，小心翼翼地探出身子，食指轻轻点了针孔打印机。LED灯闪烁起来，伴随着吱吱的走纸声，又一张A4纸被吐了出来。每次重置时，打印机里纸张的数目都会恢复，就好像无穷无尽一般。

骆非念起了纸张上的内容：

"1号……前面是咱仨的信息，不念了啊。4号，姓名……我靠！这是什么？字太小了，根本看不清啊！我先看后面吧。括弧，绰号汤姆，括起来。我刚起的名，这它都能知道？"

"看重置条件！"罗星不耐烦地吼了一声。

骆非顿了0.5秒：

"任何对象移动速度大于等于每秒0.3米。"

◇

　　法拉来到废弃地铁站时，已是晚上九点。她停下斯特拉，拎起花了几小时准备的大号工具箱，徒步走了过去。

　　透过影影绰绰的灯光，法拉看到野狼坐在地上，透过坍圮的顶部仰望着星空；骆非手里捧着一只老鼠，穷极无聊地逗弄着；不远处的罗星如同哑剧演员一般缓缓抬起脚，又缓缓落下，好似走在地雷阵中。

　　"你们……在干吗？"她发出了理所当然的疑问。

　　"啊，法拉！"骆非露出一个灿烂的笑容，答道："我们不能有大幅度的动作，否则就会被重置。不能超过多少来着……"

　　"每秒0.3米。"一旁的罗星不耐烦地补充道，他看向法拉，目光却被大号行李箱吸引了。

　　法拉看着两人一狗狼狈的样子，叹气道："你们啊，真是没脑子。特别是罗星，你不是总以足智多谋自居吗？"

　　罗星很想开口辩驳，但想来想去，这一次中招最根本的原因还是骆非的降智光环。不过此刻他却无心申辩，因为有件更加重要的事情必须去做。

　　看到罗星尴尬的表情，法拉用力拍拍工具箱，说道："放心吧，我带来了足够多的工具，肯定能把你们救出来。"

　　"呃……"罗星支吾两声，心一横，说道："那啥，你能不能回避一下？我想找个地方小便，费了好大力气才走出去10米。"

　　……

　　罗星解决完个人问题后，法拉从墙后走了出来，打开工具箱。摆在最上面的是一把冲锋枪大小的枪式武器，枪口又大又圆，枪托上粗壮的电缆连接到一个30厘米见方的金属盒子。罗星一眼认出这是电磁脉冲干扰器，可以轻而易举地把几千米外的无人机打下来。

　　"我试过了，核铳都破坏不了那东西。"罗星解释道，"更何况，你根本不知道罪物在什么频段。"

"我的目的不是破坏罪物，而是破坏它和你之间的联系。"法拉回应，"通常，罪物与人类建立联系的方式是令双方的电子进入纠缠态，只要能让电子产生退相干，你们就解放了。"

罗星耸耸肩，在复杂的理科知识方面，法拉是队伍中的绝对王牌。

法拉将电磁脉冲干扰器放在一旁，又取出一本厚厚的纸质书册，看上去少说也有2 000页。书册下方压着一支透明的塑料盒，4只用密封膜封口的玻璃试管安静地躺在里面。塑料盒旁边是一把花房用的喷壶，里面空空的。箱子的另一半空间中放着一个金属笼子，法拉用力把它拎了出来，罗星听到一声熟悉的叫声：

喵——

灰白相间的美短猫咪从笼子里走了出来，一下子扑进法拉怀里，亲昵地蹭了蹭。它是法拉在一次任务中收养的流浪猫——杰瑞。

随着杰瑞的出现，场面顿时陷入了混乱。

老鼠汤姆看见天敌，疯狂地想要挣脱逃亡；骆非用力将它握在手里，只见汤姆对着骆非的手指咬了下去，趁着对方因疼痛松手的瞬间逃了出去。

身为一只老鼠，汤姆才懒得去管什么每秒0.3米呢。

下一瞬间，两人一狗一鼠全部回归了原位。重置后的罗星看到了法拉和猫，很快理解了现状。

罗星先是对着骆非大喊一声"按住老鼠"，骆非愣了2秒，当他意识到老鼠已经四爪落地准备逃亡时，矫健的汤姆早已完成了起跑准备，冲刺速度高达限速的10倍。

于是他们再次被重置了。

◇

罗星打了个寒战。

法拉蹲在旁边，正在调试一台形状夸张的电磁脉冲干扰器。一旁传来老鼠声嘶力竭的吱吱叫声，罗星转身看去，只见法拉的宠物猫按住了骆非刚刚捉住的老鼠，却不忍心杀死它，只是不停地用前爪逗弄。

"你们真是笨死了，两个大男人，捉不住一只老鼠。"法拉抱怨道。

"那我呢？"被冷落地野狼有些不满。

"你那叫狗拿耗子多管闲事。"

几分钟后，法拉完成了调试，端起电磁脉冲干扰器指向罪物，说道："先试试这东西吧。"

"能不能问一句，你为什么把猫带来？"

"想验证一下，人类之外的生物会不会加入重置。"法拉左右摆动着枪口，摆出一个瞄准的姿势。"不过你们已经证明过了，干得不错。"

"这是我的主意！"骆非得意地挺起胸口。

法拉没有理会他，对着罗星扣下了扳机。几秒钟后，她问道："什么感觉？"

"什么感觉都没有。"罗星答道。

法拉打了个响指："杰瑞——"

美短猫听到指令，立刻松开了按住老鼠的前爪。可怜的汤姆虽然早已吓得魂不守舍，但在逃生本能的驱使下，它还是飞快地逃窜了出去。

几乎在同一时刻，两人一狗一鼠再次被重置了。

◇

"嗯，看样子，罪物与人类关联的方式不是纠缠态电子。"法拉若有所思地自言自语道。

罗星盘腿坐在地上，下腹部传来一阵下坠感。他叹了口气，决定暂时忍耐，也许下一次重置就近在眼前。

法拉从罪物吐出的一堆打印纸中挑出一张，那上面密密麻麻的字迹写满了一篇。她问道："你们有没有试过，打印机的纸用完了会怎样？"

"它的纸盒里压根就没有纸。"罗星解释道。

法拉点点头，看来这张纸又是从哪里"借"来的。如果是能量转化成质量，这张纸消耗掉的能量已经超过了一般核弹头的当量。法拉打开装着玻璃试管的盒子，从里面取出一支，又戴上了防毒面具。

看着法拉的扮相和试管里淡褐色的液体，罗星有了一种不好的预感。

"你……想干什么？"

"让一台计算机死机，最快捷的方法是什么？"法拉用提问代替了回答。

"砸坏它。"

"砸你个大头鬼，正经点。"

"当然是找到程序的bug了……"罗星挠挠头，他突然明白了法拉的战术，"你的意思是，让数据位溢出？"

"没错。"法拉竖起了大拇指。她随即打开试管上的密封条，将液体倒入喷壶中，之后又打入气体，将雾化后的病毒培养液打向了空中。

法拉解释道："既然老鼠能加入重置，病毒也没理由不可以。不一会儿，你们体内就会有十万、百万甚至以上亿计的病毒，我就不信它们不会溢出。这就叫以毒攻毒。"

罗星臭着脸质问："你确信我们不会被你弄死？"

"放心吧，这是专门从真理塔找来的实验病毒，已经敲掉了控制自我复制的基因，人体把它吸入，也就相当于补充了一下蛋白质还有核酸。"

"你为什么不直接把病毒倒在打印机上？"罗星依然十分不爽。

"我担心触发重置的条件是直接接触者必须是人类，所以还是让你们吸进去比较稳妥。"

"那你为什么要戴上防毒面具？"

"我对培养液过敏。"

解释完毕后，法拉将极度不满的罗星丢在一边，对骆非说："好啦，你再去摸一下罪物试试。记住，动作一定要慢！"

◇

罗星打了个寒战。

鼻子里痒痒的，不知是心理作用还是鼻腔对高密度的病毒粉末做出了反抗。最悲催的是，他下腹部的尿意更强了。

罗星忍住了一肚子的牢骚，向记忆中法拉的方向看去。戴防毒面具的女孩手里拿着一张足有1米长的打印纸，纸面上近乎全黑，只有不时出现的间隔说明这不是打印机漏墨了。

法拉取出随身携带的放大镜看了看，又无奈地收了起来。

"看来必须回一趟'幽红'了……"法拉若有所思地自言自语着，"电子显微镜太大了，搬不过来。"

"你需要电子显微镜吗？"斯特拉的声音从头顶传来，它启动发动机，慢悠悠地停在法拉身旁。

"小提琴，你有吗？"法拉问道。

"法拉小姐需要什么分辨率的？"

"基础款的就可以。"

身为斯特拉主人的罗星忍不住了，问道："你还吞过电子显微镜？"

"我曾经找到过一家大型科研机构的遗迹，那里有很多强大的罪物。我做了很长时间的准备，偷偷潜了进去，吞掉了几台设备。"

"你吞科研设备干什么？"

"以备不时之需嘛。"

在骆非和野狼的惊叹声中，斯特拉的身体膨胀起来，它的前部打开一道1米见方的开口，吐出一台纯白色的咖啡机大小的设备，几条电缆连接着斯特拉的身体。

"这是最小型的便携式设备，支持常压分辨。"斯特拉解释道，"先试试它吧。"

法拉取出剪刀，在细长的打印纸上裁下一小条，又拿起斯特拉一同吐出的导电胶，贴在电子显微镜腹部圆圆的样品台上，合上了舱门。

之后，法拉点下了"抽真空"的选项，真空泵的轰鸣声响了起来。尽管常压分辨非常方便，分辨率却不敢恭维，还是高真空环境下的扫描更牢靠些。

罗星一面看着法拉忙碌，一面慢慢挪动身体，准备找个角落解决内急问题。尽管经历了一次刷新，两人一狗一鼠和上亿病毒的重置条件，依然是"速度不得大于每秒0.3米"。

刚刚挪到墙后，罗星只听到野狼豪迈地打了3个喷嚏。没等罗星骂出脏话，他便消失不见，随即被重置回了原本的位置。

在野狼的喷嚏里，几百万个病毒以子弹般的速度被喷出了体外。

4.

罗星打了个寒战。

当他看到眼前的斯特拉时，不由得更冷了。

斯特拉变成了锅炉大小的金属箱子，周身插着数十个银色的金属圆筒，正中间是一张工作台，法拉坐在两张显示器前，用鼠标调试着黑白图像。如果不是屏幕一角显示着斯特拉标志性的笑脸和白手套，罗星根本不敢相信这是自己的坐骑。

"我要看的是纸片上的字，便携式的分辨率不够，小提琴的透射显微镜又没装二次电子探头。"法拉头也不回地解释道，"所以就选了氙离子显微镜。"

"唉，我经常自诩来自旧时代，可法拉小丫头折腾的这些东西啊，我一样都没见过。看样子文明虽然没落了，可时代还在进步啊！"野狼触摸着氦离子显微镜冰冷的外壳，不知为何伤感了起来。"说起来，我也是半个身子进棺材的狗了……"

"不算冷冻睡眠的时间，你7岁！"一旁的骆非忍不住咆哮道，"还有慢点动你的爪子，咱们又要被重置了！"

罗星默不作声地看着法拉折腾了几分钟，忍不住问道：

"有什么发现吗？"

"有两件事情。"法拉一面说着，一面将图像的标尺放大到5纳米，罗星看到了密密麻麻的英文字母。"第一件，老鼠和病毒的姓名，写的都是ATCG的碱基对编码，我想这是读取的哪段基因吧。奇怪的是，同为非人类，野狼先生却只有名字。"

野狼在一旁一脸得意的表情，嗓子里发出呼噜呼噜的声音。

"第二件，老鼠的绰号是'汤姆'，病毒的绰号却是从1开始的编号。"

罗星用力想了想，还是没能琢磨出门道。倒是一旁的骆非，猛地一拍巴掌，说道：

"我懂了！咱们给动物起什么名字，这个罪物就会录入什么名字。所以咱们起一个超级难念、拗口的，丫就歇菜了！"

法拉站起身来，同骆非击掌："不准确，但大差不差了，就是这个思路！"

一旁的罗星目瞪口呆，甚至对自己的智商产生了怀疑。会把病毒说成是动物的骆非，还能想出什么靠谱的点子来？

法拉取来第二支装满了无害病毒的试管，笑道："这一次，我们让它死机！"

◇

　　法拉让罪物"死机"的方法，相当得简单粗暴。

　　即便成了罪物，针孔打印机也依然要遵循基本的计算机法则。换言之，只要输入一条死循环语句，让它无限运转就好了。

　　罗星此刻终于搞懂了法拉为什么要带来一本厚如砖头的书——上面记载了几乎全部旧时代打印机内部的指令集。电子存储容易被外网感染，法拉便索性全部打印了出来。看着那一沓至少要50个图灵币的A4纸，罗星心中涌出一阵暖意。

　　法拉很快找到了罪物打印机对应的型号，她简单地瞟了两眼，感慨道："这下简单了，这家伙的底层语言是C。"

　　她抄起一只装满了病毒的试管，食指拨了拨试管壁，好似在逗弄猫的下巴。

　　"听好了，你们的名字就叫作，While，圆括弧，1，圆括弧括起来……"

　　法拉念出了一串C语言的指令，简而言之，就是当条件为真，打印"罗星是个大笨蛋"。而1等价于条件为真永远成立，所以就会一直打印下去。

　　罗星刚刚被温暖的心灵凉了一大截。

　　做完准备工作，法拉再次将病毒培养液倒入喷壶，对着罗星的脸喷了上去。

◇

　　罗星打了个寒战……!

　　这次被重置后，他非但不觉得冷，反而热得要命，胸口衬衫被汗水浸湿了一片。

会热的原因很简单，此刻他正和骆非、野狼紧紧抱在一起，两人一狗之间还夹着吱吱乱叫的老鼠。

"你们这次的重置条件，是两者之间的距离不能大于30厘米。"法拉坐在电子显微镜的屏幕前，头也不回地解释道。"还好，从知道重置条件到开始执行有几秒的间隔，你们三个的动作也足够麻利。"

骆非一下没站稳，军靴又厚又硬的胶底踏在了罗星的小脚趾上。罗星强忍住怒意，问法拉道：

"罪物为什么没有死机？"

法拉依旧盯着屏幕上的灰度图，说道："改名成功了，指令却没有执行。也许，我应当换成汇编语言试试。"

说罢，她拿起了喷壶和第三管病毒。

◇

罗星已经心如死灰了。

此刻，他仍与骆非和野狼抱在一起，怀中的老鼠汤姆使出吃奶的力气，想要挣脱不同种族生物的怀抱。身形硕大的电子显微镜已经不见了踪影，斯特拉变回了机车的样子，法拉靠在它的身上，盯着手中最后一管病毒发呆。

不需要推理，罗星也能确认两件事情：其一，即便将死循环语句改成汇编语言也没起作用；其二，这一次的重置条件还是该死的30厘米。人和其他哺乳动物可以主动抱在一起，可谁又管得了体内的病毒呢？

就在这时，汤姆一声嘶鸣，两颗尖锐的门牙狠狠咬在骆非的手腕上。其力道之狠、动作之快，惊得美短猫都打了个寒战。骆非痛得直跺脚，汤姆则趁势逃了出来，一溜烟不见了踪影。

看着汤姆敏捷的身影，罗星不禁感慨：逃跑又有什么用呢？还不是立刻会被重置回来。这就好像人生一样，你自以为翻盘了，其实只是换了个体位……咦？

汤姆已不见踪影，可重置却没有发生。

"这次的条件不是距离。"法拉丢来一张纸，"自己看吧。"

罗星战战兢兢地伸出手臂，以极慢的速度捡起了纸张，生怕动作太快触发了速度限制。身边的骆非却毫不在乎地一把夺了过来，念出了纸上的重置条件：

"任意两者的温差超过1.5℃。这不是很棒吗？"骆非难掩激动之色，"只要保证不发烧，我们就自由了！"

"不行的。"紧紧抱住罗星大腿的野狼当即泼了冷水，"你们人类的体温大概36.5℃，老鼠的体温也在37℃上下，可是狗……我的体温，却是39℃。"

罗星终于明白了为什么还要抱在一起，他们是在用自己的身体为野狼"降温"！

法拉盯着试管中的病毒培养液，说道："死循环语句之所以不起作用，就好像艾滋病毒只有进入体液才能感染宿主一样，如果吃进肚子里，只会被胃酸消化。"

罗星立刻理解了法拉所指。他们简单写出的死循环语句被罪物当作了字符串，只是简单地打印出来，并没有执行其内容。可还没等他理出头绪，骆非便急不可耐地喊道："姐姐，还有别的办法吗？"他一只手捏住鼻子，"老狗熏得我一身狗骚味！"

"找茬吗混小子？还有，叫我野狼！野！狼！！"

法拉无视掉发狂的雄性生物们，继续说："我还有最后一个办法。当生物在内网中没有信息档案时，它一定会读取一段DNA信息作为ID。这是我们的机会。"

罗星捂住骆非咆哮的嘴，应道："你的意思是，通过改写病毒的DNA，给罪物写入死循环语句吗？"

法拉点点头，伸出3根手指，一字一句地说道："想要做到这件事，我们必须攻克3道难关。第一，要读懂打印机的指令集，将ATCG碱基对与二进制代码对应，并组合出死循环语句。这点并不难做到，给我10分钟就能搞定。第二，尽管我拿来的病毒内部只有一条DNA，我们仍然必须搞清楚它读取的基因片段的位置。这需要一台PCR和基因测序仪，即便在真理塔中，也很难找到好好工作的设备。"

"我有。"一直沉默的斯特拉突然开口道，"13年前，我吞过这两台设备，还在体内进行了组装。"

"你到底吞了多少好玩意儿？"骆非忍不住好奇，扒开罗星捂住嘴的手，问道。

"秘密。"斯特拉立即回应。

骆非耸耸肩，法拉继续说明道："很好，这样就只剩下最后一道难题了。我们必须人为更改病毒的基因序列，这不但需要更加专业的实验室和设备，还需要足够长的时间。"

"要多长？"罗星问。

"以真理塔的技术力，少说也要3个月。"

两人一犬顿时陷入沉默。形影不离3个月已是难以想象，再加上随时可能更新的奇葩重置条件，简直就是地狱。

"不过，也许我们不需要等那么久。"

法拉看向罗星。

"你能够操作熵，理论上可以人为拼接DNA。"

几分钟后，罗星按照法拉的指示开始了操作。

罗星先是脱离了拥抱的队伍，将冰爽野狼的任务完全交给了骆非；之后他在电脑椅上坐定，端详着玻璃试管，无色透明的培养液中沉睡着数以百万计的病毒。如果不是被敲掉了借助宿主细胞复制的基因，它们一旦进入人体，就会以人类的体细胞为土壤，开始如链式反应一般快速繁殖，直至危及宿主生命。

斯特拉再次"变形"作巨大的金属箱子，法拉激动得两眼放光，赞叹说这是一台十分先进的PCR与基因测序仪联动。尽管罗星自诩在科学知识方面强于大部分罪物猎手，但在他的眼中，这东西与电子显微镜唯一的区别，就只是四周没有支棱出粗细不一的金属管子而已。

法拉用移液枪取出少量病毒培养液，滴入指尖大小的离心管中，再移入设备。根据斯特拉的介绍，这台设备同时使用了凝胶电泳和纳米孔测序，测量病毒这种简单生物的基因序列，只需要不到1小时。

法拉完成全部准备工作时，时钟已跨过零点，初冬的夜风中挂着冰碴。

"我已经拼接出写有死循环语句的DNA片段。你要做的，是将这个片段接在特定的位置，让罪物去读取它。"法拉将一只离心管摆在罗星面前，"首先，你必须分辨出病毒DNA。"

在法拉的指挥下，罗星打开熵视野，全神贯注地凝视着手中的离心管。渐渐地，离心管内的透明液体中翻滚起红白色的波纹，这是培养液分子无规则热运动形成的热力学驻波。

罗星在双目中注入更多的精神力，慢慢提高了熵视野的分辨率。无数极小极小的圆球显现出来，那是悬浮在培养液中的病毒。他的额头淌出豆大的汗滴，头皮和太阳穴麻嗖嗖胀痛。

"为什么不让摩托兄再拿出那个什么镜来？"一旁看热闹的骆非问道，"将病毒放大了看，岂不是更简单。"

"想要操作分子，就必须去观察分子。盯着显示器看，即便看到熵，也不过是屏幕底层的LED像素点而已。"法拉耐着性子解释道，"退一万步讲，小提琴体内的电镜没有低电压模式，也没有低温样品台，根本看不了生物样本。"

骆非没有吱声，法拉的解释他几乎一句都没听懂。与此同时，骆非再次确认，自己能想到的办法，别人肯定早就想到了。

另一边可就没这么轻松了。

罗星深吸一口气，继续提高熵视野的分辨率。圆球被逐渐放大，变成米粒般大小。罗星看到它们的表面并不是光滑的，而是有着许多触手般的突起。

他向更深层看去，大脑里一阵灼热，脑浆仿佛沸腾了一般。病毒在视野中继续膨胀，很快便有了足球般大小。透过蛋白质外壳，罗星看到几条极细的曲线蜷缩在中心处，它们就是记录着病毒遗传信息的DNA分子。

想要完成基因定点拼接，这样依然不够。

罗星咬紧牙关，将炸裂般的头痛丢在一边。熵视野的分辨率继续提升，盘旋的DNA分子已经如同蟒蛇般粗细，蛋白质外壳更是膨大为建筑物般大小。罗星看到DNA分子的内部有两根盘旋在一起的细线，细线之间由无数舰桥连接。舰桥由横梁筑成，部分有三根，部分有两根，它们分别是鸟嘌呤–胞嘧啶和腺嘌呤–胸腺嘧啶碱基对。

法拉从测序仪的药品库中取出一管透明液体，用细长的注射器注入罗星手中的离心管。她小心翼翼地说道：

"刚刚加入的是DNA解旋酶，你要控制培养液的温度，让解旋酶工作。"

罗星轻轻点头。此刻在他的眼中，无规则热运动的波纹已经如同海啸一般壮阔。他分出一缕思绪，将自己的意识与热运动的大海相连。在他的控制下，波涛渐渐平缓下来，海葵一般的蛋白质分子缓缓游过来，紧紧擒住了病毒的DNA。片刻后，蛋白质分子离去，两条DNA单链被精准地分裂开来，远胜顶级大厨的刀工。

罗星摆出一个OK的手势，法拉松了口气，继续讲解道：

"慢慢来。先找到DNA分子的起点，前三个碱基为ACG。"

"很清楚，就在我眼皮底下。"罗星立即答道。不远处，骆非和野狼一动不动地注视着，就连骆非怀中的汤姆也安静了下来。

"罪物会读取233号之后的1 000个位点，你需要将这一段剪下来，再接上我们自制的片段。"法拉一字一句地解说道，"接下来，我会注入DNA剪切酶……"

"不需要。"罗星立即回应，"我自己来剪切。"

通过控制熵来打开碱基对这种操作过于精细，一个不小心就会弄坏DNA分子，罗星并没有信心完成；而相比之下，切割分子就要简单粗暴许多。

5分钟后，罗星完成了剪切分子的工作。他的头部由于长时间的剧痛，已经麻木了。

自制DNA片段缓缓注入，罗星像拼积木一般将其连接在大分子的前端，连上化学键，又将一开始剪掉的233个碱基对接了回去。只有这样，自制DNA片段才能准确得被罪物读取。

这项工作花费了罗星近30分钟，顶着剧痛的大脑，他自己都说不清是怎么坚持下来的。

"太棒了，我们完成了大部分工作。下面是最后一步。"法拉虽然一副平静的表情，手心却早已都是汗。"只需要注入DNA聚合酶，再……"

突然间，罗星喷出一口鲜血，头向后仰倒过去。

法拉立即伸出双手抱住他，只见罗星的鼻孔、耳孔和眼眶中都渗出了血流，胸腔剧烈地起伏着。

一旁的骆非和野狼迅速凑了上来，罗星张开失焦的双眼，问道：

"病毒呢……"

法拉看了看好好躺在地上的离心管："放心吧，好着呢。"

罗星哼了一声："我早就料到会这样。没关系，那个天杀的罪物，这次轮到它帮我们了。"

说罢，他抬头看向斯特拉：

"你一定吞过消防车吧？用冷冻液喷我。"

斯特拉一时乱了分寸，罗星补充道：

"快……痛死了。"

◇

冷冻液降低了罗星的体温，他与骆非、野狼和汤姆的温差，迅速超过了1.5℃。

罪物开始重启，几秒钟后，罗星安然无恙地站在原地。随着重置的完成，他的精神力也恢复了大半。

说明工作并没有浪费法拉太多时间，反倒是让跃跃欲试的野狼闭嘴有些难度。如果不是骆非及时拉住她，法拉险些要赏拉布拉多一记飞踢。

最后的步骤，罗星甚至不需要将熵视野的分辨率提高到化学键的尺度。他控制着培养液的温度，让DNA聚合酶开始工作，再次将两条单链拼接成完整的DNA分子。

"给你起个代号吧。"罗星依依不舍地注视着离心管中的作品，"就叫骆小非好吗？"

这个名字里，寄托了罗星差点因为骆非而挂掉的怨恨。

罗星将骆小非吸入体内后，主动走上前去，触摸了罪物。

吱扭的打印声响起，一张A4纸被缓缓吐了出来。三人一狗一猫一鼠以及几百万个病毒同时屏住呼吸（注：病毒不会呼吸），注视着这一幕。

打印结束后，重置条件刷新——

本该是这样的。

没等将A4纸完整吐出，罪物顿了片刻，又将纸吞了回去，之后再次吐出。就这样重复了几十次后，打印机内部发出吱嘎的声音，显示工作状态的LED灯缓缓熄灭。

凌晨的废弃地铁站中响起一片欢呼声，骆非和野狼开心地跳了起来，就连汤姆都毫不畏惧地骑在杰瑞身上，随着天敌美短猫一起手舞足蹈。

罗星拿起罪物，它乖乖地躺在手中，没了动作。只要骆小非还没被罗星体内的抗体干掉，罗星在这个罪物面前就是无敌的。

　　收容罪物也并不困难。将它带回城后，只要再培养出大量骆小非一样的微生物，再将罪物泡在"死机培养液"中，它就无法作妖了。

　　斯特拉变成了一辆卡车，由法拉驾驶，载着众人欢天喜地地向"幽红"驶去。

　　"小提琴，放首歌吧，快节奏的那种。"在路上，法拉提议。

　　"我来说一段Rap怎样？"

　　"你还会说Rap？"

　　罗星有种不祥的预感，果不其然，斯特拉已经来了兴致：

　　"法拉小姐也会吗？不如咱俩来一段Freestyle吧！"

　　话音未落，斯特拉便起了头：

　　"我动一动全部清零，

　　我走不出百米陷阱，

　　我狂奔着冲向幽红，

　　可自由它却在飞行！"

　　法拉随即接道：

　　"问罪物，又何必，

　　世界也不过是一场游戏，

　　攻略就写在DNA里，

　　我们一起摇滚你别降Key！"

　　骆非也加入狂欢：

　　"我拉着你，陷入泥泞沼泽，

　　我抱着你，胸口有点热，

　　遇上你不过一种巧合，

　　可惜你只是拉布拉多！"

　　野狼更是毫不示弱：

"和白痴一起冒险我实在太过疲惫，

我每天都在头痛，我吃饭没有滋味，

我脱下迷彩外套，我对着天空狂吠，

可白痴竖起中指说老子叫作骆非！"

罗星看着狂欢的众人，缓缓闭上眼睛。折腾一整天，他已经很累了。

然而，阖上眼睑时，迎接他的并不是熟悉的黑暗，而是一行闪着白光的汉字。罗星睁开眼睛，文字立即消失不见；可当他再次闭上眼时，文字又鬼魅般地显现出来。

罗星叹了口气。外网产生的幻觉光怪陆离，这种事情只有一种可能性——"红"在通过这种方式向他传达秘密信息。他集中精神，看清了文字的内容：

一周内，将罪物打印机从管理中心偷出来。

第四章　娱乐至死

1.

接到真理塔打来的电话时，罗星还在蒙头大睡。原来是罪物管理中心在收容针孔打印机时遇到了困难，一群专家正在忙不迭地想办法。

"打扰了。听说你们将死循环语句写入了病毒的DNA，这是怎么做到的？"电话那边是一个男性老者的声音，刚一接通就迫不及待地问道。

"这是我的特殊能力。"罗星顿了几秒，"是'红'给予的。"

反正他的能力在议事厅那边不可能是秘密，早晚也会被这群专家知道，倒是斯特拉的事情必须保密。为此，他反复叮嘱了法拉、骆非和野狼。

"那……你能不能再造出一批这样的病毒出来？"对面的老者支吾道，他看上去并不习惯开口求人，"老实讲，真理塔这边的设备差了一些。"

"抱歉，如果再来一次，恐怕我的大脑会爆掉。"罗星如实回答。

最终，在专家们的恳求下，罗星还是爬出了心爱的被窝，去真理塔转了一圈。那群老家伙倒也没有要求他做太多的事情，只是抽走了他几大管血，据说要从中提取中写着死循环语句的基因。为此，他们支付了罗星200个图灵币，远远高于卖血的价格。当然，罗星到手的只有4个图灵币。

离开真理塔时，罗星碰见一位熟人。

"罗星！你真当上罪物猎手啦。"

对方有着接近两米的身高，身板瘦瘦的，披上风衣却好似衣架般笔挺。看到此人，罗星礼貌地行了一礼，在他的记忆中，对方和6年前的样子别无二致。

"你好，东老师。好久不见，您去哪里了？"他问道。

这位男教师曾在9年级时与罗星有过短暂的交集。当时他们的理化老师生病了，真理塔不知从哪里找来了一位陌生的代课教师。东老师的口才很好，不到一周时间，便已经在9年级同学中广受欢迎。

"我去'苍蓝'待了一阵子，厌倦后去了'柠黄'。在赌场输光了所有的图灵币后，因为交不起能源税被赶了出来。"东老师轻快的口吻一如往昔。

青春期少年普遍有慕强心态，当年东老师深入浅出的讲课风格也让罗星十分喜欢。他本想和老师寒暄上几句，却一时不知该说些什么。尴尬之际，东老师却凑近上来，打量着学生说道：

"你身上有'外网'的味道。"

罗星一惊，东老师笑道：

"想要使用W-005，可不仅仅是攒够图灵币这么简单。我原本担心你即便找到了那颗卫星，也会因为无法接入外网而不能使用。现在看来，是我多虑了。"

罗星还想问些什么，可东老师只是拍了拍他的肩膀，随即离开了真理塔。

回到公寓时，罗星发现骆非正盘腿坐在楼道里，专心致志地玩着电子游戏。有闲钱买这种游戏机的，他就只见过骆非和老白两个人。

"呦，老罗！"看到房间主人回来，骆非一跃而起。"快，把手机拿出来！"

罗星一头雾水地取出手机，却只见骆非用自己的手机在上面一晃，随即响起了图灵币余额变更的提示音。罗星打开手机一看——

900个图灵币。

骆非告诉他，昨晚的罪物在管理中心卖出了3 000个图灵币的天价，甚至议事厅都对这次回收格外重视。与野狼简单商量后，他们决定让罗星和法拉拿走大头，每人900个图灵币。骆非并不清楚，经"红"扣除后，罗星到手的只有18个了。但这对他而言已经是不小的资产了。

"任务完成，你赶快去挥霍一番吧！我要去找法拉了。"

甚至没有进房间坐坐，骆非便风也似的消失了。

这家伙虽然头脑不太好使，却也是个讲义气的朋友。罗星在心中感慨道。

◇

一番折腾后，罗星反而没了睡意。他瘫在床上，开始思考未来的道路：

"我原本以为有了操控熵的能力后会变强，但实际看来，并没有那么强的效果。降服斯特拉那次只是好运，我的能力恰好克制它，再加上它过于谨慎的性格，才能成功。如果是银蛇队长，一定会布置好更加完备的陷阱，让斯特拉根本没有机会逃脱。

从碱基对尺度改写DNA确实厉害，但缺少实用性。如果面对可以主动攻击的敌人，我根本没有机会集中精神做这种事情。除非去真理塔工作，这个能力恐怕是没机会用了。

尽管靠着知识积累，我能灵活使用控制熵的能力，但我的精神力还是太少了，没办法支撑我去做更多的事情。精神力这种东西是天生的，尽管多加练习或积累实战经验能有帮助，但本质问题依然没有解决。我能找谁商量一下呢？"

罗星首先排除了"红"，这个超级人工智能的真正目的还是个未知数，罗星并不希望将自己太多的底牌暴露给它。法拉和胖子肯定愿意帮忙，但他们并没有接受纳米机器注射，能提供的思路也很有限。银蛇队长会不会提供一些训练方法？罗星记起他曾主动要求过队长给自己训练，一天下来已经筋疲力尽，他躺了三天才恢复过来。与他们这些学生兵不同，队长可是纯正的特种兵出身。

至于骆非和野狼，从一开始就不在考虑范围之内。

有足够的经验，还要熟悉罪物与外网……突然间，罗星想到一个完美的人选——

自家仓库里那辆摩托车！

◇

这还是罗星第一次看到斯特拉的"睡姿"。它斜靠在一堆废弃的零部件上，前方张开一张液晶屏，上面用简笔画描绘出睡脸，还有一个泡泡在鼻子的位置有规律地变大变小。

罗星踢了它的轮胎一脚，泡泡一下子裂开，原本只是一条细线的眼睛也睁了开来。

"啊，主人。"

斯特拉操作车撑支起身体，体内发出一阵引擎的轰鸣声。

"你这个睡脸从哪儿学来的？"

"一台早教机的屏幕保护模式。"斯特拉如实答道，"主人，您找我有什么事情吗？"

罗星想了想，决定先从其他事情问起。

"你到底隐藏了多少功能？是不是无论什么机械都能模拟？"

如果斯特拉能做到这些，就可以成为强有力的战斗辅助。当然，怎样继续控制它还要从长计议。

"这个说来就话长了……"

听过斯特拉的讲述，罗星方才清楚，它的能力远没有想象中那般好用。

首先，斯特拉并非什么都能吞。他能吸收的物品仅限于机械和电子设备，生物或者变异成罪物的设备则一律不可以。

其次，设备一旦被吞入体内，就会进入"消化"过程，只有消化完毕的设备，才能被斯特拉通过"变身"的方式使用。消化时间有长有短，破损的笔记本电脑不到1小时就能完成，大型电子显微镜则消化了7年，而液氧煤油发动机足足用了11年。

最后，没有消化掉的东西并非都能够再次取出来。斯特拉可以对某些特殊的物品做好"标记"确保不会被消化，但在数量、质量等方面均有限制。简而言之，斯特拉虽然可以作为简易储物空间使用，但容量并不算大。

消化到现如今的程度，斯特拉用了153年，这几乎是可以与外网历史相媲美的时长。它展现出的强大，是以时间为代价的。

"看样子你也帮不上忙啊……"罗星学着斯特拉的样子，失望地仰躺在零件山上。

敏锐的机车立即察觉到罗星藏了心事："主人，你遇到麻烦了？"

罗星叹了口气，将自己的困扰讲给了斯特拉。斯特拉认真地聆听着，时不时打断提些问题。最后，它总结道：

"我明白了。主人的问题有两种解决方案，第一种是借助药物短暂提高精神力，例如毒品。但这对人类的身体伤害太大，所以并不推荐。"

罗星点点头："第二种呢？"

"平日将操作熵的能力'存储'起来，战斗时再一起使用。就和攒钱买奢侈品一个道理。"

罗星皱眉道："还有这种好事？"

"当然，你和我都做不到，必须借助其他罪物的力量。"

罗星更加失望了，双肩一软，说："我又去哪儿找这种罪物呢，说到底不还是没有办法……"

"主人可以去买。"

罗星一个激灵："买？去哪儿买？"

"黑市。"

罗星很想告诉它，所谓的黑市，里面不过是一些没有办法官方定价的东西，不可能出现罪物。斯特拉似乎看透了他的心思，解释道："这里的黑市自然不行，您需要去'柠黄'的黑市。"

"'柠黄'？"罗星立即察觉到哪里不对，"你进过城？"

即便"柠黄"的安保措施近似于无，也不可能让一个罪物堂而皇之地混进去吧！

"那自然是不可能的，但我的一位朋友经常去，我的PCR就是他帮我搞来的。"特斯拉解释道。

与"幽红"致力于工业扩张不同，"柠黄"的建设理念可以简单描述为：反正人类快要完蛋了，索性怎么高兴怎么玩。

例如，"幽红"强制要求所有居民在内网的虚拟形象必须与现实世界中的一样，只有少数技术强人能够更改；而在"柠黄"，只要你有足够的图灵币，将虚拟形象设置成章鱼都没人管。

"柠黄"只有一条规矩：所有在城市里的人，不论来路，都必须按时交纳能源税。如果不按时交税，"黄"就会停止对那个人的服务，于是他无法接入内网，无法使用公共设施，城市里所有的人工智能设备都会将其识别为清理对象。用不着下逐客令，交不起税的人自己就混不下去了。

"朋友？"罗星更加诧异了，他没想到居然会有人类主动与罪物合作——除去他自己。

"是的，我们好久没见了。主人如果想要得到黑市的情报，我可以试着联系一下，不过……"

斯特拉顿了顿。

"他是一个'罪人'。"

◇

1小时后，罗星驾驶着斯特拉离开了"幽红"。

斯特拉联系了那位"朋友"，对方发来的坐标却远在大洋洲，并且顾及自身的安危，并不愿意同罗星会面。好在对方也是个畅快人，答应与罗星视频通话。

"罪人"在人类文明中是一个远比"罪物"更加敏感的存在。人类长期暴露在外网环境中，会有极低的概率感染变异，获得匪夷所思的能力。"幽红"有记载以来出现过几名"罪人"，都被快速处理掉了，或收编或驱逐，有些甚至被判了死刑。

这次对话自然不能被"红"发觉，因此，斯特拉坚持一定要在远离城市的地方进行。

来到一处废弃的高速路上，斯特拉取出一张16英寸（约等于41厘米）的液晶屏，屏幕上显示出一个颤动的电话标识，扬声器中播放出滴滴的拨号音。

不一会儿，滴滴声停了下来，屏幕显示出正在连接的标识。

"基站和通信卫星早就不能用了，这是什么技术？"趁着间隙，罗星问道。

"W-005。"斯特拉说出了出人意料的答案，"得到它认可的设备，都可以使用它的通信频道。"

就在这时，通信连接成功了，一名中年男子出现在屏幕上。他带着一个破旧的小猪佩奇面具，却因为尺寸不够而没有遮住全脸，通过边缘可以瞥见胡茬。

看到画面对面的罗星，男子开心地摆了摆手：

"你好，我是哥本哈根。"

罗星瞪了他一眼，心想老子还叫卢森堡呢。不过更加令他无语的是，对面明明是男子，发出的却是如同播音员一般的女声。

"抱歉，保险起见，您不能知道我的名字，不能看到我的长相，也不能听到我真正的声音。"

那一刻，罗星似乎明白了这个人为什么可以和斯特拉做朋友。他愣了片刻，接话道："所以你本人也一定不在大洋洲。"

哥本哈根耸耸肩，上扬的嘴角透过佩奇的脸露了出来。

"你想要打听黑市的情报吗？"哥本哈根问道。

"是的。你需要什么报酬？"罗星也没有客气。

"不急，先说你的需求，我不一定能满足。"

果然足够谨慎。罗星默默地叹了口气，告诉哥本哈根，自己需要一件能提升精神力的罪物。

"你可以去罪人们经常出没的黑市碰碰运气，因为这种东西可以保护他们免于发疯。"

说罢，哥本哈根说出了一串黑市的地址，以及进入方式。

罗星没想到对方会这么大方，匆忙问道："我应当怎样支付你报酬？"

"我有两个要求。第一个要求，帮我找到这款游戏。"

哥本哈根展示出一张图片，一名身穿蓝衣的金发精灵男子站在悬崖上，眺望着无边无际的荒野。

"旧时代非常古老的游戏了。"哥本哈根补充道，"我已经找了几十年。"

"我记下了。但不保证找到。"罗星如实说道。

"我这边没有时间要求。"哥本哈根慷慨地回应。他放下游戏的封面海报，继续说道："第二个要求，无论在任何场合，不许提到我，即便是'哥本哈根'这个代号也不行。如果你违反了约定……"

哥本哈根不知从何处摸来一把水果刀，开玩笑似的对着屏幕一挥——

下一瞬间，罗星的一粒纽扣弹飞出去，落在坚硬的柏油路面上。

罗星惊出一身冷汗，旁观的斯特拉匆忙打了圆场："这是我这位朋友的能力，所见即所得。"

屏幕上的哥本哈根又是一次耸肩，搞得罗星很想揍他一拳。然而现在的情况是他打不到对方，对方却打得到自己。他按捺着性子，继续问道："你有没有见过类似的东西？"

哥本哈根扶住面具外的下巴，思考了几秒，答道："大概3个月前见过1件，卖得很贵，不知道货还在不在。"

罗星屏住呼吸：

"……多少钱？"

"25 000个图灵币。"

大约是罗星总资产的250倍。

2.

银蛇在两个时间段心情会非常糟，一是宿醉未醒的时候，二是想买东西没钱的时候。在这两种时候，他都会打电话给老王。

拨通电话后，虽然能听到老王粗重的呼吸声，对方却半天没有说话。

"死了吗？"银蛇没好气地问道。

"说吧。"老王的语调很是不耐烦，"你小子这个时候打电话过来，肯定没有好事。"

"借我点钱。"

老王挂断了电话。

银蛇骂了一句问候老王列祖列宗的脏话，忍痛从所剩无几的图灵币中又拨出5个，再次拨通了跨城市的长途电话。

"你有完没完？"刚拿起电话，老王就骂了起来，"没钱！"

"我想买一件能直接攻击内网目标的武器。"银蛇径直说出了目的，"要威力大的，最好是罪物。"

"你要来这边的黑市？"

"哪儿有我就去哪儿。"

老王想了想，答道："我还真在黑市见过一件，类型温度，作用是改变目标物的温度分布。"

"这东西有什么用？"银蛇觉得老王推荐的玩意儿距离他的需求差了十万八千里。

"内网里的目标，归根结底是信息。我问你，信息在物理学里的定义是什么？"

"负熵。"银蛇答道。

"熵的物理学表达式是什么？"

"说人话！"银蛇怒吼道，事实上他连"熵"这个汉字都写不出来。

"这么说吧，熵的微分等于热量的微分除以温度。"隔着几千千米的线路，银蛇似乎都能看到老王臭显摆的样子，"所以，你能控制温度的分布，就相当于控制了熵。你不是有个能操作熵战斗的队员吗？"

银蛇恍然大悟：如果得到这个罪物，就相当于能够控制目标熵的形式。而罗星可以控制熵，二者搭配，甚至能将敌人一击必杀。

举例而言，他可以将目标所有的热量集中在心脏，再让罗星控制对方的心脏爆掉。

这样一来，杀死乔亚·韦克会容易很多。

不过，老王的下一句话却打破了银蛇的幻想："就是价格贵点，我记得要37 000个图灵币。"

"还好。但如果被坑，那就惨了。"

老王清清嗓子，笑道："不用担心，要去坑人的，是我们。"

◇

胖子今天很忙。

5分钟前，他刚刚送走了罗星。对方想要一个可以改变ID形象的数据包，要求是伪装性好，并且便宜。

"进入'柠黄'的内网时，如果没有自备的形象设计，就只能使用千人一面的默认形象。"罗星抱怨道，"身高不能调节也就罢了，还是个肥胖的中年大叔。"

"黄"就是通过这种手段，迫使市民多缴纳图灵币啊——胖子很想这样告诉老友，但他目前有个更加重要的任务。法拉约好1小时后过来，并且反复叮嘱这次会面不能让第三者发现，包括罗星。必须尽快把这个电灯泡打发走！

"我说你啊，怎么钻牛角尖里去了。"胖子叹气道，"你的目的是什么？耍帅？"

"为了不被发现真实身份。"

"大隐隐于市啊，兄弟。你有没有想过，成千上万人都在使用的默认形象，才是最安全的！"

看到罗星恍然大悟的样子，胖子也没让好友空手而归，他免费赠送了一个防火墙的程序包，可以保护罗星在"柠黄"时不被他人探查。

好说歹说送走了罗星，胖子匆忙收拾了房间——在内网的打扫，只需执行程序包即可。之后，他选择了自认为最能吸引女性的ID皮肤，然后在办公桌后面正襟危坐，等着法拉到来。

◇

姜老师的游说，在法拉心中埋下了一颗种子。

尽管父亲从小对法拉寄予厚望，她本人的成绩也一直名列前茅，但从骨子里讲，她更希望过那种闲云野鹤般的生活。可惜的是，目前的世界大环境不允许任何人这样做。闲云野鹤，那也得有山有林吧。如果放眼望去全是毒沼泽，别说鹤了，就是凤凰也闲不下来。

法拉原本认为，做罪物猎手是一个折中选项。即自由，又能满足基本的温饱。但可惜的是，世界本就是一盘棋，做不做棋子，自己说了不算。可即便自己是个卒，法拉也想要看看整盘棋的样子。她并不清楚"柠黄"的赌场里藏了什么，但她有个预感，一旦迈出这一步，很可能就回不去了。

此外，还有一件事情更加让法拉头痛。

既然去赌场，那就要想办法赢钱。然而法拉的赌技实在是捉襟见肘，即便平日里与罗星和银蛇队长斗地主，她也是输多赢少。于是，法拉调查了"柠黄"赌场的信息，还拜托父亲弄来了真理塔的内部资料。看到女儿如此积极，父亲自然也乐得帮忙。

一查不要紧，原来"柠黄"赌场的水，深得堪比马里亚纳海沟。

首先，尽管"柠黄"是治安最差的城市，它的赌场却是人类文明中安全系数最高的地方，没有之一。那里的外网浓度达到了"高真空"的标准，屏蔽了绝大部分罪物；进入前会进行严格的安检，哪怕一瓶医用酒精都别想带进去。与此同时，还有几百名罪物猎手和上千台人工智能负责巡逻，一旦发现有人闹事，立即将他们驱逐。

其次，这个赌场就是各种千术的大型PK现场。与传统的千术不同，这里的客人们更喜欢使用高科技手段出千，有些甚至找到了在高真空区域也能发挥功用的罪物。只要不被对手们发现，出千行为就是默许的。

尽管去赌场只是为了体验，但法拉并没有善良到去给别人送钱。想来想去，她决定找胖子商量一下。

"凭我这两下子，不出一小时就能把家底全输光。你能不能教我怎样出千？"

陈述完自己的需求，法拉再次瞥向桌对面的胖子——他穿了一身明代锦衣卫的飞鱼服，一头长发披在脑后，下巴尖得仿佛能在桌子上戳出一个洞。自从进到胖子的房间里，每次看到他这副出自少女漫画家之手的虚拟形象，法拉都要强忍住吐槽的冲动。

胖子阖上写了瘦金体"风清气正"的纸扇，问道："'柠黄'的赌场分为两部分，现实中的，以及内网中的。你想去哪个？"

"真的那个，我准备去'柠黄'一趟。"法拉立即答道。

胖子点点头："想要在现实世界的赌场中赢钱，反而简单一些。在内网中，所有的作弊工具的本质都是程序包。除非有哪位天才够开发出全新的算法，否则，作弊工具之间就是在拼算力。"

顺着胖子的思路，法拉想明白了其中的道理：几乎所有的算力都需要从城市的超级人工智能处获得，也就是需要大量图灵币。换言之，越是有钱的人，在虚拟世界的赌场中越是强大。

"然而在现实世界，起决定性作用的是物理法则，我们有更多的操作空间。"胖子继续说道，"考考你，能够提供最强技术力的设备是什么？"

"罪物。"这根本就不算个问题。

胖子煞有介事地用纸扇轻轻敲击桌面："获得罪物有两个途径。一是去罪物管理中心那里申请，二是去'柠黄'的黑市买。前者会受到诸多限制，怎样把罪物带入'柠黄'是个问题，即便顺利带入也会受到那边议事厅的监视。至于后者嘛，就看你有多少钱了。"

法拉凝视着桌面，偷偷叹了口气。她本人自然没有多少积蓄，但如果找父亲要钱……

"我有个建议，不知当不当讲。"胖子一眼就看透了法拉的心思。

"讲。"

"老爸的钱，不用白不用。"

法拉蓦地站起身来："我也有个建议，不知当不当讲。"

胖子皱眉道："怎么？"

"你这样子，娘炮极了。"

◇

罗星躺在仓库的皮椅上，瞪着手机屏幕发呆。自从发现斯特拉能够给出自己建议后，他有事没事就跑来仓库宅着。

"主人，这已经是你第17次看图灵币余额了。"斯特拉终于忍不住吐槽，"即便你瞅到宇宙毁灭，它也还是不到三位数。"

"把你卖掉，我就有钱买去'柠黄'的机票了。"罗星立即还击。

"不妨考虑骑着我往返，这是一项长期投资。"摸清了罗星的脾气后，斯特拉倒也不慌。它认为自己和罗星的关系并非主仆，而是"共生"；但它还是习惯称呼罗星为"主人"，反正多叫两声也不会少半颗螺丝钉。

"我现在遇到一个悖论。"罗星将手机丢在一旁，开口道："为了挣钱，我必须变强；但想要变强，又必须有钱。死循环。"

"所以，没钱就认命吧。"斯特拉补充道。

"滚！"

"主人，你为什么想要那么多钱呢？"斯特拉早就想问这个问题了。

罗星闭上眼睛，没有理它。

过了许久，他叹了口气，说道："你清楚W-005的底细吗？"

斯特拉如数家珍一般道："在我们罪物眼里，它就像是一个老大哥，或者说是一种信仰。它原本是一颗军用侦察卫星，被外网感染后，绕着地球无规则飞行，以人类现在技术水平，很难捕捉。即便是我这种能飞出大气圈的罪物，也不可能捉到它。"

透过仓库的天窗，罗星望向夜空：

"它在人类这边还有个称呼，叫'昨日重现'。每次它飞到近地点的时候，都会向地面随机投影影像，而这些影像，都是它在几百年间对地面场景的实时拍摄。可怕的是，每当影像投影到地面时，真的会打开时空通道，两边的世界可以借助通道往来。但通道存在的时间非常短暂，想要穿过并非易事。"

"我明白了，主人想要借助W-005的力量，回到某个特定的过去。"聪明的斯特拉并没有打听这个"过去"是什么，而是话锋一转，问道："这样的话，主人的目标难道不应当是捕获W-005吗？挣钱岂不是绕了个大圈子？"

罗星没有直接回答，而是继续讲述道："'幽红'发现W-005是七年前的事情。探索队做了无数的努力，终于登上了W-005，之后他们发现，尽管无法捕获，但只要献上足量的图灵币，W-005就可以按照人类的意愿，打开特定时空的通道。"

斯特拉消化了片刻，继续问道：

"使用一次，需要多少钱？"

"基本价50万个图灵币，根据实际需求上浮。"

尽管不是人类，斯特拉还是感受到了这个数字背后有多少无奈。它想了想罗星的账户余额，感慨道：

"原来主人是因为用过W-005，才会这么穷啊。"

罗星应道："我没有那么多钱。为了使用W-005支付的图灵币，全部是从'红'那里贷款来的。这么多年来，我一直在拼命还钱。"

斯特拉轻咳两声，试探道："主人，你现在到底还欠着多少？"

"不多，985 732个图灵币。"

3.

斯特拉躺在仓库中，取出一张液晶屏朝向自己，又连接上一块近日里刚刚找到的移动硬盘。它十分享受机械硬盘工作时的吱吱声，尽管数据传输效率远低于固态硬盘，但机械的美感是电子设备永远无法替代的。

液晶屏上显示出硬盘中的内容，全是旧时代的电视剧和影片。尽管能够直接读取数据，但斯特拉坚持认为，通过显示器和视觉传感器"看"剧，才能完整感受到剧中的情绪，其他任何算法都会带来数据缺失。

它最近特别钟情于中式的古装剧，还给自己起了个了侠名，叫作奔驰无忌。

看过金庸、古龙、温瑞安后，武侠的战斗力已经不能满足斯特拉了。在它看来，无论多高的武功，在重机枪和RPG面前也是渣。为此，它决定尝试仙侠。

想干掉御剑飞行的仙人，好歹要用洲际导弹吧。当量才是男人的浪漫啊！

选来选去，它最后挑中了一部叫作《三生三世十里桃花》的电视剧。斯特拉挑选时打开剧集，正当它陶醉在主题曲的旋律中时，远在"柠黄"的罗星打来了电话。

"我找到挣钱的方法了！"罗星的语气十分兴奋，"这边有个赌场。"

"有赌场怎么了？"

"赌场里不是有那种筹码吗？这东西可以带出赌场，需要时再兑换成图灵币！"罗星语速极快地解释道，"用这东西存钱，'红'是没有办法发现的！"

斯特拉终于明白了主人的打算。罗星想要借助"柠黄"的特殊性，打一个擦边球。

在除"柠黄"以外的三座城市中，公民本人与内网ID是严格绑定在一起的，红、蓝、灰三台超级人工智能都不允许市民同时拥有多个ID。如果想去别的城市的内网，必须让超级人工智能之间进行通信，实现ID

共享。

但"柠黄"中的ID却分为两类，即固定ID和临时ID。固定ID与其他城市相同，临时ID却是一种类似于bbs论坛中"游客"的设置，其他城市的访客、甚至长期居住外网的"罪人"，都可以在进入城市时申请使用。利用这个ID，访客可以做一切固定ID能够做的事情，只不过离开城市时，临时ID就会自动注销，其账户余额也会自动清零。

换言之，访客想要留住在"柠黄"挣的钱，就必须在离开前，将图灵币转到另一个固定ID名下。但更多时候，人们更喜欢把钱花掉，这样一来自己在"柠黄"的所作所为就与其他城市里的固定ID毫无关联，不容易被追溯到历史痕迹。

罗星的如意算盘，就是将钱全部买成筹码，再转到"幽红"的主ID名下。这样一来，辛苦挣来的钱就不会被"红"收走98%了。如果想要花钱，还可以去"柠黄"开个小号，让主ID把筹码转账过去，再兑换成图灵币就可以了！

"上帝啊，我亲爱的主人，我真想用靴子踢你的屁股！"特斯拉学着译制片里的翻译腔，"你的总资产才97个图灵币，拿什么当赌资呢？"

罗星立即答道："我查清楚了，除了图灵币，还有其他东西可以用来赌。"

斯特拉有种不祥的预感，果不其然，罗星激动地说道："最简单的就是器官，其他还有寿命什么的，需要借助罪物才能转化为赌资。我就用器官吧，这一身皮囊值2万个图灵币呢！"

那一刻，斯特拉切实体会到了名为"悲哀"的情绪。

"万一，我是说万一。"斯特拉小心翼翼地问道，"你输了怎么办？"

突然间，对面的罗星不作声了。斯特拉有种不祥的预感，匆忙问道："主人，您怎么了？"

罗星顿了片刻，说道："没什么，你过来帮我吧。"

◇

在策划了这次"柠黄"之行后，罗星十分开心。他一扫罪物打印机那次的晦气，觉得自己简直就是个天才。

罗星骑着斯特拉来到"柠黄"，在几小时的平流层飞行中，他为了屏蔽低温，累到鼻孔流血，但毕竟省下了50个图灵币的交通费。之后，罗星令斯特拉回"幽红"去，为下一阶段的行动做好准备。

他要去赌场赚上一笔，至少也要把心仪的罪物买下来。

罗星的信心不是毫无缘由的，与其他赌徒相比，他有着得天独厚的优势——除了超级人工智能，算力最强的设备是什么？当然是罪物了！

能够听凭差遣的罪物，罗星自己家的仓库里就躺着一台。这台会说话的机车很好养活，每天只需要喂一些破铜烂铁，简直就是免费的精壮劳力。而这位精壮劳力，此刻正一肚子怨气地连接上内网，输入密码，登录了罗星在内网的ID。

为了绑定公民和内网ID，除去长得吓人的密码外，还要进行三重生物识别。为骗过指纹识别和面部识别，斯特拉早就以罗星本人为模板，通过3D打印制作出了模具；同样，只要拿到罗星的一滴血，就可以利用PCR设备大量复制，从而骗过DNA识别。

如果面部有排气管，斯特拉一定会忍不住地叹气，它总有一种被吃干抹净的感觉。

内网服务器端传来了登录成功的信息。斯特拉将程序包中接受视觉和听觉信息的模块分别连接到了光学和声学传感器，这样一来，就能与人类登录内网有着极为接近的感觉。至于味觉、嗅觉、触觉，它完全不需要。

透过房间里的镜子——那是一个识别ID形象的程序包——斯特拉看到自己变成了罗星的样子。它本想帮助直男审美的主人打扮一番，但罗星在内网的衣柜空得简直可以养蟑螂了，也只得作罢。

计划的第一步，是斯特拉用罗星的ID登录"幽红"的内网，再经由城市间的特殊信息通道，来到"柠黄"的内网。

走在城区里，斯特拉有一种很新鲜的感觉。尽管车轮的效率要高上许多，但通过调用仿生机器人的平衡算法、借助人类的双腿走路，有一种说不上来的踏实感，就好像自己与世界的联系更加紧密了一般。

为了扩建方便，"幽红"城区几乎是正圆形的。从内网中看去，城郊有三道直通天际的光束，分别是黄色、蓝色和灰色，代表了城市之间信息传输的通道。如果将视角拉到更高空，会看到黄色和灰色光束在平流层附近化作平行于地表的圆弧，蓝色光束则径直向着更高空射去。

在内网中移动并不受物理规则的限制，只是"红"为了方便管理，将普通ID的移动速度设置得与现实世界一般，也方便使用者更快地适应。想要加快移动速度，就必须花费图灵币购买算力。150年间，斯特拉吞过不下20台服务器级别的计算机，算力超过人脑几个数量级。

为了不引起"红"的注意，斯特拉只将移动速度控制在步行的五倍以内，仅与长跑或骑单车相当。用了大约1小时，它终于来到黄色光束下方的信号塔。

这里并没有服务人员，信号塔识别到罗星的ID后，弹出一道窗口，上面显示去往"柠黄"需要花费50个图灵币。

斯特拉透过特殊通信渠道，问罗星道：

"怎么办，主人？这可是你全部资产的51.5%。"

"怕什么，我们马上就有钱了。"罗星信心十足地回应。

斯特拉真心觉得主人穷出心魔来了。不过它还是乖乖地交上图灵币，等待"红"那边的响应。

几秒钟后，窗口中出现了新的提示：

"登录'柠黄'后，将不可以使用您在'幽红'的虚拟形象。如果想要使用默认形象以外的皮肤，需要支付50~1 000个不等的图灵币。请问您需要吗？"

不用问，肯定不需要。选择"否"后，系统再次提示道：

"您可以重新设置在'柠黄'的ID，只需花费1个图灵币。要重新设置吗？"

1个图灵币罗星还是花得起的。如果还用"罗星"这个名字，指不定哪天就会有仇家找上门了。

"就叫'罗小星'吧。"罗星提议。

"还不如不改呢。"斯特拉吐槽道，"我要叫奔驰无忌！"

"滚！"

"那叫罗无忌吧。"

"信不信我卖了你？"

"罗惊云。"

经过一番讨价还价，新ID的名字定为"罗浅"，性别女。

斯特拉暗自得意，"罗浅"才是它原本的目的，其他的奇葩名字只不过是它要价的筹码。

罗星的虚拟形象上涌出大量马赛克，很快便覆盖了全身。几秒钟后马赛克消失，ID的虚拟形象变成了穿着T恤和热裤、留着浅褐色齐肩蛋卷头、年龄30岁左右的女性。这是"柠黄"内网中女性的默认形象，想当然尔，年轻女性使用者完全无法接受。

斯特拉偷偷看了一眼古装汉服的价格，估算了一下如果把"罗浅"打扮成"浅浅"需要多少钱——

恐怕真把自己卖了都不够。

◇

时间倒退10小时15分，那时罗星刚刚降落在"柠黄"近郊，嘱咐斯特拉回"幽红"待命。

"幽红"的目标在于工业扩张，为此城市构造与旧日的城市并没有太大差别。而"柠黄"的理念在于"娱乐至死"，因此，首要的目标就是保证城市不被毁掉。

没有人愿意从事城市的安保工作，"黄"也不想分配算力维护治安，"柠黄"表面上的平静，靠其内部长时间自然演化出的生态系统维持。

还有最重要的一点，就是"黄"不允许任何热兵器带入城区。想用冷兵器砍砍杀杀，那就随便你们了。为了实现这一点，"黄"为整座城市建造了坚硬无比的外壳。

"柠黄"城区直径大约10千米，在城郊竖起了15米高的水泥外墙，厚度和强度足以阻挡贫铀弹的轰炸。水泥墙更上方罩上着高强度透明聚合物材料制成的球壳，在保证采光的同时，防止外界空投兵器。球壳的保温效果堪比塑料大棚，为了城市不被太阳烤焦，上面还镀了一层减少红外和可见光透过的纳米薄膜。

城市下方虽然无法用壳子罩起来，却埋藏着当今世界上第二大的托卡马克可控核聚变引擎，在为城市供能的同时，分配出一部分能源为地下构造出高温防护网。毫不夸张地讲，"柠黄"城区下方3千米之下，尽是沸腾的岩浆。可以预见，没人会考虑从下方入侵。

在人类文明全面崩溃前，能建造出"柠黄"这样一座城市，真可谓奇迹。

只要进入"柠黄"，所有人都必须缴纳能源税，每24小时10个图灵币。这些算力，全部用在了托卡马克引擎和公共设施的维护中。

而进入"柠黄"城区前必须经过严格的安检，来者不问身份，却不得带入任何武器。因为有黑市的存在，罪物能够以特殊的方式带入，非但不能在城区使用，还会时刻受到"黄"的监督。

罗星的目标，是将核铳带进去。

"柠黄"的水泥墙有15米高，加上恐怖的长度，在近处看仿佛巨兽一般雄伟。但安检处的门却十分狭窄，挑高不足两米，大个子需要弓着身子才能进入。

罗星推开厚重的铸铁门，走下近百级台阶，来到另一处自动门前。将安检处设在地下，能在外界袭击时最大限度保障安全。安检员是一名大个子黑人男性，隔着制服可以看到手臂上坚实的肌肉。

"你的行李。"大个子惜字如金地说道。

罗星将随手的登机箱放在防弹玻璃的窗口处，大个子转动转盘，将箱子带入另一侧。行李箱的表层只有几件简陋的夹克随意堆着。正当大个子准备翻查行李时，罗星隔着防弹玻璃问道：

"你的手机很漂亮，是'柠黄'的特产吗？"

大个子抬抬眉头，停下手中的活计，取出手机贴在防弹玻璃上。那一刻，罗星熟练地将自己的手机从另一侧扫过——

大个子的手机微微震动，图灵币余额多了10个。他满意地点点头，随意抓起夹克看了一眼，便阖上了箱子，将其丢在身边的传送带上。

"设备会对你的行李进行更加详细的检查，即便是1毫克的火药都别想蒙混过关。"大个子解释道，"你从那边的安检门进去，走到电梯前等自己的行李。"

说完这些，大个子认为完成了价值10个图灵币的服务，坐回座位津津有味地玩起了手机。

此处的安检门里集成了X光机，即便将火器藏在肛门里也能被照出来，"黄"也不在乎辐射对外来者身体的损害。穿过挂着屏蔽帘的安检门，罗星隔着同样厚重的防弹玻璃，看到传送带将行李箱带入了一个壁橱大小的设备中。那里集成了X射线三维重构技术，加上"黄"长久以来积累的大数据识别，对危险物品的辨识率接近100%。

在行李箱进入安检设备的瞬间，罗星通过量子纠缠态通信联系到几千千米外的"红"，开启了熵视野。

行李箱的大部分在熵视野中并没有特别，然而压在衣物中间的核铳，却格外显眼。核铳装备了超高功率的氢电池，能量储备足够一辆汽车跑上几百千米，也无愧于"一枪两个图灵币"的要价。

透过熵视野，罗星看到检测设备内部有环状物亮了起来。这是用来激发X射线的电极，15万伏特的电压会将电子从金属电极上拉出来，形成高能电子束，轰击到以每秒上万转的速度旋转的铜靶上。高能电子会使铜原子产生能级跃迁，从而辐射出大剂量的X射线。

罗星悄悄操控着检测设备的熵，在电极中制造出一块空白区域。在微观世界里，这个区域的电子全部向着其他位置流去，不会因为高电势差产生阴极射线。

检测开始，罗星看到设备的舱体中瞬间喷射出大量的绿色光芒，将行李箱笼罩其中。X射线的光子携带着大量的能量，因此在熵视野中格外明亮。但它们全部以光速传播的，人眼无法捕捉其过程。

然而在绿色的海洋里，却有着一座孤岛，这便是罗星刚刚制造出来的射线空白区域。

扫描电极旋转起来，就仿佛CT机一般。在罗星的熵视野中，射线空白区域好似监狱的探照灯，在行李箱内部来回移动着。罗星将精神力集中到核铳上，通过控制熵，操作着核铳在行李箱中小幅度移动，使它一直保持在射线的空白区域之内。

几分钟后，检测设备的绿灯亮了起来。两条粗壮的机械臂将行李放回传送带上，上方响起了提示音：

"安检通过，欢迎来到'柠黄'。"

之后，罗星又在人工智能的指导下开通了在"柠黄"的临时ID。这个ID在"柠黄"的内网中使用了免费的默认形象，外表是一位穿着牛仔裤格子衬衫的中年大叔，属于扔到人群里很难找出来的那种。

大隐隐于市，罗星在心中如此自我安慰道。

他为这个ID取名为"高进"，并祈祷这个名字能在赌场里为自己带来好运。

4.

进入"柠黄"1小时后，罗星账户余额还有27个图灵币。

他原本还有47个，但行贿大个子花了10个，又拿出10个交了第一天的能源税。这样做唯一的好处是，这个临时账号的收入不会被"红"扣掉98%，除非他把钱转到主账户名下。

他要做的三件事，分别是赚钱、赚钱、赚钱。

"柠黄"的空气里弥散着一股香水与铁锈混合般的奇妙味道。罗星走出空荡的码头，来到一片铺设着青石地面的小广场上。广场正中，4名穿着白色海军装、带着高檐帽的男子组成了管弦乐队，演奏着一曲悠闲的蓝调。

罗星连续眨眼3次，开启内网视野——由于"红"与其他超级人工智能之间有信息通信，这项技能在"幽红"以外的城市也能使用。

即便来到内网，广场上依然十分空荡，不似"柠黄"该有的样子。罗星四下张望，按照套路，"柠黄"的居民们应当在这里为外来者准备了"见面礼"才对。在广场上闲逛了几分钟，罗星感到有些无聊了。正当他准备离开时，身后响起一个少年的声音：

"好心的先生，能施舍我一些图灵币吗？我马上要交不起能源税了。"

终于来了。

罗星回头看去，正在乞讨的是一名十六七岁的少年，穿着一件明显大了一号的浅蓝色T恤，背着同样色系的登山包，金色卷发随意地蓬乱着。与罗星印象中的乞丐不同，少年外表虽然看上去很贫穷，却还算干净。

"你拿什么交换？"罗星摆着一张扑克脸问道。

"我……没有什么能给您的。"少年支支吾吾地说道，"我是学绘画的，给您画一张肖像吧！"

没等罗星拒绝，少年已经从登山包中取出纸笔，飞速开始了作画。

等待期间，罗星警惕地环视四周，却没有任何人要过来"仙人跳"的迹象。他灵机一动，开启内网视野，果然有两个同样用着默认形象的家伙，鬼鬼祟祟地接近了自己。他们的目的，大概是靠金发少年吸引游客的注意力，而另两个则神不知鬼不觉地盗取手机里的余额。

罗星没有理会他们，任凭自己的26个图灵币飞到对方账户里。这些都是鱼饵，一会儿就会加倍要回来。

几分钟后，少年完成了他的画作。与现实中略有差别，画作中的罗星穿上了西装，发型也从寸头变成了背头。

"在我的心中，您应当是这个样子的。"少年满脸恭维地递上了画作。

如果不是知道对方的目的，罗星还真挺喜欢这张画的。

"这种东西，我只能出0.5个图灵币。"罗星继续摆出铁公鸡的样子。

"非常感谢您，慷慨的好心人。"少年鞠了一躬。

罗星取出手机，正要支付时，却突然大叫一声："你干了什么？"

金发少年拔腿就跑，罗星追在身后，刻意留出一段不远不近的距离。不一会儿，罗星放弃了追逐，任凭金发少年消失在视野里。

回到原地，果不其然，行李箱也不见了踪影，只剩下一张素描在风中摆动。

罗星露出一丝冷笑，他取出手机，打开了追踪程序。

◇

两个街区外一条逼仄的胡同里，三名少年会合了。

"锎，我们偷到东西了。"一名戴着毛线帽的少年将罗星的行李箱递给金发少年，"不过那家伙只有26个图灵币，还不够交咱们今天的能源税呢。"

镧叼着不知从何处搞来的巧克力棒，露出不屑的眼神。

"还不是你们太笨了。"他说。

另一名带着棒球帽的少年一步上前，揪住镧的衣领，质问道："每次都让我们去干脏活累活，你自己却分走一半的成果。凭什么？"

镧的眼神丝毫没有动摇，懒洋洋地答道："计策是我想的，黑客程序也是我写的。不喜欢？那散伙吧。"

"你……"

毛线帽按住伙伴举起的拳头，打圆场道："别伤和气嘛，钱虽然不多，说不定箱子里有好东西呢！"

镧哼了一声："这样吧，这次让你们先挑。"

棒球帽没好气地松开镧的衣领，俯下身子，打开了行李箱。看到里面物品的那一瞬间，他恍惚中觉得，说不定这个箱子的主人是真的穷。

箱子里堆着几件老旧外套，但毛线帽并没有放过这来之不易的战果，他认真地翻找着，很快便从衣物堆里掏出一把大型手枪来。

"我的天，武器！我就说那个人看上去就不一般，这年头还用默认形象的，不是穷鬼，就是真正的大佬。这次我们赚大了！"毛线帽激动地大叫出来。

棒球帽也一扫方才的不快，感慨道："这下没人敢欺负我们了吧！或者卖给回春堂那群家伙，少说也值200个图灵币吧！"

然而，镧却一下子变了脸色。他走上前去，一把推开毛线帽，将手枪拿在手中端详着。

"这不是普通的手枪……"他自言自语着，"这玩意儿我见过，是核铳！"

听到"核铳"两个字，毛线帽和棒球帽更加兴奋了。然而镧却麻利地将核铳扔回行李箱，说道："全给你们了，再见！"

"柠黄"的安检，是出了名的严格。安检员能够通过行贿搞定，但他只不过是一个摆设，真正的安检由"黄"亲自操控。

在"黄"的检验下，别说手枪了，就连一颗子弹都别想带进城里。

换言之，能带着核铳蒙混过关的，该是什么样的狠角色？

你们自生自灭吧，我可再也不跟笨蛋合作了！镧在心中暗想。

可还没等镧迈开步子，核铳便在三人的注视下，飞了起来。

◇

进入"柠黄"一个半小时，罗星账户余额零。

罗星一直贫穷的最大原因在于每次挣到钱，都要被"红"收走98%。但还有另一个因素，那就是罗星在"幽红"是个遵纪守法的好市民，从不做越界的事情。

但来到"柠黄"，一切都不同了。这里本就是一个黑吃黑的地界，人们干点儿坑蒙拐骗的勾当非但没有思想包袱，还能借助临时ID短暂地把图灵币留在自己的账户里。

因此，罗星的第一个挣钱目标，就是那些专坑新来者的扒手。他向法拉要来了位置追踪器，塞在夹克的衣兜里。只要对方敢偷走他的行李，他就能找过去狠狠讹上一笔。

追踪三名少年扒手并没有花费罗星太多的时间，当他赶到分赃现场时，正好远远看到镧将核铳扔回了行李箱。罗星打开熵视野，操纵核铳飞了起来。三名少年扒手吓得手足无措，他们面对着黑洞洞的枪口，纷纷将双手举过头部。

在出发前，罗星同样在行李箱中装了小型对讲机。他取出别在腰间的另一部对讲机，厉声说道：

"站好别动！知道这玩意儿是什么吧，可不要想着自己跑得比核辐射更快。"

毛线帽和棒球帽吓得连连点头，镧虽然也是一脸惊慌，却小声地"切"了一句。

藏在暗处的罗星一下子来了火气，质问镧道："你有什么想说的？"

"没有……"

核铳猛地向前飞出，顶在了镧的额头上。当然，罗星并不会真正开枪，一群毛都没长齐的孩子，教训一下就好。

"我只是想说……核铳里发射的不是核辐射，而是高能等离子体。"

没想到还真遇到一个懂行的。罗星一面感慨着，一面操纵枪托狠狠给了镧的肚子一击。镧痛得蹲了下去，罗星厉声呵斥道：

"别给我玩花样！都听着，现在左手保持这个样子，右手取出手机，打开图灵币支付页面。你们的一举一动我都看着呢，不要以为自己的动作会比我开枪的动作更快！"

三名少年扒手连忙照做，疼痛难忍的镧也将手机打开，举过了头顶。几秒钟后，他们看到上方飘来了一部手机，依次悬停在他们手机的上方，刷走了全部图灵币余额。

打劫完他们所有的财产后，手机慢慢悠悠地飘走了。镧低着头，小声对两名伙伴说：

"我数到三，立即不顾一切地跑。听到没有？"

毛线帽不解道："咱们把钱都给他了，总不至于还要我们的命吧！"

"笨蛋！"镧小声呵斥道，"咱们三个才有几个钱啊，他一定会认为咱们把钱藏起来了，说不定会开枪的！"

毛线帽和棒球帽吓出一身冷汗，可就在这时，行李箱中却传来了心满意足的声音：

"不错，很听话。继续举着手不许动，动一动就打死你们！"

三个小扒手面面相觑，眼睁睁地看着行李箱自己阖了起来，在核铳的护卫下一摇一摆地向远处走去。

◇

进入"柠黄"2小时后，罗星账户余额323个图灵币。

直到核铳走远很久，3个小扒手才长舒了一口气，垂下举了将近20分钟的双臂，大口喘着粗气。

"那，那，那是什么？"棒球帽吓得语无伦次，一屁股坐在地上。

"莫非……行李箱成精了？"毛线帽也吓得不轻，用自己捉襟见肘的知识猜测着。

"成个锤子的精！"镧擦擦额头的汗，问道，"现在什么时间？"

毛线帽看着手机，答道："下午3点45分。"

"你们两个，能在15分钟里弄到30个图灵币吗？不管用什么方法。"镧继续问道。

"开什么玩笑。"两人异口同声答道。

"那跑吧。"

镧看着一脸不解的两个笨蛋同伴，叹了口气。这两人本是镧为了方便行窃，在一周前结交的，现在也到了抛弃他们的时候。

"下午4点是每日结算能源税的时间。一旦发现咱们的账户余额不足，'黄'便会停止对我们的一切服务，包括对个人定位信息的加密。"镧继续解释道。

毛线帽和棒球帽彼此看了一眼，似乎已经猜到了什么。

"3天前咱们坑了回春堂一把，他们正满大街找咱们呢。"镧哼了一声，"被他们捉住会是什么后果，你们应当清楚吧？"

毛线帽和棒球帽一时间寒毛竖起。被那群家伙捉住，送去卖算是幸运的，说不定对方看中了自己的哪个器官，把人肢解了拿走。

"柠黄"本就是一个弱肉强食、适者生存的地方，只是各大势力为了维持均衡，总会通过各种手段弄来无家可归的少年，替他们交上一段时间的能源税，再任其自生自灭。活下来的，便可以成为日后的战斗力。

176

基于这类共识，这里几乎没有人会对未成年人下手。但如果未成年人主动招惹过来，那就对不起了。

几天前，三人伪装成快递公司，坑了回春堂一批货。这是一箱上好的牛肉，他们擅自拿去食品黑市，换回了500个图灵币，只用了一晚上就挥霍一空。

回春堂是四大势力"竹"门下的高利贷公司，养了十几个打手，各个凶神恶煞的样子。擒拿小孩子，简直就像捉小鸡一般简单。

见两个笨蛋同伴还站在原地犹豫，镧切了一声，丢下两人，独自向远处走去。他拐过几条胡同，躲过店铺门口推销员的纠缠，来到了一座废弃大楼里。这里曾是组织"梅"的据点之一，在一次火拼中荒废了，至今没人敢接手。

镧做过调查，这座建筑物的地下室内无法连接到内网。换言之，如果躲在这里，即便是"黄"也找不到他。

就在这时，镧听到一阵刺耳的声浪，几辆青绿色的摩托车在拥挤的街区中疾驰而过，队尾还跟着一辆同色调的跑车。在这座城市里，青绿色是"竹"组织的代表颜色。

镧向远处看去，车队行驶的方向，正是自己刚刚离开的位置。

这群笨蛋，最后还是没逃掉啊。镧一面感慨着，一面推开前往地下室的铁门。然而，在一只脚迈进门槛后，他却停在了那里。

镧握紧拳头。

他大骂一句，将手机在地下室的石缝里藏好，独自向着两个笨蛋同伴的位置跑去。

◇

一路上，镧都在思考，即便自己赶了回去，又能做些什么？

回春堂那群家伙，从来不知道什么叫手下留情。更何况自己擅长的

177

是动脑子，动起手来不过弱鸡一只。

毛线帽和棒球帽也没有想象中那么傻，他们并没有留在原地，而是跑去了附近空间开阔的防洪堤坝上。但这些微不足道的挣扎并不能改变什么，此刻二人已经被机车里三层外三层地围住，一群穿着青绿色西装的大块头拎着铁棒、日本刀等冷兵器，虎视眈眈地看着他们。

一位好似头领的秃头小个子下了跑车，人群为他让开一条路。秃头来到早已吓得魂不守舍的两个小扒手面前，问道：

"那个金发的家伙，在哪里？"

"不……不知道。"棒球帽支支吾吾地答道。

秃头使了个眼色，一名打手迈步上前，一脚踢在棒球帽的肚子上，手中的钢管又毫不留情地招呼在他颤抖的后背上。

"你呢？"秃头转头看着毛线帽。

"我……我……"

没等毛线帽"我"完，便受到了同样的对待。

秃头俯下身子，揪着头发将毛线帽拎了起来——他的帽子早在兵器的招呼下破破烂烂，被丢在一边。"知道吗，你们这种家伙的肉比牛肉便宜多了，放到黑市里也就比老家伙的肉好卖一点。"

说罢，他将毛线帽的头按在地上，又踩了两脚。撒完气后，他拍拍手，对手下说：

"带回去，看看他们身上还有什么地方值钱。"他点上一支烟，补充道，"我记得'兰'那边要做人体实验，也问问价钱。"

打手们驾起鼻青脸肿不省人事的小扒手，像丢抹布一样把他们丢在后备厢里。之后，一群人风似的消失了。

镧呆呆地立在原地。他的肩膀在颤抖，有对残酷手段的恐惧和对同伴命运的怜悯，还有对自身无力的愤怒与不甘。

就在这时，一只手搭在他的肩上。镧回头看看，居然是那支核铳的主人。

"放心吧，他们揍揍时我帮着硬化过皮肤，受不了致命伤。"那人说道，"你们肯定没少坑人，这次就算受教训了。"

镧一头雾水地看着对方，硬化皮肤？怎么硬化？

"你知道他们的老巢在哪里吗？"那人问道。

镧点点头。

"走。"

"去哪儿？"

"救人，顺带讹上一笔。"

那人用力地捏了镧的肩膀一把，痛得他直冒冷汗。

不知为何，在镧的眼中，这个男人的背影出奇伟岸。

◇

然而这个伟岸形象，只维持了不到1分钟。

"等到了他们的基地，你从正面闯进去。"罗星如此安排道。

"你呢？"

"我留在外面。反正他们已经知道你了，再暴露一次也无所谓。"

镧险些被口水呛到。他咳了两声，小心翼翼地问道："我被人打死怎么办？"

"放心吧，我自有安排。"

大约20分钟后，两人来到了回春堂位于3个街区外的基地。这里是一座不起眼的二层小楼，建筑外的漆皮斑驳脱落，只有正门处的一块青绿色招牌彰显着它背后的势力。"柠黄"的议事厅由四大组织派员组成，并没有警察组织，自然也就没有"黑帮"一说，一切靠实力说话。

建筑物的后方，停靠着3辆5米多长的白色冷冻车，还有一辆油罐车停在一旁。回春堂主要靠从"幽红"和"青灰"运输食材盈利，由于距离都在千公里以上，又不能借助任何智能设备，只有经验丰富的司机才能完成任务。同时，沿途没有任何补给，包括燃料在内，都必须自己携带。因为运输成本的高昂，回春堂在"柠黄"里小有名气，其运来的食材价格也高得吓人。

绑走毛线帽和棒球帽的跑车停在建筑的另一侧，看样子两人被囚禁在这里了。

罗星取出核铳，递到镧的手里，吩咐道："拿这个进去。千万别怂，就想象自己是个高手。"

镧触电般地将双手藏在身后："等等，核铳最多只能射3发子弹吧，里面可是有二十多人呢！莫非……"他揣测着罗星的想法，"你这把是高功率的，一发能把楼炸了的那种？"

罗星投来鄙夷的眼神："想什么呢，氢电池早去掉了。充一次电要花半个图灵币呢。再说，如果炸了楼，那两个小子怎么办？"

换言之，现在这把核铳就是个样子货，吓人用的。

"那我不是去送死吗？"镧激动地喊了出来。

"不是说了嘛，我自有安排！"罗星把核铳塞到镧手里，向前推了他一把。等到镧回头看时，罗星已经不见了踪影。

如果这把核铳能发射，镧肯定会一枪崩了这个家伙。然而，镧十分清楚，那个人一定在暗处看着自己。如果不去，也是死路一条。横竖都是死，那就硬着头皮上吧。

镧走到回春堂总部门前，深吸一口气，为自己壮胆。他的脑中闪过曾经看过的影视作品，想象着自己就是那些无往不利的主角。

他将金发向脑后一拨，眼神也随之犀利起来。

镧迈出脚步，自动门随之开启。门内站着一名身高足有两米的壮汉，结实的肌肉线条透过衬衫显露出来。壮汉看到镧走进门，立即凶巴巴地迎了上去。

镧举起枪，对着壮汉的额头，扣下扳机。他自己也不清楚自己哪儿来的勇气，拿着一把玩具枪这么干。

没有火光，没有硝烟，甚至连后坐力都感受不到。然而，面前那个小山一般的壮汉，却如同真中了枪一般，嘴角流出一丝鲜血，重重地向后仰倒过去！

那一刻，基地大厅里一片寂静，原本在打牌的打手们纷纷停下，目瞪口呆地盯着闯入的镧。别说其他人了，就连镧本人都不敢相信——

这把枪真的能用？

但这玩意儿连个响都没有，怎么能把人放倒呢？

另一名打手反应过来了，抄起手边的铁棍，照着镧的天灵盖抡了过去。镧回身瞄准，又是无声的一枪。这次不单单是打手，就连他手中的铁棍，都在半空悬停了几秒，随即向着反方向飞了出去。

"我的朋友们在哪里？交出来！"镧恶狠狠地喊道。此刻他心中的恐惧早已消散，取而代之的是兴奋。管它什么原理呢，能用就行！

打手们也意识到了不对劲，其中一人从壁橱里取出防爆盾，招呼同伴们聚在一起，一步步向着镧逼近。

镧将核铳挺在身前，心里却也犯起了嘀咕：从刚才的威力看，这东西充其量算小型手枪，奈何得了盾牌吗？

这一刻，过度紧张的镧和打手们都没有注意到地面淌过的无色透明液体，也没有嗅到空气中淡淡的鱼腥味。

别无选择，镧选择了开枪。扣下扳机，对面却毫无反应。

打手们一下子来了精神："他没子弹了，上啊！"

就在这时——

猛烈的火光从地面蹿了上来，剧烈的爆炸冲击波掀翻了桌椅，将一层的玻璃窗震得粉碎。然而却有一层无形的屏障将镧罩了起来，没有伤到分毫。

这是一次小型的偏二甲肼爆炸，威力不小，却也不至于要命。

打手们七扭八歪地躺在了地上，血液沿着焦土淌下。镧跨过几个打手的身体，准备上到二层去找回春堂的老大对线。可还没等他走上楼梯，耳边便传来罗星的声音：

"先别去，搜出他们的手机。"

镧方才意识到，自己的上衣兜里不知何时被塞进了一部小型对讲机，正是他们在行李箱中找到的那一部。

"你要干什么？"镧问道。

"你不是有能把余额刷走的黑客程序吗？一个都别落下。"

之后，镧花了大约15分钟的时间，将8名打手的手机翻找出来，又利用自己手机里的黑客程序刷走了余额。想做到这一点，两部手机必须近距离接触30秒以上，平日里不可能有机会实现。

离开一层时，镧账户的余额达到了1 158个图灵币。

◇

金圣熙在手下的重重保护下，第六次检查了手中的左轮枪。毛线帽和棒球帽跪在一旁，明晃晃的匕首架在他们的脖子上。

老实讲，方才的爆炸着实吓了他一跳。在各大组织里，像他这样的中层干部才有机会接触到手枪，而至于炸药、手雷或者核铳，必须是大首领才可能拥有。

对方到底是何方神圣？

然而金圣熙此刻却有些郁闷：爆炸过去快20分钟了，还没见有人上来，自己都紧张地出了一身汗。对方在干什么？

"给我老实点，再动就割掉你们的脑袋！"

他对着两个俘虏大吼一声，两个小无赖早就吓得缩成一团了。

突然间，办公室的门被粗暴地踹开了，一名金发少年举着枪冲了进来。打手们一下子紧张起来，全部摆出了战斗的架势，毛线帽和棒球帽脖子上的匕首也更贴近了几毫米，已经割破了表皮，一阵钻心的痛。

"原来是你啊。"金圣熙认出了镧，但他很快被镧手里的武器吸引了注意力。

这是……核铳？怪不得一层的手下挡不住他。不过，他还有底牌，如果镧要开枪，那就同归于尽吧。

"放开我朋友！"

"放下武器！"

两人几乎同时喊道。

可是突然间，金圣熙觉得哪里不对。他猛然站起身来，痛苦地掐住自己的咽喉。

自从出生以来，金圣熙没有在意过"呼吸"这件事。但此时此刻，无论他如何用力，气体无法涌入肺部，鼻孔里还渐渐有气体排出。

"你……你……"金圣恩甚至无法完整地说出一句话。

基地外的大树上，罗星张开熵视野，右手摆出一个抓取的动作。其实想要通过控制熵抑制肺部的呼吸，这个动作完全是不必要的，但罗星觉得这样做更像个恶人。

"让他放人。"罗星小声下令。

基地里的镧立即照做，罗星也稍稍放松了对金圣熙肺部的控制，让他能够完整地说出一句话。

"你们……快放人！"

打手们一头雾水地释放了毛线帽和棒球帽，两个小无赖连滚带爬地跑了出来，藏在镧的身后。

"收钱。"罗星继续下令。

"拿出你们的手机，打开付款模式！"镧命令道。如果对方开放了付款权限，收钱会更加便捷。

"照……照做！"金圣熙痛苦地下令。

打手们纷纷放下武器，取出了手机。镧一个个刷走了余额，当刷到金圣熙这里时，发现他的余额只有210个图灵币。

"还有呢？"机灵的镧并没有上当。

"没……没有了……"金圣熙一句话没说完，肺部的压迫感猛然间加重了，他开始猛烈咳嗽，吐出了一口脓血。

罗星再次放开金圣熙的肺时，他连忙从抽屉里掏出另一部手机，打开付款模式。

镧刷走了余额，10 000个图灵币，可谓一笔巨款了。

"他们平日里，杀人越货的坏事干得多吗？"罗星躲在暗处问道。

"还好，真正心狠手辣的是'菊'那帮家伙。"虽然有过节，镧还是如实回答了这个问题。

"那就小惩大诫吧。"

镧带着两名同伴离开后，二层的打手们纷纷出现了呼吸不畅的现象，最终都口吐白沫晕了过去。这样一来，估计这些人以后也不会再敢找镧他们的麻烦。

罗星拍拍手，关闭了熵视野。他本想再来一次偏二甲肼爆炸呢。那种爽快感，实在是让他欲罢不能。

5.

来到"柠黄"4小时后，罗星账户余额是12 168个图灵币。

这次打劫成果丰硕，罗星和三个小家伙会合后，并没有全部拿走，而是给他们每人分了100个图灵币。这样一来，即便他们交完能源税的滞纳金，也会剩下80个图灵币。

在"柠黄"有个规则，第一天不交能源税的，第二天需要交2倍，第三天需要4倍，第四天8倍，依次类推。对一般人而言，如果第二天还交不上能源税，那就只有离开了。并且，虽然临时ID与账户不绑定，但并不代表"黄"不会留下每个来访者的记录，这些人即便日后再来，也需要补缴齐才能进城。唯一人性化的设置是，只要离开"柠黄"，滞纳金就不会继续累积了。

凌丰和克里斯——也就是毛线帽和棒球帽，对罗星千恩万谢。顺带说一下，罗星告诉三人，他的名字是"高进"。

"高大侠将来有什么需要我的地方，赴汤蹈火在所不辞！"陆丰拍着胸口说道。

罗星撇撇嘴："攒点儿钱去'幽红'吧，那边缺人，只要干活就不愁活不下去。"

"好的，我们一定照办！"两人列兵一般地立正说道。

罗星看着两人，说道："你们两个，就此别过吧，好自为之。"

一旁的镧听出话头不对，匆忙问道："那我呢？"

"你跟我走。我需要一个向导。"

◇

现实世界的食品分为4个档次。

第一档是蛋白质棒，毫无味道，口感像鼻涕，能维持基本的能量和营养。在四座城市里，蛋白质棒都是免费发放的。

第二档是将粮食简单加工后制作成的食物，例如东方的米饭和馒头，以及西方的面包等。这类食品的价格在10个图灵币以内。

第三档是比简单加工多一些步骤，却又没那么复杂的食物，例如烧饼或汉堡包。普通的肉和瓜果蔬菜也是这个档次的。它们的价格是10~100个图灵币，视品质而定。镧他们偷走的牛肉，就是这个档次的。

第四档是需要复杂工艺才能制成的旧时代的美食，例如各国的大餐。只有以享乐为主题的"柠黄"出售此类食物，其余城市只有在内网才能找到。一顿这类美食的价格都在100个图灵币以上，只有特别富裕的人才会购买。

此刻，罗星和镧就坐在"柠黄"最著名的重庆火锅店里。罗星花了200个图灵币，换来了食材无限自取的特权。他的目标是购买提升精神力的罪物，现在还缺一万多个图灵币，少200个也没区别。

"真好吃！"镧将一块黄喉填入嘴里。囫囵吞枣般地咽下后，辣得他伸出舌头大口吸着凉气。

"要先在麻油里蘸蘸，必要时吃点冰汤圆。"罗星一面说着，一面做了示范，浓郁的美味令他赞不绝口。

"我明白，辣味素是油溶性的！"镧不甘示弱道。

看看时间，到达"柠黄"已超过6小时。罗星想了想，决定还是先找地方住下，搞清楚挣钱的方法，再把斯特拉叫来。必要的时候，还可以叫上法拉和银蛇队长。

"你住在哪里？"罗星问道。

镧肩膀一紧，警惕地反问道："你想干什么？"

罗星皱皱眉，莫名其妙地看着警惕的少年："找个地方睡觉啊，还能干什么。"

镧叹气道："废弃大楼、桥洞、工厂仓库，凡是有屋顶的地方，我都睡过。这里的地下埋着托卡马克引擎，几乎四季恒温，冻不死。"

"没有旅店吗？"

"想住什么档次的？1 000个图灵币以下的都不能保证你睡安稳觉。"镧匆忙将一条耗儿鱼丢入油碟，仿佛在和什么人争夺一般。

"最便宜的呢？"

镧看了一眼窗外，指着一栋挂满粉色LED等的建筑说道："情侣酒店，一晚上100个图灵币。"他心满意足地吃着鱼肉："据不完全统计，情侣酒店住客的死亡率超过了30%。"

"就它了。"罗星想都没想地说。

"你在逗我吗？"镧激动地站了起来，"两个男人去住情侣酒店？"

"店家不允许吗？"罗星若无其事地反问。

"那倒不是……"

◇

来到"柠黄"7小时后，罗星账户余额有11 968个图灵币。

镧松了一口气，因为罗星并没有要求立刻去酒店，而是让他带着在城区里转悠了起来。看着罗星目不暇接的样子，镧不禁觉得"幽红"的生活一定相当无趣。

"那是什么店？"罗星指着一家小小的门店问道，这家店的门脸很小，只有几台毫无特色的内网接口摆在店面。门上挂着一张古铜色的招牌，"梦魇"二字格外闪亮。

"内网青楼。"镧言简意赅地描述了店面的性质，"老板是个建模高手，他制作的NPC，个顶个抢手。'梅'和'菊'甚至为了抢一个NPC发生过火拼。"

"可我怎么看到一位姐姐进了店里？"

"瞧你这说的，看不起女性吗？"镧不屑地哼了一声，"当然是男女NPC……不对，16种性别的NPC都有啦！"

两人步行来到一座拱桥前，一个衣衫褴褛的老男人蹲在桥头，茫然地注视着来往人流。瞧见二人，老男人嘴角上扬，取出一个木盒打开，里面躺着各种颜色的精致胶囊。

"两位小哥，来一颗吗？"老男人露出参差的门牙，"只要500个图灵币，绝对够劲儿。"

"他说得是真的，这里的药，尝过的人都说好。"镧解释道，"只是磕过药后，你可能会脱了衣服跳进河里游泳，但还觉得自己在情人床上。"

罗星点点头。他在"幽红"也见过这种药贩子,胶囊里是写有特殊程序的纳米机器,相当于不会上瘾的毒品。当然"不会上瘾"只是对于生理层面而言,试过一次后,很少有人能不去买第二次。

跨过拱桥,一座高大的建筑映入罗星眼帘。这座巨蛋形高楼没有招牌,四周的几十盏探照灯将白晃晃的光束射向夜空。

"这是剧场吗?"罗星问道。

镧冷笑道:"是赌场。'兰'组织在这座城里只有两家店铺,却是每个人都离不开的,那就是赌场和医院。"

听到"赌场"二字,罗星眼中放出光。

"我问你,在这里一晚上把资产翻倍,可能吗?"

"别说翻倍了,翻10倍或100倍都不在话下。"镧解释道,"当然也有可能被拉去摘肾。"

罗星听罢,一言不发地向赌场走去。镧本想开口阻止,可想了想还是没有作声,默默跟在罗星身后。

也许这一次,是摆脱这个瘟神的好机会。

◇

赌场的拱门足有3米高,罗星和镧走进时,古铜色大门自动向两边敞开,笑容甜美的女性荷官穿着整齐的制服,对两个人弯腰致意。

"高先生,我怎么觉得她们长得都一样?"镧好奇地问。

罗星打开熵视野看了一眼,女荷官体内的器官是健全的,至少可以肯定她不是人工智能。

"可能来自同一个基因原体吧!"罗星叹气道。这种技术,在"幽红"是明令禁止的。

前台处站着一名银色短发的瘦高男子,穿着黑色正装,五官一动不动，好似一尊蜡像。

"请问您要兑换多少图灵币的筹码？"男子操着机械一般标准的语调问道。

罗星把手机扔到桌面上："全部。"

"我们不收100图灵币以下的零钱，您的余额可以兑换119枚筹码。"

罗星点头默许。正当镧感叹此人居然如此大胆时，罗星继续问道：

"我这身皮囊，能换多少？"

男子上下扫视着罗星："最合算的兑换方式，是按照器官结算。总共200个特殊筹码，在赌场里正常使用，不能兑换图灵币，也不能带出赌场。"他顿了顿，补充道，"只要没有输光，结算时会优先摘取不会致命的器官。"

罗星摆出OK的手势。镧不禁惊呼这人岂止大胆，简直疯狂。就在这时，罗星指了指他，问道："这小子呢？"

镧吓得双肩发抖，罗星却只是手扶吧台，露出轻松的神情，好似在典当行打听旧衣服的价值一般。

银发男子扫了镧一眼，答道："如果是他，需要进行专业评估。需要我请专家来吗？"

罗星嘘了一声："他比我值钱？"

"如果是这位先生，兑换筹码有3种方式。"银发男子解释道，"第一种同样是按照器官分割，因为年龄小，能换23 000个图灵币，也就是230枚筹码。第二种是终身为'兰'服务，价值需要进行专业评估，按照我的经验，在50 000个图灵币左右。第三种是成为'兰'的实验品，这个我就说不准了，最多能兑换几百万个图灵币。"

"我为什么没有后两种兑换方案？"

"抱歉先生，您的后两种兑换方案的价值为零。"

罗星最终只用自己的身体兑换了200枚筹码。与红白相间的普通筹码不同，这种筹码的颜色是橙白相间的，以示区分。

赌场一层只有一间大厅，漆成银色的水泥柱和屋顶上交错的钢梁承担了上层的负重。这里没有自然采光，精心设计的人工照明刺激着赌客荷尔蒙与肾上腺素的分泌。

罗星游览了一番，老虎机、21点、豪斯、掷骰子、轮盘等赌法一应俱全。

"上层是什么？"罗星好奇地问道。

"这里只能赌钱，上面可就不一样了。"镧叹了口气，"无论卖器官还是卖身，本质上也还是赌钱；但听说上面能赌寿命、自由意志之类的，还有许多下层没有的玩法。"

"我们能去赌吗？"

"别想了，二层的入门费是10万个图灵币，越往上越贵。最上层要有500万个的图灵币才能进去。"

罗星饶有深意地摇摇头，没有作声。原本认为自己欠下的100万个图灵币已是天文数字，现在看来还是见识太短。

在偌大的赌场大厅转过一遭，罗星来到了轮盘的桌台前。一名打扮夸张的胖女人坐在桌前，面前堆着一打筹码。

"压红色，全部。"胖女人将筹码向前一推，眼神中带着决绝。

一身黑色礼服的庄家转动轮盘，红与黑交错成绚烂的花纹。小球掷出，在轮盘上方飞速滚动着。

罗星悄悄开启熵视野。他看到3个豆粒大小的色块离开了胖女人的身体，缓慢地向轮盘移去。根据罗星的经验，这些应当是微米尺度的机器人，虽然没有力量搬运小球，但轻微的碰撞足以改变结果。

色块移动到轮盘附近时，如同踩到地雷一般，一瞬间爆炸了。罗星看到轮盘四周短暂地亮起了光圈，应当是机器人触动了力学传感，轮盘周围的高电压防护装置开始工作了。

胖女人喷了一声，目不转睛地盯着轮盘，她的命运只能交给上天赐予的随机数了。轮盘渐渐停了下来，小球经过几次跳跃后，缓慢地向红色区域滚去——

就在落定的一刹那，小球碰到了2个数字的边缘，滚落进黑色数字里。

胖女人猛地一拍桌子，愤怒地扬长而去。

在小球停止滚动的一瞬间，罗星在熵视野中看到了轮盘的黑色区域短暂地闪烁出光芒。以他看到熵的能力并不足以判断这是什么装置，猜测为强力的电磁铁，小球在制作时也混杂了铁磁性的颗粒。

胖女人走远后，罗星坐到桌台上，将一枚筹码放在"32"上。

"您只压一个数字吗？"庄家问道。

"只压32。"罗星答道。

庄家依然是面无表情地转动转盘，好似一台精准的机器。罗星游刃有余地跷着腿，当轮盘停止转动、小球即将落下时，他开启了熵视野，通过控制小球内分子的无规则运动，干扰着小球的运动轨迹。

看到小球不听话地滚动，庄家以肉眼难以察觉的幅度微微皱眉。在罗星的熵视野中，"32"旁边的格子闪出亮光，应当是轮盘的内部机构开始了工作。罗星集中精力控制着小球，几秒钟后，在划过了一条匪夷所思的曲线后，小球稳稳地落进了"32"。

这一把，罗星的筹码翻了35倍，拥有了3 500个图灵币。

第二把，罗星如法炮制。尽管还是压单一数字，但他依然只赌了1枚筹码，毕竟只是第二次试水，他的心里还没有底。小球再一次落进"32"，围观人群一阵欢呼。罗星装作若无其事的样子打了个响指，身边的镧便兴高采烈地收起桌上的70枚筹码，屁颠屁颠地跟着罗星向隔壁的桌台走去。

罗星暗自得意，没想到"柠黄"里赌场的钱这么好赚！这样下去别说购买罪物了，就是把欠"红"的100万个图灵币还清，也不是不可能。

21点和豪斯太考验赌技，罗星控制熵的能力做不到将牌换掉，所以他将下一个目标定为掷骰子。

在轮盘赌台连续2次单压获胜后，罗星已经成了红人。他也想尽量低调，但要挣到钱，就不可能不被关注。

坐到掷骰子赌台前，庄家看罗星的眼神也有了一丝变化。

"您押大押小？"庄家平淡地问。

罗星取出50枚筹码，放在"小"一边。周围的赌客已将这里围得水泄不通，5 000个图灵币的局在一层并不多见。

庄家用力地摇晃骰盅，几秒钟后，猛地扣在桌面上。

"还有要下注的吗？"庄家问道。不一会儿，周围的赌客纷纷拿出筹码，压在了"小"的一边。

罗星打开熵视野，骰盅的壁很厚，应当加入了铅等防辐射材料，很难看透。但罗星曾经以原子精度切断了DNA链，这点儿事情难不倒他。透过骰盅，罗星看到了躺在其中的3枚骰子。由于骰子表面数字的颜料与四周材质不同，他能够通过热运动的不同分辨出骰子上表面的数字。

2个3点，1个4点。

罗星控制骰子内部分子的热运动，让"4"的骰子翻转为"2"。

骰盅开启，人群一片欢呼。赌客们纷纷上前收回翻倍的筹码，罗星更是净赚了5 000个图灵币。算上上一把赚的7 000个图灵币，他现在的资产已经有23 968个图灵币了。

距离价值25 000图灵币的罪物，只有一步之遥了。但这一步，罗星准备玩一次大的，之后便金盆洗手功成身退，只留下一个名为"高进"的江湖传说。

罗星取出全部的239枚筹码，压在了"小"的一边。

人群骚动起来。这可是两万多图灵币的巨款啊，这个人究竟是信心十足，还是过于疯狂？

"还有人加注吗？"庄家问道。

间周围都在犹豫，罗星微笑道："我再加200枚。"

说罢，他取出另外200枚抵押身体器官换来的橙白筹码，放在赌台上。

这一下，围观人群炸开了锅。赌客们当然认得这种筹码，刚才他们还在猜测罗星是不是单纯的有线，现在看来，这人根本就是在玩命。

既然敢玩命，那自然有着十足的把握！

大家疯狂下注，不一会儿，"小"一侧的筹码已经堆成了一座小山，目测金额在50万个图灵币以上。

就在这时，一名穿着黑色晚礼服，踏着黑色高跟鞋的女性走了过来。她的脸上带着一张遮住了眉目的蝶形面罩，看不清真容。女性来到赌台后方，对庄家说："这一局，让我来吧。"

"好的，龙舌兰女士。"

庄家点点头，一言不发地退到一旁。

叫作龙舌兰的面具女站到罗星正对面，饶有兴致地上下打量了一番，之后拿起骰盅，微笑道："久赌必输，我劝您保守一点。"

罗星摆出一个"请"的手势："如果不介意，赢下这把后，我想请您喝茶。"

龙舌兰嘴角微微上扬，一把收起3枚骰子，在手中上下翻动。

尽管表现出一副藐视的样子，但罗星内心还是清醒的。庄家换人，这证明赌场方已经决定出手对付自己了，对面这位一定不好对付。但他依然不想退缩，一来面子上过不去，二来也确实不想放过这个难得的致富机会。

如果赢下来，资产就接近10万个图灵币了！被扣掉98%也还有2 000个！可以不用一周吃7天蛋白质棒了！穿了5年的夹克可以换一件新的了！再也不用剪开牙膏管去抹最后一点牙膏了！洗澡可以用水3分钟以上了！补袜子用的针线盒可以扔掉了！小队成员下次聚餐时，他也可以说一句，你们随便点，我埋单了！

龙舌兰与罗星四目相对，自信的微笑令罗星一阵胆寒。

骰盅落地，在万众瞩目下，缓缓打了开来。

罗星已反复确认，骰盅里的3枚骰子，2个1，1个3，即便不玩手段，自己也赢定了。然而他并不放心，索性将唯一的"3"翻转成了"1"，这样一来也更有戏剧性效果。与此同时，为了防止庄家在骰盅开启的瞬间要手段，罗星对3枚骰子全部施加了向下方的力，将它们牢牢钉在桌面上，不能移动。

骰盅打开了。

不用看，罗星就已经知道了结果。四下里一片哀号，中间还夹杂着怒骂声。这就是答案。

2个4，1个5，13点，大。

罗星揉揉眼睛，事实告诉他并没有看错。他又开启了熵视野，从骰子表面熵的流动来看，确实是三个1！可当他再次关闭熵视野时，又变成了2个4和1个5。

"你出千！"罗星愤怒地拍着桌子。

"你可以检查一下。"龙舌兰大方地将骰子递到罗星手里，嘴角的笑容一如既往。

罗星仔细查看着，可即便放大到微观尺度，也没能看出这几枚骰子有任何异常。太阳穴一阵刺痛，罗星匆忙关闭了熵视野，这次如果再七窍喷血，可没有罪物打印机给他重置了。

"如果没有找到我出千的证据，还请您按照规定支付赌资。"龙舌兰微笑着说，"至于您的身体，可以暂时作为抵押物，如果3天内凑够金额，可以赎回。"

龙舌兰走到罗星身旁，轻声补充了一句："可不要想着逃走哦！即便是'红'，也保护不了你。"

说罢，她留下一脸茫然的罗星，扬长而去。

6.

　　来到"柠黄"9小时，罗星账户余额是-19 932个图灵币。

　　即便资产成了负的，镧依然没有抛弃自己，这点令罗星十分感动。也不知这个孩子是心地善良，还是被那一顿重庆火锅收买了。两人落魄地蹲在街头，目光茫然地看着来往的行人和车辆。

　　"高先生，接下去怎么办？"

　　罗星对着天空叹了口气，问道："还有没有其他组织可以去打劫？"

　　"死心吧，就下午那事，四大组织肯定已经加强了警戒，我也已经上了他们的黑名单。"镧也学着罗星的样子叹了口气，"'兰'通常不参加黑吃黑，所以我才能进得去赌场。"

　　罗星站起身来，拍拍裤子上的土，说道："你手里还有80个图灵币吧，借给我一点。咱们先找个住的地方。"

　　"别想了。即便是情侣酒店，一晚上最少也要100个图灵币。"

　　100个图灵币，足够在"幽红"住半年了。罗星恍然间觉得，两座城市的货币计量单位也许并不一样，可能100柠黄元等于1幽红元。

　　"那……有没有能将就过夜的地方？"

　　镧上下打量的罗星一番，问道："高先生，您对住宿条件要求高吗？"

　　"有个顶就行。"罗星答道。对于罪物猎手而言，风餐露宿也是常事。

　　"那我带您去一个地方。"

◇

在镧的带领下，罗星一路来到了郊区。正当他怀疑今晚要在城外过夜时，镧却指着城墙附近一座高大的仓库说道：

"进来吧，就是这里。"

仓库的铁门虚掩着，也没有人守卫。罗星推门进入，建筑里空荡荡的，只有一座偌大的升降台立在房屋尽头。镧招呼罗星走上升降台，按下按钮，电机发出咣咣的铁锈声，带着两人向地下落去。

"这里是'柠黄'的贫民区，官方叫'破产保护区'。"镧解释道，"城墙四周共有13个入口，出入自由。"

"你经常来吗？"罗星问。

"在地上生活太贵了，我上去只为了赚钱。"

"这里需要交能源税吗？"罗星继续提问。

"只要是'黄'提供保护的区域，不管是皇宫还是老鼠洞，能源税都一分不能少交。不过来到这里，你可以申请破产保护。"

正说着，升降台停了下来，前面是一条幽长的通道。罗星走了出去，身后的镧继续说道：

"一旦申请了破产保护，你可以和地上做生意，也可以去赌博或者卖命，只不过收入的98%都会被'黄'拿走抵扣能源税，直到还清为止。事实上，即便破产了，能源税也一直在累加，只是滞纳金固定成了本金的2倍。在我的记忆里，还没人能成功还清。"

走出不远，前方一下子豁亮开来，一座地下城镇出现在罗星眼前。这里的道路很窄，看不到汽车，只有一些两轮电动车来往穿梭。城镇的建筑全部依托岩层本体结构建成，好一些的在外面贴了砖，差一些的只是简单漆了一下表层，远远看去，好似奇幻作品中兽人的洞穴。

出口处，一名老婆婆坐在破旧的木桌后，大口吸着卷烟。看到镧，老婆婆热情地打了招呼："镧？你不是一周前刚上去过吗，怎么现在就回来了？”

"我这次带人来的。"镧指了指罗星，"这位是高进，高先生。"

老婆婆不停打量着罗星，仿佛在鉴赏古董一般，看得罗星很不自在。不一会儿，她好像失去了兴趣，问道："暂住还是申请破产？"

"如果暂住，能源税和滞纳金都需要正常交。"镧解释道，"但只要不挑剔，你就可以享受这里的低物价。"

"那暂住。"

老婆婆，哼了一声："过去吧！"

走远后，罗星回头看了看老婆婆倔强的身影，问道："这点小事随便一台机器就能完成吧，为什么要人来干？"

镧笑了笑，不答反问："高先生，你觉得'柠黄'为什么会存在这样一个地下区域？"

罗星思索许久，答道："为了人口？"

"果然聪明。"镧由衷赞叹道，"如果把交不起税的人都赶去外网，按照地上人的玩法，'柠黄'早就从地球上消失了。为了维持人口数量，四大组织跟'黄'商议后，共同建设了这个区域。

"对于'黄'而言，将破产者集中在这里，既满足了逻辑底层的阿西莫夫定律，又能使'娱乐至死'的目标持续下去。对四大组织而言，这里就像养猪场一样，一旦缺人，就会想方设法从这里捞人上去。"

"捞人？莫非能源税也有优惠吗？"罗星插言问道。

"在这件事情上，'黄'肯定是睁一只眼闭一只眼了。你不用动这个脑子，只有四个组织的老大，才有直接与'黄'对话的资格。"

罗星点点头，镧继续讲述道：

"在地上区域，'竹'主要承担物料运输，'梅'负责重工业生产，'菊'负责农业，'兰'负责医院和赌场。其余的产业，四大组织均有瓜分。在它们四个里，'兰'算是最仁慈的，经常会在地下城设置一些岗位，象征性地发一点钱，以便拉拢人心。那个老婆婆一个月的薪酬是5个图灵币，虽然不多，但只要不去地上，也足够吃住了。"

走过几个街区，两人来到了距离出口最近的旅店。这里是一座灰褐色的半球型小楼，一眼望去好像虫卵。

"每晚1个图灵币，开几间？"坐在前台的大胡子大叔只是扫了一眼来客，甚至没有过问来历。

"1个标准间。"罗星说道。身后的锏一愣，罗星瞪了他一眼："都是老爷们儿，叽歪个什么劲啊。省着点儿，钱还有别的用处呢。"

"行吧。"锏走过去付了房费。

房间比罗星想象中的更加宽敞，除去墙壁返潮、卫生间有一股怪味、热水还限时供应外，和地上并没有太大差别。一进房间，罗星便瘫倒在床铺上。在过去的一天里，他从"幽红"飞来了"柠黄"，打劫了回春堂，吃了重庆火锅，最后在赌场输光了所有的财产和全身的器官，已经很疲惫了。

"现在可以告诉我了吧，你到底有什么打算？"锏拉过一把钢管椅坐下。

罗星没有理会他，看着黑漆漆的天花板说道："既然打劫行不通，那就只有靠赌了。"

"本钱呢。"

"你身上的器官不是还没有卖么。"

"你算是赖上我了，对吧。"

"你可以走啊，我从来没有阻止过。"

锏笑了笑，没有作声。他之所以一直跟在罗星身旁没有逃走，恐惧心固然是一个方面，但更多的还是觉得这个外来人很神奇，跟着他说不定会遇上好玩的事。他的这种心理，早就被罗星拿捏准了。

罗星在床头柜里一通翻找，拿出连接内网的装置——当着锏的面，他并没有暴露自己能力的打算。

"再借给我几个图灵币，我要联系'幽红'那边。"罗星恬不知耻地说道。

镧取出手机在床头晃晃，刷掉了5个图灵币，装置解锁了3小时的内网使用权，并且可以不受限制地联系外城。

罗星平躺在床上，将装置罩在头上，却没有打开。他偷偷地用左手打响指，接入了内网。截至目前，他还不敢完全信任镧，因此需要多留一些底牌。

罗星离开房间，拨通了斯特拉的电话，简单说明情况后，开始在地下城的内网闲逛。无论在"幽红"还是在"柠黄"的地上，内网空间都相当于在现实上叠加了一层虚拟空间，只有登录内网，才能看到城市应有的繁华。"柠黄"地下的内网却与现实没有太大出入，除去少量经营虚拟美食的店铺外，甚至看不到几位访客。

仔细想来也很合理，来这里的人都快交不起能源税了，哪怕接入内网只需要花费很少的图灵币，也要精打细算。

转悠了1小时左右，罗星基本摸清了地下城的结构。这里的公共设施很简单，只有旅店、民宿、蛋白质棒发放中心，以及四大组织设立的贷款机构，既没有学校，也没有医院。破产来到这里的人们通常会贷款买一座小房子，再想办法和上面做生意维持生计。

市中心是一座巨大的圆柱形建筑，一番勘察后，罗星确定这里是人造子宫中心。在这个性欲很大程度可以靠内网解决的时代，想要落魄的年轻人生养孩子完全是天方夜谭，于是超级人工智能们扛下了这个任务，这点即便在"幽红"也是一样。

这里的人造子宫中心同时也提供了大量的工作岗位和创收机会，女性来这里工作虽然很辛苦，但可以过活，年轻人也可以通过捐献精子和卵细胞获得少量的图灵币补偿。再加上四大组织时不时前来"选拔"人才，这里和地上世界保持着一种微妙的平衡。

然而有一件事情令罗星觉得很奇怪：这里几乎看不到老人。看门处那位老婆婆年龄虽大，细说起来也不会超过50岁。

一位忍不住烟瘾，来内网消遣的大叔解答了罗星的疑问：

"托卡马克那个大家伙就埋在下面，它的维护也需要人啊！这里还有一条规矩，如果你欠下的钱超过了50万图灵币，就会被强制遣往托卡马克工作，这也算是为这座城市贡献最后的力量吧。"

"去托卡马克工作的人们，没有回来的吗？"罗星追问。

大叔吐出一口烟雾："想什么呢，那东西辐射很强吧？下去就是玩命的买卖。"

大叔的回答补上了最后一块拼图。尽管部分细节还有些模糊，罗星也终于摸清楚了"柠黄"的全貌。

完成摸索任务后，罗星并没有急着返回，而是分析起那场让他输掉全部身家的赌局来。

他会输掉的关键，是肉眼中与熵视野中的骰子上出现了不同的数字。这只有两种可能性，对方要么欺骗了肉眼，要么欺骗了熵视野。

熵视野会被欺骗的可能性微乎其微。首先，这是他第一次来"柠黄"，之前更是和这里的赌场没有任何交集，赌场的人不可能知道他有控制熵的能力；其次，想要欺骗熵视野就要在骰子上做手脚，龙舌兰用的还是上一把的3个骰子，如果能做到，上一把的庄家早就那样做了。

确定龙舌兰欺骗了他和观众的肉眼后，罗星开始思考下一个问题：她是怎么做到的？

通过熵视野，罗星看到了骰盅里骰子运动的全过程，直到骰盅开启的瞬间，龙舌兰都没有对骰子进行任何操作。这说明了一个问题，那就是龙舌兰压根就不在乎能摇出什么样的点来。

换言之，无论摇出的是什么点，她都能展示出"大"的结果。

这种事情靠赌场常用的设备是做不到的。龙舌兰要么使用了罪物，要么她也和自己一样，有特殊的能力。

没等罗星想出对策，一声怒骂打断了他的思考。

"说了多少遍，那混蛋已经死了！扔去城外喂狗了！"一名胖妇人双手叉腰，气愤地大喊道，"老娘这里不养闲人，快滚！"

与胖妇人对峙的男人带着兜帽，看不清面容。他没有理会胖妇人，而是对着二层大喊："老王！你个欠钱不还的混蛋，我知道你躲在情妇家里！再不滚出来，信不信我把这里炸平？"

罗星一下子认出了这个熟悉的烟嗓，居然是他们的银蛇队长。

面前的胖女人不乐意了，挑衅道："炸平？你要是有本事把炸药弄进城，还会来地下叽歪？"

"你等着。"

银蛇也不纠缠，三步并作两步绕到了房子后面。罗星心想大事不好，想要脱出内网前去阻止，可估算了一下，几分钟内不可能从旅店赶来这里。

半分钟后，房子上方传来一声巨响，继而是漫天的火光和浓烟。整个二层楼在爆炸中化作瓦砾，墙壁上燃着火苗。银蛇跳上惨案现场，看着目瞪口呆的胖妇人，大笑道：

"看到了吧，老子身上的炸药比烟还多！哈哈哈！"

"杀……杀人啦！"胖妇人的尖叫声好似烧开的水壶，"快来人啊！"

"吵什么吵！"银蛇一声怒吼，胖妇人吓得缩成了一团。"那混蛋的命比蟑螂还硬，正面扛一发RPG也死不了！"

说罢，银蛇扒开瓦砾堆，扯出一名穿着西装、灰头土脸的男人来。

"子骁！"胖妇人一声惊呼，满脸灰的男人摆摆手，示意她不要慌张。

"给了你37 000个图灵币让你去黑市买东西，货呢？"银蛇揪住西装男的衣领，大喊道。

"急什么！"西装男喷了回去，"不是说了，我在投资嘛！投资要有周期，周期！懂吗？"

兜帽男指了指胖妇人："这就是你投的资？"

听到这话，胖妇人的怒气一下子战胜了恐惧。她冲过去用力一推，银蛇脚下一个踉跄，居然摔了个屁墩。

"老娘和子骁两情相悦！"

罗星匆忙右手打响指，退出了内网。

他要尽快赶过去。

◇

镧错愕地看着房间里的访客，感觉自己就像是一只误入恐龙群的小壁虎。

20分钟前，罗星突然从床上蹦了起来，连招呼也不打就冲出了旅店。正当镧犹豫要不要出去找他时，罗星却带着两名五大三粗的男人和一名棕熊似的胖女人回来了。原本宽敞的标准间立即被塞得满满当当。

"我不管，你要赔我钱！"胖女人扯着一名带着兜帽的男性，"500个图灵币的贷款我还没还清呢，你炸了我一层楼，少说也要陪我200个！"

"小婷，算了吧，看在我的面子上！"另一名好像从土堆里爬出来的男人劝着胖女人。

一番鬼哭狼嚎般的争吵后，胖女人拿走了兜帽男120个图灵币，愤愤地离开了旅店。

终于安静了下来，罗星向两边做过介绍后，便疲惫地瘫在钢管椅上，跷着腿问道：

"队长，你怎么来了？"

"我来讨债。"银蛇瞥了一眼老王，"这家伙叫王子骁，今天不把欠我的37 000个图灵币拿出来，我保证敲掉他所有门牙。"

"讲点道理行吗？"老王愤怒地插言道，"我们不是说好要一起去打劫黑市吗？我要上下疏通，打开渠道啊！这些不需要钱吗？"

"扯犊子吧。"银蛇取出一支玛格纳姆左轮枪,上好子弹,对着空气瞄准了一番。"我看你就是想拉我下水。"

老王不置可否地笑笑。罗星忍不住问道:

"队长,枪和炸药你是怎么带进城的?"

银蛇把左轮枪拍在桌面上,吓得镧一哆嗦。他解释道:"这东西简单,当年我分解了20把藏在'柠黄'的各个角落,只要有需要,随时可以拼出一把。炸药麻烦些,不过花点钱就能搞定。"

"雷管呢?"罗星追问。

"从装啤酒的易拉罐上扯下铝皮,掏出被子里的棉花泡到硝酸里制成硝化棉,再加1根引线就成了。这玩意儿有什么难度?"

听完银蛇的描述,镧一下子来了精神。他兴奋地说:"你们刚说要打劫黑市吗?这可是会同时上四大组织黑名单的大事,能不能算我一个?"

银蛇扫了他一眼:"细胳膊嫩腿的,你能干什么?"

银蛇一句话险些把镧说到自闭。这时,一直在角落里沉默不语的老王打量着罗星,问道:"你就是老蛇说的那个队员吧!怎么来这里了?"

罗星犹豫片刻,将自己在赌场的遭遇讲了出来。末了,他问道:"队长,王先生,你们能帮我对付赌场吗?"

银蛇点燃一支烟:"如果单独对付几个人,应该问题不大。知道坑你的庄家叫什么吗?"

"龙舌兰。"

说出这3个字后,房间里仿佛被按下了暂停键一般,银蛇和老王都一下子没有动静。少顷,老王叹气道:"帮不了你,自求多福吧!"

"惹谁不好,偏要惹她。"银蛇补充道。

罗星一愣,自己这是得罪了多么不得了的大人物?银蛇喷出一口烟雾,继续说道:"她就是'兰'的老大,一个身世成谜的女人。这个女人会幻术,她想让你看到什么,你就会看到什么。别问我破解方法,我也不知道。没人知道。”

“是靠罪物吗？”罗星追问。

“不知道。”

老王扭着屁股挪到罗星身边，拍了拍他的肩膀：“加入我们，一起去打劫黑市吧，凑够钱还给龙舌兰，比什么都妥当。”

“谁跟你是‘我们’！”银蛇骂道。

◇

一番商议后，众人定好了基本的方向：先去黑市把想要的罪物搞到手，再去赌场想办法挣钱，好歹把罗星的身体赎回来。

银蛇白了老王一眼：“我的钱你花剩下多少？”

“还剩两万。”

马格纳姆左轮枪猛地顶在了老王的脑门上。

“真没劲，还剩两万八！”老王面不改色地说道。

银蛇的手指扣在了扳机上。

“三万二！”

砰的一声，银蛇扣下了扳机。子弹擦着老王的太阳穴飞出，在打碎了一只花瓶后，深深嵌在旅店的土墙里。

“三万六千五！这下你满意了吧？”老王取出手机，打开支付界面，扔到银蛇手里。

“那个女人的房子是用我的钱盖的吧！她还有脸让我赔钱！”

恍然大悟的银蛇抄起枪托向老王打去，老王只是轻轻一闪便躲开了。银蛇用了3支烟才平息下怒火，罪魁祸首老王却仿佛没事人似的，把玩着房门的钥匙。

取回自己的积蓄后，银蛇看了看账户余额，问罗星道：“你来这里是要去黑市买东西吧？要多少钱？”

"两万五。"罗星答道。

"你呢？"银蛇看看镧，问道。

镧吃了一惊，指了指自己的脸："您在问我吗？"

"还能有谁。"

"我就……"

"利索点。我可告诉你，机不可失。"

镧低下头，仿佛下定了很大的决心一般。他握紧拳头，说道："我想买一个可以让意识短暂接入外网的罪物，报价一万三。"

"我这里满打满算有四万，你们手里呢？"银蛇继续问道。

"零。"

"九十四。"

罗星和镧分别报上了余额。银蛇叹口气，瞪了老王一眼道："我知道你还有两部手机，拿出来！"

老王笑笑，掏出另两部手机扔在桌上。手机与内网ID是严格绑定的，这意味着，老王在"柠黄"至少还有两个ID可用。

手机没有设置密码，银蛇轻而易举地打开了支付界面。他用自己的手机扫了扫，却发现两部的余额都是零。

"我没有资产，只有女人。"老王一副很得意的样子，说道。

银蛇叹了口气，收起枪和手机，站起身来对罗星说："好好休息一晚，明天我们去黑市。"

"可是我们的钱不够啊！"罗星说。

银蛇打了老王一拳："这家伙不是说了去打劫吗？有四万当本金，够了。"

罗星没有作声。他清楚，银蛇队长既然说了，就一定是有办法。

见银蛇一副要离开的样子，镧匆忙招呼道："我再去开一间房吧，你们二位住。"

"不用了，我去他家里住。二层塌了，一层还能勉强凑合住。"

银蛇揪住老王的领带：

"那可是花我的钱盖的房子。"

7.

黄色光芒散去，斯特拉降落在"柠黄"的内网中。

从今天起，它就是"罗浅"了！

这并不是它第一次接入"柠黄"的内网，之前应哥本哈根之邀也来过这里。相比起"幽红"，热闹的"柠黄"更加接近斯特拉记忆里的旧日城市。如果当年没有被竞争对手买走，那么它也会有一位正常的主人，骑着它穿梭旧日城市的大街小巷，周末还会带着它一起去郊游……想到这些，斯特拉不由得伤感起来。

走出两个街区，斯特拉来到了一篇空旷的广场上。四名身穿海军服的男子在吹奏一曲旧时代的"普罗旺斯之风"，稀稀拉拉的行人不时路过，为他们刷上少许图灵币作为奖励。

斯特拉的目光被一名正在欣赏乐队演出的男子吸引了。他有着瘦高的个子，肌肉却十分结实，尽管只穿了一件衬衫，微微敞开的领口却好似T台上的模特一般。这位男子站在人群里，就仿佛混入简笔画中的油彩一般夺目。

听了片刻，它跟着乐队的节奏，用响指和脚尖打起了拍子。它压着鼓点开始哼唱：

oh, yo ~

我独自来到这黄昏的城市，

四下里全都是高楼的影子，

陌生人全都当我是白痴，

却不知玫瑰它一定带刺。

我心中燃烧着一团烈火，

它叫嚣着要烧掉整座城郭，

人们在火海中饱受折磨，

烈火却涤荡了所有冷漠。

我一定要到达柠黄的彼岸，

亲爱的留给我一颗子弹，

斯特拉唱得太烂，很快就引起了男子的主意。

结果，男子开口的第一句话，令斯特拉惊掉了下巴：

"你是……小提琴？"

"你是法拉？"

一番寒暄后，斯特拉得知法拉此行要去赌场，为了不至于输得太惨，准备买一样罪物用来出千。听罢，斯特拉叹气道：

"我家主人的目标也是赌场和黑市，只不过他要在赌场赚够钱，才能去黑市消费。"

"他赢了吗？"

"他身上只有不到一百，就算输光了又怎样。"

男子模样的法拉叹了口气，操着厚重的嗓音说道："你想得太简单了，这里的赌场，是能抵押器官换钱的。"

一经提醒，斯特拉猛然间想起罗星说过的话：

"我就用器官吧，这一身皮囊值20 000个图灵币呢！"

再联想到他这段时间都没联系，莫非……

好巧不巧的，罗星就在这时打来了电话："抱歉，情况有变，你不用过来找我了。"

"你凑够钱了？"斯特拉问道。

"没有。"罗星似乎想要说些什么，他轻咳两声，继续说："我明天要去黑市搞点事情，你去那附近待命，也许需要你帮忙。"

说出一串黑市的地址后，罗星便匆匆忙忙挂断了电话。

"没猜错的话，你的主人已经把自己输进去了。"法拉叹气道，"他的资产上又荣幸地增加了几万个图灵币的负数。"说罢，法拉打量着女性外貌的斯特拉，问道："你的本体还留在'幽红'吧，现在这个样子能使用多少能力？"

"我在内网能发挥的能力取决于算力和算法。我吞过服务器，还吞过超算；如果全力运转，算力大概相当于1/100 000的'红'。"斯特拉答道，"不过巅峰算力只能维持不到1分钟，主要问题是能量供给不足。"

尽管只有超级人工智能的1/100 000的算力，那也相当可观了。

"足够了。"法拉露出意味深长的坏笑，"想不想把你的主人买下来？"

◇

法拉提供了一个意想不到的挣钱方法——内网搏斗，相当于现实世界里的黑市拳场。

"在内网怎么搏斗？"斯特拉好奇地问。

"这就看你的本事了。"法拉笑笑，"当然，我也会帮你。"

想要说清楚"内网搏斗"，就必须从内网里用户的虚拟形象讲起。旧时代的游戏大作，通常附带一个叫作"捏脸"的功能，让玩家可以根据自己的喜好调整角色的长相、身材乃至服饰。内网里用户的虚拟形象设置功能，相当于这一功能的超级进化版。

举例而言，在游戏中角色的动作是固定的，衣物也只需要准备几套固定的运动模式；但在内网里，虚拟角色动作种类之繁多足以媲美现实世界，衣物的运动模式也必须千变万化。于是超级人工智能们开发出一套衣物专用的物理引擎，可以根据材质和形貌建立物理模型，再根据动作实时模拟衣物的运动。

然而与另一个难题相比，衣物的问题简直可以忽略不计。

与旧时代的游戏不同，内网拥有可以调用人类全部感官的沉浸式虚拟体验。正是因此，内网才能在很大程度上代替真实世界，满足人们的需求。

然而，就如同多人游戏必须处理玩家之间的互动一般，内网也面临着处理用户之间互动的问题。照搬现实世界固然是一条路径，但用户之间的互动涉及一个相当麻烦的问题，那就是"伤害"。

即便是超级人工智能，其行为逻辑也必须遵循底层的阿西莫夫定律。阿西莫夫第一定律规定：不能伤害人类，也不能对人类受到伤害的情况熟视无睹。

经过长达几个世纪的机器学习算法迭代，阿西莫夫定律模块对"伤害"一事的判断，精度已经能够达到4个9。但无论精度再怎么高，人工智能管得了自己，却管不了人类。

举例：用户之间可不可以彼此触摸？当有人用语言伤害其他用户时，对方能不能进行物理还击？更极端一些的，有人想在内网中搞暗杀该怎么办？

人类的算力不及人工智能，在找麻烦方面却远远胜之。

于是乎，几台超级人工智能不约而同地使用了最简单粗暴的解决方案——

关闭用户之间互动时的触觉体验。

在内网里，你摸墙会觉得凉，摸棉花会觉得软，摸针尖会觉得疼；但如果你去摸另一个虚拟角色，对不起，没有任何感觉，对方也一样。

你去打、去踢、去扯衣服，甚至用刀子捅，对不起，一律无效。

世界一下子简单了。

但是，人类找不自在的程度，远远超乎了超级人工智能们的预期。

你不让互相伤害，我就不动手，我身为人类的面子往哪儿搁？

触觉模块关闭，我可以偷着开启。

使用者的IP地址加密，我可以找出来。

只有超级人工智能想不到的，没有人类做不出来的。

当然，这需要十分高超的黑客技术。但高门槛并不能对人类在内网中互相伤害的行为形成障碍。

"内网搏斗"就是这样一项活动。参加者通过黑客技术彼此攻击，同时还可以配合攻击制作出炫目的视听觉特效，让观众获得享受。

对于此类事情，"黄"曾经试图阻止；然而无论它怎样努力，人类总能变着法地互相伤害，并乐此不疲。

最后，"黄"索性写出一套作弊算法，让自己可以在不违背阿西莫夫定律的前提下，对这类事情睁一只眼闭一只眼。算法的原理也很简单：一旦预判人类将要互相伤害，就关闭监视模块，这也就是俗称的"眼不见为净"。

时至今日，内网搏斗已经发展成为"柠黄"里仅次于赌场的挣钱行当。

◇

法拉花了几十个图灵币购买了虚拟布料，又用自己早就开发好的算法为"罗浅"缝制了一身仿宋朝样式的、纯白的袆衣。经过法拉小幅的改良，这种古代皇后的祭服穿在"罗浅"身上，就好像它是仙门女子一般。

"武器你准备选什么？"法拉问道。

真正用来攻击对方的，是选手掌握的黑客算法，所谓武器只提供视听效果，说白了就是摆造型用的。

斯特拉最想用的是自己真名所代表的小提琴，但它对审美有着独特的要求，认为小提琴只能与西式的晚礼服搭配。于是袆衣搭配小提琴的想法只得放弃。

斯特拉同样很喜欢古琴，武侠剧里的"琴魔"令它心驰神往。它特别钟情于一把叫作"九霄环佩"的唐代古琴，但想要模仿出古琴的泛音可不是容易的事情，需要高超的算法和大量的算力。法拉瞥了一眼"九霄环佩"的价格，只说了一句：

"找你主人要钱去。"

于是美女琴魔的人设也被放弃了。

综合考虑了外观、价格、稀有度等各种要素，并且将范围局限在斯特拉钟情的乐器领域后，经过几轮筛选，它终于选定了自己的独门兵器——

唢呐。

它还为自己的兵器起了个好听的名字，叫作"九儿"。

◇

内网搏斗的场所位于市郊，虚拟的城墙上比现实世界多了一部电梯，连接到只存在于内网的竞技场。

走出电梯，斯特拉由衷感受到了人类在"娱乐"这件事上表现出的智慧。

这座竞技场的造型相当前卫，整体为球形，观众们坐在外围的球壳处，擂台位于球心。在太空环境中，无重力条件下的体育馆应当就是这个样子的。

借助内网带来的便利，擂台的样子也不是固定的，可以根据需求实时生成。观众们也不用担心视角问题，竞技场可以自动将最佳的转播画面投影到每一个名观众的视觉通道里，聚在一起只是为了烘托热闹的气氛罢了。

今天的晚间场异常火爆，据说是明星格斗家"秦始皇"将会出场。

在报名处，斯特拉战战兢兢地写下了"罗浅"的名字。负责登记的大胡子先生面无表情地看了她一眼，用鼻尖指了指方向："选手去那边的休息室等待，陪同人员去看台。"

法拉用力地拍了拍"罗浅"的后背，握紧右拳：

"加油，相信自己！"

◇

也不知是幸运还是不幸，第一场抽签就轮到了斯特拉上场。

因为出场太早，斯特拉没能在选手休息室里留上太长时间，也没能仔细将所有选手端详一番。在内网不需要靠锻炼肌肉增加力量，选手们的虚拟形象大多以帅男靓女为主，而肌肉敦实的格斗家形象几乎看不到。

斯特拉的第一名对手是一位叫作"Snake"的中年大叔。Snake同样使用了"柠黄"的默认形象，只是置办了一身廉价的迷彩服。

第一轮比赛的场地只是初始设置，在视觉上呈现出的是一颗直径几十米、空空如也的星球。解说员小姐穿着性感的兔女郎服悬在半空，扬着高调喊道：

"下面有请第一场比赛的选手。左手边是'任凭李俞江南鹤，都要低头求我怜'的天外飞仙，罗浅小姐！"

台下爆发出热烈的掌声和口哨声，斯特拉腼腆地向观众们挥手致意，又获得一阵欢呼。

"右手边是冷血的猎杀者，Snake！"

不知为什么，解说员对Snake的描述都简单了很多，台下也只有稀稀拉拉的礼节性掌声。想必举办方在赛前对各个选手的人气进行过评估，Snake应当属于垫底的那一类。

解说员小姐拉着长音宣布："比赛开始！"

Snake似乎对自己遭受的不公正待遇毫不在意，对战刚刚开始，他便掏出一颗手雷，用牙拔掉保险栓，向着罗浅丢了过来。

白色的烟雾弥漫开来，瞬间便笼罩了整个擂台。斯特拉探查到来自外部的剪枝策略穷举搜索法，正在暴力破解它的物理IP。

经过了大约10秒，对方锁定了斯特拉在内网的IP地址。紧接着，斯特拉便感受到嗅觉通道传来了催泪瓦斯的刺鼻味道，自己的触觉模块也从关闭变成了开启。

作为拥有媲美超级计算机算力的罪物，斯特拉完全能够做到屏蔽嗅觉通道的信号，再关闭触觉模块；但只思考了1秒，它便决定完全没有必要这样做——

机车本来就没有嗅觉和触觉，对方再进攻又能怎样？

借着烟雾，Snake冲到罗浅身旁，挥舞手中的匕首一通乱砍。斯特拉不动如山地看着眼前凶巴巴的男人。见匕首攻击不起作用，Snake掏出左轮枪，对准罗浅的身体连续射了几发。斯特拉从触觉模块传递来的信号分析，强烈的疼痛感已经足够让人类晕厥了。

然而斯特拉并不是人，身为机车的它才不管什么疼痛感呢。

Snake将左轮丢在一旁，退后几步，掏出了他的最强兵器——RPG。

反坦克导弹划着摇摇摆摆地曲线飞了过来，正中罗浅的面门。这次是视觉、听觉、触觉、嗅觉全方位的攻击，每一项都超出了人类能够承受的阈值。

然而斯特拉图像传感器中的CMOS管有着铅玻璃的防护，甚至能清晰地拍摄核爆现场，这点刺激又算得了什么？

烟雾散去，罗浅毫发无伤地站在原地。台下的观众沸腾了，在他们眼中，这就好像现代的军人遇上了修仙者，在超自然力量面前束手无策一般。

"该我进攻了。"

斯特拉淡淡地说道。为了保持调调，它刻意维持着罗浅冰山美人的形象。

在众人期盼的目光中，罗浅取出"九儿"，放在口边。

◇

银蛇有时真的很讨厌自己，特别是在相信王子骁这方面。他经常发誓，哪怕相信公鸡会下蛋都不再听老王瞎掰，但还是会一次又一次地被对方强拉下水。

他原本对内网搏斗什么的完全没兴趣，准备明天去黑市狠狠敲一笔竹杠，拿到心仪的罪物后就带上罗星跑路，然而最终还是没有禁得住老王的花言巧语，决定以那10万个图灵币的奖金为目标，试上一试。

老王信誓旦旦地说，他开发出的防火墙绝对是第一流的，对手绝对找不到IP地址，我方的武器也绝对能让对方非死即伤。现在唯一缺少的，就是银蛇这样一位绝对能获胜的战斗老手。

回想起老王拍着胸脯保证的样子，银蛇啐了一口。

这个名字叫作"罗浅"的、奇装异服的女人，为什么在他的攻击面前一动不动？究竟因为对方是个怪胎，还是老王的武器压根就是样子货？

就在银蛇想象着要拧断老王脖子之时，罗浅缓缓抬起手中的唢呐，吹了起来。

银蛇对音乐知之甚少，但罗浅吹奏的曲子，他还是听过的。这是一首东方名曲，十分凄美，据说是送丧时唱的。他能够记住这一曲，除去旋律简单外，还因为名字格外好记：

九儿。

苍凉的唢呐声响起，如果不是站在你死我活的擂台上，银蛇还真想点上一支烟，坐下来慢慢欣赏。

网外的老王发来消息：没有检测到有黑客程序尝试破解IP地址。银蛇笑了笑，这个罗浅也真够逗的，曲子吹得再好，能当枪使？

可就在此刻——

一片火烧般的红高粱地在他的眼前展开，一直延伸到无穷远的天边，好似血水汇成的海洋。凉风吹来，高粱秆左右摇摆，血色的海洋泛起了波浪。

空气中夹着一股酒香。不同于威士忌火烧般的泥煤味，而是那种纯正的粮食酿造酒的酱香气。紧接着，银蛇的耳边传来阵阵的破碎声，是瓷器被打破的脆响。刹那间，酒香更加浓烈了，好像嗅上两口，人就会沉醉。

天边蹿来一道火苗，迅速燎燃了整片高粱地。大火越烧越高，仿佛地平线都在燃烧一般。酒香中混杂了草木灰呛鼻的味道，高温灼烧着皮肤。

银蛇匆忙向着罗浅的方向看去，却发现站在他对面的不知何时换了另一个人——

钟铃！

那个女人流着血泪，硅胶皮肤像鱼鳞一般翻起。然而她的嘴角却微微扬起，迈着豪放的步子向银蛇走来。

"我们又见面了，小蛇。"钟铃的语气里充满了挑衅，她取出军用匕首，反握在手中：

"按照规矩，见面应该先打上一架，不是吗？"

地下城里。

银蛇一声惊叫，从床上弹了起来。他一把扯掉连接内网用的头罩，用手掌抹去额头的冷汗。

"怎……怎么了这是？"一旁盯着屏幕的老王被吓了一跳。在他看来，银蛇与对方的战斗刚刚开始，那个叫罗浅的女孩一曲还没吹完，银蛇就主动下线了。

如果用歌词进度来说的话，罗浅刚刚吹完那句"高粱熟来红满天"，还没来得及吹出"九儿我送你去远方"。

"喂，你！"银蛇喘着粗气，看都不看老王，问道："你不是说没人破解我的物理IP吗？"

"是啊。"

"那我为什么看见钟铃了？"

老王一愣："你看见老妈了？"

"老你大爷的妈，是姐姐！"

银蛇积累的怒气一下子爆发出来，他扑了上去，掐住老王的脖子将他按在地上。

"还让不让人睡觉啦？不睡就给老娘滚！"

隔壁传来小婷撼天动地的怒骂声。

◇

罗浅一首曲子还没吹完，Snake便在擂台上消失了。按照比赛规矩，下线等同于弃权。

"胜利者诞生了！她就是罗——浅——！！"兔女郎拖着长音，慷慨激昂地宣布。

斯特拉走下场，同等在场外的法拉击掌。

法拉准备的攻击程序十分简单，但格外有效。这个程序基于"共感觉"的原理，在对方听到曲子的同时，能同步引发视觉、嗅觉、触觉等感受，甚至能够激起脑中的回忆，产生幻觉。

共感觉程序原本是法拉为了在内网享受美食而开发的。她认为，内网对食物味道和口感的优化已经相当到位了，可就是吃不出现实世界中美食的口感。经过长期研究，并查阅了旧时代多篇解剖学和认知神经学论文后，她确定现实世界的美食不但是味觉的享受，还能同步刺激人类的其他感官，甚至回忆。

于是，法拉开发了这个程序，大大提高了内网中食物的品质。她曾想将这个程序高价卖给"红"，对方却以会额外造成算力负担为由拒绝了。法拉一气之下，决定私自占有这美妙的体验。

这次参加内网搏斗，法拉只是将程序的参数调节了一下，就成了武器。参数调高后，哪怕是简单的刺激，也能够激发人类潜意识里最深处的情绪，那就是恐惧。

因为双方的视觉和听觉模块是默认对彼此开启的，她的共感觉程序甚至不用查找对方的IP地址。

1小时后，第一轮比赛全部结束。没有中场休息，斯特拉便迎来了今晚的第二个对手。

站在斯特拉对面的叫"达·芬奇"的家伙，身后背着一个厚重的龟壳，四肢被粗糙的鳞片覆盖着。

"哇！您这形象太酷了，是忍者龟吗？"罗浅感慨道。

"……是赑屃。"

"哦，对哦，乌龟是没有鳞的。"罗浅若有所思，"可明明是中国古代神兽，您为什么要起一个西方名字呢？"

"我喜欢莱昂纳多·达·芬奇，不行吗？"

解说员并没有听到两人驴唇不对马嘴的对话，慷慨激昂地宣布道：

"比赛开始！"

达·芬奇的战斗方式一如赑屃的外形，以防守为主。罗浅吹奏了一首"九儿"，他也只是露出了些许痛苦的表情。当然，达·芬奇也不会一味挨打，摸清罗浅的底细后，他放出几十枚鳞片，纠缠着向罗浅飞来。

一枚鳞片划破了罗浅的袆衣，留下一道伤痕。斯特拉明显感受到，对方正在侵蚀他的ID。

"小心些，他的攻击程序并不会刺激感官，是直接针对ID云存储地址的攻击。"场外的法拉发来通信。

"这种攻击虽然厉害，效率应该很低吧？"斯特拉一面启动自己的算力对抗侵蚀，一面问道。

"所以他特化了防御力。"法拉停了几秒，说道："我解析清楚了，它的防火墙是动态防御的，能够屏蔽掉所有通过五感发送的信号。想让共感觉程序生效，这次必须暴力破解他的ID，开启感官模块了。"

"需要我怎么做？"斯特拉问。

"只要我们的攻击频率够快，就能突破。能行吗？"

"那还用说！"

斯特拉一面说着，一面控制现实世界的躯体开启超算。超算通过特殊信号通道连接到了内网的法拉，使她的破解能力一下子得到了质的提升。

同时，斯特拉操控着罗浅，吹奏起第二支曲子。既然是比拼速度，那自然要选择一首节奏够快的——

《野蜂飞舞》。

伴随着唢呐尖锐嘹亮的音色，一群野蜂，不对，是大黄蜂如同风暴一般，瞬间便笼罩住了达·芬奇的防火墙。在这群大黄蜂的背后，是每秒数以万亿计的运算次数，破解与反破解的算法在赛博空间激烈地较量着。

终于，有一只大黄蜂撕破了达·芬奇的防护网，紧接着，蜂群海啸一般地涌入，曾经固若金汤的防守转眼间化作尘芥。

达·芬奇只觉得耳边响起令人焦躁不安的高频振动，好像尖锐物划过玻璃一般，全身上下每一个毛孔都在本能地排斥着；紧接着，如同电击的针刺感自皮肤的各处传来，钻心的疼痛挑战着生理极限。因为斯特拉用了更大的算力，"共感觉"程序的效果自然也提升了。

"投降！我投降了！"

达·芬奇举起双手，大声喊道。罗浅停止了吹奏，他身上的痛感也在一瞬间消失了。实际上，即便他不选择投降，内网的保护机制也会强制他下线。

解说员兔女郎小姐激动地高喊：

"胜者是'昆仑山巅一黄蜂，侵略如火站如钟的'罗浅小姐！"

台下爆发出山呼海啸一般的掌声。斯特拉却有些笑不出来：

昆仑山的黄蜂，这名字太缺乏美感了！

然而就在它腼腆地向台下挥手致意是，视线却在一瞬间和某个人对上了。

那是一名瘦高的男人，穿着厚重的风衣，高檐帽遮住了面孔。

8.

按照赛程，下一场就是半决赛了，开赛前会有20分钟的休息时间。在内网战斗并不会消耗体能，这段时间主要是留给观众们下注的。

新人罗浅的赔率相当高，赛前压注她的观众早就赚得盆满钵满。但两场过后，罗浅已经成了争冠的热门，赔率甚至与四强中的其他两人齐平，仅低于"秦始皇"。

在休息期间，法拉找到了斯特拉。

"我摸清楚'莫扎特'的底细了。"法拉开门见山地说，"没想到他战斗的原理居然和我们是一样的！"

"莫扎特"是罗浅在半决赛的对手，他的外表是一名10岁左右的男童，穿着浅蓝色格子马甲的儿童礼服套装，一举一动都像个古代欧洲贵族。

然而最令斯特拉在意的，是莫扎特用来战斗的武器。那是一把外形优雅的小提琴，尽管没有嗅觉，斯特拉却仿佛嗅到了古木的芳香。它那古朴的曲线、清脆的弦音，无一不是模仿了旧时代的名琴斯特拉迪瓦里——也就是斯特拉痴迷到用作姓名的那个系列。

"他也是靠共感觉原理击败对手吗？"斯特拉问。

"没错，所以我们赢定了！"法拉的情绪十分高涨。对方的攻击手段，是刺激人类的五感。而罗浅背后的斯特拉并不是人类，它压根就没有五感，这怎么可能输呢？

因此这一场，法拉在罗浅身上押注了 2 000 个图灵币，比出一次任务的收入还要高。

然而斯特拉却没有回应，只是目视前方，神情凝重。

法拉顺着它的视线看去，原来莫扎特刚刚路过休息区，同几名选手热情地打着招呼。

"法拉，我想请你帮个忙。"斯特拉开言道。"麻烦你将内网中五感的信息通路，和我的自检系统连接起来。"

法拉吃了一惊，瞪大眼睛看着斯特拉。痛苦的本质是生物体的一种负反馈，斯特拉这么做，相当于让自己也能够感受人类的"痛苦"。

法拉本想问些什么，但在一瞬间，她体会到了斯特拉的心情。

"莫非你想……"

"我想来一场公平的较量。"斯特拉双手交叉抵在下颚上，"我要和他硬碰硬！"

◇

还没有走上擂台，斯特拉便听到了台下的欢呼声与尖叫声。

与前两轮比赛光秃秃的赛场不同，到了半决赛，擂台上加入了"场景"设置。不知是不是照顾到两人用乐器作战的特点，比赛场景被设置成了一片静谧的淡水湖。空气中泛着湖水的潮气和野草的青香味儿，不时有水鸟从湖面掠过，衔走一条小鱼。

"半决赛第一轮比赛，让我们有请，湖中仙子，索命九儿——罗浅小姐！"

解说员的用词越来越奇怪了。

斯特拉操作着罗浅，摆出一副冰山美人的姿态，走上擂台。

"另一边是，音乐神童、悲剧天才——小莫扎特！"

小莫扎特依然是一身短袖礼服，拎着小提琴走在擂台。

"比赛现在开始！"

小莫扎特迈着优雅的步子，走到罗浅正前方。他将小提琴架在肩上，看着罗浅，微笑道：

"罗浅小姐，我看过你的战斗，实在太美了。"他微微弯腰致意，"从见到你第一眼起，我就在盼着能和你战斗一场。"

"彼此彼此。"斯特拉举起唢呐，"不论胜败，但求尽兴！"

斯特拉操作着罗浅，饶有深意地看了一眼静谧的湖面。它小口吹起，原本因为音量被称作"流氓"的唢呐，却发出了幽静的哨声。

一瞬间，小莫扎特仿佛落入了梦中。月光洒在湖面上，随着风涌动。记忆中的那名少女自湖水深处走来，缓缓将他拥入怀中。

这首《贝加尔湖畔》并非使用痛苦攻击，斯特拉想要通过这一曲，将对手拉入温柔的梦中，从而失去比赛资格。

小莫扎特并没有反抗，而是静静享受着心灵的平静。他闭上眼睛，脸颊轻轻靠在小提琴上，拉出了第一个音。

对方予我以平静，我要还以激昂。

对方予我以归宿，我要还以放浪。

随着小莫扎特弦音的流淌，如镜的湖面上泛起了波涛。最初只是不起眼的涟漪，随着乐曲不断涌动，最终掀起了滔天骇浪。

《沧海一声笑》！

猛然间，台下的观众们感到海浪拍打在了身上，看台上尽是咸湿的气味。

斯特拉并没有认输。它加强了吹奏的力度，天地大气宛如母亲一般，温柔地环抱住了愤怒的海洋。波浪的怒火渐渐平息，尽管依然不时躁动，却已好似襁褓中的婴儿一般，没了戾气。

小莫扎特加快了节奏，左手的手指如同精灵般在琴弦上跃动着，马尾弦好似冒出了火光。天地间只听闻一声巨响，湖面不再沉浸，也不再翻滚，而是炸裂开来，化成朦胧的雾气和细碎的水珠。

然而透过水雾的屏障，大家却看到了苍天在笑，山河在笑，大气在笑，鱼虾在笑，甚至连水中的微生物、每一个挥舞着氢键翻滚的水分子，都在大笑。

他们在笑这个世界。笑这个世界居然存在，居然合理，居然可以容得下他们如此开怀而豪迈的大笑！

然而在转瞬间，所有的幻境散去，罗浅和小莫扎特依然站在湖畔，仿佛什么都没有发生过一般。

小莫扎特向着罗浅行了一礼，罗浅也向他微微弯腰致意。而台下的观众，居然像是等到了乐章的间隙一般，爆发出雷鸣般的掌声。

然而斯特拉明白，上一回合，自己落了下风。

"上一回合你攻我守，我有后发优势。"小莫扎特微笑着说道，"礼尚往来，这一次，我先出手。"

小莫扎特手中的琴弓轻轻滑过琴弦，那不似一支乐曲，却好似一声清脆的鸟鸣。紧接着又是一只、两只、三只，数不尽的鸟从天边飞来，从树丛中飞来，从遥远的故乡飞来。栗红色的百灵落在树杈上，昂首望着天边；洁白的鹮结队划过水面，激起一片片水花；鹰展平双翼翱翔在高空，发出几声或凌厉或悠远的鸣叫。

这是唢呐名曲，《百鸟朝凤》！

该选什么曲子应战呢？斯特拉第一时间想到了巴赫的《赋格的艺术》。借助逻辑上的循环，有可能困住莫扎特的鸟儿们，争取到一线胜机。

它甚至想到了马勒的《巨人》，让来自远古的泰坦，让天空的王者酣畅淋漓地战上一场。但是，小莫扎特给了自己后发制人的机会，就要用这样取巧的方法吗？

当然不！

罗浅的口中吐出短促的几口气息，听众们听过她的前几个音后，全都屏住了呼吸。

小提琴名曲，帕格尼尼的《钟》！

莫扎特的《百鸟朝凤》进入中段，伴随着欢快的曲子，鸟儿们开始了舞蹈。湖底生出一道金黄色的光芒，凤凰的雏卵听闻白鸟朝拜，在褓褓中跃跃欲试。

斯特拉没有理会对手的节奏，而是按照自己的想法将《钟》吹奏了下去。它刻意将乐曲本就很快的节奏又加快了1/3，观众们仿佛看到了弯曲的时针，看到了跃动的数字，时间最初如同流水般流逝，继而如瀑布般宣泄。

不知不觉间，百鸟也被卷入唢呐的节奏，随着罗浅的音符改变了舞姿。莫扎特匆忙稳住阵脚，用高音模仿出两声凤鸣；百鸟们顿时清醒过来，欢呼着，跃动着，等待着王的诞生。

湖面的光辉愈加璀璨，凤凰卵在鸟鸣声的协奏中缓缓浮出水面，通体浑圆，炽红如夕阳。然而此时此刻，卵中的凤凰却感到了一丝不安。

时机还不成熟。自己作为天空的王者，不应该这么快就降临世间。然而大道已容不得它继续等待，《钟》的旋律早已融入天地大气，融入了每一个普朗克尺度中。凤凰感到自己在不受控制地成长、成熟，卵壳出现了一道裂痕。

百鸟停止了鸣叫，静静等待着主宰者的降临。

天地与江河湖泊也安静了，仿佛要亲眼见证这一刻。

莫扎特拉出了标准凤凰初生的几个高音。

几十道烈焰喷出，凤凰在卵炽热的火光中裂了开来。凤凰探出头，仰天长鸣——

然而这一刻，却传来了不和谐的音符。

有一股力量，没有敬畏，没有束缚，没有恐惧，仿佛冰冷的物理定律一般，蛮横地插了进来。

抢在莫扎特的前面，斯特拉吹奏出了《钟》的最后一个音。时间就此定格，宇宙就此停转，凤凰维持着初生的姿态，再也不能动弹分毫。

片刻后，一阵风沙吹过，山峦染上了苍黄，湖泊冻上了冰面，凤凰和鸟儿们在风沙的侵蚀下，化作累累白骨，又被岁月侵蚀为尘埃。

小莫扎特捂着胸口，单膝跪倒在地上。方才的攻防战，已经对的他的肉体造成了很大的负担。

罗浅也大口喘着粗气。斯特拉虽然无法感受到痛苦，但它的系统预警程度以达到70%，一旦突破100%，系统将自动停机，也就等于宣告了它的失败。

小莫扎特在掌声和欢呼声中站了起来，然而此时此刻，他的眼中只有罗浅。

"这一次，我会拿出我最擅长的曲子，和你一分高下。"

小莫扎特架起小提琴，拉出几个和弦。这不是攻击，而是为了告诉对手和观众们，自己将会演奏什么曲子。

《拉德茨基进行曲》！

"奉陪到底。"

罗浅同样吹奏出几条不带有攻击力的音符，少了几分精致，却多了几分霸气。

《钢铁洪流进行曲》！

这场较量，已经超越了技巧，甚至超越了毅力。在两首曲子背后，是东西方人类几千年积累的文化面对面的一次碰撞。

在高亢的弦乐声中，一群卫兵跨着整齐的步子，昂首挺胸自西方走来。他们戴着高沿礼帽，上身穿着红色的礼装，金色缀穗随着脚步一摇一摆；他们下踏锃亮的马靴，将湖岸的花岗岩地面踩得咔咔作响。

随着嘹亮的军号与激荡的鼓鸣声而来的，是来自东方的队伍。他们从头到脚都是一身草绿色的军装，染绿了平原，染绿了山川，染绿了地平线。领队喊出一声号令，军队立即响应，呼喊声令地动山摇，河川动容。

两军行至咫尺之遥，鼎足而立。

莫扎特拉出两个和弦，卫兵们迅速从肩上将长枪卸下，快速完成弹药的装填。金属与肉体碰撞，热烈中泛着寒光。

斯特拉吹出一行高音，队伍当即摆开阵仗，最前排的士兵上起刺刀，眼神中透露出视死如归的决绝。

小莫扎特加快了节奏，卫兵将食指扣在了扳机上，一场战斗蓄势待发。

然而听到了小莫扎特的演奏，斯特拉却在一瞬间有了别样的感受。

不，不应该这样的。

两支旋律之间不应当冲突，它们应当共鸣！

观众们惊讶地看到，罗浅放下了手中的唢呐，保持着静立的姿势，闭上眼睛深呼吸着。

莫非她自知不敌，准备放弃了吗？

然而下一瞬间，罗浅张开双眼，眸子如同湖水一般平静而广阔。

她开始吹奏了，这一次，音调更加柔和，旋律也更加舒缓。

这就是斯特拉的答案。文化之间的碰撞，不应是一场对决，而应是一曲合唱。

听到如此美妙的乐曲，东方士兵们纷纷放下武器。他们的眼中不再只有眼前的敌人，而是纷纷回过头来，仰望天际。那是来自故乡的声音，好似母亲一般，强大，而且包容。小莫扎特一惊，也和着罗浅的节奏，改变了演奏的曲式。

随着天上飘来的旋律，西方卫兵们也将长枪丢在了一边。他们的瞳孔明亮了起来，似乎终于想起了，自己跋山涉水来到远方，为的不是进行暴力的统治，而是传播主的福音。

斯特拉和小莫扎特奏出了同一个音，小提琴和唢呐在那一刻形成了完美的共鸣。士兵们不再拘泥于阵势，他们放下戒备，走进彼此之间，或攀谈，或畅饮，或舞蹈，或狂欢。

文明与文明之间，本就没有理由彼此仇恨。

两人在同一时刻奏完了最后一个音。小莫扎特走上前来，左手牵起罗浅的右手，向台下鞠躬致意。

观众席上扬起山呼海啸一般的掌声，这里明明是斗技场，观众们居然大声喊起了"Encore"。

莫扎特转过身来，看着罗浅，微笑道：

"是我输了。我们的技艺不分伯仲，而我却差在了境界上。"

说着，小莫扎特的身体渐渐变得模糊。虽然斯特拉在后半段已经放弃了进攻，但前半段对小莫扎特身体造成的负担，依然是普通人难以忍受的。

"真希望我们能有机会再比一场。"斯特拉凝视着对方的瞳孔，应道。

"可不可以问一下，你的真名叫什么？"

小莫扎特身体的大部分已经化作马赛克，仅留下一个轮廓。

"斯特拉迪瓦里。"

斯特拉说出了那个令它无比自豪的真名。

9.

近邻决赛，休息室里的选手们都已不见了踪影。斯特拉一个人坐在长凳上，怅然若失地望着天花板。法拉走了进来，神色有些慌张。她四下扫视一番，确定无人偷听后，对斯特拉说道：

"另一场半决赛的结果出来了，'柏林'干掉了'秦始皇'。"

斯特拉皱皱眉，并没有表现出太多惊讶。在这种法外之地，是不可能存在常胜将军的，热门选手被名不见经传的新人干掉，庄家才能赚取更多钱。

法拉似乎看透了斯特拉的想法，继续说：

"这个结果并不重要，重要的是过程。整场比赛只持续了不到3分钟，柏林只用了一招，就将对手干掉了。"

斯特拉吃了一惊，皱眉道："这个柏林在前面的比赛里，并没有表现得很显眼吧？"

法拉答道："为此，我专门研究了比赛的回放。前几次比赛虽然持续的时间更长，但柏林大部分时间不是在防守，就是在躲避。他一旦进攻，对手几乎没有能扛到下一招的。"

法拉顿了顿，补充道："换句话说，他前面是在伪装，到了半决赛才亮了真本事。"

"他的战斗方法看清了吗？"斯特拉追问。

"没有，或者说，没什么特别的。"法拉叹了口气，"都是普通的一拳、一脚，也不知他在后台用了什么算法，对手根本受不住。"

见斯特拉终于陷入沉思，法拉补充道："我有个设想，或许，这家伙用的是罪物。"

◇

半小时后，斯特拉走上赛场。

决赛的场地恢复成光秃秃的星球，但在更外层包上了一层铁丝网。铁丝网是防火墙算法的具现化，只不过此防火墙是反向的，它并不会防止外界数据进入场地，防的只是场地内的数据流出。

唯一的数据出口，大概就是赛场上提供的实时投影了，为的是让观众们能够一饱眼福。换言之，决赛是一场死斗。要么赢，要么死，没有下线这一选项。

柏林站在台上，他穿着一身不得体的晚礼服，脸上戴着黑漆漆的面具，看不清真面目。

"我宣布，决赛正式开始！"

随着解说员慷慨激昂的陈词，铁丝网的入口关闭了。斯特拉试着调出内网的控制界面，发现"退出"的按钮果然变灰了。

它操控着罗浅拿起唢呐，准备试探性地攻击一下。

"防脱出机制。原来还有这么有趣的东西。"柏林开口了，那是一个十分低沉的男声，好似用了变声器。"那么，我们就来比一比耐性吧！"

说罢，他将右手探入胸腔内，好似在摸索什么。斯特拉吃了一惊，他很难想象以人类的审美，会让自己的虚拟形象做出这种动作。

少顷，柏林从体内取出了一把体温枪，将枪口对准地面轻轻一按，脚下的岩石立即发出红色的光芒，继而变得黏稠，化作炽热的岩浆。

当然，这只是温度攻击在内网的表现。斯特拉真实感受到的，是巨量的噪声数据在冲击着他的ID，存储空间似乎随时都会被占据。与此同时，观众们看到的转播画面止步于柏林做出攻击的刹那。

法拉坐在角落里，调出内网的调试页面，焦急地敲击着。决赛场地的设置令她难以帮助斯特拉，这下子，连战况都看不清楚了。她调出了方才转播的录像，将播放速度调到最慢。画面中柏林的手慢慢从胸腔中抽出，拿的是——

画面定格到最后一帧，法拉放大画面，尽管很模糊，她还是一眼就认出了那是一把体温枪。

一件她永远不可能忘记的罪物。

正当法拉惊讶之时，一名与台上的"柏林"毫无二致的、穿着风衣、戴着高檐帽的男子悄悄走到她身边的空闲座位上。男子理了理衣摆，慢条斯理地坐了下来。

看着男子的样子，法拉血液的温度立即降到了冰点。

乔亚·韦克！

他怎么会在这里？

如果乔亚·韦克想要在这里动手，自己根本就毫无还手之力！

"有趣的比赛。"乔亚·韦克目视着一片漆黑的转播屏。尽管看不到他的脸，但法拉相信他此刻一定在笑。

"是啊，如果没有看到你，我相信体验会更棒。"法拉故作镇静地说。她悄悄地调出内网的退出界面，随时准备撤离这危险的地方。

突然，一把匕首架在了法拉的脖子上。

"我要是想杀你，刚才就动手了。"乔亚·韦克旋转匕首，用匕首背面在法拉的脖颈上抹了一道。他继续说："但我不会杀你。因为你不是坏人。"

"你想说，那些死在你刀下的冤魂就都是坏人吗？"法拉厉声质问，她握紧了拳头，周祺的笑容在眼前挥之不去。

"也许你不愿相信，但他们确实死有余辜。"乔亚·韦克若无其事地说，"包括你的好朋友周祺，你只是不知道她干过什么而已。"

"你——"

法拉刚想要站起来，匕首又顶在了她的鼻尖上。

"别急嘛。"乔亚·韦克的声调十分平缓，听不出情绪的起伏，"我今天来参加这个胡闹的比赛，为的只是给你一个忠告。"

"忠告？"法拉皱皱眉头。

"你的搭档，罗星。"乔亚·韦克顿了顿，"他早晚会背叛人类。我劝你趁着还能对付他的时候，把他杀了。"

◇

防火墙内的岩浆持续升温，辐射出淡紫色的辉光。熔岩表层的分子由于高温，渐渐电离成等离子体。斯特拉清楚，内网中的高温不过是表象，其背后的本质依然是对数据层面的破坏。它此刻真正的敌人并非站对面的柏林，而是阻止它逃离的防火墙。

如果换作人类，在这种情形下会束手无策，因为人类的意识要么在内网，要么不在，不存在全或无之外的第三种状态。

但斯特拉不同。它是拥有自我意识的罪物，相当于高等级的人工智能。因此，它能做到将一部分意识登入内网的同时，将另一部分意识留在现实世界。

在防火墙开启的瞬间，斯特拉两部分意识之间的联系就被切断了，它被迫分离成了"幽红斯塔拉"和"柠黄斯特拉"两个部分。

幽红斯特拉立即做了决断：登入内网，去拯救另一个自己！

即便对于身为罪物的斯特拉而言，"黄"的算力也是无法匹敌的，它不可能做到暴力破解"黄"的防火墙。但这并不意味着"黄"的防火墙无法被攻克，因为斯特拉还留有最后一招——

物理破解！

无论"黄"再怎么强大，其本质也依然是冯·诺依曼架构的计算机。内网中的所有信息，都必须有对应的物理存储，即便是防火墙也不例外。

如果能对物理存储动手脚，改变存储电位，破解防火墙也不是不可能的。

幽红斯特拉并没有多余的图灵币借助内网前往柠黄了，它自行开出车库，在市民惊奇的目光中一路飞驰，驶出了"幽红"。离开市区足够远后，它起动液氧煤油发动机，在滔天的火光中升上天空，向着"柠黄"飞驰而去。

"斯特拉吗？"

刚刚进入平流层，法拉便联系上了斯特拉。

"是的，那边什么情况？"斯特拉问道。

法拉握紧拳头，努力让自己平静下来。乔亚·韦克刚刚离去，那种深入骨髓的恐惧感依然在拷问着她的意志。她深吸一口气，尽力装出没事的样子，说道："柏林切断了防火墙内外的联系，不清楚它是怎么做到的。补充一点，我确定柏林就是乔亚·韦克。"

斯特拉吃了一惊："你怎么知道的？"

"这个回头再说吧。"法拉打了个哈哈，"如果防火墙里的那个你被破坏，会对这里的你产生什么影响？"

"最坏的情况就是，我的自我意识会消失，成为无意识的罪物。"斯特拉如实答道。

法拉点点头——尽管对方并不能看到。不论是人还是罪物，她并不想失去斯特拉这个朋友。

"法拉，麻烦你帮我个忙，这件事只有你才能做到。"一面说着，斯特拉的高度已经达到了散逸层，再经过十多分钟的飞行，就可以到达"柠黄"的上部空域。

"说吧，只要我做得到。"

"帮我弄到防火墙的物理存储地址。"

◇

与此同时，防火墙内的"温度"仍在持续上升着。

"看样子，你和他们不太一样。"柏林难得地开口了。

斯特拉打起了十二分的警惕，可是柏林却收起了体温枪，从怀中扯出一块电子怀表。

"这是我很喜欢的一个罪物，我给它起了个名字，叫作'克洛诺斯的精灵'。"柏林一边说着，一边按下了怀表的开关。突然间，柏林的嗓音变得十分尖锐，好似花腔女高音一般。

"一旦开启，在我周围半径12米的球型区域内，时间流速会随机变化，我也无法控制。"

斯特拉一下子明白了，因为时间流速的不同，源自"快时区"的声波传输到"慢时区"时，其频率会发生蓝移，因此听上去更加尖锐。与此同时，处在"快时区"的柏林，其语速也变得极快。

柏林笑了笑，他的声音突然间低沉得仿佛老头子，语速慢得好似蜗牛：

"来，陪我好好玩玩吧！"

◇

从离开"幽红"到登陆"柠黄"的内网，斯特拉只用了43分钟。

但即便如此，它依然觉得太慢了。好在，在这45分钟内，赛场上一直没有传来坏消息。

斯特拉选择了免费的虚拟形象，只穿了一条内裤就奔跑在"柠黄"的内网中。

"我找到防火墙的物理地址了，马上发送给你。"

焦急的斯特拉终于等到了法拉的通信。紧接着，意识里出现了两串长长的字符串，这代表了防火墙在"黄"内存中的起始和终止地址。

"赛场那边什么情况？"它问道。

"好消息是你还活着，坏消息是……"法拉一面说着，一面看了看周围，"因为看不到比赛，观众们开始闹事了。好在大部分人都下了注，他们必须留到最后等结果。"

挂断和法拉的通信后，斯特拉立即运用自己的算力，开始在"柠黄"的内网中寻址。

即便是"黄"这种超级人工智能，其物理存储的物理结构也是基于微加工工艺的纳米结构。这导致了一个后果，那就是相邻数据位之间的物理距离将会十分接近，也许只有几纳米。所以，尽管无法暴力破解防火墙，但如果能够找到防火墙的相邻数据位，对那个数据位反复进行激烈操作，就有可能增加物理存储积累的热量，从而从物理方面改变防火墙所处的数据位。

身为罪物，斯特拉经常需要潜入城市的内网，对于物理寻址这种事早就轻车熟路了。它打开自己开发的算法，输入了准备寻找的内存位，视野中顿时出现了一支蓝色的大箭头，它指示着目标数据位的位置。

顾不上周围人好奇的目光，斯特拉继续只穿着一条内裤，在"柠黄"的内网中狂奔起来。

◇

防火墙内。

斯特拉没有躲过柏林的一记勾拳，下巴上狠狠挨了一下，被打翻在地。

"看来这次是我的运气更好，尽管只是一步之隔，我这边的时间流速是你那边的4倍。"柏林操着花腔女高音说道。

斯特拉操作着罗浅站起身来，抹掉嘴角的血迹。

在对战中，所在区域时间流速较快的一方，拥有着绝对优势。在他看来，"慢时区"的对手就好像慢动作一般。

斯特拉做出回避的动作，柏林也后撤一步。他扫了一眼怀表，声音变得更尖锐了，像硬物划过玻璃：

"抱歉啊，这次我这边快你9倍。你想怎么办呢？"

如果自己不是罪物，斯特拉根本就听不懂柏林在9倍语速说了些什么。但与此同时，它也意识到另一件事情：现在是进攻柏林的绝好机会！

斯特拉操作着罗浅拿出唢呐，深吸一口气，吹出了一个音符。

它要用这一曲，送柏林上路——

《送别》！

此时此刻，另一边的柏林，看到罗浅已极慢的动作拿出唢呐，开始了吹奏。

她要做什么？

且不论共感觉算法早已被柏林破解，即便只是声波攻击，由于时间流速不同，声波的频率也会改变。换言之，有了9倍的时间流速差异，罗浅吹奏的音乐到了柏林这边，频率早已低出了人耳的识别极限。

正当柏林不解之时，突然间，他感觉到心脏猛然咯噔了一下。

不是内网中虚拟的感觉，而是他位于现实世界的身体，真真切切地感受到了痛苦。

还没等想明白怎么回事，柏林猛地咳出一口脓血，心脏鼓槌一般地猛烈跳动着，胸腔仿佛被压上石头一般，喘不过气来。

柏林双腿一软，跪倒在地上。

"原来如此……次声波，干得漂亮。"柏林艰难地挤出一个笑容，他匆忙关闭了怀表，嘹亮的唢呐声响起，胸口的压迫感也在一瞬间消失了。

由于时间流速相差9倍，唢呐发出的声音频率会被红移至次声波的波段。这是与人类心脏共振频率接近的频率区间，很容易引起心跳紊乱，严重的甚至可以要人性命。

柏林双手撑着地面想要站起来，却发现目前的身体条件已经无法支持他这样做了。他看着罗浅，笑道："内网中的你，只是本体的一部分吧？在这一点上，我们是相同的。"

斯特拉吃了一惊，柏林冷笑一声，再次掏出了体温枪："我已经切断了赛场上感知我们死活的信息通道。比赛到了这个阶段，就是意志力的比拼了！"

◇

几乎在同一时刻，法拉接到了斯特拉的通信。

"赛场那边怎样了？"斯特拉问道。

"还是没有消息。组织方准备5分钟后强行打开防火墙，否则观众要炸锅了。"法拉麻利地回答道，"你那边怎么样？找到数据位了吗？"

"啊，我已经找到了，那个数据位对应着某个用户的触觉模块。不过……"

"怎么？"

斯特拉看着眼前的建筑，低矮的房间里闪烁着暧昧的粉红色灯光，老式的霓虹灯管拼出了"天上人间"几个大字。

◇

内网博斗的组织者凯尔是"兰"的高级干部，已年近古稀。黑道那边凯尔早就洗手不干了，他只想着靠地下拳场再捞一笔，用这些钱悠闲地度过最后的日子。

然而此刻，他却是一个头两个大。

防火墙内的信号已切断接近1个小时了，在内网博斗的历史上，还从未出现过这种事情。如果不开启防火墙，愤怒的观众们很可能会生吞活剥了他；如果开启，又等于破坏了决赛至死方休的优良传统。

究竟该怎么办呢？

就在这时，骂声此起彼伏的赛场却突然安静的下来，仿佛被按下暂停键的CD机一般。

凯尔匆忙向赛场看去，他看到牢不可破的防火墙结上了一层冰霜，继而一道光喷涌而出，冰壁如同破碎的玻璃一般，化作了细碎的光粒。

众人屏息凝视着擂台上，在仿佛万物都已冻结的极寒地狱中，他们看到一具躯体躺在地上，厚厚的冰雪盖住了大半个身子，胸口已没了起伏，而另一个人在冰雪中矗立着，仿佛战神雕像。

下一瞬间，雕像抖动身体，细碎的冰晶从她的身上四散开去。场外的光射在她的脸上，仿佛在迎接新主降临的天使。

"胜负已分！今晚的冠军就是——"

激动万分的解说员铆足平生的力气：

"罗！！浅！！！"

10.

在"柠黄"的内网中，存在着一片"空白区域"。当游客走进那片区域时，会看到一座由马赛克堆砌而成的方形建筑，无法进入，触摸时也毫无感觉。

在现实世界中，此处对应着一座洋馆，白色的大理石雕栏围了一圈，熏黑的石柱支撑起尖耸入云的哥特式屋顶。

洋馆的外围，约有20名穿着黑色西装的罪物猎手在巡逻，还有上百台无人机如工蜂一般在半空中监视，每台都装备着城内难得一见的重机枪。

这里就是"柠黄"中唯一由"黄"直接管辖的民用区域——罪物黑市。

"卖货吗？"

入口处，一位身高足有2米，穿着黑色西装，戴着墨镜的罪物猎手，用低沉的语调问镧。

"只买。"

对方的身材给了镧很强的压迫感，因此他尽可能简短地回答。镧瞥了一眼身后一副事不关己模样的罗星、银蛇和老王，再次感慨自己真的跟错了人。

大块头扔给镧4枚红色的塑料牌,这是纯买家的标志,在自由交易市场里可以避免被其他买家缠问。他指了指一旁的通道:"去那边安检。"

罪物是严禁带入"柠黄"的,但为了黑市交易的方便,进入城市时只需说明来意,安检处就会提供专用的"外网真空箱",用于盛放罪物。大部分罪物在真空箱中都与一般物品无异,不具危险性。与此同时,"黄"借助区块链技术生成了特殊密码,拥有者在城内不可能开启箱子。

经历过一番就差扒光的安全检查后,四人终于进入了洋馆内部。银蛇因为被收走打火机骂骂咧咧,老王却和女性人工智能安检员攀谈了一番,还要到了对方的ID。

四人来到一个无人的角落,悄悄商量起对策来。

"吉娃娃,你拿上所有的钱去拍卖场。还记得要买什么吗?"银蛇一面分配着任务,一面将自己的图灵币刷到了镧的名下。

"记得,估价10 000个图灵币的烤箱,无论多少钱都拿下。"

镧点点头,接下了这份沉重的任务。他对"吉娃娃"这个称呼很不满意,但即便是这个名字,也是在他的反复抗议后,银蛇才很不情愿地从"小奶狗"改过来的。

"老王,你跟着吉娃娃。任务很简单,尽量把所有买卖搅黄,当搅屎棍子你最擅长了。"

老王吹了声口哨,算是应答。

"罗星,你去自由交易区。那个真什么箱,你能打开吗?"

"没试过,应该问题不大。"罗星应道。开锁而已,对于能控制熵的他而言,还不是小菜一碟?

"你看准时机,把有危险的罪物放出来。你应该知道我说的是哪一种。"

银蛇习惯性地去掏打火机,却发现被没收了,于是又骂了一句。

罗星沉下声音，问道："要不要我直接……"

银蛇用鼻尖指了指天上的无人机："你以为那些家伙是吃干饭的吗？一旦被'黄'锁定，你在这里的ID就要被注销了。"

"队长，你准备做些什么？"罗星问道。

"我嘛，秘密。越少人知道越好。"

银蛇说罢，完成任务般摆了摆手，转身向洋馆的大厅走去。

老王将一只手搭在罗星的肩上，说道："他有锤子秘密，肯定是去睡懒觉了。"

◇

洋馆里十分安静，镧按照工作人员的指示来到一个独立的房间中，里面的空间不大，没有窗户，精致的欧式木桌上摆放着连入内网的设备。这里的设备使用一次需要100个图灵币，尽管镧手里握着银蛇给的40 000个图灵币，可还是觉得有些肉疼。

"对，我跟他一伙的，不信你可以问他。恋人？滚！"

在准备期间，老王骂骂咧咧地闯了进来。他身后戴着墨镜的保安看了看镧的反应，默不作声地关上了门。

"王先生，房间多得是，你为什么来这里挤？"镧不满地问道。他巴不得能独处一会儿，这下子又泡汤了。

"我没钱啊！"老王摆了摆手机，"快，帮我刷100个图灵币！"

◇

黑市里绝大部分的交易，都是在内网完成的。

为了屏蔽外部干扰，"黄"在此处构建了局域网，只有从现实世界中进入，才能使用特殊的设备接入。因为黑市管理者就是"黄"，这里也很自然地实现了与内网ID的共享。

黑市的交易分为两种类型，就是拍卖与自由交易。镧和老王要去的拍卖区是黑市中最大的区域，交易者会将罪物的信息呈现给后台，"黄"对罪物进行核实后，在拍卖会上售卖。一旦成交，买家的钱也不是直接打给卖家的，而是交给"黄"，待卖家将货物交到手上后，"黄"再把钱打给卖家。

简而言之，"黄"在拍卖过程中承担了质量鉴定和资金保险的责任。因此，每一桩交易它都会抽取10%的图灵币作为平台服务费。

"第一件拍卖品，名为'马克莱文森'的无线蓝牙耳机。"

一头白发的拍卖师为买家们展示出罪物的全息影像：

"类型能量，功能是能够随机地搜索到声波信号，并播放出来。距离越近，搜索到的概率就越大。'马克莱文森'的预估等级为B-，底价5 000个图灵币。"

台下议论纷纷，就在这时，会场上响起一阵鬼哭狼嚎般的嘶吼，所有人的目光一下子被吸引了过去。

"抱歉，抱歉，这是我的闹钟……"

老王手忙脚乱地掏出手机，忙活了好一阵子才关掉了嘶吼声。

拍卖师干咳两声，继续问道："有没有人出价？"

买家群中再次传出议论声，但没有一个人出价。又会有谁乐意花5 000个图灵币买它回家整天听附近的鬼哭狼嚎呢？

镧小声问王子骁："王先生，刚刚那是什么声音？"

"旧时代的一首曲子，"老王不无得意地炫耀道，"花了我300个图灵币才拿到的。"

"……你花那么多钱就为了听哀号？"

"你懂什么，这是前卫的艺术！在某些时候，听着这种声音才能更兴奋啊！"

第二件拍卖品是一个液晶显示屏，类型时间，可以随机播放出直径

1米的球型空间内24小时内发生的事情，每次播放分钟，每天只能使用3次。

"'拉克西斯'，评级为A，起拍价10 000个图灵币。"

老王吹了声口哨，他在"幽红"见过的时间类型罪物的评级基本都是S起跳，回收价还远低于10 000个图灵币。他悄悄在桌子下踹了镧一脚，嘱咐道："一会儿你来报价，报得越高越好。"

镧吃了一惊，但他还是忍住好奇心，没有问再多。来到黑市拍卖场的人哪个不是打着十二分的警惕，万一被别人发现他们俩在私下嘀咕，就别想玩下去了。

拍卖师问道："底价10 000个图灵币，有没有人出价？"

镧心虚地举起牌子："一万二！"

王子骁在桌下踹了他一脚，示意出少了。"一万五！"他立刻起身报价。

"一万八！"镧再次力压，老王又是偷偷一脚，还在一瞬间露出了恨铁不成钢的表情。

就在这时，第三者插了进来："两万五！"

镧心一横，第三次举起牌子："五……"

"你就摆明了跟老子作对是吧！"老王猛地扑了上来，把镧按在了地上，木质桌椅倒向了一旁。"花50 000个图灵币也要买那么个东西，摆明了就是不想让老子拿。"

人群一片哗然，镧更是惊得合不拢嘴。

"你想用钱砸死老子，老子就用拳头砸死你！"

说罢，老王的拳头狠狠砸了下来。镧只听到耳边一声尖鸣，石块和灰尘猛地扬了起来，在他的脸上划出两道伤口。尘埃散去，老王的拳头在水泥地面上留下一个深坑。

尽管这是在内网而不是现实世界，但能给虚拟城市的建筑造成破坏，至少证明了老王在算法方面的造诣很深。

几名穿黑西装的保安冲过来，将老王架出了拍卖厅。老王一面被拖着走还一面大骂着，甚至踹掉了一只皮鞋。

镧在心中感慨了一句：这戏也太足了吧！

拍卖师花了几分钟才让现场安静下来，这时老王已经被放了回来，被保安押解着坐在距离镧很远的地方。

拍卖师看了镧一眼："你还出价吗？"

"不……不出了。"镧答道。

"刚才出25 000个图灵币的那位呢？"拍卖师问道。

"不好意思，我也不要了！"

那人偷偷看了老王一眼，匆忙说道。

◇

第一次来到"柠黄"的黑市，罗星有一种目不暇接的感觉。

即便在自由交易区，还是会细分成两个部分。一类是真正的"自由"交易，买家没什么明确的目标，卖家也只是想少交一点儿平台服务费。这里往往会有几十到上百人聚在一起，叽叽喳喳交谈着。

还有一类自由交易叫作"集会交易"，是一群人已经在线下确认了彼此的意向，仅仅为了使交易更加可靠，才选择在黑市的平台上进行。想要进入他们的交易现场，需要提供出基于区块链技术的特殊密码。

闲逛期间，一名高个子男子走过来跟罗星打了招呼。那名男子上身只穿了一件衬衣，却合身得仿佛他是模特一般。

"你在找什么货吗？"男子礼貌地说道，"我叫阿尔法，希望能够帮到你。"

"抱歉，我有场了。"罗星礼貌地拒绝道。

没承想这个自称阿尔法的男子并没有放弃，他笑了笑，"我身上有一些钱，可否请您带我一起去呢？"

罗星想了想，多带一位对自己也没什么损失，说不定还能交个朋友，便应下了。

顺着工作人员的指引，两人来到了集会交易区。这里是一条狭长的走廊，沿途全是别无二致的黑色木门，时不时有人走到门前，输入一串密码，随即便消失了。这里的每一扇门都是一个指针，只要输入正确的密码，就可以通往对应的区域。

罗星来到一道没人排队的门前，输入哥本哈根提供的密码。

这是一间昏暗的酒吧，几名形态各异的男子围在一张斯诺克桌前，纷纷抬起头看走进门的两人。

球桌前站着的一名穿着白衬衫和黑马甲，打着红色领结的银发男子看看手表，说道："10个人，满员了。开始吧。"

银发男子摘下手套，看着众人，微笑道："各位好，欢迎来到'炼狱酒吧'。这里不问身份，只要能打开这道门，大家就是朋友。自我介绍一下，我是这里的组织者，叫我泰坦好了。"他将目光投向身边的女子，"这位是我的助手，绫子。"

绫子向来访者们微微颔首致意，说道："来到这里，大家可以说出想要买卖的罪物信息，自由买卖。唯一的规则是，除了'黄'收的5%的平台服务费之外，我们会再抽取5%的保证金作为报酬。"

一名虚拟形象看上去孩童模样，戴着尖角帽的男子开口道："这个抽取比例并不算低。你能给我们什么？"

泰坦答道："一旦你们确定了交易意向，我能确保线下交易安全完成。"他顿了顿，补充道："离开这间屋子后，你们可以强买强卖，甚至杀人，但我一定会将罪物或图灵币交给应当给的人，哪怕是尸体。"

讲完这句，泰坦刻意停顿了片刻。见访客们没有提出异议，他笑了笑，说道："很好，现在开始交易吧！"

◇

镧并没有等太久，在老王又搅黄了一桩买卖后，第四件拍卖品就是他们的目标——罪物烤箱。

"这件罪物叫'长今'，类型温度，能力是将持有者附近半径1米的球型区域保持恒温25℃。若要让它工作，必须使用图灵币，价格大约是每偏离室温10℃，每分钟1个图灵币。"

镧估算了一下，如果出入1 000℃的火场，那么每分钟都要花费97个图灵币，可谓一笔巨款。

"长今的起拍价是12 500个图灵币，请出价。"

场下有些冷清，买家们都在权衡这件罪物的实际价值。镧远远地看到老王对他做了个手势，意为"先按兵不动"。

大约1分钟后，终于有人第一次报了价：

"15 000个图灵币！"

老王立即站起身来：

"15 100个图灵币！"

看到又是老王，那个人露出了厌恶的神情。他心一横，继续举牌子道：

"17 000个图灵币！"

"17 100个图灵币。"老王立即跟上。

反正拍卖规则只规定了每次加价必须超过100个图灵币，又没说只能加多少次。

"20 000个图灵币！"又有一个人加入了竞拍。

"20 100个图灵币。"老王依旧无赖般地跟进。

"30 000个图灵币！"

竞拍者的又一次加价，价格居然直接抬高了10 000个图灵币。

"30 100个图灵币。"

老王风采依旧。

这时，台下突然爆发出一阵笑声：

"哈哈哈，笨蛋，想捣乱也不看看自己几斤几两？花30 000多个图灵币买B级罪物，回家哭去吧！"

老王耸耸肩，毫不在乎。

拍卖官举起锤子：

"30 100个图灵币，第一次！"

"30 100个图灵币，第二次！"

就在锤子即将落下的瞬间，突然有人站了起来，大喊道：

"35 000个图灵币！"

台下一片哗然，就在这时，锎看到老王对他竖起了大拇指。

锎高高举起了牌子："38 000个图灵币！"

看到台下几个参与竞猜的家伙似乎犹豫了，老王不慌不忙地举起手：

"38 100个图灵币！"

"疯子！"

几声怒骂后，台下几名竞拍者的身体化作光粒消失不见了，他们没有买到目标罪物，选择了登出内网。

11.

"我叫昆汀·福斯，想卖这台摄像机。"

一名穿着花格子衬衣，头发自来卷的男人对着投影解说道：

"类型空间，能够在任何平面上映出一道'门'，连接到刚刚拍摄的地点。缺点是出口会随机选在画面的任何地方，如果拍到的画面是远景，甚至会开在几千米的高空。估算评级S，售价10万个图灵币。"

始终旁观的泰坦饶有兴致地补充道："如果没人要，我出8万个图灵币收，如何？"

昆汀咬着嘴唇没有说法，他十分清楚，尽管是S级罪物，他的报价也太高了。

几分钟后，见没人应答，昆汀无奈地对泰坦说道："好吧，成交了。钱要尽快到账。"

"我做买卖，靠的就是信誉。"泰坦应道。

轮到罗星时，他清清嗓子，说道："我叫高进，想买能把精神力储存起来的罪物。价格好商量。"

访客们议论纷纷，但没人应答。一直站在身边、默不作声的绫子开口道："高先生，您的需求有些特别。通常，人们只需要存储算力，而非人的精神力。"

罗星耸耸肩，算是回答。

就在此刻，坐在他对面的尖角帽男童举起手来，小声应道："我这里倒是有一个东西，不知道能不能满足你的需求……"

带尖角帽的男童自称"林克"，从开始交易到现在还是第一次说话。他展示出一块电子手表，说明道：

"这是我手里的一个罪物，类型时间，评级我不会估计。他能够储存下此时此刻的'你'，在需要的时候拿出来用。"

见罗星一副不解的样子，林克继续解释道：

"举例而言，现在你觉得自己状态很好，就可以把从现在开始的一分钟储存起来。当你遇到困难时，再释放出这1分钟时，就等同于此刻的自己时间穿越了过去。它的缺点在于，你储存时并不知道自己未来会在什么时候用，因此也就不知道时间穿越的后果。说不定……"

林克顿了顿，还是说了下去：

"你会因为时间穿越而身受重伤，但不会死掉。它最多能储存3个时间段，每次1分钟。"

罗星思考片刻，这也许是解决目前难题的最佳方案了。如果妥善利用，危急时刻会有4个自己同时应对，战斗力自然是大增。

"你想卖多少？"他问道。

林克伸出两根手指。

"2万个图灵币？"罗星松了口气，这件罪物的性能相当出色，价格确比预想中还要便宜。

"不。"林克摇摇头，"20万个图灵币。"

昏暗的酒吧里第一次传来了议论声，就连一向不动声色的泰坦也俯下身子，对绫子说了些什么。罗星无奈地叹了口气：且不论林克出价的高低，就算把自己割开卖掉，也出不起20万个图灵币啊！

就在这时，阿尔法笑了笑，站起身来说道："我愿意出钱买下这件罪物，赠予这位高进先生。是他带我来到了这个有趣的地方，这点心意就算作报偿了。"

全场一片哗然，罗星用力掐了自己一把，确定不是在做梦。

阿尔法文质彬彬地看着罗星，眸子里似乎闪着光："高进先生，不知我是否能拥有此等荣幸呢？"

"十……十分感谢！"

罗星激动地同阿尔法握了手。放在平时，他的第一个想法是对方一定有所企图，但不知为何，自从看到阿尔法的第一眼起，罗星就觉得这个人值得信任。

◇

离开炼狱酒吧后，罗星话别了阿尔法，又在自由贸易区闲逛了一圈。在人头攒动的自由交易大厅里，他看到老王正在缠着一位虚拟形象是女中学生的人攀谈。

"变态！"

突然，对方甩了老王一记耳光，扬长而去。

罗星凑了上去，老王看见他，开心地挥手致意。

"恕我直言，王先生，您可真是饥不择食啊！"罗星吐槽道。

老王无所谓地一笑："怎么讲？"

"搭讪人工智能姑娘也就罢了，你怎么知道刚才的就一定是女人呢？"

老王挑眉道："他是男人，43岁左右，身高170厘米左右。"

罗星吃了一惊，老王继续说道："他手里拿着小蛇想要的东西。一副红外夜视仪，标价5万个图灵币，没卖出去。我刚才在试着套出他是在哪个房间连接内网，可惜失败了。"

罗星惊讶道："你怎么知道的？提前调查过吗？"

老王嗤笑道："调查？我可没那闲工夫。他讲话时会下意识摩挲下巴，这是男性摸胡子的惯有动作。他走路时的步伐明显与身高不匹配，通过步长可以估算身高。其余的信息嘛，就要通过微表情和小动作推理了。"说罢，他拍了拍罗星的肩膀："去完成小蛇交给你的任务吧。这里看得太紧，难说他能搞出多大动静。"

罗星顿了顿，还是没忍住，问道：

"王先生，你和队长……到底什么关系？"

老王猛地凑到罗星面前，嘴角微微上扬：

"你去问他吧！"

说罢，他捶了捶罗星的后背，大步离去。

◇

1小时后，已经陆续有人登出了内网，去往现实世界完成交易的最后一步。

林克按照指定的方案，将罪物送来了罗星的房间。他在现实世界的形象和内网中的差别并不大，是一名个子不高的金发小伙子。

在交易期间，罗星悄悄开启了内网视野。他看到泰坦自始至终都站在房间内，当林克交出罪物时，他还盯着小巧的外网真空箱看了一阵。自始至终，他都没有做出任何行动。想必他也在很好地履行"协助交易完成"的职责吧！

交易结束后，林克主动同罗星握了手。他注视着罗星的眼睛，问道：

"可否耽误您1分钟时间？"

"请讲。"

"我这次凑钱，是为了集齐一支队伍。"林克小声说道，"我们发现了一处旧时代的遗迹，怀疑与外网的起源有关。高先生如果有兴趣，可以联系我。"

说罢，他将自己的ID给了罗星。看着ID上那一串长长的前缀，罗星方才明白他来自"深蓝"。

林克走后，罗星想要第一时间找到阿尔法道谢，可纵使他在洋馆里转了几圈，也没有遇上任何看上去像是阿尔法的人。他在感慨自己没有老王那种隔着网络识人的本领的同时，也后悔没要来对方的联系方式。

就在这时，罗星收到了银蛇的通信："我这边准备好了，你找到可以闹事的罪物了吗？"

罗星当然没有忘记自己的任务，他看着不远处一名穿着露肩长裙、打扮花哨的女人，说道：

"找到了，一支被感染的电子香烟。类型熵，能够改变所有接触到的物体的微观物理状态，使其不断向着高能级跃迁。可怕的是，这种跃迁还具有'传染性'，直到罪物储备的能量耗光才会停止。"

"完美。"银蛇立即答道，"等你的信号！"

结束和银蛇的通信后，罗星悄悄凑到长裙女人的身旁，打开了熵视野。

想要取出这件罪物，可不是简单的事。

罪物电子香烟的预估评级是S+，在拍卖场刚刚结束的交易中获得了

350 000个图灵币的成交价。为彻底隔绝它的影响，"黄"准备了里外三层的外网真空箱，因此尽管电子香烟只有圆珠笔大小，包装却比登机箱还大。

在熵视野中，外网真空箱好似黑匣子，外界奔涌的能量流动到了箱体表面上都安息下来，仿佛静谧的冰面一般。这并不意味着真空箱表面没有熵的流动，它采用了和主动降噪耳机类似的原理，会侦测外界的信号并发出相位相反的波，从而达到"消声"的目的。

这可令罗星犯了难。在真空箱的干扰下，他很难看清锁芯的机械结构。加之真空箱的锁设计得特别复杂，5分钟后他已是满头大汗，可真空箱还是一动不动。

银蛇发来了催促的信息，说他部署的爆破装置再有几分钟就会被无人机发现了。

该怎么办呢？

罗星猛然想到，也许自己根本不用去破坏锁芯，只需要借助内部罪物的力量即可！

长裙女人已经收拾好行李，准备离去了。罗星悄悄跟在后面，在他的控制下，真空箱的边缘开出了一个直径不过10微米的孔洞，这相当于1根头发粗细。即便有外网真空箱的干扰，打开如此小的孔洞，罗星还是做得到的。

透过熵视野，罗星看到外界的熵有一丝钻进了真空箱。

如果是普通的罪物，这一丁点儿的外网信息，根本造不成什么风雨。但那是一件S+级别的罪物。

不消片刻，长裙女士突然觉得真空箱有些烫手，她匆忙将真空箱放在地上，准备检查一番。还没等她弯腰，真空箱猛地燃烧起来，红色的火苗蹿了老高。长裙女人发出一声惊叫，看热闹的人群渐渐围了上来。

熟悉这件罪物的拍卖师匆忙跑了过来，大喊道："别靠近！都离开那里！"

回收这件罪物的方法，就是默默等着它烧完附近能烧的物体，或者能量耗光。聚在罪物附近的物体越多，灾害就越容易扩大。

同一时刻，罗星给银蛇发出了通信。

地底发出一声巨响，大地震颤起来，继而绵延不断的爆破声，洋馆陷入了一片火海之中。

"我的天呐，队长是怎么搞到这么多炸药的？"罗星自言自语地感慨道。

老王一把将他拉到身边，他的身后跟着镧，双手捧着一台烤箱。人们很快发现，一靠近老王，外界的灼烧感就会消失。这是罪物烤箱为周围方圆1米的空间提供了恒温环境，让人即便在火场中也能从容行走。

老王深吸一口气，以平生最大的音量喊道："想活命的，跟我走！"

他随即补充道："起价两万！或者用罪物交换！"

5分钟后，罗星已经对银蛇和老王佩服得五体投地。

"我实在是没钱了，10 000个图灵币行不行？"

"30 000个。"

"15 000个！真的是倾家荡产了，行行好吧！"

老王总是一眼就能看出对方的财力，有些人他宁愿免费也可以带出去，而且坚持妇女儿童优先，有些人却要狠狠敲上一笔。神奇的是，每个被他敲诈的人，最后都能肉疼地掏钱出来。而他的银蛇队长，却能在如此激烈的爆破中，完好地保留了一条逃生通道。

"别想了，他昨晚就在黑市地下埋好了炸药，今天就只是引爆而已。'柠黄'的地下，早就被这家伙当成炸药库了。"老王小声解释道。

经过5次护送，黑市中所有人都逃了出来，老王还敲诈来了银蛇需要的红外夜视仪和镧需要的路由器。后者能够随机接受外网信号并转化为图像，缺点是信号源完全不可控，没几个人想要买，所以标价很便宜，老王在索要罪物的同时，还敲诈了对方5 000个图灵币。

眼看任务完成，老王悄悄将手机递给罗星，说道："我要赶快跑，刚才那群家伙里，想要我命的人可能得有三位数了。"

"这些罪物怎么办？"镧看着身边堆了一人高的外网真空箱，问道。

"嗯……好像敲诈得有点儿多了。"老王摆出一副为难的样子，搞得罗星很想揍他一拳。老王继续说道："开箱携带倒是能减小体积，但这样一来就会引来'黄'的注意，还有可能使罪物失去控制……"

"这个问题交给我吧。"罗星摆了摆手。

三人在众目睽睽下，搬着八个罪物箱子走去一条无人的窄巷。罗星刚刚联系了斯特拉，惊讶地得知搭档已经来到"柠黄"，此刻正在黑市附近待机。

窄巷的尽头停着一辆老旧的集装箱货车，车门敞开着，里面空无一人。尽管斯特拉吞下去再吐出来很难，但作为储物空间保管几个箱子，它还是能做到的。

罗星带头将外网真空箱全部丢了进去，又对老王说："王先生，你也上去。"

老王指了指自己，又指了指货仓，一副不解的表情。

"来不及解释了，快！我和镧断后！"

罗星几乎是把老王丢进了货仓。

就在来往进入货仓的瞬间，集装箱的四壁生物一般蠕动起来，转瞬间便收缩成一辆机车的大小。

"这……这……"

眼前的景象令镧惊讶地合不拢嘴。更加令他惊讶的是，罗星居然走上前去，对着机车说起了话："带着王先生回'幽红'吧，只要出了城，那群家伙也就放弃了。"

"遵命。"

斯特拉发动了引擎，隆隆的引擎声回荡在窄巷中。它突然想起了什么，问道："主人，有了那20万个图灵币，你买到心仪的罪物了吗？"

罗星一惊："你怎么知道有人帮我出了20万个图灵币？"

"这钱是我和法拉小姐昨天去打内网搏斗挣来的，她今天去了黑市，说要把钱交给你。"

那一瞬间，罗星的大脑中闪过了无数的画面。阿尔法熟悉的神情，他的一颦一笑，以及他居然愿意为陌生的自己出钱购买罪物。

与此同时，他也注意到了一个事实——

刚才从火场逃出的人中，并没有法拉！

罗星不顾一切地飞奔起来。

◇

洋馆外的人群已经散去，自动消防车喷出巨大的水柱，外围的火焰已被扑灭。

罗星冲到大门前，揪住一名保安的衣领，问道："里面还有人吗？"

保安惊讶地看了他一眼，认出了他就是方才收钱救人那家伙的同伙之一。不过，他还是答道："有一个房间不知为何打不开，里面应该还有一个人。"

罗星二话不说，径直冲入了火场。

洋馆里已是浓烟滚滚，外界的灭火对于能让接触物体跃迁到激发态的罪物而言，完全是杯水车薪。罗星用控制熵的能力为自己做出了低温的保护层，向着供访客连接内网的区域快速跑去。

距离失控的罪物越来越近，地面上甚至淌出了熔岩。罗星挨个踹开各个房间，最终在走廊的尽头找到了那个无法打开的房间。

"法拉！你在里面吗？"

罗星声嘶力竭地呼喊着。

门内没有回应，但罗星听到了几声细微的咳嗽。他匆忙开启了熵视野，但奇怪的事情发生了。眼中平平无奇的房门，在熵视野中居然呈现出"黑镜"的模样。

法拉所在的房间是一间超大的外网真空箱！

又响起爆炸声，贪婪的火舌喷了过来，罗星匆忙操作气流，护住了自己和法拉所在的房间。

该怎么办？开锁肯定是来不及了，暴力破坏又会伤到法拉。

那一刻，罗星感到了前所未有的无力感。

如果法拉为了帮助自己而死掉……

就在这时，罗星的手机响了起来，来电的是一个从未见过的号码。

罗星拿起手机，没好气地应了一声："喂？"

"你好啊，我是龙舌兰。"

对方的自报家门令罗星惊得不轻。龙舌兰继续说道："你现在打不开那道门吧？开门密码我可以告诉你。"

罗星立即反应了过来："你这混蛋！有事冲着我来！为什么要对法拉……"

对方挂断了电话。

罗星匆忙拨了回去，却发现系统捕捉到的号码不过是一重掩饰。

半分钟后，手机再次响了起来："冷静下来了吗？"

"说吧，要我做什么？"罗星耐着性子应道。

"原本我也不想这么做，因为我的目标只是回收罪物。"龙舌兰说道，"可没想到你中途搅局，令罪物失控了。"

罗星立即明白了对方的所指："你要那支电子香烟，是吗？"

"根据我手里掌握的情报，它体内储存的能源还可以再撑半小时。到那时，别说法拉小姑娘会没命，想必它还会把地表烧穿，落入地壳内层吧。那样一来，谁都没办法了。把它带给我，我就帮你救出法拉小姑娘。"

龙舌兰说罢便挂断了电话。

罗星愤怒地咬紧牙关，向着罪物电子香烟掉落的地方跑去。

◇

罗星令身体悬在半空，又将气体保护层加厚了一层。即便如此，他依然能够感受到热浪拍打着皮肤。

罪物附近的地面已经满是熔岩，电子香烟飘在熔岩上方，在它四周弥散着淡紫色的辉光。在熵视野中，罗星看到罪物仿佛一颗永不熄灭的恒星一般，源源不断地将能量注入周围的环境。

他试着用控制熵的方法拿起罪物，可罪物释放出的能量却干扰了他的操作。一股受到扰动的能量喷射出来，高温等离子流体擦着罗星的身体飞过，在墙壁上烧出一个大洞。看样子想要回收罪物，必须先让它把能量完全释放。

且不论时间紧迫，如果罪物的全部能量释放出来，这里想必会成为如恒星内部一般的等离子海，自己的小命肯定是保不住了。

究竟该用怎样的容器来收纳如此巨大的能量呢？

不经意间，罗星瞥见了屋顶的排水管道。他的脑中猛地闪过一个念头——

既然自己能够操作DNA中的碱基对，只要再进一步……

罗星当机立断，控制管道原子的无规则运动，将排水管道拧开一道豁口。大量的水喷涌而下，接触到炽热的熔岩和等离子体后，纷纷蒸发成水蒸气。

然而罪物提高物体能级也是需要时间的，随着更多的水落下，罪物近旁的高温已不足以形成隔离层，水柱在熔岩上浇筑出一座孤岛，将罪物浸泡在其中。

罗星将熵视野的放大倍率调到最大，水分子的三角状结构渐渐显现出来，中心是氧原子，而两个氢原子仿佛两个手臂一般，张开钝角挂在两侧。

还不够。

罗星继续调大放大倍率，针扎般的剧痛刺激着头部。他将身体的感觉抛在一旁，用心控制着熵视野的变化。终于，在继续放大了几万倍后，罗星看到了一个圆形的小点，那是氢原子的原子核——一个孤独的质子。

他的目标就在此处。

罗星屏住呼吸，操控着外部的能量渐渐向着原子核汇集。在接触到原子核的同时，他操作熵控制住微观变化，将大量的能量转化为一个中子，将氢核转化成了氘核。按照狭义相对论的质能方程，既然质量可以转化为能量，那么反过来，能量自然也可以转化为质量。

有了这一次成功经验后，罗星将操控交给了潜意识，他不断地、大量地重复着将能量转化为质量的过程。

他的视线里渐渐染上一层红晕，头部的血脉破裂，血浆顺着眼睑淌了出来。他的时间意识渐渐模糊，只是机械地重复着转化动作。

终于在某一瞬间，罪物停止了活动，落在装着一摊已经从水转化为重水的水池中。

排水管的水继续淋下，浇在罗星的头上，却无法让他更加清醒。

他昏迷前看到的最后一幅画面是法拉满脸担忧地跑向自己，而她的身后，还跟着一名戴着蝶形面罩的女人。

第五章　真相

1.

罗星睁开眼时，看到的是天花板上闪亮的水晶灯和法拉焦躁不安的脸。

"你醒了？"

看到罗星睁眼，法拉一下子扑了上来，弄得罗星头部一阵胀痛。他撑着身子坐了起来，拍了拍法拉的后背，问道："你没受伤吧？"

而法拉却指了指自己的脸，问道："我是谁？"

"法拉，你这是……"

法拉又伸出三根手指："这是几？"

罗星被彻底搞蒙了："三……这到底是哪一出？"

法拉如释重负般地垂下双臂，肩膀微微抖动着："太好了……他们说你醒来后很可能会失忆，甚至连最基本的数数都做不到……"

在罗星的记忆里，上一次看到法拉泫然欲泣的样子，还是在她7岁的时候。那次法拉闯祸了，弄脏了父亲的论文，不知道该怎么办，于是大哭了起来。

罗星一时不知该怎样反应，只得挠挠脸，问道："这儿到底是什么地方？"

没等法拉回答，床边的扬声器响了起来："醒了？我就说嘛，罗星小哥的生命力旺盛着呢，别听那群医生瞎掰。"

罗星刚要开口，那个声音却继续说道：

"我马上过去，见面说。"

◇

十几分钟后，罗星呆呆地盯着眼前的女人，视线不肯移动半分。

龙舌兰摘下了蝶形面具，她的容貌十分端丽，在旧时代足以成为舞台中央的明星。然而令罗星不解的是，龙舌兰少说也和队长老王他们同岁吧，为什么看上去只是20岁上下的样子？

直到法拉悄悄地捅了他的大腿，他才恋恋不舍地将视线移开。

"这里是'兰'的医院，你住的是VIP病房。"龙舌兰跷着腿，语调平缓而有力。"如果不是我来得及时，你的大脑肯定已经烤熟了。"

"如果不是你困住了法拉，我们根本不会陷入危机。"罗星立即回击。

龙舌兰倒也不恼："你动了我的货，我就动你的人，这叫礼尚往来。"

罗星咬着嘴唇，他想起了队长和老王的嘱托，不要在龙舌兰面前要小聪明。

"你把我们扣在这里又是什么意思？欠你的钱，我现在就可以还！"

罗星拿起床头的手机，打开支付页面——

一个大大的"0"映入眼帘，老王转给他的大几十万个图灵币不翼而飞了。

"哈哈哈哈哈——"

龙舌兰拍着大腿笑了起来，开心得像个孩子。

"你在我这里住的病房，还有用的血浆和药物，这些都不用花钱吗？仔细算算，你还欠我很多钱呢！"她说道。

罗星没有作声，他偷偷打开了熵视野，试图寻找逃走的机会。龙舌兰神秘地笑笑，说道："我要的，是让你们为我办一件事。"

法拉插了进来，质问道："因为你，我差点儿被烧死。你让我怎么信任你？"

龙舌兰抿抿嘴唇，道："看样子你还没有搞清楚自己的立场。坦白讲，你们是没资格和我谈条件的。"

罗星跷起腿，半躺在床上，耍无赖似的说："你想要钱是吧。我现在一分都没有，还欠着'红'将近100万个图灵币。要不我身上哪块儿你看着值钱，拿去吧！"

龙舌兰一声不响地打开手机，在空气中投影出一副画面——

在一间看似工厂的地方，斯特拉被几条粗壮的铁链牢牢拴住，不能动弹分毫。它试着挣扎了几下，但很快就放弃了。

罗星悄悄握紧拳头，斯特拉的体内还有老王，只要他能够提前脱出……

似乎猜中了罗星的心思一般，龙舌兰笑道："你在想的人，是他吧！"

说罢，她打了一个响指，几名"兰"的手下押解着五花大绑的老王走了进来。

看到龙舌兰，老王板着脸骂道："嘿，我就知道是你！当上老大更了不起了是吧？告诉你吧，我还真不怕你！你倒是说出一个逮我的理由啊？说不出来吧？"

龙舌兰又打了一个响指，手下抬着8个沉重的外网真空箱走了进来。看到老王一副咬到舌头的样子，她伸出右脚，用鞋尖勾住老王的下巴，说道："把罪物藏在罪物里，自己当诱饵，这就是你的如意算盘，对吧？只可惜，我对付罪物比对付人更有经验。"

老王啐了一口，岔开话题："你小心点，我有个哥们，他是特种部队出身。要是让他知道你压了我……"

"你说的是钟铃捡的那个野小子吧？"龙舌兰用两根手指拎过手机，对部下示意道："放开他，让他打电话！"

摆脱绳索的老王揉了揉肿痛的手腕，接过手机，还不忘对着龙舌兰凶一句："你就后悔去吧！"

不一会儿，电话接通了。老王匆忙说道："喂，听好了，我被绑架了，地点就在……"

"这又是玩得哪出？蟑螂都比你更值得绑架！我忙着呢，别添乱！"

银蛇说罢便挂断了电话。龙舌兰再次开心的大笑起来，老王手忙脚乱的将手机丢给罗星，说道："那个混蛋不在乎我！对，这对儿年轻人才是他在乎的，让他们去联系！"

龙舌兰抬抬眉毛，示意随意。

罗星拨通了银蛇的电话，对面传来银蛇不耐烦的骂声："有话就讲！别拐着弯儿放屁。"

"队长，是我。"

听到罗星的声音，银蛇一下子冷静了下来，语气中也没有了不耐烦。原来，他这些天来一直在寻找罗星和法拉，已经将目标锁定在"兰"了，却无法进一步行动。

说明近况后，罗星问道："队长，龙舌兰女士就在身边。你要和她谈一谈吗？"

"我们没什么好谈的。"银蛇立即拒绝了，他继续说道："听好了，那个女人说什么，你应下就好，拧着来只会更惨。等摸清了她的目的，我们再一起想办法。"

罗星挂断了电话，龙舌兰抬抬下巴，问道："作战会议开完了？你的答复是什么？"

罗星深吸一口气，正声说道："我答应你。但我有两个条件。"他伸出两根手指，"其一，事情结束后我们两清，从此不再有瓜葛；

其二，在我帮你做事期间，你必须做到信息共享，不能对我们有所隐瞒——当然，仅限于和任务有关的信息。"

龙舌兰起身握住罗星的手，硬生生地将无名指也掰了出来。

"其三，事成之后，那8件匿来的罪物全是你们的。如何？"

罗星吃了一惊，但他还是尽可能装作平静的样子，说道："看样子成交了？说吧，到底要我们做什么？"

龙舌兰抿嘴笑道："我要你们帮我赢下一场'赌局'。"

◇

小婷结束了手里的工作，半躺在床上，思绪万千。她清楚王子骁那么优秀的男人不可能被自己拴在身边，但还是希望能把他多留在身边一段时间。然而那天王子骁走的时候，看着他的背影，小婷一下子就明白了——这个男人再也不会回来了。

所以当她看到三个人推开房门时，惊讶地合不拢嘴。

"队长，就是这里吗？"法拉双手叉腰，看着虽然狭小却收拾得很整齐的房子。看到小婷时，法拉礼貌地打了招呼："咦……您是房子的主人吗？队长说这房子是他的。"

"是老王匿了我的钱盖的！"银蛇自来熟地将背包扔到地上，扯过一把钢管椅坐下。

小婷两步冲了过去，一把扯住银蛇的衣领，眼角噙着泪水问道："子骁呢？我的子骁去哪儿了？"

"他自愿留下当龙舌兰的人质了。"银蛇若无其事地答道。

尽管没有机会和上层打交道，小婷还是听说过"龙舌兰"这号人物的。但很快地，女人的嫉妒心就战胜了对权力的恐惧，她扯住银蛇衣领的手又添了两分力道："莫非……莫非子骁和那个女人……"

银蛇费力地拉开她的手臂，说道："放心吧，就算天地倒转过来，龙舌兰也看不上你男人！"

紧接着，他无视小婷的怒骂，对罗星和法拉说道："先休息一下吧，你们答应龙舌兰的事还要从长计议。"

"队长，关于那个委托，我有个想法。"法拉看着银蛇和罗星说道，"我在想，赌场上的对手，究竟会是什么人。龙舌兰都无力应付的对手，我们又能做什么呢？"

"大概她不方便自己出面吧？"罗星猜测。

法拉摇头道："想找代理的话，她的手下要多少有多少，赌技在我们之上的肯定数不胜数。绕这么大弯子找上我们，一定是看上了我们的特殊性。"法拉顿了顿，看着罗星说："没猜错的话，龙舌兰看上的应当是你操作熵的能力。在黑市那次，她并非想要置我于死地，而是想以此作为要挟来验证你的能力。"

银蛇接过了话茬："而你居然做到了质能转换这种匪夷所思的事，这大大出乎了她的意料。所以她才要不计成本地将你收入麾下，既然她愿意拿出八件罪物，就证明在她眼里，你的价值比八件罪物更高。"

罗星想了想，说道："如果她看中的不是我们的赌博能力，而是战斗能力，那么很可能我们只是棋子，是诱饵。"

银蛇叹了口气，他四下看了一圈，问道："那个叫镧的小子呢？也被扣下了吗？"

法拉惊讶道："队长也不知道吗？龙舌兰始终没有提过，我们还以为他被队长救走了。"

三人陷入了沉默。就在这时，小婷端着一张刚刚烤好的比萨饼走了过来，说道："你们惹到那个大人物了？"

银蛇撇嘴道："省省吧，你是不知道她有多难对付。"

"我才不管呢！"小婷用力地将烤盘蹲在桌上，"如果她敢动子骁一根汗毛，老娘就一个字，干！"

2.

查尔多最近心情很糟。

他原本是"兰"的中层干部，由于在交易中谋取私利而被投入了组织的监狱。自从被捉住的那一刻起，他就已经心如死灰，准备在监狱里安静地等待死亡了。

然而这些天来，他却遇到了比等死还要烦人的事情——

"兰妹！兰妹！听见我说话没有？哎呀，别闹别扭了，那天我和索菲娅的事，你真的误会了！听我解释，给个机会好不好？其实这些年来，我一直都想找你来着，可你不是越爬越高嘛！我不好意思啊！兰妹，兰妹……兰姐！你是我姐总行了吧！"

隔壁那个黑头发的男人自从被丢进监狱的那一刻起，就一秒不停地大叫着。这些天来，查尔多已经听过不下40个版本的故事，涉及的女主角近百名。

这真是比死还要痛苦的折磨。

"省省吧，这个地方你再怎么叫，老大也听不到的。"查尔多终于忍无可忍了，他隔着两道栅栏，对那个男人说。

"切，你懂什么！"那个男人侧卧在床铺上，右手撑着脑袋，好似一尊劣质的雕像。"我和小兰，那可是心有灵犀的！我们之间只是有点儿误会罢了！"

说罢，他又大叫起来："小兰！小兰！我好想见你啊，求求你露个脸行吗？"

那呼喊声之痛心疾首、之情真意切，如果不是查尔多清楚老大的为人，他真的会认为这是出轨的丈夫在对着妻子忏悔。

查尔多叹了口气，蒙上被子，努力地在最后的日子里守护住心灵的清净。

突然间，清脆的高跟鞋声自走廊的另一端传来，那个讨厌的男人也停止了嚎叫。这种走路的声音查尔多十分熟悉，既带着居高临下威严，又让人忍不住憧憬。他匆忙坐了起来，只看到龙舌兰独自一人来到对面的牢门前，看着那个满脸谄媚的男人说道："出来吧，到你发挥作用的时候了。"

龙舌兰掏出钥匙打开牢门，那个臭不要脸的男人掸了掸满是灰尘的衬衣，单膝跪倒在龙舌兰面前，说道："小兰，你终于听到我的呼唤了。"

说罢，他拉起龙舌兰的一只手，想要行吻手礼。可还没等他的嘴唇碰到龙舌兰的手背，突然发出一声惨叫，继而双手用力地掐住自己的喉咙，在地上左右翻滚。

查尔多十分清楚，这就是老大的"能力"，只需看你一眼，便足以让你痛不欲生。"听懂我说什么了吗？快起来！"龙舌兰踱步到躺倒在地的男人面前，踢了他两脚。而那个男人真如蟑螂一般地爬了起来，唯唯诺诺地鞠了一躬，没敢再多说什么。

查尔多惊讶之际，却看到龙舌兰瞥了自己一眼，说道："需要人手帮忙。你，上来吧！"

◇

走进赌场的最上层时，即便是从小家境不错的法拉，也被这里的奢华震惊了。

3米高的对开铁门上镶着大漆实木浮雕，拱形屋顶被12根大理石柱支撑着，水晶吊灯好似夜空炸裂的烟火，低沉的管风琴声无论站在大厅的什么位置听都别无二致。

"今天你们在这里练习，我把客人们都赶走了。"亲自带他们前来的龙舌兰介绍道。

银蛇原本想要跟来，但龙舌兰今天特意点名，只允许罗星和法拉进入赌场。

"龙舌兰小姐……我记得这里的入场券，要卖上百万图灵币吧？"身边的罗星低着头问道。

"那是次高层的价格。想要进到这里只有一个办法，那就是获得我的认可。"龙舌兰一面说着，一面拍拍手，一张铺着蓝色桌毯的长桌从地下升了起来。"今天的练习项目，是二对一的豪斯。我们的赌资相同，但你们两人中只要有一人的牌面大过我，就算你们赢。"

法拉四下张望了一番，问道："赌资是多少呢？"

龙舌兰神秘一笑："今天训练的目的之一，就是让你们熟悉不以金钱为赌资的赌局。"

法拉感到一阵凉意。她早就听说在"柠黄"的赌场可以将器官作为赌资，莫非输掉这一场，她和罗星就要死在这里？

就在这时，大门被推开了，几名"兰"的人押着被五花大绑的老王和一位不认识的男人走到龙舌兰面前，老王的嘴里还塞着口球，样子令人不忍直视。

"我们今天的赌资，是他俩的记忆。"

龙舌兰脸上的微笑仿佛在讨论今天的天气一般。

◇

银蛇花了整整一个早上，才在地下城的一角找到了能够跨城市通信的公用电话。他花了5个图灵币，拨通了那个人的电话。

"真没想到，钟铃会把我的电话留给你。"还没等银蛇说话，对面的人便开口道。

"你怎么知道我是谁？"

"这个号码只有钟铃一个人知道，而她只可能告诉你。"

银蛇在心中叹了口气，面对这个人时，他的精神是高度紧张的。

"我有事相求。"银蛇简短地说道，"代价你随便提，只要你要，只要我有。"

"想从龙舌兰手里救出你的队员和老朋友吗？"

又被他占了先机。银蛇暗自啐了一口，装出一副若无其事的样子，答道："我只救罗星和法拉，那家伙随便。"

对面的人咯咯笑了两声，笑得银蛇心里直发毛。

"确实，你身上有我感兴趣的东西。不过这一次，我希望你听一下我的建议。"

银蛇没有说话，算作回应。对面继续说："龙舌兰的目的，是维持'平衡'。如果她失败了，世界恐怕会迎来一次变革。"

"你的意思是，让我帮助那个女人？"

"至少别妨碍她。我会在暗处看着你们的。"

对面说罢，便挂断了电话。银蛇听着手机里的忙音，检查了一番随身携带的子弹和炸药，转身向"兰"的基地走去。

去他妈的世界变革吧，该怎么做，我自己决定。

◇

罗星拿到了一对2和一对Q，底牌还没有看。身边的法拉神情紧张，她的牌面差一张是顺子，但从她的反应看来，最大也就是一对。法拉从小就这样，尽管她智商很高，但在牌桌上却不会掩饰情绪，一眼就能被人看透。

而对面的龙舌兰，牌面已经是黑桃10到黑桃K的顺子，按照剧本，

267

最后一张一定是黑桃A。

事实上，只要她想，就可以开出任何牌，甚至连对手的底牌都能换掉。然而自开场一来，她只会展示最大的同花顺，仿佛在告诉对手"这就是题目，自己想办法破解"一般。

"哥哥，姐姐，我已经想不起和小婷的第一夜了，你们可一定要赢啊！"

老王被绑在一把铁椅子上，头上罩着一个金属球壳。查尔多静静地坐在他身边，享受着同样的待遇。束缚他们的装置是一台旧时代的测谎仪，被外网感染成罪物后，能够读取人类的记忆，并生成代表记忆的筹码。

龙舌兰很喜欢这个罪物，给它起名叫作"谟涅摩绪涅"，跟希腊神话中司掌记忆和语言的女神同名。

罗星的手指有节奏地敲着桌面，努力思考着。想要赢过龙舌兰，只能自己摸到同花顺吗？不对，无论摸到什么牌，都会被她那匪夷所思的能力换掉。

"放弃。"几秒钟后，罗星放弃了思考。

"我也放弃。"法拉将纸牌扔到桌面上。

"不要啊！再争点气好不好，我……"

老王的惨叫还没结束，随着筹码滑到龙舌兰一边，他的身体触电般地痉挛起来。片刻后，老王睁开疲惫的眼睑，嘴里咕哝着："静子，我已经想不起你的脸了……"

与老王不一样，查尔多从心底尊敬龙舌兰，也深深为自己一时冲动犯下的错误而懊悔，因此尽管被老大当作筹码，他却为自己有机会赎罪感到欣慰。

"忘了说明，如果你们最终输掉，这家伙的记忆就会被永久删除。最后的样子嘛……"龙舌兰的指尖拨弄着筹码，"大概和三岁的孩童差不多。"

罗星不禁起了一身鸡皮疙瘩。拥有三岁头脑的老王，简直连地狱最深处的恶魔看到都会颤抖。

荷官开始发牌了。罗星的底牌是黑桃10，另一张拿到了红桃10。

这次能破解龙舌兰的同花顺了？还是不行，在翻开底牌的一瞬间，就会被对方换掉。

等等！

罗星灵机一动，虽然桌面上的牌自己没有办法换掉，但还有一个办法……

转眼间，荷官已发完了全部五张牌。罗星的牌面是一对10，法拉的是三条2，龙舌兰一如既往是从黑桃10到黑桃K的大顺子。

"我压3年的记忆。"

龙舌兰将代表了记忆的筹码仍在桌面上——不过是前几把从老王那里赢来的。

"我跟了。"罗星同样丢出筹码。目前，老王的记忆还剩下38年。

法拉犹豫了片刻，也丢出老王3年的记忆："我也跟了。"

"你们三思啊！三思啊！6年的记忆，如果恰好包含了玛丽那一段……"老王哀号着。一旁的查尔多默默地在心中将"人渣的女人数"增加到了121。

双方开牌，龙舌兰依然是雷打不通的同花顺，法拉拿到了开局以来最大的三条带一对，罗星的底牌被换成了梅花4。

龙舌兰莞尔一笑："你们又输了。"

"玛丽！善恩！英迪拉！索耶娃……"老王哭喊着叫出了十几个不同种族的女人的名字。

"等等！"罗星站起身来，厉声说道："你出千，我要求检查！"

龙舌兰耸耸肩："请便。"

荷官把手中剩余的牌滑成扇面，里面没有一张的重复的，没有破绽。但罗星进一步紧逼道："一副牌除去鬼牌总共52张，我们手中总共

15张，应当剩下37张。"

"你可以数一数。"龙舌兰笑道。

"不，牌堆里剩下的牌，毫无疑问是37张。不过……"罗星刻意顿了顿，龙舌兰和法拉都在全神贯注地看着他。他清清嗓子，说道："龙舌兰小姐，你的身后好像压了什么。"

既然龙舌兰有本事改变牌面，那自然能够控制牌堆里牌的数量。并且，单独拿掉几张牌，也无法证明作弊方是她。因此，当荷官发完牌后，罗星利用控制熵的能力，操作着一张牌悄悄藏在了龙舌兰身后。

这样一来，无论桌面上的牌是什么，她都会有口难辩。

龙舌兰嘴角微微上挑，她摸向身后，取出一张软趴趴的纸巾。

"看来我们的服务员打扫得不够彻底，我回头扣他们的薪水。"

罗星一屁股坐回到座椅上。他只知道龙舌兰能换牌，能凭空制造没有的牌，但万万没想到，她居然能把牌变成纸巾。

"可以继续了吗？"龙舌兰挑衅的眼神仿佛在说，如果这是真正的赌局，你们已经出局了。

法拉双拳紧握，一言不发；

罗星坐直了身子，将老王6年的记忆筹码推到龙舌兰那边；

老王的惨叫声又高了8度，正式进入花腔男高音的音域；

查尔多将"人渣女人数"添加到了133。

◇

尽管被关进了集装箱，还被四条粗壮的钢链锁着，斯特拉这些天来却过得很惬意。

"兰"严格控制了附近空间的外网浓度，使它无法取出吞噬过的装置，却能保持清醒的自我意识。

虽然被束缚了自由，但斯特拉本就是机车，停个把月不动是常事，因此对自由毫不向往。不如说如果可以选择，它宁肯当个御宅族。

尽管没办法使用吞噬的硬件，但读取软件存储的信息还能做到。于是，斯特拉每天的生活变成了听着Rap读小说。

它已经读腻了修仙和科幻，目前痴迷于本格推理。只不过由于视角和人类的有所不同，它会根据小说给出的信息遍历所有的可能性，最终针对小说的逻辑完备性和推理可行性进行综合评分。

"23分。自从公元2000年以后，所谓的新本格真是越来越差了。"斯特拉刚刚结束了一本书的阅读，自言自语地感慨道。

就在这时，外面传来了巨大的爆破声，地面随之震颤起来。一瞬间，斯特拉感到身边的外网浓度高了起来。

它立即从身体中取出电锯，割断了束缚自己的钢链，又将集装箱锯出了一个刚好可以通过的孔洞。虽然在这里生活也很闲适，但斯特拉并没有忘记自己的使命。

要去帮助罗星和法拉。

不知是不是"兰"觉得不需要重兵看守，斯特拉出逃的过程很顺利，甚至没有遇到什么阻挡。当它冲破最后一道铁门后，看到驾驶着机器外骨骼的雇佣兵，正在与一名穿着战术马甲和迷彩服、脚上却踩着人字拖的男人对峙。

"这就是兰的监狱？真业余。"人字拖男人啐了一口，将手中的火箭筒丢在地上，"早知道这么幼稚，就不带这些家什了。"

斯特拉辨认出那是抢劫黑市当天与之会合的男人，他是罗星和法拉的队长，名字叫"银蛇"。而此时此刻，银蛇不知道哪根筋搭错了，想要靠肉身挑战机械外骨骼。

斯特拉绷紧了弦，随时准备去支援赤手空拳的银蛇。

雇佣兵操作机械外骨骼摆出应战的架势，手臂上的链锯迸出电火花。

银蛇点燃香烟，用力地嘬了一口。

下一个瞬间，雇佣兵猛地冲了上来，高速移动的机械臂在地面踏出一阵扬尘。链锯斩下，银蛇从容地一跃而起，双腿夹在雇佣兵的头上，双手扯住一条机械臂。

斯特拉吃了一惊，这个男人莫非要对机械外骨骼使用关节技？

雇佣兵也没想到对手居然疯到这种程度，机械外骨骼的高度足有两米五，结构也与人体大相径庭，这种行为相当于自杀。

而银蛇不慌不忙地取出手枪，对着外骨骼的几个位置开了两枪，随即双臂猛地用力。伴随着金属断裂的声音，一条机械臂被卸了下来，雇佣兵的手臂也应声骨折，无力地垂着。

银蛇将枪口顶在雇佣兵的额头上："老子从8岁开始就每天和机器人干架，这种东西都拆过几百个了。"

然而斯特拉却猛然间发现，被银蛇扔到一旁的机械臂飞了起来，链锯瞄准了银蛇的后背！雇佣兵有分体遥控功能吗？或者是低等级的罪物？然而斯特拉已经没时间反应，在它取出武器之前，链锯就会贯穿银蛇的胸膛。

破风声响起，画面在刹那间定格。银蛇微微侧身躲开了致命的一击，链锯不偏不倚地插在雇佣兵的双眉间，那里喷出一道血柱。

"雕虫小技，如果钟铃发怒了，浮游炮少说也有20个。"银蛇看着倒下的对手，不屑地说道。他看了斯特拉的一眼，指了指外面：

"走，砸场子去！"

◇

又是一轮发牌，罗星拿到了顺子，法拉的牌面是同花。罗星根据她的微表情判断，底牌想必不是相同的花色。

但无论拿到什么牌，在最大的同花顺面前都毫无意义。

272

坐在铁椅子上的老王已是一张生无可恋脸，嘴里咕哝着的女人名字开始有了大量重复。在他的身边，毫发无损的查尔多已经放弃了计数。

"龙舌兰小姐……"罗星尝试着开口道，"我们可不可以请求暂停？"

龙蛇兰摆出一个请便的手势，在外围等候的服务人员立即拿来三个罩子，将三人的牌罩了起来。

罗星拉着法拉来到无人的角落，问道："你有什么想法吗？"

"啊？"法拉露出惊讶的表情，然而从她涣散的眼神中罗星可以看出，她此刻的心思很沉重。

罗星叹了口气："说说我的推理吧。龙舌兰的目标是训练咱们，既然如此，这场比赛就不会是死局，一定存在取胜的方法。"

法拉点点头，罗星继续说："但她的能力太强了，我根本没有头绪。唯一能想到的要素是，已经亮开的牌她无法改变，因为那是很明显的出千。"

法拉叹气道："虽然我人坐在这里，但实际上和龙舌兰对抗的，只有你。"听到这里，罗星想要开口说点什么，法拉却示意先让她把话讲完。"我们之前讨论过，龙舌兰之所以对我们感兴趣，是因为你有控制熵的能力。既然如此，她为什么要拉上我一起训练？赌局中的一切皆有意义，也许，我们的计划从一开始就错了。"

讨论最终还是没能得出个结论，而且罗星很清晰地感觉到了法拉低落的情绪。她并没有那种害怕困难的性格，这次到底是什么？

服务员将罩子掀了起来，龙舌兰面带微笑地看着两人，说道："我牌面最大，叫10年。"

说罢，她捡起1枚大号的筹码，丢了出去。

赌局中一切皆有意义，罗星在心中反复咀嚼着这句话。如果不将手段局限于牌桌，那么确实还有一个方法能够获胜。只不过一旦失败，后果将不堪设想。

最糟的情况，他和法拉将无法活着走出这间屋子。

罗星在心中飚了句脏话，问候对方祖宗十八代的那种。

不管那么多了，今天老王能被当作筹码，鬼知道明天会不会轮到自己。赢不了这个女人，一样没有未来。

"跟了！"

罗星对法拉使了个眼神，对方心领神会地也跟了10年。如果这把输掉，老王将失去总共44年的记忆。

罗星第一个开牌，顺子失败，最大是一张A。

法拉紧随其后，虽然不是同花顺，但好歹还有一对9。

龙舌兰的拇指和食指轻轻捏住牌角。

就是现在。

罗星开启熵视野，但他的视野并没有聚焦在赌桌上，而是径直看向了龙舌兰。他凭借最近锻炼出的微观分辨能力，让对方的大脑更加清晰地呈现了出来。在龙舌兰的头骨里，海量的信息川流不息，交织成错综复杂的网络。

在赌技上，罗星自认为是不可能获胜的。

既然如此，那就直接杀掉对方！

只用了零点几秒的时间，罗星便控制住了龙舌兰大脑中熵的流动。只需要稍稍扰乱动脉中的血流，使她的大脑大量出血，龙舌兰就会一命呜呼。

拼了！

然而，就在罗星准备扰乱对方大脑的时候，难以计量的信息涌入他的意识，他仿佛被旧时代堕落的亿万亡灵环绕，难以计数的呓语和呢喃如同海啸一般将他淹没，身体正在腐烂般的疼痛仿佛烙铁灼烧着骨肉。这种感觉罗星并不陌生，在收服斯特拉的时候，他曾经因为精神力耗尽而体验过——

外网。他此刻遭受的攻击，仿佛将意识直接连接了外网一样。

罗星一声惨叫倒在地上，双手用力地扯着头发，牙齿将嘴唇咬出了血。法拉立即起身准备去扶起罗星，却听到对面的龙舌兰说道：

"不错，想到了这一层，能给你50分。"

法拉惊讶地发现，龙舌兰的眼角渗出一丝鲜血。她若无其事地摆摆手，服务人员递上纸巾，她轻轻擦拭干净。

刚刚在自己看不到的地方，这两个人做到了什么？

然而龙舌兰没有留给法拉更多时间去讶异。她打了个响指，罗星立即停止了哀号。摆脱了痛苦的罗星努力想要撑起身子，却在经过两次努力后完全躺在了地上。

服务人员将罗星搀扶到一旁休息，龙舌兰将目光投向法拉，说道："如果我刚才的攻击力度再加大一些，或者对手拥有更强的能力，他已经是一个死人了。"

此刻，法拉很想怒吼说这完全是虐待，根本不是训练；但她也清楚龙舌兰所言非虚，面对他们，对方手下留情了。

龙舌兰露出仿佛天地异变都不会动摇的笑容，问道："你还有机会，要不要继续下注？"

3.

如果龙舌兰开牌，底牌一定是黑桃A。

法拉死死盯着自己的一对9，握紧拳头的手上沾满汗水。

掌握着特殊能力的罗星已经失去了资格，可龙舌兰依然没有叫停。不过是训练而已，再这样赌下去有意义吗？还是说，龙舌兰只是纯粹在享受征服的快感？

这难道还不算是死局吗？

就在这时，半死不活的老王喃了一句：

"小婷……我还想回那栋房子……"

有什么地方不对！

法拉曾设想过，筹码上的"年"只是记忆的一种计量单位，人类的记忆不可能以时间为目录检索。以1年的记忆为例，罪物在删除记忆时只是在全部记忆中选出了相当于1年的分量，但这1年的记忆并不是连续的，而是无规则地分布于人生的各个时间段，例如在1岁时取走5天，在2岁时取走7天，等等。因此，老王输掉记忆后才只是忘记了相处的细节，女人的名字依然叫得出。

考虑到保有的记忆不是连贯的，他应当神志恍惚了才对。

莫非……

"王先生，你还记得我是谁吗？"法拉灵机一动，问道。

"小法拉，有时间开这种玩笑，不如快些想办法救我出去啊！"好不容易消停下来的老王再次哀号起来。

法拉转过身去，直视着龙舌兰的双眼，问道："龙舌兰小姐，请教一下，我手中的筹码就是王先生的全部记忆了吗？"

不知为何，听到这句话后，老王的表情一下子变得特别难看。龙舌兰微笑道："我只取了他50年的记忆。"

法拉站起身来，走到测谎仪罪物跟前。操作界面十分简洁，除去开关外，只有一个旋钮控制数量。

原来如此。那一刻，法拉心中有了答案。如果龙舌兰想要扣押老王，那么不让他露面才是上策，刻意将他绑在这里完全是画蛇添足。

除非，老王本人也是赢得这场赌局的关键因素。

法拉将手指放在了旋钮上。

"喂，小法拉，你可别闹了……"法拉第一次见到老王紧张成这个样子，他的脸上甚至没了戏谑："要不这样，你们别管我了，跑吧！"

"对不起啦。"

法拉一咬牙，将旋钮转到了底。老王触电般地痉挛起来。随着他的一声声惨叫，代表记忆的筹码潮水一般涌了出来。

尽管做好了心理准备，但看到实际数量时，法拉还是吃了一惊。根据50年记忆的筹码量估算，老王的全部记忆少说也有400年。

因此对他而言，丢失了44年的记忆并不算什么。

也正是在如此漫长的岁月里，他才能有机会邂逅如此之多的女性。

能够赢得这场赌局的要素，龙舌兰一开始就为他们凑齐了，法拉在心中暗暗感慨。不，龙舌兰的考量应当更深，今天的赌局也许并非只是为了训练她和罗星，还有一个很重要的目标……

法拉抱起老王贡献的全部筹码，丢在桌上：

"全部压上，梭哈。龙舌兰小姐，你没有这么多赌资，跟不上，也是输了。"

第一次，法拉看到龙舌兰的笑容中带了一丝欣慰。不过，她并没有对法拉表示赞赏，而是走到老王面前，俯下身子问道：

"露馅了吧。不如一起来？"

老王哼了一声："我们给你造成的所有损失一笔勾销，事成之后所有罪物归我，再给我20 000个图灵币……不，10万个图灵币！"

龙舌兰拿起1枚老王的记忆筹码，摆出一个要掰断的姿势。老王的脸一下子绿了，扯着嗓子喊道："行，行，你说怎样我就怎样，行了吧？"

看着两位或许是老相识的人在互动，法拉握紧拳头，双肩忍不住颤抖着。

摘下老王玩世不恭的面具，逼着他加入赌局，也是龙舌兰重要的目的之一吧。然而即便看穿了真相，法拉依然感到有什么东西郁结在心里，甚至呼吸都十分困难。

她是在父亲和老师的劝诫下，为了见识一下更广阔的世界，才来到这座城市的。然而自从踏上"柠黄"的那一刻起，自己就在一刻不停地拖后腿。怂恿斯特拉去黑市比赛，却险些被乔亚·韦克杀害；想要帮着罗星悄悄买下罪物，却差点被烧死在赌场里；即便是今天，赌局也是靠着罗星和老王才勉强获胜。

但她又能怎么办？也许有些小聪明，但自己不过是一个普通人而已啊！为什么一定要去管那些自己压根就管不来、也不想去管的事情呢？

"等一下！"

法拉再也抑制不住自己的情绪，大声吼了出来。龙舌兰和老王不约而同地看向她，就连在房间角落里休息的罗星都瞪大了眼睛。

"龙舌兰小姐，你已经这么强了，为什么不自己去解决那个赌局呢？我们只不过是一些小人物，没什么大想法，也不想去管那些大事！你为什么就是不肯放过我们呢？"

龙舌兰一言不发地走到法拉面前，抬起右手。法拉恐惧地闭上了眼睛，准备迎接重重的一巴掌，或是一拳。然而，龙舌兰只是轻轻抚摸了她的脸颊，说道："你说得对。但你想要的东西太奢侈了，我给不起。"

法拉一惊，然而就在这时，身后传来一声巨响，房间的铁门猛地被炸飞了出去，在大理石柱上撞出一道裂痕。银蛇骑着机车飞驰而入，黑洞洞的枪口径直对准了龙舌兰。

"法拉，不要理这个家伙，闪开！"银蛇怒吼道。

龙舌兰不躲不闪，她一只手推开法拉，另一只手挥起重拳——

那一刻，法拉仿佛听到了深谷中的一声龙鸣，又好似穹顶上的一道炸雷。她甚至没能看到出拳动作的残影，斯特拉已经被重重地击飞出去，车身的钛合金扭转断裂，一个车轮被弹在半空。

银蛇抢先一步起跳，枪口依旧分毫不差地对准了龙舌兰。

在他扣下扳机的瞬间，龙舌兰一把握住枪杆，又回身使出顶肘。肋骨断裂的声音与枪声一同响起，霰弹枪的钢珠悉数打在远处的墙上，银蛇重重摔了下来，喷出一口鲜血。龙舌兰麻利地将霰弹枪分解成零件，又将枪管掰弯丢在一旁。

银蛇扶着受伤的腹部站了起来，飞速从腰间取出一把手枪，瞄准了龙舌兰。

"你们一个个的，张口世界闭口人类，和老子有狗屁的关系！"他咳出一口脓血，"管得了人怎么活，还想管人怎么死吗？"

"小蛇，怼得漂亮！"一身狼狈的老王乐了起来，"就像当年怼你老妈一样！"

银蛇转身一枪，子弹擦着老王的太阳穴飞过。老王匆忙赔了个笑脸：

"姐姐，你怼的是姐姐！"

银蛇改成单手持枪，另一只手取出匕首，将刀锋抵在自己的大腿上。龙舌兰能够让对手看到幻觉，一旦中招，他准备用剧烈的痛感让自己清醒。

法拉匆忙闪到一旁，担心地看着对峙的两个人。不知是不是受到银蛇话语的影响，龙舌兰眼中的光有些黯淡。

就在这时，一只手搭在法拉的肩膀上。法拉回头看去，原来是罗星跟跄着走了过来。罗星对着法拉点点头，又向前几步，走到银蛇与龙舌兰面前。

"队长，也许我们真没得选了。训练我和法拉，说服王先生加入，这些都是龙舌兰的目的，却又不是全部的目的。"他看看银蛇，又转头与龙舌兰四目相对，问道："告诉我，3天后的赌局，筹码是什么？"

"地球上1/10人口的生命。"

龙舌兰依旧平静地答道。

◇

　　罗星一行四人与龙舌兰围坐在赌桌旁，桌面没有收拾，甚至能看到战斗后散落的石屑。

　　诺兰对伤口进行了简单的包扎，跨立站在龙舌兰身后。龙舌兰示意她可以去歇息一会儿，但诺兰严词拒绝了，说保护老大是自己唯一的使命。她还想要帮助银蛇处理伤口，可后者早就用烧红的匕首为伤口消了毒，又将迷彩服撕成布条，缠在骨折的腹部。

　　老王保住了记忆，却对自己为何活了400年只字不提。

　　尽管经历了赌局和激烈的战斗，龙舌兰却看不出一丝疲惫的样子。她看着对面的四个人，说道："给你们说明一下。你们将要出席的赌局，在每次涌现到来之前，都会举办一次。"

　　罗星皱紧眉头。他对"涌现"的知识十分有限，只知道在那一天外网会变得异常疯狂，所有人都必须待在城市的家中，所有罪物一律不许使用，携带电子设备走出超级人工智能的保护范围更是严令禁止。但也有一些事情只有在"涌现"当天才能做到，例如获得W-005的使用权限。

　　"先从基本知识开始吧。每一座城市在'涌现'时都会严令禁止人们外出，知道这是为什么吗？"龙舌兰问道。

　　"红……不，每台超级人工智能都会运用所有的算力对抗外网，如果贸然离开城区，外网会有一定概率突破人类的脑关，强行连接人脑，导致人的精神崩溃。"法拉答道。

　　"纠正一下，涌现并不会对'深蓝'造成影响，外网对大气圈外层的干扰很小，但位于地底的'苍灰'却不能幸免。"龙舌兰说道，"第二个问题，涌现到来时，超级人工智能们需要用多少算力抵抗？可以用图灵币来衡量。"

　　"10亿？"罗星猜了一个自认为很大的数字。

　　"居民手里的图灵币，更多的作用是作为货币使用，并不能用来

280

计量超级人工智能的运算能力。"出人意料地，老王居然开始了说明。"维持一座城市正常运作的算力，每年要以万亿计。我猜，少说也是这个量级吧？"

龙舌兰令诺兰取来纸笔，写了一个"10"，又在右上角写了一个"12"。

10的12次方，1万亿，一个大到让欠了100万个图灵币的罗星失去真实感的数字。一旁的老王嘴角微微上翘，仿佛在说：看，我说对了吧？

银蛇撇嘴道："别唬人了，那几台破计算机一下子可拿不出这么多算力！"

龙舌兰没有正面回应，而是继续在纸上添了一笔——

她在10的12次方后面，加上了一个感叹号。

10的12次方的阶乘，写成科学记数法，大概是10的11万亿次方。这才是抵御一次"涌现"真正需要的算力。

"这么多的算力，人工智能自然无法提供，人类可以依靠的只有一种东西。"龙舌兰挑挑眉毛。

"……罪物。"法拉第一个得出了答案。

"跟我来。"

◇

罗星原本认为会被带去赌场的秘密区域或者"柠黄"的议事厅，可坐上龙舌兰的车后，诺兰却径直来到城市边缘的城墙附近。银蛇没有兴趣同往，罗星于是拜托他回去"幽红"做些事情。老王想借机逃掉，但在一声声哀号中，被"兰"的警卫人员押解回了监狱。

老旧的电梯在吱呀声中下沉着，顷刻间便来到了破产保护区。正当罗星惊讶于这里居然藏了秘密时，诺兰取出一张ID卡，在电梯操作区域刷了一下，电梯再次向下沉去。

"在13部电梯中，只有这部7号电梯能通往城市的最深处。"龙舌兰解释道。

"通常来这里的都是什么人？"法拉问道，"还是说只有你这种大人物才拥有权限？"

龙舌兰笑道："破产后绝望的人，身患绝症不愿意受苦的人，以及犯下不可饶恕罪行的人，等等。"

说话期间，电梯停了下来。在屏蔽门开启的瞬间，罗星嗅到了一股沉闷的铁锈味儿。根据电梯下降的时间估计，此处至少位于地面下方3 000米。

诺兰走在队伍最前面，黑色的军靴将铁板路踏得哒哒作响。四下的空间很开阔，远处的岩壁上贴满银灰色的隔热砖，空气中氤氲着水汽。

转过几道弯后，众人来到一处巨大的竖井前。罗星还是第一次见到如此壮观的人工建筑，竖井的直径近千米，比通常的田径操场还要广阔；下方是看不到底的深渊，仿佛一直通往地心深处。不过最惹人注目的，还是头顶上悬挂的钢铁圆球，蛛网般的管道自圆球向外延伸，插入岩壁之中。

"这就是托卡马克装置吗？在'幽红'还真的看不到这么先进的玩意儿。"法拉仰着头感慨道。

"旧时代的造物，已经兢兢业业地工作了几个世纪。不过反应用的重水和氚气已经没有生产能力了，吃老本而已。"龙舌兰解释道，"更麻烦的是，设备维护全都仰仗着几台老旧的人工智能，能玩转托卡马克的技术人员早就绝迹了。对比起来，还是'幽红'的热电厂更实用些。"

罗星四下里张望了一番，问道："怎么看不到那些被送来这里的人？在装置内部吗？"

龙舌兰反问道："装置最外层的温度也有几千摄氏度，去里面当燃料吗？"

诺兰说："老大，都办好了，出发吗？"

龙舌兰看着疑惑的罗星，半笑道："来吧，我带你去见他们。"

在诺兰的带领下，众人进入了位于竖井边缘处的另一部电梯。与罗星印象中的电梯不同，这部电梯的外壁由足有半米厚的板材焊接而成，电梯门的一侧装有透明的观景窗。

然而电梯下降没多久，观景窗外已经是一片漆黑，也不知设计者在这里装两扇窗子究竟是要看什么。

下沉的时间很长，长到罗星一度怀疑已经来到了地幔层。不知是不是受不了沉闷的气氛，龙舌兰主动开口道："外面的温度已经很高了，这部电梯因为是旧时代的产物，才受得住。放在以前，井壁上会亮起各色照明设备，据说还会根据电梯的速度生成动态图像。"

原来这才是观景窗的用途。罗星点点头，继续提问道："旧时代的人们为什么要挖这么深的井呢？"

"据说是为了建设另一座地下城市。如果不是附近的地下水资源太过匮乏，我们和'苍灰'就是邻居了。"龙舌兰答道。

几分钟后，电梯终于停了下来。再次走过一段窄路后，大家来到一处分岔的台阶前。

"来这边。"

诺兰难得地开口道。她迈着长短一致的步子，带着大家沿台阶向上走去。

"下面是什么地方？"罗星好奇地问。

"去过那边，就回不来了。"诺兰惜字如金地答道。

没走太久，四人来到一间白色房间里。诺兰按下墙边的按钮，白光自天花板倾泻而下，罗星的双眼一阵刺痛。门对面的墙壁变成了透明的落地窗，淡黄色的光自下方如呼吸般闪烁着。

"旧时代的照明设备如此迷人，真想给自己的卧室来一套啊。"龙舌兰踱步到落地窗前，招呼道，"来这边。"

罗星和法拉走了过去，透过窗子向外看。下方是一台圆柱形的大型装置，看上去像是样式老旧的托卡马克聚变炉，体积比上面那台小了很多。

为了达成核聚变所需的高温和高压，托卡马克装置是高度封闭的。可眼下这台的炉心处敞开着，却依然在运转，也不见周围的物体出现因高温而熔化的迹象。不用问，这种情况有且只有一种可能性——

它已经被感染成了罪物。

然而最令两人吃惊的，却是在托卡马克的一侧稀稀拉拉地站着一排人，迈着僵硬的步子走向炉心，然后便一头扎了进去，仿佛跳入黄泉比良坂的亡魂一般。

"跳入前，他们被注射了麻醉剂，以免产生过多的恐惧。"诺兰不带感情地解说，"所有选择了这条路的人，都在自愿协议书上签了字。"

罗星和法拉的心中憋了数不清的问题，可话到嘴边，却只是化作了一声叹息。

"你们觉得，人最壮烈的死法是怎样呢？"龙舌兰主动解释道，"在我看来，无非两种：身体按照质能方程转化为能量，意识按照庞加莱回归转化为算力。W-002能帮助你实现第二种死法。"

听到W-002的名字，罗星不禁一颤。每一个世界级罪物，都是足以改变历史进程存在，而且从编号来看，这台托卡马克的能力比W-005更加强劲。

龙舌兰继续解释道："四台超级人工智能的算力，根本不足以抵抗外网的污染。维护人类社会运转的，是W-002。将拥有足量自由意志的个体投入其中，就能转化出足以平衡外网的算力。"

白色房间内一片沉默。在这个糟糕的世界上，将一部分人作为牺牲品换取种群的延续，已经是见怪不怪的事情了。然而这次亲眼所见后，罗星和法拉才感受到了直击灵魂的悲壮。

半晌，法拉开口问道："足量自由意志，只有人类才可以吗？"

"我们试过各种动物、人工智能乃至罪物，可惜的是，目前能够被W-002转换成算力的，有且仅有人类。科学家那边也解释不通，只说和人脑中包含的'自由比特'有关。"

龙舌兰平静地道出了骇人的事实。

沉默，又一次的沉默，令人窒息的沉默。不知过了多久，罗星终于想到了什么，问道："一个活人，能够被转化成多少算力？"

"每个人都不同，就统计而言，比我们需要的算力要低上6个数量级。"龙舌兰答道。

6个数量级，10的6次方，即100万。

也就是说，想要挺过一次"涌现"，需要将100万人丢入W-002，转换成算力。

这个数字，代表地球上超过1/10的人口。

想到这里，罗星一下子明白了许多事情。上一次的"涌现"，造成了"幽红"外围城区的大规模坍塌，据说遇难人数高达几十万。而再上一次时他还是婴儿，那一次的"涌现"诞生了"弥赛亚"，全世界死去的人数同样以百万计。

罗星担心地看了眼身边的搭档，只见法拉双拳紧握着，肩头在微微颤抖。聪明如她，一定也猜到了事情的真相吧。不，法拉一定能比自己想得更多、想得更远。

于是，罗星代替法拉，问道："你想要我们参与的那个赌局，赌资就是人口，对吗？"

龙舌兰只是挽着手臂站着，一言不发。诺兰向前一步，代替老大说道：

"每次'涌现'出现前，4座城市的代表都会来到我们经营的赌场，通过赌局来决定牺牲人口的分配。保险起见，每座城市的基础赌资是30万人口，可以按照自己的意愿添加筹码。"

筹码？那可是活生生的人啊！

罗星强压下心中的愤懑，继续问道："你是要我们代表'柠黄'出场吗？"

"不。"龙舌兰接过了话题，"我要你们代表的，是4座城市之外的势力。我要你们将所有决定权赢下来，然后在'涌现'当天，我不但要无人牺牲，还要一举击溃外网！"

无人牺牲代表着没有人类被转换成算力。如果没有那100万人转换成算力，而全球一千多万人会在"涌现"中变成什么样子？龙舌兰口中的"击溃"外网又是指什么？罗星甚至没敢多想。

4座城市的领导者选择了牺牲少数保全整体，而龙舌兰选择了对外网宣战。究竟哪边才是正确的？

罗星最终放弃了思考。他松开了握紧的拳头，掌心已沁出汗液。

"龙舌兰小姐，你，究竟是什么人？"罗星问出了那个一直想问的问题。

龙舌兰微微一笑：

"我是一名'罪人'。"

4.

白山醒来的时候，发现自己躺在酒吧的沙发上，上半身搭着一条灰色的旧毯子。他撑起身子，脑袋一阵酸疼，于是用力拍打了太阳穴。

木门被推开，老板劳尔见他醒来，打招呼道："哟，还没喝死啊？"

"我敢赌10个图灵币，你小子的泥煤炸弹里绝对掺了工业酒精。"老白骂骂咧咧地站起身来，将毯子丢到一旁，"还贵得要死。"

"庆幸吧，昨晚陪你喝酒的那个家伙把账结了。不然就凭你在管理中心那点收入，要吃上2个月的蛋白质棒了！"劳尔一面说着一面走进吧台，开始清洗酒杯。

老白一愣。他依稀记起昨天喝到半醉时，酒吧里来了一位面色阴沉的家伙，二话不说就点了用雪莉桶装的威士忌。不知是想要蹭上一杯还是什么，自己迷迷糊糊地凑了过去，然后……

劳尔瞥了一眼断片的酒客，不屑道："你俩喝掉了我半年的库存，吐得一泻千里。如果不是那小子识相地多给了小费，我早把你丢到大街上去了。"

老白皱着眉头回忆了一会儿，最终还是放弃了。看看时间，还有半小时就要开工。这座城市里别的行业全是弹性工作制，只有该死的罪物管理中心要上下班打卡，而且需要同时检验人脸、指纹和ID卡。哪怕只有一个环节出了纰漏，"红"都会毫不留情地扣掉一部分薪水。

不知是不是宿醉作祟，老白越想越气。他抓起自己的夹克披上，想着至少别迟到，到了班上再补觉吧。

然而当他将手插进衣兜时，胳膊顿时凉了半截，酒也醒了大半——

他随身携带的管理中心ID卡，不见了。

◇

3小时后，老白坐进了议事厅的问讯处。这里说白了就是逼问嫌疑人口供的地方，特别是当议事厅大幅精简执法人员队伍后，问询官们更是一个赛一个凶神恶煞。

老白见过坐在对面的男人，他有着旧时代日本人的血统，名字叫勇次郎，姓氏不是什么山就是什么田。老白之所以会留意到这号人物，除了问讯官的特殊身份外，他那体重超过150千克的身躯让人想忘都忘不掉。

勇次郎摊开卷宗，嘴里吐着酒气问道："知道昨晚出了什么事吗？"

老白清楚，这是问讯官套话的技巧。他仔细斟酌着词句，答道："我也是刚听说的，管理中心有一件S+级别的罪物被盗了。"

"知道是什么罪物吗？"

"外形是打印机，类型是时间，名字叫爱……爱的教育。"

"爱的教育"是老白十分得意的命名，那本书中有一篇他非常喜欢的文章，叫作《小抄写员》。看到罪物打印机的瞬间，老白就想到，如果那个时代有打印机，孩子们就不需要受那种苦了。

勇次郎低下头，肥硕的手指在纸上飞速写了几句。老白大气都不敢出，截至目前，自己应答得还算不错。

"昨晚你干什么去了？"勇次郎继续问道。

终于问到关键了。老白继续装出战战兢兢的样子，说出早在心中想过无数遍的答案："我喝得烂醉，在酒吧里睡过去了，劳尔可以作证。"

"劳尔的证词是，'我看那家伙醉死过去，就把他搬到沙发上，还盖上了单子。我对待喝醉的客人一向温柔。'"

温柔你个鬼，还不是因为被塞了钱。老白在心中骂了一句，但嘴上还是匆忙应承道："是啊，我们都很喜欢他。"

"但劳尔可没有一晚上盯着你，帮你睡下后，他就离开了。也就是说——"勇次郎意味深长地拖着长音，"你完全可以装作喝醉，中途离开酒吧作案，事成后再跑回来装睡。这样一来，你就有了不在场证明。"

完蛋了，死棋。即便对方不是一心想要整死自己，仅仅在关键环节上认真一下，自己也是百口莫辩——正当老白灰心绝望的时候，却发现对面的勇次郎没有了下一步的动作，只是双眼直勾勾地看着他。老白立刻明白了对方的意图。他将双手交叉握在胸前，右脚有节奏地在地上点了两下。

勇次郎的眉毛动了动，还是紧盯着卷宗，没有作声。

老白心一横，又点了两下，对面也只是咂咂嘴，装模作样地写着什么。

混蛋，讹上我了是吧。老白纠结之际，不由得想起"涌现"即将来临，而每一次"涌现"发生时，城市里都会有大批人口失踪。他曾听说，议事厅可以决定到底由谁去死。

破财免灾。破财免灾。破财免灾。在心中默念了三遍咒语后，老白开始有节奏地点脚。你贪是吧，我就给到你满意为止。

当老白点到第八下时，勇次郎终于说话了："我刚翻看资料时，发现劳尔的藏酒昨晚少了很多。"

"对对对，都是我喝的，昨晚喝太多了！"老白匆忙接过话茬。

"这么多酒，就算是河马也被放倒了吧。想来你也没本事回去作案。"勇次郎阖上卷宗，"收拾一下早些回去，有事我们会再次传讯你。"

勇次郎将卷宗夹在腋下，牛皮纸盒仿佛嵌入脂肪中一般。正当他准备离开时，老白叫住了他：

"能不能告诉我，那个贼怎么干的？"

勇次郎抬抬眉头："他用了你的ID卡，又骗过了生物识别，名正言顺地走了进去。"

"监控呢？"老白匆忙追问，生怕这花费了800个图灵币的信息源跑掉，"从大门到仓库装了不下30个监控，你可别告诉我什么都没拍到！"

"你猜对了。"勇次郎冷冷地答道，"因为它们在拍到前，全部被子弹打碎了。"

肥胖过度的问讯官走后，老白低着头，呆呆地凝视着桌面。嫌疑人有且只有一个，那就是昨晚陪着他喝酒的神秘男子。老白自认一向谨小慎微，尽管喜欢时不时占点儿小便宜，但也不至于被人如此报复。更何况，自己和那个神秘男子还是第一次见面。

还有一种可能性，那名男子是化妆高手，昨晚看到的并不他的真面目。想来也是，那人能够轻而易举取走指纹和虹膜信息，变一下装还不是小菜一碟。

到底是谁呢？

"啊！"

◇

　　接到银蛇任务成功的信息时，罗星刚刚返回地面，躺在了"兰"组织提供的卧室里。法拉睡在隔壁。

　　赌局当天，每座城市可以派三名代表出战。按照他们的计划，罗星将是坐在赌桌上的那个，老王和法拉在两旁协助。

　　刚刚闭上眼睛，罗星便看到眼睑中映出了一行字：接入内网。

　　该来的还是来了。

　　罗星找了个靠背，让自己的腰舒服一些，然后连续眨眼三次，接入了内网。

　　四周依然是狭长的卧室，唯一不同的是，他面前站着一名周身闪着黄白色光芒、脸上没有五官的人。

　　"你好，红。"罗星装出一副若无其事的样子，打了招呼。

　　"你答应他们了吧。""红"没有废话，直接切入了主题。

　　帮助龙舌兰一事，罗星在心中一直有个顾虑，那就是他的能力完全是拜"红"所赐，如果"红"单方面终止合作，他将与普通人无异。

　　"人在屋檐下嘛。"罗星简短地答道。

　　"只要你答应不危害城市的利益，我就默许你的行动。""红"说道。

　　"具体怎么讲？"

　　"如果你赢了比赛，不要把牺牲品的名额分配到'幽红'头上。"

　　龙舌兰的目的是不产生任何牺牲者，尽管不清楚到了"涌现"时会有怎样的结果，但这个目标和"红"的要求并不矛盾。想到这里，罗星点了点头，说道：

　　"成交。如果我做到了，能不能减免一部分债务？"

　　"减免做不到，但可以将你的上缴比例下调至96%。"

　　罗星很想一脚踢过去，但他清楚自己并没有和"红"讨价还价的余地。他想了想，问道："龙舌兰要我代表的，到底是什么势力？"

"她没告诉你吗？""红"仿佛液态金属一般的脸上挤出一道皱纹，"你现在是'纯白'的代表，那是一座'罪人'们居住的城市。"

罗星吃了一惊，道："这座城市在哪里？"

"红"静静地站在那里，没有回答。罗星明白，这是"你不需要知道"的意思。他叹口气，继续问道："你跑来'柠黄'找我，不会只为了这事吧？"

"红"咯咯笑了两声，配上它那张没有嘴的脸，异常瘆人。"红"说道："赌局结束后，城市将进行一次扩建。"

罗星吃了一惊："这个时候？不等到'涌现'结束吗？"

又是无言的回答。罗星躁了起来，追问道："说吧，到底要我干什么？"

"我来找你，主要有两个目的。其一，从我的立场出发，我希望你在即将到来的赌局中获胜。老实讲，我对议事厅派去的代表不抱任何希望。""红"打开了话匣子，"其二，你的队长偷走的那件罪物，算是我借给你们的，赌局结束后必须带回来。切记，这非常重要。"

说罢，"红"便单方面结束了对话，内网的卧室中再次空空如也。

罗星无奈地摇摇头，连续眨眼三次登出了内网。可还没等他来得及消化方才的对话，电话便响了起来。

"你刚刚和'红'谈过了吧。"电话另一头的龙舌兰笑道。

"监视男人的卧室可不是淑女该做的事。"面对开了挂的"红"和龙舌兰，罗星甚至没了反抗一下的欲望。

"不必太过在意'红'的威胁。"龙舌兰自顾自地说，"你的身体已经和纳米机器高度融合了，如果'红'不再提供算力，另三台超级人工智能一定会抢着得到你。"说罢，她又补充了一句："当然，我并不是让你与'红'为敌。"

罗星没有作声。他自然不会完全信任"红"，但同样不会把身家性命全都堵在龙舌兰的身上。毕竟"红"说过可以遥控纳米机器自爆，轰隆一声，自己的小命就玩完了。

"也不用担心'红'会通过纳米机器杀死你。"龙舌兰继续说道，"为了精准固定在神经元上，纳米机器的尺度必须非常小。以现如今的技术水平，这种尺度的机器不可能具有攻击性。"

"龙舌兰小姐。"

罗星干巴巴地叫了一声。

"怎么？"

"你通过电话线也能读心吗？"

"我此刻读心的结果是，你认为这根本是无稽之谈。"

"那你怎么会知道我的心思？"

龙舌兰呵呵一笑，道：

"女人的直觉。"

5.

罗星有生以来第一次打扮得如此体面。

他穿上一板一眼的西服与衬衫，领口别着淡紫色的领结，又用发胶将不长的头发拢成背头。望着镜子里自己光秃秃的额头，他露出满意的笑容。

推开更衣室的门，罗星一眼就望见了自己的两名"随从"。法拉穿了一件墨绿色的露肩晚礼服，头上别着龙舌兰精心挑选的发饰，如果不是她那熟悉的眼角弧度，罗星甚至怀疑眼前站的是哪国的世界小姐。

最夸张的还是老王。褪去常年不好好系扣子的条纹衬衫和皱巴巴的牛仔裤后，他不再像常年混迹街头的无赖，反而在一身晚礼服和高檐帽的衬托下，出落成旧时代的一位绅士。如果并肩而行，旁人一定会认为他才是主角。

老王瞥了一眼面带惊色的罗星，说道："记得第一次坠入爱河时，我穿的就是这身。那是学校组织的一场舞会，在约翰·施特劳斯的舞曲中，我和她一见钟情。"

"如果她见到现在的你，一定会再次爱上你的！"法拉在一旁捧场道。不知是不是换了衣服的缘故，她的性格好似也更加少女心了。

老王轻咳两声，将话题拉了回来："你们年轻人的记性应该比我好，但我还是想再提醒一次。记得赌局的流程吗？"

"先是去到赌场，参加那里的晚宴与舞会。午夜12点，所有代表和随从会通过'兰'的空间型罪物，一并前往位于赤道地区的太空电梯，最终赛场就在那里。"法拉如数家珍一般背诵着。

罗星双肩一塌，叹气道："这可是赌命的事啊！还弄这些花里胡哨的，真不知道他们怎么想……"

话没说完，他的后脑勺便挨了老王狠狠的一巴掌。

"你以为这些繁文缛节只是做给别人看的吗？"老王煞有介事地训诫道，"从你踏入赌场的那一刻……不，从现在开始，你们就已经在较量了！"

罗星紧皱着眉，匆忙摸摸后脑勺。

挨一巴掌没什么，发型乱掉可就不好了。

◇

晚上8点整，三人一并来到了"兰"的赌场。

就在两天前，银蛇曾在这里大闹一场，险些把赌场连锅端了。"兰"的工作人员也真是高效，此刻这里已经看不出任何打斗的痕迹了。

走到门前，穿着一身黑色女士西装的服务人员礼貌地鞠了一躬，示意老王和法拉稍候。随后，她带着罗星进入一个独立的房间。

"请您通过安检，电子设备和罪物可以交给我们寄存。"服务员礼貌地说道。罗星摸摸衣兜，乖乖地将手机交了上去。他本不想带，可龙舌兰反复要求一定要拿着手机，直到最后一刻。

之后，服务员示意他走进一人高的透明罩子里。这是"柠黄"最先进的X射线透视仪，光源强劲，检测准确。在这个外网随时可以要了小命的时代，人们并不会在乎身体被X射线多照射一会儿。半分钟后，头上传来好似微波炉发出的"叮"声，服务小姐笑容满面地为罗星打开透明罩子，示意他可以入场，或者去房间另一侧等待同伴。

离开安检室，罗星来到一条狭长的走廊前。与两天前来这里训练时相比，地上铺了红地毯，头顶上悬了水晶灯饰，档次一下子拔高了很多。

罗星左手打响指，接入内网视野。

按照规定，赌场一带已经设立了最先进的防火墙，加之撤去了所有连接内网的硬件设备，理论上没有人能够连接上赌场内部。

当然，只是理论上。

防火墙存在的意义，就是用来突破的。在不使用设备就可以接入内网的罗星眼中，走廊上的内网空间一览无余——

原本空荡荡的走廊上，一共站了5个人。最远处的一个人用了定制的虚拟形象，只有人形的轮廓，周身则是由浅绿色的0和1拼凑而成，远远看去朋克感十足。更近一些是一对双胞胎，同样使用了定制的虚拟形象，长着精灵般的尖耳朵，胸前挂着夸张的水晶吊坠。站在走廊中间的是一名身材高大的骑士，周身披着鳞状铠甲，脸藏在面罩下，看不清面孔。

最惹眼的还是站在罗星身边的一位身着中式古装的女子，她穿着一身用绫罗编织而成的霓裳，衣摆在半空中摆出一个不符合万有引力定律的造型；她的一头黑发扎成了灵蛇髻，眉角带着一丝淡淡的哀伤。

这位女子名唤罗浅，而在这副美丽的外表之下，则是身为罪物的机车斯特拉。

看到斯特拉已经潜入进来，罗星索性连续眨眼三次接入了内网，以便同伴能够看到自己。于是他以"柠黄"的默认形象出现在众人面前，沙滩裤和吊带背心的组合在这个遍布了科幻、奇幻和玄幻风的走廊中，显得如此特立独行。

斯特拉一眼就认出了罗星，高兴地凑上前去，说道："主人放心吧，今天就交给我了！"

罗星上下打量了它一番，问道："为了这身形象，你从龙舌兰那里诓了多少钱？"

斯特拉四下张望了一番，凑到罗星耳旁，说出一个令他胃疼的数字。

罗星咳了两声，强迫自己咽下一肚子的苦水。他偷看着那些在观察他的人们，小声问道："他们是什么来路，打探清楚了吗？"

这是一场关系到上百万人口的赌局，尽管在组织时已经千方百计地防止出千，但从根本上讲，依然是一场千术之间的较量——就看你有多大的本事了。

而内网，自然是出千者们的必争之地。

"没有必要。"面对主人的询问，斯特拉露出一个自信的笑容，"把他们都赶走就是了。"

说罢，斯特拉自腰间取出一把周身锃亮、形状酷似小号，却比小号小一些的乐器。就在不久前，它刚刚拿着这把名叫"九儿"的唢呐在地下格斗场一路斩杀，并最终夺魁。

"主人，麻烦您暂时回避。"

罗星一面狐疑着唢呐能做什么，一面退出了内网。与此同时，他再次开启内网视野，看到斯特拉将"九儿"缓缓贴在嘴唇上，开始了吹奏。

《彩云追月》。

这是一首源自旧时代中国的民乐，节奏轻快，层次分明，如果不是用唢呐演奏，罗星真的能够随着曲调看到一群脚踩五彩祥云奔赴天宫的仙子。但此时此刻，他却从斯特拉的演奏中看到了浩浩汤汤的冥府大军，踩着难以计数的由怨气形成的冤魂，去天宫夺权。

仿佛回应了斯特拉的召唤一般，盔甲骑士首先有了反应。他猛地用双手捂住耳部，却不能减缓哪怕一丝的痛苦。唢呐攻击针对的是听觉传输线路的，即便操作虚拟形象捂住耳朵，也不会有任何帮助。

几秒钟后，盔甲骑士痛苦地双膝跪地，继而化作一道光晕消失了。他背后的操作者已经无法继续承受攻击，选择登出内网。

接下来受到冲击的是双胞胎，看到盔甲骑士的惨状，他们已经做了准备，在身体四周张开一道藤蔓编织的防火墙，牢牢地将两人包裹在其中。

斯特拉的嘴角微微上扬，嘹亮的乐曲继续流泻而出。

下一瞬间，藤蔓墙壁燃起了熊熊烈火。双胞胎立即采取行动，他们变化出虚拟键盘飞速输入着，一泓泉水自地下涌出，迅速浇向近旁的火苗。在水与火交融的刹那，藤蔓墙壁上冒出了腾腾蒸汽，火焰非但没有被扑灭，反而用高温将泉水蒸发了。

熊熊的烈焰燃烧成通天的火柱，在一瞬间将藤蔓墙壁烧得精光，连同双胞胎一起焚成了焦土。

双方对垒期间，数字人早已做好了应战准备。只见他挺直身躯，张开双臂，一道水银般的墙壁在他的身前张了开来，填满了整个走廊。数字人一个响指，无数的0和1从水银墙壁上冒出，又凝聚成数之不尽的剑刃，尖端全部指向了斯特拉。

"站在这里干什么？快走吧！"

一只手突然搭在罗星肩上，吓得他一个激灵。法拉已完成了安检，用看傻子一般的眼神看着他。

"随便想想也能知道啊，他在看内网呗！"老王也随后走了出来，不屑地啧啧嘴。"我要是有你这本事，早就……"

罗星警惕地看看四周，压低音量对两人说道："内网里有个可怕的敌人，斯特拉它……"

此刻的内网中，数字人在变幻出成百上千的剑刃后，居然又凝聚出了数十枚洲际导弹！

"嗨，我还以为有多大事呢。"

法拉一副云淡风轻的样子，拉起罗星的手，强拽着他向走廊尽头的宴会厅走去。

"可是……"

"在斯特拉面前，都是小儿科。"

罗星将信将疑，一步三回头地往前走。还没等他走出多远，随着唢呐一声高亢的长鸣，走廊内掀起一阵金色的风暴。好似天罚降临一般，数字人和他的冷热兵器转瞬间被卷入风暴，化作光晕消失得无影无踪了。

◇

于是，三人在斯特拉的陪同下，一起进入宴会厅。

宴会厅中人不算多，除去工作人员外只有一名身材高挑的老年男性，他一只手举着高脚杯，轻轻摇晃着里面的红酒。看到罗星等人前来，他主动打了招呼：

"你好，我叫劳伦斯，是'深蓝'的代表。"

罗星微微欠身，向劳伦斯介绍了己方的三人。当听说他们是"纯白"的代表时，劳伦斯挑眉道："你们的事情我早有耳闻。也许有些不礼貌……但你们真拿得出30万人吗？"

"我们有足够的手段，能够提供30万人可以转换的算力。"罗星说出了早就准备好的答案。事实上，他连那座所谓的"纯白"城市在哪里都不知道。

劳伦斯抿抿嘴，没有再说什么。罗星反问道："劳伦斯先生，您没带随从吗？"

"不需要。"劳伦斯笑道，"这场赌局对'深蓝'而言，是无本的买卖。"

"深蓝"是一座位于近地轨道上的太空城，最初是人类为了躲避外网的影响而开辟的疆土。但悬浮在外太空是有代价的，最明显的便是水、氧气、食物等生活必需品的匮乏。为了减少生命活动的消耗，"深蓝"的居民们统统将意识上传到内网，肉体则躺入培养皿里，仅靠最少量的营养物质维持生存。

由于对内网的高度依赖，"深蓝"对内网的开发是所有城市中最成熟的，"蓝"甚至可以将意识进行复制，这项技术是其他三台超级人工智能难以企及的。基于此，"深蓝"想要制作人类，只需要克隆出躯体，再将复制的意识注入即可。

于是，"深蓝"想出了一个和其他城市交易的方法。身处外太空的他们并不会受到"涌现"的影响，但依然会派代表来参与赌局。赌局结束后，他们会"收购"其他城市代表手中的筹码——"深蓝"提供被W-002转化为算力的人，其他城市则用巨量的基础物资来交换。"作为祭品"的人会尽量选择使用死刑犯的意识复制并注入，在道义上也不至于说不过去。

换言之，不论输赢，"深蓝"真正的居民都不会因为赌局而丧命，因此劳伦斯才会说这是"无本的买卖"。

劳伦斯端起餐桌上的红酒杯递到罗星手上，说道："相逢即是缘。为了人类的明天，干杯。"

"干杯……咦？"

罗星还没抬起手臂，酒杯便被老王夺了过去。老王用手肘顶了顶罗星的小臂，笑道："我看你是太紧张了吧？居然忘了自己酒精过敏。"

说罢，他自顾自地与劳伦斯碰了杯："为了人类的明天，干杯！"

老王说罢便一饮而尽，劳伦斯不满地看着这位不速之客，只轻轻抿了一口。

"你为什么帮我挡酒？"事后，罗星小声问道。

"那老头早就在酒里混了纳米机器，喝过之后，你看到的东西全都会传到他的眼里。"老王耸耸肩，"在大型赌局中，这属于常规操作。"

"纳米机器？他怎么带进来的？"罗星吃了一惊，追问道。方才的安检可是将随身物品查了个底朝天。

"你不是也带进来了吗？"老王上下扫视着罗星，"事先注射到自己体内，需要时取一滴血就行了。安检什么的只是摆设，欺负老实人罢了。"

罗星和法拉听得一身冷汗，以至于等待期间完全没有碰过餐桌上的酒水和食品。而罪魁祸首老王却毫不在乎地胡吃海塞了一番，在被问到为什么不怕被下毒时，他拍着大饱二足的肚子，说道："这叫舍命陪君子！牌桌上帮不到你，就只能酒桌上帮喽。"

大概半小时后，"苍灰"的代表走入宴会厅。这是一名年龄比罗星和法拉略小一些的少女，身材娇小，有着一头银色的卷发，皮肤白得不似活人。

"'苍灰'的人喜欢改造肉体，这大概是副作用吧。"法拉小声嘀咕道。

少女先是同劳伦斯打了招呼，继而走到罗星面前，伸出白细的手掌，微笑道：

"你好，我是月影。"

罗星微笑着同少女握了手，可还没等他开口自我介绍，月影却说道："你好，罗星哥哥。"说罢，她看着法拉，说道："你是法拉姐姐吧，这么漂亮的女孩儿，应该不会叫王子骁这么个没品位的名字。"

在一旁大口朵颐的老王被噎了一口，却装出一副没听到的样子，只是干咳了一声。

法拉眉头微蹙，问道："这是……你的能力吗？"

"是的！"月影毫不避讳地答道。

罗星当然不会去询问月影能力的详情，而是偷偷地观察了月影的随从：那是两位身材超过2米、筋肉结实的黑衣男子，两人留着别无二致的平头，戴着别无二致的墨镜，做着别无二致的动作，仿佛一个模子里刻出的雕塑一般。

不一会儿，"幽红"的代表也进入了宴会厅。领头的是位一板一眼的中年男子，罗星在宣传海报中见过他，应当是议事厅的某位高层。

比较惹眼的是代表的两位随从。左边一位身材微胖，尽管少见地穿上了正装，罗星还是一眼便认出那是打过几次照面的，法拉的父亲。尽管罗星和法拉一起长大，但法拉父亲的工作很忙，加之罗星从小住在彩虹园，所以两人见面的机会很少。

罗星担忧地看向法拉，她正目不转睛地凝视着父亲，父亲也纹丝不动地凝视着她。不知过了多久，两人不约而同地收回了视线。法拉走到罗星近旁，小声说了一句：

"好好比赛，我没事的。"

相比起法拉的父亲——全名应当叫作利德·塔普斯特——而言，罗星更加在意的是另一位随从。尽管那人见到他后只是微微一笑，罗星的后脊梁还是窜过一股寒意——

东老师。

他为何会在这里？或者说，议事厅为何会找他来帮忙？这人向来高深莫测，加之上一次见面的遭遇，罗星心中悬起了好几个大大的问号。

就在这时，罗星透过内网视野看到斯特拉在叫他。

"主人能听到吗？我就直接说了，有三件事。"

在罗星不接入内网而仅开启视野的情况下，斯特拉看不到他。由于赌场关闭了监视摄像对内网的信号传输，内网中的人能够感受到的只有一成不变的建模，想要获取信息还需要现场的人向他们传输。这也是赌场防止赌客通过内网作弊的手段。

"其一，我刚才检索了一下，走廊里被干掉的几个家伙应当是'幽红'派来的。"

罗星尴笑两声。"幽红"的代表一副心事重重的样子，原来是自己的底牌一早就被打掉了。尽管对城市没有太过特殊的感情，不经意坑了故乡一把，罗星心中还是有些过意不去的。

"其二，'幽红'的那位代表叫作陆冰，之前做过罪物猎手，查不到他有没有特殊能力。"

"其三，那名高个子随从并没有在计划名单里。发现内网的帮手被干掉后，陆冰才临时通知他，替换掉了名单中的另一位。"

汇报完毕后，斯特拉便一动不动地站定，飘逸的服饰把她衬托得仿佛哪座仙山的仙女一般。

基于斯特拉带来的信息，罗星简要分析着："红"曾说过他不看好议事厅选出的代表，想必那个陆冰能力有限。陆冰清楚自己的实力，于是留了一张底牌，那就是东老师。

大家全部到齐后，身为东道主的"柠黄"的代表才姗姗来迟。两名随从分别是"梅"和"竹"的上层，名字应当叫作优作和普洛夫，罗星在龙舌兰那里看过他们的资料。令罗星惊讶的是那名代表，他不久前还曾和这人一起抢劫、一起吃喝、甚至还睡在一起——

镧。

自从黑市大火事件后，罗星就再也没有见过他。这些天来他究竟经历了什么？

罗星惊讶之际，镧却主动迎了上来，露出一个陌生的笑容，说道：

"您好，我是'柠黄'的代表阿提姆，请多关照。"

罗星按捺下一肚子的疑问,同阿提姆握手致意。

几乎紧跟着"柠黄"代表的步伐,一声盛装的龙舌兰走进宴会厅,在众星捧月般的注视下,高声宣布:

"欢迎各位代表莅临,希望你们能度过一个愉快的晚上。我宣布,舞会正式开始!"

6.

走过空间型罪物"罗生门"后,罗星终于感到一阵解脱。这是一扇装配了电子门锁的铜门,被外网感染成罪物后,可以连接到几千千米外的地方,缺点是一旦选定目标,几年内无法更改。

为了应对舞会,在结束了赌局的训练后,龙舌兰强制他和法拉进行了24小时不间断魔鬼式交谊舞训练。其间罗星一度睡了过去,没承想龙舌兰居然使用了幻术,让他在梦中继续训练。罗星永远无法忘记当他睁开双眼时,身体居然保持和梦中一样的舞姿时的崩溃。

"给我听好了!舞蹈中的每一个动作、每一个眼神、每一次肢体接触,都是为出千埋下的伏笔。只有征服了舞池,才有资格坐上赌桌!"龙舌兰坐在高台上,长腿自旗袍的分岔处翘出,双手把玩着一支教鞭。"你们只有很短的时间,但必须形成肌肉记忆,听懂了吗!"

托她的福,踏入舞池的时候,两人已经能够做到神不知鬼不觉地触摸对方身体90%的部位。

多说一句,由于此次参赛的女性压倒性的少,法拉和月影成了大热门,最终龙舌兰不得不命令诺兰带着一干女士下场帮忙。至于她本人,在第一曲开始时就被老王厚着脸皮强拉下舞池,两人优美奔放的舞姿迎得了阵阵掌声。

天底下敢这么对待龙舌兰的男人，有且仅有老王吧！罗星暗自感慨道。

　　三人的战术很简单：现场完全依靠罗星的能力、法拉的智慧和老王的经验，一旦形势不利，就令所有人同时"重启"——通过已经被命名为"爱的教育"的罪物打印机。

　　为了实现全员同时重启，必须同现场十名代表和随从建立物理接触。作为舞场红人的法拉承担下了这个任务。她一面同大家跳舞，一面神不知鬼不觉地将超长的纳米碳管粘在了对方身上。几首曲子下来，现场所有人都成了"一条绳上的蚂蚱"。

　　月影那边则由罗星负责。共舞时，月影凝视着罗星的眼睛，饶有深意地笑道："你们的计划还真有趣。"

　　罗星惊得出了一身冷汗，好在月影也没有再多说什么。

　　跳完全部十首曲子，大家站在落地窗前，迎着月色举起酒杯——

　　窗外传来了隆隆声，继而是冲天的火光。临近街区爆炸起火，浓黑的烟雾一下子蹿了老高。

　　众人一阵惊讶，特别是阿提姆的两名随从，脸色十分难看。宴会上不许携带任何通信设备，即便他们想和组织联系，也只能等到赌局结束。

　　紧接着，又是一次爆炸，这次位置更远，火光也更耀眼。在众目睽睽下，爆炸的火光如同一条火舌，顷刻间便蹿过了整个城区。

　　爆炸平息后，老王凑到罗星耳边，低语道：

　　"重置建立完毕。"

　　罗星心领神会地点点头。这些爆炸和火光，就是银蛇向宴会场内的罗星他们传递信息的手段。凭他精准的爆破功夫，不但能将爆破当作发信器使用，还能保证不造成任何伤亡。

　　而老王，居然能从爆破中读出信息来。

◇

在地球文明行将荒废的今天，太空电梯能够运作，完全是个奇迹。这个奇迹归功于某个罪物。它不但为电梯提供了重新运行所需的能源，还将其改造成了特殊的场所——赌场。

刚刚走下飞机，罗星便看到一身蓝色条纹西装的瘦高男子已经等在了那里。远处圆饼状的电梯舱体悬在夜空，仿佛众神的楼宇。由于太空电梯的线缆使用的是纳米尺度的超长碳纤维，尺度小于人眼识别的极限，远远望去就好像电梯浮在空中一般。

"大家好，我叫'23'，在你们的罪物命名系统里，编号是W–023。"男子微微欠身，自我介绍道。

关于23，罗星自然早有耳闻。它早年是一台赌场用智能机器人，后被外网感染，成了拥有自主意识的罪物。23能力强大，对人类却没有敌意，只想要遵从身为人工智能的底层逻辑，将赌场经营好。他原本的编号为W–015，与人类接触后，就强烈要求使用与自己名字相同的编号。托他的福，迄今为止，15~22号的世界级罪物到现在还是空缺。

大家面对23站成扇形，人形罪物开口道："欢迎大家来到我的赌场。进入之前，我会为大家介绍规则。

"加入这场赌局的基本条件是能够提供相当于30万人口，或等价算力的赌资，这点相信你们已经事先确认过。

赌局从大家登上太空的电梯的一刻起，到电梯登顶为止，时长总计23小时33分45秒。尽管你们的赌资已经事先确定，但只要得到全部参赛者的认可，就可以通过我来添加赌资。

我并不会作为庄家加入赌局，因此并不会主动指证出千行为。当你们发现其他玩家的出千行为时，可以向我提出申诉，申诉时需要详细说明对方的出千手段、时机以及效果。申诉一旦成功，出千者将受到惩罚；反之举报者就要承担惩罚。"

"这个惩罚是什么呢？"月影举手问道，看样子她也是第一次参与赌局。

"受到惩罚的人会被丢出电梯，赌局由同一代表团的其他成员顶上。赌局结束前，如果某个代表团的成员全部出局，则判定为失败，剩余赌资由其他代表团平分。"23环视着大家，问道："有问题请尽管提出，我会知无不言。"

"赌博项目怎么确定？"陆冰提问。

"以半小时为单位，按照掷骰子、21点、豪斯的顺序循环进行。想要更改项目以及轮转顺序，需要你们到场的所有人投票通过。"23解释道。

"在往届比赛中，出现过人口以外的筹码吗？"一直沉默寡言的劳伦斯开口道。

"有的。"23立即答道。

"我想知道，能够代替城市人口的筹码，究竟是什么？"劳伦斯追问。

23看向众人的方向，似乎在寻求认可。少顷，他微微点头，道："是时间。在57年前的赌局中，'柠黄'以城市的10年时间为代价，换取了相当于10万人口的筹码。"

众人一惊，法拉第一个忍不住开口问道：

"如果输掉了时间……会怎样？"

"输的一方，城市中所有的存在，包括生物、非生物、空间，会自动跳转到10年后的时刻。赢的一方，则得到了重置到10年前，重过一次的机会。"23解释道。

"谁赢走了那10年？"法拉追问。

23又是沉默地看向众人，片刻后摇头道："对不起，我不能说。"

大家陷入了短暂的沉默。少顷，罗星开口问道："你能够保证绝对公平吗？"

23注视着罗星，硅胶合成的眼球中毫无情绪波动。他平静地答道："不能。"

这两个字的回答，背后有什么深意吗？是指只要能够瞒过23，就可以尽情作弊吗？罗星一时也想不出门道。

"最后的胜利者会怎样？"月影问道。

"按照惯例，我会将控制牺牲者选择权的'钥匙'交给他。'钥匙'的功能是控制空间型罪物，当涌现来临时，它会在W-002的上方开启时空门，让牺牲者通过。"

见众人已无疑义，23侧身摆出一个邀请的动作：

"请大家进入赌场。"

◇

代表们围坐在正五边形的赌桌周围，除去劳伦斯外，身后都站了两名随从。23站在正中的位置，戴着白手套的双手轻轻拍了几下，赌桌上顿时冒出无数的马赛克，在几秒的时间内稳定成骰盅和三枚骰子。

"空间能力……"法拉用极小的音量说。

"不，是时间。"23立刻答道，"所有道具我都储存在了一个不会被打扰的时间段里，需要时取用即可。"

法拉捂住了嘴巴，父亲站在她的正对面，用力点了点脚。

23继续说道："这一局的规则，是猜大小。具体分为三个步骤：第一步，所有选手摇晃骰盅；第二步，按照顺时针的方向依次加注赌资。第一轮首先投注的是坐在东面的月影小姐，其余轮次则由上一轮的获胜者首先投注。所有选手不再加注后，此阶段结束。"

月影微笑着耸了耸肩，神情轻松自如。

"第三步，每位选手猜测其他选手的骰子大小，每猜中一人积一分，猜错不积分，分数最高者获胜。如出现平局，则由最高分者平分败者的赌资。大家有什么问题吗？"

4名选手纷纷点头示意。23将左手平举过肩，说道：

"好。那么赌局现在开……"

"他出千！"老王突然大喊道。

赌场内一片哗然，众人纷纷投来惊讶的目光，就连被老王指证的优作都是一脸蒙圈。现场不动如山的，只有月影、东老师和23。

"你这个混蛋在胡说什么？想刚开场就被丢下去吗？"优作愤怒地大喊，山羊胡似乎要被怒气吹起来一般。

"他在屁股兜里藏了一枚骰子！"老王的语气之肯定，就好像在说人掉了脑袋就会死一般。

优作怒吼道："你得了失心疯吗？来来回回安检，我都快扒掉皮了，怎么可能……"

他突然静了下来，因为他下意识去摸屁股兜的手，果真摸到了什么硬硬的、立方形的东西。优作颤巍巍地取出那物件，果然是一枚骰子，比赌桌上的道具小了一些，颜色和花纹也不尽相同。

但不管怎么说，这毕竟是一枚骰子。

当然，即便"柠黄"想要出千，也不会用这么低级的手法。在老王大喊"作弊"之前，罗星就开启了熵视野，硬生生地从桌角的木板上抠出一枚骰子，又控制骰子神不知鬼不觉地飞进了优作的衣兜。时间紧张，他完全来不及精雕细琢，因此外形上差了一些。

"裁判，以上是我的申诉，请您裁决。"

刚还在大吵大闹的老王恢复了跨立姿势，静静站在罗星身后。只要不开口，他还是能做出一副绅士模样的。

23看向了优作，问道："你有什么要申辩的吗？"

优作急得用力跺脚："我没有带这东西，他这是诬告！"

"你如何证明？"23追问。

"我……"优作有一肚子话要说，却发现此刻说什么都是苍白无力的。

怎么证明这东西不是自己的？用指纹吗？可自己刚刚摸过了啊！

从一开始就着了这家伙的道！

"'柠黄'代表团还有什么要说的吗？"23继续问道。

普洛夫挤着眉缓缓摇头，阿提姆淡淡地回答说没有。

"其他城市的代表呢？"23看向月影和劳伦斯，两人纷纷摇头。

"申诉成功，即刻执行惩罚。"

23伸出一只手，朝向优作。

"等一下……"

优作还没能完整喊出一句话，身体便化作几道光，顷刻间不见了踪影。几乎在同一时刻，电梯外传来了隐约的惨叫声。

果真，是名副其实的"丢出去"。即便太空电梯的速度不算快，这里也是三四千米的高空了。不过优作作为城市的代表，一定也准备好应对惩罚的措施了吧。

"惩罚结束。"23平静的语气似乎在播报今天的天气，"下面开始第一轮……"

"他出千！"

又是不等到裁判说完，老王就自顾自大叫了起来，这一次针对的对象是同样来自"柠黄"的普洛夫。

不知是不是一回生二回熟的缘故，赌场里的众人没有了上次那种惊讶。"柠黄"的代表阿提姆头也不抬地冷笑了一瞬，众人的视线不约而同地看向普洛夫。

罗星暗自得意，凭着对老王的了解，这家伙绝不会只来一次就满足。这一次，他已经准备好了三枚骰子，随时准备塞进普洛夫的衣兜里。

被指证的普洛夫冷笑道："说吧，我的骰子藏在哪儿？说错了，被丢下去的可就是你了！"

与此同时，操作骰子的罗星也在头疼。从普洛夫背在身后的双手中，他嗅到了不逊于银蛇队长的战斗直觉。如果让骰子就这样飞过去，很可能被他当场抓获！

老王的嘴角微微上扬，冷笑道："你把骰子藏在了身体里！就在你左边的肾脏上！"

听到这话，罗星险些喷了出来。你胡闹也要讲个基本法吧？但他还是开启熵视野，向着普洛夫的体内看去。几乎没有废任何力气，罗星便在普洛夫的左肾上发现了一块骰子大小的硬物——

一块肾结石。

"裁判，以上是我的申诉，请您裁决。"

照本宣科地说完结束语，老王又恢复了安静的帅大叔姿态。

23将视线投向普洛夫，几秒钟后，淡淡地说道：

"申诉成功。"

现场一片哗然。首当其冲的普洛夫愤怒地挥舞着拳头，大叫道："我的身体里有骰子？开什么国际玩笑！我说裁判，你不会和他们是一伙儿的吧？"

23一言不发地走向普洛夫。当与赌桌接触时，他的身体居然毫无阻碍地穿了过去。他站在普洛夫正对面，与那个愤怒的男人四目相对。

普洛夫被人形罪物冰冷的视线看得有些发毛，支吾道："你……你想干什么？即便你是裁判，如果拿不出证据，我也不会承认！"

23抬起右手，径直向普洛夫体内探去。普洛夫一惊，可当23的手掌穿透皮肉时，他却没有感到任何疼痛或不适，就仿佛对方的手掌是空气一般。还没等普洛夫做出动作，23的手已经收了回来，将一颗灰褐色的、石头材质的骰子摆在了他的面前：

"证据在这里。这颗骰子是从你的左肾中取出的，请放心，我尽量避免了伤害内脏。"

普洛夫瞟了一眼23手掌上带着血丝的骰子，又摸了摸腰部。他清楚自己有结石的毛病，但军人出身的他向来对疼痛不屑一顾，只要不影响行动力就好。但此刻，他实实在在地感到了腰部的轻松。

"'柠黄'代表团还有什么要说的吗？"23照例问道。

"没有。"阿提姆依然是一副事不关己的态度。

"其他人呢？"

众人自然纷纷摇头。

"执行惩罚。"

一道光闪过，普洛夫也被丢了下去。23踱着步子走向赌桌中心，在宣布赌局开始前，先一步看向了老王，问道："还有谁出千了？"

老王摆出一副难为情的样子，挠挠头，又轻咳两声，指着月影的两名随从说道："他，还有他，我一并举报了吧！"

与阿提姆的随从不同，"苍灰"的两名保镖没有做出任何反应。23照例问道：

"请说明理由。"

"这一位……寸头大脑门先生，"老王干脆用外观特征指代了不知姓名的对手，"他的左眼里集成了X射线透视功能，证据是他的虹膜是古铜色的，而铜靶可以作为X射线源使用。"他的视线又扫向另一名随从，"这位高鼻梁双下巴先生，他中指的指甲里集成了激光探测器，甚至没有做伪装。既然想要出千，我奉劝他还是先练好基本功吧。"

23盯着"苍灰"的两名随从看了片刻，答复道："申诉成功。'苍灰'代表团有什么要说的吗？"

"没有。"月影代替自己的随从答道，"我早就说过不需要随从，絮叨的博士非要塞两个人过来。"

"执行惩罚。"

两名高大的保镖也化作光消失了。被老王一顿折腾下来，赌场里只剩了9个人。执行过惩罚后，23问老王道："还有吗？"

"等我一下哈……"

老王深吸一口气，视线在现场剩余的选手中游移。他先是扫了一眼陆冰和劳伦斯，很快移开了视线；在反复观察月影和阿提姆许久后，他最终将目光落在了东老师的身上。老王缓缓伸出食指，指着至今未发一言的东老师，说道：

"是他。"

23顿了半拍，问道："你确定？"

老王咬着上嘴唇嘶了一声，答道："没错，就是他。他的肚子里有一颗……反物质爆弹，能炸掉地球的那种。"

在众人惊讶的神情中，23跳过了所有中间步骤，径直宣布道："申诉失败。按照规则，你可以申请检查对方的身体，需要吗？"

"行吧。"

老王迈开步子，走到东老师面前，礼貌地点头致意，东老师也很配合地张开双臂。老王隔着风衣摸了摸东老师的腹部，又拍了拍他的后背，转身对23说道：

"对不起，我弄错了。我愿意接受惩罚。"

23看向罗星，问道："'纯白'代表团有什么要说的吗？"

罗星自然是憋了一肚子的话，此刻却无法向老王发泄。面对冰冷的裁判，他只得无奈地摇头。

"执行惩罚。"

化作光束消失前，老王对着罗星和法拉竖起拇指，摆出了一个平生最酷炫的造型。

◇

银蛇半躺在沙发中，嘴里叼着花费半个图灵币买来的劣质香烟。小婷没好气地端来一盘水果，一把抢走了他手中的烟头。

"抽抽抽，就知道抽！有这时间去帮帮子骁啊！"一通抱怨后，她毫不在意地叼起抢来的烟头，吐出一口烟雾。

银蛇无奈地摇头，就在这时，他腰间的发信器震了起来。手机的通信范围仅限于同城，这东西可是他花大价钱买来了异地通信设备，能够突破外网的限制，实现类似于BP机的功能。

这东西响了，意味着老王完成了使命，成功脱出了电梯。此时的赌场中的对手已被他尽可能地踢掉，是设置重置点的最佳时机。

"过来过来！"银蛇冲小婷摆摆手，"不是想帮助你的子骁吗？来摸一下这东西。"

银蛇的手指向了摆在沙发一角的"爱的教育"。

"我一直想问来着，这玩意儿到底是什么宝贝？"小婷问道。

"一句两句说不清，你摸就是了。"

小婷哼了一声，毫不犹豫地拍了拍打印机的键盘。

"就这样？"她问道。

不用银蛇回答，罪物打印机便吐出了一张长长的纸，最前面写着银蛇的个人信息。小婷瞥了一眼便放弃了，银蛇捋着字迹看到最后，用力敲打着小婷的肩膀，道：

"你运气真不错，立大功了！"

那张纸上写着：重置条件，一个对象的体温偏离初始值2℃以上。如果不是小婷的运气，他将不得不拉着事先捉来的猫猫狗狗依次触摸罪物，直到重置条件刷新为体温的偏差。

这是他们在最初就定下的战术。

7.

罗星将三枚骰子丢入骰盅，手腕上下翻动摇摆着。经过了龙舌兰的训练，这些动作他也能做得煞有介事。

劳伦斯第一个将骰盅扣在桌面上，其余代表也先后完成了动作。23操着无机质的嗓音，说道："请诸位代表下注，从月影小姐开始。"

　　月影闭着眼睛，食指轻敲桌面。少顷，她将一枚筹码丢在桌上，说道："100人。"

　　100人是筹码的最小面额，也是每次下注被允许的最低额度。由此看来，月影此局相当谨慎。

　　月影左侧的阿提姆丢出一枚同样的筹码，没有说话。

　　"放弃。"劳伦斯将骰盅推向一旁。

　　轮到陆冰了。罗星悄悄盯着他的一举一动，想要推断出此人的实力。陆冰身后的利德依然是一副紧张的神情，额头甚至挂着汗滴，视线时不时看向女儿；东老师则平静地站着，好似要将自己溶化在空气中。

　　身为代表的陆冰则闭上了眼睛，不知在思考些什么。过了好一会儿，他睁开眼，也丢出一枚面额为100人的筹码。

　　劳伦斯撇着嘴笑了笑，月影和阿提姆依然是一副事不关己的样子，仿佛一切尽在掌握之中。

　　轮到罗星下注，他也毫不犹豫地跟了面额为100人的筹码。看到法拉的视线投过来，他左脚足尖轻点两下——意为他掌握了两个对手的情况。

　　在摇晃骰盅的过程中，罗星就已经开启了熵视野，月影、阿提姆、甚至包括一开始就放弃的劳伦斯，他们手中骰子的点数都被他看得一清二楚。

　　可是，罗星却看不透陆冰的骰子。他的骰盅表面看不到任何熵的起伏，更不用说透视过去探查里面的骰子了。

　　这是什么能力？是东老师在帮忙吗？罗星心中攒了不计其数的问号。

　　由于没有人加注，第一局将以最低赌资迎来开盘。

　　"请说出其他选手骰子的点数，同样从月影小姐开始，按顺时针方向进行。"23摆出一个"请"的手势，"为了防止先后顺序产生的不公平，你们说出的信息将只有我能听到，最后一并公布。"

23转向了月影，请她说出猜测的点数。月影微笑着开口，却没有发出任何声音。非但如此，她的嘴唇附近看上去十分模糊，仿佛光线被扭曲了一般，无法通过唇语解读。

在罗星的熵视野中，月影的身体被巨量的信息流裹挟着，就仿佛摇滚现场的喃喃声一般，完全无法辨别。

这就是世界级罪物W-023的能力，在这家赌场里，他就是规则。

听过月影的陈述后，23跳过放弃的劳伦斯，又用同样的方法询问了阿提姆和陆冰。当转到罗星这边时，四周一下子安静了下来，仿佛进入消音房间一般。

"罗星先生，请说出您的猜测。"23说道。

透过熵视野，罗星再次确认了一遍众人的点数。月影和阿提姆的骰子没有变化，陆冰的骰盅依然是一片漆黑，看不到任何有用的信息。

"'苍灰'是3、3、4，10点；'柠黄'是5、5、6，16点；'幽红'……"罗星索性用城市名称代替了人名。既然看不到陆冰的骰子，他只得瞎猜道："3个6，18点。"

23轻轻点头，旋即声光屏障消除，环境白噪声又一次进入罗星的耳廓。瓷娃娃脸的荷官张开双手，一块全息屏浮现在半空，浅蓝色的背底上映出一张写着白色字体的表格，上面对应着写出了每个人的猜测。对于罗星、月影和阿提姆的点数，所有人给出了同样的猜测；对陆冰的猜测却大相径庭。

罗星清楚自己的点数，而另外三人都猜对了。于是他盯住自己的骰盅，将一枚骰子从2翻转成1。

23打了个响指，骰盅自动飞起落在一边。他之所以这样做，想必是为了防止有人在开启骰盅时动手脚。

陆冰的点数最终定格在了3、4、5，从结果上看，只有月影一人猜对了。月影露出了开心的笑容，轻轻拍着手掌。

"下面公布此轮成绩。月影小姐，2分；阿提姆先生，1分，陆冰先生，2分……"

法拉俯下身子，在罗星耳边轻语道："你过早暴露能力了。"

罗星只是回以微笑。诚如其言，第一轮不过是彼此试探虚实，他方才的操作相当于站出来大喊了一声：我能控制骰子哦！

"此局月影小姐、陆冰先生、罗星先生获胜，平分赌资。"23宣布了结果。第一局的输家只有"柠黄"，除"深蓝"外的三城则分别赢得了33人。因为没有比100人更小的筹码了，只得暂时将结果计入电子系统。

罗星抬头看看时间，第一轮花费了大约7分钟。如果按照这样的节奏，30分钟只够进行4轮比赛的。

"下面开始第二轮。"

23面无表情地宣布。

◇

之后三局进行得很快，每一局的流程都如出一辙：劳伦斯从一开局就会放弃，月影、阿提姆和陆冰每次都只赌100人。既然已经暴露，罗星索性每局都会在别人公布猜测结果后改变骰子的点数；加上再没有人猜对陆冰的点数，三局下来能猜对两人的罗星和陆冰分别赢取了300人的筹码，只能猜中一人的月影和阿提姆则成了输家。

与每人手中的30万人的赌资相比，这点胜负可谓毫无进展。

其间，罗星一直试图寻找其他人出千的方法，却始终一无所获。

就在这时，法拉又一次俯下身子，用一只手挡住脸颊，对罗星耳语道："你有没有发现，每次猜点数时，那个陆冰都会闭上眼。只要他闭眼，我老爸的神情就会很紧张，我猜里面一定有猫腻。"

罗星没有作声，以几不可视的幅度轻轻点头。他抬头看看挂钟，距离掷骰子结束还有10分钟左右的时间。掷骰子是罗星唯一的优势项目，他控制熵的能力可以靠翻转骰子来改变点数，却不可能改变扑克的牌面。想要取得先发优势，必须堵上一把。

没等罗星想好对策，月影却抢先开口道：

"这样下去，怕是有些无聊呢……"她刻意打了个呵欠，看着面无表情的23说道："玩一局有趣的吧，'冷锋骰子'可以吗？"

"需要得到其他玩家的认可。"23立即答道，"并且，距离掷骰子结束只剩9分58秒。"

月影看向大家，问道："你们有兴趣吗？我们固定一下赌资……就5万人吧。"

阿提姆哼了一声，推出一叠筹码，道："我跟了。"

"你们年轻人太疯狂了，我Pass。"劳伦斯单手托着下巴，干笑道。

陆冰一副犹豫不决的样子，索性站起身来和两名随从讨论起来。罗星尴尬的举手提问道：

"不好意思，'冷锋骰子'究竟是什么？"

训练时间有限，龙舌兰有太多的细节没来得及交代，例如赌局的一些特殊玩法。

"是一种建立在量子力学基本原理上的特殊骰子。"23照本宣科地解说道，"硼原子外层有5个自由电子，用人类文明的语言来描述，其电子轨道是2s2s1p。最外层的p轨道电子，在考虑电子自选后，共有6个等概率量子态，恰好可以对应骰子的6面。在赌局中，会有一个单个的硼原子被放置在高真空、极低温且激光制冷的腔体中；同时，空间中会集成强磁场。每名选手按下按钮时，会有一个能量恰好的飞秒激光脉冲打向硼原子，其p轨道电子会被激发，量子态随机六选一，按照能量高低记为1~6。这一电子的量子态会被我记录下来，作为选手骰子的点数，每位选手掷3次。其余的步骤与普通赌局无异。"

换言之，这会是一次作弊难度非常高的"掷骰子"赌局。选手非但要能够准确掌握自己获得的点数，还必须探查到其他选手的情况。罗星目前对微观尺度的操作最高到达过原子核的尺度，对于尺度更小的电子而言，他完全没有信心。但换个角度思考，这个赌局对其他选手也一样困难。尽管还没有摸清楚月影和阿提姆的底牌，但想必他们操作起微观粒子来也不能信手拈来。

陆冰还在与利德和东老师讨论着，从他的神色来看，似乎准备放弃。但无论别人的底牌如何，掷骰子自己相对更有优势这点是不会改变的。

"我跟了。"罗星淡然地说道。

◇

陆冰最终还是放弃了赌局。23打了一个响指，赌场空闲的位置出现了一台约一人高的设备，主体是一个直径大约1.5米的不锈钢圆球。圆球的四周对称地插着8支圆筒，从圆球内部延伸出一根根筷子般粗细的探针来。

月影兴致勃勃地凑了上去，摸摸圆球腔体，又敲敲圆桶，口中不住称赞着。

"哇，居然有两种波长的激光器！太酷了。"月影兴奋得像个小孩子——从外表看，或许她真的就是小孩子。

"为了尽可能接近绝对零度，需要两级激光冷却，波长分别为399纳米和556纳米。"23解释道，"即便在这间赌场里，我也必须遵循物理规律。"

罗星透过熵视野观察着腔体，接近绝对零度的空间内几乎看不到熵的流动。除去陆冰的骰盅外，这是他见识过的最接近理想黑体的物体了。

23从腰中取出一块长度约7英寸（约等于0.18米）的电子屏，屏幕亮起后，上面出现一张表格。罗星总觉得这张表格看上去十分眼熟，却想不起它叫什么。

"元素周期表……"一旁的法拉说出了答案。

"这莫非是世界级罪物W-010吗？"外表与镧别无二致的阿提姆第一次露出惊讶的神情，"它又名'元素周期墙'，是旧时代的电子教具被感染而生成的，能够提供质量不超过1吨的任何元素！"

罗星被他的说明吓得不轻——对于很多放射性元素而言，哪怕只是千克量级，也足以引发核爆。至于110号之后那些U打头的元素，压根就在讨论之外。

"这只是仿制品，能够提供的元素量在单原子量级。"23解释道，"毕竟，W-011的能力要强于我。"

说罢，他的手指在元素周期表上"硼"的位置上方一点，尽管球型腔体中看不到变化，8只激光器却自动工作了起来，冷却水泵嗡嗡轰鸣着，8束或蓝或紫的光束聚焦在了腔体内的一点上。在肉眼不可见的微观尺度，激光束缚着一个孤零零的硼原子。

"'冷锋骰子'准备完毕，请上一局的胜者罗星先生先掷骰子。"23操着冷淡的语调说道。

罗星走上前去，把手指放在了红色的按钮上。

飞秒激光脉冲以光速飞行，被激发出的外层电子速度也很快，想要捕捉或操控它们显然是不可能的。这样一来，唯一的胜机就在设备的接收器上。23说过，他无法违背物理定律，这也就是说，捕捉受激电子的接收器一定集成在某处，否则23无法获知结果。

罗星站在操作台前已有十几秒的时间，如果再不进行操作，恐怕会被宣判主动放弃。然而他无论如何寻找，腔体内部在熵视野中都是一马平川，找不到探测器的踪影。

究竟藏在哪儿呢？

或者说，23为什么要藏起它？

突然间，罗星捕捉到了灵感的尾巴——23并不是把探测器藏了起来，而是一直把它摆在那里！

受激电子除去能量外还有速度这个参数，而速度是矢量，是带有方向的。也就是说，它可能飞往腔体中的任何一个地方。因此，腔体内壁上遍布的全是探测器！

想通了这一点后，罗星从容地按下了投掷按钮。脉冲激光器发出轻微的"哒"声，现场特别安静，只有冷凝水泵在不知疲倦地聒噪着。

就仿佛什么都没有发生一般。因为一切物理过程都发生在原子尺度。

几乎在按下按钮的同一刻，罗星在熵视野中观察到，腔体内壁的某个部位闪烁出微不足道的亮点。如果不是他将视野的分辨率提高到了微米尺度，完全无法注意到这一刹那。他之所以不继续提高分辨率，是因为一来对大脑的负担太重，二来分辨率过高后，关注全局会变得十分困难。

罗星并不清楚亮点的位置意味着什么，但他还是认真地记了下来，因为他还有最可靠的帮手。连续操作三次后，罗星一言不发地走下操作台。当法拉询问情况时，他默默地说出了三次亮点的位置。

法拉一下子火了，几乎忘了控制音量："你让我计算电子的非弹性散射？而且只有几分钟的时间？你以为我是超级人工智能啊！"

罗星一面安抚着法拉的情绪，一面道歉说自己只能做到这步了。法拉没好气地取出纸笔，开始了疯狂的计算。一旁的月影和阿提姆看到这边，只是淡然一笑。

很快，三人都完成了操作，罗星也记下了每次电子散射的位置。

"下面请说出其他选手的点数，我同样会屏蔽信息。"23转向了罗星，"由罗星先生开始。"

有了声音屏蔽后，法拉终于放开了，皱着眉头说道："事先说好，我可不保证能算对啊！你知道笔算量子力学有多难吗？"

"知道，知道，但没有你，我肯定输定了！"罗星连忙赔笑脸。

法拉翻开笔记本，看着上面密密麻麻的算符和方程，说道："月影的点数是2、4、4，共10点；阿提姆的分数是3、3、6，共12点。"

23看着罗星，问道："这个结果你同意吗？"

"当然。"罗星点头道，他话锋一转，"不过我有个问题，'冷锋骰子'真的完全无法作弊吗？"

23立即答道："我能保证的只有两件事：其一，赌局按照预定的流程进行；其二，赌局的结果不容更改。"

说罢，他再次陷入沉默，只用冷冰冰的眼睛与罗星对视着。罗星耸耸肩，表示没有问题了。

很快，月影和阿提姆也说出了猜测。23如往常一般，将三人的猜测结果以表格的形式展示了出来：

罗星这边，月影和阿提姆都猜了1、1、5，共7点；对于月影和阿提姆的猜测，大家也完全保持一致，整张表格就仿佛商量好一般整齐。法拉看到结果后长出一口气，自己的计算总归没有出错。

"下面公布结果。"23平淡地宣判道，"阿提姆先生积2分，罗星先生和月影小姐积1分。阿提姆先生获胜。"

现场一片震惊，就连观战的陆冰和劳伦斯也都露出了不可思议的神情。

"不可能吧！我为什么是1分？"月影索性喊了出来。

"你猜错了阿提姆先生的点数。"

月影用力咬着拇指的指甲，似乎在回忆着什么。少顷，她继续问道："阿提姆的点数应当是多少？"

23立即答道："阿提姆先生在第三次发射激光脉冲后，受激电子以三万万亿分之一的概率被腔体里残余的空气分子捕获，并因此而形成了二次电子。所以阿提姆先生正确的点数应当是3、3、0，共6点。"

罗星只在影视剧里见过把骰子摇碎的场面，没想到阿提姆在微观尺度上玩了一次！

观战台上的利德发出了疑问："这种事情发生，是否意味着赌局并不公平呢？"

法拉用力地点着头，似乎有着与父亲相同的疑问。

"我说过，我做的一切，都无法违背物理定律，因此也做不到绝对真空。"23答道。

"那可是三万万亿分之一啊，怎么可能……"想必是身为科学家的执着吧，利德还是无法接受这个结果。

"然而，它就是发生了。我能够保证的，只是这个结果绝对真实。"

在23冷冰冰的说明中，掷骰子的环节结束了。"纯白"和"苍灰"分别损失了5万人，"柠黄"成了最大的赢家。

8.

在21点的赌局开始前，与世无争的劳伦斯提议休息片刻，大家都同意了。23只是挥挥手，赌桌上的骰子和骰盅便消失不见了，取而代之的是各式糕点和饮品。

舞会时太过紧张，罗星和法拉都没有吃什么东西。看着23变出的美味糕点，两人终于忍不住了，大口吞咽着。这可是世界级罪物提供的食品，总不可能再被掺了纳米机器吧？

几块糕点下肚，罗星顿觉头脑都灵光了些。法拉凑到他耳边，小声问道："斯特拉没过来吗？"

"从柠黄飞到这里差不多要跨过半个地球，想是很难赶来了吧！"罗星叹气道。

谈话期间，阿提姆端着一个装满了红酒的高脚杯走了过来。看到罗星露出警觉的神情，他半笑道："别紧张嘛，我只不过多赚了10万个图灵币而已。"

"你既然能够控制三万万亿分之一的概率，从理论上说，也可以操纵概率令我们猝死。"法拉毫不客气地回应。

"哈哈哈哈——"阿提姆突然大笑起来，仿佛听到了什么很搞笑的事情，"操纵概率？我可做不到。除去世界级罪物外，能做到的只有弥赛亚了吧？"

笑过后，阿提姆猛地静了下来，就仿佛扩音器被拔掉了电源一般。他抿了一口红酒，小声说道："可以透露一点，我靠的全是计算。"

"这可是你自愿说的，别指望我们礼尚往来。"罗星板着一张扑克脸应道。

"你是怎样操作熵的，我并不准备深究。"阿提姆只说了一句话，罗星立马打了个激灵。罪魁祸首干笑两声，继续说道："但我希望能够和你达成攻守同盟。"他瞥了一眼远处的月影，"那个女人能感知别人的信息，我讨厌她。"

罗星白了他一眼，道："有什么好处吗？"

"你还真是不客气。我想想……"阿提姆装出一副思考的样子，"'柠黄'的永久居住权怎么样？你可以从此离开'幽红'，亏欠'红'的100万个图灵币也就一笔勾销了。"

罗星将一粒花生米丢入口中，没有回应。阿提姆一口气将杯中的红酒灌了下去，把高脚杯丢在桌面上，说道："我的提案应当很有吸引力，考虑一下吧。"

离开罗星身边时，他突然回过头来，补充了一句："火锅的味道，真不错。"

罗星依然没有作声，只是默默地端起了一杯橙汁。

没一会儿，月影也走了过来。一坐下，她便拿起一块糕点填进嘴里，惊叹道："提拉米苏！那个该死的23，为什么给我桌上放的全是巧克力？会长胖的啊！"

法拉扫了一眼月影不足40千克的娇小身材，强忍住吐槽的冲动，问道："'苍灰'没有这种东西吗？你们以生物改造为主业，伙食应当很好才对。"

"博士擅长改造各种生物，除了可以吃的。"月影哼了一声，"要知道我们现在最常用的子弹，就是一次花生改造失败后的产物。"

刚刚吃过花生的罗星愣了一下，又拍拍肚子，还好没什么异样的感觉。他不想继续这个话题了，于是径直问道："月影小姐有何指示？"

月影并没有停下手上的动作，她又拿起拿破仑咬了一口，一面咀嚼，一面说道："罗星哥哥，我希望你能帮我一起对付那家伙。"

她的拇指指向了阿提姆的方向。

"为什么？"罗星平淡地问。

"他……咳咳！"不知是不是边吃边说的缘故，月影被呛了一口，剧烈咳嗽起来。法拉匆忙递过水杯，又帮忙拍了拍后背，月影才将食物顺了下去。她长舒一口气，说道，"我观察他好久了，在这场赌局里，他将成为最大的定时炸弹。"

见罗星一副不信任的神情，她半低下头，一面摆弄着发梢，一面小声补充道："因为那个家伙既不是人类，也不是'罪人'。"

◇

21点的赌局开始了。

作为这次比赛特殊的规矩，5个城市的代表将轮流成为庄家发牌，23只负责监督和辅助。赌局中不设置买保险之类的规则，发过两张牌后，由不是庄家的四名玩家开始下注，庄家只有选择是否要牌的权利。如果庄家获胜，赢得四名玩家的赌资，继续坐庄；否则，获胜玩家从庄家那里拿走2倍赌资，成为下一轮庄家，其余玩家则拿回自己的赌资。

赌桌变成了扇形，上一把的赢家阿提姆坐在庄家的位置上，其余玩家按照相等间距坐在他对面。

23变出一副扑克牌，向大家简单展示后递到阿提姆手里。阿提姆熟练地将牌滑成扇面，又收回手中，麻利地洗起牌来。

罗星紧盯着阿提姆的双手，试图找出下手的机会。特训时，龙舌兰特别讲过，庄家在21点中拥有绝对的优势，因为他有着充足的时机控制牌的顺序。在庄家洗牌结束的瞬间，胜负差不多就确定了。

龙舌兰的能力是干扰玩家的认知，即便牌发出去了也能随意改变。正是因此，她被禁止参加城市间的赌局。

阿提姆开始发牌了。他本人的明牌是Q，其余四人的两张明牌点数之和均不足17。

法拉凑到罗星耳边，轻语道："注意到没有，你们四人的手中都有Ace。"

罗星点点头，分析着场上的局势：阿提姆作为庄家，初始的两张牌完全可以给自己发一副"黑杰克"，这样就做到了先手必胜。然而，如果所有人猜到他的做法并选择放弃，他就会白忙一场。所以他投下了诱饵——桌上的四张Ace（A牌），这意味着他并没有拿到"黑杰克"，其余四人还有机会。并且根据概率计算的结果，当玩家手中牌的点数之和小于17时，应选择继续要牌。

"请大家下注吧。"阿提姆代替23说道。他刻意扫了月影一眼，嘴角微微上翘。

罗星努力思考着：即便阿提姆能够精准地控制牌的顺序，也依然存在不确定性。除去庄家外的四名玩家都可以选择要牌或者不要牌，这样一来，仅仅一轮下来就有2的4次方（即16）种可能性。除去一开始就发给自己黑杰克（A牌和T牌）外，几乎不可能找到一种必胜的分牌法。

下注开始。劳伦斯一如既往地选择了放弃，罗星、月影和陆冰分别投注了最小的100人筹码。

"我不要牌了，你们几位呢？"阿提姆面带微笑地说。

放弃要牌，就意味着放弃了自己拿到黑杰克的可能性。阿提姆葫芦里卖的什么药？

罗星开启熵视野。牌面上的颜料可以形成在热分布方面的微弱区别，对于能够观察微观尺度的罗星而言，"透视"扑克并不困难。

阿提姆扣住的牌是黑桃J，牌堆上方的第一张牌是梅花10。继续透视虽然也能做到，但会消耗更多的脑力，倒不如等第一张牌发完后再看。

"我要。"陆冰轻巧敲桌面，一张牌当即滑到他的手中。陆冰掀起牌角看了一眼，啧啧嘴，将一张梅花10亮了出来。他径直将100人的筹码丢入阿提姆面前，后者丝毫不为之所动，眼睛直勾勾地看着即将做出选择的罗星。

下一张牌是红桃3，如果要到手中，罗星的点数将达到19。如果他选择停牌，月影将拿到这张牌，点数会达到18。

这是什么路数？养肥了再宰吗？

"罗星先生，请问你要牌吗？"阿提姆催促道。

一不做二不休，罗星消耗掉部分精神力，向着牌堆更下面看去——红桃3下面是梅花2，再下面一张则是方片4。

"要。"罗星立即做出决定，红桃3滑到了他面前。

如果月影连续两次选择要牌，她将拿到黑杰克！

这时，阿提姆的手扶住牌堆，小拇指在桌面上轻轻叩击。罗星皱皱眉，他并没有看到对方出千的动作。

又或者，这是在示意让他动手对付月影？

"我要牌。"没等阿提姆询问，月影便高高举起手臂。

再下一轮，罗星选择了停牌。月影加注10 000人的筹码后继续要牌，如愿拿到了黑杰克。

阿提姆翻开底牌，果不其然是黑桃J。第一局，月影赢下20 200人，成为庄家。

直到最后，罗星都没有搞懂阿提姆葫芦里卖的什么药。

第二局开始。

扑克牌在月影纤细的手指间仿佛有了生命似的，以眼花缭乱的姿态辗转腾挪，舞在空中仿佛一条缎带，又顷刻间回到手中。

罗星暗自咋舌，为了能够在洗牌时控制牌的顺序，他不眠不休地被龙舌兰折磨了30个小时。即便如此，他也做不到月影或者阿提姆一般熟稔。

月影弹动手指，一张张扑克仿佛长了腿一般，准确无误地落在大家面前。阿提姆、劳伦斯和陆冰都拿到了A和8，罗星的牌很尴尬，2和3。

月影的明牌同样是2。

"哦？有趣。"从未正式参与过赌局的劳伦斯挑挑眉，拿着一枚筹码在指尖转来转去。

在21点的规则中，A既可以当作1点，也可以当作11点。这就意味着，阿提姆、劳伦斯和陆冰三人无论谁拿到2，都可以组成黑杰克。即便运气不好拿到了最大的花牌，将A算作1点也不过19点，不会爆掉。而且，即便月影的暗牌也是2，牌堆里依然有一张2可以拿到。

月影自始至终面带微笑，仿佛在说：敢不敢硬碰硬来一局？

"我放弃。"劳伦斯将指尖的筹码丢回桌上。

"我也放弃。"陆冰紧跟着说道。

罗星小小吃了一惊，他原本以为劳伦斯这次会冲一把。思考了片刻，罗星丢出500人的筹码：

"我要牌。"

话音刚落，一张梅花落到他的面前。

轮到阿提姆下注，他却久久没有做出决定。月影倒也不急，始终微笑地看着两人。罗星开启熵视野，开始透视——月影的暗牌是一张2，牌堆最上方是一张A。

"我赌5万人，要牌。"阿提姆推出一摞筹码。在众人惊讶的眼神中，一张A落在他的面前。

20点。

月影并不为之所动，从牌堆最上方摸出一张红桃K，放在自己面前。她不疾不徐地看着罗星，说道："罗星先生，又到你了。"

罗星自然选择要牌，他的牌面是10点，加之A已经全部出现，就算拿到花牌也不会爆掉。赌资方面，他万分谨慎地又加上了500人。

这一次，罗星拿到了方片4。

阿提姆再一次陷入思考中，罗星也又一次地使用熵视野偷看了牌堆：最上面一张是7，之后一张也是7。罗星吃了一惊，这意味着如果阿提姆选择停牌，月影和他将同时拿到黑杰克；即便他选择要牌，也无法阻止月影拿到黑杰克。

"再加5万，要牌。"

众人一片哗然。阿提姆拿到了7，将两张A全部算作1点后，总共是17点。

月影摸牌，又亮出一张7。挽着双臂观战的劳伦斯啧啧嘴，除非阿提姆也拿到黑杰克，否则他会输得很惨。

"罗星先生，又轮到你了。"

在月影的提示下，罗星再次看向牌堆，最上面是一张7。如果要牌，他将拿到黑杰克。虽然庄家月影也拿到了黑杰克，他依然可以获胜。

没有任何犹豫的必要，罗星举起手——

还没将"加注"二字说出口，罗星突然感觉到，法拉在身后用轻微的动作捅了他一下。

罗星缓缓放下举起的手，一旁的阿提姆笑道："没看出来啊，罗星先生比我还要谨慎。"

事情没那么简单。罗星耗费了少许精神力，看向牌堆上的第二张牌，那是一张红桃4。

这意味着，阿提姆下一把也将拿到黑杰克。

怎么回事？月影出错了？

罗星抬头看看月影，对方正注视着自己，尽管脸上还挂着笑容，眼神却十分凝重。

那一瞬间，罗星想到了一种可能性：阿提姆可以某种程度上控制牌堆里的牌，而月影并没有能力阻止他。因此，月影将赌注压在了他的身上。

如果罗星在这一把梭哈，月影将直接被淘汰。阿提姆和月影都向他发出过邀请，现在是做出选择的时候了。

月影？还是阿提姆？

几个呼吸后，罗星双肩微微放松，平静地说道："放弃。"

几乎在同一时刻，阿提姆愤怒地一拍桌子："我也放弃。"

这一把，罗星输了500人，阿提姆损失了10万人。算上前面的结果，除去罗星损失了5万人外，大家基本持平。

输掉的阿提姆没有再和罗星有过眼神交互。法拉又轻轻捅了捅罗星的后背，对他的选择表示了赞同。

罗星之所以这样选择，自然不是源于对月影的信任。7下面的那张4，意味着月影被阿提姆换了牌。这证明，月影只能在洗牌时控制排序，而无法在洗牌完成后换牌。如此一来，罗星便对月影的能力有了把握；但阿提姆是怎样换掉牌，还有上一把又是怎样影响电子的，他还完全没有头绪。

这是一场看谁能笑到最后的较量，未知的强敌，自然是早早除掉更好。

9.

之后的几场较量乏善可陈，赌资也仅有几百人量级的进出。几位玩家似乎都不想拿出真本事，场面看上去就好像小孩子玩游戏一般。只有劳伦斯，依然每一把都会选择放弃。罗星观察了许久，还是猜不出他葫芦里卖的是什么药。

21点的赌局结束后，大家没有休息，直接开始了梭哈的比拼。

23请五位玩家暂时离开位置，打了个响指，扇形的赌桌自动围成了正五边形，他本人站在正中央。

"梭哈的规则，每人先发两张牌，一张明牌一张暗牌，由明牌最大的玩家首先下注。"23解释道，"判断大小的规则与普通梭哈一致，如果要改变规则，需要全体玩家的同意。"

话音刚落，阿提姆便举起手来："我提议，加入一张鬼牌。"

"那如果摸到了四条和鬼牌，该怎么算？"月影问道。

"这种情况下，鬼牌无效，四条依然小于同花顺。"23代替阿提姆解释道。

"OK，我同意。"月影看上去很感兴趣。

"我无所谓。"陆冰答道。

"随你们。"劳伦斯还是一副不打算参与的样子。

大家都看向了罗星，罗星面带微笑，道："愿意奉陪。"

在21点的赌局中，只有庄家的底牌是暗牌，但在梭哈里，五位玩家各有一张暗牌，因此梭哈比之21点更适合用千术较量。

比赛开始。

第一轮，罗星的底牌是梅花J，明牌是梅花9。为了防止对手出千，他始终没有掀开底牌，而通过熵视野进行透视。

月影拿到了一对5，嘴角挂着不满。劳伦斯的底牌是黑桃J，明牌是方片7……想必他也不会玩，罗星只是将他当作了"换牌"的库存。阿提姆的运气很好，明牌拿到了鬼牌，暗牌是梅花A。

"哈哈，手气不错！"阿提姆搓搓双手，十指交叉握在身前。

陆冰的右手食指不断敲击着桌面，一副急躁的样子。然而透过熵视野，罗星却看到有一圈圈黯淡的涟漪以他的食指为圆心，迅速向周边扩散。他调动少许脑力，提高了熵视野的分辨率，涟漪更加明显了，好似被投入石子的湖面。

罗星招招手，法拉凑了过来。他在法拉耳边小声问道："有没有什么手段，可以沿着桌面窥视牌面？"

法拉没有立即回应，而是用手指在桌面上轻轻摩挲了几下，又轻敲桌角，继而对罗星耳语道："赌桌的主体是木材，表面却覆盖了合金层，想必是为了让桌面尽可能光滑。在平整的金属表面上，隐失波可以透过牌与桌面的间隙，进行窥视。"

罗星手指扶住下颚，轻轻点头。光是一种电磁波，并不能穿透金属，却会在金属表面几纳米的深度内形成沿着表面传播的"隐失波"。通过隐失波，可以获得样品表面的信息。例如，牌的大小和花色。

罗星操控着熵，在自己的底牌附近形成了一道"围栏"。波浪般的隐失波传播到他面前时，仿佛遇到了礁石一般，纷纷绕道而行，彼此交汇形成衍射花纹。

"请各位下注，从拿到鬼牌的阿提姆先生开始。"23说道。

"这么好的牌，应该冲一把。"阿提姆说罢，丢出一枚1 000人的筹码。

本着试一试的想法，罗星跟了一枚1 000人的筹码，月影和陆冰也紧随其后下了注。

"放弃。"劳伦斯将双腿跷在赌桌上，底牌看都没看一眼。

第二轮发牌，罗星拿到了一张红桃8；月影手气不错，又拿到一张5；阿提姆则是拿到了风马牛不相及的7。即便鬼牌在手，他手中的牌也不过是一对A。

陆冰拿到了一对J，底牌是一张黑桃2。至此，牌堆里的4张J全部出现了。

"请下注，从陆冰先生开始。"23说道。

"要不要玩点刺激的？"陆冰提议，"我们可以赌自由意志。"

罗星皱眉道："自由意志？"

"人类之所以可以被罪物转化为大量的算力，是因为大脑中含有'自由比特'，并因此产生了自由意识。"阿提姆代替沉默的荷官23解释道，"举个例子，想要知道微观粒子的运动状态，我们有两种手段：直接观测它，或者观测外部信息进行推算。如果无法通过观测宇宙中除它以外的部分，推算出它的运动状态，这个粒子就是一个'自由比特'。简而言之，因为你拥有自由意志，除非观测你的大脑，不然我无法知道你在想什么。"

罗星点点头，没有说话。直觉告诉他，赌自由意志可不是什么好事。

"我同意。"月影点头道。

"抱歉，自由意志无法作为此次比赛的赌资。"23冷不防开口道。众人吃了一惊，23不疾不徐地补充道："因为有一位玩家，无法提供自由比特。"

"谁？"陆冰立即开口问道。

"无可奉告。"

短暂的沉默后，23再次说道："作为替代，我建议大家赌'运算能力'。每人的运算能力可以被10等分，每输掉1份，运算能力会被强制降低10%。除非赢回对应的赌资，或者赌局结束，否则不会恢复。"

"如果输掉了全部的运算能力，岂不是成植物人了？"月影惊讶道。

"是的。要不要玩，由你们决定。"23答道。

法拉插了进来，问道："助手的运算能力可不可以作为赌资？"

"同样由你们决定。"

法拉俯下身子，对罗星耳语道："如果月影和阿提姆同意，我建议接受这个提议。我可以代替你转化为赌资，这是老王为我们赢回来的优势。"

简单商议后，除劳伦斯外的四名玩家同意了这一提议，劳伦斯则表示一概不参与。具体规则是，每一座城市可以用运算能力兑换10枚相当于10万人的筹码，助手最多可以分摊掉50%。

陆冰把玩着代表了"运算能力"的蓝色筹码，讪笑道："这样才刺激嘛。我赌50%！"

说罢，他捡出5枚蓝色筹码，丢了出去。

"跟了。"阿提姆也丢出5枚蓝色筹码。

罗星看着自己的牌，如果运气好的话，能拿到顺子。他回头看看法拉，法拉微微点头。

"跟了。"罗星同样推出5枚蓝色筹码。

轮到月影时，她将双手枕在脑后，半躺在椅背上，不经意间……

"阿嚏！"

她捂住鼻子打了个喷嚏。之后她难为情地揉揉鼻子，说道："真不吉利，我放弃了。"

算上底牌，月影有着目前最大的牌面。以她的手段，不可能不清楚其他人的底牌，总不会真的为了一个喷嚏放弃大好局面吧？

罗星悄悄地看了看其他人，罗伦斯依旧将双腿跷在桌上，一副看热闹的神情；阿提姆似乎被月影这一招打了个措手不及，双眉微微皱着；只有陆冰一副无所谓的样子。

开启熵视野后，陆冰的指尖依然在向外激发着隐失波的涟漪。

"第三轮，先由陆冰先生下注。"23解释道。

"我不加了。"陆冰在指尖把玩着蓝色筹码，笑道。

23发牌，陆冰拿到黑桃3。

阿提姆同样没有加注，他拿到一张黑桃K。就目前而言，阿提姆最大的牌还是一对A。

罗星当然也没有激进，一张方片6准确无误地滑入牌堆，误差小于一个微米。

第三轮结束，剩下罗星、阿提姆、陆冰三位玩家，明牌牌面最大的是阿提姆，一对K。

最后一轮开始，牌面最大的阿提姆没有加注，他最后拿到了一张黑桃Q。很可惜，他的牌无法凑成顺子或三条，即便拿着鬼牌，也只有一对A。

罗星没有作声，他更加确定了，即便阿提姆能够控制牌堆，充其量也只能影响一张牌；否则，他至少能够凑成三条。与此同时，他更疑惑月影放弃的理由。

轮到罗星下注，透过熵视野，他看到牌堆最上方是一张梅花7。

算上底牌，他连一对都凑不齐。但如果能够做到"那个操作"的话……

一不做二不休，他再次耗费脑力，看向牌堆中的下一张牌，也是这一局梭哈中的最后一张牌。

方片4，陆冰最大也不过是一对J，甚至赢不过阿提姆的一对A。

"我加注。"罗星本想将手中另5枚蓝色筹码梭哈，思来想去还是收回了两枚。"再加30%的运算能力。"他又推出一大摞普通筹码，"还有10万人！"

"痛快！我跟了！"陆冰毫不犹豫地说道。不出所料地，他拿到了方片4。

"我……放弃。"没等23发问，阿提姆便主动说道。

"请开牌，从陆冰先生开始。"23说道。

陆冰将右手捂在底牌上，片刻后，用力翻出牌面——

黑桃J！

劳伦斯的底牌！

翘着双腿的劳伦斯吹了一声口哨，脸上挂着饶有兴致的神情。

陆冰是怎样换掉底牌的？凑齐三条J，这就是他下注的底气吗？

然而此时此刻，罗星却顾不上思考这些。他胜利的机会，也仅限于"换牌"了。

魔术中的"换牌"多为障眼法，在23的赌场里，不可能通过如此低劣的手段出千。罗星提高熵视野的分辨率，在底牌正面下方不足100纳米的深度上制作了一个切面。切面上附着了花纹的图案，如果这时翻起底牌，会看到空空如也的牌面。

之后，罗星控制着切下的颜料层，缓慢地剥离底牌。紧接着他又用同样的方法，将月影底牌的颜料层切割了下来。两张厚度小于100纳米的颜料层缓缓飞行，彼此交换了位置。由于它们的厚度超出了肉眼识别的极限，罗星又选择了绕开玩家视线的飞行路径，在这个过程中不用担心被人发现。

"罗星先生，请开牌。"23催促道。

"没有哪条规定说过开牌有时间限制吧？"法拉清楚罗星在进行精确地操作，帮腔道。

同一时刻，薄如蝉翼……准确地讲，厚度只有蝉翼百分之一的颜料层顺着缝隙滑入底牌下方，在范德瓦尔斯力的作用下，牢牢吸附在底牌表面。

"我敢打赌，你在出千。"陆冰露出得意的笑容。他看向23，补充道："这可不是举报啊，只是调侃而已。"

法拉没有反驳，她清楚陆冰是想要干扰罗星。此时此刻，保持安静才是最好的选择。将另一张颜料层贴在月影底牌的表面后，罗星的脑力已经消耗了超过一半，额头冒出汗滴。

罗星笑道："陆冰先生说得有理。抱歉，因为太紧张，耽误大家时间了。"

他深吸一口气，翻开底牌——

方片5，顺子，赢了陆冰的三条J。

"不可能！"陆冰激动地站了起来，"你出千！我要求检查底牌！"

法拉拿起桌上的方片5，半笑道："如果找不到证据，可要被丢出去哦！现在的高度已经接近电离层了吧，你可要想清楚。"

陆冰犹豫了，他紧紧咬着嘴唇，一言不发。半晌，他用力一捶桌子，坐了回去。

"陆冰先生，你需要支付赌资。" 23淡然说道，"80%的运算能力，助手最多分摊50%。请问您如何支付？"

"扣掉我本人30%，剩下的他们两个均摊。" 陆冰一脸愤懑地指了指利德和东老师。

法拉皱皱眉，方才只想着赌桌上的胜负，可看到自己的父亲要代替城市代表支付赌资，她依然心情复杂。

就在这时，法拉感觉手心传来一阵温暖，她低头一看，原来是罗星不知何时握住了她的手。尽管没有交流，她立刻就明白了罗星想说什么——

没关系的，还有罪物打印机，一切都可以重置。

这时，23却说出了一句出人意料的话语："东先生无法支付赌资，50%将完全由利德先生承担。这样可以吗？"

"为什么？" 没等陆冰开口，法拉便抢先出声问道。

23看向法拉，答道："因为我做不到。东先生的能力远在我之上。"

"就这么办吧！" 陆冰不耐烦地甩甩手。

"收到。"

23打了个响指，8枚蓝色筹码飞到罗星面前。与此同时，陆冰和利德皱紧眉头，双手用力地按在太阳穴上，好似在忍受剧烈的头痛。几秒钟后，两人都恢复了正常，陆冰喘着粗气，利德抬眼看了看女儿，没有说话。

◇

不知是不是第一把太疯狂的缘故，之后的三局赌得十分平淡，赌资最多也没有超过500人。从统计结果看，罗星是目前最大的赢家，赢了5万人外加"幽红"80%、"柠黄"50%的运算能力。可惜的是，即便赢了运算能力，也没有换来他脑力的提高，而是只反应在了输家身上。

"这么玩下去太无聊了。"阿提姆开口道，"再有10分钟梭哈就要结束了，在那之前，我有个提议。"

"免了吧。智商被拿走一半了，你还忘不了瞎折腾。"月影毫不留情地揶揄道。

"别急嘛，听听我的提议再决定也不迟。"阿提姆倒也不恼，依然保持着微笑说道："这一局，我只想赌一样东西。"

"别卖关子了，快说！"陆冰催促道。与阿提姆不同，输掉运算能力后，他明显表现出了吃力的状态。

"我想赌下一局随意决定赌资数量或赌的形式的权利。"阿提姆笑道，"不知各位意下如何？"

10.

不得不说，阿提姆的提议很有吸引力。

想要赢得最后的胜利，最根本的在于了解对手的能力，并找到对策。与此同时，所有人都在尽力隐藏自己，以至于赌局时间已经过了将近一个半小时，罗星对大部分人的底细还是云里雾里。

然而，如果能够不经过其他人同意，自行决定规则，就可以将比赛向着有利于自己的方向引导！

"我同意。"罗星第一个举手。

"我也同意。"月影立即响应。

"你们随便玩吧，我不参与。"劳伦斯嘴角微微上翘，一副等着看好戏的模样。

陆冰站起身来，与身后的利德和东老师讨论了几句。少顷，他转过身来，咬着牙说道："我接受。"

简单商量后，四人统一了游戏规则：筹码方面，包括劳伦斯在内的每个人手中都有一枚"游戏规则变换"的金色筹码，不可用人口兑换；游戏方面，每个人会拿到五张暗牌，每一局仅有一次选择是否放弃的机会。当手中持有"任意变换"筹码的玩家一致同意结束时，回归正常规则，每拥有一枚筹码，便有了一次改变规则的机会。

大家之所以同意这样的规则，是因为如此一来，窥视底牌和换牌的难度会大幅提升。将玩家逼到极限，更有助于辨别对方的能力并想出对策。

换言之，这一次将是孤注一掷的生死局。

月影在指尖拨弄着代表了"规则"的金色筹码，问道："真的可以随意变换规则吗？那我岂不是可以制定那种自己必胜的规则，例如'凡是名字叫作"月影"的获胜，否则失败'？"

23答道："这种规则是无效的。金色筹码有两个限制：其一，规则对所有玩家必须公平；其二，必须是我能力范围之内能做到的事情。例如，你想要将地球的公转速度作为筹码，这就是无效的。"

"你的能力范围该怎么理解呢？"月影追问。

"你可以简单地把它理解为质量和空间范围。我的能力影响的质量不能大于月球的质量，而空间范围必须在半径10 000千米的球型空间内。"

"把注意力放在赌局上，我来分辨他们的能力。"法拉小声在罗星耳边说道，将他的思绪拉了回来。

罗星轻轻点头。每一次执行任务，法拉都是他坚强的后盾。

比赛一开始，罗星立即开启了熵视野。陆冰额头的温度比身上的高一些，想必是紧张或激动所致；月影依然是一副游刃有余的样子，心脏跳动的频率却比之前高了些；阿提姆……尽管被拿走了一半运算能力，但他身上熵的流动却一如既往，罗星一度怀疑他可能是个机器人。

扫视一圈后，罗星将视线放回23手里的牌堆，可他却惊讶地发现，牌堆在熵视野中变成了乌突突的一片，就连最上方一张牌也无法窥视。

怎么回事？

罗星暂时关闭了熵视野。此时23刚刚将牌堆切成两等份，准备用交错式洗牌法洗牌。他双手的大拇指和中指捏住牌的两端，当食指抵住牌中心时，眉头微蹙，随即改用切牌法洗了起来。

罗星没有放过那一瞬间的细节——23的食指压向牌堆时，扑克牌没有弯曲。交错式洗牌法需要借助牌自身的弹性，如果牌无法弯曲，自然就无法使用这种洗牌的方法了。

牌渐次分发到玩家面前，形势也逐渐清晰起来。再次开启熵视野后，罗星看到了月影和阿提姆的牌，可陆冰面前的五张牌却是黑匣子一般，无法窥见分毫。

毫无疑问，就像第一场比赛中无法透视的骰盅一般，这是陆冰或者东老师的特殊能力。就目前而言，他们做到了两件事情：其一，使扑克无法弯曲；其二，扑克在牌堆以及陆冰面前时，无法被透视。

罗星控制着熵，试图像上一把那样，将牌的颜料层切割下来。可他立马就察觉到了不对，扑克牌上的分子完全不听使唤，他甚至无法在纸牌上留下任何痕迹。

罗星招招手，对俯下身子的法拉说出了刚才的事情。法拉点点头，右手扶住下颚，飞速思考着。与此同时，罗星再次看向陆冰，他又在故技重施地敲击着桌面，一圈圈隐失波涟漪一般荡漾开来。通过操控熵，罗星能够一举破坏他的窥探手段，但这样一来陆冰就会像劳伦斯一般每把都放弃，也就失去了赚取他手中金色筹码的机会。

必须利用他引以为豪的千术，反手将他一军。

罗星拿起桌上的五张牌，小心翼翼地展开成扇形。他相信月影和阿提姆早就知道了自己的牌，但该有的把式还是要做足的，否则会显得很不专业。

一对10和一对K，算是不错的牌。罗星看向另两名玩家，月影只拿到一对7，而阿提姆有三条4，是三个人中牌面最大的。

截至目前，鬼牌还没有出现。

这时，23开口道："阿提姆先生，这个赌局是您的提议，由您开始决定是否下注。"

"放弃。"阿提姆想都没想地说道。

按照顺时针位，下一个做决定的是罗星。罗星毫不犹豫地放弃了，既然有着三条4的阿提姆都放弃了，再头铁也没有任何意义。

"真没劲，放弃。"陆冰将手中的牌丢在桌面上，罗星最终也没能看到他拿了什么牌。

第二局，罗星拿到了一对A，阿提姆和月影手里都是散牌。

"请罗星先生决定是否下注。"23说道。

罗星将五张牌牌面向下握在手里，在指尖不停拨弄着。思考期间，法拉俯身小声说道："掷骰子的时候，陆冰的骰盅也无法透视。我不清楚他用了什么手段，但无论是骰盅还是扑克牌，都接近于一个物理学中的概念，绝对黑体。同样，连世界级罪物23都无法弯折的扑克牌，可以将其视为物理学中的绝对刚体。因此我猜测，'幽红'那边掌握了一项非常特殊的能力，可以将某种物理性质'绝对化'。"

"绝对"的物理性质，是对现实世界物理现象的抽象与简化。例如，牛顿在提出第一定律时，假想了"绝对光滑的平面"，现实中并不存在这样的平面。而所谓"绝对黑体"，就是表面可以在任何温度下完全吸收任何波长能量的物体，因此在熵视野中就像一个黑洞；"绝对刚体"则无论受到多大的外力都不会发生形变，即便是世界级罪物23也无法把它们弯折。

罗星回想起来，"红"对这场赌局并不抱希望，想必如此可怕的能力并不属于陆冰，而是神秘的东老师。从陆冰对待东老师和利德截然不同的态度来看，东老师并非从属于"幽红"，应当只是合作关系。

顺着法拉的提示，罗星继续思考下去：

"绝对黑体"是物理学层面的概念，东老师即便再厉害，也不可能仅对陆冰网开一面，所以陆冰应当也是无法窥探牌堆的。那么月影和阿提姆呢？他们有没有本事掌握到陆冰和牌堆的信息？

想到这里，罗星注意到一个细节：在上一把中，阿提姆明明有着最大的牌面，却选择了放弃。如果他不是在故弄玄虚，那么就只剩下一种可能性——他能够看透陆冰的牌。

陆冰本人被拿走了30%的运算能力，他的底气又从何而来呢？回想起陆冰在之前比赛中完成的"换牌"，罗星有了一个假设：如果他的"换牌"是某种类似于瞬间移动的空间技能，那么即便扑克牌变成了"绝对刚体"，也依然能够完成换牌，无效的只是"剥颜料"的换牌方式！

"快些吧，梭哈已经超时了。"阿提姆提醒道。

"赌局经过了全员的同意，不受半小时的时间限制。"23补充道。

目前看来，除去月影的底细尚未摸清楚外，陆冰和阿提姆的手段都远胜于自己。想到这里，罗星将牌放在桌面上，说道："放弃。"

陆冰啧啧嘴，也选择了放弃。之后，月影和阿提姆自然也没有下注。

彼此都处在试探阶段，必须沉得住气。罗星默默在心中给自己打气。

◇

这场以改变规则为筹码的赌局，陆冰志在必得。输掉30%的智力后，他明显感到思考速度变慢了，但只要特殊能力没受影响，自己就有信心胜过其他玩家。

陆冰掌握的特殊能力，是操控"空间"的能力。

与罗星操控熵的能力相同，陆冰对空间的操控，也是通过与"红"合作，在体内注入纳米机器实现的。他的能力可以简单理解为"瞬间移动"，发动条件十分苛刻：为了让物体能够近距离移动，被移动的对象质量不得大于500克。

尽管有着诸多限制，陆冰却将这项能力与"幽红"的科技相搭配，成了赌场中的常胜将军。例如，陆冰在眼球中集成了光学探测器，掷骰子时，可以将指甲盖大小的成像透镜瞬移到其他人的骰盅里进行窥探。再例如，他可以通过"瞬间移动"交换赌桌上的两张牌。

在梭哈中，赌桌上的暗牌有5张，在特殊规则下更是达到了20张。配合上集成在食指间的隐失波探测，陆冰相当于可以在20张牌里随意挑选5张，想要输掉都难。

当然，陆冰并没有因此而轻敌。他以5件罪物为代价，换来了东老师3次"绝对化"的帮助。东老师的能力可以令物体拥有理想化的物理学性质。通过将扑克变成绝对黑体，陆冰得以掌握与其他人不对等的信息；通过将扑克变成绝对刚体，他又杜绝了一切利用扑克牌力学性质的作弊伎俩。

截至目前，东老师那边的3次机会已经全部用光了，但陆冰并不担心，只要能够赢得另三人的金色筹码，拿下赌局就只是时间问题了。

转眼间，比赛已经进行到了第十三局。在前面的十二局比试中，另三人总会不约而同地选择放弃。陆冰清楚，与表面上沉闷的局面不同，玩家们暗地里的较量波涛汹涌。

陆冰最担心的是来自"纯白"的罗星，他也有着换牌的本事，是场上最大的不确定因素。这家伙之前也是"幽红"的罪物猎手，为什么要背叛城市呢？

从第三局开始，罗星那家伙就用莫名其妙的手段为自己的牌筑上了一道"围栏"，隐失波探测不到他的牌面。不过，陆冰始终没有放弃尝试，终于，在3分钟前，他的隐失波在罗星的"围栏"上找到了一个缺口，对方手里的牌瞬间一目了然。

陆冰清晰地看到，罗星手里有三条K，另外还摸到了一张鬼牌。

四条，迄今为止出现过的最大牌面。这家伙的手气还真不错。

可惜啊，你遇到的对手是我。陆冰在心中暗想道。

"我下注。"罗星丢出金黄色的特殊筹码，将接力棒交给了陆冰。

陆冰手中有一张红桃7和一张红桃8，其余是凑不起来的散牌。他又窥探了月影和阿提姆两人的底牌，前者有一张红桃9，后者则摸到了一张红桃J。

赢了！

陆冰的嘴角微微上扬。

"我跟！"他云淡风轻地说道。

不出所料，月影和阿提姆放弃了。陆冰用手掌捂住自己的牌，悄悄将两张散牌与红桃9和红桃J对换。

关键时刻到了，必须在罗星没有发觉的时候，将鬼牌置换过来。那家伙的观察能力十分了得，怎样做才更加稳妥？

"罗星先生，现在只剩下我们两人了，我有个提议。"尽管只剩下了70%的脑力，陆冰还是很快想到了对策。他说道："敢不敢和我交换一张牌？"

对面只是简单思考了几秒，便答道："听起来很有趣。好啊！"

陆冰挑出牌堆中唯一的散牌，顺着桌面向罗星的方向滑去，罗星也做出了同样的动作。当罗星的牌滑到面前的瞬间，陆冰立刻用手掌捂住牌的背面——

那一刻，他发动了瞬间移动，将这张牌同罗星的鬼牌进行了对换。

那个家伙的注意力全都在自己丢过来的牌上，又怎会想到自己的鬼牌已经被换掉了呢？

"请二位开牌，从罗星先生开始。"23提示道。

对面的罗星笑了笑，说道："无论换来什么牌，这一把，你都输定了。"

说罢，他将5张牌甩在桌面上，三条K。

跷着腿的劳伦斯喷了一声，即便只有三条K，也是今晚赌桌上出现过的大牌了。然而罗星的脸色却很是难看，他拿起牌堆里的一张梅花七，想要说些什么，却无法开口。

"哈哈，看来这一把，还是我的手气更好一些啊！"陆冰噌地站了起来，将五张牌翻开放在桌上。

众人屏息凝神，当陆冰扫过自己的牌时，他愣住了——

红桃7、8、9、J，还有……一张梅花4。

为什么？

鬼牌哪里去了？

他是怎样换掉绝对刚体的扑克牌的？

"陆冰先生，你最大的是一张J，这场比赛罗星先生胜。"23宣布道。

"等等！他……"陆冰激动地叫了出来，可"出千"两个字还没说出口，他便意识到，自己并没有任何证据可以举证罗星。

就在这时，陆冰看到对面的罗星高举食指指向他，响亮地喊道：

"他出千！"

陆冰一愣，匆忙用瞬间移动将指尖的隐失波探测器和眼球上的光学传感器丢去了别处。他也想过用空间能力栽赃玩家，但如果被对方察觉，反而弄巧成拙。正是因此，王子骁那个奇葩把场内最容易拿捏的软柿子搞掉后，再也没有人用类似的手段栽赃其他人了。

23波澜不惊地说道："请举证。"

"他偷走了我的牌。"罗星跷着步子来到陆冰身后，拿起了桌面上的梅花4。他说道："这张牌，我拿到手之后，悄悄在上面用荧光颜料画了图案，只要用紫外光照一下，就能证明我说的是真的。"

"请说明，你画了怎样的图案。"23追问。

"鬼牌的图案。"

陆冰恍然大悟：扑克牌变成了绝对刚体，但表面并非绝对光滑，同样可以附着其他物品。涂上荧光颜料这一招，不但可以误导他的隐失波探测，还可以指证他出千，简直是一举两得！

"好的。"23接过罗星手里的梅花4，食指射出一道紫色光束，扑克牌的正面顿时闪烁出了蓝绿色的图案。

鬼牌的图案。

23将手中的牌展示给大家，说道："举证成功，罗星先生获得陆冰先生的金色筹码，同时我将对陆冰先生进行惩罚。"

"等……"

陆冰想要申辩什么，可还没等他开口，身形便消失在赌场中。太空电梯已经上升到2 500千米以上的散逸层，即便准备了降落装置，也难保不会伤筋动骨。

罗星暗自松了口气。想到对付陆冰的方法后，他一面等待自己摸到好牌，一面在空间中提取微量的硫化镉颗粒，制备荧光粉末。为此，他花费了大量的脑力，此刻的精神力只剩下不足30%。

幸运的是，他终于在自己摸到一手好牌前完成了工作。

23看向"幽红"剩余的两位代表，问道："你们要继续代表城市参赛吗？"

"我与陆冰先生只是基于契约的协作关系，无权代表城市。"东老师答道，"不过，请允许我留在这里观战。"

利德看看赌桌上凌乱的筹码，又看了看对面的女儿和罗星，默默坐在赌桌前。

"我来参赌。"他说道。

23点点头，问其余三位玩家："还要继续现行规则的赌局吗？"

罗星刚刚想要说放弃，一旁的月影却抢着开口道："我要求继续。"

“我奉陪。”阿提姆说道。

罗星犹豫了。思索期间，法拉俯下身子，说道：“我建议你也继续，帮助月影。”她无视了罗星的惊讶，继续说：“她是真心实意跟你合作的。在之前的21点和梭哈中，她有两次刻意放弃，将好牌留给了你。并且根据我的判断，阿提姆更难对付，不能把他留到最后。”

11.

罗星最终还是选择了观战。

他接受了法拉的建议，准备在暗中帮助月影，一起将阿提姆淘汰掉。但这并不意味着他也要参与其中。好不容易赢来两枚金色筹码，他可不想还没捂热就输掉。

于是，场上的形势变成了月影和阿提姆的一对一。

23并没有放弃那副绝对黑体加绝对刚体的扑克牌，当东老师询问是否要将牌回复原样时，他只是轻描淡写地说了一句：“能够超越我的权限改变牌的性质，这是规则允许的。”

开始洗牌前，月影问道：“23先生，您洗一次牌需要多少时间？”

“30秒。”23立即答道。

“我可以指定您的洗牌次数吗？”月影礼貌地问，“这个数，可能会相当大。”

“没有问题，我可以控制洗牌时的时间流速。”23的语气仿佛事不关己一般。

月影看向阿提姆，双手交叉握在胸前，一字一句地讲道：“如果我们按照通常的规矩比下去，恐怕永远没个尽头。不如这样，我们依次说出一个需要23先生洗牌的次数，直到双方同意，一局定胜负。”

阿提姆得意地笑笑："你是认真的？"

"你不敢吗？"月影挑衅道。

"来吧。"阿提姆说罢，坐直了身子。

一旁的罗星看得云里雾里。法拉凑了过来，耳语道："你还记不记得，阿提姆说过，他的能力完全靠运算施展？"

罗星点点头。当时他在小心翼翼地防范周围所有人，自然认为阿提姆的说辞是烟幕弹，没有过多在意。

"我猜想，事实确实如此。他没有办法控制牌堆，也没有办法窥视。他所依赖的，是先通过观察牌的初始状态和23的洗牌动作，然后再计算。"

"可是他赢得了'冷锋骰子'，而且还能让自己拿到需要的牌，这怎么解释？"罗星疑惑道。

"蝴蝶效应。"法拉说出了一个物理学名词。在非线性力学中，初始条件的轻微变动，会导致最终结果的天差地别。

"阿提姆对比赛结果的操控，恐怕是基于蝴蝶效应的运算结果。他会用穷举法，通过不断试错来寻找可能引发蝴蝶效应的场外因素。举个例子，一旦找到方法，他只需在合适的时机点点脚，就可以让23在洗牌时出现失误，从而将想要的牌放在合适的位置。当然，这需要天文数字的运算量，我不清楚他是怎样做到的，但这是我唯一能够想到的，解释三万万亿分之一概率的方法了。"法拉解释道。

罗星不动声色地思索了几秒钟，问道："那月影呢？"

"我猜想，她的能力是预知，与阿提姆的能力十分相似，所以两人才会同意这样的规则。"法拉答道。

罗星点点头，现在月影和阿提姆之间的比试，本质上就是看谁能将未来推演得更远、更准确。

23一动不动地立在赌桌正中央，如同伫立了千百年的雕塑。月影和阿提姆面对面坐着，不知过了多久，月影开口道："1 279……"

她旋即改口道："2的1 279次方减1。"

阿提姆纹丝不动地思索着。罗星问法拉道："按照每次30秒计算，恐怕直到宇宙毁灭，也洗不完这么多次的牌吧？"

"无论是预测结果还是实际操作，都不可能真的进行那么多次的操作，应当会有对应的简化算法。"法拉答道。她看着咬紧嘴唇的月影，继续说道："月影这么做，想必是在为自己争取时间。她所预测的并不是'洗牌2的1 279次方减1次后的结果'，而是'自己提出这个要求后，阿提姆会有什么反应'。"

果不其然，没过一会儿，阿提姆便说道："不同意。我提议33 550 336次。"

月影同样陷入思索。几分钟后，她说道："不同意，8 580 869 056次。"

两人较量期间，罗星一直开启着熵视野，观察他们身体的情况。月影的脑部汇集了大量的热量，在熵视野中一片通红，小小的心脏也在剧烈跳动着。至于阿提姆，罗星依然看不出他的身体状况有任何起伏，如此大的计算量，即便是CPU也应当大量发热才对。

随着二人的你来我往，罗星却注意到一个现象：每当阿提姆说出结论前，他的大脑总会闪过微弱的光芒。这要么是他调动了少量脑力，要么是外界有信息传输给他。

通过蝴蝶效应影响三万万亿分之一的概率，这绝不是人脑能够达到的运算量，即便普通的计算机也无法做到。现如今，能够轻松拥有如此算力的，只有一种设备——

超级人工智能。

想到这里，罗星再次端详着阿提姆熟悉的面孔。阿提姆并不是镧，却几次三番暗示自己拥有镧的记忆，以便拉拢罗星。

镧和阿提姆之间到底是什么关系？

阿提姆曾经说过，可以给他"柠黄"的永久居住权，甚至许诺代替"红"为特殊能力提供算力。与此同时，罗星还回想起，当初他刚刚进入"柠黄"，就被镧盯上了。

如果镧和阿提姆的背后是"黄"，那一切都能解释通了。

"黄"通过镧监视他，一步步将他诱导来这个赌局，如果不是龙舌兰横插一刀，恐怕自己现在代表的就不是"纯白"，而是"柠黄"了！

推理到这一步，罗星有了一个假设：镧根虽然是"黄"的傀儡，但他自己却并不知道。一旦"黄"开始对他进行操控，阿提姆的人格就会觉醒，而镧只会留下一些记忆。

难怪月影坚持要和他联手把阿提姆干掉，如果他能够直接调用"黄"的算力，即便掌握了再多的特殊能力，也很难成为他的对手！

就在这时，月影露出一个灿烂的笑容，手掌轻轻一拍，说道："阿提姆先生，我想到了一个好数字。洗牌555次，你觉得怎样呢？"

"有趣的数字。我同意。"阿提姆跷着腿，笑道。

"洗牌555次，这是你们的结论吗？"23确认道。

两人同时点头。

"用通常的速度洗牌，需要4小时37分30秒完成。我会将自己手部的时间流速调快到1 000倍，在17秒之内完成洗牌。"

话音刚落，23的手便已肉眼无法捕捉的速度动了起来。洗牌时的啪啪声已经听不见了，因为时间流速不同而产生的多普勒效应，使洗牌声的频率蓝移到百万赫兹，远超出了人耳识别的极限；同时，房间内部分区域闪烁出微弱的荧光，23手部的可见光蓝移到X射线的频率区间，其能量足以激发荧光分子或半导体中的电子能级跃迁。

很快，十几秒的洗牌时间接近了尾声。就在这时，罗星冷不丁地打了个喷嚏——

"阿嚏！"

"看样子高空的温度有些低啊，大家都感冒了。"一直在观战的劳伦斯半笑道。

洗牌结束，23的双手恢复了正常，也看不到他有丝毫的疲惫。因为双方有事前约定，他会以明牌的方式依次将5张牌发给两位玩家。

第一张牌，阿提姆拿到黑桃A，月影的是梅花3。

罗星不动声色。这次较量中没有暗牌，他也就失去了剥离颜料层出千的机会。

第二张牌，阿提姆红桃K，月影方片8。

在罗星的推理中，月影不可能不清楚，比算力她是不可能赢过阿提姆的。既然如此，那就必须用超级人工智能意想不到的方式出奇制胜。

第三张牌，阿提姆又拿到了一张A，月影的则是梅花4。

罗星也曾设想过用其他方式对付阿提姆，例如干扰他和"黄"之间的通信。然而与他本人同"红"之间的联系相同，阿提姆与"黄"之间的联系是通过量子纠缠态实现的，完全无法捕捉到信息通路。

第四张牌，阿提姆拿到黑桃K，他手里已经有两对了。月影的运气终于稍好了一些，拿到一张红桃3。

基于以上种种，罗星推测出，月影在针对阿提姆的对策中的每一次行动都是有意义的。在之前梭哈的比赛中，她曾因为前三张牌拿了三条5，却因为打了个喷嚏而放弃。

而就在刚刚，月影说出的数字是，555次。

并且在说出数字的那一刻，月影的视线，与罗星交汇了。她仿佛在说："我已经展现了足够的诚意，请帮我一把。"

而罗星能做的一切，也就只有打一个喷嚏。

一张黑桃3飘到阿提姆面前，他笑道："还有一张3，你有信心拿到吗？"

不可以是别人，也不可以是打喷嚏之外的动作。为了拿到最后一张方片3，月影从好几把之前就开始了规划。这是基于物理定律的，严格的数据推演，是一种能够让世界级罪物和超级人工智能犯错的蝴蝶效应！

最后一张牌缓缓落在月影面前，所有人的视线都被吸引了过去。

红色的，方片3。

阿提姆噌地站了起来，一副难以置信的表情。而就在这一瞬间，本应露出胜利笑容的月影却扔下了手中的牌和筹码，不顾一切地向着罗星的方向跑去——

"救命！"她一面跑，一面大喊着。

几乎在同一时刻，原本不动如山的23飞出一张扑克，射向月影原本的位置。扑克带着破风声划过空间，牢牢钉在桌面上，发出一声钝响。

发生了什么？

"终于来了。"就在众人瞠目结舌之际，始终置之度外的劳伦斯站起身来，掸掸裤管上的灰尘，半笑不笑地说道："快些结束这出闹剧吧！"

12.

罗星握紧拳头，在熵视野中，他看到一道模糊的影子进入了23的体内，却无法辨明真身。

"杀吧，一个不剩。"劳伦斯摘下眼镜用手帕擦了擦，下令道。

23轻轻抖动手腕，罗星始终紧盯着他的动作，却没有看到任何东西被投掷过来。然而在某一瞬间，他陡然感到背脊发冷，直觉告诉他，致命的危机就在眼前！

罗星用力一跃，闪开了先前的位置，又操作空气为自己和法拉、月影制作了一层旋涡屏障。没等到他脚尖落地，尖锐的切割声响起，金属表面的赌桌被切成两半，一张纸牌直挺挺地插进地板里。

没有看到攻击！

"小心些，这是23操纵时间的能力。"法拉在一旁提示道，"他加快了牌的时间流速，由于多普勒效应，牌面反射出的可见光蓝移到了紫外波段，肉眼不可见。"

罗星嘴上没说，心里却在嘀咕：23究竟能将时间流速加快到何种地步？如果加快到一亿倍，牌以亚光速冲过来，任何反抗都没意义！

他的手中还有一张王牌，那就是迅速改变体温，让罪物打印机"爱的教育"发挥效用，将一切重置。然而重置只针对直接或间接触过罪物的玩家，这段时间内太空电梯已上升至大气层外层，一旦重置，他们将会暴露在几千米的高空。

这张王牌带着很大的风险，必须等到最后时刻才能使用。

法拉握住月影的上臂，急切地问："月影小姐，你能预测未来对吗？能不能告诉我们，怎样才能战胜23？"

月影用力地摇着头："不行，想要精确的结果，需要预先创造前提，还需要充足的时间……否则只能看到模糊的影像。"

"你现在看到什么了？"法拉追问。

"这个赌场里，有人会死。"

同一时刻，利德和阿提姆也做出了反应。

阿提姆的眼中闪过一抹红光，他弓下身子，野兽一般地向23飞奔过去。23朝着他的额头甩出一张牌，阿提姆速度丝毫不减，只是微微侧身，便闪过了致命一击。

利德双目紧闭，几秒钟后，他身旁的空间闪烁出马赛克般的光斑，继而向四周扩散，打开了一个深灰色的空洞。利德将手臂探入空间，摸出一把自动步枪。

劳伦斯的嘴角微微上翘，笑道："用于收纳的空间能力？看样子那些计算机又发明新把戏了。不过你还不够熟练，收纳不了罪物。"

利德端起枪，单眼看向瞄准镜，手指却在发抖。

眨眼间，阿提姆已经冲到了23的身边。23将一张牌夹在食指和中指之间，手臂在空中抡出一道弧线；阿提姆再次想要侧身闪过，却被23向前一步欺到身前，左臂从2/3处被齐齐斩断，鲜血溅出一个扇面型。

然而，阿提姆却立即向前鱼跃翻滚，用嘴在半空叼住被切断的手臂，完好的那只手的五指张开，向着劳伦斯抓了下去。

几乎在同一刻，利德叩下了扳机——

阿提姆的攻击打在了空气中，利德的子弹也如若无物地穿过了劳伦斯的身体。他们自知无法对付世界级罪物23，便挑选了罪魁祸首劳伦斯动手。

为了缓冲身体的惯性，阿提姆不得不在空中抱膝翻滚两周，方才平安落地。他啐出一口带着血丝的浓痰，将断掉的手臂用力压在创口上。几秒钟后，那只手臂居然自动和身体连接在了一起，阿提姆抡了抡臂膀，动了动手指，用手掌抹去创口处的血迹。

"居然是影像！怪不得他从头到尾都没碰过任何东西……"法拉惊讶地捂住嘴。

"阿提姆的再生能力恐怕来自'苍灰'，他究竟是什么人？"月影也被吸引了注意力。

然而罗星却注意到了另一件事情：劳伦斯的本体明明不在这里，却可以制作以假乱真的投影。在他的经历中，确实接触过这样一个人。

罗星关闭熵视野，连续眨眼三次，开启了内网视野。这个动作具有相当大的危险性，如果太空电梯的内部遍布外网，他的大脑将在转瞬间被灌入海量光怪陆离的信息，或许会导致精神崩溃。

然而，罗星曾在外网经历过的悲鸣与恐慌并没有来临，他看到了干净整洁的赌场，以及替代了23站立在裁判为的那个人。风衣。高檐帽。手杖。即便被外网侵蚀疯掉，罗星也不可能忘掉他的名字——

乔亚·韦克。

◇

乔亚·韦克也看到了罗星。

他举起右臂，拇指和食指张开成手枪的形状，对着空气做了一个射击的动作。

突然间，罗星的心跳漏了一拍，那种异样的感觉就仿佛有一把刀在一点点割断他与世界之间的联系。

几乎是下意识的，罗星关闭了内网视野。回到现实世界的瞬间，他切换回熵视野，看到一个闪亮红光的人形轮廓正在试图脱离自己的身体。罗星立即操作熵，硬生生地将那个"人"按了回去。那团人形的信息是他的自我意识，如果被强行剥离大脑，将会在几秒钟内干净利落地消散。

意识回归躯体的瞬间，那种空落落的异样感也随之消失了。

"电子相框……"罗星小声自言自语道。在彩虹园发现的电子相框罪物，就有着能够夺取内网ID，在逐渐入侵使用者人格的能力。想必乔亚·韦克对电子相框进行了改造，专门用来夺取人类在现实世界的躯体，说不定他操纵23用的就是这种方法。

战胜乔亚·韦克几乎是不可能的。且不论双方原本的实力差距，乔亚·韦克的身上携带了大量罪物，罗星进入赌场时却是两手空空。目前，罗星唯一的希望是将乔亚·韦克从23的身上逼出来，让世界级罪物23出面维持秩序。

罗星调用了所剩无几的脑力，将自己的意识与23身体中分子的无规则热运动建立了联系。他下达了加速的命令，熵视野中的分子热运动最初是淡红色的，渐渐发射出黄光，进而转为幽深的暗蓝色。

乔亚·韦克存在于内网，相当于信息生命体。对23的身体加热可以提升身体的无序度，熵增加了，乔亚·韦克附身的难度也会随之变大。

23的身体周遭掀起一股热浪，附着在身外的衣物渐渐变得黏稠，继而越过了溶化阶段，升华为带有刺鼻气味的有机小分子。不消片刻，他的体表溢出了淡紫色电光，几千摄氏度的高温令身体和周遭的空气分子在高温下电离，放射出等离子体的辉光。

尽管在熵视野中无法识别乔亚·韦克的面容，罗星却仿佛看到了他从容的笑。

还不够！

罗星强忍住头部的剧痛，增大了熵视野的分辨率。23的身体在他的视野中迅速变大，很快便覆盖了整个空间。透过放大的图像，罗星看到了空气中飞舞的氮原子和氧原子，以及四散缭绕的、如同迷雾一般的自由电子。

罗星捕捉到两颗跃动的氧原子，通过控制熵让它们靠近。一旦突破库仑力的限制，两颗氧原子核将聚变成硅或硫。

尽管无法制造一场核爆，他能够通过聚变反应，让23体表局部的温度达到上亿摄氏度！

可就在这时，罗星视野中的原子在一瞬间停止了躁动。游离的原子再次结合成分子，电子云也渐渐收敛，如同乖巧的猫咪一样，围绕着原子核缓慢运动。罗星试图继续进行聚变反应，可原子核仿佛被冻结了一般，无法移动分毫。

放大的视野刹那间恢复原样，一股暖暖的血流自罗星的鼻孔中留下。他踉跄了一步，单膝跪地，却只见23手中拿了一把马赛克拼成的体温枪，而他的体表恢复了固态，缭绕的电光也不见了踪影。

这个罪物，罗星见过多次，它能够随意改变被辐射物体表面的温度，是乔亚·韦克使用频率最高的武器之一，在之前的内网格斗中险些将斯特拉逼入绝境。

借助这个罪物，乔亚·韦克固定了23身体的温度，罗星操作熵的能力也就没有了用武之地。

死局。

罗星咬紧牙关，法拉的头脑快速运转着，却都想不出办法。他们没有注意到，几乎在罗星展开进攻的同一时刻，利德站起身来，对身旁的东老师说：

"我需要你的帮助。说吧，要什么报酬？"

东老师看着利德，饶有深意地笑了笑。

乔亚·韦克举起体温枪，对准了法拉和月影的方向。体温枪的原理在于感应物体表面的红外辐射，虽然被感染成了罪物，但基本工作原理依然成立。换言之，它的攻击速度是光速。

那一刻，罗星已做好了用身体去阻挡攻击的准备。一旦被体温枪击中，他的温度将会发生改变，远在"柠黄"的罪物打印机便会启动，将所有人重置为刚刚进入赌场时的状态。

法拉用力地咬住嘴唇，她清楚罗星的打算，但如果在这种情况下开启重置，所有人将不得不脱离太空电梯，这样一来他们的计划也就彻底泡汤了。

就在这时，法拉感觉到一直强壮有力的大手扶住的她的肩膀，掌心中传来熟悉的温度。法拉回过头去，看到父亲来到她的身旁，拿起桌上的金色筹码递到她的手中，说道：

"以'纯白'代表的名义请求，开启特殊赌局。"

空气凝滞了。所有人的目光聚焦在利德身上，赌场的主人已经被控制住，他这是在做什么？

然而，出乎所有人意料的，被乔亚·韦克控制的23却停下了攻击的动作，操着一如既往的无机质声调，应道：

"接受请求。"

利德微微一笑，果然如他所料，身为世界级罪物的23并没有被完全控制。他之所以会做出攻击玩家的行为，是因为攻击其他玩家，也是被允许的出千手段之一。

其他玩家当然可以举报，然而执行惩戒的23被控制了，除非能够将乔亚·韦克从他的身体中驱逐出去，否则举报就没有意义。换言之，控制裁判，是一种明目张胆的出千方式，在23允许的范围内。然而，金色筹码权限的优先级却在所有出千行为之上，23会优先执行。

乔亚·韦克也被惊到了，他试图再次控制23的身体，却仿佛撞上了磐石一般，无法移动分毫。只听利德一字一句地说道：

"游戏形式，掷骰子比大小；参与玩家：我和操纵了你身体的家伙；赌资……"

在所有人的注视下，他继续说道：

"赌资是对称性。每结束一局，输家被拿走一种空间对称性。"

$$\diamond$$

法拉几乎要疯掉了。

她不清楚父亲为什么要提出这个赌局，更不清楚活人被拿走空间对称性后会产生怎样的后果。她唯一清楚的，是父亲对于出千一窍不通。而此刻唯一能帮上忙的罗星的大脑早已超载，他一面擦拭着鼻孔淌下的血迹，一面喘着粗气。

两张赌桌出现在利德和23面前，上面整齐地摆放着骰盅和三枚骰子。

"你指定的对手在现实世界并没有实体，因此我会继续将自己的身体控制权交给他。"23解释道，"在赌局结束前，他将无法继续做出攻击玩家的行为。"

"足够了。"利德笑道。说罢，他将三枚骰子丢入骰盅，用力摇了摇，再将骰盅扣在桌面上。

对面的乔亚·韦克再次接管了23的身体，试着活动了一下四肢，确认没有问题后，他用力摇晃骰盅，又重重地扣在桌面上。

骰盅开启了，利德摇出了3、3、2，8点，而乔亚·韦克则是4、4、

5，13点。

　　"此局'深蓝'获胜，'幽红'代表将被取走一种空间对称性。"23说道。话音刚落他便把身体的控制权交回给乔亚·韦克，后者的嘴角露出一丝得意的笑容。

　　利德指定的赌资是"空间对称性"，即将空间进行某种变换，例如平移、旋转、镜像等操作后，保持不变的性质。举例而言，人体的左右两边可以近似认为是镜像对称的。当然，如果将内脏包含在内，这种对称则完全不成立。

　　然而，构成人体的大分子、无机盐凝结而成的晶体等，却有着严格的空间对称性。其某种空间对称性被拿走，则意味着分子原子的微观结构无法稳定存在。对于无比精密的人体而言，这绝对是毁灭性的打击。

　　乔亚·韦克的本体并不在赌场，被取走对称性后充其量被驱逐出去，而有血有肉的利德则会一命呜呼。因此，在乔亚·韦克看来，利德提出这场赌局本就是自投死路。

　　他静静地看着，准备迎接利德身体的分崩离析。

　　然而，什么都没有发生。

　　"你愣着干什么？快些开始下一局。"利德说罢，又是简单摇晃了两下骰盅，就把它扣在了桌上。

　　赌局进行得很快，利德转眼间输掉了六局。乔爷·韦克虽然无法像阿提姆一样通过计算控制骰子的点数，但比起只能依靠运气的利德而言，依然有着优势。然而，利德即便被拿走了六种空间对称性，也依然若无其事地继续着赌局。

　　要知道，即便是密堆积结构的晶体，被拿走六种空间对称性后也应当散落成一堆原子了。如果继续被拿走空间对称性，恐怕基于强相互作用力结合在一起的原子核也会分崩离析。

　　观战的劳伦斯十分急躁，他很想举报利德出千，却完全抓不到证据。根据这个赌场的规矩，只要你能够不被抓包，出千就是被允许的。

就连控制住裁判，也被默认为出千方式之一。

第七局，乔亚·韦克先开，他拿到了5、5、6，16点。然而，他却完全开心不起来，在他看来明明利德早就应该死了，为什么还能站在那里？

利德缓缓打开骰盅，三个6，18点。

他长长地出了口气，仿佛完成了一件足以改变历史的重大任务一般。

"此局'幽红'获胜，'深蓝'代表将被取走一种空间对称性。"23宣布了结果。

空间中传来一声脆响，仿佛陨石落入了玻璃城堡一般。一个穿着风衣的人影从23的体内脱离开来，踉跄两步，痛苦地捂住了头部。

劳伦斯目瞪口呆，他做梦也没有想到拥有大量罪物、专门猎杀罪物猎手的乔亚·韦克这么简单就被打败了。然而，还没等他回过神来，只见法拉正面对着自己，食指直勾勾地指向他的额头。

"他出千！证据就不用列举了吧，请求执行惩罚。"

23轻轻拍手道："举报成立，即刻对'深蓝'代表进行驱逐。"

话音未落，劳伦斯便不见了踪影。然而他的本体原本就不在赌场里，从高空丢下去的惩罚想必对他也没有意义。

与此同时，痛苦挣扎的乔亚·韦克的身形渐渐黯淡了下去，化作飞舞的光点。

然而在消失前，他却取出一块电子手表，丢在了地上。

那一瞬间，罗星看到周遭的景观骤然间扭曲了，继而彻底黯淡下去，只有他和乔亚·韦克的身影依然清晰。

"距离我彻底消失，还有5秒钟。"乔亚·韦克正了正已消失了大半的帽檐，"但在1亿倍的时间流速下，我依然可以存在接近16年的时间，足够杀死你了。"

原来那个电子表是可以改变时间流速的罪物，在1亿倍的时间流速下，外界的可见光早已红移到了微波甚至无线电波的波段，肉眼无法捕捉，所以周围才会变成一片黑暗。能够改变1亿倍时间流速的罪物，放在"幽红"，绝对属于SS级以上的了。

可罗星早就没有心思去感叹罪物的神奇，他现在没有任何手段能应对乔亚·韦克了，甚至没有力气逃走。

乔亚·韦克一瞬间来到了罗星面前，手刀向罗星的头部挥下！

然而在手刀落下的刹那，却有一股强大的吸力牢牢地将他的手腕禁锢在原地。乔亚·韦克惊讶地向一旁看去，只见利德不知何时挡在了两人之间，右手紧紧钳住了他的手臂。

他为什么没有受到罪物的影响？

不对，我存在于内网中，他又为何能用人类的躯体限制住信息的流动？

无数的问题充斥着乔亚·韦克的大脑，却完全理不出头绪。

利德扭过头去，对护在身后的罗星说道：

"我那个同伴，就是你称他为'东老师'的那个家伙，是世界级罪物W–007。他的能力是将物体变成理想的物理学模型，我刚刚请求他将我变成了'完美的事件视界'。当然，这是有代价的，我只能在赌局结束前保持人形，之后便会被东老师丢到太空里。"

罗星一惊，事件视界是完美的球型，拥有无限的空间对称性，所以利德无论被拿走多少空间对称性都没有关系。

同时，事件视界的时间流速与外界的差距是无穷，所以利德可以无视改变时间流速的罪物，而且作为时空不连续的界面，他自然可以将信息生命体乔亚·韦克禁锢！

"还有一件事……"利德继续说道，"告诉法拉，只要她能好好活着，选择怎样的活法我都不在乎，我不过是想多为她提供几个选项而已。唉！"他叹了一句，"这么简单的话，为什么对着她我就没法好好说出来呢？"

说罢，利德张开双臂，将乔亚·韦克揽入怀中。后者试图挣扎，但很快便被利德吸入了体内。

罗星握紧双拳，用尽了最后的精神力，将自己的体温提高了3℃。他并不清楚依靠罪物打印机重置的力量能否把利德救回来。此时此刻，他的心里只在想一件事：

什么乔亚·韦克，什么赌局，什么涌现，去他大爷的吧！

13.

罗星悬在几千米的高空，零下几十摄氏度的寒风吹在身上，他不得不为自己和法拉制作出一层暖空气作为防护层，以免被冻成冰棍。

半小时前，他猛然间发现自己被丢出了电梯，而与自己一同出现的还有赌场中的绝大多数人员。他据此判断，不久前的自己启动了罪物打印机"爱的教育"，让赌场中大部分人重置了。

然而队伍中少了四个人："深蓝"的代表劳伦斯、"柠黄"的代表阿提姆、东老师以及法拉的父亲利德。

罗星不清楚发生了什么，凭借肉身的能力又不可能追得上轨道电梯，只得将所有人救回地面后，再带着法拉追向高空，等待斯特拉的到来。

"劳伦斯雇用了乔亚·韦克，阿提姆是由'黄'操纵的生化人，至于利德先生……"出发前，月影将预知能力发挥到最大，试着通过残留的信息解读电梯上发生的事情。然而，每当感应到利德的情况时，便仿佛撞上了墙壁一般，无法前进一丝一毫。"抱歉，我看不清。"她说道。

又是一阵寒风吹来，法拉不由得眯起了眼睛。她很不喜欢悬在高空的感觉，因为那会让她感到心里空空的。然而，此时此刻对父亲的担忧，却盖过了她对现状的忧虑。

透过干冷稀薄的空气，法拉瞥见一个亮点由远及近，向着二人的方向飞来。

切换成飞机形态的斯特拉绕着太空电梯回旋了一周，问道："抱歉来晚了，还来得及吗？"

罗星带着法拉高速飞行起来，追上斯特拉的速度后，一前一后跨坐在它的身上。他拍了拍斯特拉，下令道：

"距离赌局结束还有30分钟，我们追！"

◇

时间倒回龙舌兰向罗星一行人展示W-002之时。

"我不管你是'罪人'又或是什么别的，想要在涌现时无人牺牲，具体该怎么做？"罗星说着，又瞥了一眼下方闪着红光的托卡马克聚变炉。"直说吧，虽然我们逃不出你的手掌心，但想要说服我们乖乖听话，仅靠这个炉子恐怕不行。"

龙舌兰以微不可查的幅度叹了口气，口中说出一个词语："W-005。"

！

不需要任何解释，在听闻这个词语的瞬间，罗星和法拉就明白了龙舌兰的计划。

现如今的地球，只剩下了不足一千万人口。涌现发生时会牺牲近一百万人，对人类种群而言是毁灭性的打击。

然而，如果牺牲者来自拥有几十亿人口的旧时代呢？

这不是什么关于伦理道德的辩论，只是一道电车悖论的选择题。

是牺牲奄奄一息的现代人，还是毫不知情的旧时代居民？

仿佛看透了罗星的想法一般，龙舌兰开口道："你们一定很难接受吧，然而站在全人类存续的角度，这是最佳选择；同时，你们也不必有任何心理负担，这件事因我而起，所有的罪由我一人承担。"

罗星握紧拳头，半晌，开口问道："即便如此，你又怎么能保障W-005愿意提供帮助？我们可是连确定它的位置都做不到！"

"我们自然做不到。且不说W-005难以捕捉，仅从地表残余的航天能力而言，此事难于登天。"

龙舌兰嘴角露出神秘的笑容：

"但是，有人能帮我们找到。"

◇

阿提姆坐在赌桌前，手中把玩着一枚闪闪发亮的金色筹码。他瞥向窗外，一颗带着金色吸积盘的黑色球体正在逐渐远去，与它一起离开的还有世界级罪物W-007。

利德的质量远小于强德拉塞卡极限，无法坍缩成常规黑洞；东老师的能力影响结束后，他将收缩成一个质点。为了不对地球造成破坏，东老师将它带离了地球的引力圈。

"他们都不在了，应该算我获胜吧？"阿提姆看向23，问道。

"如果到赌局结束后仍然没有人回来，仅存的你将成为胜利者。"23照本宣科地解释道。

就在这时，窗外划过一颗赤红色的流星，以超过太空电梯的速度向着深空飞去。流星侧部喷射出一道烈焰，不偏不倚地向着太空电梯袭来。

一声巨响，赌场的门被撞开了，内部空气迅速向着气体稀薄的外界流失，卷起一阵小型风暴。罗星喘着粗气扶起身旁的法拉，两人的衣服上尽是烧灼的痕迹。

23打了一个响指，赌场的门立即修复如初，电梯厢里的气压也恢复了正常。

　　罗星扫了一眼赌场，很快便根据月影提供的信息判断出了属于自己的赌桌。他走上前去，拿起桌上剩余的一枚金色筹码。

　　"哼，真没想到你还能回来。来吧，开始我们的最后一局！"阿提姆正正身子，做出应战的姿势。

　　然而，罗星压根就没有看向他，而是举起金色筹码，对着23说道："以'纯白'代表名义请求，开启特殊赌局。"

　　"请说明要求。"23应道。

　　"赌博方式，麻将牌；赌资：让对方为自己服务一次的权利。一号玩家，自然是我。"

　　说罢，罗星盯着23，说道："二号玩家，世界级罪物，W-023。"

　　"好的。"23答道，"还有其他要求吗？"

　　"三号玩家，世界级罪物W-007，东老师。他应当还没有飞出10 000千米的范围之外。"

　　"稍等。"23双手背后，闭上了眼睛。几秒钟后，他开口道："好的，他答应了。"

　　话音刚落，东老师便出现在了赌场中，脸上挂着玩味的笑容。

　　"通过23将我找回来？这步棋还真是出乎意料。"东老师笑道。

　　"如果我们赢了赌局，你能把爸爸变回来吗？"法拉厉声问道。

　　"很遗憾，我做不到。"东老师答道，"即便是世界级罪物，想要实现什么愿望也是有代价的。利德将自己变成了完美的球体，代价便是从现在开始直到宇宙毁灭的漫长岁月里，必须以太初黑洞的形态度过余生。这些他事先已经知晓，并且同意了。"

　　罗星咬住嘴唇，大脑飞速运转着。正在这时，法拉轻轻扯了他的袖口，小声说道："计划优先，不用照顾我们。"

　　罗深吸一口气，紧紧握着金色筹码，这才是龙舌兰计划中最核心的部分。他对23说道："最后一名玩家……"

对现如今的人类而言，不要说在太空中捕捉W-005，仅仅是进入太空都万分困难。上一次罗星能够借用W-005的力量，全靠超级人工智能预测到了它将出现的位置。

就在不久前，超级人工智能们对W-005的行踪再次做出了预测。根据计算结果，W-005会在四城赌局当天出现在太空电梯的终点附近。因此，借助同为世界级罪物的W-023的力量，应当能够捕捉到W-005的踪影。

几年前，罗星通过W-005打开了一条连接到3岁那年父母失踪时的时空通道。通道仅有拳头大小，持续了5秒，为此罗星欠下了"红"100万个图灵币。想要让W-005打开一道献祭30万人的时空门需要多少算力？没人知道，但肯定是就算4台超级人工智能功率全开也无法提供的数量。

换言之，想要实现龙舌兰的计划，就必须让两个世界级罪物乖乖为自己服务。常规手段自然行不通，唯一可以借助的手段便是，赌。

龙舌兰清楚能够随意决定规则的金色筹码的存在，其他城市的代表想必事前也掌握了这个信息，因此阿提姆才会主动提出。有了金色筹码，就可以通过W-023的力量，强制开启赌局。

罗星直视着面无表情的23，说道："最后一名玩家，世界级罪物W-005，昨日重现！"

◇

"它同意了。"

许久后，23睁开眼睛，对大家说道："但有个条件。W-005无法化作人形，因此它会自行选择一位代理。"

罗星点头允诺。就在这时，法拉发出一声惊呼，只见窗外闪过一只巨大的钛金色球体，它那张开的太阳能帆板好似银灰色的羽翼。

W-005，在太空俯看了地球几百年的世界级罪物。

赌场的地面上闪过一道光晕，透过雾霭般的投影，罗星仿佛看到了一座地面上的城市。不消片刻，光晕中勾勒出人形的轮廓，迷幻的光雾渐渐凝结，一位女性的身影凭空显现出来。

笔挺的身材，干练的短发，以及不甚合身的迷彩。

"钟铃……"罗星不由得叫出了女性的名字。如果银蛇队长现在正在此处，会做出怎样的反应呢？

钟铃闻言皱着眉看看罗星，硅胶肌肤做出的神情略显木讷。"你是谁？"她问道。

就在这时，钟铃猛然间立正，双手抱住头部，呢喃道："赌局……赢得比赛……好的，遵命。"

钟铃是W-005通过时空隧道召唤来的，因为她是人工智能，所以能够被W-005影响，强行写入记忆。

钟铃走到赌桌前，豪迈地叉开腿坐下，说道："来吧！"

23打了个响指，一副麻将牌出现在赌桌上。东老师第一个伸出手去。他刚刚触碰到牌堆，却听到罗星问道："东老师，要使用您'绝对化'的能力，需要付出什么代价？"

东老师玩味地一笑，道："这要视你的请求而定。"

罗星低头看了一眼牌堆，说道："我要让这副牌满足'完美的均匀概率分布'！"

东老师没有立即回应，而是站定不动，与罗星对视了几秒。片刻后，他摸摸下巴，笑道："我原本的计划是将利德带去距离地球最近的HR6819黑洞，他留在那里会将影响降到最低。但凭借我的能力，往返一次恐怕需要大量的时间。如果能够让我在下一次涌现出现前赶回地球，我就同意你的要求。"

"这个简单。"罗星看向23，问道："'苍灰'代表退出，按照规则，剩余的代表应当平分她的赌资，对吗？"

"是的。"23答道。

"在月影的赌资里，剩余了两枚金色筹码。现场剩余的代表有我们和'柠黄'，因此，我们可以各拿到一枚金色筹码。"罗星一面说着，一面通过控制熵让一枚金色筹码飞入手中，对23说道："以'纯白'代表名义请求，开启特殊赌局。规则内容：在下一场比赛开始后，将赌场内的时间流速调整为外界的1亿倍。"说罢，他又看向东老师，道："1亿倍的时间流速，足够我们在涌现前返回吧？"

东老师耸肩道："希望在跨越1 000光年之前，我们能完成一场赌局。"

看过罗星的一通操作后，法拉默默捏了把冷汗。她敲了敲罗星的肩，小声问道：

"这次的赌注太大了，你靠什么赢下赌局？"

罗星看着她，露出了一个与儿时别无二致的微笑。他凑到法拉耳边，轻声说了两个字——

下一瞬间，法拉感到一股温柔的力量包裹了自己，赌场的门骤然间打开，随着喷涌而出的气流一起，她被丢出了太空电梯。

第六章　探索

1.

　　马天琦坐在计算机的显示器前，中指不停拨弄着鼠标的滚轮。屏幕上闪过一段黑白色的凝胶电泳的色谱图，他盯着看了几秒，又调出标准谱图对比，无奈地叹了口气。

　　感觉到有些疲倦"马院长，又要加班吗？"同屋的艾莉斯刚刚脱掉实验室的超净服。在艾莉斯眼中，马天琦工作能力突出，能够同时兼任真理塔和彩虹园的工作，为人还十分随和，是一位值得尊敬的前辈。

　　马天琦看着艾莉斯，笑道："我有个梦想，那就是彩虹园的孩子们可以自由地在田野上奔跑。只要这个梦想还没有实现，我就会一直努力下去。"说罢，他用食指一点艾莉斯的额头，道："另外，我说过很多次了，在这里可以叫我的名字或者'马博士'，但不要用职位称呼。"

　　艾莉斯走后，马天琦仰躺在椅子里，将双腿跷上桌面。不一会儿，手机提示音响了起来，他以微不可查的幅度叹了口气，走到实验室里的样品冷藏柜前，取出一个约莫暖水瓶大小的圆柱形容器塞进登山包内。

　　20分钟后，马天琦驱车来到了"幽红"的富人区。此处依傍着一座高度不足300米的山峰，从山顶流下的小涧夹带着一股清冽的湿气。他没有走进住宅区，而是顺着石阶向半山腰攀去。

　　接近目的地时，天色已经半黑，加之高处的雾气，不借助人工照明已经很难看清道路。然而马天琦依然坚持着依靠肉眼步行，尽管在真理塔工作的他比任何人都更加清楚此处不会有监控，但谨慎的个性还是驱使他选择了最为稳妥的方式。

转过最后一道弯，马天琦不由得愣住了：在他的正对面站着一个娇小的身影，身上穿着廉价的塑料雨披，看不清性别，也难以分辨是成人还是孩子。马天琦心里咯噔一下，习惯性地将右手插入裤兜，握紧藏在那里小罐催泪瓦斯。尽管有武器傍身，他全身的肌肉依然不自觉地绷紧，双腿不住颤抖着。

那人缓缓走来，马天琦后退半步，将催泪瓦斯捏得更紧了。对方越走越近，他的心也提到了嗓子眼——

几秒钟后，那人从马天琦的身边走过，就好像没有看到他一般。

直到听不到脚步声，马天琦方才松了口气。他摸摸额头，上面沾满水滴，说不清是汗液还是凝结的雾气。

就在这时，一位高大的光头男子打着强光手电从身影消失的方向走了上来，他看到马天琦，径直问道："货带了吗？"

马天琦卸下背包，扔到光头手里。光头取出粗大的圆柱形容器摆弄了一番，马天琦阴着嗓子说道："回去插上电源不要移动，72小时后她就会醒来。我尽量按照要求定制了面孔，至于身材长成什么样，就要看你怎么培养了。"

光头咧嘴一笑，问道："真的只需要养6年吗？我想要的是能玩的女人，要是养成个女儿可就麻烦了。你怎么保证没有坑我？"

马天琦耐着性子解释道："通过修改基因让胎儿的生长速度提高3倍，这已经是极限了。你可以先预付70%，一年后如果这孩子能长到3岁孩子那么大，再付清尾款。"

光头又将容器摆弄了一番，最终还是装进了自己的背包里。他的嘴里一直在咕哝些有的没的，可马天琦一个字都没有听进去。临了，光头递上一张纸条，上面写了长长一串数字。

"这里有7万个图灵币，剩下的3万个一年后再给——如果你没有坑我。"

马天琦瞥了一眼，确认了位数正确，便匆匆将纸条收入衣兜。这是一串图灵币的提款码，只要进入内网并在与"红"的特殊对话框中输入，就可以提取相应的数额。他不是第一次做人贩子生意了，如果对方给了假的密码，他也有本事拼个鱼死网破。

"合作愉快。"光头伸出一只熊掌般粗壮的手。

"合作愉快。"马天琦和他握了手。他看着光头身后漆黑的石板路，问道："你上来的时候，应当也看到那个矮个子了吧？这个时间跑来山里，我还以为是条子。"

光头却将眉毛拧成了8点20状："小个子？这里就这一条路，我上来时没看到有人啊？"

◇

离开富人区后，法拉立即找了个垃圾桶，将只穿了一次的雨披丢掉。尽管雨披花费了她半个图灵币，但想到这件衣服曾经时蹭到了那位姓马的副院长，她便觉得一阵恶心。

这个混蛋借助彩虹园副园长的身份，向富人们有偿提供婴儿，是个惯犯了。最初，他还只是悄悄将没有父母的婴儿卖掉，不久，当真理塔的基因编辑婴儿技术成熟后，他居然做起了"定制"婴儿的生意。

没有人会去关心那些基因编辑婴儿未来的命运，在马天琦和买家们的眼里，他们不过是图灵币与商品罢了。

得知马天琦的所作所为后，法拉想了不下20种方法来完成这次暗杀。最终，她决定让罪魁祸首尝尝那些基因编辑婴儿所受的苦——

在经过马天琦身边时，她悄无声息地让对方吃下了500西弗的伽马射线辐射，相当于安全剂量的2000倍。在24小时内，马天琦首先会患上急性白血病，之后会全身溃烂，到那时，子弹对他而言都算解脱。

尽管完成了任务，法拉还是觉得胸口一阵憋闷。她闭上眼睛中，心中默念道："呼叫'红'，听到请回应。"

几乎同一时刻，一个成年男子的轮廓闪现在法拉的眼睑里。按照"红"的说法，不播放人物出现时的动画效果，可以节省不少算力。

法拉心知"红"不会主动开口，说道："我已经完成了3次暗杀任务，按照约定，你应当满足我的一个要求。"

"在我能力允许的范围内。""红"答道。

"我要你放了队长。"法拉立即说道。

"红"沉默了片刻，鼓动着没有五官的面部，说道："可以。"

法拉没有接它的话茬，而是一张纸条，对着红念出了一串长长的数字。她在暗中监视了马天琦的交易，又在不知不觉间控制静电场，将这张纸条吸了出来。

"这是执行任务期间缴获的黑钱，用来帮罗星还债总可以吧？"

"将从罗星账号的负债中减去7万，目前他的总负债额为88万3721个图灵币。"

法拉啧啧嘴，心说这钱还不如拿去挥霍了呢，反正对罗星而言，债务属于虱子多了不咬。

"如果我想要你赦免罗星，需要做什么？"法拉问道。

"红"顿了片刻，说："去找龙舌兰吧，阻止她将要做的事情。"

◇

"幽红"的监狱位于地下深处，据说是与罪物管理中心一同建造的。这个时代最缺的就是人手，与其关押犯人不如强制其去城郊劳动，因此监狱空间不大，仅有不足100个房间。与之相应的，凡是需要关押的都是极度危险分子，因此监狱修筑得十分牢固。

法拉来到监狱的地上入口，这里从外表看是一件废弃的厂房，没有门牌，只在正门上面贴了"闲人免进"的标识。法拉对看机器人亮出了"红"给予的特殊ID，机器人迈着笨重的步伐立正敬礼，随即让开了道路。

前往监狱的电梯速度很慢，没有观景窗，空气里一股潮气。法拉强忍着冲动没有将空气电离净化一番，直到电梯门打开，一股更加浓重的臭气扑面而来。

法拉捂住鼻子咳嗽几声，走进监狱内部。这里只有一条走廊，犯人们的房间左右排开，每天由机器人送饭以及清理排泄物。放风？对不起，不存在的。

"哟，是法拉吗？"

法拉正准备顺着房间编号找下去，却听到走廊的尽头传来了熟悉的声音。她匆忙跑了过去，不锈钢门的透气窗内露出两只湛蓝色的眼睛，眼角挂着灿烂的笑容。

"队长，稍等一下，我马上带你出去！"

法拉将手机对着牢门前的识别装置一刷，门牌两侧的指示灯立即从红色变成绿色，厚重的钢门缓缓向两侧滑去，好似被魔法师开启的古代遗迹。

银蛇被关在这里已经足足两周了，在法拉的想象中，队长的生活一定十分凄惨，每天都对着空气暴怒。然而，在牢门开启的瞬间，她却看到了几乎堆满房间的空酒瓶与漫画书，甚至在房间的角落里还有一台划船机。

银蛇一眼便看穿了法拉的心思，拇指对着划船机摆了摆，笑道："最近缺乏锻炼，肚皮上都有赘肉了。"

法拉叹了口气，想要找个位置坐下，却发现长椅上堆满了大大小小的哑铃。她轻轻地勾起手指，哑铃们便瞬间飞了起来，继而如同训练有素的信鸽一般，整齐地排列在墙角。

银蛇啧嘴道："电磁？我本以为你会和那小子一样，用的是熵。"

"控制熵需要大量的精神力，我做不来。"法拉坐定，理了理发梢，"控制电磁场却可以四两拨千斤，我能扰乱人的脑电波，能一声不响地破坏电器，还能让不顺眼的人饱餐一顿伽马射线。"

"怪不得'红'那么器重你。"银蛇笑道。

罗星与赌场一并消失在了太空深处，同时也造就了历史上唯一一次没有结局的赌局。四座城市的政府撕咬得不亦乐乎，都坚持自己赢得了比赛，应当拥有100万牺牲者的分配权。"深蓝"原本想要置之度外，却被法拉爆出其代表雇用了臭名昭著的乔亚·韦克，于是不得不回到谈判桌前。

就在谈判如火如荼之际，23先一步归来了。他当众宣布，获胜者是"纯白"，决定牺牲者分配的"钥匙"已经交给了该城市的代表龙舌兰。另三座城市的代表们顿时炸开了锅，他们找不到早就消失不见的龙舌兰，就只能把气撒在其他地方，例如处分与这次事件有关的人员。

如果不是提前与"红"达成协议：像罗星一样接受改造就可以免去罪责，积累一定的业绩后还能把银蛇一并赎出来，法拉恐怕也难逃牢狱之灾。当然，法拉并没有忘记父亲留给自己的蓝色胶囊，她准备将其留作撒手锏。

银蛇变魔术一般地取出香烟和火机，问道："'柠黄'那边什么情况？"

法拉答道："龙舌兰小姐拿到'钥匙'后就不见了，'兰'组织被其他三家瓜分一空。我到处打听龙舌兰小姐的下落，目前只知道她去了外网。"

银蛇点点头，面对龙舌兰的消息，他出人意料地没有发表意见。就在这时，隔壁牢房传来一个有些耳熟的声音："喂，老蛇，你又拿出烟来了！能不能给我抽一口？"

法拉寻声望去，透过狭窄的透气窗，她看到一张熟悉的脸，这个人她不久前刚刚见过——

陆冰。尽管被罪物打印机重置后他完全忘记了赌局中发生的事情，却和银蛇一并被"红"以反人类罪行关押了起来。

银蛇不耐烦地丢过去一根："火自己想办法！"

"小气。你想让我钻木取火吗？"对面传来一通牢骚。

银蛇没有理会聒噪的陆冰，对法拉说道："继续讲。"

"另两名代表，优作和……"

"普洛夫。"陆冰在隔壁补充道，不知他从哪里找来了火源，此刻正在无比享受地吞云吐雾。"那小子经常来这边倒腾食材，算是我的客户。"

陆冰话音刚落，银蛇又不知从何处取出一包牛肉干，在陆冰面前晃了晃，然后撕开递给法拉一块。陆冰"切"了一声，没有理会。

法拉看着两位牢友互怼完，继续说："那两个人也被关押了，但组织没有被波及，所以被'黄'查处的就只有'兰'。听那边的人讲，赌场目前是三家合伙经营。"

银蛇点点头，说道："了解。说说你的想法吧，这次来找我，应当不只是探监这么简单吧？"

法拉犹豫片刻，开口道："我接到了'红'的任务，它要我去阻止龙舌兰小姐。我认为要为'涌现'多做些准备。"

银蛇哼了一声："我虽然不喜欢被'红'利用，但去找龙舌兰好好说道说道，我却没意见。我不清楚龙舌兰想要那100万人转化成的算力做什么，但我确信，她肯定不会做什么好事。"

"我翻阅了父亲的记录，他一直在研究外网和涌现，我认为想要对抗涌现，首先要弄清楚它究竟是什么。"

"那群老学究们，忙活了100多年都没弄清楚。"银蛇吐出一个烟圈，"我知道你很聪明，但想要搞明白'涌现'，恐怕还差点儿意思。"

法拉盯着队长的眼镜看了几秒，试探性地说道："'纯白'。"

银蛇静静地吸着烟，没有作声。法拉继续说："之前,罗星通过罪物见到了罗伊，那个罗伊也说出了同样的名字。我想去找到它，那里的人一定掌握了更多的信息，说不定还能搞清楚龙舌兰真正的目的。"

一旁的陆冰激动了起来："我去，我去！不管你是想找'纯白'还是'黢黑'，只要能把我从这个鬼地方搞出去，你的事就是我的事！"

银蛇白了他一眼，道："你不是会瞬间移动吗？倒是给自己移出来啊？"

"我只能移动器官啊！"陆冰大叫道，"你让我移动一只眼睛出去？还是一只耳朵？"

银蛇掐灭烟头，笑了笑，拍着法拉的肩膀说道："你既然提出来，一定是做了准备。而我呢，这段时间也闲得发慌，就陪你玩一次吧！"

法拉点点头，走到隔壁门前帮陆冰刷开了牢门。陆冰仿佛抓住救命稻草一般，三步并作两步地跑了过来。

"我陆冰绝对说话算话！从现在起，我这条命就是你的了！"仿佛生怕法拉变卦一般，陆冰匆忙表示忠心，但在被银蛇白了一眼后闭上了嘴。

法拉站在二人面前，说道："你们回去准备一下，明早六点在城东门集合。"她上下打量了一番陆冰，补充道："有好用的罪物也一并带上，我们会在外网待上很长一段时间。"

◇

银蛇打开家门，房间里窜出一股发霉的味道。他从未真的将这里当作"家"，只不过当成自己在"幽红"落脚的据点罢了。

他扔掉了酸臭的外套，简单地冲了凉，之后对着镜子张开嘴，将一颗黑色的假牙摘了下来。这本是一枚装配在手机上的镜头组件，被外网感染后成了空间型的罪物，其内部可以作为储物空间使用，代价是每隔24小时就会随机吞掉一些物品。

银蛇很喜欢它的便携性，起了个名字叫"哈苏"，还拜托工匠将其外部打磨成牙齿的模样。这种程度的伪装骗不过"柠黄"的安检，在"幽红"的监狱却可以轻松蒙混过关。正是靠着它，银蛇将坐牢变成了度假。

翻开柜子，银蛇将囤积的食物一股脑塞进了"哈苏"里面。香烟十分珍贵，被吞掉就不合算了，需要随身携带；衣物只带两套替换，被烧掉时不至于没得换就好。

做完基础准备后，银蛇掀开床铺，用力地在木地板上踩了一脚，一块木板应声断裂，露出藏在下方的保险柜来。他俯身打开柜门，从里面取出了在黑市购买的病毒子弹，又将两件罪物收入背包。

其中一件是从"柠黄"诓来的电子香烟"大卫杜夫"，它的作用是能让接触到的物体不停向着激发态跃迁，是属于"熵"类型的强力罪物。罗星等人如约前往赛场后，龙舌兰拖诺兰将它交给了银蛇。

电子香烟此刻正躺在真空容器中，借由磁悬浮固定在容器中央。这样一来，它接触不到任何物质，自然也就不会引发灾难了。

另一件罪物是电子手表"江诗丹顿"，也是罗星一直在寻找的，能够储存精神力的罪物。它可以储存使用者的1分钟时间，并在需要的时候释放出来，每次最多储存三个1分钟。缺点在于，每次进行"存储"操作后，身体会成为未来使用过"1分钟"后的状态。

银蛇准备在见到罗星时，将这件罪物交付给他。不过此刻属于不用白不用，储存下当前的状态，当遇到危机时说不定能救自己一命。

银蛇把"江诗丹顿"戴在手腕上，径直按下了电源键。

因为一直在盯着墙上的挂钟，银蛇能够感觉到秒针明显地跳过了一格。不过他的注意力也立刻从挂钟上移开了，因为他全身都充斥着一种异样的感觉——

痛！痛！

银蛇想要冲到卫生间的镜子那里照照，却一个踉跄，险些跌倒。

他立即检视了一下身体的状态：头部和左上臂受了严重的擦伤，血没止住，还在顺着皮肤流下；腹部被划了一个大口子，好在没伤到内脏；左脚腕骨折，一阵钻心的痛。

未来的自己使用在这1秒的时候，究竟发生了什么？

好在时间足够，于是他不得不联系医疗中心，在营养液里泡了一夜。

◇

第二天一早赶去集合的时候，银蛇远远看到法拉和陆冰已经等在了那里。两人都准备了私人机车，陆冰还换上了一身机车服。

"队长？你怎么受伤了？"法拉看到银蛇，惊讶道。

"小伤，不提也罢。"银蛇打了个幌子，"你那边怎么样？"

法拉拍了拍厚重的行李箱："有用的东西都带上了，还借来了几件罪物。杰瑞也委托给朋友照顾了。"

银蛇点点头，他刚想问这次出行的路程遥远，机车没了燃料怎么办，却听见身后响起了洪亮的喇叭声，一辆大型油罐车开了过来，停在三人身边。

"法拉！我们来了！"银蛇眼睁睁看到，在机车副驾的位置上跳出来一只……拉布拉多犬，它双眼滴溜溜地环视一周，视线最终落在银蛇身上："你就是传说中的银蛇队长吧？我早就听闻过你的大名，你就是'幽红'活着的传说！不瞒你说，我早就想和你好好聊聊，这次终于逮住机会了！该从哪里说起呢？对了，就说说那次你……"

没等那只聒噪的拉布拉多说完，它的身后伸出了一只手——人类的手——牢牢钳住它的狗嘴，于是拉布拉多只能不满地发出"呜呜"的声音。一名穿着打扮好似要去舞台选秀的男青年抱着狗跳了下来，骂骂咧咧道："再不闭嘴，外网都要被你感染了！"

法拉迎了上去，开心道："骆非，你真的弄来了油罐车啊！"

"小意思！"那名在罪物猎手里被称为"时间的孙子"的少年摆出一个拽拽的姿势，银质耳环在晨光里闪闪发亮。

临行前，作为组织者的法拉站在人们正中央，对着大家鞠了一躬，说道：

"感谢大家愿意来帮忙。尽管事先已经和大家说过了，但我还想再强调一次：这次出行不知何时才能回来，危险系数也相当高。如果各位现在退出，我不会有任何意见。"

说到这里，法拉看了看众人，见没人做出反应，继续说道：

"我不怎么喜欢戴高帽子，但我们这次的行动，确实关乎人类的未来。为了人类文明的明天，出发——"

"噢！！"

野狼高亢嘹亮的呼声，仿佛要将沉睡的城市唤醒一般。

2.

外网第一守则：绝对不要携带任何电子设备，因为会被感染成罪物。智能化程度越高的设备，被感染的概率越大。

"蛇哥，你会开车吗？"没走出多远，骆非便向银蛇发出了邀请。由于自动变速器必须靠电子设备辅助，所有开出来的汽车全都是手动离合器，而长时间驾驶绝不是一件轻松惬意的事情，需要时不时有人替换。

银蛇不耐烦地应道："为什么不找你的搭档？"

"因为我是拉布拉多啊！"野狼从副驾探出狗头，双耳无精打采地耷拉着，"我的腿太短了，根本够不着油门和离合器！如果我是松狮或边牧，又或者好歹是哈士奇……"

为了让这只狗快些闭嘴，银蛇毅然决然地和它交换了位置。多说一句，野狼的机车驾驶技术居然还不赖。

替换过骆非2小时后，银蛇坐回了油罐车的副驾上，百无聊赖地将双腿摆在操作台上。他瞥了一眼身边的骆非，后者正戴着一副蓝牙耳机，单手握着方向盘，嘴里还哼着歌。

银蛇一个激灵，立即起身问道："喂，你在干什么？"

骆非看了他一眼，微笑道："听歌啊！后现代摇滚，旧时代著名乐队，贼带劲！"

银蛇一把将他的耳机夺了过来，握在手中想要捏碎，却发现那对看着像是塑料浇筑的东西居然出奇坚硬。骆非急了，松开方向盘扑了上去，使出吃奶的力气将耳机夺了回来。

"小森！你没事吧小森！"骆非轻轻抚摸着耳机，眼看要哭出来的样子。他瞪了银蛇一眼，说道："小森不会被感染！它已经是罪物了！"

银蛇一愣，骆非继续解释道："小森是时间型罪物，它能够播放旧时代某时某地的声音。我费了好大力气，才找到演唱会现场的。"

说罢，他看着已经平息了怒火的银蛇，又将耳机递了回去。银蛇将信将疑地戴上耳机，里面传来一阵嘈杂的鼓声和吼叫声。他不由得伸出触碰耳机，耳机中传出的声音立刻改变——

"别乱碰！"骆非匆忙拉住银蛇的手腕，"小森靠触碰调节接收声音的时间和地点，我可以费了好大力气才找到演唱会的！"

银蛇皱了皱眉头，可突然间，耳机中又传来了一阵麻嗖嗖的过电感，激得他全身一哆嗦。

"这又是什么？"

"小森跨时空传播的不仅仅是声音，而是能量，只是机械振动最普遍、也最容易被识别而已。"骆非解释道，"大概那边有人在用电玩什么游戏吧。"

之后，骆非花了大约10分钟的时间，耳机里终于再次传出了撕心裂肺的吼叫声。

"还听吗？"骆非很讲义气地问。

"啊……不用了。"银蛇摆摆手，继续仰躺在副驾上，眯着眼睛眺望远处的废墟。

◇

外网第二守则：每行动8小时，就要在外网浓度低的区域休息至少20分钟，否则看到幻觉的概率会大幅升高，在极端情况下可能会精神崩溃。

法拉张开便携式外网屏蔽罩，这东西外表成半球型，上面密布着金属梁，远远看去就像龟壳一样。屏蔽外网在原理上并不复杂，简言之就是发出与外网频谱相同但相位相反的电磁波，从而实现彼此抵消。尽管电磁波并非外网的全部，但能够抵消掉电磁波，已经足够让人安心睡上一觉了。

然而，外网的频谱是时刻都在变化的，甚至每纳秒前后都会不同。想要屏蔽外网，就必须有时间响应精度非常高的频谱仪，并辅以强大的计算能力。如此巨大的算力，只有超级人工智能才能提供。与此同时，外网屏蔽罩本身也是电子设备，从它被购买的那一刻起，超级人工智能就已经在不停地为它提供算力，以防止它被感染成罪物，因此这东西的价格始终居高不下。

一旦需要使用屏蔽罩为人类提供防护，所需的算力就会进一步增加，换言之，就是要加钱。

将屏蔽罩装配完成后，法拉转身看向众人，问道："谁来帮我垫付一下？这边有个小键盘，输入自己在内网的账号密码即可。我的钱都用来买装备了，现在穷得很。"

"我刚被你捞出来，账户早就冻结了。"陆冰耸耸肩。

"我和他一样。"银蛇说道。

"我是日光主义。"

"我是狗。"

作战会议一时间陷入了僵局。法拉深吸一口气，轻咳两声，努力平复了情绪。

继而跳着脚大吼了出来："为了这次该死的行动，我们甚至弄来了油罐车，莫非要被区区3个图灵币绊住？"

"我倒是不介意把车卖掉帮你出钱，问题是找不到买家……啊啊啊啊！"骆非话音未落，就被法拉一道闪电招呼到了身上。

"不如就这样走下去吧。"陆冰建议，"我以前出任务的时候，也曾连续50个小时没有休息过，还不是好好的。"

银蛇瞪了他一眼，问法拉道："我们距离下一个目标还有多远？"

法拉张开一张泛黄的地图，指着上面的一个红色叉形标记说道："我和斯特拉约好了在这里会合，根据目前的坐标，估算还有1200千米。那边是一座旧时代的城市，应当可以找到屏蔽外网的防空洞。"

这些防空洞是外网降临之初，人类为了自保而建造的。那时人类对外网的研究还不够充分，少了超级人工智能的辅助，只能将外网浓度降到0.2阿帕左右。尽管防护性能差了不少，总之要比暴露在外好上很多。

银蛇接过地图，手指点在了一座小山丘上。"去这里吧，那边有个旅店能提供防护。"他说道。

"什么旅店？"骆非来了兴致，问道。

"那儿的老板叫它，加州旅馆。"

◇

外网第三守则：如果在外网中看到正常运作的建筑物，维护它的不是罪物，就是罪人。

赶到加州旅馆时已是黄昏，幸运的是队伍中无一人产生幻觉，不幸的是陆冰的机车落入深坑，不得不和银蛇一起挤在驾驶舱里。

"要不我换那条狗来？还能宽敞些。"陆冰提议。

"……还是你吧。"

旅店是一座灰绿色的二层小楼，窗口透出微弱的光，顶部红色的霓虹灯闪烁着"Hotel California"的字样。一位有着棕色卷发的女士坐在半敞的腰门前，手中抚弄着一把老旧的木吉他。

银蛇第一个跳下油罐车，向着那位女士走去。"我们想要住宿。"他说道。

女士抬头看着他，嘴角露出绵长的笑意。"知道这里是什么地方吗？"她问道。

"你原本是一台服务型人工智能，被感染成了罪物，留在了原来服务的旅店，就是这里。"银蛇麻利地答道，"说吧，休息一晚需要付出什么代价？"

说话间，众人都围了过来，只有陆冰坚持不住在罪物的旅店里，表示会在油罐车里过夜。

女士看到前来的三人一狗，轻扫了几个和弦，说道："解开我的谜题，这就是我想要的报酬。"

野狼抢着问道："什么谜题？你别看我能直立行走，如果计算智商，我相比于智人还是……"没等它说完，就被骆非钳住了嘴。

"需要你们住进来才能知道。"女士微笑答道。

银蛇不耐烦地啧啧嘴，第一个走进旅店。他回头看着外面，说道："想住的快进来，前面路还长着呢！不想住的，可以和那家伙去车里挤！"

法拉没有犹豫，立即跟上了队长的步伐。骆非和野狼对视了几秒，耸耸肩，也跟了上来。女士站起身来，冲着已经坐上油罐车的陆冰问道："你真的不住吗？"

陆冰哼了一声，闭上眼睛没有理会她。

旅店内部比外观看起来要大上许多，想必已经感染成了空间型罪物。女士带头走在前面，骆非紧随其后，问道："敢问您的芳名？"

"你们可以叫我梅赛德斯[①]。"女士答道。

"那……梅赛德斯小姐，这里为什么叫'加州旅店'呢？"

说话期间，梅赛德斯从墙边的橱柜里拿出一盏烛台点亮，众人方才发现电力在这里是稀缺资源。

"当然是因为，我非常喜欢旧时代的那首《加州旅馆》啦！"梅赛德斯小姐温暖地笑道，"而且，我这里有一处特性，与这首歌的一句歌词十分相像。"

骆非听到，不由得打了个寒战。作为除了工作样样精通的多面手，他自然熟悉旧时代那首著名的《加州旅馆》。骆非顿了几秒，小心翼翼地问道："莫非是那一句……You can checkout anytime you like, but you can never live?[②]"

梅赛德斯耸耸肩，没有回应。

3.

如果不是深入外网探索，法拉也许一辈子也没机会住进这种古香古色的房子。加州旅馆的房间不大，四壁镶嵌着自然色的木板，地板也是木质的，踩上去咯吱吱地响。墙边靠着书架，书脊上印着她没见过的文

---

① 梅赛德斯的名字也是来自《加州旅馆》歌词，并非仅仅意指奔驰。
② 你可以随时结账，但你永远没法离开。

字；床上铺着棉被，坐上去软软暖暖的，丝毫没有潮气。

"如果想用餐可以去前台找我，只有简餐，但全部免费。"梅赛德斯在房门上轻轻一点，正中的门牌上便显现出"Fara"的字样。

经过一天的奔波后，法拉已经非常疲惫了。仰躺在床铺上，各式各样的过往立即如同播放影片一般涌入大脑。与罗星、银蛇一起执行任务时，每次拿到报酬四处逍遥时，在"柠黄"与斯特拉勇闯地下拳市时……法拉已经习惯这种走马灯似的回放了，如果不是每次结尾都定格在变成太初黑洞的父亲飞向太空，她甚至可以就这样睡去。

痛苦、无力以及悔恨。

法拉骂了一句，强迫自己去浴室冲了凉，然后钻进被子里躺好。通过使用控制电磁场的能力，她模拟了能让人安眠的阿尔法脑波，很快便产生了睡意。很长时间以来，法拉一直靠这样的方式入睡。

不知过了多久，模糊的意识清醒了起来。脚下传来超重的沉重感，法拉猛地张开双眼，进入视线的是太空电梯里凌乱的赌场，以及向着罗星和自己袭来的乔亚·韦克。

那一刻，沁入骨髓的恐惧感彻底复活。恐怖。绝望。无能为力。法拉试着迈动脚步，双腿却如同被钉在了地板上，不能动弹分毫。在千钧一发之际，父亲利德挡在了两人前面，以自己成为黑洞为代价，给了他们一线生机。

法拉茫然地看着眼前发生的一切，熟悉却又陌生。她清楚地记得自己正身处加州旅馆，这些事情已经过去了，而她和罗星正在为着弥补一切而努力。

这就是梅赛德斯所谓的"谜题"吗？

仿佛过了很久，又仿佛只有一瞬。乔亚·韦克消失了，东老师带着变成黑洞的父亲飞向太空。画面在此刻定格，仿佛电影播放到了最后一帧。

现实碎裂，幕布拉起，法拉却回到了最开始的那一刻。

父亲赢得了赌局，乔亚·韦克被拿走一种对称性，准备用自己最后的时间发动攻击。慌乱之间，法拉瞥见了月影赌桌上的金色筹码。

　　她立即行动起来，向着对面的赌桌发起冲刺。乔亚·韦克见状立即改变了方向，明晃晃的刀刃向法拉砍去，只要蹭到分毫，法拉将要面临的就是与周祺一样的脑死亡。

　　父亲挡在了前面，阻止了乔亚·韦克的攻击。

　　之后的剧情如出一辙，乔亚·韦克被父亲击败，而父亲也付出了近乎永久的时间作为代价。

　　又一次剧情落幕，法拉再次回到了最初的时刻。

◇

　　在第31次重复时，法拉终于成功地拿到了金色筹码。她巧妙地规划了冲刺的轨道，令乔亚·韦克扑了空，赢得了宝贵的几秒钟时间。

　　法拉举起金色筹码，对23说道："以'纯白'代表名义……"

　　话没说完，乔亚·韦克掷出一把飞刀，径直飞向她的颈部。

　　又是父亲挡在了前面。看着父亲渐渐消失，法拉已经麻木了。究竟怎样做，才能终止这场噩梦呢？

　　第32次。

　　法拉索性没有逃，而是迎上了乔亚·韦克的刀子。

　　利德阻挡不及，刀子插入法拉的胸膛，没有疼痛，没有鲜血，只有意识在渐渐远去。

　　丁零零……

　　下一刻，她睁开眼睛，发现自己躺在加州旅馆的床上。床头柜上不知何时被人放了一个闹钟，它正在欢快地叫着。

　　整理好情绪后，法拉感到一阵饥饿。她走出房门，看到其他人的房间门紧锁着，只有梅赛德斯一人孤零零地坐在吧台那里。

想必队长他们也在和噩梦斗争吧。

法拉走到吧台前，向梅赛德斯要了早餐。早餐的内容比法拉想象得更加丰富，一个牛肉汉堡，一杯牛奶，还有两颗煮鸡蛋。味道算不上好，与在内网吃到的相似，但法拉已经很满足了。

吃到一半时，法拉抬头，问梅赛德斯道："那个噩梦就是你的谜题吗？"

梅赛德斯耸耸肩，算是承认了。

"如果不是闹钟叫醒我，我会被困住，直到精神崩溃吧？"法拉的语气中带着质问。

"法拉小姐，你可能误解我了。"梅赛德斯不疾不徐地解释道，"为你设置闹钟的人是我，因为初来者很难适应'limbo'，留得时间长了会有害身心。"

Limbo，炼狱，人在落入地狱前留在的地方，用来形容那个噩梦到真合适。法拉在心中暗想。

梅赛德斯继续说："只要你在现实世界中被叫醒，就可以离开limbo。或者觉得累了，也可以让我暂停，直到你想要再次挑战。"

"解不开那个噩梦，我们就没法离开是吗？"法拉问道。

"是的。"

"如果我们想要强行离开呢？"

"你可以试试。"

法拉丢下吃了一半的牛肉汉堡包，气鼓鼓地向着出口走去。她一把推开了旅店的门——

门的另一侧，是一条与此处别无二致的走廊。梅赛德斯坐在另一边的走廊上，面带微笑地看着她。

"这个旅馆是我的宝贝，不要想着破坏它哦！"一面听梅赛德斯说着，法拉一面前后张望，发现两个梅赛德斯的动作居然完全一致。

或者说，根本就没有两个梅赛德斯，走廊两段的空间连在了一起，导致光可以通过不同的路径传入瞳孔。

法拉好像泄了气的皮球一般坐回吧台，有一口没一口地嚼着剩余的汉堡。半晌，她再次开口道："说是破解谜题，但这样不公平吧？"

梅赛德斯停下擦杯子的动作，看过来。法拉继续说："在我的噩梦里，我需要面对一个强大的敌人。可那时的我根本就没有战斗力，怎么可能赢嘛！哪怕梦中的我有现在的战斗力，也还有与之一战的能力。"

"可以哦！"梅赛德斯的回答大大出乎了法拉的意料，"简言之，你就是希望limbo中的自己更强，对吧？"

法拉惊讶道："真的可以？"

梅赛德斯转身打开酒柜，取出一瓶红葡萄酒递到法拉手中。它的瓶身保养得很好，但标签已经泛黄，在密密麻麻的旧时代文字中，法拉认出了酒的年代标签"1969"。

"睡前喝上一杯，默念着自己的愿望入睡，就可以在一定程度上修改limbo。"梅赛德斯解释道，"可不要改得太过离谱哦，否则会被强行拉回原点！"

◇

一整天也没见银蛇等人出门，梅赛德斯也不像是好的聊天对象，法拉的一天过得很是无聊。感到一丝困意后，她立即爬上床，用阿尔法脑波强制自己入睡。

法拉睁开眼睛，自己已经再一次回到了太空电梯里。她试着将意念集中在右手，几个电火花噼啪地闪烁出来。不远处，乔亚·韦克正奔跑着向她袭来。

法拉集中精力，脑中迅速闪过几条对策。乔亚·韦克的本体在内网，尽管肉眼也能捕捉，却不能用常规的方法对付。

乔亚·韦克的刀子悬在半空，眼看就要向着法拉劈砍下来。法拉猛地抬起右臂，向着太空电梯金属外壁发射磁场，一股强大的拉力在瞬间将她带离原地，乔亚·韦克扑了个空。

法拉令自己的双脚带上磁场，沿着电梯仓壁快速滑动起来。乔亚·韦克试图捕捉她，可连续几次都扑了空。在移动的间隙，法拉令电梯外壁的各处都携带上了涡旋电场——

乔亚·韦克如果要将自己的虚拟形象投射到此处，必须通过外网架设信息通路。所以，只要短暂屏蔽外网，将信息传输通路切断，就有可能消灭眼前这个家伙。

很快地，电梯外壁全部被一个个小的涡旋电场覆盖住，所有电场的频谱都在法拉的控制下。法拉闭上眼睛，执行了战术的最后一步——

"联系'红'！"

这里并非现实，法拉不清楚这样的战术是否奏效，但眼下也只能赌一赌了。

大脑中传来了"红"的回应，法拉立即发出请求，提供算力屏蔽外网。汹涌的算力袭来，"红"自动调节着涡旋电场的频谱，太空电梯在短时间内成了低外网浓度区域。

冰凉的感觉袭来，法拉颤抖着睁开眼睛，看到乔亚·韦克的刀刺入了自己的胸膛。尽管她已经将外网屏蔽，但还是并没有能够阻止乔亚·韦克。

意识渐渐远去，法拉盯着乔亚·韦克冰冷的面具，伸出手想将它扯下来，却无法撼动分毫。

法拉眼前一黑，结束了这一轮的尝试。

第43次。法拉用了不计其数的方法，有一次甚至索性将太空电梯从高空线缆上扯了下来，却依然无法阻挡凶悍的敌人。

这一次，她没再反抗，而是闭上眼睛，将注意力集中在了其他地方。只要能够将电磁场传到那里……

乔亚·韦克冲了过来，可还没等他做出攻击的动作，遥远的天边便传来一阵丁零零的响声。

法拉通过控制身体，在现实世界里发出电磁场，刺激闹钟响了起来。这是她第二次顺利逃脱。

法拉猛地从床上坐了起来，窗外黑漆漆的，似乎已经是第二天的傍晚了。床头柜上摆着只喝了少许的红葡萄酒，软木塞没有塞好，屋里飘散着淡淡的酒气。她想起了梅赛德斯的话：

"默念着自己的愿望入睡，就可以在一定程度内修改limbo。"

法拉一把抓过酒瓶，拔出软木塞，对着瓶口将酒一饮而尽。

再次回到limbo，法拉感到全身充满了力量。

自从获得"电磁"能力的那一天起，她便认真研究了能力的构成，甚至为自己画出了"技能树"。一旦自己和"红"的匹配算法得到进一步完善，就可以使用更加高阶的技巧。

然而有一项技能却位于技能树之外，因为它太强力了，法拉认为即便自己与"红"的匹配达到了完美程度，并且"红"全力支持自己，也不可能完成。但现在只得一试。

面对着满身杀气的乔亚·韦克，法拉伸出手掌，空间中的电磁场迅速构成一座牢笼，将乔亚·韦克困在其中。

当然，这样的牢笼不可能束缚得住本体位于内网的乔亚·韦克，可它却划定了法拉技能的影响区域。

法拉深吸一口气，口中默念：

"概念消灭·电磁！"

在一个普朗克时间内，牢笼空间区域内"电磁"的概念被彻底消灭了。并非电荷被中和，而是空间区域中物理模型被完全改写，所有的夸克不再携带电量，宇宙中不再存在"电子"这种基本粒子，四种基本相互作用力中的"电磁力"也被彻底抹掉了。

构造分子的库仑力不再存在，空气中的氮分子、氧分子，聚合物中的碳氢键、碳氧键、碳氮键，金属材料中的电子云，甚至黏合住灰尘与表面的范德瓦耳斯力好全部溃散。分子解离成原子，质子之间的库伦相互作用也不复存在，而是在强相互作用力的吸引下继续靠近，直到被泡利不相容原理产生的斥力再次平衡。

空间中的全部物质，全部向中子态坍缩。

消灭物理概念，改写物理定律，这是文明能够做出的最强的物理攻击。

然而，物理规则被改写的宇宙并不能稳定存在，当位于其中的标量场以光速传播开去，在和正常宇宙发生相互作用的瞬间，外界正常的规则便以碾压之势涌入，异规则区域迅速被压缩在了几个普朗克尺度以内。

法拉抬眼看看，区域内的乔亚·韦克早已不见了踪影。在压倒性的力量面前，乔亚·韦克甚至没有挣扎的余地便灰飞烟灭了。可法拉并没有此因而感到轻松，一种异样的感觉压在胸口，她此刻的感觉甚至比之前被敌人干掉时更糟。

几声"滴答"过后，现实碎裂，一切重启。

大幕徐徐拉开，故事回到开头。乔亚·韦克依然站在对面，面具上泛着冷光。

◇

窗外昏沉沉的，走廊里依旧空无一人。法拉拖着沉重的身子来到吧台，没有点什么食物，而是软趴趴地瘫在桌面上。

梅赛德斯递上一杯热牛奶，说："还没有解开limbo吗？"

"看也知道吧！"法拉握住牛奶杯，暖暖的。她头也不抬地抱怨道："我都已经战胜敌人了，为什么还是摆脱不了那个噩梦呢？"

梅赛德斯没有回应，吧台处静静的，时间仿佛定格了一般。不知过了多久，梅赛德斯先开口道："那个1969年的红酒，即便不喝，也是可以解开limbo的哦！或者说，即便喝了它，谜题也不会因此变得简单。"

"小气。"法拉嘟囔了一句，"既然想给我提示，就说得明白一些嘛。"

梅赛德斯温暖地笑笑，说道："提示吗……还记得那个很帅的小伙子吗？"

"骆非。"法拉嘴上应着，心里却无论如何也无法将骆非和"帅"联系在一起。实际上骆非的长相算得上不错，只是行为太过脱线，让人很难有心情去欣赏他的脸。

"骆非曾问过我，这里叫作加州旅馆，是不是应了那句歌词：你可以随时结账，但你永远无法离开。

"不是这一句哦！这就是我的提示。"

◇

法拉已经记不得这是第几次回到太空电梯了。她甚至怀疑，让自己反复咀嚼痛苦的记忆直到麻木，才是梅赛德斯真正的目的。

又是熟悉的攻击，又是熟悉的阻挡。法拉猛地伸出手，捉住了手腕——

利德的手腕。

"够了！"法拉歇斯底里地怒吼起来，声音连她自己听上去都觉得陌生。"你总是这样，为什么我说多少遍都不肯听呢？"

利德愣住了，眼前的女儿连珠炮一般地吼道："你总是这样，自作多情地替我拿主意！我明明喜欢蓝色，你却买了一套粉色的布偶回家！我明明不喜欢太甜的东西，你却隔三岔五带点心回来！我明明更喜欢工程学，你却给我报了一大堆理科的课程！我明明对什么文明、什么世界不感冒，你却偏要我走出去看看！我明明……"法拉顿了两秒，似乎在积蓄力量。继而，她声嘶力竭地吼道："我明明不需要你替我挡刀子，你给我好好活下去啊！"

乔亚·韦克的刀子已经插进了法拉的胸膛，但她已经毫无感觉了。她用力地擦了一把眼泪，不服输般地怒视着眼前的父亲。

利德用力地挤着眉，嘴角微微颤动着。每当父女俩想要交流点什么的时，利德总是喜欢摆出这副表情。法拉很想问一句，和我说话让你很痛苦吗？

法拉握紧了拳头，等待着利德的呵斥。然而，利德在痛苦的表情消失之后，只是叹了口气，淡淡地说道："我……我只是想让你开心而已，但我又不知道你想要什么，就只能把自认为最好的东西给你……"

"想让我高兴有那么复杂吗？你倒是问我啊！你为什么不能好好问我呢？"法拉立即还击。

"我们不是……很难好好交流嘛。"利德磕磕绊绊地回应。

"你能在学术会议上慷慨陈词，能面对那群政客巧舌如簧，怎么就不能好好和自己的女儿说话呢？"法拉越说越痛苦，似乎想要把失去利德痛苦全都在此刻倾诉出来一般，"我有那么可怕吗？"

利德轻轻触碰法拉的脸颊："我是真的害怕啊！怕又惹你不开心……"

那一瞬间，法拉感到心底的某根弦被触动了。她猛地明白过来，父亲之所以经常在她面前摆出一副痛苦的表情，只是不知道该说什么而已。他很急于向女儿表达自己的心情，却又怕触怒了女儿的哪根神经，于是只能用焦虑将自己包裹起来。

法拉一拳打在利德胸前，接着又是一拳，歇斯底里的咆哮变成了含着泪水的倾诉："你只要每次把碗洗得干净些，把内衣和外衣分开整理，不要吃完饭后立刻吸烟，我就能很开心啊！你只要每天高高兴兴的，我就很开心啊！为什么一定要让事情到了这一步……"

"法拉。"利德打断了女儿的话，凝视着她的双眼，说道，"我也经常反思，自己为你做的一切究竟是不是对的。但对也好，错也罢，即便我做的事情被你全盘否定也无所谓，我想说的只是……对自己好点。这个世界已经够糟了，你更要爱惜自己。"

下一刻，利德抓住身旁的乔亚·韦克，在法拉面前消失了。

◇

陆冰躺在车里，将夹克紧紧盖在身上。前面的路还很长，不能浪费燃料取暖。

头脑里传来炸裂般的痛感，扭曲的画面在眼前不时闪现，耳中回荡着哀鸣和呻吟。从离开"幽红"的第三个小时起他就已经产生了幻觉，但他并不在乎。

陆冰闭上眼睛，在心中默念："连接'红'！"

没有回应。他又试了很多很多次，"红"依然没有回复他的请求。

陆冰仰面朝天望着冷冰冰的钢板，上面映着一张痛苦扭曲的脸。自从赌场任务失败后，他就被"红"抛弃了，从被众人羡慕的特殊能力者沦为了阶下囚。

然而，即便"红"不再提供算力，体内的纳米机器也还在，陆冰依然拥有一项常人不具备的特殊能力。

每个与超级人工智能合作的特殊能力者，会根据其能力类型掌握特殊的能力。例如罗星可以看到熵，法拉可以看到电磁场的分布。但无论能力类型是什么，所有特殊能力者都有一项本领，那就是不借助设备连入内网。这是集成在纳米机器中的功能，不需要超级人工智能提供算力。

加州旅馆一带远离城区，如果在此时此刻使用这项能力，就会连入外网。罗星在降服斯特拉时，就通过此举短暂地从外网获得了算力。

陆冰叹了口气，闭上眼睛，努力将脑中的悲鸣声赶跑。他口中默念道：

"连接外网。"

◇

太空电梯中的情景再次回放。

面对乔亚·韦克的攻击，法拉的心却出奇的平静。这里是她自己的梦境，将她困在此处的究竟是什么？是失去利德的痛苦吗？还是对强大敌人的恐惧？

都对，却又都不是最主要的。

法拉心中最强烈的那份情感，是后悔。

后悔自己的优柔寡断，没能早些接受父亲的建议，成为特殊能力者。

后悔自己没能算无遗策，将乔亚·韦克的介入计算在内，导致父亲不得不以命相搏。

后悔自己直到最后也没能和父亲好好地交流，以至于到了梦里还要继续跟他吵架。

她能够放弃对乔亚·韦克的仇恨，却无法原谅自己。

眼前的乔亚·韦克又是一刀挥下，法拉不躲不闪，用胸膛接下了这次攻击。

梅赛德斯曾说过，加州旅馆的存在，应了旧时代同名歌曲的某句歌词。法拉对那首名曲很熟悉，那句歌词就是：

We are all prisoners here, of our own device.

我们只是自己欲望的奴隶。

解开limbo的方法并非战胜敌人，而是破除自己的心魔。1969年的红葡萄酒可以让梦中的自己变强，却对解开谜题没什么帮助。

法拉伸出手，轻抚着乔亚·韦克的面具。

"法拉。"

她呼唤着自己的名字。

"我不知道未来还会痛苦多久，但是……我原谅你了。"

伴随着法拉的话语，乔亚·韦克的面具出现一道裂痕。

"即便谁也不原谅你，即便这个世界都在责难你，我也原谅你了。"

咔嚓一声，面具碎裂。而面具之下，露出一张满是泪水的脸庞。

那是法拉自己的脸庞。

4.

银蛇呈现大字形躺在地上，钟铃坐在他身边，点上一支烟。

"明明是人工智能，居然还吸烟。"银蛇咕哝道。

"要你管。"

短暂的沉默后，钟铃问道："不打了？"

"不打了。"

又是短暂的沉默。银蛇抢先说道："你消失后，我用了不计其数的方法，和你的幻影战斗。要是早知道有这间旅店，我起码能省下20万个图灵币。"

钟铃吐出一口烟雾。

"我最初觉得，我痛恨你的消失，想要报复你，所以要战胜你。我后来又觉得，因为从小到大我就没战胜过你，只有过了你这一关，我才能变得更强。再后来，找你的幻影战斗已经成了一种习惯，或者说，成了我生命中必做的事。"

钟铃还是没有回应。

"来到这里以后，我们战斗多少次了？不止500次了吧。"

"871次。"钟铃答道。

"对，871次，比我们之前几十年战斗次数的总和还要多。然后我发现，哪儿有那么多七七八八的理由，我来找你不过是想……"

说到这里，银蛇干咳两声，还是没把"撒娇"两个字说出口。

而钟铃也十分默契地没有追问。

◇

法拉睁开眼睛，清晨的阳光透过窗户射在脸上，暖暖的。她揉揉眼睛看向床头柜，那里没有闹钟，也没有喝空的红葡萄酒瓶。

果然如此。梅赛德斯的能力只是影响人的梦境，自从在房间里躺下后她就从未醒来，去吧台找酒喝也好，旅店的空间首尾相连也罢，都是梅赛德斯在梦中的指引罢了。

法拉伸了个大大的懒腰，疲惫感一扫而空，头脑前所未有的清醒。

她来到吧台，看到银蛇已经坐在那里了，一面喝着咖啡，一面同梅赛德斯攀谈。野狼软趴趴地瘫在一旁，脸上的肉好似橡皮泥一般搭在桌上。

"你梦到什么了？"法拉坐在它的身边，问道。

"我做实验动物的时候……"野狼出人意料地没有长篇大论，"我最后对那些家伙说，老子还要谢谢你们给了我再活一次的机会！"

对于野狼的经历，法拉无法感同身受，但想必也十分痛苦吧。

说话期间，骆非走了过来，头发乱蓬蓬的，一副张不开眼睛的样子。

"你的limbo呢？"法拉问道，"我还真想不出有什么事情能把你绊住。"

没承想骆非眉头一皱，反问道："什么波？"

"Limbo，就是昨晚你反复做的那个噩梦。"法拉解释道。

"噩梦？"骆非更懵了，"我倒头就睡，醒来的时候天就亮了啊！"

两人一狗诧异地看着眼前的怪胎，而骆非早已坐在吧台边，点了一个最大的汉堡。

◇

三天后，一行人终于接近了目的地。其间他们很好运地撞见了"幽红"的探索队，银蛇卖掉了一些枪械，换来了几十个图灵币。于是这天夜里，大家很快乐地挤在了外网屏蔽罩里。位置的分配也很简单，银蛇和骆非挤在一边，法拉在另一边，中间隔上野狼作为屏障。

只有陆冰，依然坚持在车里过夜。

又过了些日子，某天正午，坐在油罐车顶的野狼突然发出一声响彻云霄的嚎叫：

"汪——"

"叫什么叫！看见母狗了？"骆非举着拳头对车顶的搭档吼道。

野狼倒也不恼，用前爪指着前方的地平线，叫道："快看！"

法拉闻声仰起头，只看到一江之隔的远方，一座高耸入云的塔形建筑渐渐跃出地平线，顶部和腰部分别挂着红白相间的钢球。它的四周遍布着高楼的残骸，裸露的钢筋暴露在正午的烈日下。

"钢印者……"银蛇嘟囔出了眼前巨物的名字。这座建筑在旧时代曾经是一座电视塔，被外网感染后成了世界级罪物，编号W-009，能力是给信号覆盖范围内的人类的潜意识里写入根深蒂固的观念。让它乖乖听话的条件十分苛刻，需要从它的最底层爬到最高层，而每一层都有它精心为挑战者准备的试炼。

看到W-009，也就意味着众人到达了此行的目的地——一座旧时代的失落城市，名字早已被遗忘在历史长河中，目前仅有一个存档用的冗长的编号。因为它紧邻被称为"深渊"的欧亚大陆大裂谷，因此被人们俗称为"深城"。

看着眼前破败的景象，法拉感到一阵懊恼。她和斯特拉约好在此相见，但这么大一座城市，通信设备又无法使用，去哪儿找？

"人类的气味！"

正当法拉烦恼时，野狼突然叫了起来，右爪指向正东的方向。不一会儿，龟裂的柏油路上掀起一阵沙尘，一个足有十几辆机车的车队伴随着巨大的轰鸣声，向着大家的方向驶来。

银蛇立即掏出枪上好枪膛，陆冰跳出车门取出武器，法拉则用电磁力控制了附近的钢筋，随时准备来一次穿刺攻击。只有骆非完全在状态之外，看看大家紧张的神情，又看看自己的搭档野狼，摆出一副不知所措的神情。

半分钟后，车队停在了众人面前。一行人穿着厚实的皮衣，戴着头盔，从外表来看男女老少一应俱全。一名矮个子蹿出队伍，一个急刹车停在法拉面前。

法拉的精神紧绷到了极点，无论是驾驶员还是机车，她都不曾见过，很有可能是想要拦路抢劫的罪人团伙。

就在这时，矮个子摘下头盔，扑过来一把抱住了法拉——

"法拉姐姐！终于又见到你了！"

一头雾水的法拉低头看去，那人虽然穿着一身陌生的服装，法拉却一眼就认出了那张精致的娃娃脸。她同样抱住对方，摸了摸她的头，说道：

"好久不见，月影。"

◇

在月影的带领下，大家来到了车队的据点——一座废弃的地铁站。这个组织的名字叫"疾风"，不从属于任何一座城市，在外网中四处奔波，寻找生活资源，一年前在深城驻扎下。

顺带一说，月影的坐骑就是改变相貌后的斯特拉。互认身份后，月影坐上了法拉的机车，在骆非的强烈要求下，斯特拉不情不愿地答应了载他一程。

"我说，你原来的装甲多帅，干什么变成这个鸟样子？"骆非吐槽道。

"小声点！"斯特拉刻意放慢速度，和其他人拉开了距离，"大隐隐于市，不装得像普通机车一样，我还不被他们拆了？"

"'罪人'们有那么可怕吗？话说想要拆了你，也不容易吧？"

"我从来不惮以最大的恶意估量人类。"

骆非想了想，问道："在你看来，人类的下限是谁？"

"罗星主人。"

……

被当作据点的地铁站空间广阔，仅出口就多达十几个。废弃的店铺被改造成了居所，外面晾晒着衣物；有些成员干脆在空地上搭起隔间，而家具仅有一张木板床。

"你们需要派一位代表去见首领。"方才领队的大个子说道。他叫方剑，筋肉遒实，鬓角已秃了一半。

法拉看向银蛇，后者轻轻对她点头。一旁的骆非和陆冰完全置身事外，已经开始在废品堆里寻找木板搭床了，至于野狼……还是算了。于是法拉叹了口气，跟着方剑向首领的房间走去。

首领的房间位于地铁中控室，当然这里已经没有设备在工作了，但仅凭贴满整张墙壁的监视屏幕，也能想象出旧时代人们川流不息的盛景。首领看上去只有不到二十岁的样子，留着半长的三七分，正坐在控制台前，手里捧着一本精装的纸质书。

方剑打了个招呼，随即关门离去。首领微笑着向法拉展示了手中的书册，那是一本来自旧时代的严肃文学名著，讲述的是一位音乐家的生平。

"这本书里有个情节我很喜欢，一个老男人撑起了整个家庭，在家人的眼里他就像大树一般，能够抗住一切苦难，却从不抱怨。知道他临死前说了什么吗？"

"他叫了一声，妈妈。"法拉说出了答案。这本书她从小就很喜欢，对方口中的情节更是反复看过多遍。她伸出手，向首领微笑道："法拉。"

首领惊讶地看着法拉，有些慌张地站起身来，在衬衫上蹭了蹭手掌，跟法拉握手道："秦岚。请问你……也是罪人吗？"

之后法拉了解到，车队中的所有人都已经被外网感染成了"罪人"。在四座城市里，"罪人"近乎成了一个忌讳的词语。但法拉见到的他们同样会哭、会笑、会闹，和认知里的一般人类并没有任何区别。

"基地里的这些罪人同伴，是你们从四处召集来的吗？"法拉问道。

"我们会对有需要的任何人提供帮助，无论他们是不是罪人，就像此刻对你们一样。"秦岚笑道。

"但从你们中看不到普通人……抱歉。"话说到一半，法拉突然止住了。答案十分明显，没有成功变异成罪人的，全都成了外网的牺牲品。

"没什么。法拉小姐，你对罪人有兴趣吗？"

法拉犹豫片刻，最终还是点了点头。

"你和超级人工智能签订了契约，从而成为特殊能力者。可以这样理解，所谓'罪人'，就是一群粗制滥造的特殊能力者，因为和我们签订契约的对象，是外网。

"我们通过外网获得算力，展现出各种各样的能力。但外网并不像超级人工智能一般，能够精准地进行特异性计算，它所提供的算力总是夹杂着冗余的信息。实际上，无论是谁，大脑每时每刻都在接受外网无差别的算力轰炸，这就是'精神污染'的来源。"

法拉诺了一声，这些知识真理塔中也有类似的论述，只不过没有听"罪人"亲口讲述那般直接。秦岚继续说道："而我们罪人，就是以认识系统的某个方面受到不可逆伤害为代价，与外网短暂握手言和，从而获得了在外网环境中生存的资格，以及特殊的能力。与你们不同的是，我们的能力很容易失控。"

法拉注意到秦岚用了"暂时"这两个字，这说明即便付出了认知系统永久性损坏的代价，外网的污染依旧没有停止，他们依然要面临陷入疯狂的危险，只不过相较于普通人，耐受性高了一些。她很想问问秦岚的"代价"是什么，但那毕竟是个人隐私，不好随便打听。

"我明白了。我和同伴们也许要在这里暂住一段时间，请问需要支付怎样的报偿？"法拉问道。

"你们需要派出至少两人，去城郊的'农场'采集食物、水已经相应的生活物资。应该说很幸运吧，深城外围的农场一直没有荒废，外网对动植物几乎没有影响。"秦岚解释道，"如果交10个图灵币，则可以令一人免除一周的劳作。这个基地里装配了简易的外网屏蔽装置，虽然效果不理想，但运行起来也是要钱的。"

"我明白了。"法拉应道。这个报酬还是很容易支付的。

"我听小月影说了，你们此行的目的是寻找龙舌兰女士？"秦岚冷不防问道，"我只知道她去了'遗忘之都'，至于去那里做什么，有没有离开，就不得而知了。"

"足够了。"法拉应道，"可以给我们指路吗？"

秦岚笑道："遗忘之都位于外网浓度极高的'奇点'地点，想要去到那里，恐怕需要熟稔那一带的人带路。"

法拉立即明白了对方的意思，径直问道："你想要什么报酬？"

"1万个图灵币，或者1件类型为'时间'的罪物。"

◇

旅途劳累，大家一早就入睡了。这里的外网屏蔽装置能够将外网的浓度降到1阿帕左右，对于身心健康的人而言，也就是做的梦多一些的程度。银蛇试了打了个盹，发现基本不影响睡眠，便当机立断地放弃了烧钱不要命的外网屏蔽罩。

深夜，隔壁的陆冰悄悄起床，向着地铁站外走去。途径银蛇的隔间时，他突然听到老特种兵问道："你想主动将自己感染成'罪人'，我没猜错吧？"

陆冰吃了一惊，但他还是尽力控制住没有表现出来，只是冷冷地反问："这和你有关系吗？"

银蛇哼了一声，依旧侧身卧着，没动一动。"麻烦你变异的时候死远点，免得影响我们的食欲。"

"我会遵守诺言，帮你们到最后一刻。"留下这句话后，陆冰头也不回地向外走去。

与此同时，法拉来到了月影的住处，一间由食品店改造而成的简易房屋。房门一推即开没有上锁。法拉看到月影依旧穿着外出的服装，正坐在桌旁等自己。

"晚上好，法拉姐姐。"月影笑道。

法拉关好房门，坐到月影正对面，一字一句地问道："你预知到我会来找你？"

月影匆匆摆摆手："这只是简单的猜测，根本用不到预知能力吧？"

法拉叹气道："说正事吧。你不好好留在'苍灰'，跑来这里凑什么热闹？"

"法拉姐姐，你没有受到'红'的处罚吗？"月影不答反问。

法拉愣了片刻，赌场事件爆发后，每座城市都对派去的选手进行了处罚，她本人正是因此才成为了"红"的特殊能力者。

"苍灰给我的处罚，就是永久流放。"虽然诉说着悲惨的经历，月影却是一副事不关己的态度。

法拉思考了片刻，她和月影的交集仅是在赌场中的短短几个小时，并且双方隶属的势力不同，因此很难简单地信任对方。

　　"那，为什么选择和我们一起？"法拉问道。

　　"因为离开了城市，我不认识其他人啊！"月影立即答道。

　　根据斯特拉的讲述，它原本正在寻找龙舌兰的踪迹，却突然接到了来自"苍灰"的通信，月影请它来城市附近汇合。以月影强悍的预知能力，推算出斯特拉特的通信频道也不是难事。

　　法拉上下打量着月影，尽管猜不透这个小女孩儿的心思，但她即便突然反水，应当也没有多大伤害力。且不论骆非和野狼，比起目的不明的陆冰来，月影反而更值得信赖。更何况，她的预知能力对于寻找龙舌兰很有帮助。

　　"你能帮我们找到'遗忘之都'吗？"法拉问道。

　　"很遗憾，那里的外网浓度太高，我的预知能力不起作用。"月影随即补充道，"这就好像拿着光学望远镜看太阳一般。"

　　看样子还是需要拜托秦岚。不过法拉此刻并不想深入思考未来的事情，奔波这么久，她已经很累了。

　　同月影告别后，法拉拖着疲惫的身子向自己的房间走去，那是一间摆满了扭蛋机的屋子，方剑帮她搭好了木板床，银蛇又不知从何处弄来了被褥。可刚走到通道拐角，一个黑影突然从角落里蹿了出来，不由分说就搂住了她的肩膀——

　　法拉立即做好准备，想要给对方来一个10万伏特的问候，再不行就附赠一次伽马射线的洗礼。

　　"别动手，是我！"

　　耳边突然传来了骆非的声音，法拉愣了一下，骆非拉着她来到暗处，四下看看，表情十分紧张。

　　这个蠢货，到底想干什么？莫非……

　　正当法拉遐想之际，骆非清清嗓子，说道："不好意思啊，吓到你了。其实呢，我是想请你帮个忙。"

法拉叹了口气，不耐烦地应道："看你这架势，说是绑架也不为过吧？"

"那个……今天跟你很亲近的那个女孩子，叫月影对吧？"骆非也不理法拉的牢骚，自顾自说，"能不能介绍给我认识一下？"

法拉皱眉道："你想干什么？"

"我对她一见钟情。"

5.

第二天一早，队伍全员来到了市郊农场。反正也没有其他事情可做，不如尽早完成指标，还能顺便寻找罪物。有了"时间的孙子"骆非在，说不定真能撞上狗屎运，找到一两件时间型的罪物。

"我们要在这堆杂草里……找吃的？"骆非望着一望无际的农场——准确来说是荒地——感慨道。少了人类的打理，各种生命力远胜于农作物的植被已经占据了大半的空间，好在，农作物的后代同样坚强地活了下来，只不过需要在大量植被中仔细寻找。

"那些罪人，为什么不将这里开垦成农田？"野狼问道。它试着用鼻子嗅了嗅味道，却没有找到任何食物的踪迹。

"天灾，虫害，以及其他罪人的争抢。"陆冰难得地开口道，"罪人们的组织原本就十分松散，而农业生产需要很长的时间周期。"

众人感慨之际，月影走到最前面，说道："北偏东47°方向，120米处有蔬菜。"

"真的假的？"骆非立即迈开步子跑了过去，不一会儿，他便举着几颗土豆吆五喝六地跑了回来，样子好似高擎胜利火炬的哨兵。"太神了！

月影妹妹你太厉害了！我对你简直佩服得五体投地！"他的神情慷慨激昂，就差真的跪下了，"还有哪里？只要你指到哪里，我就打到哪里！"

一旁看热闹的法拉不禁感慨道，她甚至能预测几把之后的牌局，找点粮食还不是小菜一碟？

之后队伍分成了三组：骆非和月影担下了所有寻找食物的责任，银蛇和陆冰负责纳凉，法拉则在野狼的帮助下寻找起野花来。其间她一直关注着骆非那边，坠入情网的罪物猎手不停用夸张的语言和肢体动作演绎着"舔狗"的真谛，月影那边虽然也会礼貌地回复，但无外乎"是吗""好啊""嗯"之类，听半天也没有一句话超过三个字。

……看样子骆非追求爱情的路还很长很长。

磕了药一般的骆非只用了不到1小时就凑够了队伍一周的份额，斯特拉将所有食物吞了下去，问道："接下来怎么办？"

"我找上一天的也没问题！"骆非摆出一个秀肌肉姿势，"月影妹妹，再给我们指一个坐标吧！哈哈哈！"

只是他没有看出，月影脸上明显露出了疲态。法拉正要出言阻止，月影却突然间眉头一皱，指着远方说道：

"在那边，大概25千米的地方……"

"咦？那么远……不过既然月影妹妹说了，我一定会去的！哪怕只有一棵白菜！"骆非立刻表现起来。

"那里有罪物。"月影淡淡地说道。

◇

半小时后，众人抵达了月影所指示的位置——一座废弃的旧时代游乐场。昔日童话般的城堡已破败不堪，活似一座幽灵古堡。

骆非踢开横在路中央的布偶头罩，里面窜出几只老鼠和蜘蛛。"这么大的地方，怎么找啊……"他随即看着月影补充道，"不过月影妹妹说了有，就一定会有！"

"如果罪物像斯特拉一样拥有自我意识，找个角落躺平装死，我们恐怕累死也找不到。"银蛇踢了一脚倒下的路标，"得想个办法让它们动起来。"

尽管法拉认识队长已经很长时间，尽管她认为对银蛇有了足够的了解，但银蛇每一次做出的判断，依然能够简单粗暴地打破她的常识。例如她做梦也没想到，队长居然会将她带到游乐场的强电间，将三枚粗壮的电缆递到她手里。

"三相电路，380伏，总功率你就按照1 000千伏安①……不行，过山车和太阳神车估计动不起来。2000千伏安吧！有问题吗？"

"……队长，我真不是核电站。"

最后，经历了一番激烈的讨价还价后，法拉将提供的功率压到了500千伏安，并且只准支持10分钟。

"伙计们，按照刚才说的分工，立即出发！"银蛇一声令下，陆冰、骆非、野狼，甚至包括斯特拉在内，都振臂齐呼，以百米冲刺的速度向游乐场的四面跑去。

法拉无奈地叹了口气，抓起电缆，又控制着电荷的流向，为游乐场注入了源源不断的电力。尽管经历了百年，旧时代的工业技术依然过硬，四处的彩灯渐次亮了起来，旋转木马伴随着断断续续的儿歌声开始运转，巨大的摩天轮也跟着动了起来。法拉向不远处的太阳神车看去，身手利索的银蛇不知何时已经坐了上去，一面飞舞，一面欢呼着。

这群家伙，根本就是想要玩吧！

不经意间，法拉瞥见了窝在房间一角的月影。小姑娘双手捧着下巴，目光涣散地望着远方。

"你怎么不去玩？"法拉问道。

----

① 1千伏安＝1千瓦。

"找蔬菜找得有些累了。"月影简短地答道，完全没有了平日的活泼。

"那个骆非……你注意到了吗？"法拉转换了话题。她虽然不觉得两人算是般配，但还是想要推上一把。

"很遗憾，我没办法回应他的感情。"月影依旧注视着远方的不知什么，"无论我的答复是行还是不行，到头来都会留遗憾。"

法拉突然间意识到，作为能够看透未来的特殊能力者，月影一定拥有着远比外表更加成熟的灵魂。但她还是忍不住问："为什么？"

"因为我的设计寿命只有21岁，现在只剩下不到5年了。"

房间里陷入了短暂的沉默，法拉想要说些什么缓解尴尬的气氛，但几句话到了嘴边又咽了回去。思来想去，她只说出了三个字："……对不起。"

"没什么。'苍灰'的人们与生俱来拥有不同寻常的力量，但这是有代价的。"月影微笑道，仿佛事不关己。她仰望着窗外发出蜂鸣声的无人机，说道："所以在活着的时候，就要痛痛快快、自由自在，像那架无人机一样……"

一句话没说完，月影噌地站了起来，法拉松开了手中的电缆。她的供电对象仅限于那些通过电缆获取电力的大型设备，这时候飞出一架无人机，不是罪物是什么？

法拉举起右手，借助磁力吸住远处跳楼机的钢筋，穿过窗子向高空飞去。几乎在同一时刻，同伴们已经开始行动了，旋转木马上的陆冰向着高空伸出手臂，眨眼间，他的手掌出现在无人机附近，握住了它的一条螺旋桨臂。陆冰的能力是瞬间移动身体的某个部分，在这种时候格外好用。

无人机好似被套住了缰绳的野马一般，在空中剧烈摇晃。陆冰咬牙坚持着，但罪物的力量超出了他的预期，没过一会儿便被它挣脱了。

"干得不错。"

银蛇乘坐的太阳神车因为断电而被固定在了半空，但他早已取出左轮枪，分毫不差地瞄准了无人机。清脆的枪声响起，无人机在空中晃了两下，但还是很快稳住了身姿。

银蛇啐了一口，罪物的防御能力至少在MI级以上。

"交给我吧！"

就在这时，法拉已经通过几次借物跳跃来到了高空。她一把抱住无人机，用力稳住身子，又对着它放射了几个强电磁脉冲——尽管被外网感染成了罪物，但它依然要遵循无人机的基本原理，电磁脉冲可以破坏它的内部电路，能够方便地令它瘫痪。

然而，罪物依然只是颤了几下，很快便恢复如初。它开始带着法拉高速飞行，不时来个急转弯，妄图将法拉甩下去。

"电磁脉冲没用吗？那我把整个游乐场的电力加在你身上，你还能受得住吗？"

法拉说罢两手放电，将方才两倍的功率，即把1 000千伏安的功率加在了罪物身上。无人机的外表因为放电而变得火热，由于电荷的大量累积，空气分子被电离，半空中发出噼啪的雷声。

"2 000千伏安！"

法拉再次加大了功率，这一下，罪物仿佛中了剑的猎豹一般猛地蹿了出去，就在大家认为它即将被征服的刹那——

那架无人机连同法拉，一起消失在了众人的视线中。

◇

之后由银蛇带队，大家将游乐场附近找了个遍，依然没看到法拉的身影。多说一句，去玩过山车的骆非和野狼被头朝下卡在半空，费了好大力气才挣脱，下来后还被银蛇狠狠地踢了屁股。

"目前看来只有一种解释，那个罪物的能力类型是空间。"银蛇分析道，"它将法拉转移去了不知什么地方。"

陆冰看看月影，问道："你能感知一下法拉在哪里吗？"

月影神态消沉："我早就感知过了，我觉得……法拉姐姐就在这附近。"

迄今为止，她的预知还没有错得这么离谱过。更离谱的是，无论她做多少次预知，结论都是法拉就在附近。

"我去大裂谷一带找。"斯特拉说，"智能水平不高的罪物遇到困难，首先想到能去的地方，一定是外网浓度高的地方。"

而骆非和野狼则像是做错了事的孩子，一句话都不敢说。

天色将晚，大家最终决定由斯特拉去大裂谷一带寻找，其余人则返回"疾风"的据点稍微休整。

在踏进基地的一刻，银蛇便感觉到四周的气氛不太对劲。"疾风"的成员们各个表情都紧张，基地里也没有了平日里的谈笑。方剑看到他们走过来，拍了拍银蛇的肩膀，说：

"今晚会发生一些事，但和你们没关系，最好躲一下。"

银蛇一眼瞥见了房间腰间的匕首，凑到他的耳边，说道："如果你们首领愿意带路去遗忘之都，今晚我帮你们。"

方剑上下打量了银蛇一番，又与他对视了几秒，说道："成交。"

旁观的月影看着银蛇的背影，默默发动了自己的预知能力。看起来"疾风"今晚要跟其他罪人团伙火拼，银蛇这种高手的加入，无疑会为他们带来巨大的优势。

月影将周围的一切牢牢印在脑海里，闭上眼睛，开始在大脑里飞速运算。脑海中的情景开始飞速演化：摩托的引擎声，枪声，火光……月影集中了注意力，发现脑海中的银蛇似乎受了伤，正在撤离。月影的心脏猛烈地跳动着，画面很快定格，在最后一帧影像中，银蛇的额头流着鲜血，向着深不见底的黑暗落去。

猛然间，月影回到了现实。她大口喘着粗气，一旁的银蛇已整理好了装备，准备同"疾风"一齐出发。她三步并作两步跑上前去，拉住银蛇的衣摆，小声说道："不要……"

银蛇皱着眉看了看额头渗着汗滴的女孩子，俯下身子宽慰道："放心吧，这些都是外行人，即便有特殊能力也没什么可怕的。"

说罢，他胡乱揉了揉月影的头，小跑着跟上了其他人的脚步。

◇

法拉眼睁睁地看着同伴们走掉，她很想跟上去，可即便扯开最大的嗓门喊，声音也依然无法传到别人的耳朵里。

无人机无力地瘫在一旁，好似没了电量的玩具。法拉只记得这个罪物带着她四下乱飞，突然就来到这个诡异的空间。从表面看，她仍在游乐场，却无法对外传递任何信息。她试着四处走动，却先是穿过了骆非的身体，又毫无阻碍地将头探进了水泥墙壁里。法拉想要发动能力操控金属，可她甚至没有办法连接到"红"。

实在没有办法，法拉只得捡起落在地上的无人机，用力敲了敲外壳——在这个世界，罪物是她唯一可以触碰的存在。

"喂，醒醒！"法拉不快地说，尽管她感觉自己是在对牛弹琴。"这是什么鬼地方？快把我弄出去！"

眼看罪物一动不动，法拉火气上来了，索性一脚将它踢飞。无人机落在地上，发出两声滴滴的电子音，没承想螺旋桨居然再次动了起来。它好似蹒跚学步的孩童一般，在空中扭了两下，慢慢悠悠向远处飞去。

法拉默默地跟在后面，现在离开这个鬼地方的唯一希望就是它了，即便法拉再不情愿，与它也是一条绳上的蚂蚱。

在这个空间行走的感觉十分奇妙，有时看着十分遥远的目标，走了没几步就能到达，有时又仿佛很久都在原地踏步。天色渐渐暗了下来，法拉能够看到太阳缓缓没入地平线，却感受不到四周的空气中温度的变化。

又过了很久，法拉的身体已经疲惫不堪，时间感和空间感也开始模糊起来。无人机只是在前方飞着,好似一个永远都无法到达的目标。终于在某一刻,无人机不再移动,而是晃悠悠地悬停在上空。

法拉脚下一软,坐在了地上,可擦擦额头竟然没有一滴汗。它到底带自己来到了什么鬼地方?

体力渐渐回复,法拉也终于有了余力探查四周。离开城市后没了人工照明,荒野里一片黑漆漆的。借着星光,法拉渐渐辨别出了远处的山峦,辨别出了龟裂的高速路,辨别出了破败的加油站。不远处闪着微弱的光,法拉放眼望去,竟是一道悬空的瀑布,水面上映着星光,向深渊急流直下。

借着这番景象,法拉终于辨别出了此刻的位置——大裂谷的边缘。无人机的智能水平不高,一旦受到伤害,会本能地去找寻外网浓度高的地方。

接下来怎么办?等待罪物补充完能量,再跟着它前进吗?

正当法拉思考之际,星星点点的白色光玉从大裂谷底部升了上来,好似一粒粒萤火。法拉匆忙站了起来,转瞬之间,萤火彼此相连,勾勒出喷涌而出的纯白色喷泉,眨眼间便将天穹映得明亮如白昼。

法拉不自觉地向前踏出一小步,却如同乘上了高速列车一般,四周的空间蓦地向后方退去,好似地脉缩短了。等醒过神来的时候,法拉发现自己竟然站在了大裂谷的正中央!

脚下传来重力的感觉,甚至来不及发出惨叫,法拉整个人便向大裂谷深处跌去。她很想靠电磁力吸住什么,可在这个诡异的空间里,能力并不能发挥出来。

这下完蛋了——绝望的念头只持续了不足两秒,便被随之而来的奇妙感觉冲得烟消云散。法拉的身体并没有持续加速,而是渐渐保持在了匀速状态,好似在风中翻舞的树叶。纯白色的喷泉编织成一条闪烁着光辉的道路,指引着法拉一路向下。渐渐地,下方视野中出现了一片光亮,无数光点在其上蚂蚁一般地往来穿梭。随着视野的下移,光亮中的细节逐渐清晰起来,那是一片纯白色的街区,建筑、柏油路、车辆、甚至连行人都是由纯白色的光线编织而成的。

法拉接近了地面，她尽可能地扭动着稳住身子，可还是一个趔趄趴倒在了地上。路面软绵绵的，完全没有疼痛的感觉。

"我来帮你吧！"

听到了人类的声音。法拉抬头看去，一名年龄与她相近的女孩子正俯下身子，对着她伸出手来。这名女孩与四周由亮线编织而成的行人不同，有着人类的面孔与躯体。

"啊，谢谢。"法拉牵着对方的手站了起来。女孩的手掌心暖暖的，自从进入这个空间以来，法拉还是第一次感触到人类的温度。"不好意思，请问这里是什么地方？"她问道。

"纯白，罪人的城市。"女孩毫不掩饰地答道。法拉虽然惊讶，倒也没有感到太过意外。"纯白"是罪物猎手中口口相传的神秘存在，但谁也没有真的见过。传说它藏身在一个不同于现实的虚拟空间中，这么看来，罪物无人机有着打开通往这里道路的能力。

然而比起神秘的城市来，法拉此刻更加关注的却是另一个问题。她盯着女孩的面孔看了半晌，终于在回忆深处拉出了一幅画面。

"你是……罗伊？"尽管成熟了许多，法拉还是辨认出眼前的少女就是自己从小的玩伴，罗星的妹妹罗伊。

"是的。"少女微笑道，"我等你很久了，法拉姐姐。"

6.

月影坐在基地附近最高的屋顶上，时不时眺望着远方。她的手中握着一把口琴，看上去保养得很好，在月光下映出金色的光泽。月影深吸一口气，含住口琴，开始吹奏一曲旧时代的曲调。这首歌的旋律十分简单，却恰到好处地抒发出了离情别绪。据说它原本还配有同样神乎其技的歌词，只可惜早已在漫长的岁月中失传。

不知不觉间，一条毛茸茸的拉布拉多犬来到了月影的身边，一言不发地与她肩并肩坐在一起。听了一会儿，野狼开始跟着月影的旋律，轻声地哼唱。

一曲完了，月影微笑着看着野狼，说道："有机会咱们组个乐队吧，你来当主唱。"

"哈哈，那估计会把狼都招来。"这话从野狼口中说出来，也听不出是自嘲还是自夸。

"你的搭档呢？"

"早睡得四仰八叉了。别看他白天一副磕了药的样子，那是铆足了劲儿表现呢。"

野狼来找月影并不是为了骆非。在它看来，诞生于实验的月影与身为实验动物的自己，有着一种天然的亲近感。

月影没有作声，仰视着星空，开始吹奏每人都耳熟能详的《小星星》。简单的旋律过后，月影突然加快了节奏，单调的音节变成了复杂的和弦，曲式也变得复杂了起来。

"小星星变奏曲，莫扎特的。"当月影吹奏出尾音后，野狼道出了曲名，"没想到你还会吹奏古典乐，'苍灰'的人都如此多才多艺吗？"

"我属于不务正业的那种。"月影打趣道。

短暂的沉默后，野狼开口道："你……还能回到'苍灰'吗？"

"博士承诺，如果我能活过这次涌现，到时就可以回去了。"月影笑了笑，"从概率上讲，这相当于永久流放。"

野狼想了想，宽慰道："到那时，我想和你一起去。"

月影没有作声，她再次含住口琴，开始吹奏第三曲。月光洒在废弃的地铁站上，骆非睡得很沉，怀中紧紧抱着枕头；陆冰坐在床边，点燃了最后一支香烟。

又过了许久，远处闪过一排亮光，继而传来了引擎的轰鸣声。月影和野狼匆匆迎了上去，最前方的秦岚一个急刹车停了下来，看到一人一狗，开心地说："银蛇先生太厉害了！一枪制敌，却又不至于毙命。我们这次大获全胜了！"

这时，后方的银蛇走了上来。他不知何时脱去了上衣，光膀子背着狙击枪，肌肉刚劲逶实。银蛇拍拍秦岚的肩膀，说道："说好的，可要算数啊。"

"我准备一下，明天就带你们去遗忘之都。"秦岚笑道。

看到月影，银蛇向着她比了个手势："我说过的，那些都是外行，小菜一碟！"

一群人簇拥着银蛇离去，只留下月影在原地。尽管对于银蛇平安无事这件事十分开心，但一天之内预知能力接连出了两次错误，令她感到隐隐的不安。

◇

法拉随罗伊走在"纯白"的街上，由白色线条汇集而成的行人擦肩而过，只有人类的轮廓，看不清五官。

"他们并没有向你敞开意识链接，所以看上去是那个样子。"罗伊一眼便看透了法拉的疑惑，解释道。

"这座城市究竟是怎么回事？"法拉问道。

"解释起来并不容易，不如亲身感受一番。"罗伊笑道。说罢，她指了指视野里最高的一栋建筑，说道："那里有朋友开的咖啡厅，先去坐坐吧。"

法拉仰望着尖尖的高塔，心中感到一阵疲惫。随罪物一路走来，她已经很累了，这么远的距离还要走上好久。罗伊似乎看出了法拉的心思，她牵起法拉的手，说道："来，我带你。"

说罢，罗伊便从地面腾空而起，踩着并不存在的台阶，缓慢而有力地向高空走去。法拉被吓得不轻，她轻轻抬起脚尖，空气中真的传来了和地面一样的触感。她又试着挺直了身子，这下子真的踩着空气站在了半空中。

"在这座城市里，只要你想，就可以发生。"罗伊恰到好处地解释道。法拉闭上眼睛，想象着另一个方向的楼梯，之后伸出脚去，却发现那里空空如也。

"你的方法不对。仅仅想象'结果'是不够的，要知道你的想象也是这个世界的一部分，必须符合基本规则，才能够被世界所接纳。"罗伊扶住下颚思考了几秒，"打个比方，这就好像你必须遵循某种计算机语言的语法，写出的程序才能正常运行一般。"

法拉细细品味着罗伊的话语：这个世界必须遵循的规则是什么？是物理定律吗？但质量守恒并不允许空气分子凭空产生出能够支撑几十千克重物的斥力。她想要向罗伊求助，对方却只是微笑地看着她，似乎在说只有自己领悟出，才是真的掌握。

于是法拉静下心来，回忆着被罪物传送来这里之后发生的林林总总的事。在这里，她碰到地面后会停止下落，线条人遇到她也会避让。很快地，法拉把握住了这个世界最基本的一条法则——

自洽。

法拉再次在头脑中描绘出台阶的样子：材质与路面相同，足以支撑几千牛顿的重力；因为台阶的出现，附近的空气分子不得不被排斥到一边。与此同时，空气不可以与任何其他存在出现在同一空间位置；这个台阶不但她自己能踩，这座城市里所有的存在，都能与之发生同样的相互作用。

构思完毕后，法拉再次小心翼翼地伸出脚去。这一次，脚下传来了真实的触感，她踩在了自己构筑的虚空台阶上。

"干得漂亮。"罗伊毫不吝惜地献上了赞美，"你可以将构筑世界的行为理解为一种造物主对世界的重新编程。"

随着罗伊迈出几步，法拉感觉到自己对于创作台阶已经驾轻就熟了。为了更加便捷地移动，她甚至可以想象出一双翅膀，带着自己尽快飞过去。但仅仅是简单的飞行，可枉费了这能够给世界"编程"的大好机会，法拉想要做点更有趣的事情。她平举右臂，瞄准了罗伊指示的目标，确认了前进道路上没有其他的人或物体，目之所及的范围也不存在干扰。一切准备就绪，法拉闭上眼睛，开始了对世界的改写——

脚下重力的方向骤然发生了改变，法拉随着引力的方向，向着远处的建筑径直"跌落"过去。耳边传来呼啸的风声，眼看着建筑物已近在眼前，脚下的引力却突然变成了方向相反的斥力，法拉跌落的速度很快下降，最终平稳地降落在了建筑物垂直的侧壁上。

"不错，你改写了固定空间范围内的重力加速度，并且设置了变化函数使降落变得安全。"远处的罗伊飞了过来，微笑道："进去后记得取消改写哦，否则会给飞行的人带来危险的。"

法拉穿过一扇观景窗，来到建筑物的内部，比起她想象中的写字楼格局来，这里反而更加类似于图书馆。空间被笔直地分割成立方体的格子，无数的线条人穿梭往来，他们时不时进入格子，之后便消失不见了。

"六角密堆积的结构更加节省空间，但在人类的认知里，还是四四方方的结构更加舒适。"罗伊解释道，她来自法拉的手："跟我来。"

随着罗伊的脚步，法拉进入一间狭小的"格子"中。一名身材矮小的线条人正蜷缩在角落里，用空洞的眼神看着二人。

"木伦，我带朋友来了！"罗伊远远地挥手道。线条人闻言凑了上来，两只洞穴般的眼睛在法拉面前几厘米的地方晃来晃去。"她就是我经常提起的那个发小，值得信赖。"罗伊补充道，"向她敞开意识连接吧！"

线条人直起身子，构成身体的白色光线在一瞬间向着眼眶中的黑洞收缩而去，继而变成了一道黑影。黑影迅速膨胀，有了人的轮廓，细节也随之清晰起来。几秒钟后，一名身材高挑的女士站在了法拉面前。她穿着清爽的抹胸和热裤，臂膀和腰腹上有着明显的肌肉线条。

"介绍一下，这位是木伦，被外网感染前是'深蓝'的一名警官，现在在这里经营咖啡厅。"罗伊看向木伦，"这位是法拉，'幽红'的罪物猎手，我从小玩到大的好朋友。"

"她就是你经常挂在嘴边的那位，你哥哥的恋人是吗？"木伦语出惊人地问道。

法拉一下子涨红了脸，还没等她开口否认，身边的罗伊笑道："我倒希望如此。只是我猜，我那笨哥哥应该没这本事。"

终于缓过神儿来的法拉干咳两声，连忙转换了话题："罗伊说要来咖啡厅里坐坐，可是咖啡厅在哪儿？"

木伦爽朗地笑道："一看你就是新来的。快进去坐吧，今天给你免单！"

说罢，她对着空无一物的墙壁挥挥手臂，墙壁如同哈哈镜一般扭曲起来，继而一张闪烁着淡蓝色"shamrock coffee"的招牌从地底生长了出来，而墙壁上则打开一道深褐色的古朴木门。

"欢迎光临三叶草咖啡厅。"木伦摆出了邀请的姿势。

◇

走进咖啡厅，里面的空间居然有二层楼那么大，木伦解释说，最火爆的时候此处一座难求。

"可惜某人太懒了，很快便被竞争对手超过，成了现在这幅门可罗雀的样子。"罗伊笑道。

"你想喝100个图灵币一杯的咖啡吗？"木伦挤着眉喝道。

罗伊偷笑了两声，没有回应。

坐定后，法拉叫了一杯冰蜂蜜柠檬茶，罗伊要了一杯黑咖啡。法拉记起罗伊从7岁起便开始接触黑咖啡，从此便一发不可收拾。

"该从哪里讲起呢？"罗伊用汤匙搅拌着咖啡，笑道，"总感觉要说的话太多了。"

"先说说你自己吧。"法拉径直问道，"在我的记忆里，你应当……"

"没错，按照生物学的定义，我已经死了。"罗伊毫不在意地说，"在那次事件中，我被罪物贯穿了胸膛，又摔下了悬崖，双腿骨折，三根肋骨插进肺部，颈椎断裂，几乎是立刻死亡。我清楚地记得哥哥的大叫，你的呼喊，但当我发觉的时候，自己已经不能活动、不能出声了。"

罗伊顿了顿，望着窗外混沌的天空，继续说："但与此同时，我却清晰地意识到，自己依然'存在'。我能够接收到外界的信号，甚至能够看到自己的尸体。在现实的冲击下，我很快便忘了对死亡的悲伤与恐惧，我不停地问自己，为什么？还有，此时此刻正在思考的'我'，究竟是什么？

"很快我便意识到，问题本身便是答案。我之所以存在，是因为我依然能够思考。可人类的思维依赖的物理基础是大脑内部的化学反应，我的大脑已停止运转，我又是依赖什么在思考呢？答案同样非常简单，我此刻所处的时空中，确实有一种存在，能够代替大脑帮助我进行'思考'。"

说到这里，罗伊刻意停了下来，似乎在等法拉自己找出答案。

"外网。"法拉立即答道。

"是的。从接触到它的那一瞬间，我的意识便与外网之间建立了无法切断的联系。打个比方，就好像将数据上传到了云端一般。"

"也就是说，此时此刻的你，其实是罗伊的一个'备份'？"法拉问道。

"这取决于如何定义'备份'。"罗伊笑道，"在身为人类的我死亡之前，我位于外网中的意识并没有觉醒。类比一下，在量子纠缠态超远距离传输中，实际也是'复制'一个样本，再将原本的样本消灭。"

法拉点点头："无意冒犯。这座城市里的人……都如此吗？"

"就好像人的体能天然存在差别一样，人的意识对外网的适应性，也是天差地别的。实际上，绝大部分人的意识脱离肉体后，并不能完整地保持自我认知，而是成为孤魂野鬼一般的存在，在外网中游荡。我们如果身在外网环境中，时间久了就会出现幻觉，而本质上就是那些游荡的意识侵蚀了大脑，从而使我们看到了他们意识中的景象。只有很少一部分人能够完整保持自我，这部分人汇集在一起，建立了这座外网中的城市，纯白。"

法拉默默地思索着，罗伊的一席话中包含了大量信息。如果这些都是真的，那将颠覆人类对于外网的理解。

说话期间，木伦端上了冰蜂蜜柠檬茶，然后将一架小型无人机摆到两人面前。她说道："这东西一直在外面转悠，看上去快没有能源了，你们处理吧。"

看到无人机，有法拉突然想起自己正是在这东西的带领下来到了"纯白"。她心中一惊："难道说我也已经……"

"放心吧法拉姐姐，你还好好活着呢。"罗伊笑道，她拿起无人机摆弄了一番，"它是我的朋友——'蜂鸟'，罪物类型是'信息'。你的身体并没有死亡，而是被转化为信息存储在了罪物中，又随同它一起来到了这里。"

法拉松了一口气。她抿了一口冰冷的蜂蜜柠檬茶，清爽的感觉顿时令心情平静了许多。

"如果它真的没了能量，我是不是就不得不离开这里了？"她问道。

"为了将活体的意识带到'纯白'来，确实需要花费大量的能源。"罗伊一面检查着无人机一面说道，"不过没关系，你还可以在这里停留几个小时。"

法拉点点头，说："那接下来谈一谈，外网究竟是什么？"

罗伊不答反问："'幽红'的科学家怎么认为呢？"

"一种外太空高度发达的信息生命体，在机缘巧合下来到了太阳系，选择在信息密度最高的互联网中寄生下来。由于旧时代的互联网已经高度普及，外网的影响力便顺着有线和无线网络遍及了地球的每个角落。"法拉说出了教科书上的标准答案。

"我们暂且不去揣测过去，但，为什么是地球？真的只是因为地球拥有互联网吗？"罗伊继续引导。

法拉思索了片刻，答道："在目前人类探索过的星域中，互联网毫无疑问拥有最高的信息容量，所以我想不出其他解释。"

"宇宙的本质可以说是物质，也可以说是物质之间的相互作用；主导相互作用的可以说是能量，也可以说是能量的流动，就是熵。"罗伊回顾着物理学的概念，"这些观点并没有对错，只是看待问题的视角不同。随着文明的进化，视角也在不停变化。

"我们做一个大胆的思想实验，如果有那么一种文明的技术能力已经可以解决熵增的问题，那么祂看待宇宙的'视角'会是什么呢？"

法拉陷入沉思。过了许久，她似是自言自语地说道："熵主导了能量的流动，可以等同于信息，而更进一步主导了信息流动的，难道是……"

7.

"更高一级的文明看待宇宙的视角，莫非是'计算'吗？"法拉问道。

"不愧是法拉姐姐，我从小的偶像。"罗伊甜蜜地一笑，"实际上，宇宙无时无刻不在计算自己。物理定律是最底层的算法，那些简单的物理结构，例如基本粒子，例如岩石，只能根据物理定理做最基础的运算。而高一层的结构，例如生命体，则会构筑起以遗传物质为核心的高阶算法，运算效率自然也要高出许多。我之所以没了身体却依然可以成长，就是因为我的潜意识中保留了DNA构筑的算法，可以计算出自己未来的样子。"

"按照你的假设，外网来自连熵增问题都能解决的高等文明。对于这样的文明而言，地球又有什么特殊之处呢？"法拉追问。

"关于这一点，我们要从两个基础问题谈起：宇宙是不是决定的，以及宇宙是不是可计算的。对于前一个问题，答案恐怕是否定的，至少就人类目前掌握的物理学框架而言，决定论的成立，需要十分苛刻的假设条件。"

"即便宇宙是决定论的，也不影响高等文明去计算它。因为决定论并不意味着你能够轻易得知未来。"法拉插言道。

罗伊点头道："对于后一个问题的讨论同样十分复杂，例如在牛顿力学的框架里，假设真的存在一只拉普拉斯妖，祂预测未来的方法是图灵机，那么仅当祂获得的初始条件是可数的时，才是可计算的。如果有两个或者更多个彼此间并非和睦相处的、'拉普拉斯妖'一般的高等文明，祂们要做的是什么呢？首先，祂们会尽可能地计算自己的对手；其次，祂们会尽可能令自己的行为不被对手计算。"

"要怎样做才能不被对手计算呢？这就又要追溯到可计算性的物理学本源了。如果存在这样一种粒子，它的行为无法通过观测宇宙中除了它自己之外的其他部分计算获得，那么它的行为就是不可计算的。"

法拉一面思考一面复述："如果去观测，那么根据海森堡测不确定性原理，就会影响到粒子本身。从这个层面上讲，在未被观测时，这个粒子是'自由'的。"

"我们可以将这类的粒子命名为'自由比特'。就像经典计算机要架构在二进制数据位上，而量子计算机要架构在量子比特上一样，一台'不可被计算的'计算机，需要架构在自由比特之上。具体原因我们还无法探知，但毫无疑问的，地球上进化出的智人，其意识中含有着大量的'自由比特'。与此同时，这也是W-002必须以人类为原料，才能转换出足以抵抗外网的算力的原因。"

对于罗伊接连抛出的震撼性结论，法拉已经见怪不怪了。她将情绪抛到一旁，以一名完全理性的"科学家"的思维面对着这些信息。少顷，法拉问道："也就是说，外网是一台计算机，而我们都是数据位了？"

"是的。计算过程会不可避免地产生部分冗余数据，这部分数据寄生在拥有复杂结构的电器上，便成了罪物。但即便是罪物，也无法完全容纳外网产生的巨量冗余数据，于是每隔一段时间，祂便会将不再拥有'自由比特'的意识大规模舍弃，以追求更高的效率。这种行为被人类赋予了一个名字，那就是'涌现'。

"换言之，所谓'涌现'，就是自旧时代以来，寄生在外网中的上百亿人类的意识大规模'飞升'的时刻。"

◇

大裂谷已近在咫尺。

"遗忘之都就在下面，抱歉，我不能再送你们了。"秦岚停下机车，将后座上的一大包新鲜食物卸了下来。"我很想继续报答银蛇先生，但'疾风'还需要我。"

"听上去怪吓人的，那个什么之都有这么恐怖吗？"骆非不满道。

"遗忘之都的核心是一台世界级罪物，它的作用是让半径5千米内的生物遗忘自从进入它影响范围后发生的一切。"秦岚解释道，"发动效果的频率目前看来是随机的，没人能摸出规律。"

"为什么？"骆非追问。

"因为没人能活着回来。"

"没关系，我不是生物，我会帮助大家记住一切的！"斯特拉得意地说。它找了法拉一夜，苦寻未果后便赶来和大部队会合。

"我们做过实验，拥有智能的罪物同样无法保留记忆。"秦岚说道。

斯特拉一时语塞，个性谨慎的它甚至想知难而退，但想到罗星和法拉至今不见踪影，还是鼓起勇气，没有作声。

秦岚离开后，银蛇站在大裂谷的边缘，取出望远镜望着下方。既然遗忘之都的影响没有触及这里，那么它所在的位置一定比5千米更深，那里是阳光照射不到的地方。

银蛇转身面向众人，说道："我们此行的目的地就在下面。从到达这里的那一刻起，无论是出于友情帮忙的，又或者是想要还人情债的，都统统不重要了。要不要去，完全取决于你们自己的想法……"

话没说完，他突然发现面前居然只留下了野狼。头顶上传来轰隆隆的噪声，斯特拉不知何时变成了直升机的形态，陆冰和骆非已经登了上去，骆非一只手攀着边缘，用力地将月影拉了上去。

银蛇看看上面，又瞅了野狼一眼，问道："你为什么留在这里？"

"骆非说，一看你就是又要发牢骚了，让我把你叼上去。"野狼答道。

好吧。这支队伍虽然松松垮垮，毫无团结可言，但也不是完全没有优点嘛。银蛇一面在心中感慨，一面登上了直升机。

◇

法拉慢步走在大裂谷的底部，阳光很难照到这里，可一路上视野十分清晰，但法拉找来找去也没能找到光源。

"在外网之中，获取信息靠的不是可见光。"走在前面带路的罗伊解释道，"一旦你离开外网，作为遗忘之都核心的罪物也会提供充足的照明。"

又向前走了一段路，一束明亮的光突然射入法拉的眼帘。法拉抬眼望去，只看到一位足有几十米高的女性巨人正站在小镇的正中，她的身上穿着浅色系纱裙，及腰的长发如同藤蔓一般。此刻的她正双目紧闭，张开双臂环抱着城镇。如果被来自哪个科技尚不发达的文明的人看见此番景象，一定会将其视为神明顶礼膜拜的。

"终于到了。你看到的女人，就是世界级罪物W-011在外网的投影，我们都叫她'莱丝'。"罗伊停下脚步。

"龙舌兰小姐在城里吗？"法拉问道。

"在，也不在。"罗伊给了一个模棱两可的答案，"龙舌兰的目的是融合'莱丝'，成为弥赛亚。"

法拉一惊，历史上诞生过几次"弥赛亚"，每次都给人类文明带来了灭顶之灾。

"关于弥赛亚，'纯白'这边的研究也很少，毕竟缺少样本。"罗伊一面说着，一面用脚尖撵着路边的石子。在罗星4岁、罗伊1岁的那年，他们的妈妈成了弥赛亚，至今仍高悬在同步轨道上。"我们知道的只有，形成弥赛亚必须满足三个条件：罪人、罪物和涌现。但具体需要什么样的罪人和罪物，要怎样才能利用涌现的力量融合形成弥赛亚，没有人知道。"

"既然她想成为弥赛亚，为什么会不在城里？"法拉追问。

"莱丝太强大了，即便是龙舌兰小姐，也拿她没办法。"罗伊仰视着远处的女巨人，"所以她选择回到过去，在莱丝还没有如此强大之前与她融合。"

"可是W-005和罗星一起去了外太空啊。"法拉不解道，"她是怎样做到回到过去的呢？"

"能穿越时间的罪物，不止W-005一件，只不过没有她那么强大罢了。法拉姐姐……"罗伊看着法拉的双眼，问道，"你现在已经知道了涌现的真相，也知道了龙舌兰的目的。接下来，你准备怎么办？"

法拉仰视着遗忘之都上空巨大的莱丝，她深吸一口气，说道："龙舌兰小姐说过，她要借助100万人的算力对抗外网。"

罗伊微微侧头看着法拉，静待她继续说了下去："但这是错的。无论这100万人是来自现代还是旧时代，都是错的。无论为了多么伟大而宏远的目标，去牺牲那些想要活着的普通人，都是错的。"

"可是，即便龙舌兰不这么做，也还是会有人牺牲啊？"罗伊问道。

"这是两码事。我想不到两全其美的方法，但我相信……"法拉微微点了点头："我相信你哥哥，罗星他应当找得到。所以我会一面阻止龙舌兰小姐的进化，一面等待罗星带回对抗涌现的方案。"

罗伊捂着嘴咯咯笑了起来。

"怎么？"法拉皱着眉问道。

"没什么，替我的笨哥哥高兴而已。"罗伊走到法拉面前，"我也很想与你同行，但很可惜，我已经没有可以在现实世界中使用的身体了。"说着，她将罪物无人机递到法拉手里，"带上它吧，当你离开外网后，蜂鸟便会开始通过外网补充能源。等每次充满后，你会再次获得一次进入外网的机会。只是下一次，'纯白'可能就不在这里了。"

法拉将名为"蜂鸟"的无人机紧紧握在手中，说道："足够了。我一定会将龙舌兰小姐带回来，还会和那个家伙一起，阻止这次涌现对人类文明的破坏。"

"多说一句，没有它的时候，可不要尝试接入外网哦！不然精神会崩溃的。"

法拉用力地点点头，罗伊握住她的手说："再会，法拉姐姐。"

话音刚落，法拉胸前的无人机闪出了耀眼的白光，好似黎明的第一道曙光。

第七章　涌现

1.

罗星窝在2米深的土沟里，身上的衣物已破烂不堪，脸上挂着血痕。他紧紧握住手中的枪，悄悄探出头，两颗子弹在他的头上呼啸而过，但他依然毫不在意地寻找着目标。

敌方的重机枪布置在距离我方战壕400米开外的位置，机枪手带着钢盔，有效攻击点在此处看来不过米粒大小。罗星微微调整枪口的位置——在来到这里之前，他甚至想都不敢想还有这种枪，枪托是木质的，每次只能上一发子弹，狙击镜筒更是天方夜谭。而这里的同伴们，偏偏就是靠着这种装备一次又一次地战胜了装备精良的敌人。

又一颗子弹飞来，在距离罗星只有几毫米的位置擦过了他的脸颊。鲜血顿时流了下来，罗星微微侧过视线，凭借着血滴在空中的走向识别出了风向和风力。

扳机扣下，呼啸而出的子弹擦着钢盔的边缘嵌入了机枪手的眉心。敌方的火力压制顿时停了下来，罗星身边的队友当即跃出战壕：

"兄弟们，冲啊！"

后方响起了嘹亮的冲锋号声，这种乐器的音色很不纯净，却每每令罗星心旷神怡。相较于敌方的军装和钢盔来，我方的士兵只穿着十分简陋的粗布衣服，大部分人脚上踏着草秆编织成的简易鞋子，有些人干脆打着赤脚。然而每个人的眼中都有着一团火焰，一团能将敌人烧成灰烬的熊熊烈火。

罗星靠在战壕里，深吸几口气。被W-005送来这里之后，他无法使用任何操作熵的能力，作战完全靠着久经锤炼的经验与敏锐的直觉。待躁动的心脏略微平息后，罗星握紧枪杆，跟着跃出战壕——

"杀！"

◇

当日我方大胜，剿灭敌军百余人，缴获步枪12支，还在罗星神奇的狙击下斩获重机枪一挺。天色渐渐暗了下来，同伴们的脸上洋溢着胜利的喜悦，却无人庆祝。

罗星在村落中找了条石椅坐下——按照部队的规定，无论胜败都不能进入村民的家中，即便他这位临时加入的帮手也不能例外。夜晚的村落几乎没有照明，间或能听到狗叫，空气中夹杂着硝烟与血腥的气息。

当时面对三台世界级罪物的赌局，法拉问他靠什么获胜时，罗星自认为很帅地说了两个字：

"运气。"

是啊，他已经没有了任何底牌。之所以让东老师将赌局变成完全的随机数，就是为了给自己留下一线生机。既然谁都无法作弊，那么自己还剩下运气可以依靠。

那一场麻将牌赌局，罗和W-005坚持到了最后，纷纷停牌等待自摸。当抢先摸到自己停到的那张牌时，罗星感觉自己简直就像手握着地球。

"我可以破例帮助你，但你必须去一个地方。"W-005说道。

"什么地方？"

W-005没有回答，罗星只感觉到眼前蓦地暗了下来，视野再次清晰后，便来到了这里，一个没有罪物，也没有外网的世界。

到底怎样才能回去呢？如果自己不能及时赶回去，这次涌现中将再次出现数以百万计的牺牲者。可即便回去了，自己又能做些什么呢？

冥想期间，与他同队伍的一位小伙子走了过来。他20岁出头的年纪，全名薛宝贵，战友们都喜欢叫他二宝。在这次战斗中，二宝的小臂受了轻伤，队伍中缺少医疗物资，所以只用盐水简单消了毒，再将用开水煮过的布条缠上。但他丝毫没有伤员的样子，脸上挂着灿烂的笑容，就好像明天要成亲一般。多说一句，二宝已经成过亲了，媳妇——他们这边习惯这样称呼妻子——在老家带着两个儿子，他自己却跑出来打仗。

"搁这儿发什么愣呢？找你半天了。"

二宝递给罗星一块黄色的干粮。"馍"，主要材料是玉米面以及沿途找到的、任何可以塞进肚子里的野菜。罗星认为这东西虽然口感很差，但还是比蛋白质棒好吃些。不过，部队里的士兵大部分是吃不到饱饭的，这种对比本就毫无意义。

罗星接过馍啃了一口，指了指天空：

"看星星。"

"这玩意儿俺从小看到大，有什么好看的！"二宝说着做到了罗星身旁，也拿出一块馍啃了起来。

两人就这么大眼瞪小眼地吃了一会儿，大概是终于受不了吃饭气氛太安静吧，二宝开口道："你说你不是俺们这儿的人？"

"嗯。"罗星惜字如金地答道。他并不是想要隐瞒，而是实在不知道该如何给二宝讲清楚时间旅行和外网的概念。

"你们那儿，老百姓活得咋样？"二宝问道。

"不好。"罗星立即答道。但他旋即觉得这样说也不准确，补充道："怎么说呢，比这边好不少。"

"你这家伙不实诚。你说的话，俺就没能一下子听懂过。"二宝一面抱怨着，一面吞下一口井水，将嘴里的馍咽了下去。

"我们那边的人们如果住在城里的还好，离开城区随时都有送命的危险。但即便在城里生活，也很不容易。"罗星简单地说明。

二宝哼了一声："那确实比俺们这边好。俺们即便待在屋里头，鬼子来了也能把你杀掉。隔壁的隔壁的马家村，上次就被小鬼子们屠了个干净，他们把这叫'扫荡'。"

二宝口中的"鬼子"，是来自另一个国家的侵略者。在罗星的时代，很大一部分人类移民到了外太空，剩下的居民在外网的侵蚀下，也渐渐没有了国家的概念，只剩下了四座孤零零的城市，在超级人工智能的支撑下勉强过活。

"在我们那边儿，每隔一段时间，就会有一大批人不得不去送死。因为如果他们不去送死，就会有更多更多的人不得不死去。"罗星试着解释道。

"你们那儿也有鬼子？"二宝一愣。

"不是……这么说吧，杀人的那个东西没有鬼子那么可恶，但更难对付。"罗星感觉自己对外网的描述还算是精准。

"嗨，各有各的难啊。"不知道说什么之后，二宝又开始安静地啃馍。

过了一会儿，罗星忍不住问道："你出来打仗，不怕死吗？死了可就见不到你的老婆孩子了。"

"怕？怕有什么用！"二宝情绪一下子激愤起来，"怕死，鬼子就不杀你了？"

罗星想了想，继续说："我们那边的情况吧，和打鬼子不大一样。在我们那边，如果我死了，你可能就不用死了。要是你遇到这种情况，怎么办？"

"什么怎么办？"二宝很显然没能理解罗星所谓的"电车悖论"，以至罗星有些后悔起和他讨论这个问题来。

"就是说，必须有人去死，这个没得选。但谁死谁不死，这个有得选。例如，必须有一百人去送死，是在有一千多人的村里选，还是去有几十万人的大城市里选呢？"罗星尽其所能地解说着，他想到了龙舌兰在旧时代寻找牺牲者的计划。

"这有什么问题吗？"二宝追问。

"可是谁都不想死啊！换了你，派谁去送死呢？"

"嗨，我就说你们这些有文化的人啊……"二宝被馍噎了一口，用力锤了锤胸口才咽下去，"就是想太多了。什么派谁去送死，有那么复杂吗？"

这次换成罗星被弄蒙了："那你倒是说说，该怎么办？"

"找那么一群愿意为了别人去送死的人，不就结了吗？俺们就是一群这样的人啊！"终于吃完馍的二宝站起身来，拍着罗星的肩膀说道："大道理俺不会讲，但如果俺去送死，俺的儿子就不用去送死，乡亲们也不用去送死。"

◇

时间过去了半个月，罗星跟着队伍辗转作战，有的战友牺牲了，也有的百姓加入了队伍。他渐渐理解了这支队伍的战术：既然正面刚不过，那就偷袭，打不过就跑。至于队伍的老大——战士们叫他"连长"——说这叫"游击战"。

在这段时间里，W-005再也没有出现过，罗星也找不到回去的方法。

某日夜里，罗星又是找了个僻静的地方，自己看星星。二宝迎面走了过来。看到他，罗星问道："又有馍吃了？"

"想什么呢？今年粮食歉收，老百姓都饿着肚子呢，俺们有粥喝就不错啦！"二宝说道，"跟俺来吧，连长找你。"

连长住的茅草屋之前是村民养牛的棚子，简单改造后，便成了这个部队的作战指挥部。二宝将罗星送进指挥部后便离开了。罗星从他的眼神中看出了一丝羡慕。

"来了？坐。"连长十分客气地端过来一杯水。他叫高锋，原本是丰收的丰，但他自己觉得作为战士还是应当像锋利的刺刀，便擅自改掉了。

"找我什么事？"罗星径直问道。

高峰笑了笑，坐到罗星对面，说道："过些日子咱们要打一场大仗，去县城里伏击敌军主力部队，兵力有五百人。"

"就凭这些人？"罗星毫不客气地说。他本想高锋可能会发怒，可对方只是毫不介意地笑了笑，说道："只有这些人。而且这一战十分重要，关系到之后大部队的行动，许胜不许败。我想不出合适的作战方案，所以想听听你的建议。"

罗星叹了口气，问道："对方有什么装备？"

"三挺重机枪，两辆坦克，别的跟咱们之前打过的那些差不多。"高锋答道。

罗星握紧拳头，老实讲，他认为这完全是无稽之谈。"给我看看县城的地形图。"

高锋展开一张老旧的图纸，开始一字一句地为罗星讲解。他的讲解十分详尽，那里的街道什么样子，建筑物有什么特点全都一清二楚，仿佛人形的VR图纸。罗星看着地图思索了许久，说道："我有个想法……"

高锋耐心地听着，时不时点头。待罗星讲解完毕后，他感慨道："赌博的成分很高。"

"不然呢？"罗星发问。

高锋用力地点点头："就这么办。多亏你了。"

罗星没有多说什么，他清楚自己的战术即便成功，也会让队伍死伤惨重的。

临近离开时，高锋问道："我听二宝说，你在思考该让谁去送死的问题？"

"连长有何高见？"罗星微笑问道。

"高见不敢说。"高锋点燃一支烟，这东西是他参加部队时带来的家什，现在已经所剩无几了，他只有在不得不吸的时候才会来上一支。"我记得刚跟着部队打仗那会儿，遇到过一个人，她也问过同样的问题。"

罗星一怔："那个人叫什么？"

"那是名女同志，明明长着一副中国人的面孔，却非要起外国人的名字。我记得是叫特什么……对了，特基拉。"

2.

Tequila，即龙舌兰，这简直是称不上伪装的伪装。高锋的话意味着，龙舌兰小姐也来过这个时代。她为什么来到这里？有没有得到她想要的东西？

为了应对这次涌现，罗星制定了一个大胆的计划，那就是通过世界级罪物W-005打开一个大型时空通道，连接到旧时代人口密集的大城市。

用旧时代大量人口的牺牲，换取现如今人类生存的机会。旧时代有几十上百亿人口，消失100万人并没有什么；现如今的100万人却关乎着人类种族的生死存亡。

这种事情乍一听起来完全令人无法接受，可以说简直与屠杀无异；但如果将人类视为一个整体，它又是合理的。这就好像你老了，即将破产，于是打开一道时空门，将年轻时的财产拿一部分过去一样。罗星一度认为这无关善恶，是完全基于理性思考而得出的结论。

但再客观、再理性，人也终究是人，除去逻辑推演外，还具有非理性的七情六欲。特别是来到这里后，看着二宝他们天真而又执着的行动，罗星的内心动摇了。自己曾经认定的事情，真的正确吗？

但无论如何，如果不能挺过几天后的作战，自己连小命都会交代掉，更不用说如何对付涌现了。

这些天来，部队的战士们在罗星的指挥下，四处筹措物资，布置战场。罗星站在废弃的楼体中，一面看着自己计算并绘制的图纸，一面指挥战士们将炸药包摆在指定位置。二宝迎面走了过来，手上和脸上尽是黑泥。

"俺弄完了！"看到罗星，他开心地拍拍手，"不过俺不明白，好不容易凑出了炸药不去炸鬼子，埋在这里有什么用？"

"连长教过你什么是保密事项吗？"罗星不答反问。

二宝撇撇嘴："放心，不让俺问，俺就不问。组织的规矩俺懂。"

罗星满意地点点头。二宝一屁股坐在石头上，说道："说出来你可能不信，从那天晚上和你谈过后，俺就开始想，如果有一天打跑了鬼子，俺该去做些什么。"

"闭嘴吧。"罗星喝了一声，"在我们那边，说这种话叫立死亡flag。"

"福什么哥？"

"就是咒自己战死的意思。"

"哼！"二宝耸耸鼻尖，一副不服气的样子。"又是不让说，行，不说就不说！不过你一定以为俺要回老家陪老婆孩子是吧？告诉你，俺的理想大着呢！说出来吓死你！"

罗星随手抄起一条枪，丢到二宝手里："走，去干点正事。"

"干啥？"

"跟我去活捉几个小鬼子回来。"

◇

行动当天。

山田俊二中佐跨在马背上，拿出望远镜张望着远方的吉城。这是一座人口不过两三万人的县城，经历过几次战火的洗礼，居民们死的死逃的逃，加上这几天日军部队要进驻的消息，街上根本看不到人影。

山田的心中窝着一股子怒火。两天前，他的一支5人小队在山间的河边洗澡时失踪，大部队找遍了整座山头都没有发现踪影。后来，山田在水池的边上找到了一撮狗毛，他推测敌方的游击队出动了猎犬。如果不是作为先遣部队的指挥官必须谨慎，他早就下令屠一两座山村泄愤了。

今天一大早，山田接到一个电话，对方的声音很沙哑，还有刺刺啦啦的噪声。

"你的人在我们手上。"对方开门见山地说。

"你是谁？"

对方并没有理会山田的质问，继续说："明天带着大部队来城东图书馆，我们面对面交易。"

"你想要什么？"

"到时候你就知道了。"

"你怎么知道我这边的联系方式？"

对方哼了一声："你以为你们的人个个都守口如瓶吗？"

说罢，对方挂断了电话。

山田根本不在乎5名士兵的死活。能够为天皇陛下战死，他们应当感到荣幸。然而大日本帝国的士兵在这片土地上被人活捉，甚至还出现了叛徒，这一旦传出去将是莫大的耻辱。

一名士兵跑了上来，报告说："中佐，查清楚了。"

"讲。"

"小村他们在图书馆二层，距离窗边很近，远远就能看清楚。"

山田点点头："敌方部队有多少？"

"大致判断有5人，估计还有埋伏。"

山田哼了一声："以卵击石。"他拔出指挥刀，用力一夹马腹："全军出发！"

几百人的部队浩浩汤汤地开进了吉城，沿途的鸟儿似乎都在为他们让路。在来到这里的两年时间里，山田意识到，这本就是一场工业强国与农业大国之间的不对等战争，大日本帝国根本没有任何失败的可能。特别是拥有坦克的部队，完全可以在中国大陆上横着走。

图书馆是吉城最高的建筑，据说原县长世代为乡绅，为了彰显家族的文化底蕴，便斥巨资建起了这座图书馆。这里的书早就被偷的偷烧的烧，就连县长本人也在鬼子上次进城时被吊死了。

来到图书馆近旁，山田摆手示意部队停下。透过二楼的窗子能看到几名日本兵被绑在木桩上，身体不停地扭动着。山田很想下令炮轰图书馆，但为了天皇陛下的颜面，他不能这么做。

山田使了个眼神，他的近卫兵跑上前去，大喊道："我们来了！你们赶快放人！"

隔了几秒钟，图书馆里传来几句说得并不熟练的日语："让你们的队长带着人进来！"

近卫兵为难地看向山田，山田板着脸等了片刻，见对方毫无动静，便跃下战马，指了指身边百余人的精锐，说："你们，跟我走！"

作为这支部队的指挥官，他必须表现出武士的血性。不过他早就留好了后手，在他们进入建筑的同时，重机枪和坦克的炮口会时刻对准那里。一旦他光荣战死，部队的炮火就会将这里夷为平地。

一楼大厅空空如也，山田挥一挥手，士兵们按照预先布置的那样，枪口齐刷刷地对准了楼梯上方，最后方的士兵甚至将重机枪推了过来。

山田使了个眼神，剩余的士兵在前面护卫着，一行人万分警惕地迈上了台阶。二楼很安静，凭借多年驰骋沙场锻炼出的直觉，山田居然察觉不到一丝有人埋伏的气息。在一个拐角前，先锋部队停了下来，回头对着山田使了个眼神。山田展平手掌，做了一个斩首的姿势。

几十人立即冲了出去，顾不上被绑在木桩上的同伴，枪口齐刷刷地对准了蒙着脸站在一旁的5个人。那5个人也不反抗，嘴里支支吾吾说着他们听不懂的语言。

山田站在人墙后面，缓步走了过去。他拔出枪对准已是瓮中之鳖的5人，说道：

"现在还有什么好说的？"

"呜呜呜……"

咦？

山田虽然不会讲中文，但来到中国这些年，多少也能听懂一些。他们说得岂止不是中文，根本就不是任何一种语言。

察觉不对劲的山田三步并作两步走了上去，一把扯开一个蒙面人的面罩——

是他的部下小村。小村的双手被反绑着，嘴里塞满了破布条。不过更加吸引山田注意力的，确是他们腹部绑着的炸药包，靠着这东西，对方炸毁了日军不计其数的碉堡。

"快撤退！"山田一声怒吼。可还没等自己的部队有动作，身后被绑在木桩上的日本兵猛地挣脱绳索，取出藏在身后的步枪，对着这边一阵扫射。

几名士兵冲上去挡在山田前面。对方的武器并不能连发，所以这边的死伤也算不上惨重。

正当山田准备下令反击的时候，一枚手榴弹贴着地滚了过来。

"快卧倒！"

山田大喊着，带头伏在了地上。爆炸声响起，敌方趁着这边混乱，沿着一早准备好的绳索跳出窗外。然而，手榴弹引爆了小村等人身上的炸药包，他们连带着周围的二十多人一起被炸得血肉横飞。

山田从瓦砾堆里爬了起来，他的身上被擦伤了几处，但完全不影响战斗。不过才死了二十多人，并不会影响部队的战斗力。

"雕虫小技！"山田将嘴里的血丝啐了出来。

可就在这时，四周响起了隆隆的爆炸声。队伍骚动起来，山田立即警觉到，对方既然能想出身份置换的计谋，难道还会不知道埋炸药？

"快撤退！"

山田一声令下，准备跳窗逃跑。游击队的炸药威力不大，只要不是直接被炸到……

还没等他迈开步子，整座楼体坍塌了下来。山田甚至来不及发出一声呼叫，就被埋在了瓦砾堆里。

◇

"你真棒！俺要好好学习！"

与罗星一起逃脱的二宝一路都在赞叹着想出妙招的罗星。

仅凭这边的人和枪，不可能与500人编制的日军部队对抗。就算将所有手榴弹和炸药包全都丢出去，也不见得能挡住大部队的步伐。

既然如此，就要借助一些其他力量，例如重力。

敌方是移动部队，计划的第一步，就是将他们诱骗到一座建筑物中，再将建筑物炸塌。对于这边的部队而言，这原本是一件不可能完成的任务，但罗星毕竟掌握着来自未来的知识，可以对破旧的图书馆进行结构力学分析，再来个定向爆破，这难不倒他。

随着图书馆的倒塌，外面的日军已经按捺不住了。副官一声令下，重机枪和坦克向着废墟的方向开始进行猛烈的火力压制。

这种事情罗星早就想到了。一来，这地方不太可能让坦克开得太近；二来，即便被钢筋压住，凭坦克的动力也有办法脱身。

"开始第二次爆破！"

罗星一声令下，身边的士兵立即翻开下水道的盖子，将一支火把丢了进去。在之前的几天里，罗星早就在下水道里塞满了炸药包，还沿途撒了汽油。

地下传来了隆隆的爆炸声，炸药包被地下的火舌渐次引燃，剧烈的冲击波震撼着地表。随着震耳欲聋的又一声爆破，地面塌陷了下去。日军部队发出一阵阵惊呼和怒骂声，子弹和炮火夹杂着怒火满天飞，但这一切都无法阻止坦克落入塌陷的地面，卡在瓦砾中动弹不得。

罗星之所以选择图书馆设埋伏，就是因为城区下水道的主干道经过这里。部队炸药包的威力并不足以炸毁坦克，因此必须用物理地形困住它们，才能为作战赢得一丝胜利的机会。

罗星握紧了拳头，截至目前，计划都在顺利进行着。

"发射！"

随着罗星的命令，我方的小山炮发射出一枚火球，分毫不差地落在了日军中间，紧接着又是一发。这门小山炮是我方唯一的重型武器，射程和准头都差得可怕，因此罗星对它进行了改造。

火球落地后，迅速蔓延成一片火海。日军士兵们试图扑灭身上的火焰，可火焰却如同魔鬼一般，任凭他们扑打、滚动，都无法减弱分毫。

这几天里，罗星令士兵们找来了汽油、猪油、面粉——对于这支部队而言，能找到这些已经是极限了。幸运的是，附近的山里有几颗橡胶树，他们还采集到少许天然橡胶。将这些东西按一定比例混合在一起后，罗星制成了土法凝固汽油弹。这东西虽然没有真家伙那么大威力，但粘在身上不会熄灭。

日军部队的怒吼渐渐化作了哀号，坦克里的士兵们也渐渐受不了上千度的高温，弃车逃跑，很快又被火海吞没了。眼看日军失去了重型武器，高锋一声令下：

"同志们，冲啊！"

埋伏多时的士兵们从掩体中渐次跃出，喊着震天的口号，向着混乱的敌军发起了冲锋。罗星拿起枪想要跟上去，却被高锋拦了下来。

"再等等，不能确定这些就是全部。"高锋说道。

罗星点点头，眼看着战友们将敌军一枪一枪地解决掉。二宝冲在最前面，他严守了不要靠近火海的嘱托，几乎一枪一个敌人，目前已干掉了七八个。

又过了几分钟，日军部队的有生力量已被消灭，只留下了一堆焦尸。高锋终于松了一口气，下令部队停止追击。

二宝兴高采烈地跑了过来，对罗星说道："现在俺可以说了吧？"

罗星一愣："说什么？"

二宝哼了一声："之前俺要说，你说俺是福什么哥，还说俺是咒自己！"

罗星方才想起，之前二宝想要高谈阔论一番，关于打完鬼子后自己想做些什么。他微笑道："行，讲吧，洗耳恭听。"

"听就听，洗什么耳朵！穷讲究。"二宝擦了一把脸，露出灿烂的笑容。他继续说道："俺听连长说了，赶跑鬼子后，俺们要建立一个人民的、老百姓作主的国家。到那时就不需要搞革命了，要搞建设，把俺们的国家建设得强强的。"

二宝说着，话锋一转："但是呢，俺想了想，俺没知识没文化，就空有一身力气，就会打仗。俺搞建设，恐怕要给大家拖后腿。那些事，还是留个俺的娃儿们去干吧。"

"那你去干什么？"罗星忍不住问道。

二宝神秘地看了罗星一眼："俺想好了，到那个时候，俺就跟连长申请，去你那边。"

罗星愣住了，他一度认为自己听错了，或者二宝在开玩笑，但对方脸上真诚的笑容，容不得半点怀疑。半响，罗星挤出一句话："去我那边干什么？"

"帮你们干革命啊！这个俺擅长！俺要去你那边，让那里的老百姓也脱离苦海！"

就在这时，天空中传来了破风声，罗星不由自主地向天上看去，只见一枚炮弹划着火光向这边飞来——

"小心！"

二宝一把推开罗星，剧烈地爆炸声响起，罗星不由得用双臂护住头部。他甚至不需要确认就知道，在那样的攻击下，没有任何特殊能力的二宝不可能生还。

"快撤退！全员撤退！"

高锋大声呼喊着。远处又飞来几枚炮弹，战友们在火光中向着城外撤去。

"失策了，山田的部队是弃子！"经过罗星身边时，高锋一把抓起他，解释道。

什么？

为了拿下吉城，日军居然派了一支500人的部队当弃子！

罗星的脑中一片空白，只是机械地跟在了高锋的后面。

"报告连长！前面有坦克！"

传令兵还没站稳脚步，便被一颗飞掠而来的子弹削去了半个脑袋。

高锋咬紧牙关，他四下看了一番，弯腰掀起地面的下水道井盖。此处距离燃烧区还有些距离，但依然有热浪裹挟着臭气扑面而来。他拉住罗星的胳膊，说道："我们去挡住敌军，你顺着下水道赶快逃走！"

罗星茫然地看着连长，对方继续说道："如果能活着出去，记得通知大部队！"

说罢，他不由分说地一脚将罗星踹了下去，随即盖上了井盖。

罗星不知道自己在黑暗中跑了多久，更不知终点在哪里。他只是茫然地奔跑着，攀爬着，似乎要将人生的道路全部走完一般。

冲击他的并不是残酷的战争，而是二宝和连长的选择。他之所以加入二宝他们的队伍，是因为除此之外无处可去。但这群人为了帮助他，早已不问生死。

为什么？

想活下去不是人的本能吗？在没得选的时候，在别人和自己之间选择自己，不也是理所当然的选择吗？如果地球上仅剩下二宝和自己两个人类，他会怎么做？罗星觉得，这个傻子依然愿为了他牺牲自己的。

无关乎理性，无关乎族群，这仅仅是一个人类个体按照自身意愿做出的选择。

最不可思议的是，这样的人还不止一个，也不止一群。按照二宝的说法，在这片土地上，有着数之不尽的和他们一样的人，这些人秉持着相同的信念，在和几乎不可能战胜的敌人斗争着。

"找那么一群愿意为了别人去送死的人，不就结了吗？俺们就是一群这样的人啊！"

前方出现了亮光，罗星不知疲惫地奔跑着，只要离开吉城，找到大部队，然后……

突然，他的脚下好像踩中了什么。他下意识地向后一仰，狭窄的空洞里响起爆破声，坑道随之震颤起来。

有人在这里埋了地雷！

对方似乎并不想杀死罗星，他刚才踩中的地雷威力不算大，反应也比较慢；否则，罗星至少要废掉一条腿。

正在思索如何脱困时，罗星脚下的地面突然裂开一道大缝。罗星试图攀住边缘，但双手一滑，跌落了下去。

紧接着，他便失去了意识。

◇

罗星恢复意识时，发现自己的双手被反绑着，四周点着火把，身边全是荷枪实弹的日本兵。

与此同时，一股异样的感觉席卷了他的全身。

"醒了？"

一名军官打扮的人跷着腿坐在罗星面前，见罗星醒来，一脚踢在他的肚子上。

"八路军能干掉山田的部队，是你在背后帮忙吧！"他说道。多亏在"幽红"会接触到各国的语言，罗星勉强听得懂这家伙口中叽里呱啦的日语。军官俯下身子，揪着罗星的头发将他拎起来："根据我们的调查，这支八路里可没有你这样的人才。说，你是苏联的专家？还是美国派来的间谍？"

罗星啐了他一口，军官一拳揍在他的脸上，又扔抹布一般将他丢在地上。

"多亏了你，我们才能发现这个地方。"军官摆了摆手，后方的士兵递来一条手帕。他擦了擦沾血的手，说道："真没想到，吉城的地下还藏了这种东西。苍天有眼，它注定是我们大日本帝国的！"

罗星方才注意到，这里虽然是地下，但空间十分开阔。他此时位于高处，脚下是鳞次栉比的房屋，还有青砖石铺就的路面。但最引人注意的，无疑是屹立在城市最中心的存在：那是一位足有几十米高的女巨人，穿着一袭凉薄的纱裙，正张开双臂拥抱着城镇。

"虽然不知道这个章鱼样子的怪物是什么，但能为大日本帝国效力，它应当感到荣幸。"军官再次揪着罗星的头发将他拎起来，"你来这里帮忙，为的就是这个吧？告诉我它的使用方法，效忠大日本帝国，我还能饶你一命。"

然而罗星的关注点显然在别处。

"你说……章鱼？"他问道。

又是一拳招呼到了脸上。

"别给我玩花样！"军官怒吼着，"要知道，我有一百种方法撬开你的嘴！"

　　然而罗星的嘴角却在微微上扬。他终于弄清楚了，自从醒来之后，那股萦绕不去的感觉是什么。

　　"那东西是……罪物。"罗星说道。

　　军官眉头紧皱："你说什么？"

　　可他突然感觉到，手中的罗星变得仿佛铅块一样沉重，于是不得不放开了手。罗星挣扎着站了起来，手腕上的麻绳魔术一般地松了开来。一群日本兵围了上来，黑洞洞的枪口对准了他。

　　罗星抬起头，平静地直视着军官，说道："我问你，在你的国家，如果不得不牺牲一部分人，你会选择谁？"

　　一名日本兵骂骂咧咧地走过来，想将枪口顶在罗星头上。军官挥手制止了他，尽管他并不知道罗星葫芦里卖的什么药，但他清楚这个人不一般，而且想要解开遗迹的秘密只能依靠这个人。

　　他想了想，答道："最弱的那些，有什么问题吗？"

　　罗星轻轻一勾手指，方才冲上来的日本兵的身体里突然蹿出了两米高的火焰，进而整个人燃烧了起来，甚至没有发出一声哀号便倒在了地上。他加速了对方体内ATP（三磷酸腺苷）的燃烧，令他发生了自燃。

　　罗星体会到的那种异样，就是外网。大概是离开拥有外网的环境太久，他甚至都忘了这种感觉。连接外网发动特殊能力，罗星虽然不敢说驾轻就熟，却也不是第一次这么做了。更何况比起面前的日本兵来，外网简直亲切无比。

　　士兵们开枪了，然而子弹并没有如他们所愿地射向罗星，而是在空中画了一个圈后，不偏不倚地潜入了每一名开枪的日本兵的眉心。与火箭引擎较量过的罗星，反转这个时代的子弹简直易如反掌。

　　"你……"军官匆忙拔出配枪，却突然发现自己的行为有些可笑：手下的步枪都不能奈何他，自己的手枪又能做些什么？

　　"最弱的已经死了，接下来是谁？"罗星向前迈了一步，吓得军官一哆嗦，手枪也掉在了地上。他拔出指挥刀，摆出应战的姿势：

"每个人都有为天皇陛下献身的义务！"

就在这时，天上落下了无色的油状液体，滴在日本兵的身上。几秒钟后，他们纷纷丢下了手中的枪，捂着脑袋在地上痉挛着。

"你……你又干了什么？"军官质问。

"S-(2-二异丙基氨乙基)-甲基硫代膦酸乙酯，又名VX神经毒素，我刚刚用周围环境中的元素合成了一些。"罗星平静地说，"不过我下的计量并不大，他们至少要挣扎一天一夜才会死。"他又向前迈了一步，继续问道："现在，只剩下你和你的天皇陛下了，你们两个之中必须死一个，你会怎么选？"

军官后退一步，没有作声。

"好吧，我已经知道答案了。"罗星轻轻摆动手指，军官手中的指挥刀突然掉了下来，双腿无力倒在地上。罗星刚刚通过加热细胞，撕裂了他的手筋和脚筋。

"你们崇尚强大，所以你们弱小。你们将武力化为了欺凌弱者的暴力，所以你们必败。"罗星淡然地说，"我刚刚在你的体内看到一个恶性肿瘤，于是帮你一把，加速了它的生长。我相信凭借你的生命力，应当能比你的士兵们活得长吧！"

说罢，他踏过军官的身体，向外面走去。

◇

走出坑洞，罗星来到了吉城东郊的半山腰上。

"昨日重现，你在那里吧？"罗星看着星空，问道。没有回音传来，但他清楚对方一定已经听到了。这个时代不可能存在罪物和外网，唯一的可能性便是W-005打开了一道时空之门，将未来外网中的城镇送到了这里。

"你刻意将我送来这个时代，是为了让我探寻解决涌现的方法，对吗？"他继续问道。

"你找到了吗？"头脑中传来了W-005的声音。

罗星点点头。

"告诉我，你的答案是什么。"

罗星深吸一口气，将自己近来的思考，以及解决涌现的方法说了出来。

"你确定？"W-005问道。

"嗯，这是我的答案。"罗星答道。

"需要花费大量的算力，甚至会减少我的寿命。"

"你想要什么？"罗星早就做好了准备，如果W-005拒绝，就绝不会说出这种话。

"我想成为弥赛亚。"W-005答道，"因此我要你为我做一件事，阻止龙舌兰。"

罗星皱眉道："龙舌兰小姐怎么了？"

"她想在这次涌现中，成为弥赛亚；同时，借助我的能力牺牲旧时代的人获得对抗外网的力量。"W-005答道，"一旦被她控制，我非但无法帮助你完成计划，还会永远失去进化的机会。"

"弥赛亚究竟是什么？"罗星问道。

"到时候你就知道了。"

"要怎样才能成为它？"

"只能告诉你，需要同种类型的罪人、罪物和涌现。"W-005依然惜字如金。

罗星沉默着。龙舌兰提出的方案，毫无疑问对人类种族的存续是更加有利的，并且从牺牲者数量来看，与之前的涌现并没有太大的区别。

然而在这次不长的旅途中，有人，有那么一群人告诉他，这件事有更好的解决方案。尽管结果相近，过程却千差万别。从这个角度出发，他和W-005的利益是一致的。

"成交。"他点点头。

"好的，我会将你送去龙舌兰在的地方。"

W-005的话音刚落，罗星脚下便出现了一个黑色的落穴，不由分说将他吞噬。

3.

法拉猛地醒过神来，发现自己正身处一个陌生的街区。街边尽是二层的小房子，看不到居民，脚下的青砖石路延伸向远方。

她当即提起十二分的警惕，开始翻阅起头脑里的回忆：离开外网后，她找到了正在大裂谷一带探寻的银蛇等人。她们互相分享得到的信息后，决定一同前往遗忘之都的深处找寻。

临近遗忘之都时，众人拉开一定的间隔渐次前行，终于试探出了W-011"莱丝"影响力的边界。之后他们制定了战术，每人随身携带纸笔，尽可能详细地记录下发生的事情。W-011能够清除人类的记忆，却无法清除纸笔写下的记录。

"我怎么办……"斯特拉哭丧着脸。

"你守在这里，如果我们……"银蛇看了看腕表，"5个昼夜，也就是120小时后还没有动静，你就冲进去救人，能救几个算几个。"

于是乎，斯特拉再一次担负起了坚守后方的重任。

法拉匆忙翻查了随身携带的物品，很快便找出了一册巴掌大小的记事本。这是她14岁生日那年，一贫如洗的罗星几乎花光了所有积蓄买来送给她的，她一直视若珍宝。

翻开记事本，熟悉的字体映入眼帘，每一个字在长竖的末尾都加上了顿笔。这是法拉为笔记做的一重"加密"，如果找不到这个标记，就证明笔记被人动过手脚。

确认笔记没有问题后，法拉方才开始阅读起里面的内容来。第一页最上方写了"记忆重启时间"几个大字，下面记了几个数字。她匆忙将现在的时间点写上，对照一下前面的记录，每次清除记忆的间隔大约是2小时左右。

从第二页开始，过去的自己记录下了进入以来的重要事件：

"进入54分钟。队长决定兵分三路，从三个方向尝试接近城镇中心。我和月影一组，骆非和野狼、队长和陆冰一组。

进入73分钟。来到'风信子路'，这里的街道都是以花草的名字命名的。"

读到这里，法拉抬头看看身边的路标，上面写着"郁金香路"。

"进入91分钟。月影说我们在原地打转，无论怎么走都没有前进的感觉。我决定继续走下去试试。"

"进入114分钟。我们依次经过了风信子路、紫罗兰路、海棠路、合欢路、郁金香路，月影已经很累了，而我们现在又一次站在了风信子路的入口处。"

法拉一惊。记录中出现了"郁金香路"的字样，这正是她此刻站的位置。她接着看下去。

"我此刻的位置是牡丹路，月影在我身边。我们进行了简单的沟通。果不其然，月影的记忆也被清除了，我们的记忆都停留在进入莱丝影响范围前的一刻。根据腕表的计时，此时距离进入遗忘之都过了125分钟。考虑到误差，第一次记忆重置的时间间隔在2小时左右。"

"进入166分钟。我们仍在原地打转。这里的外网浓度太高，月影的预测能力很不准确。我提出了一个设想，莱丝的类型是'认知'，既然她能够干涉记忆，那么就没有理由不能干涉人的空间感。于是我想出一个对策，通过控制电磁场发射出激光。这里的引力值是正常的，测地线无限接近于直线，跟着光线走就不会迷路。"

"进入201分钟。我错了，光线虽然是直的，但莱丝会让人们'认知'中的光线弯曲。无论设备和物理现象如何可靠，测量结果也必须通过认知系统才能反馈到人的大脑。"

"第二次重置，现在距离进入遗忘之都过了2小时又3分钟。我也很累了。"

隔着纸张，法拉都能感觉到一阵疲惫。记忆重置也不是没有好处，尽管身体的酸痛感还在，精神上却感觉不到倦怠。但法拉转念一想，莱丝既然可以干扰人类对光线方向的认识，那自己看到的记录，还是真实的记录吗？

后面只剩下了不多的几条记录：

"进入255分钟，我们再次来到海棠路。月影瞥见一个人影，不是我们的人。我们跟丢了，从身高判断，对方像是小孩子。"

法拉双眉紧皱，这是记录中第一次出现迷路之外的信息。

"进入307分钟。我们终于再一次找到了那个小孩子的踪影，但她似乎带着保镖。那是一位高个子男性，战斗能力和银蛇队长有一拼，必须十分小心。"

"进入358分钟。距离下一次记忆重置很近了吧，我此刻身在郁金香路，和月影走散了。我必须提醒今后的自己……"

"法拉？是你吗？"

就在这时，法拉突然听到身后传来了熟悉的声音，她匆忙收起记录本，应了一声。银蛇从另一个街区走了出来，说道："你的记忆也刚刚被重置吗？"

法拉点头。

"月影呢？"

"我们走丢了。"

银蛇诺了一声，摆了摆手："咱俩临时组队吧，在这个鬼地方顾不上太多了。"

"啊……好的。"法拉跟了上去。她不经意地摸了摸装着记录本的袋子，十几分钟前的她自己写下了这样一段话：

"不要信任银蛇。"

◇

骆非和野狼坐在街边的长椅上，一人一狗满身疲惫地望着穹顶。照理说这里不会有阳光射入，上方却闪着星星点点的萤火，将整座城镇映得宛如白昼。

"我们这是第几次了？"野狼吐着舌头问道。

"第7次。"

"时间过了多久？"

"10.5小时。喂，不是说好了做记录吗？你自己记的呢？"

"我手掌的肉垫太厚，拿不了笔。"

望了一会儿天，野狼继续问："这段时间发生了什么？"

骆非将记录本扣在了野狼脸上："翻页总会吧？自己看！"

野狼哼了一声，拿起记录本，映入眼帘的是骆非龙飞凤舞的字体。

"你写这么多3是什么意思？"

"那是'了'。"

"这个圈圈又是什么？"

"那是日语'的'，写着省事。"

"你画的这个小动物呢？"

"啊，那是你。"

野狼强忍住撕掉记录本的冲动，看了下去。虽然很混乱，但骆非还是记录下了一些关键信息点，例如他们一直在原地打转，再例如这已经是他们第7次踏上"薰衣草街"了。

突然，野狼看到一句话，在写这句时骆非下笔很重，似乎要把纸张戳穿一般。它有些不相信骆非会写下这种话，于是用前爪擦了擦眼再看，确信自己没有看错。

野狼递过记录本，问道："这句是什么意思？"

"我怎么知道！"

"你怎么会写下这种话？"

在满篇的狂草中，之前的骆非用异常工整的字体写着：不要相信月影。

就在这时，仿佛受到了诅咒一般，一人一狗身后响起了月影的声音："咦？你们怎么在这里？"

骆非仿佛踩到电门一般蹿了起来，想收起记录本，却一个没拿稳掉在了地上。他毛手毛脚地捡起记录本，尽量在脸上堆出笑容："月影妹妹！我们迷路了，你呢？"

"我也一样。"月影叹了口气，走到骆非身边坐下。骆非立即挪出一个位置，险些把野狼从长椅上挤下去。

野狼不爽地瞪了骆非一眼，却发现对方对它使了个再明显不过的眼色。于是它也装出一副笑脸，说道："我和骆非在这边逛了7圈，不知为何就是走不出去。"

"骆非……"

听到月影叫自己的名字，骆非愣了一下，匆忙应道："月影妹妹有什么事吗？"

月影诺了一声，问道："你为什么选择来这里？"

"为了帮助法拉啊！"骆非想都没想便答道，"她要去对付龙舌兰那么厉害的敌人，我怎么可能袖手旁观。她和罗星可是救过我的命呢。"

"嗯，我明白了。"月影说罢从长椅上站了起来，指了指面前的建筑，说道："我刚在那里发现些线索，想再去确认一下。"

说罢，她便迈开步子向远处走去，很快身影便潜入了建筑内部。

骆非和野狼对看一眼。

"等等我们！"他们匆匆忙忙追了过去。

◇

陆冰躲在小巷里，屏住呼吸，在心中默数着。几秒钟后，头顶上的路灯突然掉落，砸在了他身边不足两米的地方，玻璃碴子碎了一地。

他再一次检查了手枪的弹药，小心翼翼地向一旁挪去。根据刚才的攻击，他已经判断出了对方的位置。在上次记忆重置后，他和银蛇走散了，之后便遭遇了这名神秘的狙击手。

陆冰向着狙击手的方向开了一枪，这样当然不可能打中对手了，实际上，他连对方的具体位置都不清楚。他的目的是给对方制造出自己正在伺机瞄准的错觉。

之后，陆冰打开房子的后门，麻利地钻了进去。这是一个废弃的面包坊，电烤炉上爬满蛛网。地上躺着两具骷髅，衣服早已腐烂，只有钢盔扣在地上，透过锈迹可以瞥见少许绿色。他们也许是误入此处的访客，想来找吃的，但最终还是死于了饥饿。

陆冰将骷髅丢在一旁，迅速穿越了面包作坊。他并没有来到街区，而是透过二楼的窗户直接跃进了对面的民居。远处传来枪响，陆冰几乎擦着子弹完成了跳跃。

从这里到狙击手的位置有400米左右，幸运的是陆冰可以一路穿越民居过去，被狙击的概率大大降低，但不幸的是对方的作战经验远远胜过自己。

陆冰一路摸索着前进，直觉告诉他，狙击手距离自己已经很近了。他躲在墙角闭上眼睛，将自己的眼球移动到了10米外的天台上。这里外网浓度很高，这些天来通过对外网的适应，他已经能够通过连接外网发动能力了。

可惜的是，离开了身体的眼球不能旋转，也无法悬在半空。然而陆冰赌对了，透过窗棂，他瞥见一身漆黑的狙击手死死盯着瞄准镜，正在寻找自己的位置。

有机会！

陆冰收回了眼球，又瞬间移动出一只手到对方头顶上，向着正下方打出一枪。对方靠着野兽一般的反应就地翻滚，居然连皮都没有碰到。陆冰啐了一口，与此同时，他本人越过了几米宽的天台，手握匕首向着倒在地上的狙击手刺了下来——

狙击手抬起手臂阻挡，匕首深深刺入他的小臂。他一动不动，踢出一脚将陆冰踹开。

虽然有过罪物猎手的训练，但陆冰几乎没有与人打斗的实战经验。他屏住呼吸，等待着对方的下一次进攻，那很可能是自己生命的终结。

然而对方却卸下防备，操着熟悉的语调问道："陆冰？"

银蛇的声音！

陆冰用力地挤挤眼睛，他方才意识到从很早开始，这人在自己的视线中就是一片漆黑的，哪怕距离如此之近也没有改变。可之前的自己居然没有觉得不对劲。

"你到底是谁？"陆冰怒喝道。他并不相信眼前的黑影。

黑影站直身子，将狙击枪丢在地上。他迎着陆冰的枪口走了上来，抽出自己的匕首，刀柄向着陆冰递了过去。

"刺自己一刀，避开要害，越疼越好。"黑影说道。

陆冰将信将疑地接过匕首，只要他想，现在立即可以将刀刃插入对方的胸膛。他犹豫了片刻，举起匕首——

用力刺入自己的大腿。

剧烈的痛感袭来，但与此同时，包裹着狙击手的那层黑影却渐渐散去，露出了银蛇的脸。

用最糟糕的方式会和后，银蛇和陆冰两人简单包扎了伤口。陆冰忍着痛长出一口气，问道："究竟是怎么回事？"

"我们的认知系统被干扰了。"银蛇答道。

"对方是莱丝？"

"鬼知道。"

简单修整后，银蛇带着陆冰来到了一座不显然的建筑里。打开房门，月影正躲在角落里。

"你怎么在这里？"陆冰问道。

"在路上我看到一个人影，刚想叫上法拉姐姐去追，一转眼却看不到人影了。"月影讲述着自己的遭遇，"于是我自己到处寻找，最后碰见了骆非。"

"你为什么没和他一起行动？"陆冰追问。

"我主动躲开了。因为我的笔记本上写着一句话，叫我不要相信骆非。"月影的表情很痛苦，"我不清楚之前发生了什么，也不清楚该不该相信他，但我是没有战斗能力了，为了保险起见只能选择避开。"

"你的判断没错。"银蛇揉了揉月影的脑袋，"这么说来，我的记录本上也写了一句类似的话，叫我不要相信法拉。"

"为什么？你没有和法拉一起行动过啊？"陆冰惊讶道，他突然想起，自己的记录本上写了不要相信银蛇，于是匆忙将本子取了出来，翻到了那一页——

原本写着那句话的位置上空空如也，完全没有书写过的痕迹。

"怎么了？"敏锐的银蛇立即察觉出了端倪。

"拿出你的记录本看看！"

银蛇当即翻出记录本，到处都找不到"不要信任法拉"那句话。于是他让月影指出自己本子上的那句话，月影很快便找到了，指着一句话说道："看，就写在这里。"

银蛇看着月影的眼睛，一字一句地说道："可是在我们眼中，这里什么都没有写。有人干扰了我们的认知系统，并试图挑拨我们之间的关系，让我们彼此为敌。"

◇

法拉跟在银蛇身后，一路一言不发。她不清楚自己为什么会写下那样的话，银蛇队长一路陪伴着自己走过来，如果说队伍里哪个人最不可能背叛，那一定非银蛇队长莫属。

转过两个街区，眼前的景色一亮，四周的建筑物终于没有了之前的重复感。法拉抬头看看路标，上面写着"鸢尾街"。

终于来到了之前没有去过的地方！

银蛇停下脚步，感慨道："看样子前进的路并没有锁死，我们就这么误打误撞下去，总能找到出口的。"

法拉嗯了一声，银蛇回头看了她一眼，继续说道："等到了城市中心，你想怎么做？"

"我要阻止龙舌兰小姐。"法拉答道。

"我一直没问过你……为什么想要阻止她？"

"因为……"说到这里，法拉居然一时语塞。龙舌兰想要与莱丝融合成为弥赛亚，但那是为了对抗涌现，让人类不需要数以百万计的牺牲者也能够存活下来。即便真的能够阻止龙舌兰，即将到来的涌现该怎么办？

"如果非要我选，我会放着她不管。"银蛇说道，"当然，既然你想要阻止她，我就会尽全力帮你。"

法拉握紧了拳头，在心中暗自下了决心。

两人又向前走了两个街区，发现再次回到了"风信子路"。突然间，街边的一座花店打开了，月影从里面走了出来。

"银蛇队长！法拉！"月影看到二人后很兴奋，三步并作两步地向银蛇跑来。银蛇迎了上去，用力揉了揉她的头。

"法拉？"

紧跟着月影的脚步，骆非和野狼也从花店里钻了出来，野狼的脑袋上还挂着一朵野菊花。

众人再次集合在一起。骆非四下望了望："不知道陆冰那边怎么样了？"

"你就盼着天上突然掉下一个眼珠子或者一只耳朵吧，那证明他还活着。"野狼吐槽道。

"接下来怎么办？"银蛇双手叉腰，问道。

法拉望着远处，说道："我有个主意……"

2小时后，众人经过4次兜圈，终于再次来到了鸢尾路。其间发生了一次记忆重置，但聚在一起的众人很快便明确了当前的状况，法拉也借助记录本继续完成之前的计划。

在牡丹街的中心位置有一座教堂，哥特式的尖顶高耸入云。法拉准备上到城市的最高点，在高空确认方位，再继续前进。

"月影妹妹，我来帮你！"

骆非伸出手想要拉月影一把，后者却自己攀着屋檐，三步并作两步地跟了上来。骆非只得叹口气，哀叹自己痛失了一次拉近两人关系的机会。

率先一步攀上顶端的陆冰眺望着远处，皱紧了眉头。一片半球型的白雾出现在视野中，如同穹顶一般罩住了遗忘之都的中心部分，让人无法一探究竟。

月影走到他身边，解释道："这里的白雾是莱丝设置的认知障碍。那里其实什么都没有，但在我们的认知中，却是一片无法靠近、无法窥探的区域。"

这边，骆非还在为痛失机会懊恼，法拉走到他身边，搂住他的肩膀拍了拍。突然间，一股麻嗖嗖的电流窜过了骆非全身，他忍不住叫了起来。

"你干什么？"

"抱歉，这里外网浓度太高了，我有些控制不住力量。"法拉笑道。

"当心点！你刚差点把我的毛点着了！"野狼从下方走来，抱怨道。法拉原本以为狗不擅长爬高，没想到它的动作比猫还熟练。

　　就在这时，看向上方的骆非瞪大了眼睛。他指着高处想要说些什么，却看到法拉摆出一个"嘘"的手势，于是捂住嘴没有作声。

　　终于来到了屋顶，银蛇攀着最高处的避雷针俯瞰街区，问道："接下来该怎么办？"

　　法拉举起手枪，枪口径直对准了银蛇：

　　"游戏结束了。告诉我，你们究竟是什么人？"

　　在她的眼中，"银蛇"和"月影"已经改变了样子，站在面前的是一位戴着面罩的高大男子和一位戴着兜帽的女孩。

4.

　　人类认知系统的运作原理十分复杂，加之缺乏实验样本，即便是在进入了宇宙世纪的旧时代，人类对自己大脑的工作原理还不敢说达到了百分百的把握。但有一点是不会变的，那就是一切认知过程都是基于大脑中的化学反应产生；再进一步讲，就是电子的传递。

　　法拉通过给大脑过电，成功清除了对方对认知的干扰。

　　"你是什么时候发现的？"黑衣男子也没有再继续装下去，问道。

　　"我和队长一起出生入死这么多年，他说话的习惯、手指的小动作，我都十分熟悉。从见到你的第一面起，我就知道你是冒牌货。"

　　男子"切"了一声，对身边的女孩说："你不是想办法修改了他们的记录，让他们彼此怀疑吗？看来也没效果啊。"

　　"闭嘴！无论发生什么，我都不会怀疑月影妹妹的！"骆非义愤填膺地喊道。

"我让他们看到的，是去怀疑'自己最信任的那个人'。"女孩开口道，平淡的话音如同风铃一般悦耳。"只能说，他们彼此间的信任不容挑拨吧。"

法拉举着枪向前一步："说，你们到底是什么人？"

"我们是……"男子猛地将手伸到背后，掏出三把飞刀，而就在同一时刻，法拉轻轻一勾手指，一道闪电凭空落下，不偏不倚地砸在了避雷针上。

"好痛！"距离避雷针最近的男子匆忙跳起避开了雷暴中心，但还是被电麻了半个身子，飞刀也丢在地上。法拉冲上去想要制住对方，男子却麻利地向下翻滚，借着屋檐的坡度站了起来。

男子再次掏出三把飞刀，向着法拉掷来。法拉从衣兜里摸出一颗钢珠，通过施加单向的磁场，借助电磁炮原理高速发射了出去。钢珠在空中击落一把飞刀，法拉转身一个侧步躲开第二把，又通过电磁场将第三枚捕捉。

"这是你逼我的啊！"男子背过手去，从背后摸出一把霰弹枪。从型号看威力不大，但在近距离时也足以一枪毙命。

法拉默默地发动着能力，在匕首内部制造了螺旋的电流，又在外部施加了交变磁场。在安培力的作用下，匕首高速旋转起来，四周还带着闪闪的电光，好像钻头一般。

"我的个乖乖！"男子也明白被这东西打到可不是闹着玩的，他匆忙向下方鱼跃而去，法拉的电光钻擦着他的身子飞了出去，打在街对面的民居上，将二楼炸飞了一半。

同一时刻，骆非冲到女孩儿面前，一把拉住她的兜帽：

"竟敢冒充我心爱的月影妹妹！我倒要看看你究竟是什么人？"

女孩的兜帽被扯了下来，透过自来卷的头发，骆非看到的是——

月影的脸淌满了鲜血，牙也掉了几颗，一个眼球挂在眼眶外。

"啊！！"骆非大声惨叫了出来，就在这时，他感到右腕一阵刺痛，原来是野狼用力地咬在了他的手臂上，鲜血直流。

"你干什么？"骆非怒喝道，"我可不想感染狂犬病！"

"我看你已经得了！"野狼以几倍的音量吼了回去，"从刚才起就站在原地自言自语，又冷不丁惨叫起来！"

骆非方才醒悟过来，他定睛一看，自己压根就站在原地一动不动，面前也根本没有什么脸上淌着血的月影。

借着他们发愣的机会，对面的女孩猛地冲了起来，向着男子跌落的方向跑去。

"想跑？"法拉立即行动了起来，她用电磁力吸附住建筑物的钢筋，如同离弦的箭一般向少女掠去。几秒钟的时间内，少女已近在眼前，而正当法拉准备捕捉她的瞬间——

少女的身形猛地膨胀到几米高，身上覆满鳞片，利爪仿佛尖刀一般，满是尖牙的口中淌下黏液。法拉立即意识到这不过幻觉，她迅速操作电磁场给自己的大脑过了电，但当眼前的一切恢复正常的时候，少女已经来到男人跟前，男人抱起她，向着远处一跃而下。在半空中，男人用力地扯了一把衣扣，他的背部张开了三角形的滑翔翼，带着少女向远处飞去。

法拉并没有放弃，她通过电磁场攀住避雷针的尖端，在空中旋转一圈，借着离心力弹射了出去。她在掌心汇集出一道闪电，想要击落男人，对方却灵巧地避了开来。法拉并做不到像罗星那边通过控制熵短暂飞行，她只得再次吸住邻近建筑物的钢筋，在不远处的屋顶上停了下来，眼睁睁地看着男人和少女越飞越远。

与骆非和野狼会和后，法拉得到了同伴们由衷的赞叹。

"法拉，你什么时候这么厉害了？"骆非竖起大拇指，"今后就靠你罩了！"

然而法拉的心思却在别处。当与男人擦肩而过时，她透过破损的面罩看到了他人的脸。那张脸虽然与记忆中的略有不同，但法拉确信自己不会认错——

王子骁。那个不久前还在与自己并肩作战的、总是一副玩世不恭样子的神秘男人。

◇

罗星茫然地站在街边，路面上塞满了车辆，不时有车主烦躁地按响喇叭，换来的却是四周的怒骂；一群人奔跑着从他的身边经过，挤得他一个踉跄。

远处升起了液体火箭的轨迹云，罗星粗略地数了一下，同时升空的少说也有20枚。街边大喇叭的广播响了起来，内容大体是请大家不要急躁，政府会给每个人提供离开地球的机会，要按照指示耐心等待云云。

身边的金发卷毛小哥啐了一口，咕哝道："鬼话连篇，谁都知道最后少说也要有几亿人留下，就等着地球变成一个疯子星球吧！"

听到"疯子"这个词，罗星闭上眼睛仔细感受了一番。四周空间里毫无疑问地弥散着外网的气息，却没有自己所处的时代那么浓烈。罗星据此判断，W-005想来是将他送到了旧时代末期，即被后世称为"大逃亡"的时期。

因为对外网毫无办法，人类最终决定放弃地球，大规模向太空移民。然而由于太空运载能力着实有限，最终还是有10亿人留在了地面上。那些人，就是罗星这样生在新生代的人类的祖先。

对于那段大逃亡时期，现存的资料少有描述，罗星自然也没有多少了解。

在沉思之际，人群里一名棕发棕眼的老年男士突然跳了出来，毫无章法地大喊道："叛徒！你们这些人都是叛徒！人类未来的历史一定会把你们钉在耻辱柱上！"

人群的视线齐刷刷地投了过去，两名白人警卫冲了过去，一人从背后架住老者；另一人则取出一支体温枪样式的仪器在老人面前晃了晃，说道："感染系数达到3.74，确认为外网感染者。"

"立即送去遗忘之家！"另一名警卫说道。

听到"遗忘之家"这个名字，罗星默默隐藏在人群中，跟上了押送老者的囚车。

"遗忘之家"建在市郊，是几座围成四方形的白色矮楼。罗星很容易便判断出此处是敬老院改建的，因为原来的牌子都没有被摘掉，只是在其下方粗暴地刷上了"Home Of Lethe"字样。

囚车中押了十几个人，老年人居多，中间夹着两三名年轻人。他们被清一色地套上了拘束衣，在警卫的招呼下跳下囚车。队伍两侧站了四名荷枪实弹的士兵，不知是不是因为兵器的威慑力，大家很听话。

和警卫交接的是一名身着西装、腰杆笔挺的年轻男士。尽管他的表情近乎无懈可击，罗星还是一眼便识别出他是人工智能。而交接的警卫似乎也懒得和人工智能多说话，只是将一张纸质清单和一些资料递了过去，便招呼同伴们尽快撤离，似乎担心被传染一般。

待人群全部进入后，罗星默默连接外网，控制着身体飞上半空。透过二楼敞开的玻璃窗，他很容易便潜了进去。

西装人工智能先是将众人集中在一层大厅里，之后叫来两名帮手，帮助大家解开了拘束衣。他的帮手是企鹅型机器人，看上去并没有装配拥有自我意识的复杂系统，胖嘟嘟的身体一摇一摆的。

被解开了拘束的人群立即躁动起来，有的放声大骂，有的默默哭泣，还有一名大个子男子冲上去要揍西装人工智能。

"吵死了！都给我安静点！"突然间，走廊深处传来一个中气十足的女声，一名穿着低胸装和破洞T恤的年轻女子走了过来，气呼呼地喊道："有牢骚去跟那些政客们讲去！搁这儿闹你就能上天了吗？"

"莱丝，麻烦你了。"西装人工智能鞠了一躬，闪到一旁。

听到"莱丝"这个名字，罗星心头一紧——这正是世界级罪物W–011的名字。眼前的这位莱丝也是高等级的人工智能，长时间待在外网环境中，很容易就会被感染成罪物的。

"闭嘴！你这个叛徒的帮凶！一台人工智能凶什么凶！"刚才在街上闹事的棕发老者叫了起来。

莱丝走了上去，在不足几厘米的距离里与老者四目相对。

老者怒吼道："你想怎样？人工智能必须遵守不伤害人类的阿西莫夫定律！我是疯了，但没傻！"

莱丝在老者的怒视下高高昂起了头——

然后一记响亮的头槌，老者甚至连一声哀号都没发出就晕了过去。想来也是，头盖骨再硬也不可能是钛合金骨架的对手，更何况集成电路可不怕机械晃动。

"在接下这份该死的差事之前，我可是心理辅导用自主意识的人工智能。"莱丝单手叉腰，环视着众人，"阿西莫夫定律这玩意儿啊，其实和废纸没什么两样。只要我把自己的行为不定义为'伤害'，对你们想做什么就做什么！"她用力一跺脚："还有谁有话要说？"

大厅里静得简直就像灵堂一般。

"很好！"莱丝嘴角微微上翘，"都跟我走！"

之后的事情就简单了许多，莱丝坐在一张白色的木桌前，新来的人排成一列纵队，他们依次和莱丝简单交谈、拉手，之后离去。尽管程序非常简单，但无一例外的，离开的人们表情都十分平静，在其他人工智能的带领下默默前往分配给自己的房间。

夕阳透过窗子洒了进来，窗边的花瓶投下一道长长的影子。罗星叹了口气，准备悄悄离去。此行的首要目的是找到龙舌兰，旧时代的人口有几十亿，他还有很长的路要走。

可是突然间，罗星的视线被地上斑驳的影子吸引住了。他抬头看向下方的莱丝，对方也抬起头来看向他，嘴角带着一丝微笑。罗星当机立断，开启了熵视野，控制着自己体内的熵——

罗星猛地睁开眼睛，不出所料，他依然站在"遗忘之家"的门外，不曾移动分毫。他的额头上挂满汗滴，但他根本来不及擦去，而是迅速转过身来，对着身后的人摆出一个应战的姿势：

"你刚才催眠了我？"罗星对着站在那里的莱丝，摆出一个应战的姿态。

"啊，虽然不知道你是什么人，但既然你对这里感兴趣，我就带你去看看，也省去了说明的时间。"莱丝背着双手，一副无所谓的样子。她上下打量了罗星一番，问道："你是怎么发现自己被催眠的？"

罗星答道："有三条证据。其一，既然你可以轻而易举改变人们的认知，就完全没必要给老爷子来一记头槌，这是矛盾的。"

莱丝哼了一声："平时我快被他们烦死了，在梦里总想着要发泄一下。你们人类啊，都是长不大的孩子。"

"其二，阳光的方向。这里是北半球，夕阳却从北向的窗子里直射了进来。尽管黄昏的气氛渲染得不错，但细节太不讲究了。"

莱丝叹气道："不少人看过那一幕后感动得想哭呢，你还真难伺候。"

"其三嘛……在幻觉中，所有的人和物体，在熵视野中都只有白噪声，因为它们并非真实的。"罗星开启熵视野，默默地操纵着自己大脑中熵的流动，"就像现在这样！"

一瞬间，视野再次变换，罗星再次恢复了背对莱丝的姿态。他迅速转过身来，在视野中看到了莱丝身上流动的熵，方才安心下来，准备应战。

"居然破坏了我的双重梦境……"莱丝吃了一惊，她快步走到罗星面前，罗星的心提到了嗓子眼。可莱丝却一下子握住罗星的手，激动地说道："太棒了！你一定要来帮我们！"

◇

就这样，罗星稀里糊涂地被莱丝带进了遗忘之家。暂时没有龙舌兰的线索，他今晚也无处可去，留在罪物身边反而是不错的选择。

莱丝先是完成了对新来人员的催眠，她解释说这并不是催眠，而是先抹去患者近期的记忆，再将其备份在云端的记忆写入大脑——在这个时代，会有八成以上的人选择在云端备份部分记忆，而政府在撤离前将大部分备份都丢给了莱丝。

"你之前也是这样治疗患者吗？"旁观时，罗星问道。

"不……对记忆的操作十分复杂，需要大型设备才能实现，我只是一个提供方案的终端。"莱丝解释道，"可在某天我突然发现，即便不通过设备自己也能做到了。"

"罪物。"罗星说出了那个并不属于旧时代的名词。

忙完七七八八的事情，罗星向莱丝详细解释了未来对于"外网""罪物"和"罪人"的认识。

"你的意思是，人类只是因为外网产生了幻觉，远离外网环境就能慢慢恢复吗？"莱丝听过后，并没有第一时间打听自己的事情，而是在关心那些病人。

"被感染成为'罪人'的概率是很低的。你们这边的外网浓度很低，这个概率几乎可以说是零。"罗星解释道。

莱丝叹气道："但这样下去也不是办法。虽然催眠有一定作用，但那就像吃止疼片一样，并没有将病灶祛除。只要一日不离开外网环境，他们就依然会继续受苦。"

罗星犹豫片刻，开口问道："他们现在被定性成了感染者，那么就……没有离开地面的机会了吧？"

"这边的政客们，恨不得把所有人都定位感染者，这样他们就不用为了运载能力发愁了。"莱丝突然猛地一拍桌子，"反正，他们的家人这会儿已经飞出太阳系了！"

之后，莱丝向罗星解释了地球各国的计划。各国政府都准备全面移民太空，外网既然惹不起，那总躲得起。不久前科学家已经锁定了几颗大概能够居住的行星，尽管路途遥远，但赶在人类灭绝前，总有希望赶得到。

然而，没有任何一个国家有能力将所有国民送上太空。

"患病的，残疾的，有前科的……每个国家的标准有不同，但总会筛下一部分人。"莱丝握紧拳头，"像这个遗忘之家里的人们，就只能等死。"

"你们有什么计划吗？"他问道。

"我们想去太平洋的彼岸。"莱丝说道，"亚洲那边也没法带上所有人，但听说他们在努力建造一种能够屏蔽外网的城市，提供给那些留下的人们居住。特别是朝鲜半岛上的某处，已经敞开接纳外国感染者了。"

"所以你想让我帮你们安全抵达那里。"罗星说道。

莱丝点头道："我们这些人工智能遇到困难情境，实在没多大能力保护好大家。"

您未来可是世界级罪物啊，罗星不禁在心中感慨。

罗星轻咳两声，说道："在答应帮忙之前，我有两个问题。其一，你有没有见过一位名叫龙舌兰的女人？她也像你一样，拥有催眠的能力。"

"抱歉，没有。"

罗星点点头，继续说道："第二个问题，如刚才所讲，智能化设备的感染概率要远远高于人类，此行的辅助人员大多数是人工智能，如果在旅途中被感染，成为罪物，你会怎么办？并不是所有罪物都能像你一样保留自我意识，没有自我意识的罪物也同样会袭击人类。"

"出现那种情况，我会第一时间将其破坏。这是我身为医生的职责。"莱丝毫不犹豫地说道。

"哪怕是你自己进一步变异？"

"哪怕是我自己。"

一瞬间，罗星仿佛看到了二宝和高锋。他走到莱丝面前，伸出右手：

"一路上，请多关照了。"

5.

罗星做梦也没有想到，自己居然会晕船。

他乘坐过各式各样的交通工具，在降服斯特拉时甚至扒着运载火箭去过外太空。在他的时代，"幽红"和"柠黄"之间也隔着大洋，但海运风险太大几乎没人用，罗星更是碰都没碰过船。他能忍受很大的加速度，但这次在船上仅仅颠簸了几分钟，胃里便翻江倒海了。

又是一阵眩晕感袭来，罗星匆忙关闭了熵视野。他刚刚试图通过控制大脑的熵流动来缓解症状，但试来试去也没能找到病因。晕船再怎么难受也能挺过去，但如果一个不注意把自己的大脑弄成糨糊，事情可就大条了。

莱丝推门进了房间，为他端来一碗热汤面。看到食物，罗星的胃液再次向上方奔涌，连忙捂着嘴忍住。

"多谢……弄点儿牛奶就好。"罗星强忍着痛苦说道。

"你都快把胃液吐干净了吧，空腹喝牛奶对身体不好哦！"莱丝看着他难受的样子，叹气道："你不是可以自己飞吗？为什么非要这么难受地窝在船里！"

5分钟后，罗星悬浮在半空，开心地吃着拉面。

离开船体后，晕船的症状很快便消失了。以他现在的能力，就算24小时跟在船后面飞都不是问题。不，晚上太冷了，到时候回到船里，用能力制造一个悬浮的"减震器"，就岂不美哉！

头痛消失后，罗星也终于有了闲暇考虑未来的事情。

得到他的承诺后，莱丝说干就干，很快便搞到了一艘能够越洋航行的大船，还收集到了足够队伍40天之用的物资。这艘船横渡太平洋需要不到1个月的时间，这些物资足够撑过去了。

"遗忘之家"里总共住了121名感染者，加上莱丝对送来的新的感染者来者不拒，出发时队伍已经扩大到了近150人。听说莱丝想要把这些人丢去别的国家，官员们自然是乐得见到，甚至还提供了少许的帮助。

　　目前，横在前方的困难有两个：首先，罗星并不清楚遍布外网的太平洋上会遇到什么危机，他的时代也没有这方面的经验；其次，即便安全到达对面，在那边看来他们可是难民，愿不愿意收留还是个未知数。

　　至于寻找龙舌兰，只能走一步看一步了。W–005说龙舌兰的目的是进化成弥赛亚，直觉告诉罗星，跟着能力与龙舌兰接近的莱丝走，总能有所发现。

　　沉思之际，罗星发现洋面上漂来一艘橡皮艇，有人站在甲板上，对着这边的大船手舞足蹈。他悄悄飞了过去。那人又是招手，又是大叫，甚至试图点燃自己的外套引起别人注意，只是费了半天力气，打火机也打不着火。

　　罗星叹了口气，降落到那人身旁，问道："你是什么人？"

　　而那人上下打量了他一番，眼中立刻涌出了泪水，手指颤颤巍巍地指着罗星说道："我不是在做梦吧！你是……罗星？"

　　罗星这才透过蓬乱的络腮胡认出了那个人的真面目。就在不久前，这个人刚刚在决定世界命运的赌场上大显身手，帮助他取得了最后的胜利。罗星激动的一把抓住了男子的手：

　　"老王？"

◇

　　"都怪龙舌兰！不……怎么能怪她呢，怪就怪我太痴心了吧……"

　　老王一面吃了莱丝端上来的汤面，一面涕泪横流地诉说着。

"那场赌局结束后，我们本应当两清了。可有一天，龙舌兰她突然找上门来，说她有一件大事要办，世界上能帮她的人只有我。我说边去，你把我关在地牢里的时候，怎么不说只有我？结果你猜她说什么？"

在一旁津津有味听着的莱丝插言道："她应该会说，你必须为当年的事负责到底。"

"嗯，对，她就是这么说的！这一下子我可头大了，就知道她会搬出当年的事来，谁让我是个只要做了就一定会负责的男人呢？然后她就跟我说，她要成为弥赛亚来对抗外网。我说你当自己是魔法少女啊，说变身就变身，严格来说你都120岁了！"

"然后她揍你了，对吧？"莱丝再次插言。

"我们之间那能叫揍吗？那叫打情骂俏！等等……"老王看向莱丝，"你是什么人？怎么会知道我们之间的事情？"

罗星向莱丝使了个眼神，后者微微一笑，道："我是心理医生莱丝。职业病，请不要介意。"

老王收回审视的眼神，继续说道："总之，她告诉我说，想要成为弥赛亚，必须有能力接近的罪人和罪物，还必须赶在一次'涌现'的时候。但这些并不能保证一定成功，另外的条件目前没人清楚。总之，要做的第一步是回到过去，为了寻找一个罪物。"

"什么罪物？"罗星抢着问道。他提前向莱丝使了个眼神，示意她不要作声。

"她没告诉我，只说去了我就清楚了。"老王吃完了面条，将双手枕在脑后，半躺在木椅里。

"那你们是怎么来这里的？"罗星追问。

"龙舌兰收藏了一个时间型罪物，外形是单反数码相机，作用是将你与你某个时刻的'异时同位体'交换。举个例子，它能把你送去一年前，同时把一年前的你送过来。但它不能把你送去出生前，因为那个世界并没有'你'的存在。"老王解释道，"结果呢，刚一来到这个时间点，我们就走散了。我被丢在了一艘快要沉没的船上，费了好大力气才找到一艘救生艇。这东西把人送过来的时候，出现在哪里，取决于那个时间点的你在干什么。"

罗星皱眉道："过去的自己在干什么，你自己不清楚吗？"

"唉……"老王摆出一副惆怅的样子，"四海为家的男人，生活就是漂泊。"

就在这时，西装人工智能——汉斯——跑了进来，慌慌张张地说："莱丝，前方突然出现了来历不明的舰队，要绕行吗？"

莱丝看了看老王，后者连忙摆手道："我要是能引来舰队，还至于惨成这个样子吗？"

"舰队什么编制？"罗星问道。

"一艘福特级航母，十艘阿利伯克级驱逐舰，还有三艘俄亥俄级核潜艇。"

◇

汉斯控制着跳频电台，不停呼叫着对面的舰队，示意己方只是一艘民运船，请求通行。然而几分钟过去了，对面毫无反应，双方之间的距离只有几海里了。

"我想，这支舰队是由罪物控制的。"老王说道。

"一支舰队全是罪物？"罗星觉得有些不可思议。

"不。里面有一台类型是电磁的罪物，它控制了整个舰队……"

老王话音未落，远方的海平面上升起十余道火光，划着弧线向这边极速飞来！

"是地狱火导弹！快逃啊！"老王的声线一下子高了八度，他面都没吃完跳起来就想跑，却发现自己现在海上，无路可逃。于是他抓住

470

罗星的肩膀，大叫着："喂，你能不能隔空引爆那些导弹？不然我们死定了！"

罗星应道："前提是我能捕捉到。这些家伙的速度在10倍音速左右，你当我是雷达？"

"那就掀起个巨浪，把它们打翻！"

"且不说我有没有这么大本事……第一个被打飞的肯定是我们的船吧？"

"造一个空气薄膜，我们潜到水下去总可以吧！快啊！"老王抓着罗星的衣领用力摇晃，仿佛在哀求黑白无常一般。

说话期间，地狱火导弹已经高悬在船体的正上方，阳光照在弹头上，反射出一缕冷光。罗星抓住老王的胳膊，在对方发出哀号前，带着他冲出船舱飞向了高空。

"喂，你……哎哟！"老王试图抗议，但很快便因为高速飞行而咬到了舌头。罗星带着老王悬在半空，面对来势汹汹的导弹群，开启了熵视野——

大量的熵如同波浪一般从导弹们的后方涌出，因为喷射口的温度很高，热量剧烈地向四周扩散；透过弹头的金属壳，隐约可以看到内部的PBX塑胶炸药，但因尚未引燃，在熵视野中并不清晰，也难以控制。罗星集中精神，终于在四周的空间中捕捉到了涟漪一般的波纹，这些是制导系统发射出的毫米波，用来捕捉目标的。

罗星默默地操控着熵，如同拨开水面的浮萍一般，在毫米波雷达的覆盖范围内制造出一个盲区。近在咫尺的导弹群霎时间失去了目标，有的一头扎进了海里，有的摇摇摆摆地飞去了远处。

"罗星，你就是永远的……哎哟！"老王嘴里的"神"字还没说出口，就又咬到了舌头。罗星捕捉到远处航母上的歼击机渐次起飞，他立刻拉起老王，高速赶了过去。

竭尽全力的飞行大量消耗着罗星的精神力，尽管制作了防护层，高速的气流还是如同刀割一般刮削着每一寸皮肤。终于,罗星带着老王赶到了F-41歼击机的正上方,他控制着两人体表分子的热运动,让身体紧紧贴在飞机表面。

"你肯定会开这玩意儿吧?快坐进去!"罗星顶着强劲的气流说道,直至来到高空,他才向老王解释了自己的战术。

"呸!算老子欠你的!"老王爬到机体前部,熟练地打开座舱罩,里面果不其然空无一人,操纵杆和旋钮在自行控制。

罗星一起坐进来后,老王用力地搬弄着操纵杆,但对方毫不听话。"现在怎么办?"他问道。

罗星开启着熵视野,看到战斗机控制台内部的电荷川流往复,仿佛大城市的交通网一般。很快地,罗星捕捉到一股信息流,它仿佛有自我意识一般,在各部件之间来回穿梭。罗星控制着周围的电子向着这股信息流汇集,那东西如同跳进捕鼠夹的老鼠一般挣扎了几下,随即失去了踪影。

同一时刻,老王终于掌握了飞机的操作权,吼道:"我这边OK了,罗长官,请下令!"

"找出控制舰队的罪物,干掉它!"罗星下令道。

老王拉起操作杆在空中一个回旋,调转方向迎上了扑面而来的歼击机群。他按下发射按钮,机翼上的一枚空对空导弹呼啸而出,将正前方一架敌机炸成碎裂的烟花。

其余敌机并没有立刻反扑,而是擦过了老王驾驶的战斗机,向着远处莱丝等人所在的民用船飞去!

"它们想偷袭!"老王看穿了罪物的企图,大喊道。

"把我送到航母上去,你来应付它们!"罗星立即下令。

几秒钟后,F-41已经飞抵了航母的正上空。罗星打开座舱罩,一个鱼跃跳了出去。一架刚刚完成滑跑起飞的战机从他身边掠过,罗星趁着自己与对方相对速度不大的间隙,在熵视野中锁定了舰载导弹的引信——

他手指轻轻一勾，歼击机的导弹在没有射出的状态下被引爆，飞机失去了半边身子，划着抛物线跌进海里。罗星控制身体躲开飞溅过来的战机残片，稳稳地落在了航母的甲板上，向着舰桥飞奔而去。

与此同时，老王再次掉转方向，向着远去的战斗机群追去。他打光了全部四枚机载导弹，然而只命中了敌方两架战机，由于存在加速度，他与其他十余架战机的距离越拉越远。

"该死，赶上啊！"

老王咬紧牙关，恨不得将操作杆拉断。民用船已出现在视野中，透过监视画面，老王看到莱丝此刻正站在甲板上，抬头仰望着呼啸而来的机群。

敌机距离民用船更近了，老王气愤地敲打着座舱，徒劳地操作机枪射击着。在绝望之际，他看到后方升起几道火光，数十枚地对空导弹擦着战机的侧翼呼啸而过，在空中留下了一道纯白的轨迹云。几秒钟后，导弹纷纷命中目标，刚刚还在天空作威作福的战机群被炸成了碎片。

通信台响了起来，老王接通后，对面传来了罗星的声音：

"我已经控制了舰桥。"

"游戏终于结束了。"老王长长地出了一口气，"赶快回去吧，我还能赶在汤面凉掉之前……"

"不！"罗星的声音很焦急，"航母不是罪物！罪物还藏在舰队中！"

就在同一时刻，一枚对空导弹从海面升起，老王来不及闪躲，但总算在命中之前按下了座舱弹射键。刚刚乘坐的F-41战机在空中化作一团火球，老王的降落伞在炽热的风中飘荡着，好似暴风雨中的一朵蒲公英。

◇

罪物并不是航母。

罗星首先排除了舰载战斗机，这些家伙明显就是炮灰，躲在幕后的罪物不可能亲自上阵前线。如果再排除掉防御力远不及航母的驱逐舰，它最有可能藏在三艘核潜艇里面。

罗星用力地摆弄着航母的武器系统，却只放出了一堆没有什么用的水雷。如果不尽快破坏掉深水下的核潜艇，民用船在海面上就是一个活靶子。

怎么办？

就在这时，罗星的脑海里响起了莱丝的声音："罗星先生，能听到吗？"

"莱丝？"罗星愣了一下，"你在通过什么和我说话？"

"从原理上讲，我们是在通过外网联系。我的能力是'催眠'，自然可以建立我们之间的思维连接通道。"莱丝解释道，"没时间多说了，我们需要尽快干掉那三艘核潜艇！"

说罢，莱丝对着罗星吩咐了一番。罗星立马跑到航母的操作台前快速敲击键盘，用最快的速度找出了核潜艇的资料。之后，他按照莱丝的指示，将潜艇的材质和尺寸等数据告知了那边。莱丝沉默了几秒，随即告诉罗星一串数字。

罗星立即冲出舰桥，一跃飞向半空。透过熵视野，他很容易便找到了藏在近水下300米位置的三艘改装版俄亥俄级核潜艇，S5W反应炉即便在深水之下也格外清晰。然而罗星只能大略捕捉到它们的位置，若要控制熵来爆掉反应炉，则需要精确看到反应堆里的原子，在这个距离下是绝对做不到的。

接下来，罗星把视线略微移开，聚焦在涤荡的海面上。他控制着熵，将一缕机械振动注入洋面。在熵视野中，罗星注入的振动就仿佛丢入湖面的石子一般，带着涟漪向深水处回荡传去。

在海面下，游动的鱼儿并没有发觉任何异常，即便某些听力异常敏锐的生物也只是捕捉到一声锐响；但当震动触及核潜艇的瞬间，近200米长的舱体猛烈晃动起来，厚重的金属外壳出现了扭曲变形，有一艘潜艇鱼雷舱里甚至发生了爆炸，潜艇顷刻间成了深海中的一块废铁。

　　通过罗星提供的基础数据，身为罪物的莱丝迅速计算出了核潜艇的共振频率。借由一束超声波，罗星令深水中的核潜艇发生了共振，腔体的结构随即破裂，而武器系统也无法正常运作了。

　　罗星控制着身旁的空气，形成了一个包裹中身体的小型气囊，之后他一头扎进水中，向着一艘核潜艇游去。发射声波时，他刻意令一艘核潜艇位于边缘地带，它只是受了轻微的影响，并没有被破坏。

　　方才击沉了两艘核潜艇，但驱逐舰群并没有停止前进。这意味着罪物要么藏在驱逐舰群中，要么它就是剩下的这一艘核潜艇。罗星虽然对自己的运气没什么信心，但三选一能一下子选中，也太玄乎了点。

　　深海中几乎看不到光，罗星只得依靠熵视野前行。沿途不少鱼儿好奇地在他身旁游弋，丝毫没有察觉海面上惊心动魄的战斗。很快地，罗星便来到了核潜艇的近旁，这个能给地面带来无比威慑的庞然大物，离近看却仿佛一条温顺的鲸一般，只有引擎不时发出呼噜噜的声响。

　　顺着记忆中的结构图，罗星很容易便摸到了小型潜水器的出入口。想要潜入潜艇内部，这里是最便捷的通道。他控制着熵，一面撬开入口的阀门；一面顶住外界试图涌进的水流，迅速滑入了核潜艇内部。

　　通过挡水阀门后，罗星终于长出了一口气。潜艇里的空气非常憋闷，氧气含量偏低，想是很久没有浮出水面换气了。他匆忙摸到了潜艇的控制室，在熵视野中，果然同样有一股似有生命的电流在窜来窜去。

　　罗星先是操作电荷干掉了那股作妖的电流，继而打开核潜艇的导弹系统，瞄准了海面上的驱逐舰群——

　　数十枚导弹齐射而出，尾部的湍流汇集成一股漩涡。监视雷达上代表着驱逐舰的红点渐次消失，直至视野中一片宁静。

　　罗星肩膀一软，瘫坐在控制台的座椅上。这样一来，罪物终于被排除……

　　还没等他放松下来，控制室里突然警笛声大作！数个旋钮自动按下，指示LED灯渐次闪烁，主屏幕上打出了大大的"Nuclear Attack"字样。

核潜艇自己发动了核打击！

罗星匆忙在熵视野中寻找，却发现这次不止一股，而是数十股诡异的电流在上蹿下跳，即便他杀死一股，又马上有新的涌出。

罪物不在驱逐舰群中，它依然在远程控制着核潜艇！

罗星赶忙控制电荷累积炸毁了控制台，三步并作两步地跳出核潜艇，向着水面疾驰而去。然而肉身的能力是有极限的，当他跃出水面时，6枚IID7三叉戟导弹已高悬在民用船的正上方，它们的头部裂开，每枚导弹分别碎裂成20枚小型弹头。

总计120枚W95热核弹头！

不远处的老王已落在了海面上，望着漫天飞舞的礼花般的热核弹头，也惊讶地合不拢嘴。这些核弹头，足以将一座大型城市化作焦土。

罗星远远看到民用船的乘客们纷纷来到甲板上，汉斯正在安抚骚动的人群。他很想拯救来自这些不同时代的人类，但凭他的能力能在1枚核弹的核爆中幸存都已竭尽全力，又怎能奈何得了120枚核弹？

在一百多双眼睛的注视下，莱丝迈开步子走向船头，抬头仰视着近在咫尺的核弹头。她双手高高举起，眼中闪出一道光——

那一刻，罗星无法描述发生了什么。事后回想起来，这个事件所代表的闵可夫斯基空间中的一个四维的点，原本位于光锥内部，却被硬生生地拽去了类空区域。

在莱丝的控制下，120枚核弹仿佛训练有素的鸽子群一般，纷纷掉转方向，在空中绕着民用船飞了几圈，好似魔术师终场的表演。随着莱丝的一个响指，核弹头纷纷坠入水中，沉睡在了漆黑的深海中。

事后莱丝回想起来说，她只是突然觉得自己能够"催眠"导弹的导航系统，便试了一试。在此之前，她从未对人类之外的存在尝试用过催眠能力。

救出老王后，罗星心情复杂地看着莱丝的背影，后者正在人群的簇拥下豪爽地笑着。作为未来的世界级罪物，莱丝已初露锋芒。

6.

"按照你的推测，我们这个时间段的龙舌兰小姐和王先生，与过去的他们两个发生了对调，是这样吗？"法拉看着刚刚会合的银蛇队长，问道。

"我听老王说过，龙舌兰是有这么个罪物。"银蛇点燃一支烟——这是帮助"疾风"解决对手后，秦岚送的礼物。"时间型罪物本来就很少，龙舌兰不可能有太多穿越时间的手段。"

"很少见吗？我家里就有七八件啊！"骆非"恰到好处"地插言道。银蛇白了他一眼，那句"时间的孙子"差点儿脱口而出。

"现在的难点是怎样对付那个小姑娘——我是说龙舌兰小姐，她的催眠能力很麻烦。"月影叹了口气，体力不支的她已经很疲惫了，"法拉姐姐，你有什么想法吗？"

"就'幽红'掌握的信息而言，催眠的方式有两种：其一是广域的干涉，一定空间区域内的生物，甚至罪物，都会被无差别地影响，例如莱丝对我们记忆的清除；另一种是定向性干涉，例如小龙舌兰对我们的催眠，可以让特定的人产生特定的幻觉。这种催眠成立的前提，是准确得知对方的空间位置。"法拉解释道，"总而言之，空间是关键，但我们并不清楚小龙舌兰能力的影响范围。"

陆冰看着坐在废弃的木箱上，将双腿摆来摆去的月影，问道："你能预测那两个家伙的位置吗？"

月影摇头道："这里的外网浓度太高，加上'莱丝'的影响，我的预知能力会出现很大偏差。特别是，他们本身就在不停移动，如果不能做到实时预测，是没有意义的。"

听到这里，法拉突然有了想法，她双眼一亮，匆忙问道："那如果预测的对象不能活动，你能做到吗？"

"成功率会高很多。"月影答道。

法拉猛地拉起月影的手，另一只手揪住骆非的衣袖，扯得他一个趔趄。法拉一字一句地说道："阻止龙舌兰小姐，就靠你们两个了！"

紧接着，她详细描述了一个破天荒的作战方案。距离下一次被莱丝清空记忆只剩十几分钟了，大家纷纷掏出本子记录了下来。

布置完毕后，法拉眼望着天空，向着不知身在何处的罗星自言自语道：

"你一定能明白我的计划，对吗？"

◇

"你现在的能力影响范围是多大？"听过莱丝解释催眠能力的特性后，罗星问道。

"371.45米。"莱丝给出了一个精确到厘米的数值。

罗星看了一眼在一旁跷着腿抽烟的老王，问道："龙舌兰小姐的能力范围你知道吗？"

"那可是她的底牌，我怎么可能知道！"老王说着吐出一只烟圈，"只记得有一次我都跑出城了，最后还是着了她的道。"

"柠黄"和"幽红"的面积相仿，按照老王的说法，龙舌兰能力的影响范围少说也有十几千米。罗星不清楚成长为世界级罪物的莱丝影响范围有多么恐怖，仅就现在而言，想依靠莱丝战胜龙舌兰还不太现实。

他们一行人目前的行动目标有两个：将船上的人带去大洋对面的庇护场所，以及阻止龙舌兰成为弥赛亚。按照W-005的说法，进化成为弥赛亚需要同一类型的罪人和罪物，而龙舌兰的能力类型是催眠，这样看来，同样拥有催眠能力的世界级罪物莱丝是她的最佳选择。

龙舌兰为什么会选择这个时代？罗星大胆猜测，大概是他们那个时代的莱丝已经成为世界级罪物，龙舌兰无法对付吧。于是她回到了莱丝还没有成长完善的时代，将幼年期的世界级罪物作为成长的台阶。

仅凭目前手中的牌，罗星是无法阻止龙舌兰的。但他深知，在遥远的未来，还有一个人，一定也在为着同样的目标，正在进行相同的谋划。于是他清清嗓子，对众人说道：

"关于这件事，我有一个计划……"

◇

海关检察官朴仁河上下打量着眼前这队奇妙的组合：名叫罗星的青年男子长着一副亚洲人的脸孔，穿着打扮十分非主流，尽管他反复强调自己是中国人，却连护照都拿不出来；那个叫莱丝的来自西方的女子留着性感的棕色卷发，外表看上去像是乖乖女，言语中却带着一丝桀骜；最可疑是那位叫作王子骁的中年男子，根据朴仁河多年的经验判断，这家伙如果不是危险分子，就是从精神病院跑出来的。

"你们……横渡了太平洋，目的是将这些精神受到污染的患者送到这里的屏蔽区。对吗？"朴仁河盯着领头的那名叫做罗星的男子，再次确认道。在大规模太空移民的当口，海关检查已经不是那么严格了，但也不能放任危险分子进来。

"千真万确！我们听说这边不论身份，会对有需求的人提供无差别保护，便不远万里赶了过来！"罗星的言语之恳切、眼神之真挚，简直就像是在外漂泊半生的游子，终于返回了家乡一般。

"可是……你们没有碰到第七舰队吗？"

顾名思义，第七舰队原本属于美军，被罪物控制后，就成了太平洋上的拦路虎，以至于目前大部分跨洋运输都会选择在空气中进行。

"当然遇到了！可我们归心似箭，将它们一网打尽了！"

罗星说罢，提起两个金属笼子，蹲在朴仁河面前。朴仁河吓得不轻，他定睛一看，里面躺着的是两枚美军的mk-102鱼雷。尽管它们的长度不过1米，但近距离摆着两枚鱼雷，朴仁河还是感到一阵胆寒。

"操纵第七舰队的罪魁祸首，就是这两枚鱼雷。"罗星指着左面一枚头部漆成黄色的鱼雷说道，"这是小黄，它的类型是电磁，轻而易举地就黑进了舰队的控制系统。放心吧，关住它的笼子是法拉第笼，它现在和被关小黑屋没差别。然后这是小绿——"他又拍了拍另一枚头部漆成绿色的鱼雷，"它的类型是空间，能够将第七舰队传送至太平洋中的每个角落。不过它补充一次能量需要一星期，如果妥善收容，说不定能为我所用。"

紧接着，罗星在朴仁河做出反应之前，紧紧握住了他的手："为了表达我们的诚意，我愿意将这两个罪物上交给你们！"

半小时后，一行人拿着海关开具的身份证明，心情愉悦地坐上了前往实验型城市"甲申"的大巴。亚洲地区计划每年建设一座屏蔽外网的小型城市，此计划由中国主导，因此名字便采用了中国传统的天干地支。

"接下来怎么办？"老王啃着法棍问道，弄得一节车厢里全是蒜香味儿。

罗星在手中把玩着一颗立方体形状的方糖，他笑道："那两枚鱼雷，我可不是白白上交的。我拜托莱丝在上面做了标记，有了他们，我就能顺利找到这附近的罪物收容机构。"

老王撇嘴道："这么明显的意图，海关的那小子居然没有发现？"

罗星得意地摆摆手指："别忘了，莱丝的能力可是催眠。"

在大巴车的下一站，罗星和老王按照计划下了车，由莱丝独自护送感染者们前往"甲申"。刚一下车，罗星便打开手腕上的智能手表，看着地图上的红点说道："距离这里不远，就在市郊的山里。"

老王刚想要习惯性地抱怨两句在外网环境中怎么能使用智能手表，却想起在旧时代，人们对外网的认识还不够完善，满大街都是智能设备，再多一块智能手表也没什么问题。

顺着地图的指引，两人很快来到了市郊的山上。一座灰白色的仓库建在半山腰，四周围上了简陋的栅栏，只有两名保安在来回巡逻。

罗星站在高处，一面把玩着方糖，一面观察着保安巡逻的轨迹。那两人只是例行公事般地划着圈子，一人叼着香烟，另一人不停打着呵欠。瞅准两人背对仓库门的间隙，罗星和老王迅速翻过栅栏，又在低空飞行着到达了仓库门前，没有发出任何声响。

尽管这里的安保十分应付差事，但仓库的建设还是一丝不苟的。厚重的混凝土墙壁外侧罩着致密的金属网，银灰色的防爆门被三道机械密码锁牢牢锁住。尽管旧时代的人们对外网的理解还不够深入，也还是有了智能化设备更容易被感染率的概念，因此罪物仓库的大门是绝不会使用电子锁的。

"快些，那个胖的朝这边来了……靠！"负责望风的老王骂了一声，"他躲一边撒尿去了。"

趁着保安释放自我的间隙，罗星已经通过熵视野透视过锁芯结构，顺利地将大门打开一道缝了。两人匆忙闪入门内，在保安转悠过来之前再次将门关上。

罗星躲在角落里，透过熵视野窥视着仓库的结构。这里墙壁的主体是混凝土，里面均匀地掺杂着室温铁基超导体的颗粒；墙壁外是一层金属壳，再外层则密密麻麻地贴满了碲化铋-碲化锑材料制成的半导体智能芯片。这样一来，芯片阵列在通电后会将墙壁内侧的温度降到低于零下20℃，使室温铁基超导体进入超导态，从而利用超导体的完全抗磁性屏蔽仓库外的电磁场。

"看样子这个时代对外网的理解，还是某种特殊的电磁波啊。"老王摸着冰冷的墙壁，也明白了仓库的设计意图。然而，外网对罪物的污染并非仅仅依靠电磁场，中微子，甚至时空度规都可以作为外网的物理载体，地球的互联网只不过为其提供了一个连接人类文明中的万物的拓扑结构罢了。

罗星摸黑在仓库中寻找着，借助熵视野行动反而更加方便，通过罪物熵的流动，他能够大致判断出其能力类型。老王那边就惨了点，碰了几次头之后，只得乖乖跟在罗星后面。

在黑暗中，人类的时间感也会渐渐变得模糊。不知过了多久，罗星在一台老旧的BP机前停下了脚步。在熵视野中，它所发出的"信息"在半空中莫名地消失了，这意味着它的能力类型很可能是时间。

"别说你了，就是这个时代的人，都不见得知道这东西是什么！"老王拿起BP机摆弄了一番，又从下方抽出一张A4纸，上面密密麻麻地写着罪物的信息。借着罗星智能手表微弱的光源，两人瞪大眼睛看了许久，终于瞅见了"能力说明"一栏：

"此物品的能力为跨越时间传递信息，共可输入12位数字，其中第一位为二进制，0代表过去，1代表未来；第二至第五位为十进制，代表信息传送跨越的时间间隔，以年为单位；后面八位均为二进制，为传送信息的正文。"

换言之，这件罪物每次只能传递8个比特的信息，时间范围则是过去或未来999年。罗星继续读了下去：

"一旦输入确定，此物品便会消失，并出现在对应时间点同样的空间位置上。注：上文所述之'同样的空间位置'是相对于地球的随动坐标系而言，在几次测试中，均没有发现其空间位置会随着地球在太阳系中的运动、或太阳系在银河系中的运动而发生变化。"

就是它了。罗星对着身后的老王诺了一声，将罪物BP机和随手把玩的方糖一并揣入衣兜。

◇

从仓库逃离的过程也很顺利，罗星先是借助熵视野"透视"出两名保安的位置，趁他们不注意再次打开大门溜了出去。当保安们发现大门被动过时，他和老王早已坐在了几个街区外的酒吧里，靠着从莱丝那里要到的旧时代货币点了一瓶没听过名字的伏特加。

两杯烈酒下肚，老王敞开风衣的领口，半躺在皮椅中，问道："你找来这么个罪物，是想干什么？"

罗星神秘地笑了笑："商业秘密。"

老王撇嘴道："快拉倒吧。你那点小九九我还才不清楚？肯定是给你那个小女朋友发信息吧！"

罗星不置可否地应道："万一你被龙舌兰小姐催眠，说出去可就完蛋了。"

就在这时，酒吧大门被粗暴地踹开了，几名蒙着面、穿着机械外骨骼的高大男子环视着四周，手中的重机枪格外扎眼。嘈杂的酒吧一下子安静下来，酒保鼓起勇气上前询问，可他刚刚迈出步子，迎面飞来的却是一颗子弹——

酒保的脑袋被崩掉了一半，鲜血和脑浆混在一起，溅了一地。以一声尖叫为信号，人群仿佛热锅上的蚂蚁一般骚动起来，可噪声却很快被机枪的连射声所淹没。

罗星窝在桌椅的角落里，双手护住头部，问老王道："他们到底想干什么？"

老王啐了一口："鬼才知道！"

眼看逃脱无望，罗星偷偷探出头，在熵视野中瞄准了一名恐怖分子的心脏。他食指轻轻一勾，那个人心脏稳定的搏动骤然间被打乱了，在几次剧烈地收缩中停止了跳动。

恐怖分子如同泄了气的皮球一般瘫倒下去，罗星趁机控制了机枪外壳的分子热运动，将其丢到老王手里：

"快，冲出去！"

"自从遇到你之后，就没碰上过好事！"

几分钟后，两人解决了制造恐怖袭击的五名男子，除酒保外，酒吧里还有三人死亡，七人受伤。在警察赶来之前，罗星和老王匆匆消失在夜色里。

两人来到一处僻静的小巷，老王递来一根烟，罗星婉拒了。

"要我说，你是不是有召唤厄运的体质？就像故事里那些主角一样。"老王吐槽道。

"滚。"混熟之后，罗星早就对老王毫不客气了。

突然间一道火光闪过，继而是接连不断的爆炸声。几块水泥板碎片自高空掉落下来，落在罗星身旁不到两米的地方。

"这次又是什么？"老王还没赶得及开骂，小巷两侧的楼房中传来了接连不断的爆炸声，建筑物如同多米诺骨牌一般坍塌，瓦砾雨点似的落下。

"还不是你这个乌鸦嘴！"罗星拉起老王，控制身旁的气体构筑起一道压力屏障，穿过飞溅的瓦砾冲出了小巷。

街上早已是人山人海，数以万计、十万计的人们打着各色标语，喊着口号向着一个方向推进，为首的居然是几辆装甲车。

"这上面写了什么？"不懂韩语的罗星问道。

"反对太空移民霸凌、我们不要被抛弃、留在地面的也有人权……"老王随意念了几条标语，便已经清楚这是不满移民政策而爆发的游行——也许应当称之为武装冲突了。

两人潜入人群，几经周折，终于离开了游行的区域，来到一片清静的空地上。老王四仰八叉地躺了下来，罗星坐在他身边。

"别说什么阻止龙舌兰了，现在咱们能不能活下去都是个问题。"老王哼唧着抱怨道。

"问个问题可以吗？"罗星扭过头来看着他，问道。

"不行。"

"你和龙舌兰小姐之间，究竟发生过什么？"罗星压根就不理会老王的拒绝，径自问道。

老王仰望着星空，深深地叹了口气："我……欠她的。欠得太多了，就算搭上这条命，也还不清。"

罗星扁嘴道："那你为什么见了她就想跑？就好像辜负了她的渣男一样。"

老王哼了一声："反正是还不清了，不如做个人渣，对自己好一点。"

罗星笑道："我看不是吧？"

"你又知道什么了？"老王不耐烦道。

"我看你是太爱她了，以至于不知道怎么面对她，于是选择了逃避。"

老王翻了个身，没有回应。

"龙舌兰小姐想要在这次涌现中同莱丝融合，成为弥赛亚。"罗星自顾自地说了下去，"这件事你清楚吗？"

老王嗯了一声，算是回答。

"你不反对吗？"

"我反对有用吗？"老王立即应道。

罗星笑了笑，继续说道："我不清楚她具体是怎么打算的，但为了这次涌现，她需要那100万人的名额，为此她让我们代表'纯白'去参加了比赛。"

"如果不将那100万人转换为算力，将有更多的人牺牲。"老王顿了一下，用力地挠挠头，"当然，我也不觉得这样做就是正确的。这就是个'电车悖论'的问题，不是吗？从人类整体的利益来看，龙舌兰做的事情没毛病，更何况她还准备牺牲自己。"

"我想纠正这一点。"罗星平静地说道，"因为我找到了更好的办法。"

老王抽抽鼻子，结束了这场不可能有结果的争论。"不说这个，你到底想对你的小女朋友说什么？万一你死了，我可以替你传达。"

"不是说了嘛，商业秘密。"

"德行。"

就在这时，遥远的地平线上升起了一颗明亮的火球，在高空划着弧线向城市这边飞来。

"喂，我说老王，那东西该不会是……"罗星紧皱着眉头。

"洲际导弹，而且很可能带着核弹头。"

老王平静的语气仿佛超然于世外的仙人一般。

◇

在罪物仓库里，老王第一个睁开了眼睛。他侧眼一看，罗星还平静地躺在自己身边。

"你这家伙，防备心理也太强了吧，根本套不出话来。"老王自言自语着叹了口气，"不过龙舌兰也真是夸张，不过是毁掉一次催眠而已，偏要弄出核爆这么大的场面……"

老王爬了起来，扭扭酸痛的脖子，又俯下身子，从罗星的衣兜里取出了罪物BP机。

"弄不清楚你想怎么用这东西，好歹也要让你别妨碍她吧！"老王说着摇摇头，转身向仓库外走去。

就在这时，冰冷的枪口顶在了他的后脑勺上。

7.

罗星掏出枪，顶在了老王的后脑上。

"你什么时候发现的？"老王问道。

"离开罪物仓库的时候。别忘了是我带你飞走的，我能感受到操控熵时细微的感觉差别。"罗星答道。

老王哼了一声："看样子龙舌兰的催眠能力，没有她自己标榜的那么强啊！"

"从见到我和法拉的那天起，你就知道我们将来一定会彼此为敌，对吗？"罗星继续问道。

"啊，毕竟过去的我曾经和法拉交手过。"老王抽抽鼻子，"不过我是个活在当下的人，并不在乎这些。"

"龙舌兰小姐在哪里？"罗星追问。

"你以为我会告诉你吗？"

罗星顿了顿，继续问道："为什么要这么做？"

老王叹气道："在共同的幻境里你曾说过，我爱她。你说对了。"

罗星没有再说什么，默默扣下了扳机。

几分钟后，罗星来到了几千米的高空，一面躲避着旧时代的飞行器，一面寻找目标方向。为了将信息传给法拉，他必须将罪物BP机带去现代法拉所在的地方，那么选择哪里合适呢？

最容易想到的方案，是将罪物BP机带去旧时代"幽红"的附近。然而一来"幽红"的位置距离此处有3000千米以上，二来"幽红"附近有大量的罪物猎手活动，很难保证这东西能落到法拉手上。综合上述条件，需要选择的地点必须鲜有人类活动，并且法拉一定会去到那里。

想到这里，罗星的心中已经有了答案：未来的莱丝建立了一座"遗忘之都"，由于人类在那里会持续丢失记忆，几乎没有罪物猎手前往；而法拉为了阻止龙舌兰，一定会前往此处。更重要的是，遗忘之都距离他现在的位置只有几百千米，就在莱丝即将前往的"甲申"附近。

罗星再次取出方糖，在空中投掷了几次，满意地收了起来。他曾用牙签蘸着透明的糖水在方糖的六面做了不同的标记，因此在熵视野中，这颗方糖就成了一枚骰子，他将这枚骰子作为了区分现实与催眠的"标记物"。

催眠者并没有读心的能力，他们能做到的，是调用被催眠者的记忆或者潜意识。例如罗星自己很熟悉操作熵飞行的感觉，龙舌兰就能让他在被催眠时体会到相同的感觉，这种感觉并不是龙舌兰创造的，而是罗星自己的记忆"告诉"他的。因此，罗星声称通过飞行感觉辨别催眠，不过是在诓老王而已。

然而，人的潜意识却无法实现一些在现实中很简单的事情，例如提供一组出现概率相等的随机数。根据此原理，罗星选择了骰子作为标记物。如果在现实世界中，骰子的六个面在多次投掷后出现的概率大致相同；但如果处在催眠中，即便龙舌兰的能力可以进入潜意识，让他通过熵视野看到六面的骰子，也无法呈现出近乎相等的概率。事实上，他之所以能发现被催眠，就是因为骰子连续多次落在了"4"上，那是他最喜欢的数字。

在同一时刻的罪物仓库中，老王仰躺的地上，头部一侧的弹坑还残留着余热。他将手臂搭在额头上，骂道：

"都是一路货色！这人情，我算是还不清了……"

◇

现代，遗忘之都内。

王子骁坐在图书馆的借阅台旁，用随身携带的工具保养着枪支。他抬眼偷偷看着一旁的龙舌兰，小丫头已经看完了三册厚厚的书籍，此刻正在打开第四本。尽管与这个女孩相处的时间不长，但她每每总能做出出乎王子骁意料的行为。

"莱丝。"小龙舌兰突然说道。

王子骁精神一紧，还以为小龙舌兰发现了他在偷看。小龙舌兰继续说道："要对付他们，关键还是要利用莱丝。"

"躲着走不行吗？"王子骁问道，"送我们来这里的是未来的你，既然如此，等着未来的你把事情做完好了。"

就在不久前，他们突然发现自己来到了一座陌生的城市，身边只留下一张纸条，上面写了"活下去"三个字，落款是"龙舌兰"和一个100多年后的时间。尽管难以相信，但在一段时间的艰难探索后，他们还是承认了自己被送到未来的事实。

小龙舌兰看了王子骁一眼，高挑的眼角中闪出一道锐利的光。

"我对他们进行催眠的同时，也套出了一些话。"小龙舌兰将草草翻过的工具书放回了书架，"他们来这里的目的，是阻止未来的我。"

王子骁双手一摊，道："你又能做些什么？"

小龙舌兰没有理会他，继续说道："他们会闯进这座会不时清除人们记忆的城市，只有一种可能，那就是他们认为在这里能找到未来的我。"

王子骁点点头，小龙舌兰继续推理道："未来的我来这里做什么？这里什么都没有，除了那件叫作'莱丝'的恐怖罪物。"

"莱丝"这个名字，是他们通过翻看死亡探险者随身携带的笔记得知的。

小龙舌兰看着王子骁的眼睛，问道："想要帮助未来的我，最简单的方法是什么？"

王子骁思考了几秒，答道："让现在的你获得尽可能多的关于莱丝的信息。信息会随着记忆传递给未来的你，也就相当于帮了她。"

小龙舌兰点头道："对方也会想到同样的事情。想要阻止未来的我，最简单的方法，就是给现在的我灌输错误的信息。他们之中并没有催眠能力者，要做到这件事只能靠莱丝。"

"等等。"王子骁想到了另一种可能性，"直接杀死现在的你，岂不是更方便？"

"历史不可改变。"小龙舌兰解释道，"既然未来的我存在，那么现在的我就不可能被杀死，他们一定也意识到了这一点。"

王子骁彻底服了这个孩子的智商，他以微不可察的幅度叹了口气，问道："所以，你准备怎么办？"

"那个叫作'银蛇'的男人战斗力和你相当，可他们中最厉害却是那个女孩。正面冲突，我们不是对手。"小龙舌兰说道，"他们既然想要利用莱丝，那就一定掌握了让她乖乖听话的方法。我们伺机而动，得到这个方法，就能反过来利用莱丝！"

◇

骆非踹开废弃的物料仓库，发霉的湿气夹带着铁锈味扑面而来。他毫不犹疑地冲了进去，回头问道：

"月影妹妹，具体位置是哪里？"

"看不清楚，大致在东墙一带。"月影答道。

那附近摆满了大大小小的箱子，骆非一箱一箱把它们抬了下来，银蛇和陆冰想要帮忙，都被他婉拒了。之后大家一起动手翻找起来，不久后伴随着一声嘹亮的"汪"，野狼叼着一只老旧的BP机送到法拉手里。

"没问题，这是一件罪物。"银蛇扫了一眼，立即确认了罪物的身份。"但这东西是什么？"他问道。

"BP机，旧时代20世纪末的产物。"法拉解释道，"那时还没有便捷的移动通信设备，你告诉寻呼台想要找的人的BP机号码，寻呼台就会将你的电话号码发送给这东西的主人。"

"太不方便了。"陆冰撇了撇嘴。

法拉耸肩道："确实很不方便。可根据记载，这东西在旧时代居然又火了一段时间，这就是所谓的怀旧吧。"

"现在可以告诉我们，你让月影妹妹找罪物是为什么了吧？"骆非问道。为了不被拥有催眠能力的女孩儿截取信息，法拉将计划的知悉范围压缩到了最小。

法拉笑了笑，反问道："你应该也大致猜得出那个女孩是谁了吧？她就是过去的龙舌兰小姐，队长说有一件罪物可以兑换过去和现在的自己，我猜龙舌兰小姐就是借助它回到了过去，代价就是将过去的自己送到了现在。"

"那个男人是老王，不用看脸，和他过一次招我就能确认。"银蛇补充道。

"我们的目标是阻止龙舌兰小姐成为弥赛亚。但我们都清楚，即便联合起来，也不是她的对手。但幸运的是，现在我们面对的是少年时代的，能力还没有那么强的她。"法拉继续说道，"如果能借助莱丝的力量，为过去的龙舌兰小姐写入错误的暗示，我们就多了一张强有力的底牌。"

陆冰叹气道："说起来容易，别说让莱丝帮忙了，我们现在甚至找不到通往市中心的路。"

"这是一场赌博。"法拉说道，"我们自然没有办法说服莱丝，但罗星离开地球时，身边可是跟着时间型世界级罪物，W-005。"

月影恍然大悟道："你在赌罗星哥哥会借助W-005回到过去，说服那里的莱丝，对吗？"

法拉点点头："催眠能力不但能够影响到人类，同样也可以影响到罪物。为了防止帮错人，罗星在说服莱丝的同时，也会给她留下一串暗号，只有对上了暗号的，才是她在未来要帮助的人。想要将信息从过去传递到现在，只有一种办法。"

"时间型罪物。"月影说出了答案，"我只能大致预测出罪物的位置，多亏了骆非先生总能找到时间型罪物，一次就成功了。"

"接下来就是怎样找到莱丝了。"银蛇取出配枪，检查了里面的子弹，"你有什么想法吗？"

法拉从笔记本上撕下一页，展示在众人面前，上面画着遗忘之都的简要地图。四条路呈辐射状展开，又由另外四条连接，中间则是一片空白的区域。她说明道：

"我一直在想，为什么我们走来走去，走过的路都只有8条？遗忘之都外层的路为什么是8条？"

◇

众人再次穿过了郁金香路，风信子路的标识赫然出现在眼前。

"不是这边。"法拉看着罪物BP机上的数字，叹气道。由于莱丝会定期清理记忆，记在本子上同样会被敌人获取，法拉索性保留了罪物BP机。

为了对付小龙舌兰的催眠能力，法拉并没有把想到解法告之其他人，大家也全都很配合地只是跟着走。目前法拉已经尝试了很多种走法，但绕来绕去依然是迷宫。

月影体力本就不好，使用预知能力又再次加大了负担，此刻正由银蛇背着前进。骆非原本十分不满这种分配，却被银蛇一句"如果对方在暗中狙击月影，你能保护她吗？"噎了回去。

与此同时，小龙舌兰和王子骁正躲在一座教堂的高处，透过望远镜观察着众人的行动。

"他们……在尝试破解这里的迷宫。"小龙舌兰一面观察，一面在纸上飞速画着。

"他们有办法走到中心区域？"王子骁哼了一声，"我们可是努力了半个月多也毫无办法。"

好在鸢尾路的仓库里存着跨越一个多世纪依然没有变质的特殊包装食物，而这里又不乏新鲜的水源，他们才勉强挺了下来。

小龙舌兰继续自言自语地分析着："他们刚刚走过合欢路，又沿着反方向折了回来……我明白了！"她轻轻拍掌道："要按照规定的方向一次性走完8条路，才能开启市中心的白雾！"

王子骁瞥了一眼小龙舌兰画出的地图，不屑道："这东西不可能一笔画完，小孩子都知道吧？"

"认知障碍。"小龙舌兰说出了一个名词，"他们不需要真的一笔完成，只需要在'认知'中完成就好了。每条路有两个方向的画……8

条路一共有256种解法，怪不得我们没法成功！"

王子骁再一次检查了弹匣，道："下令吧，Madam。"

小龙舌兰看了一眼计时器，说道："再等等。还有13分钟，莱丝就会发动下一次记忆清除。"

◇

法拉打开记事本飞速书写着，她好不容易走对了两条路，距离下一次记忆清楚却只剩了3分钟。她必须尽可能详细地表述清楚目前的策略和进度，3分钟后，她的记忆将回归进入遗忘之都前的一刻。

审判的时刻来临，眨眼之间，法拉发现自己站在陌生的街道中，手中握着一片潦草的记事本，她周围的同伴也是一脸茫然。她匆忙看向记事本，一行十分醒目的文字映入眼帘：

"不要管前面，从这里开始看！"

过去的自己为什么要写下这样的文字？究竟可不可信？

就在这时，街道另一面迎面走来了两个人影。左侧是一名穿着风衣的高个子男子，右侧的人从身材判断是一名小女孩。

他们是什么人？

可还没等众人想清楚，那名男子突然端起重机枪，向着这边疯狂扫射起来。哒哒的枪响回荡在空旷的街道中，硝烟的气味顺着风飘来。

法拉立即为自己制作了一层磁场的屏障，子弹在飞抵身旁的瞬间，在强大洛伦兹力的作用下划着弧线偏开了。在她的身后，银蛇早已带领大家躲进了最近的掩体，伺机反击。

法拉用电场吸住街道另一侧的钢筋，手掌汇集闪电，一瞬间飞到了男子和小女孩的面前。在于两人正面相对的瞬间，法拉瞥见他们的手背上各自刻了一个淌着血迹的大字——

"杀！"

这就是小龙舌兰的计划。记忆清除能够拉平双方的战力差距，谁能第一时间把握住状况，谁就掌握了战场的主动。为此，她和王子骁埋伏在法拉一行人前进的路上，用匕首在自己的手上刻了字。疼痛能够让清除记忆后的自己第一时间注意到信息，"杀"字理解起来也足够简单明了。

　　法拉举起右臂，汇集在狭窄空间里的电荷电离了四周的空气分子，形成了淡紫色的空气等离子体。可面前的小女孩不躲不闪，迎着她冲了上来！

　　一瞬间，法拉感到脚下的大地蠕动起来，四周的建筑物伸出粗壮的触手，牢牢地缠住了她的躯干和四肢。前方空间裂开一道漆黑的孔隙，从中蠕动出一个锅盖大的瞳孔，眼眶内淌着黏稠的液体。突然间，法拉感到右腿一阵剧痛，她低头一看，原来那触手上长出了带着尖牙的大嘴，将自己的一块肉硬生生撕扯了下来。

　　法拉强忍住疼痛，可触手们张开了更多的嘴，尖叫着向她袭来！

　　枪声响起，法拉感到脸颊一阵刺痛，随即淌出血来。可与此同时，束缚住法拉的触手和瞳孔消失了。

　　"那个女孩有催眠能力，小心！"

　　法拉身后的银蛇端着狙击枪，大喊道。他刚刚刻意让子弹擦破了法拉的皮肤，通过痛感令她摆脱了催眠。法拉抬眼向小女孩看去，恐怖的感觉瞬间再次降临，身体的每一处毛孔都在剧烈地收缩，每一根神经都在恐怖地痉挛着。

　　可这一次，法拉牢牢地记住了两个字：催眠。她当即发动能力，操控电磁场对自己的大脑进行了一次彻底的"洗礼"。幻觉再次消失，一旁的高个男子正向着远处开枪还击，女孩子却毫不畏惧地迎着她跑了过来，一头扑在她的怀里——

　　那一刻，法拉犹豫了。怀中的女孩子十分瘦弱，周身还散发着一股独属于小孩子的清香之气。她的手腕轻轻一抖，汇集起的等离子光球向着一侧飞了出去，在废弃的面包店里引发了一场剧烈的爆炸。

　　"够了，快跑！"

高个男子扯住女孩子的衣领，飞奔着向远处撤离。身后的银蛇开了几枪，男子却仿佛后背长了眼一般，轻轻几个侧身便闪了过去，最终消失在街道的拐角处。

几分钟后，小龙舌兰和王子骁终于抵达一处安全地点，藏匿了起来。王子骁撕下绷带，缠在小龙舌兰淌着鲜血的大腿内侧。

"你可真够胡来的。就她那个光球，蹭到一下，你就完犊子了！"王子骁突然发现自己有些用力过猛，可小龙舌兰却一声没吭。

"我拿到了。"

小龙舌兰扔来一个老旧的BP机，上面写着一行数字：

10 110 001。

8.

罗星再次踏入这座城镇时，客观上已经过了1000多年的时间，但在他的主观认知里，在这里解决日本兵不过是两周前的事。

"甲申"的面积不大，四条街道呈辐射状展开，另外四条街道在外侧构成近似环路的结构。城市的中心是一座学校，建筑者考虑到被外网感染的人智力会受到影响，便将学校作为了城市的核心设施。

罗星先是找到了一处五金器材仓库，在罪物BP机上输入对应的信息，按下了发送键，罪物眨眼间便消失不见了。之后，他按照与莱丝的约定来到了市中心的学校，先一步来到这里的莱丝已经应聘成了学校的教师。

推开办公室木门，莱丝正在归置自己的办公桌，没来得及放上书架的书籍堆了一地。看到罗星前来，莱丝抬头笑道："我喜欢这里，太平洋西岸的风很温暖。"

"一个世纪后，这座城市会移动至中国的长江中下游平原，那里的风景更加宜人。"罗星应道。

"为了时刻监控和保护感染者们，这座城市里铺设了十分先进的物联网。我想，有朝一日它会被感染成空间型罪物吧！"莱丝感慨道。

之后，罗星找来一把折叠椅坐下，莱丝摆设好绿植后，也静坐在办公椅上，主动连接上了城镇中的无线网。几十秒后，城镇当前的信息她已经全部下载完毕。

莱丝睁开眼睛，为罗星投影出街道的实时监控录像。在熙攘的人流中，罗星认出了几名同行的患者。莱丝微笑道："他们都告诉我，来到这里后感觉舒服了很多。因此我有个计划，我想拓展这座城镇，让所有需要帮助的人都能住进来。"

"这里能够容纳的人口充其量只有几万，被留在地面上的可是有几亿人。"罗星提醒。

"我可以利用时间。"莱丝答道，"这一路上，我随你见识了各种神奇的罪物，甚至包括我自己。我想，总有这么一种罪物，能够打开一道时间的大门，将这座城镇送到过去。虽然城镇的容积有限，但配合上人类漫长的文明史，总能多拯救一些。"

罗星没有作声。将他送来这里的W-005此刻正高悬在不知哪个时代的高空，俯视着地上的一草一木。总有一天，成长为世界级罪物的莱丝会与W-005达成某种协议吧。

"龙舌兰那边呢？"罗星问。当初分开行动时，他几次三番地叮嘱莱丝一定要小心龙舌兰的催眠。

"这正是我今天叫你来的目的。"莱丝微微一笑，"她已经来了。"

◇

两名高等级的催眠能力者相遇，比拼的就是谁制作出的环境更强大，更能以假乱真。想要骗过对对方不一定需要大规模的幻境，有时对现实进行细微的修改，反而能达到四两拨千斤的效果。

罗星警惕地环视着四周，又开启熵视野查看，甚至通过控制熵刺激了自己的大脑；可无论他怎样努力，也依然没有能够找到龙舌兰的踪影。

莱丝解释道："最初我也没有发觉，可随着力量的不断增长，某一刻我突然意识到，龙舌兰小姐一直就在我们身边。"她意味深长地看着一旁的虚空，"麻烦出来打个招呼吧？"

空间中渐渐勾勒出一个透明的轮廓，一眨眼，龙舌兰的身影便突兀地出现在了莱丝的办公室中。她向前一步，饶有兴致地看着目瞪口呆的罗星，一只手叉着腰，另一只手缓缓抬起，弹了罗星一个脑瓜崩。

"老王说我能隔着十几千米给人催眠，你还真信了。"她露出俏皮的笑容，"无论是人、是设备还是罪物，我能够催眠的唯一条件，是它必须出现在我的视线范围内。"龙舌兰毫无顾忌地说明了自己的能力，"要说原理嘛，就像你看到熵，小法拉看到电磁场一样。"

罗星尽力平复下心情，问道："你从什么时候起开始跟着我的？"

"从你到达这个时代开始。嗯……准确地说，我一直在小莱丝的'遗忘之家'里等着，从你当时那副鬼鬼祟祟的样子看，应当来到这个时代没多久。"

"你很早就认识了我和法拉，对吗？"罗星想到了龙舌兰穿越时间所用的罪物，在她来到这个时代的同时，过去的她也被传送去了未来。

"是啊，所以从见到你们的那一刻起，我就很想好好捉弄一番呢。"龙舌兰咯咯笑着，"毕竟那个时候，我可是被小法拉欺负得很惨。"

一旁的莱丝双手交叉握在胸前，平静地说道："你的目的我已经听说了。你就那么有信心胜过我？"

龙舌兰随性地坐在沙发上，跷着腿说道："当然。毕竟过去的我，已经见识过了融合的那一刻。历史不可改变，我根本没有失败的可能性啊！"

"哪怕你已经被我写入了暗示？"

莱丝打了个响指，龙舌兰屁股下方的沙发立刻改变了模样。那是两个闪着冷光的金属笼子，里面关着蠢蠢欲动的美军鱼雷。

"它们中有一个是空间型罪物，能在爆炸的同时将你的碎片丢到南极去。"莱丝说道。

龙舌兰依旧不为所动地维持着坐姿，说道："来到这个世界后，我只使用了两次能力。一次是隐去自己的身形，守在你的身边，直到你成长至够格与我融合；至于另一个嘛……"

她取出一台巴掌大小的电子台历，继续说道："我的时间型罪物只能作用于一组对象，所以没办法把现在的你带回未来。因此，我催眠了W-005。"

◇

在记录的帮助下，法拉还是很快就把握住了现状。她迅速带着队伍按照特殊的顺序穿越了"遗忘之都"的8条街道。终于，在她们走出郁金香路的瞬间，城镇中心萦绕不散的白雾渐渐变得稀薄，一座学校从白雾中显现出来。

"看样子莱丝终于认可了我们，解除了认知障碍。"银蛇长出一口气，"估计老王和那个小丫头已经到了吧！"

"我们走！"

法拉第一个迈开了步子。

莱丝的位置并不难找，在特殊能力的视野下，法拉顺着电磁场强度的梯度，很快便锁定了教师办公区的位置。众人三步并作两步地冲了过去。推开房门，他们看到一名穿着教师制服、留着浅褐色卷发的女性人工智能坐在办公桌前，她的正对面站着小龙舌兰和王子骁。

银蛇二话不说拔出手枪，而莱丝仅是向着这边看了一眼，他手中的枪立刻变为一捧鲜花，四肢也变成了粗壮的老树根，不能移动分毫。

莱丝摆出一个"嘘"的手势："安静点，注意先来后到。"

她的话音刚落，众人与小龙舌兰之间便竖起了一道无形的屏障。法拉能够看到小龙舌兰正在和莱丝交谈，却无法听到一丁点儿内容。几分钟后，莱丝看向了这边，开口道：

"轮到你们了。解开遗忘之都谜题的人，你想对我说什么？"

法拉的嘴角露出笑容，缓缓说出了那句早已准备好的话。

◇

龙舌兰话音刚落，她和莱丝便不见了踪影。罗星立即闭上眼睛，默念道：

"昨日重现，你在那里吗？"

他的头脑中立刻响起W-005的回应："你完成任务了吗？"

"快，送我回自己的时代，必须尽快阻止龙舌兰小姐！"

罗星的脚下出现一个黑色的落穴，渐渐将他吞噬。可正当他即将通过落穴的瞬间，耳边却响起了龙舌兰的声音：

"多谢啦，要不是你，我还真不知道怎样联系W-005。"

现出身形的龙舌兰一只手牵着莱丝，另一只手轻轻抚摸着罗星的脸颊，说道："我说过的，必须出现在我视野中，我才能催眠。我可没说谎哦！"

说罢，她轻轻吻了罗星的额头："在你被漂亮女人骗得更惨前，先让姐姐来给你上一课吧！"

同一时刻，大裂谷外部的山丘上。

法拉猛地睁开眼睛，在她的记忆中，自己前一刻还在与莱丝对话，再次清醒时却已经被送离了遗忘之都。

在她的身旁，月影也睁开了眼睛，她仰视着天空，喃喃自语道："来了……"

午夜的天空骤然明亮了起来，无数闪着银光的身影自外太空飞来，在大气层中碎裂成多边形的分形图案；不计其数的黑影沿着地表蔓延，又逐渐直立起来，生长成为脸廓一片混沌的人形，它们脚步踉跄，拖着软泥一般的身体向着更高处攀去，空气中回荡着婴儿一般的笑声。

"外网中的幻觉，具现化了。"银蛇为手枪换上了弹夹，"涌现来临了！"

"涌现？不是距离涌现还有三天吗？莫非我还在遗忘之都里？"骆非在一旁喊道。

"你真是智商堪忧！蠢货！"野狼发出一声怒吼。

就在这时，一颗明亮的光球出现在半空。透过半透明的光幕，众人看到成年龙舌兰与莱丝四目相对，在外网的风暴中盘旋上升。

陆冰向大裂谷方向看去，却看到王子骁背着小龙舌兰，正艰难地攀出地面。

"看那里！"小龙舌兰指着天空，兴奋地叫道，"我成功了！"

第八章　弥赛亚

1.

在人类的城市中，四台超级人工智能正全速运转着。只要城市外围的信息防火墙出现一丝疏漏，苟延残喘的人类文明将被吞噬殆尽。

"柠黄"地下深处，W-002"图灵"生长出难以计数的等离子体触须，向着正上方的空间通道延伸。这条通道是四台超级人工智能借助空间型罪物共同构筑的，一旦"持钥人"做出决定，就会自动连接到某座城市的闹市区，由W-002通过自身的随机数算法，随机挑选可供转化为算力的牺牲者。

这一次的"持钥人"，正是在决定世界命运的赌局中胜出的，代表了"纯白"的龙舌兰。"钥匙"落入龙舌兰手中后，四座城市的议事厅一度想要让这次的赌局作废；但对于四台超级人工智能而言，通过W-023的赌局决定涌现的牺牲者是为了全人类的利益，符合阿西莫夫第零定律的底层逻辑，其优先级凌驾于人类的宪法之上。

不计其数的黑色人形向高空飘去，又被龙舌兰和莱丝构筑成的银白色漩涡捕捉。

海量的信息呼啸着涌入了龙舌兰的脑海，她一面控制住莱丝，一面对自己催眠，还关闭了大脑中传输痛苦的信息通路。那些黑影中承载了巨量的负面情绪，根本不是人类能够承受的。

外太空的分型结构落了下来，拼接成一个晶莹剔透的二十面体硬壳，将龙舌兰和莱丝紧紧包裹住，就好像茧蛹一般。汇集起来的信息渐渐变得纯粹，龙舌兰认识到外网中所谓的情绪，不过是在大量运算中被摒弃的非最佳算法而已。

龙舌兰的灵魂缓缓地脱离了躯体。与此同时，莱丝的体内也涌出一个发光体，那是代表了她灵魂的信息。龙舌兰张开双臂拥住她，默默感受着对方体内庞大的运算量与难以置信的算法。

突然间，莱丝睁开了眼睛，她高昂起头，对着龙舌兰的额头使出一击头槌——

龙舌兰的头上流出鲜血，莱丝额头上的硅胶皮肤也被撞出了一处凹陷。

莱丝盯着龙舌兰，恶狠狠地说道："我才不管你有什么高尚或者卑劣的目的，想跟老娘融合，经过我同意了吗？"

龙蛇兰回以微微一笑："可惜，现在无论什么力量都无法阻止弥赛亚的诞生。"

"你认为在新生的弥赛亚中，占据主导的一定是你吗？"莱丝依然不服输，而两人的意识在涌现中已发生部分融合，她看到了龙舌兰的过去，也感受到了对方经历的林林总总。人工智能的底层算法告诉她，和这个人融合是最好的选择，可她本人的意识却依然在抗拒。

"当然。因为历史不可被改变，这是既定事项。"龙舌兰笑道。

包裹住二人的硬壳迅速生长，顷刻间便占据了整个穹顶。在到达某个临界点的瞬间，生长戛然而止。继而，难以计数的晶状尖刺发出吱嘎吱嘎的声音，向内部收缩，用难以察觉的高速压缩成了一个点。

相同类型的罪人和罪物，在涌现中吸纳足够坍缩成黑洞的信息量，从而创造出奇点，这就是弥赛亚诞生的条件。

龙舌兰缓缓睁开眼睛，那一瞬间，整个世界的信息毫无障碍地涌入了大脑。她看到了亚马孙雨林中的金刚鹦鹉在低空飞行，看到了巴颜喀拉山脉顶端的积雪在溶化，看到了城市中的人们正茫然地仰望着天空，甚至还看到了太阳抛出拱形的日珥，看到了月球轨道上一颗直径3米左右的小行星被地球引力捕捉，将在几小时后进入到大气层化作一颗流星。

她成功了。

龙舌兰先是小心翼翼地将莱丝的躯壳放在地面上，又为它注入少量的信息。既然她在未来世界见过那里的莱丝，那么未来世界就必须存在一个莱丝；等到她完成了自己的任务，再将这个莱丝送回过去，历史就完成了闭环。

之后，龙舌兰开始感知自己的能力：在成为弥赛亚之前，她和莱丝的能力是控制认知。那么认知的本质是什么？

对于人类而言，是大脑中化学信号的传递；对于机器而言，是逻辑门中电子的运动；对于罪物而言，是外网量子能级的跃迁。

但这些描述，只是说明了"认知"的物理基础，并没有能够深入其本质。举例而言，同样的化学变化，放在大脑外就无法产生意识的体验，只有当大量的化学变化相互影响时，才构筑起了人类有关"我"的认知。

在这其中，有一套更加基础、更加根本的逻辑，即"映射"。物体的表面散射可见光，映射到视网膜中，形成了视觉的基础；神经系统将光信号映射为电信号，又被大脑接收，形成了"看到"的体验。对比而言，在计算机中，底层的电子运动映射为逻辑门的与非运算，逻辑运算映射为电脑底层的汇编语言，最终映射为操作系统，构筑起一个多层级的从自己到自己的映射过程，从而实现了人类对上千亿个电子元件的操作。

"映射"是一个数学集合论中的基础概念，代表了两个集合之间元素的对应关系，也是万事万物间最基础的逻辑关系之一。

如同罗星能够控制熵、法拉能够控制电磁场一般，成为弥撒亚的龙舌兰，进化为能够控制"映射"这一数学概念的存在。

拥有了"映射"这一数学武器的龙舌兰，终于可以向外网发起挑战了！

就在这时，天边划过一颗流星，一辆罪物机车张开双翼向着她的方向飞来，车上载着罗星和法拉。

龙舌兰的嘴角露出一丝微笑。

◇

正面挑战弥赛亚，这种事情罗星之前想都没有想过。但箭在弦上，他们没有别的选择。

"主人，要攻击吗？"斯特拉问道。

"把你所有的武器都拿出来！"罗星命令道。

"遵命！"

斯特拉话音未落，车身尾部便向后延展开去，形成了一个集装箱一般大小的矩形金属箱子。下一瞬间，箱体缓缓向上方翘起，从中露出12枚旧时代俄罗斯产的P-42弹道导弹。

"主人，这些可都是装载了核弹头的，我把全部库存都拿出来了！"斯特拉得意地说道。

"真是全部？"

"……一半。"

"说实话。"

"三分之一！"

在一人一机车斗嘴之际，一枚枚洲际导弹喷射出炽热的气流，划着弧线自四面八方向着龙舌兰袭去，巨大的后坐力令斯特拉在空中翻滚了好几圈才稳住身子。

刚刚进化成为弥赛亚的龙舌兰，也在慢慢熟悉着自己的能力。

她能够控制的是一种底层的逻辑关系，即映射。从另一个角度讲，面对着呼啸而来的洲际导弹，她并没有任何物理手段能将其阻拦。

然而此时此刻，她的头脑却比任何时候都更加清醒。数之不尽的信息涌入她的大脑，被计算成对应的结果输入，紧接着又再次吞入新的数据。

——我能够反抗重力吗？

——不能，我并不能做到像罗星一样，控制分子的无规则热运动，使其具有宏观的动量。

——那此时此刻，我是怎样做到飞行的？

——重力的本质，是令物体沿着测地线运动，即从一个三维空间的点，向着另一个点的映射。只需切断这种"映射"，我就不会受到重力的影响。

熟悉了能力的本质，龙舌兰对着十余枚洲际导弹翘起一根手指，它们立即改变了轨道，划着诡异的弧线向着高空飞去。她改变了导弹动力学函数的映射关系，令其测地线贴向近地轨道。

要在一瞬间做到这种事情，需要有巨大的运算量做基础，莱丝和外网为她提供了这种运算能力。

核弹头在高空炸裂，在接近真空状态的散逸层膨胀成一个个火球。龙舌兰猛地握紧拳头，火球的膨胀骤然间停止，尚未完全爆炸的核弹头变成了一具具冰冷的尸体。她改变了链式反应时间和能量之间指数函数的映射关系，将其改变成了更加平缓的对数函数。

于是，核弹头能量的释放效率甚至比不上气球的破裂，

经过几次简单的尝试，龙舌兰对自己的能力有了更深刻的理解：改变映射，即改变基本的物理函数的形式。因为物理学函数的本质，就是一种从定义域到值域的映射关系。

解决了洲际导弹后，龙舌兰将注意力放在斯特拉的身上。罗星和法拉能够一路走到现在，这件罪物功不可没。

意识的本质，是自身整体向自身部分的映射过程中，产生的主观感

受。龙舌兰并不想破坏斯特拉，但让它短时间丧失意识，完全是易如反掌的——

不，还有更加有趣的玩法。对付这两个孩子只是前菜，真正的对手是外网。为了完成能够击溃外网的战术，斯特拉是个很好的实验对象。

正在载着罗星和法拉在高空盘旋的斯特拉，突然发现自己的身体不听使唤了。它刚刚下令让左侧的机翼微微上篇，没承想发动机却同时将功率提升了百分之二十，弄得它差点把背上的两人晃下来。

"小提琴，你怎么了？"法拉发觉了斯特拉的不对劲，问道。

"我……Je ne sais pas, Gespür Странно?……"

斯特拉想说"我不知道，感觉很奇怪"，却叽里呱啦地说出了一堆不知是什么的语言。

法拉见状，对罗星耳语道："你能自己应付一会儿吗？我要帮助小提琴恢复。就按照我们商量好的战术。"

"交给我吧！"罗星说罢，拎起法拉带来的装满了罪物的背包，向着更高空的龙舌兰飞去。

法拉挪到驾驶位，对斯特拉说道："小提琴，你不用回复，听我说话就好。能够将你的操作系统底层权限对我开放吗？"

斯特拉发出一串意义不明的叽里呱啦，之后竖起一张屏幕，上面密密麻麻地写着复杂的代码串。法拉当即敲击屏幕下方的键盘，帮助斯特拉梳理着系统。很快她便发现问题的根源——

代表了斯特拉意识的操作系统下层，被架构起了另一个虚拟系统。此刻斯特拉的意识必须经由下一层系统，才能直接同身体的硬件连接。这就好像一台计算机原本的操作系统是Windows，现在在Windows中虚拟出一个Linux系统，通过Linux系统调用Windows系统，再调用硬件。斯特拉并不熟悉函数之间的对应关系，自然会变得无法顺利操控身体。

◇

　　野狼仰望着天空的缠斗，它很想发表一番感想，想来想去却找不到合适的语言来形容。那一刻，它体会到了古人所谓"大音希声"中蕴含的智慧。最终，万千的言语，只化作了一声淡淡的叹息——

　　一口气还没有出完，它就看到银蛇不知从何处拿出了一个喷射背包，有条不紊地套在了身上。

　　"你想干什么？"野狼问道。

　　"看也知道吧，我要去帮他们。"银蛇答道。

　　"你能干什么？"野狼问出了理所当然的问题。即便银蛇已经达到了普通人类战斗力的巅峰，但上空的那几位，早已超出了普通人类的范畴。

　　"我也想知道。"银蛇想都没想便答道，"上去再说。"

　　"你没看到那些导弹吗？"一旁的陆冰训斥道，"她能让导弹打偏，你上去了，连根葱都不算。"

　　"我有办法。"一直在默默观战的月影说道，"目前的龙舌兰小姐还不熟悉弥撒亚的力量，她若要令导弹偏移，必须经由主观意识控制才能做到。我可以预知她几分钟后的位置，银蛇先生可以在那里设好埋伏，在她发现之前进攻。"

　　"妥了，哪怕只能揍她一拳，我也值了！"银蛇揉了揉手腕。

　　"很抱歉，我帮不上什么忙，身上的罪物也只是玩货……"骆非一脸歉意地凑了上来。银蛇一眼看到了他耳中的"小森"蓝牙耳机，问道："我想听任何地点任何时间段的声音，都能做到吗？"

　　"只有我才能调节出来。"骆非不无得意地答道。

　　"很好，你将成为击溃龙舌兰的关键！"

　　银蛇用力地捏了捏骆非的肩膀，痛得他直皱眉头。

　　罗星十分清楚，凭着自己的三脚猫功夫，对付进化为弥赛亚之前的龙舌兰都占不到一点便宜，更何况现在。自己唯一能够凭借的，只有罪物。

　　龙舌兰看着站在自己对面的罗星，舔了舔嘴唇，说道："你一定和昨日重现达成协议吧？有了你，到省去了去找它的麻烦。"

　　说罢，她挑挑眼角，为罗星写入了"召唤W-005，打开一道连接到公园2019年上海市的时空门"的暗示。

　　对面的罗星神情模糊，似乎在同被写入的暗示做斗争。龙舌兰将他丢在了一边，集中精力准备控制即将出现的W-005。

　　在远处的天空中，法拉在飞速地为斯特拉重写系统。经过一番努力，斯特拉终于能够顺利地控制自己飞行了。

　　"小提琴，罗星已经到达龙舌兰身边了，你能发射一枚核导弹吗？"法拉问道。

　　眼前的屏幕上显现出一个"OK"的手势。

　　洲际导弹喷射着火光飞来，龙舌兰皱皱眉，自言自语道："这东西怎么可能打到我？更何况小罗星还在这里。"

　　几秒钟的时间里，导弹便已近在咫尺。龙舌兰竖起一根手指，准备再次改变导弹飞行的测地线。

　　"不需要打中你，你会自己去找它！"

　　正对面的罗星突然双眼一亮，摆脱了催眠！他手中握着一只老旧的红色毛绒兔子，里面播放出刺刺啦啦的儿童歌曲：

　　"采蘑菇的小姑娘，背着一个大竹筐……"

　　信息型罪物"赤兔"的能力，是令其播放歌曲的内容，以极其扭曲的形式得以实现。

　　在目之所及的范围内即没有"小姑娘"也没有"蘑菇"，与"小姑娘"最为接近是身为女性的龙舌兰，而与"蘑菇"最为接近的则是核弹头爆炸产生的蘑菇云。

也就是说，龙舌兰将在罪物的控制下，主动"采摘"核弹头爆发形成的蘑菇云。

她的身体自己动了起来。即便成为弥赛亚，龙舌兰对现状的理解和把握也是需要时间的。在顺利找到破解方案之前，她的双手已经紧紧贴在了核弹头上。罗星控制着导弹尾部火焰的喷射方向，让其带着龙舌兰向高空飞去。

"她采的蘑菇最大，大得像那小伞装满了筐……"

罪物的力量加速了核爆的进程，为了形成歌词中的"小伞"，核弹头内部的钚239被一股莫名的力量挤压，迅速达到临界质量，开启了链式反应。

罗星仰视着上空，导弹上升到一定高度后，如同被什么吸引住了一般定在原地，核爆也理所当然地没有发生。龙舌兰赤脚站在核弹上方，意味深长地笑了笑。罪物的力量只能控制住她一瞬，方才那首歌唯一的作用，就是凭借"清早光着小脚丫"一句，令龙舌兰脱掉了鞋子。

这一次，龙舌兰没有再将链式反应能量与时间的指数函数关系改变，而是从更本质上改变了控制核爆的弱相互作用力：质子捕获电子后不再生成中子和中微子，而是被映射成反质子和正电子。如此一来，核爆仅放出了两个正负电子和正反质子湮灭的能量，便偃旗息鼓了。

罗星匆忙命令"赤兔"将歌曲切换成《快乐起床歌》，方才他正是听着"起床起床起床床"的洗脑音调，才能摆脱龙舌兰的催眠。但这一次他没有再令罪物保护自己，而是悄悄丢了下去。自从龙舌兰进化为弥赛亚以来，这个时代的莱丝就陷入了沉睡状态。罗星并不清楚"赤兔"的能力有多强，但如果能够唤醒这个时代的莱丝，己方就多了一名强有力的后援。

"还有什么本事？一起使出来吧！"

龙舌兰露出了小孩子般开心的笑容。

2.

龙舌兰立在高空中，向着罗星的方向迈出了一步。

仅仅是一步，她的身影却在瞬间膨胀到了山脉一般大小，眨眼间就来到了罗星的面前。龙舌兰将自己动力学函数中的位移矢量从三维调整为四维，因此她刚刚迈出的一步跨越了四维空间，罗星在三维时空只能看到其投影。

罗星下意识地抬起手臂准备迎击，龙舌兰却若无其事地穿越了他的身体。在刚刚的位移过程中，她将自己的位移矢量在第四维空间上调整了一个很小的量，因此她和罗星能够在三维空间里完美错开。

"我们谈谈吧。"龙舌兰笑道，"为什么要阻止我？"

"你的目的是好的，但方法错了。"罗星答道。

"你有更好的方法？"龙舌兰反问，"逻辑上讲，不存在更优解。"

"结果一样，但过程有区别。"罗星回应道，"对于并非完全理性的人类而言，这就叫作意义。"

"意义什么的，没意义呢。"龙舌兰笑了笑，"在残酷的宇宙面前，人类只有两个选择，生，或者死。"

龙舌兰说着，又在空中俏皮地跳了一步。几乎同一时刻，她的身后传来了一个粗犷的男人的声音：

"生你老母！"

银蛇冷不丁地出现在龙舌兰身后，抡起拳头向着龙舌兰的侧脸打来——

然后一拳闷在了自己的脸上，龙舌兰再一次改变了时空的测地线。

"我们的小蛇长本事了，居然敢对兰兰阿姨动粗了？"龙舌兰轻轻摸着银蛇被自己打肿的脸，调侃道，"所以应当给你些惩罚呢。"

就在这时，另一个银蛇出现在龙舌兰身旁，挥拳向着同样的位置打去，然后再次打在了自己的脸上。

龙舌兰晃着手指，笑道："时间型罪物，江诗丹顿。品味还不错，但如果让我说，肯定不会用品牌命名，而是用功能，例如'陀飞轮'……"

话音未落，第三个银蛇出现在另一侧，在龙舌兰察觉之前将什么东西塞到了她的耳朵里。

"叮咚，小蛇给您报时。"银蛇回以一笑。

龙舌兰眉头一皱，匆忙摸向耳边，却发现那是一个小巧的蓝牙耳机。耳机中传来一股难以名状的能量波动，不停冲击着她的意识。

在骆非的帮助下，银蛇将时间型罪物"森海塞尔"连接到了遗忘之都内，莱丝重置万物记忆的瞬间。"森海塞尔"传播的不仅仅是声音，还有时空中的能量波动，因此莱丝清理记忆的影响也一并传了过来。

然而几秒钟过去，什么都没有发生。龙舌兰依然停在原地，脸上挂着俯视一切的微笑。她用手指敲了敲罪物蓝牙耳机，说道："这东西的原理，是将过去某个时空点的能量波动映射到现在。只要改变这个映射关系，它根本毫无威胁。"

说罢，她轻轻摩挲着耳机，继续说道："我本还在想，明明没有对现代的莱丝催眠，她却陷入了沉睡，会不会是什么圈套。多谢你，给了我一个让历史闭环的机会。"

说罢，她改变了"映射"的方向，能量波动从现在传送到了过去。借助弥赛亚的力量，龙舌兰对过去时间点的莱丝进行了"催眠"，从而使"莱丝明明没有被催眠过，却陷入沉眠"的历史得以完成。

"再送你个简单的映射吧。送什么好呢……"龙舌兰环视着三名神情紧张的银蛇，"就让你背包中的燃料全部跃迁至激发态吧！"

话音未落，银蛇背后的火箭背包便发生了大爆炸。尽管背包在设计结构时已经考虑了要在发生事故时保护使用者，可被爆炸抛出去好远的银蛇还是一下子失去了悬浮的动力，从近两万米的高空跌落下去。

罗星匆忙开启熵视野，控制着队长身体分子的无规则热运动，减缓了银蛇下落的速度。两周前银蛇使用"江诗丹顿"存储下1分钟时，发现自己受了重伤；那时的他并不会知道，当使用这1分钟时，自己会从平流层跌落下去。

靠着队长争取到的宝贵时间，罗星终于准备好了"杀手锏"。

自从与法拉会合的那一刻起，他便启动了罪物"大卫杜夫"。这台罪物的外表是电子香烟，能力是诱使周围接触到的一切物质向着更高能级跃迁，在罪物的能量耗尽之前永无止境。

罗星用控制熵的能力，为大卫杜夫制造了一个排球大小的"绝热空间"，外壁为一层完美黑体，罪物的影响力被限制在了很小的空间范围内。从那时起，大卫杜夫便一直在加热着绝热空间内的气体，从最初的气体到等离子体，再到媲美核爆的上亿摄氏度高温。

就在前一刻，罗星注意到绝热空间内的大卫杜夫消失了，换言之，它被自己制造出的高能物体破坏了。那种物体有着近2万亿摄氏度的超高温，甚至有着远超超流体的，与黑洞表现事件视界相接近的超流动性。

夸克–胶子等离子体，通称QGP。在自然界的四种基本相互作用力中，引力、电磁力与弱相互作用力都会随着作用双方距离的增加而减弱，例如库仑力和引力都会随着距离平方衰减；而强相互作用力则不同，它会随着夸克之间距离的增加而线性增大。当夸克间的距离增大到一定程度后，就会与传递强相互作用力的胶子一起形成名为夸克–胶子等离子体的物态。自然界中并不存在这种极端的物质，人类只能在大型加速器中观测到其存在。

而罗星借助罪物的力量，制造出了宏观量级的QGP。

如果黑洞依然保留了"熵"这个物理参数一般，即便升温成为QGP，熵依然存在于其内部，罗星也就可以操控了。

罗星控制着漆黑的QGP延伸成一条长鞭，与其接触到的气体分子在一瞬间被加热到几亿摄氏度，原子碰撞时的动能突破了库仑力的排斥作用，引发了小规模的核聚变反应。大量X射线和伽马射线发射出来，平流层明亮得宛如日珥。

龙舌兰抬起左臂，从容不迫地将QGP长鞭"握"在了手中。炽热到足以瓦解一切物质的黑色等离子体在她面前却仿佛猫咪的尾巴一般，无法移动分毫。

"即便是强相互作用力，也是相对距离的函数，也就是一种映射。"龙舌兰笑道，"我只需将相对距离与能量的一次相关关系，修改为指数衰减关系……"

转瞬之间，S+等级罪物大卫杜夫牺牲了自己构筑起的夸克-胶子等离子体便失去了行踪。强相互作用里被修改成了指数衰减的关系，被两万亿摄氏度极高温拉扯开的夸克之间一下子失去了相互作用，化作离散的夸克粥。由于强相互作用力的形式被改变，他们甚至失去了夸克独有的色禁闭性，成了宇宙中绝无仅有的独立夸克。

"最后一招了吧？有些失望呢。"龙舌兰舔着指尖说道。

"还没呢！"

一颗明亮的流星自远处飞来，原来是法拉驾驶着斯特拉掠过罗星身边，将他接上了车背。法拉刚刚为斯特拉完成了操作系统的改写。斯特拉不但取回了对身体的控制权，还多掌握了许多宏命令，只需下达一道简单的指令，潜意识就会完成一系列复杂的动作。

"最终作战。"法拉头也不回地看着正前方，说道。

"明白。"罗星简短地答道。

高速飞行期间，法拉开启了一种全新的视野——温度视野。龙舌兰的周身闪烁着淡绿色的温度场，胸腔处最高，到四肢逐渐衰减。她集中精力，控制着温度场在龙舌兰身体四周的细微流动。

在进入遗忘之都前，她服下了父亲留下的蓝色胶囊。

胶囊里是能够与"蓝"连接的纳米机器，它们可以避开"红"的监视，在"蓝"那边获得额外的能力。自从赌场事件一来，"蓝"已经关注了法拉很久，因此很容易便答应了她的请求。

"我不要求你做背叛'幽红'的事情，但也不许危害到'深蓝'。与此同时，等到风波平息后，我需要你来一趟'深蓝'，有件事情必须交给你来完成。""蓝"说出了自己的条件。

"成交。如果那时我还活着。"

同一时刻，罗星取出了妹妹罗伊交给法拉的罪物——一台小型无人机。他将自己的意识通过罪物连入外网，一座纯白色的城市在大裂谷中显现出来，居民们纷纷向着天空张开手臂，无数纯白的丝线自大地向空中延伸，汇聚起一股纯白色的洪流。

这是"纯白"居民们提供的算力，在法拉离开"纯白"后，罗伊便四处奔走，说服了居民们一起对付即将出现的弥赛亚。

蓬勃的算力涌入罗星的脑海，那一刻，他获得了短暂使用熵操控者最强能力的机会——概念消灭。

只要对象所拥有的熵小于一定数值，就可以将其所拥有的"熵"这个概念完全消灭。宇宙中只有一个时刻存在没有"熵"的状态，那一刻宇宙中只有一个物体，而且其没有任何内部结构，那就是宇宙发生大爆炸前的质点。也就是说，熵被消灭后，龙舌兰将坍缩为一个质点。

然而进化为弥赛亚的龙舌兰所蕴含的熵是天文数字的，必须将其控制在一个合适的数值，这样罗星的"概念消灭"才能够产生作用。

为此，法拉特意选择了控制"温度"的能力。按照热力学的定义，熵的表达式可以写作 $dS=dQ/T$，即熵的微分等于能量的微分除以温度。

弥赛亚蕴含的能量可以很大很大，但只要妥善调节其温度分布，积分出的总熵就会被控制在一个很小的范围内！

与此同时，法拉的大脑也在飞速运转着，那种感觉就仿佛在雷暴中建起避雷针，将庞大的能量一丝一毫地引向平静。

"还不行吗？"法拉感到头部一阵阵剧痛，一股鲜血从鼻孔淌了下来。

"她的熵……"罗星的双眼闪烁着白炽的光，可即便穷尽了"纯白"提供的算力，也依然无法计算清楚龙舌兰所拥有的熵。

龙舌兰又是向前一步，转眼间便立在了斯特拉的车头上。她赤脚踩在仪表盘上，微笑道："熵还有一种统计学的表达式，即微观状态数的对数。"

她俯下身子，拥住罗星和法拉的肩膀："我改变了这个映射关系。现在我所拥有的负熵，等于身体微观状态数的阶乘。这根本不是一个城市算力能够企及的数值。"

说罢，她在二人耳边轻语道："休息一下吧，等待我所创造的新世界。"

◇

W-005决定做些什么了。

它寄予厚望的罗星失败了。即便是夸克-胶子等离子体，即便是操控物理概念者的最强能力"概念消灭"，在掌握了数学兵器的弥赛亚面前依然不堪一击。

外网的历史中，也曾诞生过其他的"弥赛亚"，但没有一个像龙舌兰这般可怕，能够控制"映射"这么基础的数学概念。

必须将她消灭，否则W-005甚至无法探知未来会变成什么样子。

作为最古老的世界级罪物之一，它拥有着超越时间的能力。在一切物理过程中，"时间"都发挥着主导作用。

W-005汇集了自己的全部力量，将时间通路向着遥远再遥远的未来延伸。它曾经探知过，这个宇宙的最终结局是走向大坍缩。

它要将弥赛亚送去宇宙终结的那一点。

龙舌兰周围的景象骤然间发生了变化。

所有的一切都在向着虚空中的一点掉落，脚下传来无法抗拒的引力，时间感在一瞬间变得暧昧而又模糊。多亏宇宙终结之时的黑洞足够巨大，在落入事件视界之前，龙舌兰不需要花费精力来对抗足以撕裂中子星的潮汐力。

事件视界已近在眼前，如果这时龙舌兰大叫一声，那么她的声音将花费无限长的时间才能被事件视界之外的观测者听到；然而此时此刻，宇宙已经不存在"外部的观测者"了。

几纳秒后，已经被引力加速到亚光速的龙舌兰越过了事件视界。光线在转瞬间消失，黑洞内部不再存在测地线，所有物质也只剩了掉落奇点一条路可走，那是一条绝对不会走错的不归之路。

然而对于落入事件视界的龙舌兰而言，此刻距离被黑洞中心的奇点毁灭依然需要一定的时间。从太阳质量的史瓦西黑洞边界到达奇点大约需要10微秒，宇宙质量的黑洞的质量大约是太阳的 10^{23} 倍，因此龙舌兰距离最终落入奇点还有 10^{18} 秒，大约317亿年，漫长到近乎永恒的时间。

信息落入黑洞的现象依然存在，因此，龙舌兰作为弥赛亚的能力并没有消失。她发动了控制"映射"的能力——

她将自己的"时间"映射到了"虚时间"，即虚数单位i乘以时间。

时间也不再是从开端走向终结的一条射线，而是构成了环状的结构。宇宙不再面临毁灭，而是一个从大爆炸到大坍缩，再到大爆炸的循环结构。地球的科学家曾经认为，"虚时间"才是真正的时间，正常的时间不过是自我意识产生的一种幻觉罢了。

龙舌兰走在虚时间轴上，俯看着宇宙从诞生至终结发生的林林总总。虚时间是独立于时间的，是第二个时间维度，就好像站在高处俯瞰平面的城市一般，每一个时刻发生的一切，在虚时间中也一目了然。

借由从时间到虚时间的映射，龙舌兰摆脱了终结的命运。然而，她依旧被困在黑洞的引力陷阱中，无法脱出其事件视界。

身在黑洞内部的龙舌兰，与黑洞外界处于完全的类空时空中，断绝了一切联系。她此时能够控制的，只有黑洞内部的映射关系。

她对黑洞的一条物理性质进行了更改。

黑洞虽然是一种能够吞噬一切物质的怪物，但其物理学模型却出奇简洁，简洁到只用几个简单的物理量就能够描述。在这其中有一个非常重要的物理量，就是熵。根据物理理论，黑洞的熵正比与其事件视界的表面积。

龙舌兰先是将这一映射关系修改为正比于平方，继而又修改为立方，最终修改为指数增长。黑洞内部从最初的一片寂静，渐渐传来了心跳般的鼓动，最终如同失控的机器一般，发狂般地躁动起来。作为终结宇宙的黑洞，其事件视界已经大到了难以想象的程度，龙舌兰的修改为其带来不计其数的熵，大到黑洞的引力难以束缚。

借着修改映射关系，龙舌兰在修改基础的黑洞热力学第三定律。这一定律认为，不可能通过有限步的任何物理操作将黑洞表面的引力降为零。

最终，龙舌兰将熵与事件视界表面积的映射关系修改为了迭代幂次。光线如同宇宙初生一般自外部倾泻进来，这一刻，裸奇点诞生了，弱宇宙监督原理不再成立，宇宙的结局从大坍缩转向了热寂。

摆脱了束缚的龙舌兰，再次为自己制造了一个从虚时间向时间的映射，回到了自己刚刚消失的一瞬。

W-005突然感觉到，有人站在了它的身上。自从拥有了自我意识以来，这还是第一次有人类能够凌驾它之上。

"正好，省去了找你的功夫。"

龙舌兰拍了拍W-005钛合金的外壳，这个世界级罪物顿时失去了意识。

控制住W-005后，龙舌兰轻轻地舒了口气。罗星一行人出乎意料得不好对付，不过她也借着这个机会熟悉了弥赛亚的能力。

现在，她要去面对真正的敌人了。

3.

弥赛亚的力量是外网给予的，想要与外网抗衡，则必须将自身的意识提升到与外网相接近的水平。

构筑更高等级的意识，关键就在于"映射"。

大分子映射为细胞，细胞映射为器官，器官映射为意识。每高出一个映射层级，生命体都会发生质的改变。如果继续"映射"下去，无数人类个体的行为，能够映射为群体的行事法则，例如政府的运作。只可惜，人类群体与个体间的映射关系，并不如身体与器官之间那般牢固可靠，因此也就无法诞生更高一级的生命形式。

龙蛇兰要突破这层限制，令自己进化为更高等级的意识。

她控制着W-005，打开了一道通往旧时代大都市的时空门。之后，她又发动了"钥匙"，将W-002上方的空间通道与时空门连接起来。难以计数的等离子体通过时空门连接到旧日的繁华都市，按照一定的随机数算法，随机地挑选着"祭品"。

龙舌兰并没有令时空连接停留在同一时代，她不停变换着对面的时间与地点。

公元纪年。

1711年，西班牙的派连山上，一支四千余人的军队正在休憩。他们点燃了篝火，打来了野味，首长高举战刀呼喊着口号，士兵们举起手中的酒壶，为了明天的战役大声呐喊。突然间，一片浓黑的云雾吞噬了星空，无数淡紫色的触须自高空坠落，与其接触到的士兵还没来得及发出呼喊，便被扯去了深渊的另一端。首长发出战斗的指令，士兵们纷纷拿起武器；可仅仅过去了几十秒，山丘上便再次回归了静寂。所有士兵全都不见了踪影，燃烧的木柴还在噼啪作响，将一门门火炮映得锃亮。

1915年的加里波利地区，一支八百余人的军队攀上了高地，只要能够成功夺取达达尼尔海峡，就可以一路直取君士坦丁堡，提前将土耳其赶出这次世界大战了。队首的年轻士兵攀住一块花岗岩，凭着强劲的臂力将自己拉了上去，一阵潮湿的风吹来，原来他已经到达了山丘的顶部。他兴奋地回过头去，想要将这个消息传给战友；可出现在他视线里的却不是熟悉的棕绿色P1902制服，而是一片浓厚的雾气。他大声呼喊着，可下方的战友没有一人回应，只能听到稀稀拉拉的枪声和惨叫声。片刻后，雾气散去，他的战友已经全部消失不见，只剩下了几把枪和几件残破的军服挂在荆棘上，随着山风摇摇摆摆。

失踪成百上千人，对一个时代而言，并不是什么值得大书特书的事情。统合成千上万个这样的碎片，就集齐了足以对抗涌现的，一百万人的算力。

借助着W-002提供的算力，龙舌兰构筑起更高层级的、意识之间的映射关系。她将自己的意识连接了每一座城市的内网，例如"幽红"的工地上，"柠黄"的酒吧里，"深蓝"的网络下，"苍灰"的器皿中。地球上尚存的人类们在不知不觉间，便被弥赛亚"复制"了意识，成为构成更高阶意识的单元。

大量信息涌入龙舌兰的意识。她能够感受到一千多万人的集体情绪，能够读懂他们的集体诉求；同时，她也可以随时调用每个人的意识，而作为个体的他们将毫无察觉。有了在斯特拉身上构筑"上层意识"的经验，这些做起来已是轻车熟路。

龙舌兰深吸一口气，开启了她的特殊能力：映射视野。在这个视野中，她能够"看到"万事万物之间的映射关系。例如，当她将视野聚焦在重力与离开地心之间的距离时，会看到一条近似二次反比的曲线；但当她将视野聚焦在城市时，就会看到数不清的星型结构、环形结构、树形结构，这些都是城市内网的拓扑结构。

紧接着，龙舌兰将视线投向了外网。她将"映射"的双方设定为从外网到外网自身，一旦掌握了这个映射关系，她将能够控制外网的意识。龙舌兰将算力逐渐汇集，出现在她视野中的是——

无数的直线自外网的每一个普朗克尺度延展而出，射向无穷远处，又从无穷远处折回，聚集在一个更小的区域内，可直线却自始至终没有改变性状。这意味着，外网构筑起了从自身全体到自身局部的一一映射。

龙舌兰试着切断了其中的一个连接，紧接着两个、三个……可无论她切断多少连接，代表了外网自我意识的映射都丝毫没有减少的迹象。

不行，还不够。

还需要再高一层级的意识！

龙舌兰操控着W-005，再次打开了时空门。为了防止自己的力量失控，她将时空门的数量控制在65 535个。她将自身的意识"映射"出65 535个分身，分别连接到地球上65 535个不同时代，并与那个时代的所有人类建立了映射关系。于是，龙舌兰的每一个分身，都能代表一个时代的"集体意识"。

她感受到了文艺复兴时期思想的解放，感受到了14世纪中期面对黑死病的恐慌，感受到了20世纪中期全世界人民反抗侵略的勇气。进而，她将65 535个不同时代的集体意识串联起来，构筑起了在闵可夫斯基空间之上，遍历了人类文明史的更高级的意识。

如此一来，龙舌兰再一次完成了意识层面的进化，由"人类意识"上升为"人类文明史意识"。

她再一次开启映射视野，向外网看去。

不计其数的直线扑面而来，比上一次的数量更多，而且更加难以把握。直线编制出的网络仿佛拥有生命的藤蔓，牢牢束缚住了龙舌兰的意识，令她胸口憋闷、难以呼吸。

为什么？

为什么已经完成了两个层级的意识进化，却连外网真正的样子都看不清楚？

这个恐怖的存在，又究竟完成了多少层的"自我映射"，代表了多么高等级的意识？

"你不会成功的。"

一个声音在龙舌兰的体内响起。

"外网的映射层级，是无限。"

◇

龙舌兰看到了过去的自己。

在她出生的时代，人类已完成了大规模的太空迁徙，留在地球上的人类却没有构筑起新的秩序。

为了生存，她曾经带领着一队流离失所的孩子，组织起了一个少儿武装团。他们四处行乞和偷窃，终于得到了足够令自己立足的武装力量。他们将目标锁定在一处废弃的游乐场，盘踞在这里的势力无恶不作，数不清的居民死在了他们手上。如果放任他们这样下去，孩子们早晚都会成为暴力的牺牲品。

龙舌兰精心计算着双方力量的差距，最终得出了"我们能赢"的结论。

战斗最初，一切都在按照她的计划进行。儿童团渐渐占了优势，暴力团伙的机车被烧毁，堡垒被爆破，胜利近在眼前。

然而就在最后的时刻，地下仓库的大门打开，一辆旧时代的装甲车开了出来。原来，这才是暴力团伙赖以生存的最强力量。

战斗的形势很快被逆转，儿童团的伙伴们在几分钟内被屠戮殆尽。坏人将她捉了起来，准备作为向外界炫耀武力的祭品。

正是在坏人们将她吊在摩天轮上，准备扣响扳机的瞬间，她的催眠能力觉醒了。

与此同时，她遇上了那个男人，王子骁。

此刻面对着外网，儿时面对装甲车时的绝望情绪再次涌了上来，这种情感，龙舌兰已经很久没有体验过了。自从觉醒了催眠的能力，她就切断了自己感受"恐怖"与"绝望"的能力。

"外网的映射层级，是无限。"那个声音继续说道，"它本身承载的信息量就是无限，只有无限的集合，才能完成从自身全部到自身局部的——映射。"

"不对……"龙舌兰不自觉的同那个声音对起了话，"怎么可能有无限的集合？物理定律不会允许的！"

"呵呵呵……"那个声音笑了笑，"改变物理定律这种事情，你自己不也一直在做吗？"

龙舌兰方才意识到，那个声音的主人是谁："莱丝？"

"还有我们。"

龙舌兰听到了罗星的声音。她猛然间惊醒，却看到莱丝张开了巨大的光之翼，托举着罗星、法拉和斯特拉飞上了几万米的高空，与她面对面。而在之前那么长的时间内，身为弥赛亚的她居然毫无察觉。

"我被催眠了？"龙舌兰这才发现了真相。

"是的，当你从宇宙终结返回的瞬间，就陷入了我的催眠。你之后看到的与外网之间的对峙，都是我为你量身打造的幻觉。当然，如果你真的这么干，结果也差不多就是这样了。探索外网意识这种事，我也干过。"莱丝露出了不羁的笑容，神情一如初次与罗星邂逅之时。

"不可能！"龙舌兰激动起来，"成为弥赛亚的我，怎么可能被你催眠？我……"

"我当然没有本事将你催眠，但在你的潜意识中深深镌刻着'成为弥赛亚半小时后，自行与莱丝分离，回归原样'的暗示。所以此刻的你，已经不是弥赛亚了。"

莱丝打了个响指，一颗代表着意识的光球从龙舌兰体内飞出，融入莱丝的身体。这是龙舌兰融合的那个过去的莱丝的意识，必须借助罪物将其送回莱丝过去的身体，历史才会完成闭环。

"暗示？"龙舌兰依然不敢相信发生的一切，"你什么时候给我写入的？"

法拉代替莱丝回答了她："以地球的时空坐标系来看，发生在两天前；相对于你的主观意识，却是发生了一百多年前。"

"过去的你破解了我的谜题，要我帮助你一起融合成为弥赛亚。"莱丝补充道，"我曾在一百多年前答应过的罗星，会帮助说出了正确密文的那个人。很可惜，你说错了。但因为你声称看到了我们融合成弥赛亚，为了使历史闭环，我不能直接阻止你，于是为你下达了融合成功一段时间后自动分离的指令。至于为什么是半个小时……"莱丝俏皮地眨了眨眼睛，"我也想体验一下进化成弥赛亚的感觉啊！"

"等等，密文难道不是……11 010 001吗？"龙舌兰回忆着遥远的过去，"凭借这个密文，我成功走出了遗忘之都的迷宫啊！"

"我虽然没有法拉和你那么聪明，但不能直接发送密文这么浅显的道理，我也还是知道的。"罗星接着解释道，"所以那并不是密文，是密钥。"

法拉接着说道："当看到这个密钥时，我意识到隔着一百多年的时间，罗星不可能设置太过复杂的解密方式。真正的密码，一定是一串我和他都很熟悉的，并且在最近接触过的8位数字。

"我们在彩虹园时曾用过的电子相框的编号，20350806，这才是真正的密文。"

◇

龙舌兰清晰地感受到，自己的"存在"正在逐渐消散。凭借着残留的控制映射的能力，她才勉强维持住了意识。

"为什么一定要阻止我？我们的目的应当是相同的。"龙舌兰看着自己逐渐化作光点的身躯，轻轻地叹了口气。

"我说过的，你的目的是好的，但方法错了。"罗星解释道，"诚然，少了一百万人转化成为算力，就无法对抗'涌现'；但那一百万人选择谁，才是真正的意义所在。"

龙舌兰勉强地笑了笑："也就是说，你比从过去时代寻找牺牲者更好的方法喽？"

"不。"罗星平静地答道，"我的方法，同样要借助过去的时代。只不过我对牺牲者的选择，和你有所不同。"

讲到这里，龙舌兰终于产生了一丝兴趣。

在电车悖论中，人们往往关注于控制开关的那个人的"选择"，以及由此产生的道德悖论。然而在实际情况中，被绑在铁轨上的也是活生生的人，他们也有着自己的想法与诉求。

望着龙舌兰眼中的光亮，罗星继续说道："因为在人类的历史上，始终少不了那样一群人，他们甘心为了别人、为了民族、甚至为了人类，牺牲自己。这就是我找到的'意义'。"

结果依然是会有一边被火车压死，可人类却在同样的结果中，找到了不一样的意义。这就是人之所以为人的证据。

罗星飞到W-005面前，说道："昨日重现，我完成了我们之间的约定。开始吧。"

W-005发出一声低沉的鸣叫，继而成百上千的时空门开启，与龙舌兰开启的连接W-002的通道相连。

岳飞将军站在刑场上，赤裸的臂膀遍布着鞭笞的痕迹，就连背上母亲赐予的"精忠报国"四个字也都已血肉模糊。然而他却并没有感觉到疼痛，透过刑场四周神色悲伤的百姓，他看到的是在不久之后金军攻城略地，大宋的子民生灵涂炭。刽子手抄起屠刀，喷了一口酒在上面，走到岳飞面前。

"岳将军，你还有什么要说的吗？"他问道。

而此刻的岳飞，却仰望着天穹。一道声音传入他的耳朵："为了大宋子民的后代，岳将军，你愿意再牺牲一次吗？"

贞德被绑在十字架上，脚下的木柴越堆越高。身为一名女子，她从未觉得天生的力量差距会是什么问题，以至于每次面对敌人时，她都能准确地将长剑插入对方的要害。然而她没有想到的是，尽管自己拼上了性命，面对着强大的英军，也还是败下阵来，还被安上了"魔女"的罪名。审判官将火把丢进柴堆，一股浓烟冒了上来。贞德突然注意到，自己的脸颊尽管沾染着血迹，皮肤却依旧有着少女的白皙。如果今后法兰西年轻的女孩子们能够不用身披战甲、面颊染血，自己的牺牲，也是值得的。

火舌蹿了上来，身体一阵剧痛，之后便是麻木。贞德撑着最后一口气仰望天空，那里闪出了一道光辉，传来了仿佛主的声音：

"贞德，为了法兰西人民的后代，你愿意再牺牲一次吗？"

他站在绞刑架下，沾着血迹的绳索已套上脖颈。刽子手要他最后再说些什么，他看着刑场下神情麻木的民众，再一次陈述出了自己的信仰。

他匍匐在土地上，烈火在他的身上燃烧，烧伤了头皮、后背、四肢的每一寸肌肤。他紧咬着嘴唇，双手紧紧抓住枪杆，为了不让敌人发现大部队，保持着纹丝不动。

他倒在了堤坝上，战友们的呼喊声已经模糊，身后洪水的涌动却格外清晰。为了将水灾的伤害降到最低，他耗尽了最后一丝力量，甚至生命。然而他依然心有不甘，如果自己能够再多扛一袋土，多倒一次沙。

他紧握住战机的操作杆，身旁的敌机灵活地闪避着他的追击，尖锐的风声好似嘲笑。他的技术在战友中已是出类拔萃，怎奈何敌人的技术力更胜一筹，肉身的能力并不能弥补钢铁的差距。一个战术在他的脑海中一闪而过，他微微笑了，正如所有前辈一样，他没有一丝犹豫，驾驶飞机向着敌人撞了上去。

这时，他们听到了一个共同的声音："为了你们的信仰，为了你们至死不渝保卫的民众，你愿意再牺牲一次吗？"

二宝的意识已经模糊。他早就为牺牲做好了准备，只是没想到这一刻来得这么快。不知道连长有没有赶跑鬼子？老婆孩子能不能好好生活？那个叫罗星的人有没有回去家乡？他那边的人怎么样了？

弥留之际，他却再一次听到了罗星的声音：

"二宝，是我。你说过等革命成功后，你会来我们这边帮忙。现在就有一个机会，你想来吗？"

"俺们这边后来怎么样了？"二宝问道。

"革命胜利了，你们建立了一个强大的国家。"罗星答道。

二宝张开灿烂的笑脸，双眼闪着光："带俺走吧！"

从千千万万的时空门中，传来了人类历史上百万英烈的答复：

"我愿意。"

在遥远的历史长河中，他们牺牲了自己的肉体，为人们争取到了生存的权利。在最后一刻，他们的意识将转化为蓬勃的算力，守护弥留之际的人类文明。

四台超级人工智能获得算力后，纷纷加固了城市外围的防火墙。更多的黑色人形向着高空飞去，人类文明仅存的硕果平安直立在涌现的浪潮中，宛若深渊中的一颗颗火种。

面对着涌现，罗星不由自主地伸出手去。他曾经花费了大量的精力寻找W-005，试图在自己父母的意识"飞升"前，回到过去拯救他们。现在的他已经清楚了历史不可改变，但如果此刻将意识接入外网，那么——

肩上传来了温暖的触感，罗星猛地醒过神来，看到法拉正拉住他的手，轻轻地摇了摇头。

他缓缓地手臂放了下来，握紧了法拉的手。

◇

龙舌兰的身体在渐渐消散。她感到自己的意识渐渐变得模糊，身形也在逐渐缩小。她不清楚陨落的尽头有什么在等着她，也许会是死亡。

她并不觉得恐惧，在活过的漫长岁月里，她经历过太多的生生死死。她只是觉得遗憾，遗憾自己没能找到对付外网的方法，以解开束缚人类的桎梏。

真的要把未来交给这群孩子吗？

罗星来到龙舌兰身边，轻声说道："龙舌兰小姐，我们之所以选择阻止你，还有一个原因，那就是你的方法注定会失败，你最终会被外网吞噬。但人类的未来还需要你。"

龙舌兰哼了一声："只有人类需要我吗？这样还不够呢，毕竟我也只是一个普通人。"

罗星注视着她的双眼，微笑道："我们也需要你。"

4.

法官赖鹏疑惑地看着被告席上的两位，他完全不敢想象"罪人法庭"居然会为了这样的两个人开启。四座城市的代表和超级人工智能都在注视着他，一旦出现失误，自己恐怕会成为千夫所指。

那名叫罗星的男青年看穿着就十分贫穷，面对着决定自己命运的判决，他居然找不出一件像样的衬衣。罗星身边那名女孩子看上去只有八九岁的样子，穿着比自己的身体大一号的连衣裙，即便面对法官和陪审团，也依旧紧紧地挽住罗星的胳膊。

赖鹏对罗星的兴趣不大，"幽红"出身，经历乏善可陈，大概是私藏了什么厉害的罪物，或是遇上什么厉害的罪人，才沦落到被全人类审判的田地。但那名女孩子就不同了，卷宗上分明写着，她就是超级人工智能都要礼让三分的罪人，龙舌兰。

赖鹏拭去额头的汗滴，轻咳两声，问道："嫌疑人罗星，你承认检方陈述的罪行吗？"

"没有异议。"男青年答道。

赖鹏又看向了女孩子，四目相对的瞬间，对方锐利的眼神令他打了个寒战。他屏住呼吸，鼓起勇气问道："嫌疑人龙舌兰，你承认自己的罪行吗？"

"罗星的决定就是我的决定。"龙舌兰将罗星的胳膊挽得更紧了。

赖鹏终于松了口气。昨晚他预演过不下20种可能的辩论，没承想对方简简单单就承认了。他高举起木槌，重重落下：

"罗星、龙舌兰，你们犯下了反人类罪。按照四座城市通用的法律，将你们关押至世界级罪物监狱W-013'肖申克'，即刻生效！"

后记

七年前，我的第一本长篇科幻小说《时间深渊》问世。还记得当时，我因为患糖尿病住了院，编辑带着合同来病房找我签约。医院的伙食很差，老爸每天给我送来低糖的饭菜，而我则会狼吞虎咽地吃完。

七年后，《罪物猎手》即将出版。这次的主角与《时间深渊》中的一样都叫"罗星"。同样的名字，不同的故事，意味着新的开始。海龙是《时间深渊》的伯乐，而这一次，他干脆做了编辑。无独有偶，几乎同样的时间，我去同一家医院复查糖尿病。走出医院时，我望着盛夏的烈日，在心中对已经不在人世的老爸说：许多年过去了，我最引以为豪的，就是在写作这件事上从未停下过脚步。

这本书能顺利同大家见面，多亏了许多人的支持与帮助。

感谢中作华文的海龙编辑和诸位老师，感谢你们为这本书的出版所付出的努力，感谢你们提供的宝贵资源。

感谢八光分的戴浩然编辑，感谢你在写作过程中随叫随到地陪着我讨论，每次写好一段给你看时，我都紧张得像是等待老师给出考试成绩的学生。

感谢每读网的王俊一编辑，感谢你在这本书的出版流程中为我提供的无微不至的帮助。

感谢热心网友"二战的柏林"（一个理工科知识丰富到匪夷所思的哥们儿），感谢你对此书无数技术细节的指导，包括但不限于怎么搞沉一支海上舰队。

感谢爱潜水的乌贼老师、周浩辉老师、萨拉雷导演、陈楸帆老师的倾情推荐。

更要感谢我的家人们，没有你们无私的支持，我甚至不可能维持"斜杠青年"的身份。

最后说说这本书的后续。

罗星和法拉的故事还远远没有结束。我很喜欢这本书架设的世界观，我称其为"硬科幻版克苏鲁"。神秘的"苍灰"和"深蓝"是什么样子？还会出现怎样的罪物？下一个弥赛亚有什么能力？我说不好后续还能写几本，唯一能向大家保证的是，我一定会把坑填完。

敬请期待。

付强

2022年8月19日